Narrenturm

Narrenturm

ANDRZEJ SAPKOWSKI

Tradução
Olga Bagińska-Shinzato

*Esta obra foi publicada originalmente em polonês com o título NARRENTURM.
Copyright © 2002, Andrzej Sapkowski
Publicado por acordo com a agência literária Agence de l'Est.
Copyright © 2022, Editora WMF Martins Fontes Ltda.,
São Paulo, para a presente edição.*

Todos os direitos reservados. Este livro não pode ser reproduzido, no todo ou em parte, nem armazenado em sistemas eletrônicos recuperáveis, nem transmitido por nenhuma forma ou meio eletrônico, mecânico ou outros, sem a prévia autorização por escrito do Editor.

1ª edição 2022

Tradução
OLGA BAGIŃSKA-SHINZATO

Acompanhamento editorial
Richard Sanches
Preparação de texto
Richard Sanches
Revisões
Kandy Saraiva
Patricia Cordeiro
Produção gráfica
Geraldo Alves
Paginação
Renato Carbone
Capa
Gisleine Scandiuzzi
Imagem de capa
O triunfo da morte, *por Pieter Bruegel, o Velho (c.1525-1569), óleo sobre painel, 1562-63. Science History Images / Alamy Stock Photo.*

Dados Internacionais de Catalogação na Publicação (CIP)
(Câmara Brasileira do Livro, SP, Brasil)

Sapkowski, Andrzej
 Narrenturm / Andrzej Sapkowski ; tradução Olga Bagińska--Shinzato. – São Paulo : Editora WMF Martins Fontes, 2022.

 Título original: *Narrenturm*.
 ISBN 978-85-469-0355-9

 1. Ficção polonesa I. Título.

22-97955   CDD-891.853

Índice para catálogo sistemático:
1. Ficção : Literatura polonesa 891.853

Eliete Marques da Silva – Bibliotecária – CRB-8/9380

Todos os direitos desta edição reservados à
Editora WMF Martins Fontes Ltda.
*Rua Prof. Laerte Ramos de Carvalho, 133 01325-030 São Paulo SP Brasil
Tel. (11) 3293-8150 e-mail: info@wmfmartinsfontes.com.br
http://www.wmfmartinsfontes.com.br*

Sumário

CAPÍTULO I	*15*
CAPÍTULO II	*33*
CAPÍTULO III	*59*
CAPÍTULO IV	*77*
CAPÍTULO V	*97*
CAPÍTULO VI	*117*
CAPÍTULO VII	*133*
CAPÍTULO VIII	*155*
CAPÍTULO IX	*183*
CAPÍTULO X	*199*
CAPÍTULO XI	*223*
CAPÍTULO XII	*241*
CAPÍTULO XIII	*261*
CAPÍTULO XIV	*281*
CAPÍTULO XV	*299*
CAPÍTULO XVI	*315*
CAPÍTULO XVII	*337*
CAPÍTULO XVIII	*355*
CAPÍTULO XIX	*385*
CAPÍTULO XX	*401*
CAPÍTULO XXI	*415*

CAPÍTULO XXII *441*
CAPÍTULO XXIII *473*
CAPÍTULO XXIV *501*
CAPÍTULO XXV *543*
CAPÍTULO XXVI *583*
CAPÍTULO XXVII *595*
CAPÍTULO XXVIII *627*
CAPÍTULO XXIX *673*

NOTAS DO AUTOR *719*

O fim do mundo não chegou no ano de 1420 de Nosso Senhor, embora não faltassem indícios de que viria.

N*ão se cumpriram as tenebrosas profecias dos quiliastas, que vaticinavam a chegada do Fim com bastante precisão – na segunda-feira após o Dia de Santa Escolástica, em fevereiro de 1420. No entanto, a segunda-feira passou, veio a terça e, em seguida, a quarta-feira – e nada aconteceu. Da mesma forma não vieram o Dia do Castigo e o Dia da Vingança, que precederiam a chegada do Reino de Deus. Embora houvessem se passado mil anos, Satanás não fora solto de sua prisão nem tampouco partira para enganar as nações dos quatro cantos da Terra. Os pecadores do mundo e os inimigos de Deus também não sucumbiram à espada, ao fogo, à fome, ao granizo, aos caninos de uma besta, à picada de um escorpião ou à peçonha de uma víbora. Os fiéis esperaram em vão a chegada do Messias no cume dos montes Tabor, Beránek, Oreb, Sião ou do monte das Oliveiras. As cinco cidades escolhidas – quinque civitates –, anunciadas por Isaías em sua profecia e denominadas Plzeň, Klatovy, Louny, Slany e Žatec, em vão aguardaram a chegada de Cristo. O mundo não acabou, não foi aniquilado e tampouco se desfez em chamas. Ao menos, não por inteiro.*

De todo modo, não se morria de tédio.

Aliás, que ensopado delicioso – espesso, bem temperado e colorido. Fazia séculos que eu não comia um ensopado assim. Agradeço aos gentis senhores a refeição, e a você, cara taberneira, também agradeço. Perguntam-me se aceito uma cerveja? Decerto, aceito, sim. Se mo permitem, aceito de bom grado. Comedamus tandem, et bibamus, cras enim moriemur*.

O fim do mundo não se deu em 1420, e nem mesmo um, dois, três ou quatro anos depois. Tudo corria, por assim dizer, de acordo com a ordem natural. As guerras prosseguiam, as epidemias proliferavam, a mors nigra se alastrava e a fome abundava. Roubava-se e matava-se o próximo, desejava-se sua mulher, e todos se portavam como lobos uns dos outros. *De tempos em tempos se organizava um ou outro pequeno* pogrom *contra os judeus e se acendia uma fogueirinha para os hereges. No entanto, os eventos que de fato atraíam atenção incluíam esqueletos saltitando alegremente pelos cemitérios, a Morte, com sua foice, vagando pela Terra, um íncubo que à noite se enfiava entre as coxas trêmulas das donzelas adormecidas, e estriges pousando na nuca dos cavaleiros solitários que percorriam os descampados. Estava claro que o Diabo tomava parte nos assuntos mundanos e circulava entre as pessoas,* tamquam leo rugiens *– como um leão que ruge –, tentando decidir quem devorar primeiro.*

Muita gente de estima morreu naquela época. Decerto, igualmente muitos devem ter nascido, mas nas crônicas não se registram as datas de nascimento e absolutamente ninguém se lembra delas, talvez com a exceção das mães, ou nos casos em que um bebê nasce com duas cabeças ou dois pintos. Já no caso da morte... é como se a data fosse gravada em pedra.

Foi então que, em 1421, na segunda-feira após o Domingo da Alegria, João appellatus *Aspersório, duque de Piasta e* episcopus wloclaviensis, *tendo alcançado merecidos sessenta anos, morreu em Opole. Antes de sua morte, havia feito uma doação de seiscentas grivnas em benefício da cidade*

---

* Citação em latim de Isaías 22:13: "Comamos e bebamos, pois amanhã morreremos!" (N. da T.)

de Opole. Diz-se que, de acordo com a vontade do moribundo, parte dessa soma foi destinada a um conhecido prostíbulo local, A Dama Ruiva. O bispo gaudério gozara dos serviços desse estabelecimento, localizado nos fundos do mosteiro dos Frades Menores, até a chegada da morte – embora já no fim da vida fosse mais um espectador que um participante ativo.

Já no verão de 1422 – não me recordo da data exata –, morreu na localidade de Vincennes o rei Henrique V da Inglaterra, vencedor da batalha de Azincourt. Dois meses depois faleceu o rei Carlos VI, da França, após viver os últimos cinco anos completamente tomado pela loucura. Filho do desvairado, o delfim Carlos exigiu a coroa, mas os ingleses se negaram a reconhecê-lo como rei. Sua própria mãe, a rainha Isabel, o havia declarado bastardo, concebido fora do leito conjugal e com um homem são. E, uma vez que bastardos não ascendem ao trono, um inglês, o pequeno Henrique, filho de Henrique V, tornou-se monarca e soberano legítimo da França ainda aos nove meses de idade. A regência coube então a João de Lancaster, duque de Bedford e tio do jovem monarca. João, junto com a facção dos Borguinhões, conquistara o norte da França e Paris, enquanto o Sul permanecia sob o domínio do delfim Carlos e dos Armagnacs. Entre os dois domínios, os cães ganiam em meio aos cadáveres que jaziam nos campos de batalha.

Já no Pentecostes de 1423, no castelo de Peníscola, perto de Valência, morreu Pedro de Luna, o papa de Avinhão, um cismático excomungado que, até a morte, se autointitulava Bento XIII, contrariando as resoluções do concílio ecumênico.

Entre os restantes que morreram naquela época, e dos quais me lembro, estava o habsburgo Ernesto de Ferro, duque da Estíria, Caríntia, Carníola, Ístria e Trieste. Também morreu João I de Ratibor, duque em cujas veias corriam combinados o sangue dos Piastas e o dos Premislidas. Venceslau, dux Lubiniensis, *morreu ainda jovem; também morto o duque Henrique, que junto com seu irmão João era senhor de Ziębice. Henrique* dictus Rumpoldus, *duque de Głogów e procônsul da Alta Lusácia, morreu no estrangeiro. Morreu ainda Nicolau Trąba, arcebispo de Gniezno, homem respeitável* e sábio. Em Marienburg morreu Michael Küchmeister, grão-mestre da Ordem dos Cavaleiros Teutônicos de Santa Maria de Jerusalém. Morto também Jacó Pęczak, conhecido como Peixe, um moleiro que vivia nas redondezas de Bytom. É fato que este último não gozava da fama e da popularidade dos demais aqui mencionados, mas tinha a vantagem de ter sido conhecido meu e de comigo ter bebido, algo que, infelizmente, não posso dizer sobre aqueles outros.

Houve também grandes acontecimentos na cultura. O inspirado Bernardino de Siena pregava seus sermões, assim como João Cantius e João de Capistrano, ao passo que Jean Gerson e Paweł Włodkowic lecionavam e Cristina de Pisano e Tomás de Kempis escreviam tratados didáticos e morais que transbordavam erudição. Lourenço de Brezova redigia sua magnífica crônica. Andrei Rublev pintava ícones; Tommaso Masaccio e Robert Campin também pintavam. Jan van Eyck, o pintor do rei João III, da Baviera, criava, para a cátedra de São Bavão, em Gante, o retábulo Adoração do cordeiro místico, *um belíssimo políptico que agora adorna a capela de Jodocus Vijd.* Em Florença, o mestre Pippo Bruneleschi concluía a construção de uma linda cúpula sobre as quatro naves da Catedral de Santa Maria del Fiore. E nós, aqui na Silésia, não ficávamos atrás — na cidade de Nysa, Pedro de Frankenstein encerrava a construção da imponente Igreja de São Jaime. Ela não fica muito longe daqui, está localizada em Milicz, então talvez você devesse visitá-la caso ainda não o tenha feito.

Na cidade de Lida, naquele mesmo ano de 1422, durante o Entrudo, o rei Ladislau II da Polônia, nascido Jagelão da Lituânia, celebrou suas bodas com grande pompa ao desposar Sofia de Halshany, uma virgem de dezessete anos em pleno desabrochar — e mais de meio século mais jovem que ele. Diziam que a donzela era mais reputada por sua beleza que por sua moral, o que, mais tarde, causaria um bocado de problemas. Pois Jagelão, esquecendo-se quase por completo de seu dever de satisfazer a jovem esposa, já no início do verão se lançou em um confronto com os lordes prussianos — ou seja, os cavaleiros teutônicos. Assim, o novo grão-mestre da Ordem, Paul von

Rusdorf, sucessor de Küchmeister, tão logo assumiu o posto, teve de encarar as armas polonesas – e de pronto sentiu todo o poderio delas. Podia não se ouvir nada a respeito do vigor de Jagelão na alcova de Sofia, mas ele certamente mantinha virilidade suficiente para dar uma bela surra nos teutônicos.

Naqueles tempos, o Reino da Boêmia também foi palco de importantes acontecimentos. As coisas ali estavam bastante tumultuadas, com muito derramamento de sangue e guerras incessantes. Sobre isso, no entanto, não posso falar nada... Perdoem, senhores, este humilde contador de histórias, mas o medo é parte da natureza humana, e não foram poucas as ocasiões em que minhas palavras imprudentes me trouxeram boas pauladas. Pois vejo, senhores, em seus cafetãs, o brasão polonês de Nałęcz e Abdank, e nos seus, nobres tchecos, os galos dos senhores de Dobrá Voda e as flechas dos cavaleiros de Strakonice... E o senhor, com o semblante soturno, é o próprio Zettritz, a julgar pela cabeça de bisão em seu escudo. Porém, senhor cavaleiro, não consigo identificar seu tabuleiro de xadrez diagonal nem os grifos. Tampouco se deve excluir a possibilidade de que você, frade da Ordem de São Francisco, esteja espionando para o Santo Ofício. Ao passo que estou quase certo de que vocês, irmãos da Ordem de São Domingos, são de fato delatores. Assim, em companhia tão diversificada e internacional, vocês podem ver por si mesmos por que não posso soltar uma reles palavra sobre questões tchecas, já que não sei quem de vocês apoia Alberto e quem respalda o rei e o príncipe da Polônia. Quem de vocês é a favor de Meinhard de Hradec e Oldřich de Rožmberk, e quem patrocina Hynce Ptáček de Pirkštejn e Jan Kolda de Žampach. Quem é o seguidor do palatino Spytko de Melsztyn e quem é partidário do bispo Oleśnicki. Não tenho o menor desejo de levar uma surra, mas sei que vou apanhar, pois assim costuma ocorrer. "Por quê?", me perguntam vocês. Por isto: se eu disser que nos tempos aqui relatados os valentes hussitas tchecos deram uma sova nos alemães, transformando em pó as três sucessivas cruzadas papais, é muito provável que eu, antes mesmo de me dar conta, leve um sopapo de um dos lados. E, caso eu mencione que naqueles tempos os hereges, com a ajuda do próprio Diabo, derrotaram os cruzados nas batalhas de Witków, Vyšehrad, Žatec e Německý Brod, hei de apanhar do outro grupo. Daí eu preferir me manter em silêncio e, caso eu decida falar algo, hei de fazê-lo com a imparcialidade de um emissário – relatando, como se diz, sine ira et studio, de forma concisa, objetiva e direta, sem acrescentar nenhum comentário.

Assim, direi em breves palavras: no outono de 1420, o rei polonês Jagelão rejeitou a coroa tcheca oferecida pelos hussitas. Decidiu-se, na Cracóvia, que a coroa seria tomada pelo dux Vytautas, da Lituânia, que sempre quisera reinar. No entanto, para não aborrecer Sigismundo, o sacro imperador romano-germânico, nem o próprio papa, enviaram à Boêmia o sobrinho de Vytautas, Sigismundo, filho de Korybut. O jovem, à frente de cinco mil cavaleiros poloneses, chegou a Praga Dourada em 1422, no dia de Santo Estanislau. Mas, já por volta do Dia de Reis do ano seguinte, viu-se o príncipe obrigado a retornar à Lituânia, tão turbulenta se tornara a disputa pela sucessão boêmia entre Sigismundo de Luxemburgo e Oddone Colonna – à época, papa Martinho V. E o que vocês dirão a respeito? Já em 1424, na véspera da Visitação da Virgem, o filho de Korybut encontrava-se novamente em Praga. Dessa vez, contra a vontade de Jagelão e Vytautas e contra os desígnios do papa e do sacro imperador romano-germânico. Ou seja, ali se encontrava como fora da lei e proscrito. Liderando outros foras da lei e proscritos, tais como ele, que então contavam não milhares, mas somente centenas.

Em Praga, no entanto, a revolução, à semelhança de Saturno, devorava seus próprios filhos, e as facções se confrontavam. Jan Želivský, decapitado na segunda-feira após o Domingo de Reminiscere de 1422, em maio daquele ano já era velado em todas as igrejas como mártir. A Praga Dourada, presunçosamente, também se opôs a Tabor, mas logo se defrontou com um rival à altura: o grande guerreiro Jan Žižka. No ano do Senhor de 1424, no segundo dia depois das nonas de junho, nos arredores de Maleszów, à beira do rio Bohynka, Žižka deu uma terrível lição aos praguenses. Depois dessa batalha, muitas mulheres ficaram viúvas e muitas crianças se tornaram órfãs em Praga.

Quem sabe tenham sido as lágrimas dos órfãos que fizeram Jan Žižka de Trocnov – e, mais tarde, de Kalich – morrer logo em seguida, em Přibyslav, nas proximidades da fronteira com a Morávia, na quarta-feira antes do Dia de São Galo. Foi sepultado em Hradec Králové, onde jaz. E, como antes, uns choravam por causa dele, enquanto outros lamentavam sua morte como se lamenta a de um pai. Daí se chamarem então os Órfãos...

Certamente todos vocês se lembram de tais detalhes, uma vez que tudo isso se passou não faz tanto tempo. Ainda assim, soam como... história.

No entanto, sabem os nobres senhores reconhecer um tempo como histórico? É quando muita coisa acontece, e acontece muito rápido.

E naqueles tempos acontecia muito e muito rápido.

Embora o mundo não tenha encontrado seu fim, outras profecias acabaram se confirmando, com grandes guerras e grandes derrotas para os cristãos. E muitos homens padeceram. Era como se o próprio Deus quisesse que a aurora da nova ordem fosse precedida pela destruição da antiga. Parecia que o Apocalipse se aproximava. E que a Besta de Sete Cabeças e Dez Cornos subiria do Abismo. E que a qualquer momento se avistariam os temíveis Quatro Cavaleiros em meio à fumaça dos fogos e aos campos banhados de sangue. Que logo soariam as trombetas e se romperiam os selos. Que o fogo cairia dos céus. Que a Estrela Absinto desabaria sobre a terça parte dos rios e sobre as fontes de água. E um homem enlouquecido, vendo a pegada dos pés de outro homem sobre a terra em chamas, beijaria esse rastro com lágrimas nos olhos.

Certos momentos eram tão pavorosos que as pessoas – com o perdão da palavra, nobres senhores – se borravam de medo.

Eram tempos iníquos aqueles. Cruéis. E, se desejarem, senhores, eu os narrarei para assim espantar o tédio enquanto não cessa a chuva que nos mantém nesta taverna.

Contar-lhes-ei, se assim quiserem, sobre a gente que então vivia e sobre aqueles que igualmente viviam, mas que, contrariamente, não eram de modo algum gente. Relatarei como uns e outros batalhavam contra aquilo que aqueles tempos lhes trouxeram. Contra o destino. E contra eles próprios.

Esta história começa de forma doce e agradável, terna e prazenteira – com uma adorável e singela história de amor. Mas não se deixem enganar, nobres senhores.

Não se deixem enganar.

CAPÍTULO I

No qual o leitor conhece Reinmar de Bielau, conhecido como Reynevan, e alguns de seus melhores atributos, incluindo a maestria na *ars amandi*, a destreza nos arcanos da equitação e a erudição sobre o Antigo Testamento, embora não necessariamente nessa ordem. O capítulo fala também sobre a Borgonha, tanto no sentido amplo como no estrito.

Contra o pano de fundo de um céu que se mantinha escuro logo após a tempestade, avistavam-se, da janela aberta na pequena câmara, três torres. A mais próxima era a da prefeitura. Um pouco mais distante estava a torre esguia da Igreja de São João Evangelista, cujas novíssimas telhas vermelhas reluziam ao sol. E atrás dela despontava a torre circular do castelo ducal. Andorinhas sobrevoavam a torre da igreja, assustadas pelo recente badalar dos sinos que agora voltavam a silenciar, ainda que o ar saturado de ozônio parecesse continuar vibrando com o som.

Também nas torres das igrejas de Santa Maria e de Corpus Christi os sinos ressoaram havia pouco. Tais torres, no entanto, não podiam ser avistadas da pequena janela da câmara localizada no sótão de um edifício de madeira, encravada, como um ninho de andorinhas, no complexo da enfermaria e do Mosteiro da Ordem de Santo Agostinho.

Era o momento da sexta, a prece do meio-dia. Os monges entoaram *Deus in adiutorium*, e Reinmar de Bielau, conhecido entre os amigos como Reynevan, beijou a clavícula suada de Adèle von Stercza, soltou-se de seu abraço e deitou junto dela, ofegante, sobre os lençóis ardentes, impregnados de amor.

De trás do muro, da rua do mosteiro ressoavam gritos, o chocalhar das carroças, o estrondo surdo dos barris vazios e o tinir melodioso de potes de cobre e de estanho. Era quarta, dia de feira, que, como de costume, atraía muitos mercadores e compradores a Oleśnica.

Memento, salutis Auctor
quod nostri quondam corporis,
ex illibata Virgine
nascendo, formam sumpseris.

Maria mater gratiae,
mater misericordiae,
tu nos ab hoste protege,
et hora mortis suscipe...[1]

"Já estão cantando o hino", pensou Reynevan ao mesmo tempo que, com um gesto vagaroso, abraçava Adèle, a esposa do cavaleiro Gelfrad von Stercza, oriunda da distante Borgonha. "Já começou o hino. Custa crer quão rápido passam os momentos de alegria. Desejar-se-ia que durassem para sempre, mas eles se desfazem como um sonho fugaz..."

– Reynevan... *Mon amour...* Meu divino rapaz... – Adèle, ávida e vorazmente, interrompia os devaneios oníricos de Reynevan. Também ela tinha ciência da fugacidade do tempo, mas, ao que parecia, não tinha a intenção de desperdiçá-lo em reflexões filosóficas.

Adèle encontrava-se completa, inteira, totalmente nua.

"Cada terra tem seu costume", refletia Reynevan. "Como é interessante conhecer o mundo e as pessoas. Por exemplo, as silesianas e alemãs, na hora do coito, nunca deixam levantar a blusa acima do umbigo. As polonesas e tchecas a levantam por si mesmas e com muito gosto, acima dos seios, mas jamais a tiram por completo. Quanto às borgonhesas, ah, elas arrancam tudo num instante. Aparentemente, seu sangue quente não suporta a pele revestida com qualquer tecido durante o êxtase amoroso. Ah, a alegria que é conhecer o mundo! Deve ser adorável essa terra da Borgonha. Linda a sua paisagem. Suas montanhas elevadas... Morros íngremes... Vales..."

– Ahhh, ahhh, *mon amour* – gemia Adèle von Stercza, estremecendo toda a sua paisagem borgonhesa nas mãos de Reynevan.

Reynevan, a propósito, era um jovem de vinte e três anos que tinha pouca bagagem de vida. Conhecia pouquíssimas tchecas, ainda menos silesianas e alemãs, uma polonesa, uma romena – e, quanto às outras nacionalidades, uma única vez aconteceu de ter levado um fora de uma húngara. Longe de serem impressionantes, suas experiências eróticas, para dizer a verdade, eram bem míseras, em termos tanto de quantidade como de qualidade. Ainda assim, inflavam seu orgulho e sua vaidade. Reynevan, como todo jovem tomado pela testosterona, se considerava um grande sedutor e perito nos assuntos do amor, para quem as mulheres eram um livro aberto. Mas a verdade é que os onze encontros que tivera com Adèle von Stercza até aquele momento instruíram Reynevan na *ars amandi* mais do que os três anos de estudos em Praga. Reynevan, no entanto, não se dava conta de que era Adèle quem o ensinava, convencido que estava de que tudo aquilo se tratava apenas de seu talento nato.

Ad te levavi oculos meos
qui habitas in caelis.
Ecce sicut oculi servorum
ad manum dominorum suorum.

Sicut oculi ancillae in manibus dominae suae
ita oculi nostri ad Dominum Deum nostrum,
Donec misereatur nostri
*Miserere nostri Domine...*²

Adèle agarrou Reynevan pela nuca e o puxou para cima de si. Ele, dando-se conta do que deveria fazer, amou-a intensamente e com paixão, e – como se isso fosse pouco – sussurrou em seu ouvido declarações de amor. Ele estava feliz. Muito feliz.

* * *

A felicidade da qual gozava naquele instante devia Reynevan – indiretamente, é claro – aos santos do Senhor. Pois assim havia sucedido:

Ao arrepender-se de certos pecados, conhecidos apenas por ele mesmo e por seu confessor, o cavaleiro silesiano Gelfrad von Stercza prometeu visitar o túmulo sagrado de Santiago. Porém, no início do trajeto, uma mudança de planos: decidiu que Compostela era demasiado longe e que, como Santo Egídio também tinha lá o seu valor, uma peregrinação até Saint-Gilles bastaria para purgá-lo. Contudo, tampouco estava Gelfrad destinado a alcançar essa cidade. Conseguiu chegar apenas a Dijon, onde por puro acaso deu com uma borgonhesa que contava então dezesseis anos, a bela Adèle de Beauvoisin. Esta, por quem Gelfrad de pronto perdeu a cabeça, era órfã e tinha dois irmãos vagabundos e malcriados que, sem pestanejar, ofereceram a mão da irmã ao cavaleiro silesiano. Ainda que achassem que a Silésia se situava em algum ponto entre os rios Tigre e Eufrates, os irmãos enxergaram em Stercza o cunhado ideal, uma vez que ele não fazia muito caso a respeito do dote. Dessa forma a borgonhesa acabou indo parar em Heinrichsdorf, um vilarejo próximo de Ziębice que fora concedido a Gelfrad. E foi em Ziębice que Adèle, agora von Stercza, cativou o olhar de Reinmar de Bielau – e vice-versa.

– Aaaah! – berrava Adèle von Stercza, entrelaçando as pernas nas costas de Reynevan. – Aaaaa-aaah!

E jamais tais gemidos teriam sido assim vocalizados – e nada além de olhares discretos e gestos furtivos teria o casal trocado entre si –, não fosse por um terceiro santo, nomeadamente, Jorge. Pois foi no dia de São Jorge que Gelfrad von Stercza, entre muitos outros, fez seu juramento e juntou-se, em setembro de 1422, a mais uma cruzada anti-hussita organizada pelo príncipe-eleitor de Brandemburgo e pelos margraves de Mísnia. Naquela época os cruzados não tiveram grandes êxitos – adentraram a Boêmia e de lá saíram às pressas, não se arriscando a travar um mísero combatezinho contra os hussitas. Embora não tenham ocorrido confrontos, vítimas houve – uma delas sendo o próprio Gelfrad, que fraturou a perna com certa gravidade ao cair do cavalo e, pelo que se podia deduzir das cartas enviadas à família, ainda se recuperava em algum ponto de Pleissenland. E assim Adèle – a esposa abandonada –, que à época vivia com a família do marido em Bierutów, podia se encontrar despreocupadamente com Reynevan na camarazinha localizada no complexo do Mosteiro da Ordem de Santo Agostinho, nas proximidades do sanatório junto ao qual Reynevan mantinha seu laboratório.

* * *

Os monges na Igreja de Corpus Christi começaram a cantar o segundo dos três salmos previstos para a sexta. "Precisamos nos apressar", pensou Reynevan. "Na altura do *capitulum*, no mais tardar durante o *Kyrie*, e nem um instante depois, Adèle precisa desaparecer do sanatório. Ninguém pode vê-la aqui."

*Benedictus Dominus
qui non dedit nos*

in captionem dentibus eorum.
Anima nostra sicut passer erepta est
de laqueo venantium...

Reynevan beijou os quadris de Adèle. Em seguida, motivado pelo canto monástico, inspirou com força o ar e mergulhou no odor de flores de hena e nardo, de açafrão, cana-de-açúcar e canela, de mirra e aloé, e de quaisquer outras juncáceas. Adèle, tesa, estendeu as mãos e encravou os dedos nos cabelos dele, estribando suas iniciativas bíblicas com suaves movimentos dos quadris.

– Oh, oooooh... *Mon amour... Mon magicien...* Meu menino divino... Feiticeiro...

Qui confidunt in Domino, sicut mons Sion
non commovebitur in aeternum,
qui habitat in Hierusalem...

"Já é o terceiro salmo", pensou Reynevan. "Quão efêmeros são os instantes de felicidade..."

– *Revertere* – murmurou ele enquanto se ajoelhava. – Vire-se, vire-se, Sulamita.

Adèle virou-se, pôs-se de joelhos e se reclinou, agarrando com força as tábuas de tília da cabeceira, apresentando a Reynevan toda a deslumbrante beleza de seu reverso. "Vênus Calipígia", pensou ele enquanto ia em sua direção. A associação com a imagem da antiguidade e a visão erótica fizeram-no aproximar-se dela como se ele fosse o já referido São Jorge, atacando com a lança em riste o dragão de Silena. Ajoelhado atrás de Adèle como o rei Salomão atrás do trono de cedro do Líbano, agarrou com ambas as mãos as vinhas de Engaddi dela.

– Oh, minha amada – suspirou, debruçando-se sobre a formosa nuca da senhora como a torre de Davi. – Eu a comparo à égua das carruagens do faraó.

E comparou. Adèle soltou um grito entre os dentes cerrados. E Reynevan lentamente deslizou as mãos ao longo dos flancos dela, molhados de suor, escalando a palmeira para se apoderar dos ramos carregados de frutos. A borgonhesa lançou a cabeça para trás tal qual uma égua antes de saltar um obstáculo.

Quia non relinquet Dominus virgam peccatorum,
super sortem iustorum
ut non extendant iusti
ad iniquitatem manus suas...

Os seios de Adèle saltavam sob a mão de Reynevan como dois cabritos, como gazelas gêmeas. Ele então pôs a outra mão debaixo do pomar de romãzeiras dela.

– *Duo... ubera tua* – gemia ele – *sicut duo... hinuli capreae gemelli... qui pascuntur... in liliis... Umbilicus tuus crater... tornatilis numquam... indigens poculis... Venter tuus... sicut acervus... tritici vallatus liliis...*

– Ah... aaaah... aaah... – respondia a borgonhesa, que desconhecia o latim.

Gloria Patri, et Filio et Spiritui sancto.
Sicut erat in principio, et nunc, et semper
et in saecula saeculorum, Amen.
Alleluia!

Os monges cantavam. E Reynevan, que beijava a nuca de Adèle von Stercza, desvairado, enlouquecido, como se escalasse as montanhas e atravessasse as colinas, *saliens in montibus, transiliens colles*, tal qual um jovem cervo nos montes de bálsamo. *Super montes aromatum.*

* * *

A porta, ao ser arrombada com um golpe, abriu-se com um ímpeto e um estrondo tamanhos que um pedaço do batente da porta saiu voando pela janela tal qual um meteoro. E Adèle soltou um grito agudo e arrepiante enquanto os irmãos von Stercza entravam correndo na câmara. Estava claro que não se tratava de uma visita cordial.

Reynevan saiu rolando da cama, agora a única barreira a separá-lo dos intrusos, apanhou sua roupa e pôs-se a vestir-se apressadamente. Conseguiu fazê-lo quase por completo, mas apenas porque os irmãos Stercza se ocupavam em atacar primeiro a cunhada.

– Sua vagabunda! – bramiu Morold von Stercza, o mais jovem deles, arrastando da cama uma Adèle nua em pelo. – Sua vagabunda de merda!

– Sua puta ordinária! – complementou Wittich, o irmão mais velho.

Wolfher, o mais velho dos irmãos von Stercza depois de Gelfrad, nem sequer conseguiu abrir a boca, pois sua fúria era tamanha que lhe faltavam palavras para expressá-la. Então ergueu a mão e com ela deu um forte tapa na cara de Adèle. A borgonhesa gritou, e Wolfher repetiu o golpe, dessa vez com o dorso da mão.

– Não se atreva a bater nela, Stercza! – berrou Reynevan, mas sua voz vacilava e estremecia com medo e um sentimento paralisante de impotência, causados por estarem suas calças ainda à altura dos joelhos. – Não se atreva, está me ouvindo?

O grito surtiu efeito, embora não o esperado. Wolfher e Wittich, esquecendo-se por um instante da cunhada adúltera, avançaram rumo a Reynevan e sobre ele despejaram uma avalanche de murros e pontapés. O rapaz encolheu-se sob os golpes, porém, em vez de se defender ou proteger-se do ataque, teimava em vestir as calças, como se elas fossem algum tipo de armadura mágica, capaz de resguardá-lo e poupá-lo das contusões, uma couraça enfeitiçada de Astolfo ou de Amadís de Gaula. Ainda assim, pelo canto do olho notou que Wittich se preparava para sacar uma faca. Adèle berrou.

– Não! – Wolfher rosnou para o irmão. – Não aqui!

Reynevan conseguiu se erguer, apoiando-se sobre os joelhos. Wittich, com o rosto pálido de raiva, avançou até o rapaz e lhe deu um soco que no mesmo momento o lançou de volta ao chão. Adèle soltou um grito penetrante que só foi interrompido quando Morold novamente a estapeou e puxou seu cabelo.

– Não se atrevam... – gemia Reynevan – ... a bater nela, seus canalhas!

– Seu filho da puta! – berrou Wittich. – Espere aí!

Wittich saltou até Reynevan e o socou e o chutou, uma, duas vezes. Na terceira, foi contido por Wolfher.

– Aqui não – repetiu Wolfher com calma, mas uma calma nefasta. – Carreguem-no até o pátio. Vamos levá-lo para Bierutów. Essa puta também.

– Sou inocente! – bramava Adèle von Stercza. – Ele me seduziu! Me enfeitiçou! É um feiticeiro! *Le sorcier! Le diab...*

Morold a pôs quieta com um golpe.

– Cale-se, égua – rosnou ele. – Você logo terá a oportunidade de gritar. Espere só um pouquinho.

– Não se atrevam a bater nela! – esbravejou Reynevan.

– Você também, galozinho, terá sua chance de gritar – acrescentou Wolfher, com sua perniciosa tranquilidade. – Andem, levem-no para fora.

Para sair do sótão era preciso descer uma escada bastante íngreme. Então os irmãos Stercza empurraram Reynevan, que rolou pelos degraus até chegar ao chão, derrubando no trajeto uma parte da balaustrada de madeira. Antes que conseguisse se levantar, o pegaram outra vez e o arremessaram no pátio, sobre a areia ornamentada com pilhas vaporosas de esterco de cavalo.

– Ora, ora... – disse o garoto que segurava os cavalos, Niklas von Stercza, o mais novo dos irmãos. – Vejam quem resolveu aparecer. Seria mesmo Reinmar de Bielau?

– O douto sabichão Bielau – resmungou Jencz von Knobelsdorf, conhecido como Bufo, compadre e parente dos Stercza.

– O sabichão linguarudo Bielau! – complementou ainda Bufo, pondo-se diante de Reynevan, que por sua vez tentava desajeitadamente se levantar da areia.

– Poeta de meia-tigela – acrescentou Dieter Haxt, outro amigo da família. – Abelardo de merda!

– E, para provar a ele que somos igualmente doutos – disse Wolfher enquanto descia a escada –, faremos com ele o mesmo que fizeram com Abelardo quando o pegaram com Heloísa de Argenteuil. Exatamente a mesma coisa. E então, Bielau? Como lhe soa a ideia de se tornar um capão?

– Vá se foder, Stercza.

– O quê? O quê?! – Embora parecesse impossível, Wolfher von Stercza empalideceu ainda mais. – O galozinho ainda se atreve a abrir o bico? A cantar? Jencz, me passe o açoite!

– Não se atreva a encostar nele! – berrou de súbito Adèle, agora já vestida, embora não por completo, enquanto era escoltada na descida da escada. – Não se atreva! Caso contrário, contarei a todos quem é você de verdade! Que você mesmo já me cortejou, passou as mãos em meu corpo, tentou me seduzir e me instigar à libidinagem! Pelas costas do seu próprio irmão! Que você mesmo jurou se vingar quando não correspondi a suas investidas! É por isso que agora você está tão... tão...

Adèle não conseguiu encontrar a palavra certa em alemão, e assim a tirada foi por água abaixo. Wolfher apenas riu.

– Até parece! – ironizou. – Você acha mesmo que alguém vai dar ouvidos a uma rameira francesa, uma devassa? Bufo, passe-me o açoite!

De súbito, o pátio tornou-se mais escuro, com uma profusão de frades agostinianos em hábitos.

– O que se passa aqui? – berrou o vetusto prior Erasmo Steinkeller, um velhinho magro e descorado. – O que fazem, cristãos?

– Deem o fora daqui! – gritou Wolfher, estalando o açoite. – Fora, cabeças-rapadas, fora daqui! Voltem para o breviário, voltem a rezar! Não se metam nos assuntos de cavaleiros! Caso contrário, vão se arrepender, seus saias-pretas!

– Senhor – disse o prior, unindo as mãos cobertas de manchas escuras –, perdoa-lhes, pois eles não sabem o que fazem. *In nomine Patris, et Filii...*

– Morold! Wittich! – rosnou Wolfher. – Tragam a vagabunda para cá! Jencz, Dieter, prendam o Abelardo!

– E que tal – interveio, franzindo o cenho, Stefan Rotkirch, mais um amigo da família, que até então permanecera calado – se nós o arrastássemos um pouco atrás do cavalo?

– Pode ser. Mas antes vamos açoitá-lo!

Alçou a mão para com o açoite golpear Reynevan – que por sua vez permanecia deitado –, mas não o atingiu, pois o irmão Inocente segurava seu braço. O irmão Inocente exibia altura e constituição imponentes, notáveis apesar da corcunda monacal de humildade. Imobilizou o braço de Wolfher de tal modo que o aperto de seu punho parecia o de um torno.

Stercza soltou um palavrão obsceno, livrou-se do frade e o empurrou com força. Mas poderia ter empurrado até a torre de menagem do castelo de Oleśnica, que fosse, e o efeito teria sido o mesmo. O irmão Inocente, alcunhado por seus confrades de "irmão Insolente", não retrocedeu um milímetro. E devolveu-lhe o empurrão com tamanha força que Wolfher atravessou voando metade do pátio até aterrissar numa pilha de estrume.

Por um instante, tudo ficou em silêncio. Então todo o bando dos Stercza se lançou contra o frade grandalhão. Bufo, o primeiro a atacá-lo, levou um murro nos dentes e rolou sobre a areia. Morold von Stercza levou um safanão ao pé do ouvido que o fez sair tropeçando para o lado, com o olhar perdido. Os demais cercaram o agostiniano como formigas, e a enorme silhueta de hábito negro desapareceu por completo debaixo da enxurrada de socos e pontapés. O irmão Insolente, mesmo sob um ataque massivo, retribuiu os golpes em igual medida e de uma forma bem pouco cristã, contrariando por completo a regra da humildade de Santo Agostinho.

O velho prior se enervou diante da cena. Enrubesceu como uma cereja, rugiu como um leão e se lançou no meio do turbilhão da batalha, manejando, à esquerda e à direita, um crucifixo de jacarandá com o qual distribuía pancadas mordazes.

– *Pax!* – berrava ele ao desferir os golpes. – *Pax! Vobiscum!* Ama o teu próximo! *Proximum tuum! Sicut te ipsum!* Filhos da puta!

Dieter Haxt lhe deu um soco. As pernas do velhinho se ergueram rumo ao céu enquanto ele caía para trás, suas sandálias soltas perfazendo trajetórias pitorescas em pleno ar. Os agostinianos começaram a gritar. Alguns não resistiram à tentação e se lançaram ao combate. O pátio estava tomado pelo alvoroço.

Wolfher von Stercza, empurrado para fora do turbilhão, desembainhou seu gládio e começou a brandi-lo – um derramamento de sangue parecia iminente. Mas Reynevan, que já tinha conseguido se levantar, golpeou-o na nuca com o cabo do chicote que ele havia apanhado do chão. Stercza, então, agarrou a cabeça dele e se virou, mas o movimento serviu apenas para que Reynevan acertasse seu rosto com o chicote. Wolfher caiu. E Reynevan saiu em disparada na direção dos cavalos.

– Aqui, Adèle! Venha comigo!

Adèle não esboçou um movimento sequer, e a indiferença estampada em seu rosto chamava a atenção. Reynevan, num salto, já estava montado na sela. O cavalo relinchava e sacudia.

– Adèèèèle!

Morold, Wittich, Haxt e Bufo saíram correndo atrás dele. Reynevan fez o cavalo dar meia-volta, então assobiou com força e se lançou a galope rumo ao portão.

– Atrás dele! – berrou Wolfher von Stercza. – Peguem seus cavalos e vão agora mesmo atrás dele!

A ideia inicial de Reynevan era fugir pelo portão de Santa Maria para fora da cidade, rumo à floresta de Spahlitz. No entanto, descobriu que a rua das Vacas, que levava ao portão, estava completamente interditada por carroças. Além disso, o cavalo, arredio e assustado com os gritos de um ginete desconhecido, demonstrava muita iniciativa própria. Assim, antes que Reynevan se desse conta, galopava freneticamente na direção da Praça do Mercado, espalhando lama e fazendo os transeuntes saltarem para os lados para lhe dar passagem. Reynevan nem precisava olhar para trás para saber que os outros vinham no seu encalço. Bastava ouvir o retumbar dos cascos, o relinchar dos cavalos, os berros selvagens dos Stercza e os gritos raivosos dos atropelados.

Decidiu, então, usar seus calcanhares para instigar o cavalo. Em disparada, atropelou o padeiro, que carregava um grande cesto. Uma chuva de pães, roscas e *croissants* despencou sobre a lama e, nem bem tinham chegado ao chão, os produtos foram todos pisoteados pelos cavalos dos Stercza. Reynevan nem sequer olhou para trás, pois estava mais preocupado com o que havia à sua frente. Bem diante de seus olhos surgia uma carroça que levava uma enorme pilha de gravetos. A carroça obstruía quase totalmente a ruela, enquanto os parcos espaços restantes estavam tomados por crianças seminuas agachadas ao redor do coche, entretidas em cavar o esterco em busca de algo extremamente interessante.

– Agora pegamos você, Bielau! – berrou Wolfher von Stercza, que vinha atrás dele, ao perceber o obstáculo no caminho.

O cavalo do fugitivo vinha tão rápido que não havia meio de freá-lo. Então Reynevan reclinou-se sobre a crina do corcel e apenas cerrou os olhos, o que lhe impossibilitou observar as crianças seminuas dissipando-se pela rua com a agilidade e a elegância de um bando de ratos. Ele tampouco olhava para trás, por isso igualmente não pôde testemunhar um homem trajando samarra virar-se e, assustado, tentar de súbito manobrar a carroça. E assim também deixou de divisar os Stercza se chocando contra o coche atravessado e Jencz von Knobelsdorf voando da sela e derrubando sobre si metade dos gravetos.

Reynevan vinha a toda velocidade pela rua São João, por entre a sede da prefeitura e a casa do prefeito, e assim adentrou a enorme Praça do Mercado de Oleśnica, que estava repleta de gente. Irrompeu-se um pandemônio. Dirigindo-se para a frontaria meridional e para o alargado quadrilátero da torre, visível sobre o portão de Oława, Reynevan galopava em disparada em meio a pessoas, cavalos, bois, porcos, carroças e bancas, deixando atrás de si um rastro de caos. As pessoas berravam, uivavam e maldiziam, o gado mugia e os porcos guinchavam, ao mesmo tempo que bancas e tabuleiros tombados faziam chover todo tipo de utensílios e produtos – panelas, tigelas, cuias, enxadas, peles de ovelha, chapéus de feltro, colheres de tília, velas de sebo bovino, alpargatas de floema e galos de barro que vinham com um apito. Também despencavam de todos os lados produtos alimentícios – ovos, queijos, assados, grãos, cenouras, nabos, cebolas e até mesmo lagostins. Em meio às nuvens de penas ouviam-se os mais variados tipos de grasnar. Para completar a confusão, os Stercza, igualmente desenfreados, vinham imediatamente atrás, destruindo o que havia restado ileso.

O cavalo de Reynevan, assustado com um ganso que passara voando rente à sua fuça, escoiceou antes de se chocar com uma banca de peixes, destroçando as caixas e fazendo tombar os barris. O pescador, enfurecido, arremessou com força seu xalavar, errando Reynevan, mas acertando a garupa do cavalo. O equino relinchou e saltou para o lado, derrubando o tabuleiro de uma vendedora de linhas e fitas. Manteve-se ali por alguns instantes, sapateando sem sair do lugar, chapinhando a massa prateada e fedorenta composta de baratas, bremas e carpas, salpicada com uma profusão feérica de carretéis multicoloridos. Foi apenas por um milagre que Reynevan não caiu. Com o canto do olho, viu a mercadora das linhas, que agora empunhava um enorme machado, correr até ele. (Sabe Deus qual podia ser a utilidade de tal objeto no comércio de armarinhos.) Depois de cuspir algumas penas de ganso que tinham grudado em seus lábios, Reynevan enfim conseguiu controlar o cavalo e assim galopou pela ruela do açougue, que, como sabia, ficava bem próxima do portão de Oława.

– Vou cortar seu saco fora, Bielau! – Wolfher von Stercza berrava atrás dele. – Vou arrancá-lo e enfiar seus bagos em sua garganta!

– Vá se ferrar! – respondeu o fugitivo.

Restavam apenas quatro perseguidores: Rotkirch acabara de ser derrubado da sela e levava uma sova de alguns comerciantes enfurecidos na praça.

Reynevan ia em disparada, como uma flecha, ao longo de uma fileira de carcaças penduradas pelas patas. Os açougueiros se esquivavam assustados. Mesmo assim, atingiu um deles, que trazia no ombro um enorme coxão bovino. O atropelado desabou junto com o corte de carne e caiu sob os cascos do cavalo de Wittich, que empinou com o susto. Wolfher, que vinha atrás com sua montaria, chocou-se com ele. Wittich caiu da sela direto na banca de carnes, enfiando o nariz nos fígados, pulmões e rins, e em seguida ainda amorteceu a queda de Wolfher, que desabou sobre ele. Seu pé ficara preso no estribo e, antes que pudesse se soltar, foi derrubando boa parte dos tabuleiros de carne e enchafurdando-se, dos pés à cabeça, em lama e sangue.

No último instante, Reynevan de súbito debruçou-se sobre a nuca do cavalo e assim conseguiu passar debaixo da placa de madeira com o desenho de uma cabeça de porco. Dieter Haxt, que vinha logo atrás dele, não teve o mesmo reflexo. A tábua com a pintura do leitãozinho sorridente fez um estrondo quando o cavaleiro a atingiu em cheio com a testa. Dieter caiu da montaria e desabou sobre uma pilha de miúdos, espantando um bando de gatos que se reunia ao redor. Reynevan olhou para trás. Agora, de seus perseguidores restava apenas Niklas.

Em seu galope desembestado, Reynevan deixou para trás o beco dos açougueiros e seguiu a toda velocidade rumo à pequena praça onde trabalhavam os curtidores. Ao deparar com um varal de couros molhados bem à sua frente, instigou o animal a saltar. O cavalo saltou. E Reynevan não caiu – mais uma vez, por puro milagre.

Niklas não teve tanta sorte. Seu cavalo tentou frear bruscamente diante do varal, mas, patinando sobre lama, pedaços de carne e restos de gordura, chocou-se contra ele. O mais jovem dos Stercza, arremessado de sua sela, fez um sobrevoo por cima da cabeça do cavalo, com resultados bastante infelizes. Niklas caiu sobre uma foice usada para raspar do couro os restos de carne e gordura, que os curtidores haviam deixado ali, recostada no varal, e que se lhe encravou na virilha e na barriga.

Niklas, a princípio, nem tinha se dado conta do que se passara. Num ímpeto, levantou-se do chão, montou o cavalo e, só depois de este relinchar e recuar, sentiu as pernas bambas e os joelhos cederem. Ainda sem saber o que havia acontecido, o Stercza mais novo foi arrastado pela lama atrás do cavalo, que seguia recuando e relinchando, em pânico. Por fim, soltou as rédeas e tentou se levantar. Só então percebeu que havia algo errado e resolveu voltar os olhos para baixo. Então viu sua barriga.

E gritou.

Caiu de joelhos no meio de uma poça de sangue que rapidamente se alargava.

Veio Dieter Haxt, que freou seu cavalo e saltou da sela. Em seguida chegaram Wolfher e Wittich von Stercza, que fizeram o mesmo.

Niklas sentou-se pesadamente. Outra vez olhou para a barriga. Então soltou um grito e debulhou-se em lágrimas e soluços. Sua vista começava a embaçar. O sangue que jorrava de sua barriga se misturava com o dos bovinos e suínos ali abatidos naquela mesma manhã.

– Niklaaas!

Niklas von Stercza tossiu e se engasgou. E morreu.

– Você está morto, Reynevan de Bielau! – bramiu Wolfher von Stercza, pálido de raiva, na direção do portão. – Vou achá-lo, matá-lo, destruí-lo, acabar com a sua raça, com você e com toda a sua família de víboras, está me ouvindo?

Reynevan não ouviu. Em meio ao som retumbante produzido pela batida dos cascos do cavalo sobre as tábuas de madeira da ponte, ele deixava para trás Oleśnica e galopava em disparada rumo ao sul, na direção da estrada para a Breslávia.

CAPÍTULO II

No qual o leitor descobre mais detalhes sobre Reynevan por meio de conversas entre as mais variadas pessoas – umas de caráter afável, outras, nem tanto. Enquanto isso, o próprio Reynevan segue errante pelas florestas nas cercanias de Oleśnica. O autor poupa aqui o leitor das descrições de tal deambulação. Desse modo, terá ele mesmo, *nolens volens*, de imaginá-la por conta própria.

– Sentem-se, sentem-se à mesa, senhores – conclamava Bartolomeu Sachs, o prefeito de Oleśnica, aos vereadores. – O que desejam? Dos vinhos, para ser sincero, não tenho nada que possa impressioná-los. Mas a cerveja chegada hoje é de primeiríssima qualidade, uma *ale* maravilhosa, vinda diretamente de uma adega profunda e gélida de Świdnica.

– Que seja uma cervejinha, então, senhor Bartolomeu – respondeu Jan Hofrichter, um dos comerciantes mais ricos da cidade, esfregando as mãos. – A cerveja é a nossa bebida. Que os nobres e os diversos fidalgos que andam por aí azedem as tripas com o vinho... Que me perdoe os termos a Vossa Reverendíssima...

– Não há do que se desculpar – disse com um sorriso Jacob von Gall, o padre da Igreja de São João Evangelista. – Eu já não sou mais fidalgo, sou pároco. E um pároco, como o senhor há de adivinhar pelo nome de tal função, vive junto do povo, sua paróquia. Portanto, não convém desprezar a cerveja. E eu mesmo posso tomar uma, pois já celebrei as Vésperas.

Sentaram-se à mesa numa enorme sala da prefeitura, rusticamente caiada e de teto baixo, onde, de praxe, se davam as assembleias da municipalidade. O prefeito estava acomodado em sua cadeira, como de costume, de costas para a lareira, com o padre Gall a seu lado, com vistas para a janela. Em frente a eles estavam Hofrichter e Lucas Frydman. Este, um abastado e renomado ourives que parecia um verdadeiro nobre, trajava um jaquetão almofadado, então em voga, e um barrete de veludo sobre os cabelos encaracolados.

O prefeito pigarreou e, sem esperar os serviçais trazerem a cerveja, começou:

– O que temos aqui? – perguntou, entrelaçando as mãos sobre sua barriga proeminente. – O que nos arranjaram os nobres senhores ordenados cavaleiros? Uma peleja com os agostinianos. Uma perseguição a cavalo pelas ruas da cidade. Tumulto na Praça do Mercado, vários cidadãos machucados e, entre eles, uma criança seriamente ferida. Bens danificados, mercadorias desperdiçadas. O prejuízo material foi tamanho que durante a tarde toda pululraram aqui *mercatores et institores* demandando indenizações. Pois eu deveria mandá-los reclamar com os senhores Stercza em Bierutów, Ledna e Sterzendorf.

– Melhor não – advertiu secamente Jan Hofrichter. – Embora eu concorde que os senhores cavaleiros têm, ultimamente, saído um pouco dos eixos, não se deve esquecer das causas e das consequências deste caso. A consequência, uma trágica consequência, vale dizer, é a morte do jovem Niklas von Stercza. E a causa: despudor e libertinagem. Os Stercza buscavam defender a honra do irmão, perseguiam o amante que havia seduzido a cunhada e, assim, maculado o leito matrimonial. Mas é fato que, em seu zelo, podem ter forçado um pouco a mão...

O comerciante calou-se diante do olhar enfático do padre Jacob, pois, quando este sinalizava com o olhar sua intenção de se pronunciar, até o prefeito silenciava. Isso porque Jacob von Gall não era apenas o vigário da paróquia municipal, mas também o secretário de Conrado, este último o duque de Oleśnica e cânone do capítulo da catedral da Breslávia.

– O adultério é pecado – entoou o padre, endireitando, do outro lado da mesa, sua esguia silhueta. – E o adultério é também um delito. Contudo, quem pune os pecadores é Deus, e quem pune os criminosos é a lei. Nada justifica linchamentos ou assassinatos.

– Sim, sim – intrometia-se no *credo* o prefeito, que, no entanto, logo silenciou para se ocupar da cerveja que acabara de ser servida.

– Niklas von Stercza morreu de forma bastante trágica, o que sem dúvida nos causa muita dor – acrescentou o padre Gall. – Mas em consequência de um acidente. Porém, tivesse Wolfher, com sua companhia, apanhado Reinmar de Bielau, teríamos então de lidar com um assassinato cometido em nossa jurisdição. E ainda não sabemos se não é esse de fato o caso. Gostaria de lembrar que o prior Steinkeller, o honorável ancião vigorosamente espancado pelos Stercza, segue desacordado no mosteiro dos agostinianos. Se ele vier a morrer em consequência da surra, tudo se complicará. Particularmente para os von Stercza.

– Quanto ao delito de adultério – interveio o ourives Lucas Frydman, contemplando os anéis em seus dedos com unhas bem-cuidadas –, notem, estimados senhores, que ele não se vincula, de forma alguma, à nossa jurisdição. Embora tal ato despudorado tenha ocorrido em Oleśnica, as partes não se encontram sob nosso jugo. Gelfrad von Stercza, o marido traído, é vassalo do duque de Ziębice. Assim como o é o jovem médico, Reinmar de Bielau...

– O ato imoral ocorreu em nosso território, bem como o delito – disse Hofrichter com firmeza. – E não se trata de um delito qualquer, se formos crer naquilo que confessou a senhora von Stercza aos agostinianos: que foi enfeitiçada pelo médico e induzida, por obra de bruxaria, a pecar. Embora ela resistisse, ele a obrigou.

– Todas dizem isso – zumbiu o prefeito para dentro do caneco.

– Especialmente quando alguém da estirpe de Wolfher von Stercza põe uma faca à sua garganta – acrescentou o ourives sem muita emoção. – O venerável padre Jacob tem razão ao dizer que o adultério é um delito, um *crimen*, e como tal deve ser investigado e levado a julgamento. Não queremos aqui vendetas de família ou batalhas nas ruas, não permitiremos que fidalguetes descontrolados intimidem sacerdotes, empunhem facas e atropelem o povo nas praças. Em Świdnica, um dos Pannewitz foi preso na torre por ter agredido um armeiro e o ameaçado com um gládio. E assim é que deve ser. Não se pode permitir que retornem os tempos da licenciosidade cavaleiresca. O assunto precisa ser levado ao duque.

– Até porque – confirmava o prefeito, acenando com a cabeça – Reinmar de Bielau é fidalgo, e Adèle von Stercza, fidalga. Não podemos mandar açoitá-lo, nem expulsá-la da cidade como se fosse uma meretriz qualquer. O assunto tem de ser relatado ao duque.

– Mas não vamos nos precipitar – transigiu o padre Gall, olhando para o teto. – O duque Conrado prepara-se para partir para a Breslávia e, antes da viagem, tem já demasiadas questões a resolver. Os rumores, como de costume, já devem ter chegado a ele; ainda assim, esta não é uma boa hora para oficializá-los. Basta deixarmos o relato do caso para quando o duque regressar. Até lá, muita coisa há de se resolver sozinha.

– De acordo – disse Bartolomeu Sachs, mais uma vez assentindo com a cabeça.

– Eu também – acrescentou o ourives.

Jan Hofrichter ajeitou o *kalpak* de marta, assoprou a espuma de seu caneco e declarou:

– Por enquanto, não convém informar o duque. Concordo com os senhores que é melhor aguardarmos o retorno dele. Mas devemos informar o Santo Ofício, e sem demora, sobre o que encontramos no laboratório do médico. Não meneie a cabeça, senhor Bartolomeu. Não faça caretas, estimado senhor Lucas. E o senhor, venerável padre, pare de suspirar e de contar as moscas neste teto de madeira. Estou tão entusiasmado quanto vocês e desejo a presença da Inquisição na mesma medida que os senhores. Contudo, havia muita gente presente quando o laboratório foi aberto. Não serei muito original neste ponto, mas onde há muitas pessoas sempre haverá um delator da Inquisição. E, quando um inquisidor aparecer em Oleśnica, seremos os primeiros a ser questionados pela demora.

– Então eu explicarei a delonga – anunciou o pároco, tirando os olhos do teto. – E o farei pessoalmente. Pois é minha esta paróquia, e portanto é também minha a responsabilidade de informar o bispo e o inquisidor papal. Cabe a mim avaliar se as circunstâncias justificam ou não convocar e importunar a cúria e o Santo Ofício.

– E não seria a feitiçaria sobre a qual berrava Adèle von Stercza aos agostinianos uma dessas circunstâncias justificáveis? – insistiu Jan Hofrichter. – E tampouco o seria o laboratório? Não o seriam o alambique alquímico e o pentagrama no chão? A mandrágora? As caveiras e as mãos de cadáveres? Os cristais e os espelhos? As garrafas e frascos com todos os tipos de imundície e veneno? As rãs e as lagartixas em jarros? Não constituiria tudo isso uma circunstância justificável?

– Não, não constitui – respondeu secamente o padre Gall. – Os inquisidores são pessoas sérias. Ocupam-se de *inquisitio de articulis fidei*, e não de contos de velhas viúvas, superstições ou rãs. Não disponho da menor intenção de importuná-los com esse tipo de bobagem.

– E quanto a estes livros aqui? – redarguiu Hofrichter.

– Os livros, antes de mais nada, devem ser examinados, detalhada e demoradamente – respondeu com calma Jacob von Gall. – O Santo Ofício não proíbe a leitura, tampouco a posse de livros.

– Na Breslávia – afirmou soturnamente Hofrichter –, acabaram de queimar dois homens na fogueira. Do que dão conta os boatos, pela posse de livros.

– Certamente não se deu pela mera posse de livros – redarguiu secamente o pároco –, mas pela contumácia, por uma obstinada resistência a rejeitar o conteúdo deles. Entre eles havia os escritos de Wycliffe e Hus, *Floretus* lolardiano, os artigos praguenses e vários outros libelos e manifestos. Não noto nada similar aqui, entre os livros confiscados no laboratório de Reinmar de Bielau. Os volumes que vejo são quase exclusivamente obras médicas. E, diga-se de passagem, a grande maioria deles, se não todos, pertence ao *scriptorium* do mosteiro dos agostinianos.

– Repito – anunciou Jan Hofrichter levantando-se para alcançar os livros expostos sobre a mesa. – Repito: não me entusiasma nem um pouco a presença da Inquisição episcopal ou papal. Não é meu desejo denunciar qualquer um ou vê-lo estalar numa fogueira. Mas o que está em jogo aqui são as nossas cabeças, caso a acusação de posse de tais livros recaia sobre nós. E o que temos aqui? Além de Galeno, Plínio e Estrabão? Saladino Ferro di Ascoli, *Compendium aromatorium*. Escribônio Largo, *Compositiones medicamentorum*. Bartolomeu da Inglaterra, *De proprietatibus rerum*. Alberto Magno, *De vegetalibus et plantis*... Magno, hã? Um codinome digno de um feiticeiro. E, aqui, ora, ora, eis o próprio Sabur ibn Sahl... Abu Bakr al-Rasis... Pagãos! Sarracenos!

– As obras desses sarracenos são estudadas nas universidades cristãs – explicou tranquilamente Lucas Frydman, contemplando os próprios anéis. – São autoridades no campo da medicina. E o seu "feiticeiro" é o próprio Alberto, o Grande, bispo de Ratisbona, um teólogo erudito.

– É mesmo? Hmmm... E o que mais temos aqui... Vejam! *Causae et curae*, autoria de Hildegarda de Bingen. Certamente se trata de uma bruxa essa Hildegarda!

– Na verdade, não – respondeu com um sorriso o padre Gall. – Hildegarda de Bingen foi uma profetisa, conhecida como Sibila do Reno. Morreu com fumos de santidade.

– Bom, se você diz... E o que é isto? John Gerard, *Generall... Historie... of Plantes...* Interessante, que língua é esta? Talvez o idioma dos judeus. Mas há de ser outro santo. E aqui temos *Herbarius* da autoria de Tomás da Boêmia...

– O que você disse? – inquiriu o padre Jacob, erguendo a cabeça. – Tomás, o Tcheco?

– É o que está escrito aqui.

– Deixe-me ver – disse o pároco enquanto puxava para si o livro. – Hmmm... Muito interessante... Ao que parece, o fruto não cai longe da árvore.

– Que árvore? – questionou, confuso, Hofrichter.

– É uma questão familiar – interveio Lucas Frydman, que parecia ainda mais absorto em seus anéis. – Tomás, o Tcheco, ou da Boêmia, o autor do *Herbarius*, é o bisavô de nosso Reinmar, o amante das esposas alheias que tantos transtornos e aborrecimentos nos tem causado.

– Tomás da Boêmia... Tomás da Boêmia – repetiu o prefeito, franzindo o cenho. – Também conhecido como Tomás, o Médico. Já tinha ouvido falar dele. Era companheiro de um dos duques... Só não me recordo de qual...

– Do duque Henrique VI da Silésia – interveio o ourives Frydman, adiantando-se em oferecer uma explicação. – De fato, eram amigos. Dizem que Tomás foi um médico ilustre e talentoso. Estudou em Pádua, Salerno e Montpellier...

– Também diziam que era feiticeiro e herege – intrometeu-se Hofrichter, que havia alguns instantes meneava a cabeça para atestar que também a ele lhe ocorrera a lembrança.

– Mestre Jan, o senhor se agarrou a essa coisa de feitiçaria como um cão a um osso – advertiu o prefeito. – Deixe isso para lá.

– Tomás da Boêmia – começou o padre Gall, num tom levemente severo – foi clérigo, cânone na Breslávia, e mais tarde bispo sufragâneo da diocese. E bispo titular de Sarepta. Conhecia pessoalmente o papa Bento XII.

– Havia opiniões conflitantes a respeito desse papa – insistiu Hofrichter. – Houve casos de feitiçaria entre os prelados mitrados. No seu tempo, o inquisidor Schwenckefeld...

– Deixe isso pra lá, pode ser? – interveio o padre Jacob, interrompendo o outro. – Há outras coisas aqui que demandam nossa atenção.

– De fato – confirmou o ourives. – Eu, particularmente, sei de um assunto que deveríamos abordar. O duque Henrique não teve nenhum filho varão, apenas três filhas. E nosso padre Tomás teve um caso com Margarida, a mais nova.

– E o duque consentiu? Eram eles tão bons amigos?

– Na época, o duque já tinha morrido – interveio outra vez o ourives para explicar. – E a duquesa Anna não sabia o que estava acontecendo, ou não queria saber. Àquela altura, Tomás da Boêmia ainda não era bispo, mas já mantinha ótimas relações com o restante dos nobres da Silésia: com Henrique, o Fiel, em Głogów; Casimiro, duque de Cieszyn e Fryštát; Bolko II, o Pequeno, duque de Świdnica e Jawor; Ladislau, duque de Batom e Koźle; e Luís I de Brzeg. Imaginem os senhores: trata-se de alguém que não apenas viaja até Avinhão para ver o próprio Santo Padre como ainda consegue extrair as pedras dos rins de um paciente, e com uma destreza tal que este jamais perde a vara. Melhor ainda: consegue ficar de pau duro e, mesmo que não seja todo dia, ele ao menos levanta. Embora isso soe como uma piada, não estou de brincadeira. É muito comum a opinião de que, se ainda há Piastas na Silésia, isso se deve a Tomás, que com a mesma destreza prestava auxílio tanto aos homens como às mulheres, e também aos casais, se os senhores entendem o que quero dizer.

– Receio que não – afirmou o prefeito.

– Ele sabia como ajudar um casal malsucedido na cama. Entendem?

– Ah, *agora* sim – disse Jan Hofrichter, acenando com a cabeça. – Ou seja, a duquesa da Breslávia também deve ter sido traçada de acordo com as artes médicas. E, naturalmente, o fruto disso foi um rebento.

– Naturalmente – confirmou o padre Jacob. – O caso foi resolvido como de praxe. Margarida foi enclausurada num convento da Ordem das Clarissas, e a criança, levada para Oleśnica e entregue ao duque Conrado, que a criou como se fosse seu filho. Quanto a Tomás da Boêmia, a cada dia ganhava mais proeminência na Silésia, em Praga e na corte do imperador Carlos IV, em Avinhão. E o menino já tinha, desde a infância, uma carreira assegurada: uma ocupação eclesiástica, é claro, que dependia das capacidades intelectuais que ele viesse a demonstrar. Fosse ele parvo, tornar-se-ia o pároco de um vilarejo qualquer. Tivesse ele um mínimo de argúcia, viraria um abade cisterciense. E, caso se revelasse de fato sábio, ser-lhe-ia reservado um capítulo de uma das colegiadas.

– E como se mostrou? – quis saber o prefeito.

– Inteligente. Vistoso como o pai. E valente. Antes que pudessem encaminhá-lo em algum sentido, ao lado do duque mais novo, que mais tarde viria a tornar-se Conrado III, o Velho, o futuro padre já combatia os habitantes da Grande Polônia. Guerreava com tanta bravura que não havia outra possibilidade senão ordená-lo cavaleiro. E lhe conceder feudo. Foi assim que morreu o padre Tymo e nasceu o cavaleiro Tymo da Boêmia, von Bielau. O cavaleiro Tymo, pouco tempo depois, estabeleceu boas alianças ao se casar com a filha mais nova de Heidenreich Nostitz.

– Nostitz entregou a filha a um bastardo concebido por um padre? – questionou Jan Hofrichter.

– É que o padre, pai do bastardo, tornou-se sufragâneo e bispo de Sarepta – continuava a explicar o pároco. – Conhecia o Santo Padre, assessorava Venceslau IV da Boêmia e mantinha relações amistosas com todos os duques na Silésia. O próprio Heidenreich deve ter oferecido a mão da filha, e de boa vontade.

– É possível – assentiu Hofrichter.

– Do relacionamento da filha de Nostitz com Tymon de Bielau nasceram Henrique e Tomás – prosseguia o padre Gall. – O sangue do avô aflorou em Henrique, que se fez padre, cursou a universidade em

Praga e, até sua morte, relativamente recente, foi o cardeal responsável pelo colégio da Igreja da Santa Cruz, na Breslávia. Quanto a Tomás, casou-se com Bogushka, filha de Miksha de Prochowice, e com ela teve dois filhos: Piotr, conhecido como Peterlin, e Reinmar, que chamamos Reynevan.* Não sei se tais apelidos botânicos foram escolhidos por eles mesmos ou se eram fruto da imaginação do pai. O qual, a propósito, pereceu nos campos de Tannenberg.

– De qual lado? – quis saber Jan Hofrichter.

– Do nosso, dos cristãos – confirmou o padre.

Jan Hofrichter assentiu e tomou um gole de sua caneca.

– E esse tal Reinmar-Reynevan que tem o hábito de seduzir as mulheres dos outros... Qual posição ocupa entre os agostinianos? É oblato? Converso? Noviço?

– Reinmar de Bielau – começou o padre Jacob com um sorriso – é médico, formado pela Universidade Carolina, em Praga. O rapaz estudou na escola da catedral da Breslávia ainda antes de ingressar na universidade. Depois, foi instruído nos arcanos do herbalismo pelos boticários de Świdnica e pelos frades do sanatório de Brzeg. Foram estes últimos e o próprio tio Henrique, mestre da Breslávia, que o mandaram para os nossos agostinianos, que são especialistas em tratamentos à base de ervas. O rapaz trabalhou honesta e assiduamente no sanatório e no leprosário, comprovando sua vocação. Só mais tarde, como mencionei, foi estudar medicina em Praga, ainda graças à proteção do tio e ao dinheiro que este recebia como cônego. Na universidade, foi um aluno aplicado e, passados dois anos, formou-se bacharel em artes, *artium baccalaureus*. E deixou Praga logo após a... hã...

– Logo após a Defenestração – interveio o prefeito, sem hesitar em concluir a frase do pároco. – Ora, o que demonstra claramente que ele não tem nenhuma ligação com a heresia hussita.

---

* No idioma gótico arcaico (germânico oriental), "*peterlin*" significava "salsinha", e "*reynevan*", uma planta nativa da Europa, *Tanacetum vulgare*, conhecida no Brasil como erva-de-santa-maria, erva-de-são-marcos, cantiga-de-mulata, tanásia ou atanásia-das-boticas. (N. da T.)

– Não tem o menor vínculo – confirmou o ourives Frydman com tranquilidade. – Soube disso por meu próprio filho, que à época também estudava em Praga.

– E fez muito bem Reynevan em retornar à Silésia – acrescentou o prefeito Sachs. – E melhor ainda em regressar para cá, para Oleśnica, e não para o ducado de Ziębice, onde o irmão serve como cavaleiro ao duque João. É um bom rapaz Reynevan: sensato, apesar de jovem. E hábil como poucos no que se refere aos tratamentos com ervas. Por sinal, foi ele quem curou os furúnculos da minha senhora, que apareceram no seu... corpo. Tratou a tosse crônica da minha filha. E me passou uma decocção para meus olhos, que se enchiam de pus, e o problema sumiu como que por mágica...

O prefeito silenciou, pigarreou e enfiou as mãos nas mangas de seu casaco revestido de pele. Jan Hofrichter o encarava com um olhar desconfiado:

– Agora tudo me parece claro, enfim, a respeito desse tal Reynevan – declarou Hofrichter. – Entendi tudo. Ainda que um bastardo, em suas veias corre o sangue dos Piastas. É filho de bispo. Queridinho dos duques. Parente dos Nostitz. Sobrinho de um mestre encarregado de colégio na Breslávia. Companheiro de estudos universitários dos filhos dos ricaços. Como se tudo isso fosse pouco, é ainda um médico dedicado, quase um milagreiro, capaz de obter a valiosa gratidão dos poderosos. Só por curiosidade, venerável padre, de que o curou o senhor Reynevan? De qual moléstia?

– Moléstias – começou o pároco a responder com frieza – não constituem tema apropriado para discussões. Digamos, portanto, que as tratou com êxito, sem entrarmos em pormenores.

– Não vale a pena corrermos o risco de ter de executar alguém como ele – acrescentou o prefeito. – Seria uma pena permitir que um rapaz como ele perecesse numa vendeta de família só porque se apaixonou por um belo par de... olhos. Que sirva à comunidade. Que trate os cidadãos, já que é tão hábil no ofício...

– Mesmo que para tanto faça uso de um pentagrama traçado no chão? – rosnou Hofrichter.

– Se funciona – respondeu com seriedade o padre Gall –, se ajuda, se alivia a dor, então que faça uso dele. Tais habilidades são um dom divino, o Senhor as atribui de acordo com Sua vontade e com um propósito conhecido apenas por Ele mesmo. *Spiritus flat, ubi vult*: não nos cabe entender os caminhos traçados por Ele.

– Amém – concordou o prefeito.

– Em breves palavras – insistia Hofrichter –, alguém como Reynevan não pode ser considerado culpado? É isso mesmo? Hein?

– Aquele que não guardar nenhuma culpa – respondeu o pároco, com uma expressão impassível – que atire a primeira pedra. E Deus julgará todos nós.

Por um instante pairou um silêncio tão profundo que era possível ouvir o farfalhar das asas das mariposas debatendo-se nas janelas. Ressoou, vindo da rua de São João, um grito prolongado e melodioso de um guarda municipal.

– Então, para resumirmos – anunciava o prefeito, endireitando-se à mesa e esbarrando a barriga nela –, os irmãos Stercza devem ser responsabilizados pelo tumulto na nossa cidade de Oleśnica. Da mesma forma devem os Stercza ser responsabilizados pelos prejuízos materiais e danos corporais infligidos na Praça do Mercado. Serão também os Stercza responsabilizados pela perda de saúde e, Deus nos livre, pela eventual morte do venerável prior Steinkeller. Eles, e apenas eles, são os culpados. E o ocorrido com Niklas von Stercza não foi senão um... infeliz acidente. Quando do retorno do duque, apresentar-lhe-ei dessa forma os fatos. De acordo?

– De acordo – responderam os outros ao mesmo tempo.

– *Consensus omnium* – declarou o pároco.

– *Concordi voce* – complementou o ourives.

– E, se Reynevan aparecer em algum lugar – acrescentou o padre Gall após um momento de silêncio –, sugiro que o prendamos discretamente e o mantenhamos encarcerado aqui, na cela solitária da prefeitura, para sua própria segurança, até que o caso seja abafado.

– Seria bom fazê-lo logo – acrescentou Lucas Frydman, ainda com os olhos voltados para os anéis –, antes que Tammo von Stercza tome ciência de todo esse arranjo.

* * *

Enquanto deixava o prédio da prefeitura para mergulhar na penumbra que engolia a rua de São João, o mercador Hofrichter pescou, com o canto do olho, um movimento acima do muro da torre, iluminada pelo luar: um vulto que se deslocava um pouco abaixo das janelas do trombeteiro municipal e um tanto acima das janelas da câmara onde havia pouco se dera a reunião do conselho. Hofrichter olhou fixamente para o ponto, cobrindo os olhos devido à irritante luz que vinha da lanterna carregada por seu serviçal. "Diabos", pensou, fazendo de imediato o sinal da cruz. "O que está se mexendo ali, em cima do muro? Seria um bufo? Uma coruja? Um morcego? Ou talvez..."

Jan Hofrichter estremeceu, fez de novo o sinal da cruz, puxou o *kalpak* de marta de modo a cobrir as orelhas, envolveu-se na capa de pele e adamasco e apertou o passo na direção de casa.

E assim, portanto, não pôde ver a enorme trepadeira-dos-muros que estendia suas asas e lançava-se do parapeito para silenciosamente sobrevoar os telhados da cidade como se fosse um espectro noturno ou um fantasma.

* * *

Apeczko von Stercza, o senhor de Ledna, não gostava de visitar o castelo Sterzendorf. E havia uma razão muito simples para isso: Sterzendorf era a residência de Tammo von Stercza, líder e patriarca da família – ou, como diriam outros, o tirano, déspota e opressor da família.

A câmara estava abafada. E imersa na escuridão. Temendo um resfriado, Tammo von Stercza não permitia que as janelas fossem abertas. Da mesma forma deviam as venezianas permanecer sempre fechadas, pois a luz cegava os olhos do aleijado.

Apeczko estava faminto e coberto de poeira ao retornar de sua viagem. Mas não havia tempo nem para se alimentar nem para se limpar. O velho Stercza não gostava de esperar. Tampouco tinha o costume de oferecer comida aos convidados. Menos ainda aos familiares.

Apeczko, então, engolia saliva para umedecer a garganta – naturalmente, não lhe foi servido nada para beber – enquanto relatava a Tammo os eventos ocorridos em Oleśnica. Fazia-o a contragosto, mas não havia opção. Aleijado ou não, paralítico ou não, Tammo era o patriarca da família. Um patriarca que não tolerava desobediência.

O ancião ouvia o relato, acomodado na cadeira em sua pose característica, bizarramente retorcida. "Velho sapo deformado", pensava Apeczko. "Um paralítico colérico."[3]

As causas do estado em que se encontrava o patriarca da família Stercza não eram de todo conhecidas, nem do conhecimento de todos. Havia consenso apenas a respeito de uma coisa: Tammo tivera uma apoplexia fulminante após um acesso de ira. Uns diziam que o velho se enfurecera ao saber que Conrado, seu inimigo pessoal, o odiado duque da Breslávia, havia recebido a consagração episcopal ao ser ungido bispo e se tornado a pessoa mais poderosa da Silésia. Outros, por sua vez, argumentavam que o malfadado ataque de nervos resultara do fato de a sogra de Tammo, Anna de Pogorzels, ter deixado queimar o prato favorito dele – trigo-sarraceno com torresmo. Não havia como saber o que de fato ocorrera, mas o resultado era evidente e impossível de ser ignorado. Após o acidente, Stercza conseguia mover – ainda assim, sem muita destreza – apenas o braço direito e o pé esquerdo. A pálpebra direita estava sempre caída, e da pálpebra esquerda, que ele às vezes conseguia levantar, vertiam lágrimas mucosas. Do canto dos lábios, contorcidos numa careta macabra, escorria saliva. O acidente lhe causara ainda a perda quase total da fala, daí a origem de sua alcunha – Balbulus, o gago balbuciante.

A perda da capacidade de falar, no entanto, não provocara a consequência pela qual toda a família mais ansiava: a privação de contato com o mundo. Ah, não. O senhor de Sterzendorf ainda mantinha controle total sobre a família e continuava aterrorizando a todos. E o que ele quisesse dizer ele dizia, pois ao seu lado sempre havia alguém que entendia seus murmúrios, gemidos, balbucios e bramidos e os transpunha em um discurso coeso. Normalmente esse papel cabia a uma criança – um dos incontáveis netos ou bisnetos de Balbulus.

Naquela ocasião, a intérprete era Ofka von Baruth, sua neta de dez anos que, sentada aos pés do ancião, se ocupava em vestir uma boneca com tiras de panos coloridos.

– Assim – concluía seu relato Apeczko von Stercza, limpando a garganta antes de passar às conclusões –, Wolfher pediu-me, por intermédio do estafeta, que lhe avisasse que ele muito em breve tratará do assunto. E que Reinmar de Bielau será rendido na estrada da Breslávia e então punido. Mas que, por ora, ele, Wolfher, se vê de mãos atadas, pois o duque de Oleśnica encontra-se em viagem com toda a corte e diversos representantes do clero, de grande notabilidade, portanto não haveria meios de... Não há como iniciar uma perseguição. Mas Wolfher jura que apanhará Reynevan. E que lhe pode ser confiada a honra da família.

A pálpebra de Balbulus estremeceu e um fio de baba correu de sua boca.

– Bbbhh-bhh-bhh-bhubhu-bhhuaha-rrhhha-phhh-aaa-rrh! – fez ressoar pela câmara o velho. – Bbb... hrrrh-urrrhh-bhuuh! Guggu-ggu...

– Wolfher é um idiota de merda – traduzia Ofka von Baruth com sua voz fina e melodiosa. – Um imbecil a quem eu não confiaria nem um balde cheio de vômito. E a única coisa que ele é capaz de pegar é o próprio pau.

– Pai...

– Bbb... brrrh! Bhhrhuu-phr-rrrhhh!

– Cale-se! – seguia vertendo Ofka, sem erguer a cabeça, ocupada com a boneca. – Ouça com atenção o que lhe digo. E o que vou ordenar.

Apeczko aguardou pacientemente até que cessassem os murmúrios e bramidos e então prestou atenção à tradução.

– Antes de mais nada, Apecz – ordenava Tammo von Stercza pela boca da menina –, você determinará qual das mulheres de Bierutów estava encarregada de vigiar a borgonhesa. Está claro que ela não percebeu o real motivo por trás daquelas visitas de caridade até Oleśnica ou estava de conluio com a rameira. Pode lhe dar trinta e cinco chibatadas, com um açoite molhado, em sua bunda em pelo. Aqui mesmo, em minha câmara, para que eu veja e também possa, ao menos, me divertir um pouco.

Apeczko von Stercza assentiu com a cabeça. Balbulus tossiu, murmurou algo e se babou todo. Depois, contorceu-se terrivelmente e grasnou mais um pouco.

– Quanto à borgonhesa, que, ao que me consta, encontra-se refugiada no convento das cistercienses, em Ligota, ordeno que a tirem de lá mesmo que seja preciso tomar de assalto o lugar – Ofka transpunha enquanto penteava com uma escovinha o cabelo de estopa da boneca. – Depois, tranquem a vagabunda no mosteiro de alguma ordem que nos seja favorável, por exemplo em...

Tammo de súbito interrompeu o gaguejar, seu bramido entalado na garganta. Apeczko, fulminado pelos olhos vermelhos de fúria do velho, dava-se conta de que este notara sua expressão de embaraço. Não havia mais como esconder a verdade.

– A borgonhesa conseguiu escapar de Ligota – gaguejou Apeczko. – Sorrateiramente... Não se sabe para onde. Ocupados com a perseguição, eles... nós... não a vigiamos.

– Por que será... – voltava a traduzir Ofka, após um longo e grave silêncio – Por que será que isso não me surpreende nem um pouco?

Mas, se é assim, que seja! Não vou me preocupar com uma puta. Que o próprio Gelfrad resolva esse assunto quando voltar. Que ponha fim nisso tudo com as próprias mãos. Não quero ter nada com seus chifres. De fato, não se trata de algo novo nesta família. Até em mim devem ter botado chifres, e dos grandes, pois não é possível que esses idiotas tenham saído do meu próprio lombo.

Por alguns instantes, Balbulus tossia, gemia e se engasgava. Mas Ofka não traduziu nada, portanto não devia se tratar de alocução, mas de uma tosse comum. Por fim, o ancião tomou fôlego, se contorceu como um demônio e bateu com o cajado no chão. Em seguida, grugulejou descontroladamente. Ofka escutava enquanto mordiscava a ponta de sua trança.

– Niklas, no entanto, era a esperança desta família – recomeçava a menina. – Era de fato sangue do meu sangue, o sangue dos Stercza, e não a lavagem de sabe lá o diabo que tipo de associações vira-latas. Portanto, o assassino deve pagar pelo sangue derramado. E com juros.

Tammo bateu de novo no chão com o cajado, que caiu de sua mão trêmula. O senhor de Sterzendorf tossiu e espirrou, babando e se lambuzando todo. Hrozwita von Baruth, mãe de Ofka e filha de Balbulus, em pé junto ao pai, limpou o queixo dele, recolheu o cajado e o enfiou entre os dedos do velho.

– Hgrrrhhh! Grhhh... Bbb... bhrr... bhrrrllg...

– Reinmar de Bielau pagará por Niklas – traduzia Ofka com indiferença. – Ele me pagará, juro por Deus e por todos os santos. Vou metê-lo numa masmorra, numa jaula, num baú como aquele em que o povo de Głogów trancou Henrique, o Gordo: um baú somente com um buraco para lhe alimentarmos e um segundo na outra ponta, de modo que ele não possa nem mesmo se coçar. Vou mantê-lo assim por uns seis meses. Só depois disso é que lidarei com ele. Vou mandar trazer um algoz de Magdeburgo, onde há excelentes torturadores, bem diferentes destes daqui da Silésia, onde o delinquente morre já no segundo dia de flagelos. Ah, isso não, vou mandar trazer um mestre que dedicará ao assassino de Niklas uma semana inteira. Quem sabe até duas.

Apeczko von Stercza engoliu em seco.

– Mas, antes, é preciso apanhar o adúltero – continuava Ofka. – E, para tanto, é preciso ser esperto. Ter miolos. Pois o adúltero não é nada bobo. Se fosse burro, não teria se formado bacharel em Praga, não teria caído nas graças dos frades de Oleśnica. E não teria conseguido seduzir a francesa de Gelfrad. Com um espertalhão como ele, não basta percorrer feito doido a estrada da Breslávia, expondo-se ao ridículo. Tampouco pôr a boca no trombone e divulgar o assunto, o que renderia vantagem a ele, e não a nós.

Apeczko assentiu com a cabeça. Ofka olhou para ele e fungou o narizinho arrebitado.

– O adúltero – prosseguia ela – tem um irmão a quem foram concedidas terras em algum lugar próximo de Henryków. É bem provável que busque refúgio ali. Talvez até já esteja por lá. Havia outro Bielau que, quando vivo, foi padre na colegiada da Breslávia, portanto não se pode descartar que o canalha vá procurar a ajuda de outro canalha. Isto é, do venerável bispo Conrado, aquele beberrão e ladrão safado!

Outra vez Hrozwita von Baruth limpou o queixo do velho, melado de baba após o surto de cólera.

– Além disso, o adúltero tem conhecidos entre os frades da Ordem do Espírito Santo, em Brzeg. No sanatório. Nosso espertalhão pode muito bem ter rumado para lá, a fim de surpreender e despistar Wolfher. O que, por sinal, não é uma tarefa tão difícil. Por fim, o mais importante. Escute bem, Apecz. O adúltero de certo vai querer bancar o trovador, fingir ser um Lohengrin de merda ou outro Lancelot... Vai querer contatar a francesa. E é aí que devemos pegá-lo, em Ligota, como se pega um cãozinho atrás de uma cadela no cio.

– Como assim, em Ligota? – Apeczko ousou perguntar. – Se ela...

– Fugiu, eu sei. Mas ele não sabe disso.

"A alma do velho", pensou Apeczko, "é ainda mais torta que o seu corpo. Mas é astuto como uma raposa. E, para ser justo, é preciso admitir que ele sabe um bocado. Sabe tudo."

– Mas, para que se realize o que ordeno – seguia Ofka com a tradução –, vocês, meus filhos e sobrinhos, presumidamente sangue do meu sangue e osso do meu osso, não se fazem muito prestadios. Por isso, você vai sair daqui o mais rápido possível e se dirigir primeiro a Niemodlin e então a Ziębice. Chegando lá... Ouça com atenção, Apecz. Chegando lá, você encontrará Kunz Aulock, conhecido como Kyrieleison. E outros: Walter de Barby, Sybko de Kobelau, Stork de Gorgowitz. Você deve lhes dizer que Tammo von Stercza pagará mil florins renanos por Reinmar de Bielau. Vivo. Não esqueça: mil.

Apeczko engolia em seco a cada sobrenome anunciado pela menina porta-voz. Tratava-se dos piores sicários e assassinos de quase toda a Silésia, canalhas amorais despidos de qualquer noção de honra ou de fé. Matariam a própria avó por três moedas, então era de imaginar o que seriam capazes de fazer pela impressionante soma de mil florins. "*Meus* florins", pensou Apeczko, contrariado. "Pois a herança há de ser toda minha depois que este paralítico de merda finalmente bater as botas."

– Entendido, Apecz?

– Sim, pai.

– Então dê o fora daqui, chispe. Pegue a estrada e cumpra minhas ordens.

"Antes", pensou Apeczko, "vou até a cozinha, onde hei de comer e beber por dois, seu velho pão-duro. Depois, veremos."

– Apecz.

Apeczko von Stercza virou-se e voltou o olhar. Mas não para o rosto contorcido e avermelhado de Balbulus. Não era a primeira vez que aquele semblante lhe parecia antinatural, desnecessário e deslocado, ali, em Sterzendorf. Apeczko fitava os enormes olhos castanhos da pequena Ofka. E olhava também para Hrozwita, posicionada atrás da cadeira.

– Sim, pai?

– Não nos decepcione.

"E se, por acaso, não fosse ele dando as ordens?", o pensamento passou por sua mente. "Talvez ele nem esteja de fato ali, talvez seja um defunto a ocupar essa cadeira, uma carcaça quase morta cujo cérebro fora totalmente devorado pela paralisia? Será que são... elas? Será que são essas mulheres – meninas, moças, senhoras e velhas – que mandam em Sterzendorf?"

Afastou de imediato tal pensamento absurdo.

– Não os decepcionarei, pai.

* * *

Apeczko von Stercza não tinha a menor intenção de se apressar em cumprir as ordens de Tammo. Dirigiu-se a passos rápidos, resmungando de raiva, até a cozinha do castelo, onde mandou que lhe servissem tudo de que a dita cozinha dispunha, exatamente nesta ordem: os restos do pernil de cervo, costelas de porco cheias de gordura, um enorme gomo de chouriço sangrento, um pedaço de presunto curado de Praga e alguns pombos guisados na canja. E também um pão inteiro, grande como um broquel sarraceno. Para acompanhar, claro, os melhores vinhos da Hungria e da Moldávia, que Balbulus guardava para consumo próprio. O paralítico podia ser o senhor de sua câmara, lá em cima. Fora dela, o poder executivo estava nas mãos de outra pessoa. Fora dos aposentos do velho, Apeczko von Stercza era o senhor *de facto*.

Apeczko sentia-se o legítimo mestre do castelo e o demonstrou assim que adentrou a cozinha. Um cachorro levou um chute e fugiu uivando. Desapareceu o gato, desviando, com astúcia, de uma colher de pau lançada em sua direção. As serviçais se sentaram no momento em que um caldeirão de ferro caiu no chão, emitindo um horrível estrondo. A criada mais morosa levou um tapa na nuca e teve de escutar que era uma puta imprestável. Os meninos que serviam de criados também puderam descobrir uma coisa ou outra a respeito de si mesmos e de suas mães, e alguns até foram apresentados ao punho do senhor, maciço e pesado como ferro fundido. Aquele a quem Apeczko precisou repetir a ordem de trazer os vinhos da adega senhoril levou um chute tão forte que teve de ir buscá-los arrastando-se de quatro.

Em seguida, Apeczko – o *mestre* Apeczko – se acomodava em sua cadeira atrás da mesa, avidamente devorando tudo com enormes mordidas e revezando os vinhos da Moldávia e os da Hungria. Em acordo com os costumes senhoris, lançava ao chão os ossos e os restos do prato, cuspia e arrotava. E observava com o canto dos olhos a gorda governanta, apenas esperando que ela lhe desse um mísero pretexto.

"Sapo velho, caduco, paralítico. Ordena que eu o chame de pai quando na verdade é apenas meu tio, irmão de meu pai. Mas preciso aguentá-lo, pois, quando ele enfim bater as botas, eu, o Stercza mais velho, serei de fato o senhor da família. Será preciso, certamente, repartir a herança, mas eu é que serei o senhor da família. Todos sabem disso. Nada vai me atrapalhar, nada pode me atrapalhar…"

"O que bem pode me atrapalhar…", continuava a refletir Apeczko, soltando um xingamento em voz baixa, "é a confusão envolvendo Reynevan e a esposa de Gelfrad. O que pode me prejudicar é a vendeta da família, que violará as leis de Landfrieden que regem os feudos familiares. Posso me complicar ao contratar sicários e assassinos, bem como ao empreender perseguições chamativas, ao imputar humilhações em masmorras, maltratando e torturando um rapaz bem relacionado com os Nostitz e parente dos Piastas. E vassalo de João de Ziębice. Conrado, o bispo da Breslávia, que Balbulus tanto odeia e cujo desprezo é recíproco, espera por uma única oportunidade para ferrar os Stercza."

"Nada bom, nada bom, nada bom mesmo."

"E a culpa disso tudo", decidiu Apeczko de repente, enquanto palitava os dentes, "é de Reynevan, Reinmar de Bielau. E ele há de pagar.

Mas sem que com isso se incitem tumultos por toda a Silésia. Pagará ordinariamente, em silêncio, na calada da noite, com uma faca enfiada entre as costelas, quando sorrateiramente aparecer – bem como adivinhou Balbulus – em Ligota, no convento das irmãs cistercienses, abaixo da janela de sua amada, Adèle. Bastará uma punhalada para que ele dê um mergulho na lagoa de carpas do convento. E pronto, nem mais um pio. Apenas o silêncio das carpas."

"Por outro lado, não se pode ignorar por completo as ordens de Balbulus. Até porque o Balbucião costuma asseverar que suas ordens sejam de fato obedecidas, impondo-as não somente a uma, mas a várias pessoas."

"Diabos! O que fazer, então?"

Apeczko, com um estrondo, encravou a faca no tampo da mesa e tomou todo o conteúdo da caneca num só gole. Então ergueu a cabeça e encontrou o olhar da governanta gorda.

– O que você está olhando? – rosnou ele.

– O senhor mestre recentemente encomendou também vinho italiano de primeiríssima qualidade – disse com calma a governanta. – O excelentíssimo gostaria que eu mandasse buscá-lo?

– Com certeza – respondeu Apeczko, sorrindo involuntariamente ao sentir a calma da mulher envolvê-lo também. – Mande trazê-lo, sim. Hei de provar aquilo que maturou na Itália. E faça o favor de mandar também um pajem para a sala de vigia e diga que vá imediatamente buscar um ginete razoável, que monte bem e que seja sensato. Alguém capaz de entregar um recado.

– Como quiser, excelentíssimo senhor.

* * *

As ferraduras ressoavam pela ponte. O mensageiro que partia de Sterzendorf olhou para trás e acenou para sua donzela, que se despedia dele sacudindo um lenço branco como neve. E de repente ele pescou um movimento na parede da torre iluminada pelo luar, um vulto indistinto que se arrastava sobre ela. "Que diabos é isso?", pensou o mensageiro. "O que rasteja lá no alto? Seria um bufo? Uma coruja? Um morcego? Ou talvez..."

O mensageiro murmurou um encantamento de proteção, cuspiu no fosso e pressionou as esporas contra o corpo do cavalo. O recado que levava era urgente, e o senhor que o mandava, severo.

E assim, portanto, não pôde ver a enorme trepadeira-dos-muros que estendia suas asas e lançava-se do parapeito para silenciosamente sobrevoar os telhados da cidade como se fosse um espectro noturno ou um fantasma rumo ao oeste, na direção do Widawa.

* * *

O castelo de Sensenberg, como era de conhecimento geral, havia sido construído pelos templários. E não foi por acaso que tinham escolhido aquele exato local para erguê-lo. O cume do morro, que se projetava sobre os dentes de um precipício, fora, em tempos remotos, um local dedicado ao culto de deuses pagãos. Havia ali um templo no qual, de acordo com as lendas, os antigos habitantes daquelas terras, os trebovanos e os poboranos, ofereciam às suas divindades sacrifícios humanos. No século XII, quando restavam apenas círculos de pedras oblongas cobertas de musgo, escondidas em meio às ervas daninhas, o culto pagão continuava a se propagar, e no topo da montanha se mantinham acesas as fogueiras cerimoniais. Ainda em 1189, o bispo da Breslávia, Siroslaus II, ameaçava com punições severas aqueles que se atrevessem a celebrar *festum dyabolicum et maledictum* em Sensenberg. E mais de cem anos mais tarde o bispo Lourenço ainda torturava nas masmorras aqueles que insistiam em realizar tais rituais.

Nesse meio-tempo, no entanto, vieram os templários. E eles construíram seus castelos silesianos, hostis miniaturas denteadas de suas fortalezas sírias, erguidas sob a supervisão de gente com a cabeça envolta em xales e de rosto moreno como couro de boi curtido. Não era por acaso que os locais sagrados de cultos antigos, cuja lembrança já havia se perdido quase por completo, eram escolhidos para sediar tais fortalezas. Era esse o caso de Mała Oleśnica, Otmęt, Rogów, Habendorf, Fischbach, Peterwitz, Owiesno, Lipa, Braciszowa Góra, Srebrna Góra, Kaltenstein. E, é claro, de Sensenberg.

Mais tarde, porém, veio o fim dos templários. Seria em vão debater se justo ou não. O fato é que a ordem acabou, e não é segredo o que sucedeu. Seus castelos foram tomados pela Ordem Soberana e Militar de Malta, repartidos entre mosteiros que enriqueciam com rapidez e magnatas silesianos que com a mesma velocidade ganhavam poder. Alguns, apesar do poder adormecido em suas raízes, caíram em ruínas com igual celeridade. Transformaram-se em ruínas a serem evitadas, contornadas. Temidas.

E com razão.

Apesar da colonização acelerada, apesar dos colonos sedentos de terras vindos da Saxônia, Turíngia, Renânia e Francônia, o morro e o castelo de Sensenberg permaneciam cercados por uma faixa de terra de ninguém, um ermo onde apenas fugitivos ou caçadores incógnitos ousavam penetrar. E foi por intermédio desses caçadores e fugitivos que o povo ouviu histórias sobre pássaros extraordinários, cavaleiros fantasmagóricos, luzes que piscavam nas janelas do castelo, gritos e cantos selvagens e cruéis, e uma pavorosa música de órgão que parecia ressoar dos recônditos da terra.

Havia aqueles que não acreditavam em tais histórias. Havia também outros que eram seduzidos pelo tesouro dos templários, o qual, diziam, permaneceria enterrado algures nos subterrâneos de Sensenberg. E havia ainda os meros curiosos e os espíritos irrequietos, que precisavam ver para crer.

Esses não retornavam.

* * *

Naquela noite, houvesse nas cercanias de Sensenberg algum caçador incógnito, um fugitivo ou um aventureiro, o morro e o castelo lhes teriam propiciado assunto para sucessivas lendas. Uma tempestade vinha de trás do horizonte, e de quando em quando o céu resplandecia com a luz de relâmpagos distantes, tão distantes que nem sequer se ouvia o murmúrio dos trovões. De repente, fulguravam as janelas do castelo como grandes olhos flamejantes naquele monolito negro, emoldurado pelos raios no céu escuro ao fundo.

Havia, pois, no interior das ruínas aparentes, uma enorme sala de cavalaria com pé-direito alto. A luz dos candelabros e das tochas que queimavam em suportes de ferro resgatava das trevas os afrescos pintados sobre as paredes austeras, que reproduziam cenas cavalheirescas e religiosas. Podia-se ver Percival, que, ajoelhado diante do Graal, mantinha o olhar fixo na enorme mesa redonda localizada no meio da sala. E também Moisés, que descia o monte Sinai carregando as tábuas de pedra; Orlando, em plena Batalha de Albraccà; São Bonifácio, em seu suplício de mártir, atingido pelas espadas dos frísios; Godofredo de Bulhão adentrando a Jerusalém conquistada. E Cristo, caindo pela segunda vez ao pé da cruz. Todos eles fitavam, com seus olhos levemente bizantinos, a mesa e os cavaleiros sentados ao redor dela, trajando armaduras completas e capas encapuzadas.

Uma enorme trepadeira-dos-muros entrou pela janela aberta, acompanhada por um sopro de vento.

A ave voava em círculos dentro da sala, lançando sobre os afrescos uma sombra espectral. Depois, empoleirou-se sobre o encosto de uma das cadeiras e eriçou as penas. Então abriu o bico e grasnou, e, antes que cessasse o som de seu grasnar, havia em seu lugar, sentado na cadeira, não mais uma ave, mas um cavaleiro em armadura e capa, quase idêntico aos demais.

— *Adsumus* — proferiu surdamente a Trepadeira-dos-Muros. — Senhor, estamos aqui reunidos em Seu nome. Venha a nós e entre nós permaneça.

— *Adsumus* — repetiram em uníssono os cavaleiros ao redor da mesa. — *Adsumus! Adsumus!*

O eco percorreu o castelo como se fosse um trovão retumbante, o ruído de uma batalha distante, o estrondo de um aríete chocando-se nos portões de uma cidade. E aos poucos se dissipava pelos corredores escuros.

— Glória ao Senhor! — proclamou a Trepadeira-dos-Muros quando o silêncio já voltava a reinar. — Aproxima-se o dia em que todos os Seus inimigos serão reduzidos a pó. Ai deles! É por isso que nos encontramos aqui!

— *Adsumus!*

— Meus irmãos, a providência divina nos oferece mais uma oportunidade de atingir os inimigos do Senhor e afligir os inimigos da fé — a Trepadeira-dos-Muros ergueu a cabeça, e seus olhos resplandeceram com a luz da chama refletida. — É chegada a hora de desferir o próximo golpe! Lembrem-se, irmãos, deste nome: Reinmar de Bielau. Reinmar de Bielau, conhecido como Reynevan. Ouçam...

Os cavaleiros encapuzados se debruçaram sobre a mesa, ouvindo com atenção. Cristo, caído aos pés da cruz, olhava, do afresco, na direção deles. E nos olhos bizantinos dele havia um abismo de um sofrimento profundamente humano.

CAPÍTULO III

No qual se discorre sobre coisas que – aparentemente – têm tão pouca relação entre si, como falcoaria, a dinastia dos Piastas, encheção de linguiça e heresia tcheca. E também a respeito de uma discussão sobre a necessidade de cumprir a palavra dada e, caso afirmativo, em quais circunstâncias e a quem.

O séquito ducal fez uma parada mais demorada às margens do rio Oleśniczka, que serpenteava por entre a mata ciliar repleta de amieiros, bosques de bétulas brancas e prados verdinhos em folha, num outeiro de onde era possível avistar os telhados e a fumaça que subia das chaminés do vilarejo de Borowa. Não buscavam, contudo, repousar, mas, sim, exaurirem-se em atividades senhoris.

À medida que o grupo de nobres ia se aproximando, bandos de patos, marrecos, zarros e mesmo garças levantavam voo dos charcos. Ao notá-los, o duque Conrado Kantner, senhor de Oleśnica, Trzebnica, Milicz, Ścinawa, Wołów, Smogorzów e – junto com seu irmão Conrado, o Branco – de Koźle, imediatamente ordenou que a comitiva parasse e que lhe fossem entregues seus falcões favoritos. O duque nutria uma singular paixão pela falcoaria. Oleśnica e as suas finanças podiam esperar, o bispo da Breslávia podia esperar, a política podia esperar, toda a Silésia e o mundo inteiro podiam esperar. Era o duque quem mal podia esperar para ver Sarapintado, seu falcão predileto, arrancar as penas dos patos-reais, ou Prateado dar mostras de sua coragem em um embate aéreo contra uma garça.

Assim, o duque galopava através do junco e da vegetação do charco como se estivesse possuído, acompanhado, ainda que por obrigação, pela igualmente destemida Inês, sua filha mais velha, o senescal Rudiger Haugwitz e alguns pajens de carreira.

O restante dos integrantes da comitiva aguardava às margens da floresta, sem desmontar dos cavalos, já que não se sabia quando o duque ficaria entediado. O convidado estrangeiro do duque soltava bocejos discretos. O capelão murmurava – por certo uma oração. O cobrador de impostos fazia contas – por certo de dinheiro. O menestrel compunha – por certo versos. As damas de companhia da duquesa Inês fofocavam – por certo sobre outras damas. E os jovens cavaleiros matavam o tempo percorrendo e explorando a mata ao redor.

– Jumento!

Henrique Krompusch freou bruscamente o cavalo, fazendo-o fincar os cascos na terra, e deu meia-volta, pego de surpresa. Então ficou escutando, tentando determinar qual dos arbustos acabara de sussurrar sua alcunha.

– Jumento!

– Quem é? Apresente-se!

Os arbustos farfalharam.

– Por Santa Edwiges... – clamou Krompusch, boquiaberto de espanto. – Reynevan? É você mesmo?

– Não, é Santa Edwiges – respondeu Reynevan, com uma voz tão ácida quanto uma groselha em maio. – Jumento, preciso de ajuda... De quem é esta comitiva? De Kantner?

Antes que Krompusch se desse conta da situação, dois outros cavaleiros de Oleśnica juntavam-se a ele.

– Reynevan! – murmurou Iaksa de Wisznia. – Jesus Cristo, olhe só com que aspecto você está!

"Queria saber", pensava Reynevan, "com que aspecto estaria você se seu cavalo tivesse batido com as dez logo depois de passar por Bystre. E se você se visse obrigado a vaguear a noite inteira pelos pântanos e ermos às margens do rio Świerzna para de manhã trocar suas vestes molhadas e enlameadas por roupas toscas roubadas da cerca de uma residência camponesa. Eu gostaria muito de saber com que aspecto estaria você depois de passar por algo similar, jovem mestre, pretensioso e afetado."

Benno Ebersbach, o terceiro cavaleiro de Oleśnica a aparecer, o examinava com um olhar bastante soturno. Parecia compartilhar da opinião do outro.

– Em vez de ficarem aí boquiabertos – disse Ebersbach secamente –, deem-lhe algo para vestir. Livre-se desses farrapos, Bielau. Apressem-se, senhores, peguem de seus alforjes o que quer que tenham trazido.

– Reynevan – disse novamente Krompusch, ainda sem entender de fato o que acontecia. – É você mesmo?

Reynevan não respondeu. Vestiu a camisa e o casaco que alguém lhe arremessara. Estava com tanta raiva que quase irrompeu em lágrimas.

– Preciso de ajuda… – repetiu. – Preciso muito de ajuda.

– Estamos vendo – confirmou Ebersbach, acenando com a cabeça. – E nisso estamos de acordo. Você precisa muito de ajuda. Muito mesmo. Venha. Devemos apresentá-lo a Haugwitz. E ao duque.

– Ele sabe?

– Todos sabem. Não se fala de outra coisa.

* * *

Se, com seu rosto alongado, a testa prolongada pela calvície, a barba negra e os olhos penetrantes de um frade, Conrado Kantner pouco se assemelhava a um típico representante da dinastia, sua filha Inês, ao contrário, não deixava dúvidas de que afluía da linhagem mazoviana-

-silesiana. A duquesa tinha os cabelos fulvos, os olhos claros e o nariz pequeno, jovial e arrebitado, típicos de uma Piasta, eternizados na famosa escultura da catedral de Naumburgo. Inês Kantner, de acordo com as contas feitas rapidamente por Reynevan, tinha cerca de quinze anos. Portanto, já devia estar prometida a alguém. Mas Reynevan não lembrava a quem.

– Levante-se.

Ele se levantou.

– Saiba que não consinto com o ato cometido por sua senhoria – declarou o duque, lançando-lhe um olhar de reprovação. – Em verdade, considero suas ações ignóbeis, repreensíveis, dignas de punição. E sinceramente o aconselho, Reynevan de Bielau, a arrepender-se e penitenciar-se. Meu capelão me assegura de que há no inferno um enclave especial para os adúlteros. Os demônios afligem violentamente tais pecadores com o instrumento de seu pecado. Não entrarei em detalhes aqui por consideração à presença da donzela.

O senescal Rudiger Haugwitz bufava de raiva. Reynevan permanecia em silêncio.

– Como você compensará Gelfrad von Stercza – Kantner continuou a falar – é um assunto que cabe apenas a vocês dois. Não vou me meter nisso, até porque nenhum de vocês é meu vassalo. Vocês são súditos do duque João de Ziębice. Eu deveria mesmo era simplesmente lavar minhas mãos e mandá-lo para ele.

Reynevan engoliu em seco.

– Contudo – retomou o duque após um momento de dramático silêncio –, em primeiro lugar, não sou nenhum Pôncio Pilatos. Segundo, por consideração a seu pai, que tombou ao lado do meu irmão na batalha de Tannenberg, não permitirei que você seja assassinado numa absurda vendeta de família. Já é hora de pormos um fim a essas brigas de família e começarmos a viver de acordo com os padrões europeus. Isso é tudo. Permito que você viaje como um dos integrantes de minha comitiva até a Breslávia. Mas evite ficar à minha vista. Meus olhos não se alegram quando o veem.

– Vossa Alteza...

– Falei para se afastar.

A caça definitivamente terminara. Os falcões foram encapuzados, e os patos e as garças foram amarrados às tábuas da carroça para que sua carne ficasse macia. O duque estava contente, bem como sua comitiva, pois a caçada, prevista para durar indefinidamente, havia chegado ao fim. Reynevan pôde notar certos olhares que não disfarçavam a gratidão – a notícia de que ele tinha sido o motivo pelo qual o duque decidira abreviar a caçada e retomar a viagem já havia se espalhado pelo séquito. Reynevan, contudo, receava, e com razão, que aquele não era o único rumor a seu respeito que circulava por ali. Suas orelhas ardiam como se os olhos de todos os demais se voltassem para ele.

– Todo mundo – sussurrou ele para Benno Ebersbach, que cavalgava a seu lado – sabe... de tudo?

– *Todo mundo*, sim – confirmou soturnamente o cavaleiro de Oleśnica. – Mas não *de tudo*, para a sua sorte.

– Hã?

– Você está se fazendo de tolo, Bielau? – perguntou Ebersbach, sem levantar a voz. – Esteja certo de que Kantner o despacharia, ou mesmo o mandaria prender para levá-lo ao castelão se soubesse que morreu gente em Oleśnica. É isso mesmo, não arregale os olhos desse jeito. O jovem Niklas von Stercza está morto. Os chifres de Gelfrad são uma coisa, mas os Stercza jamais perdoarão a morte do irmão.

– Eu nem sequer... – disse Reynevan após uma série de suspiros. – Eu não encostei um dedo sequer em Niklas. Juro.

Ebersbach claramente não tinha se convencido com o juramento:

– E, para piorar as coisas – retomava ele seu discurso –, a bela Adèle o acusou de feitiçaria. Afirmou que você a seduziu com um encantamento e se aproveitou dela à força.

– Mesmo que seja verdade – respondeu Reynevan após uma breve pausa –, ela deve ter sido forçada a dizê-lo, sob ameaça de morte. Afinal, eles a têm nas mãos...

– Têm nada! – contestou Ebersbach. – A bela Adèle fugiu dos agostinianos, onde publicamente o acusou de práticas diabólicas, para Ligota. Escondeu-se atrás dos muros do convento das clarissas.

Reynevan deu um suspiro aliviado.

– Não acredito em tais acusações – replicou ele. – Ela me ama. E eu a amo.

– Que lindo.

– Pode estar certo de que nosso amor é de fato lindo.

– Pode até ser – disse Ebersbach voltando seus olhos diretamente para os de Bielau. – Mas a coisa ficou muito feia quando vasculharam seu laboratório.

– Ah, era o que eu temia.

– E com razão. Na minha humilde opinião, a Inquisição só não o pegou ainda porque não terminaram de fazer o inventário das coisas diabólicas que lá encontraram. Kantner talvez consiga defendê-lo dos Stercza, mas, temo eu, será difícil protegê-lo da Inquisição. Se a notícia sobre a necromancia se espalhar, ele mesmo irá entregá-lo aos inquisidores. Não venha conosco até a Breslávia, Reynevan. Ouça o meu conselho. Debande antes de lá chegarmos e fuja, esconda-se em algum lugar.

Reynevan não respondeu.

– A propósito – lançou Ebersbach casualmente –, você é de fato versado em magia? É que, veja você, eu há pouco conheci uma donzela e... bem... sabe... um elixir viria a calhar...

Reynevan não respondeu. Um grito ressoou da vanguarda.

– O que houve?

– Byków – adivinhou o Jumento Krompusch, já instigando seu cavalo. – A Taberna do Ganso.

– Que Deus seja louvado – sussurrou Iaksa de Wisznia. – A porcaria daquela caçada me deu uma fome do cão.

Reynevan permanecia em silêncio. O ronco de seu estômago era demasiado enfático.

A Taberna do Ganso era grande e decerto conhecida, pois havia ali muitos convidados, tanto locais como forasteiros, o que era possível deduzir pelos cavalos e carroças, bem como pelos homens armados e serviçais que andavam apressadamente de um lado para o outro. Quando o séquito do duque Kantner adentrou o pátio com toda a pompa e um grande tropel, o taberneiro, que já tinha sido avisado de sua iminente chegada, disparou pela porta de entrada como um tiro de bombarda, espantando as aves domésticas e respingando esterco em todas as direções. Vinha saltitando pé ante pé, curvando-se e fazendo reverências.

– Sejam bem-vindos! Muito bem-vindos, senhores! Que Deus os abençoe – dizia o taberneiro, ofegante, ao recebê-los. – Que distinção, mas que honra que a Vossa Magnânima Alteza...

– Parece que o local está lotado – disse o duque Kantner, enquanto os serviçais imobilizavam seu alazão para que ele desmontasse. – Quem você está acolhendo hoje? Quem está esvaziando as panelas? Sobrará algo para nós?

– Com toda a certeza, podem ficar tranquilos – assegurou o taberneiro, tentando recuperar o fôlego. – Aliás, já não estamos lotados... Mal avistei as Vossas Altezas na estrada e imediatamente expulsei os escudeiros, os goliardos e os camponeses. A sala principal já se encontra vazia, inteirinha, assim como a recâmara. A única coisa é que...

– O quê? – interveio Rudiger Haugwitz, erguendo a sobrancelha.

– Na sala principal há convidados. Pessoas importantes e clérigos... emissários. Eu não ousaria reti...

– E que bom que não o fez – interrompeu Kantner. – Se você tivesse ousado, teria cometido uma afronta contra mim e contra toda a Oleśnica. Convidados são convidados! Como sou um Piasta, e não um sultão sarraceno, não é nenhum despeito, para mim, jantar com os demais convidados. Guiem-nos, senhores.

A sala, um pouco esfumaçada e impregnada do cheiro de repolho, de fato não estava cheia. Para dizer a verdade, apenas uma mesa estava ocupada. Ao redor dela sentavam-se três homens tonsurados, dos quais dois trajavam uma vestimenta característica para clérigos em viagem, mas de tamanha opulência que não devia se tratar de meros párocos. O terceiro vestia um hábito dominicano.

Ao ver Kantner entrar, os clérigos se levantaram. Aquele cuja vestimenta era a mais rica se curvou, mas sem humildade exagerada.

– Vossa Alteza Duque Conrado – falou, comprovando estar bem informado –, é de fato uma grande honra para nós. Se me permitir, eu gostaria de me apresentar. Sou Maciej Korzbok, vigário judicial da diocese de Poznań, em missão para a Breslávia, pelo irmão da Vossa Alteza, o bispo Conrado, encarregado pela Sua Excelência Reverendíssima, o bispo Andrzej Łaskarz. E estes são meus companheiros de jornada, que, assim como eu, estão viajando de Gniezno para a Breslávia: o senhor Melchior Barfuss, vigário do reverendíssimo Cristóvão Rotenhahn, bispo de Lubusz, e o reverendo Jan Nejedly de Vysoke, prior *Ordo Praedicatorum*, que está em missão de acordo com os desígnios do provincial da ordem, na Cracóvia.

O brandemburguês e o dominicano inclinaram as tonsuras, e Conrado Kantner respondeu com um leve movimento da cabeça.

– Vossas Excelências Reverendíssimas – disse o duque, de forma nasalada –, será um prazer cear em tão nobre companhia. E conversar. Aliás, tanto aqui como no trajeto, se nossas conversas não lhes parecerem demasiado fastiosas, pois eu e minha filha também rumamos para a Breslávia... Por obséquio, venha cá, Inesinha... Curve-se diante dos servos de Cristo.

A duquesa fez uma genuflexão e inclinou a cabeça com o intuito de cumprir o beija-mão, mas Maciej Korzbok a deteve, benzendo-a com um rápido sinal da cruz sobre a franja fulva. O dominicano tcheco juntou as mãos, inclinou o pescoço e murmurou uma curta oração, acrescentando algo sobre *clarissima puella*.

– E eis aqui o senescal Rudiger Haugwitz – prosseguia Kantner. – E estes são meus cavaleiros e meu convidado...

Reynevan sentia que alguém o puxava pela manga. Obedeceu, então, aos gestos e sibilos de Krompusch e saiu com ele para o pátio, onde persistia o alvoroço causado pela chegada do duque. Ebersbach aguardava ali.

– Saí perguntando por aí – disse ele. – Soube que estiveram aqui ontem. Wolfher von Stercza acompanhado de cinco homens. Aqueles eclesiásticos ali, da Grande Polônia, disseram que os Stercza os pararam, mas não ousaram impor qualquer coisa a eles. Porém, ao que tudo indica, estão à sua procura na estrada que leva à Breslávia. Se eu fosse você, fugiria.

– Kantner – balbuciou Reynevan – há de me defender...

Ebersbach deu de ombros.

– A decisão é sua. E a pele também. Wolfher tem declarado aberta e detalhadamente o que fará com você quando o pegar. Eu, no seu lugar...

– Para começo de conversa, amo Adèle e não a abandonarei! – explodiu Reynevan. – Em segundo lugar... para onde eu fugiria? Para a Polônia? Ou para a Samogícia?

– Não é uma má ideia. Digo... Samogícia.

– Peste! – bradou Reynevan, chutando uma galinha inquieta que ciscava ao redor de seus pés. – Está certo. Vou pensar a respeito. E traçar um plano. Mas antes vou comer algo. Estou morrendo de fome, e o cheiro desse repolho com linguiça está me matando.

Os jovens encerraram a conversa no momento certo. Tivessem eles se delongado um pouco mais, teriam ficado sem nada para comer. As panelas com o trigo-sarraceno e repolho com linguiça recheada, bem como as vasilhas com ossos de porco e carne, foram postas diante do duque e da duquesa. Os recipientes só chegavam às extremidades da mesa depois de os três clérigos, sentados mais próximos de Kantner – e que se provavam muito bons de garfo –, se saciarem. Para azar dos que se sentavam às extremidades, havia ainda no trajeto pela bancada Rudiger Haugwitz, que não deixava por menos, e o convidado estrangeiro do duque, um cavaleiro de cabelos negros, ombros mais largos do que os do próprio Haugwitz e um rosto tão moreno que era como se tivesse acabado de chegar da Terra Santa. Assim, quando chegavam àqueles de posição inferior e aos mais jovens, as vasilhas já se encontravam praticamente vazias. Por sorte, alguns instantes depois, o taberneiro pôs diante do duque uma enorme tábua com capões de aspecto e cheiro tão suculentos que o repolho e a linguiça perderam um pouco do apelo e puderam chegar quase intactos às pontas da mesa.

Inês Kantner mordiscava a coxa de um capão e tentava evitar que a gordura escorresse até as largas e estilosas mangas de seu vestido. Os homens discutiam sobre diversos assuntos. Era a vez de um dos clérigos, o dominicano Jan Nejedly de Vysoke.

– Sou, ou melhor, fui – discursava ele – prior na Igreja de São Clemente, na Cidade Velha de Praga. *Item*, mestre da Universidade Carolina. Portanto, como veem, sou um desterrado que depende da benevolência e do pão alheios. Meu mosteiro foi saqueado. Quanto à academia, como podem facilmente adivinhar, não me dava bem com apóstatas e canalhas, da estirpe de Jan Příbram, Christianus de Prachatícz, Jacobus de Strziebro, que Deus os castigue...

– Temos aqui um estudante de Praga – Kantner o interrompeu, lançando um olhar para Reynevan. – *Scholarus academiae pragensis, artium baccalaureus.*

– Então, eu aconselharia a você vigiá-lo de perto – disse o dominicano, com os olhos reluzindo por cima da colher. – Longe de ser minha intenção lançar acusações, mas a heresia é como a fuligem, como o alcatrão. Como o estrume! Quem quer que esteja próximo acaba se sujando.

Reynevan baixou de imediato a cabeça, sentindo outra vez as orelhas arderem e a face rubejar.

– O nosso estudante – disse o duque, fazendo em seguida uma breve pausa para rir –, um herege? Ah, não. Ele vem de uma família decente, estuda na academia praguense para se tornar padre e médico. Estou certo, Reinmar?

– Com o perdão de Vossa Alteza – respondeu Reynevan, engolindo nervosamente o conteúdo da boca –, já não estudo em Praga. Aconselhado por meu irmão, abandonei o Carolinum em 1419, pouco depois de os Santos Abdon e Sennen... Isto é, logo após a Defenes... Bom, vocês sabem quando. Agora penso em recomeçar os estudos na Cracóvia... Ou em Lípsia, para onde se dirigiu a maioria dos mestres praguenses... Não retornarei à Boêmia enquanto a agitação persistir.

– Agitação! – repetiu o dominicano, cuspindo fiapos de repolho que aterrissavam em seu escapulário. – Uma bela palavrinha, deveras! Vocês aqui, nesta terra tranquila, não podem sequer imaginar os estragos que a heresia está provocando na Boêmia, nem as atrocidades que aquele lugar infeliz tem testemunhado. Incitada pelos hereges, lolardos, valdenses e outros servidores de Satanás, a turba direcionou sua cólera irracional contra a fé e contra a Igreja. Na Boêmia, estão acabando com Deus, incendiando seus templos e assassinando seus servos!

– Os relatos que nos chegam são verdadeiramente horríveis – atestava Melchior Barfuss, o vigário do bispo de Lubúsquia, enquanto lambia os dedos. – Não dá para acreditar...

– Mas é preciso acreditar! – bradou Jan Nejedly. – Pois nenhuma notícia é exagerada!

A cerveja em seu copo respingava para os lados, e Inês Kantner recuou instintivamente, protegendo-se com a coxa de um capão como se fosse um escudo.

– Querem exemplos? Ei-los! Massacres de frades em Český Brod e Pomuk, cistercienses assassinados em Zbraslav, Velehrad e Mnichovo Hradiště, dominicanos assassinados em Písek, beneditinos em Kladruby e Postoloprty, premonstratenses inocentes assassinados em Chotěšov, sacerdotes assassinados em Český Brod e Jaroměř, mosteiros saqueados e queimados em Kolín, Milevsko e Zlatá Koruna, altares e imagens de santos profanados em Břevnov e Vodňany... E o que empreendia o próprio Žižka, esse cão raivoso, esse anticristo e filho do Capeta? Carnificinas sangrentas em Chomutov e em Prachatice. Em Beroun, quarenta padres foram queimados vivos, e em Sázava e Vilémov, mosteiros foram incendiados. Trata-se de sacrilégios que nem mesmo um turco cometeria, crimes asquerosos e crueldades, bestialidades que fariam qualquer sarraceno estremecer! Ó, Senhor, quando, deveras, julgará e castigará aqueles que derramam o nosso sangue?

O silêncio em que se ouvia apenas o murmúrio da oração do capelão de Oleśnica foi interrompido pela voz profunda e melodiosa do cavaleiro de rosto moreno e ombros largos, o convidado do duque Conrado Kantner:

– Não precisava ser assim.

– Perdão – disse o dominicano, erguendo a cabeça. – O que o senhor quer dizer com isso?

– Tudo isso poderia ter sido evitado. Bastava não terem queimado Jan Hus em Constança.

– O senhor já naquela época defendia o herege – disse o dominicano, com os olhos semicerrados. – Gritava, protestava, entregava petições, sei de tudo isso. Mas o senhor estava tão equivocado naquele momento como está agora. A heresia se dissemina como erva daninha, e as Sagradas Escrituras mandam destruir tal praga com fogo. As bulas pontifícias ordenam...

– Deixe as bulas para as disputas de concílios – interrompeu o cavaleiro. – Elas soam um tanto ridículas numa taberna. E podem falar o que quiserem, mas eu estava certo em Constança. O rei Sigismundo havia dado sua palavra e garantido a segurança de Hus, concedendo-lhe um salvo-conduto. Não cumpriu a palavra real nem o juramento, maculando, assim, sua honra de monarca e cavaleiro. Eu não podia, e tampouco queria, assistir impassível a algo assim.

– O juramento de um cavaleiro – rosnou Jan Nejedly – deve se prestar ao serviço do Senhor, não importa quem o faça, seja um escudeiro ou um rei. Vocês acham que servir ao Senhor é o mesmo que cumprir o juramento e a palavra oferecidos a um herege? Consideram isso honra? Pois eu chamo de pecado.

– Eu, quando dou minha palavra, o faço diante de Deus. Por isso cumpriria minha palavra mesmo que a desse aos turcos.

– Não há nada de errado em cumprir a palavra dada aos turcos. O problema são os hereges.

– De fato – disse com muita seriedade Maciej Korzbok, o vigário judicial. – Um mouro ou um turco insistem no paganismo por ignorância e selvageria. Podem ser convertidos. Já um apóstata ou um cismático voltam-se contra a fé e a Igreja, debocham delas, ultrajam-nas com blasfêmias. É por isso que são, para Deus, cem vezes mais repugnantes. E são válidos todos os métodos empregados para combater a heresia, quaisquer que sejam. Pois quem se dispuser a lutar contra um lobo ou contra um cão raivoso, se tiver ao menos um pouco de juízo, não discursará sobre a honra e a palavra de cavaleiro! Na guerra contra a heresia, tudo é permitido.

– Na Cracóvia, quando é preciso prender um herege – disse o convidado de Kantner, voltando o olhar na direção deste –, o cônego Jan Elgot despreza até o sigilo sacramental e a santidade da confissão. O bispo Andrzej Łaskarz, a quem vocês servem, aconselha o mesmo aos padres da diocese de Poznań. De fato, tudo é permitido.

– O senhor não esconde as suas simpatias – disse amargamente Jan Nejedly. – Assim, tampouco eu ocultarei as minhas. Hus era um herege e tinha de ir para a fogueira. O Sacro Imperador Romano, Sigismundo, rei da Hungria e da Boêmia, agiu corretamente ao não cumprir a palavra dada ao herege tcheco.

— E é por isso que agora os tchecos o amam tanto — replicou o cavaleiro de rosto moreno. — Essa é a razão de ter fugido de Vyšehrad com a coroa tcheca debaixo do braço. Agora ele governa a Boêmia, mas de Buda, pois tão cedo não hão de permitir que ele retorne a Hradčany.

— O senhor ousa debochar do rei Sigismundo — observou Melchior Barfuss — e ainda assim o serve.

— Uma coisa não exclui a outra.

— Não haveria outro motivo? — redarguiu, com uma dose de sarcasmo, o tcheco. — Cavaleiro, o senhor lutou ao lado dos poloneses na batalha de Tannenberg, contra a Ordem dos Cavaleiros Teutônicos de Santa Maria. Ao lado de Jagelão, um rei neófito que protege abertamente os hereges tchecos e com gosto oferece os ouvidos aos cismáticos e lolardos. O genro de Jagelão, o apóstata Korybutowicz, governa Praga com completa indulgência enquanto os cavaleiros poloneses matam os católicos e saqueiam os mosteiros da Boêmia. E, embora Jagelão finja que tudo isso ocorre contra a sua vontade e sem o seu consentimento, ele até agora não se deu o trabalho de acionar seu exército. Tivesse ele se aliado ao rei Sigismundo numa cruzada, num instante teriam liquidado os hussitas! Por que, então, Jagelão não o faz?

— Pois é — zombou o cavaleiro moreno abrindo um sorriso. — Eu também me pergunto por quê.

Conrado Kantner pigarreou estrondosamente. Barfuss fingia estar interessado apenas nas linguiças, e em enchê-las. Maciej Korzbok mordia os lábios e assentia soturnamente com a cabeça.

— É verdade — admitia o cavaleiro — que o Sacro Imperador Romano várias vezes provou não ser amigo da Coroa Polonesa. No entanto, asseguro que todos os habitantes da Grande Polônia lutarão de bom grado em defesa da fé. Mas só depois de o luxemburguês garantir que nem os teutônicos nem os brandemburgueses lançarão um ataque contra nós enquanto marcharmos rumo ao sul. E como poderia ele oferecer tal garantia se com eles conspira para dividir a Polônia? Não estou certo, duque Conrado?

– Por que nos desgastamos com tais debates? – disse o duque com um sorriso amarelo. – Parece-me que estamos nos delongando em politicagens. E política não combina com comida. A qual, inclusive, está esfriando.

– Pelo contrário, é preciso discutir tais questões – protestou Jan Nejedly, para a alegria dos cavaleiros mais jovens, que viam se aproximar duas panelas quase intocadas pelos nobres loquazes. A alegria deles, no entanto, durou pouco, pois os nobres senhores demonstraram ser completamente factível falar e comer ao mesmo tempo.

– Ora, vejam bem, meus senhores – continuava o antigo prior de São Clemente enquanto devorava o repolho. – Essa peste lolarda não é uma questão exclusivamente tcheca. Os tchecos, e eu sei do que estou falando, podem inclusive chegar até aqui, da mesma forma que chegaram à Morávia ou a Rakúsy. Podem muito bem visitá-los, nobres senhores. A todos vocês aqui presentes.

– Pff! – ironizou Kantner enquanto revirava a comida no prato em busca de um torresmo. – Não creio nisso.

– Eu tampouco – bufou Maciej Korzbok antes de soprar a espuma da cerveja. – Seria uma longa jornada até que nos alcançassem em Poznań.

– Pior ainda até Lubusz e Fürstenwalde – falou Melchior Barfuss com a boca cheia. – O caramba! Não me tiram nem um pouco a tranquilidade.

– Você tem razão – acrescentou o duque com um sorriso pouco agradável. – É mais provável que os tchecos sejam visitados antes que resolvam visitar alguém. Agora, então, que já não contam mais com Žižka, creio que não tardará para os tchecos receberem uma visitinha. Eles que aguardem para ver.

– Uma cruzada? Vossa Alteza sabe de alguma coisa?

– Não, não sei de nada – respondeu Kantner, ainda que sua expressão sugerisse o oposto. – São apenas ponderações. Taberneiro! Mais cerveja!

Reynevan escapou sorrateiramente para o pátio, dali para trás do chiqueiro, e de lá para os arbustos atrás da horta. Depois de se aliviar, e antes de retornar à sala principal, foi até o portão e durante alguns instantes ficou ali observando a estrada, que desaparecia na neblina acinzentada. Sentia-se tranquilo por não avistar os irmãos Stercza galopando em sua direção.

"Adèle", pensou de repente, "Adèle não está segura com as cistercienses em Ligota. Eu deveria..."

"Deveria. Mas tenho medo. Do que os Stercza podem fazer comigo. Do que têm falado em detalhes."

Ao voltar para o pátio, ficou aturdido ao ver o duque Kantner e Haugwitz saindo prontamente de trás dos chiqueiros. "Mas por que me espanto?", refletia. "Até mesmo os duques e senescais se aliviam no meio do mato e atrás dos chiqueiros quando a natureza os chama."

– Ouça bem, Bielau – falou secamente Kantner enquanto lavava as mãos no balde trazido às pressas por uma criada. – Preste muita atenção no que vou lhe dizer. Você não me acompanhará até a Breslávia.

– Mas, Vossa Alteza...

– Feche o bico e não o abra até que eu assim ordene. Faço isso para o seu próprio bem, seu moleque, pois estou seguro de que na Breslávia o bispo, meu irmão, irá metê-lo numa torre antes que você consiga articular *benedictum nomen Iesu*. O bispo Conrado não suporta os adúlteros, pois decerto não deve gostar de concorrência, hehehe. Portanto, você pegará o cavalo que lhe emprestei e partirá para Mała Oleśnica, para a comendadoria da Ordem de São João. Você dirá ao comendador Dytmar de Alzey que eu mesmo o mandei em penitência. E você ficará lá, bem quietinho, até que eu o convoque. Está claro? É bom que esteja. Tome esse saco de moedas para a jornada. Sei que não é muito. Eu lhe daria mais, porém, meu cobrador de impostos me desaconselhou a fazê-lo. Esta taberna abocanhou uma boa porção de minhas reservas para despesas de viagem.

– É muita gentileza – murmurou Reynevan, ainda que o peso do saquitel não fizesse justiça ao agradecimento. – Muito obrigado por sua generosidade, Vossa Alteza. Mas é que...

– Não tema os Stercza – interrompeu o duque. – Não vão perturbá-lo na casa dos cavaleiros de São João. E você não fará sozinho o percurso até lá. Acontece que o meu convidado vai nessa direção, rumo à Morávia. Você deve tê-lo visto à mesa. Ele aceitou a sua companhia. Verdade seja dita, de início ele se opôs, mas consegui convencê-lo. Quer saber como?

Reynevan fez que sim com a cabeça.

– Eu lhe disse que seu pai tinha sido um dos integrantes da bandeira do meu irmão na batalha de Tannenberg, e que tombou em ação. Meu convidado também lá esteve. Só que ele a chama de batalha de Grunwald, pois lutou do lado oposto. Alegre-se, meu rapaz, alegre-se! Não pode se queixar de minha benevolência. Você tem um cavalo e alguns trocados. E segurança garantida.

– Garantida como? – Reynevan se atreveu a replicar. – Vossa Alteza... Wolfher von Stercza está acompanhado de cinco homens, enquanto eu terei a companhia de... um único cavaleiro? Vossa Alteza, mesmo que ele tenha um escudeiro... ainda é apenas um cavaleiro!

Rudiger Haugwitz bufou. Conrado Kantner inflou os lábios condescendentemente.

– Ah, Bielau, você é mesmo um tapado. Um bacharel letrado como você não reconheceu um homem de tamanho renome? Para esse cavaleiro, acredite, seis são apenas um aperitivo.

Vendo que Reynevan ainda não compreendia, o duque explicou:

– É o próprio Zawisza, o Negro, de Garbowo.

CAPÍTULO IV

No qual Reynevan e Zawisza, o Negro, de Garbowo debatem sobre diversos assuntos na estrada para a Breslávia. Em seguida, Reynevan cura a flatulência de Zawisza e este, em retribuição, lhe oferece valiosas lições sobre a história contemporânea.

O cavaleiro Zawisza, o Negro, de Garbowo freou brevemente seu cavalo, ficou mais atrás na estrada, então ergueu-se um pouco na sela e soltou um longo e demorado peido. Depois, deu um suspiro profundo, apoiou-se com as duas mãos sobre a maçaneta da sela e soltou outro peido.

– Foi o repolho – explicou ele ao alcançar Reynevan. – Na minha idade, não se pode comer tanto repolho. Pelos ossos de Santo Estanislau! Quando eu era jovem, ah!, podia comer à vontade! Em três pai-nossos devorava um *koflík*, isto é, uma vasilha cheia, quase um panelão inteiro de repolho, principalmente se fosse acompanhado de cominho. Agora, rapaz, mesmo que eu coma só uma garfada, minha barriga já começa a borbulhar, chego quase a explodir por causa dos gases. Não se deve pôr vinho novo em odre velho, cacete. A velhice é um fardo bem pesado.

Seu cavalo, um potente garanhão preto, disparou num galope estrondoso, como se fosse avançar contra um exército inimigo. Um xairel preto adornado na cernelha com a Sulima, o brasão do cavaleiro, cobria o animal até as narinas. Reynevan ficou surpreso por não ter reconhecido antes o famoso emblema, com escudo e figuras pouco comuns na heráldica polonesa.

– Por que está tão calado? – disse Zawisza de repente, puxando conversa. – Já andamos um bocado e você não deve ter proferido nem uma dúzia de palavras, e mesmo assim apenas depois de eu insistir. Eu o ofendi de alguma forma? É por causa de Grunwald, não é? Sabe de uma coisa, rapaz? Seria mais fácil para mim assegurá-lo de que não fui eu quem matou seu pai, que não havia como eu ter travado com ele um embate de espadas naquela batalha. Mas não o direi, pois teria de mentir. Matei muitas pessoas naquele dia do Envio dos Doze Apóstolos em Missão, em meio a um total alvoroço e um diabólico turbilhão em que mal se podia distinguir o que estava acontecendo. Pois é disso que se trata uma batalha. E ponto-final.

– No escudo do meu pai – começou Reynevan, pigarreando – havia...

– Não me lembro de brasões – disse Zawisza, interrompendo-o brusca e secamente. – Numa batalha, isso não tem a menor importância para mim. O crucial é para que lado está virada a cabeça do outro cavalo. Se estiver na direção oposta à do meu, eu desfiro um golpe certeiro, mesmo que o oponente traga no escudo a própria Maria, mãe de Deus. Até porque, quando o sangue gruda na poeira e a poeira gruda no sangue, não dá para ver porra nenhuma. Por isso, repito, Grunwald foi uma batalha. E uma batalha é uma batalha. Então deixemos como está. Não fique zangado comigo.

– Não estou zangado.

Zawisza deteve momentaneamente o garanhão, ergueu-se na sela e peidou. As gralhas empoleiradas nos salgueiros que ladeavam a estrada se espantaram e alçaram voo. O séquito do cavaleiro de Garbowo, que consistia de um escudeiro grisalho e quatro pajens armados, vinha na retaguarda mantendo uma prudente distância. Tanto o escudeiro como os pajens montavam esplêndidos cavalos, e suas vestes eram opulentas e imaculadas, conforme convinha aos serviçais de um estaroste de Kruszwica e Spisz e que, de acordo com os boatos, lucrava com o arrendamento de cerca de trinta vilarejos. Contudo, nem o escudeiro nem os pajens tinham aspecto de servos corteses e nobilitantes. Pelo contrário, pareciam brutamontes assassinos, e as armas que portavam nem de longe podiam ser consideradas quinquilharias cenográficas de desfiles.

– Então, se não está zangado – Zawisza retomou a conversa –, por que permanece tão quieto?

– Porque tenho a impressão – respondeu Reynevan, após tomar um pouco de coragem – de que o senhor está mais ofendido por minha presença do que eu pela sua. Mas não sei por quê.

Zawisza, o Negro, virou-se na sela e o fitou por um longo momento.

– Ora, ora, a inocência injustiçada tem voz lastimosa – afirmou enfim o cavaleiro. – Entenda uma coisa, filho: é insensato comer as esposas alheias. Se quiser minha opinião, considero tal atitude repugnante e digna de punição. Para ser sincero, aos meus olhos você é tão vil quanto um ladrão que afana algibeiras no meio da turba ou que saqueia galinheiros. Ou mesmo pior, pois estes últimos não são mais que patifes miseráveis que, por desespero, se agarram à primeira oportunidade que lhes aparece.

Reynevan não fez nenhum comentário.

– Antigamente, na Polônia, havia um costume – continuava Zawisza. – O de pegar os sedutores de esposas alheias, levá-los até uma ponte e pregar seu saco nela. Então lhes entregavam uma faca e diziam: "Quer sua liberdade? Basta cortar fora o que lhe prende aqui."

Reynevan mais uma vez evitou fazer qualquer comentário.

– Mas já não se faz mais isso – concluiu o cavaleiro. – O que é uma pena. Minha senhora, Bárbara, não é de forma alguma volúvel, mas quando penso que lá na Cracóvia algum galãzinho como você, um rapazote garboso e sedutor, poderia lhe tirar proveito num momento de fraqueza... Ah, deixe para lá.

O subsequente silêncio que perdurava por alguns instantes foi interrompido mais uma vez pelo repolho consumido pelo cavaleiro.

– Ahhh... Agora sim – gemeu Zawisza, aliviado, olhando para o céu. – Mas saiba, rapaz, que não condeno suas ações, pois só aquele que jamais pecou pode atirar pedras. E, tendo esgotado tal assunto, não falemos mais a respeito.

– O amor é maravilhoso e atende por muitos nomes – afirmou Reynevan, um pouco aborrecido. – Aqueles que ouvem canções e romances não depreciam Tristão e Isolda, Lancelot e Guinevere, ou o trovador Guilhem de Cabestaing e a senhora Margarida de Roussillon. Quanto a mim e Adèle, posso afirmar que nos une um amor igualmente intenso, apaixonado e sincero. Mas parece que todo mundo implica conosco...

– Se esse amor é assim tão grande – disse Zawisza, fingindo interesse no assunto –, por que, então, você não está com sua amada? Por que *fugas chrustas*, feito um ladrãozinho pego em flagrante?

– Não é tão simples assim – redarguiu Reynevan, vermelho feito tomate. – O que ela ganharia se eu fosse pego e trucidado? E eu então? Mas hei de encontrar uma saída, não se preocupe. Mesmo que eu tenha de me disfarçar, como o fez o próprio Tristão. O amor sempre vencerá. *Amor vincit omnia.*

Zawisza se ergueu na sela e mais uma vez concedeu liberdade aos gases flatulentos. Era difícil dizer se se tratava de uma forma de comentário ou se era apenas o repolho que falava.

– Uma vantagem deste debate – disse – é que nos pôs a conversar, pois é bem penoso cavalgar em silêncio e de cara fechada. Sigamos falando, jovem senhor da Silésia. Sobre qualquer assunto.

Reynevan tomou alguns instantes para reunir coragem, então perguntou:

– Por que o senhor escolheu este caminho? Não seria mais rápido ir da Cracóvia à Morávia por Racibórz? E Opawsko?

– Talvez fosse – concordou Zawisza. – Mas vou lhe confessar uma coisa: eu não suporto os senhores de Racibórz. O recém-falecido duque Jan, que Deus ilumine sua alma, era um canalha filho da puta. Enviou sicários para matar meu compadre Przemek, filho de Noszak, duque de Cieszyn. Então eu jamais quis provar da hospitalidade raciborziana nem tenho a intenção de fazê-lo algum dia. Pois dizem que o jovem Nicolau, filho de Jan, segue rigidamente os passos do pai. Ademais, eu já havia me desviado bastante do trajeto, pois tinha assuntos a tratar com Kantner em Oleśnica. Queria lhe informar sobre o que Jagelão falara a respeito dele. Além disso, o caminho pela Baixa Silésia costuma oferecer muitas... atrações. Embora tal opinião me pareça um pouco exagerada.

– Ah! – exclamou Reynevan, demonstrando sua astúcia. – É por isso que o senhor enverga armadura completa! E monta um cavalo de batalha! Está buscando uma peleja. Acertei?

– Acertou – Zawisza, o Negro, confirmou calmamente. – Dizem que estas terras aqui abundam em barões gatunos.

– Não aqui. Estas terras são seguras. Por isso há tanta gente.

De fato, não podiam reclamar da falta de companhia. Não que tivessem alcançado alguém na estrada, e tampouco tinham sido ultrapassados. Mas, na direção oposta, de Brzeg para a Oleśnica, o movimento era grande. Cruzaram com vários mercadores que viajavam em carroças, tão lotadas de produtos que deixavam sulcos profundos na estrada, e eram escoltados por mais de uma dezena de homens armados muito mal-encarados. Cruzaram com uma coluna de trabalhadores que se deslocavam a pé e carregavam cântaros, e foram previamente anunciados por um forte cheiro de resina. Cruzaram com um grupo de cavaleiros da Ordem da Cruz com Estrela Vermelha, que viajavam a cavalo. Cruzaram com um jovem cavaleiro hospitalário de São João de Jerusalém, que tinha a feição de um querubim. Cruzaram com fazendeiros que conduziam gado. E com cinco peregrinos de semblante duvidoso – mesmo que tivessem se valido de boa educação ao perguntar pelo caminho para a Częstochowa, aos olhos de Reynevan não deixavam de ser suspeitos. Cruzaram com lolardos que se deslocavam de carroça e que com vozes alegres e pouco sóbrias cantavam *In cratere meo*, canção composta para a letra de Hugh Primas de Orléans. E então cruzaram com um cavaleiro acompanhado de uma donzela e uma pequena comitiva. O cavaleiro usava uma esplendorosa armadura bávara, ao passo que o imponente leão de duas caudas gravado sobre o escudo provava que tal cavaleiro pertencia à extensa linhagem dos Unruh. O cavaleiro bávaro de pronto reconheceu o brasão de Zawisza e o cumprimentou com um aceno de cabeça bastante presunçoso, deixando transparecer que os Unruh não eram pouca merda e, certamente, nem um pouco inferiores aos sulamitas. A companheira do cavaleiro trajava um vestido roxo suave e montava uma égua zaina preta, à moda feminina. Estranhamente, não usava nada para cobrir a cabeça, e o vento brincava à vontade com seus cabelos dourados. Ao passar por nossos viajantes, a mulher ergueu a cabeça, sorriu levemente e presenteou Reynevan – que a fitava sem discrição – com um olhar tão intenso e convidativo que fez o rapaz estremecer.

– Ai, ai, ai – disse Zawisza após um instante. – Você não há de morrer de causas naturais, meu rapaz.

E peidou. Com a força de uma bombarda de tamanho mediano.

– Para provar que não me constrangem nem um pouco suas insinuações e zombaria – anunciou Reynevan –, tratarei sua flatulência e seus gases.

– Adoraria saber como.

– Você verá. Só precisamos cruzar com um pastor.

E o pastor não tardou a surgir. Porém, ao avistar um grupo de homens a cavalo sair da estrada de terra para ir em sua direção, picou a mula, saiu catando cavacos e então desapareceu na mata feito a neblina da manhã. E deixou para trás as ovelhas berrando.

— Devíamos ter lhe preparado uma emboscada — avaliou Zawisza, ficando em pé nos estribos. — Agora já não conseguiremos apanhá-lo, com esse solo todo acidentado. Aliás, a julgar pela velocidade com que fugiu, já deve ter atravessado o Óder.

— E mesmo o Nysa — acrescentou Adalberto, o escudeiro do cavaleiro, provando que tinha um aguçado senso de humor e bons conhecimentos geográficos.

Reynevan, no entanto, não se comoveu com o deboche. Desmontou do cavalo e, com um passo firme, dirigiu-se à choça do pastor, de onde saiu um instante depois carregando um enorme maço de ervas secas.

— Não é do pastor que eu preciso — explicou calmamente. — Só disto aqui. E de um pouquinho de água fervente. Será que conseguiriam achar uma panela?

— O que quer que o senhor precise — afirmou Adalberto secamente.

— Se você vai ferver água, então faremos uma parada — disse Zawisza, e então olhou para o céu. — Uma parada mais longa, pois está anoitecendo.

* * *

Zawisza, o Negro, acomodou-se na sela revestida com samarra, olhou para dentro da caneca que tinha acabado de esvaziar e a cheirou.

— Na verdade, tem gosto de água de fossa aquecida pelo sol e cheiro de gato — declarou o cavaleiro. — Mas parece ter funcionado... Pela paixão de Cristo, funcionou mesmo! Sinto-me de todo aliviado. Minha gratidão, Reinmar. Agora vejo que não é verdade o que dizem, que a universidade não forma os jovens senão nas artes da bebedeira, da lascívia e da fala suja. É certamente uma ideia falsa.

— É só algum conhecimento sobre as ervas — respondeu humildemente Reynevan. — O que lhe ajudou de verdade, senhor Zawisza, foi tirar a armadura e descansar numa posição mais cômoda do que à sela...

– Você é demasiado modesto – o cavaleiro interrompeu. – Tenho consciência dos meus limites e sei quanto tempo consigo suportar à sela e portando armadura. Para falar a verdade, costumo seguir viagem à noite, com uma lanterna, em vez de fazer paradas de repouso. Além de abreviar a viagem, há ainda a possibilidade de aparecer alguém no escuro da noite para nos acossar... e assim nos propiciar alguma diversão. Mas, já que você afirma que estas terras são tranquilas, então por que exaurir os cavalos, não é mesmo? Podemos nos sentar junto da fogueira e contar histórias até o amanhecer... Afinal, isso também é divertido. Provavelmente não tanto quanto estripar alguns barões gatunos, mas, ainda assim, é diversão.

O fogo crepitava alegremente, iluminando a noite. Também estalava a gordura das linguiças e dos pedaços de toucinho, assados em espetos de madeira pelo escudeiro Adalberto e pelos pajens, ao gotejar sobre o fogo. O escudeiro e os pajens mantinham silêncio e uma distância adequada, mas nos olhares lançados em direção a Reynevan era possível perceber a gratidão. Estava claro que não compartilhavam do gosto de seu senhor pelas viagens noturnas à luz de lanterna.

As estrelas cintilavam no céu que se estendia sobre a floresta. A noite estava fria.

– Ah, sim – disse Zawisza ao massagear a barriga com ambas as mãos. – Sua poção ajudou mesmo, mais rápido e melhor que as preces a Santo Erasmo, o padroeiro das vísceras. Que erva mágica é essa, algum tipo de mandrágora? E por que você foi atrás de um pastor para encontrá-la?

– Passado o Dia de São João, os pastores colhem diversas ervas conhecidas apenas por eles próprios – explicava Reynevan, orgulhoso de suas habilidades. – Fazem um maço delas e o carregam amarrado à sua *hyrkavica*, seu cajado de pastoreio. Depois, secam as ervas na choça e então preparam uma decocção que...

– Que é servida ao rebanho – interveio calmamente o cavaleiro. – Quer dizer que você aplicou em mim o mesmo tratamento que se dá a uma ovelha flatulenta? Bom, se funcionou...

– Não se irrite, senhor Zawisza. O conhecimento do povo é muito vasto. Nenhum dos grandes médicos e alquimistas o dispensou. Nem Plínio, nem Galeno, nem Valafrido Estrabão, tampouco os estudiosos árabes, ou mesmo Gerbert d'Aurillac e Alberto Magno. A medicina tirou bastante proveito da sabedoria popular, em especial daquela dos pastores, que detêm um vasto conhecimento a respeito das ervas e de seus poderes curativos. E também sobre outros... poderes.

– Verdade?

– Pura verdade – confirmou Reynevan enquanto se aproximava da fogueira para ficar mais visível. – Senhor Zawisza, o senhor não acreditaria no tamanho poder que se oculta neste feixe de ervas, neste maço seco tirado da choça de um pastor e pelo qual ninguém pagaria nem um mísero tostão. Veja só: camomila, nenúfar, nada de especial, mas, preparadas numa decocção, operam milagres. Assim como aquelas que lhe servi: antenária, canabrás e angélica. São poucos os médicos que conhecem seus efeitos. Em maio, nos dias de São Felipe e São Tiago, os pastores pulverizam sobre as ovelhas uma decocção à base de ervas para protegê-las dos lobos. Acredite ou não, os lobos nem se aproximam das ovelhas. E estes aqui são os mirtilos de São Vendelino, e esta é a erva de São Linhart. Como você deve saber, esses santos, junto com São Martinho, são padroeiros dos pastores. Então, ao dar essas ervas ao rebanho, é preciso também invocar os respectivos padroeiros.

– Mas aquilo que você murmurava debruçado sobre o caldeirão não tinha nada a ver com os santos.

– Não mesmo – afirmou Reynevan após pigarrear. – Como lhe disse: a sabedoria do povo...

– Essa sabedoria me cheira muito a fogueira – disse o Zawisza, bastante sério. – Se eu fosse você, ficaria de olho em quem você trata e com quem fala. E com quem comenta sobre Gerbert d'Aurillac. Tome cuidado, Reinmar.

– Está certo, tomarei.

– Penso que – interveio o escudeiro –, se a feitiçaria é real, é melhor possuir um bom domínio dela do que não ter nenhum. Penso que...

Calou-se ao ver o severo olhar de Zawisza.

– E *eu* penso – disse bruscamente o cavaleiro de Garbowo – que todo o mal neste mundo tem suas origens no ato de pensar. Especialmente quando o exercem pessoas que não têm a mínima predisposição para fazê-lo.

Adalberto se debruçou ainda mais sobre o arreio que ele polia com banha. Reynevan esperou um longo momento antes de falar.

– Senhor Zawisza?

– Sim?

– Na taberna, durante a discussão com aquele dominicano, o senhor não escondia que... bem... que apoia os hussitas tchecos. Ou, ao menos, que mais se inclina a eles do que lhes tem aversão.

– E você logo associou meus pensamentos à heresia?

– Também – afirmou Reynevan após uma breve pausa. – Contudo, o que mais me intrigou...

– O quê?

– O que aconteceu... em Německý Brod, no ano de 1422, quando o senhor foi levado para o cativeiro tcheco? Correm lendas...

– Que lendas?

– Que dão conta de que o senhor foi preso pelos hussitas por julgar indigna a fuga, e por não poder lutar, já que era um emissário.

– É isso o que dizem por aí?

– Sim. E também que... que o rei Sigismundo fugiu vergonhosamente e o deixou sozinho na hora em que o senhor mais precisava.

Zawisza ficou em silêncio por um instante.

– E você – falou, enfim – gostaria de conhecer a verdadeira versão dos acontecimentos?

– Se não lhe for inconveniente...

– E por que seria? O tempo passa de forma agradável quando se está conversando. Por que, então, não conversar?

Contrariando a afirmação que acabara de fazer, o cavaleiro de Garbowo continuou calado por um longo tempo, brincando com um copo vazio. Reynevan não tinha certeza se Zawisza esperava por perguntas, mas não se apressou em formulá-las. Depois descobriu que agira bem.

– Parece-me que é preciso começar pelo início – anunciou enfim Zawisza. E é assim que a história começa: o rei Ladislau me enviou ao rei romano numa missão bastante delicada: o casamento deste com a rainha Eufêmia, cunhada de Sigismundo e viúva de Venceslau da Boêmia. Como se sabe, não deu em nada, pois Jagelão tinha preferência por Sofia de Halshany, mas à época esse fato era desconhecido. O rei Ladislau mandou então que eu acertasse todos os detalhes com o luxemburguês, particularmente as questões relativas ao dote. E lá fui eu. Não a Pozsony, nem a Buda, mas à Morávia, de onde Sigismundo se preparava para partir em mais uma das cruzadas contra seus vassalos insubordinados, em sua obstinada campanha para conquistar Praga e extirpar a heresia hussita da Boêmia.

Zawisza silenciou por um momento, com o olhar fixo na chama crepitante.

– Quando lá cheguei – disse, retomando a narração –, por volta do Dia de São Martinho, a cruzada de Sigismundo ia muito bem, ainda que a tropa do luxemburguês estivesse um bocado enfraquecida. A maioria das tropas lideradas pelo procônsul Rumpoldus já havia retornado à Lusácia, satisfeitas após saquear as terras ao redor de Chrudim. Também regressara o contingente silesiano, integrado, aliás, por nosso recente anfitrião e comensal, duque Conrado Kantner. Assim, durante a marcha para Praga, o rei tinha na verdade apenas o apoio dos cavaleiros austríacos de Albrecht e do exército moraviano do bispo de

Olomouc. Ainda assim, só a cavalaria húngara de Sigismundo contava mais de dez mil homens...

O cavaleiro fez outra breve pausa. Então prosseguiu com o relato:

– Gostasse eu ou não, tive de participar dessa cruzada para negociar com o luxemburguês o casamento de Jagelão. Consequentemente, pude testemunhar muita coisa. Por exemplo, a tomada de Polička e a carnificina que se seguiu.

Os pajens e o escudeiro permaneciam sentados, imóveis. Talvez estivessem dormindo – Zawisza falava em voz baixa e monótona, que bem podia se revelar soporífica àqueles que provavelmente já conheciam o relato, se é que não tinham participado dos eventos.

– Depois de Polička, Sigismundo foi para Kutná Hora. O general Žižka obstruiu o trajeto e repeliu diversos ataques da cavalaria húngara. Quando, contudo, começaram a circular notícias dando conta da desleal conquista da cidade, ele partiu em retirada. Os soldados reais entraram em Kutná Hora embriagados pelo triunfo... Afinal, haviam acossado o próprio Žižka, imagine Žižka em pessoa fugindo deles! E foi então que o luxemburguês cometeu um erro imperdoável. Apesar de eu e Filipe Scollari termos tentado dissuadi-lo...

– Pippo Spano? Aquele famoso *condottiero* florentino?

– Esse mesmo, mas não interrompa, garoto – respondeu Zawisza, logo retomando a história. – Contrariando meu conselhos e os de Pippo, o rei Sigismundo, convencido de que os tchecos tinham fugido assustados e que só parariam ao chegar a Praga, permitiu que os húngaros se espalhassem pela região, em busca de quartéis de inverno, pois o frio era avassalador. Assim, os húngaros se dispersaram e passaram o Natal pilhando, estuprando mulheres, incendiando vilarejos e assassinando aqueles que eles consideravam hereges ou simpatizantes. Ou seja, qualquer pessoa que surgisse em seu caminho.

O cavaleiro fez uma breve pausa, voltou os olhos para a fogueira, e continuou:

– À noite, o clarão das chamas iluminava o céu, que durante o dia estava tomado pela fumaça. Enquanto isso, em Kutná Hora, o rei banqueteava e realizava os julgamentos. E foi então, na manhã do Dia de Reis, que chegou a notícia: Žižka estava a caminho. Žižka não tinha fugido, apenas recuado, reagrupado os homens e reunido reforços, e agora marchava para Kutná Hora com todas as forças de Tábor e Praga em sua retaguarda. "Já está em Kaňk, já chegou a Nebovidy!" E o que fizeram os valentes cruzados ao ouvir tal notícia? Ao se darem conta de que não teriam tempo suficiente para reunir a tropa dispersada por toda a região, fugiram, deixando para trás montes de armas e de bens e a cidade em chamas. Por um momento, Pippo Spano conseguiu conter o pânico e pôr a tropa em formação entre Kutná Hora e Německý Brod.

Zawisza ficou por alguns instantes em silêncio, como que para tomar fôlego.

– O frio tinha diminuído – continuava ele –, o clima estava nublado, cinzento e úmido. E foi então que, de longe... Rapaz, nunca antes tinha ouvido ou visto algo parecido, e pode ter certeza de que eu já vi e ouvi muita coisa nesta vida. Vinham em nossa direção. Os taboritas e os praguenses carregando os estandartes e os ostensórios, numa formação esplêndida e disciplinada, entoando um canto que retumbava feito trovoada. Vinham empurrando seus famosos carros de batalha, dos quais apontavam, em nossa direção, canhões, obuses, falconetes...

O cavaleiro soltou um suspiro antes de continuar.

– E foi então que os soberbos heróis alemães, os presunçosos cavaleiros austríacos de Albrecht, os húngaros, a nobreza moraviana e lusaciana, os mercenários de Span, todos os homens de Sigismundo, sem exceção, se lançaram à fuga. Sim, rapaz, é isso mesmo que você ouviu: antes que os hussitas se aproximassem a uma distância de um tiro, toda a tropa real fugia desembestada, em pânico, num terror descontrolado, dirigindo-se a Německý Brod. Cavaleiros ordenados corriam de sapateiros e cordoeiros praguenses, atropelando e derrubando-se mutuamente, uivando de medo. Fugiam de camponeses que calçavam alpargatas das quais havia pouco tinham debochado. Deixavam para trás as armas que durante toda a cruzada tinham apontado principalmente para os indefesos. Rapaz, fugiam diante dos meus olhos espantados, como meros covardes, como moleques pegos pelo dono do pomar ao roubarem ameixas. Como se tivessem ficado com medo da... verdade. Do lema *VERITAS VINCIT* bordado nos estandartes hussitas.

Zawisza tinha voltado os olhos para Reinmar. Então prosseguiu:

– Os húngaros e os senhores armados, em sua maioria, conseguiram fugir para a margem esquerda do rio Sázava, que estava congelado. Então o gelo desabou. Ouça meu conselho, garoto. Se um dia você se encontrar em uma batalha durante o inverno, não fuja pelo gelo usando sua armadura. Jamais.

Reynevan jurou para si mesmo que nunca o faria. Zawisza se espreguiçou e pigarreou. Então continuou:

– Como eu dizia, os cavaleiros, embora tivessem perdido a honra, conseguiram salvar a pele. A maior parte deles. Mas a infantaria, centenas de lanceiros, artilheiros, paveses, os soldados profissionais da Áustria e da Morávia, os burgueses armados de Olomouc, todos foram apanhados e terrivelmente espancados, tingindo de sangue a neve ao longo de duas milhas de estrada, do povoado de Habry até as cercanias de Německý Brod.

– E o senhor? Como o senhor...

– Não fugi com a cavalaria real, tampouco com Pippo Spano e Jan von Hardegg, que, vale dizer, foram dos últimos a fugir e, quando fugiram, não o fizeram sem lutar. Eu também, contrariamente às fábulas que você ouviu, travei numerosos, e árduos, embates. Sendo emissário ou não, era preciso lutar. Mas não lutei sozinho, pois tive ao meu lado alguns poloneses e nobres moravianos, homens aos quais não apetecia a fuga, em especial através da água congelada. O que posso dizer é que combatemos, e que muitas mães tchecas choram por minha causa. Mas *nec Hercules*...

Ao que parece, os pajens não estavam dormindo. Pois um deles acabava de pular como se tivesse sido picado por uma víbora, outro gritava com uma voz abafada, e o terceiro fez o alfanje ranger ao desembainhá-lo. O escudeiro Adalberto, às pressas, empunhou sua besta. A voz severa e o gesto imperioso de Zawisza os puseram em silêncio.

Algo emergia da escuridão.

À primeira vista, pensaram se tratar de um fragmento, um feixe do breu, ainda mais escuro que as próprias trevas, que se delineava com um tom de carvão no negrume tremeluzente da noite que resplandecia com as chamas. Quando a labareda estourava com mais força, vivacidade e claridade, esse pedaço de escuridão tomava forma, mas sem perder nada de seu negror. E adquiria silhueta. Uma silhueta pequena, corpulenta e rechonchuda, uma silhueta que não se parecia nem com um pássaro eriçando as penas, nem com um animal com o pelo arrepiado. Um par de orelhas grandes e pontudas, imóveis e levantadas, como as de um felino, ornava a cabeça da criatura, afundada entre os ombros.

Sem tirar os olhos da criatura, Adalberto baixou devagar sua arma. Um dos pajens apelava à Santa Cunegundes, mas também foi silenciado pelo gesto de Zawisza – um gesto brando, mas que transbordava poder e autoridade.

– Seja bem-vindo, viajante – disse o cavaleiro, com admirável tranquilidade. – Nada tema, e fique à vontade para se sentar conosco junto da fogueira.

A criatura mexeu a cabeça e Reynevan pôde ver o brilho passageiro dos enormes olhos nos quais o fogo se refletia em tons de vermelho.

– Sinta-se à vontade – repetiu Zawisza com uma voz generosa e ao mesmo tempo firme. – Nada tema.

– Eu não os temo – respondeu a criatura, para o assombro de todos, com uma voz rouca. Depois, estendeu a pata. Reynevan teria dado um salto para trás, mas estava apavorado demais para se mover. Então notou, espantado, que a pata apontava para o brasão no escudo de Zawisza. Em seguida, provocando ainda mais espanto, a criatura apontou para o caldeirão com a infusão de ervas.

– Sulima e um herbolário – rouquejou a criatura. – Integridade e conhecimento. O que haveria eu de temer? Não os temo. Meu nome é Hans Mein Igel.

– Seja bem-vindo, Hans Mein Igel. Está com fome? Ou sede?

– Não. Quero apenas me sentar aqui. E ouvir. Escutei vocês falando. E vim ouvir.

– Fique à vontade.

A criatura chegou perto da fogueira, eriçou-se e se enrolou como uma bola. Depois, ficou imóvel.

– Muito bem – disse Zawisza, mais uma vez provando ser um homem impressionantemente calmo. – Onde eu estava?

– O senhor dizia... – começou Reynevan, engolindo a saliva para recuperar a fala – *nec Hercules*.

– Isso mesmo – rouquejou Hans Mein Igel.

– De fato – confirmou o cavaleiro –, foi isso mesmo. *Nec Hercules*, os hussitas nos derrotaram. Havia muitos deles. Mas tivemos a sorte de ser atacados por uma cavalaria, pois os mangualeiros taboritas não conhecem palavras como "perdão" ou "resgate". Quando, por fim, me derrubaram da sela, um dos homens que permaneceram junto de mim, Mertwicz ou Rarowski, ainda conseguiu bradar o meu nome e dizer que estive em Grunwald com Žižka e Jan Sokol de Lamberk.

Reynevan suspirou baixinho ao ouvir os distintos nomes. Zawisza ficou em silêncio por um longo momento.

– Vocês devem saber o resto – disse, enfim. – Pois o resto não deve diferir muito da lenda.

Reynevan e Hans Mein Igel acenaram com a cabeça, calados. Passou-se um bom tempo até que o cavaleiro retomou a narrativa.

– Agora, já velho – continuava ele –, tenho impressão de que uma maldição recaiu sobre mim. Depois de ser resgatado do cativeiro e de retornar à Cracóvia, relatei ao rei Ladislau tudo o que eu tinha presenciado naquele Dia de Reis em Německý Brod e o que tinha visto com meus próprios olhos no dia seguinte à conquista da cidade. Não aconselhei, não ofereci minha opinião ou perspectiva, não ousei apresentar meus juízos ou avaliações. Apenas reportei, e ele, o velho e astuto lituano, ouviu. E soube de tudo. E esteja certo disso, rapaz: jamais, por mais que o papa vertesse lágrimas pelas ameaças contra a fé, e o luxemburguês esbravejasse e disparasse ameaças, o velho e astuto lituano jamais enviaria a cavalaria polonesa ou lituana contra os tchecos. E não por conta da ira do luxemburguês contra a sentença breslaviana, tampouco pelas intrigas envolvendo as repartições de Pożoń, mas por causa do meu relato. E da única conclusão certa que se pode tirar dele: que as cavalarias polonesa e lituana são necessárias para confrontar os teutônicos, e que seria uma tolice, uma completa insensatez, afundá-las no Sázava, no Moldava ou no Elba. Jagelão, depois de ouvir meu relato, da mesma forma jamais aderiria às cruzadas anti-hussitas. É por isso que estou indo para o Danúbio, lutar contra os turcos, antes que me excomunguem.

– O senhor faz graça agora, certo? – disse, um pouco sem jeito, Reynevan. – Como... excomunhão? Um cavaleiro de tal envergadura... Só pode ser uma galhofa.

– De fato – assentiu Zawisza, esboçando um sorriso. – É um gracejo. Ao mesmo tempo, não deixa de ser um temor.

Permaneceram em silêncio por algum tempo. Hans Mein Igel arfava baixinho. Os cavalos resfolegavam, inquietos, na escuridão.

– Seria este o fim da cavalaria? – arriscou Reynevan. – E dos cavaleiros? Seria a infantaria, solidária e unida, ombro a ombro, capaz não apenas de confrontar a cavalaria couraçada, mas também de derrotá-la? Os escoceses em Bannockburn, os flamengos em Courtrai, os suíços em Sempach e Morgarten, os ingleses em Azincourt, os tchecos em Vítkov e em Visegrád, Sudoměř e Německý Brod... Talvez seja este o fim... de uma era? Poderia a era dos cavaleiros estar chegando ao fim?

– Uma guerra sem a cavalaria e sem cavaleiros – respondeu Zawisza, o Negro, após um instante – necessariamente se converteria em pura e simples matança, em massacre. Eu não ia querer tomar parte em coisa do tipo. Mas ainda há de se passar muito tempo até que algo assim ocorra, e por certo já não estarei vivo para vê-lo. Na verdade, cá entre nós, eu não gostaria de estar vivo para vê-lo.

O silêncio reinou por um longo período. A fogueira se extinguia, com a lenha reluzindo tons escarlates, de quando em quando estourando numa chama azulada ou numa irrupção de faíscas. Um dos pajens roncava. Zawisza limpava a testa com a mão. Hans Mein Igel, negro como um tufo de escuridão, mexia as orelhas. Quando as chamas voltaram a se refletir nos olhos da criatura, Reynevan notou que Hans olhava para ele.

– O amor atende por vários nomes – falou de súbito Hans Mein Igel. – E ele determinará seu destino, jovem herbolário. O amor. Ele salvará sua vida quando você menos suspeitar. Pois a Deusa tem vários nomes. E ainda mais faces.

Reynevan permaneceu em silêncio, estupefato. Zawisza, o Negro, foi quem reagiu primeiro:

– Ora, ora – disse ele. – Uma profecia. Obscura como todas, e possível de ser aplicada a tudo e a nada ao mesmo tempo. Não se zangue, mestre Hans. Por acaso, teria uma para mim também?

Hans Mein Igel mexeu a cabeça e as orelhas.

– No alto de uma colina à beira de um grande rio, há uma fortaleza – proclamou, enfim, com a voz rouca e pouco clara. – Sobre uma colina com um rio que serpenteia em seu entorno. Chama-se Fortaleza dos Pombos. É um lugar maligno. Não vá para lá, Sulima. Essa Fortaleza dos Pombos é um lugar funesto para você. Não vá até lá. Recue.

Zawisza permaneceu em silêncio por um bom tempo, visivelmente imerso nos próprios pensamentos. Ficou calado por tanto tempo que Reynevan achou que o cavaleiro havia dispersado da mente as estranhas palavras daquela incomum criatura noturna. Estava errado.

– Sou um homem de espada – disse Zawisza, rompendo o silêncio. – Desde que segurei pela primeira vez uma espada, há cerca de quarenta anos, tenho consciência do destino que me aguarda. Mas não olharei para trás, para os campos das batalhas perdidas, para os túmulos dos cães e para as traições reais, para a vileza, a baixeza e a mesquinhez. Não desviarei do caminho por mim traçado, mestre Hans Mein Igel.

Hans Mein Igel não proferiu nem uma palavra, mas seus enormes olhos fulguravam.

– Porém, como a que você fez a Reynevan – acrescentou Zawisza, o Negro, ao mesmo tempo que esfregava a testa –, eu preferiria que você me houvesse feito uma profecia de amor. E não de morte.

– Eu também teria preferido – disse Hans Mein Igel. – Passem bem.

De repente, a criatura aumentou de tamanho e eriçou ainda mais o pelo. Então, desapareceu, dissipando-se na mesma escuridão da qual havia emergido.

* * *

Os cavalos relinchavam na escuridão e ocasionalmente batiam os cascos no chão. Os pajens roncavam. O céu começava a clarear, enquanto as estrelas empalideciam sobre as copas das árvores.

– Sinistro – falou, por fim, Reynevan. – Aquilo foi sinistro.

O cavaleiro ergueu a cabeça com ímpeto, acordando de seu cochilo.

– O quê? O que foi sinistro?

– Aquele... Hans Mein Igel. Senhor Zawisza, o senhor sabe... Preciso admitir que... o senhor me impressionou muito.

– Por quê?

– Quando ele emergiu da escuridão, o senhor nem se mexeu. Ora, sua voz nem mesmo estremeceu. E, quando o senhor de fato falou com ele, me impressionou muito... Principalmente porque se tratava de uma... criatura da noite. Algo não humano... De outro mundo.

Zawisza, o Negro, fitou Reynevan por um longo tempo.

– Conheço muita gente – respondeu enfim o cavaleiro, com uma voz muito séria – que me parece mais estranha que ele.

* * *

O dia nasceu enevoado e úmido; gotículas de orvalho pendiam em grandes guirlandas nas teias de aranhas. A floresta estava silenciosa, mas ainda tão ameaçadora quanto uma besta adormecida. Os cavalos estavam agitados, resfolegando e sacudindo as crinas por causa da névoa que vinha flutuando em sua direção, se arrastando.

Passando a floresta, numa encruzilhada, havia uma cruz de pedra, uma das várias lembranças dos crimes cometidos no passado da Silésia, e de seu remorso tardio.

– Aqui nos separamos – disse Reynevan.

O cavaleiro olhou para ele, mas se absteve de fazer um comentário.

– Aqui nos separamos – repetiu o rapaz. – Assim como o senhor, eu tampouco tenho a intenção de olhar para os campos das batalhas perdidas. Como o senhor, sinto repugnância pela baixeza e pela mesquinhez. Retornarei para Adèle, pois, independentemente do que me disse o tal Hans, meu lugar é junto a ela. Não fugirei como um covarde, como um ladrãozinho. Enfrentarei o que for preciso. Assim como o senhor enfrentou em Německý Brod. Adeus, nobre senhor Zawisza.

– Adeus, Reinmar de Bielau. Cuide-se.

– O senhor também. Quem sabe ainda voltamos a nos encontrar um dia.

Zawisza, o Negro, manteve o olhar no rapaz por um longo momento.

– Não creio nisso – disse, enfim, o cavaleiro.

CAPÍTULO V

No qual, de início, Reynevan experimenta como se sente um lobo que é caçado na mata cerrada. Depois, encontra Nicolette Loura. E então navega correnteza abaixo.

Passando a floresta, havia, numa encruzilhada, uma cruz de penitência, uma das várias lembranças dos crimes cometidos na Silésia, e de seu remorso tardio.

As pontas dos braços da cruz tinham a forma de trevos. Em sua base alargada, havia sido esculpido um machado de batalha, a arma que o penitente havia usado para mandar seu próximo, ou talvez alguns de seus próximos, para o outro mundo.

Reynevan examinava a cruz atentamente. Então soltou um palavrão.

Era a mesma cruz junto da qual ele se despedira de Zawisza umas três horas atrás.

A culpa era da neblina, que desde o nascer do dia se arrastava pelos campos e pelas florestas feito fumaça. A culpa era da garoa, que com as gotas miúdas machucava os olhos e que, quando por fim cessou, fez a neblina tornar-se ainda mais densa. A culpa era do próprio Reynevan, de seu cansaço e da privação de sono, da distração que lhe causavam os incessantes pensamentos a respeito de Adèle von Stercza e dos planos de libertá-la. Aliás, quem sabe? Talvez a culpa fosse das mamunas, dos demônios sedutores, dos duendes, das náiades, dos elfos, diabretes, fogos-fátuos e outras criaturas que abundavam nas florestas silesianas. Parentes e conhecidos de Hans Mein Igel, porém, menos simpáticos e gentis do que este e especializados em desviar os humanos do caminho certo.

Não havia muito sentido em procurar culpados, e Reynevan bem o sabia. Era preciso avaliar a situação com juízo, tomar uma decisão e agir de acordo. Ele desmontou do cavalo, apoiou-se na cruz de penitência e começou a pensar com afinco.

Em vez de estar mais ou menos na metade do caminho para Bierutów, depois de três horas de marcha, tinha retornado a seu ponto de partida, nas cercanias de Brzeg, a menos de uma milha do povoado[4].

"Teria eu sido guiado pelo destino?", pensou ele. "Teria sido um sinal? Deveria eu aproveitar o fato de estar próximo da cidade e do Sanatório do Espírito Santo, que conheço bem, e lá pedir ajuda? Ou seria melhor não perder tempo e ir direto a Bierutów e a Ligota, de acordo com o plano inicial, ao encontro de Adèle?"

"É melhor ficar longe da cidade", concluiu, depois de refletir um pouco. Todos, inclusive os Stercza, sabiam de suas boas relações, senão de sua amizade, com os frades da Ordem do Espírito Santo, em Brzeg. Além disso, Brzeg ficava no caminho para a comendadoria da Ordem de São João, em Mała Oleśnica, onde o duque Conrado queria prendê-lo até que a poeira baixasse. Apesar das boas intenções do duque, Reynevan não tinha a menor intenção de passar uma série de anos em penitência no Mosteiro da Ordem de São João. Além do mais, algum integrante da comitiva de Kantner podia ter falado demais ou se deixado corromper e revelado os planos do duque aos von Stercza. Portanto, era bem possível que seus perseguidores já estivessem de tocaia nos arredores de Brzeg.

"Está decidido", pensou Reynevan. "Vou até Adèle. Resgatá-la-ei tal qual Tristão fez por Isolda, Lancelot por Guinevere, Gareth por Liones, Guinglain por Esmeralda. Talvez seja como um tolo que parte rumo à cova de um leão, mas é provável que meus perseguidores não esperem uma jogada tão arriscada de minha parte. Assim eu teria uma chance de surpreendê-los. E, mais importante, Adèle precisa de ajuda, aguarda por mim e certamente sente minha falta, portanto não permitirei que ela espere em vão."

Assim como seu humor se desanuviava, também o céu começou a abrir e clarear, como se tivesse sido agraciado por um toque da varinha de Merlin. Já era possível sentir o Sol reluzindo, aos poucos, lá no alto, ao passo que os preponderantes tons acinzentados iam ganhando um colorido. Os pássaros, que até então tinham permanecido soturnamente calados, começavam a chilrear com alguma timidez para em seguida cantar a plenos pulmões. As gotículas nas teias de aranhas cintilavam como prata. E, imersas na névoa, as estradas, que se ramificavam desde a encruzilhada, pareciam uma cena de algum conto de fadas.

Havia um método para não cair em feitiços enganosos. Irritado consigo mesmo por ter se mostrado demasiado confiante e não ter pensado nisso antes, Reynevan afastou com o pé as ervas daninhas que cresciam ao redor da cruz e deu alguns passos pela beira da estrada. Não tardou para que encontrasse o que buscava: cominho silvestre empenado, bártsias cobertas de florzinhas cor-de-rosa e eufórbia. Depois de arrancar as folhas dos caules e de reuni-las, custou um pouco para que se lembrasse de quais dedos usar para enrolá-las, de como entrelaçá-las e como fazer o *nodus*, um nó. E do que dizia o encantamento.

Um, dois, três
Wolfsmilch, Kümmel, Zahntrost
Binde zu Samen
Semitae eorum incurvatae sunt
E a minha rota se faz reta.

Num instante, um dos caminhos da encruzilhada tornou-se mais claro, mais agradável, mais convidativo. Curiosamente, sem a ajuda do amuleto, Reynevan jamais teria suposto ser aquele o caminho certo. Mas ele sabia que os amuletos não mentem.

* * *

Reynevan cavalgou durante uns três pai-nossos até que ouviu o latido de um cão e o grasnar alvoroçado de alguns gansos. Em seguida, suas narinas foram invadidas pelo aroma que vinha de uma casa de defumação onde algo certamente muito saboroso estava sendo curado. Talvez presunto. Ou toucinho. Quiçá um ganso. Reynevan foi de tal maneira fisgado pelo cheiro, que se esqueceu de toda a criação de Deus ao seu redor e nem se deu conta de como e quando se desviou do caminho, atravessou as sebes e adentrou o pátio da estalagem à beira da estrada. O cão latiu para ele, embora o fizesse mais por obrigação do que para afrontá-lo. E um ganso, esticando o pescoço, berrou para os jarretes do cavalo. O cheiro de pão assado se juntava ao de carne defumada, conseguindo inclusive mascarar o fedor de uma grande esterqueira cercada de gansos e patos.

O jovem desmontou da sela e amarrou seu lobuno ao palanque. O cavalariço, que manejava alguns animais ali perto, estava tão ocupado que nem notou sua chegada. No entanto, outra coisa chamou a atenção de Reynevan. Sobre um dos pilares do alpendre, em linhas multicoloridas, desordenadamente emaranhadas, pendia um *hex* – uma espécie de amuleto feito de três galhos amarrados em forma de triângulo e envoltos numa coroa de trevos e malmequeres murchos. Reynevan ficou pensativo, mas não estranhou muito. A magia estava por toda parte, e as pessoas se valiam de símbolos mágicos sem nem mesmo saber seu significado ou para que serviam. O fato era que o *hex*, mesmo que parecesse malfeito, podia ter confundido seu amuleto norteador.

"Merda. Por isso topei com este lugar", pensou. "Bem, já que estou aqui..."

Entrou, inclinando a cabeça ao passar sob a viga baixa do batente da porta.

As peles de peixe que recobriam as pequenas janelas mal permitiam a entrada de luz, deixando o ambiente imerso numa penumbra iluminada apenas pelas chamas que resplendiam na lareira. De tempos em tempos, um caldeirão suspenso sobre um fogareiro levantava fervura, fazendo verter uma espuma que, ao contato com o fogo, silvava e produzia fumaça, reduzindo ainda mais a visibilidade. Havia poucos clientes. Apenas uma mesa, em um dos cantos, com quatro homens, provavelmente camponeses. Era difícil fazer qualquer distinção naquele breu.

Reynevan mal havia se sentado no banco quando uma moça de avental pôs uma tigela diante dele. Mesmo que, a princípio, o rapaz tivesse a intenção de apenas comprar um pão e já seguir viagem, absteve-se de protestar. Na tigela, os bolinhos de batata do *prażuchy* exalavam um delicioso cheiro de banha de porco derretida. Ele sacou uma das poucas moedas que Kantner lhe havia dado e colocou-a sobre a mesa.

A atendente se debruçou levemente para lhe entregar uma colher de madeira. Um suave odor de ervas emanava da mulher.

– Seu caldeirão está fervendo, rapaz. E não estou falando da comida – murmurou ela. – Fique quieto. Já o viram. Vão partir pra cima de você caso se levante da mesa. Então, fique sentado e não se mova.

Ela foi até o fogareiro para mexer o conteúdo da panela fumegante que lançava borrifos para todos os lados. Reynevan, preocupado, permaneceu sentado, com o olhar fixo no torresmo que cobria o *prażuchy*. Seus olhos já tinham se habituado à escuridão, ao menos o suficiente para que ele notasse que os quatro homens sentados à mesa no canto portavam armas demais para serem meros camponeses. E que não tiravam os olhos dele.

Reynevan praguejou e amaldiçoou a própria estupidez.

A atendente voltou.

— Restam muito poucos de nós neste mundo — disse ela, mais uma vez murmurando, enquanto fingia limpar a mesa. — Por isso não posso permitir que o peguem.

Ela deteve a mão por um instante e Reynevan notou em seu dedo mindinho um malmequer parecido com aqueles que pouco antes ele vira no *hex* ao desmontar do cavalo. O caule tinha sido enrolado de tal forma que a flor amarela parecia a joia de um anel. Reynevan suspirou e instintivamente tocou seu próprio amuleto, feito de caules de eufórbia, bártsia e cominho enlaçados e presos ao botão de seu casaco. Os olhos dela resplandeciam na penumbra. Ela acenou com a cabeça.

— Percebi assim que você entrou — murmurou ela, dando um suspiro. — E já sabia que eles estavam atrás de você. Mas não vou permitir que o peguem. Há pouquíssimos de nós e, se não nos ajudarmos, seremos aniquilados. Coma, finja que não estou falando com você.

Ele comia muito devagar, sentindo calafrios percorrerem sua espinha, enquanto os quatro homens mantinham os olhos fixos nele. A servente agitou uma frigideira, gritou algo para alguém na outra sala, colocou mais lenha no fogo e voltou. Com uma vassoura.

— Mandei levar seu cavalo para o terreiro atrás da pocilga — disse ela baixinho enquanto varria. — Quando a confusão começar, fuja por aquela porta nos fundos, atrás da cortina de palha. Ao atravessá-la tenha cuidado com isto.

Ainda varrendo, ela pegou um longo colmo de palha e, silenciosa mas rapidamente, atou nele três nós.

— Não se preocupe comigo — sussurrou ela, fazendo os escrúpulos dele se dissiparem. — Ninguém vai prestar atenção em mim.

— Gerda! — gritou o taberneiro. — É preciso tirar o pão do forno! Depressa, sua miserável!

A moça foi embora. Curvada, cinzenta, insípida, ninguém lhe prestava atenção. Ninguém além de Reynevan, para quem, ao partir, ela lançara um olhar ardente como uma tocha em chamas.

Os quatro homens sentados à mesa se levantaram. Aproximavam-se. Suas esporas tilintavam, o couro rangia, as cotas de malha tiniam ao sacudir. Eles mantinham as mãos pairando sobre os cabos das espadas, dos alfanjes e punhais. Mais uma vez Reynevan amaldiçoou em silêncio a sua falta de bom senso, agora com mais veemência.

– Senhor Reinmar de Bielau. Vejam por si mesmos, rapazes, como trabalham os caçadores experientes. Tendo sido a presa adequadamente rastreada, e a mata, eficazmente cercada, basta apenas um pouco de sorte para que se apanhe o que se busca. E a sorte hoje nos abriu um largo sorriso.

Dois dos indivíduos se posicionaram um do lado direito e outro do lado esquerdo de Reynevan. O terceiro se pôs às costas do rapaz. Por sua vez, o quarto, aquele que havia falado, um bigodudo trajando uma brigantina adornada com tachões, manteve-se na frente dele. Então, sem esperar convite, sentou-se.

– Você não vai tentar resistir – disse o bigodudo, num tom que mais afirmava do que inquiria –, criar confusão ou aprontar alguma sacanagem, não é, Bielau?

Reynevan não respondeu. Segurava a colher entre a boca e a borda da tigela, como se não soubesse o que fazer com ela.

– Você não vai fazer nada disso – continuou o bigodudo, assegurando-se a si mesmo. – Pois você sabe que isso seria uma completa tolice. Não temos nada contra você. Ora, para nós, trata-se apenas de mais um serviço, como qualquer outro. Mas nós prezamos pelo trabalho fácil, entende? Se você começar a berrar e a espernear, nós o deixaremos bem dócil num piscar de olhos. Vamos quebrar seu braço aqui mesmo, na beira desta mesa. Depois disso, não precisaremos sequer amarrá-lo. É impressão minha ou você disse algo?

– Não – respondeu Reynevan, vencendo a resistência de seus lábios dormentes. – Não falei nada.

– Muito bem. Termine de comer. O caminho até Sterzendorf é longo. Melhor você não viajar esfomeado.

— Até porque – disse, arrastando as sílabas, o sujeito à direita de Reynevan, que trajava uma cota de malha e braçais –, em Sterzendorf, certamente não vão alimentá-lo tão cedo.

— E, mesmo se lhe derem de comer – bufou aquele que estava atrás, invisível ao rapaz –, não há de ser algo que lhe apeteça.

— Se vocês me deixarem ir... eu lhes pagarei... – enunciou com dificuldade Reynevan. – Eu lhes pagarei mais do que os Stercza oferecem.

— Somos profissionais, e assim você nos insulta – declarou o bigodudo. – Sou Kunz Aulock, conhecido como Kyrieleison. Você pode me contratar, mas não me corromper. Ande, engula logo seu *prażuchy*!

Reynevan comia, mas os bolinhos tinham perdido o sabor. Kunz Aulock – Kyrieleison – enroscou no cinto o bastão que vinha segurando e então vestiu as luvas.

— Teria sido melhor não se deitar com mulher alheia – disse Kunz. – Não faz muito tempo ouvi um padre bêbado citando uma carta, provavelmente a Epístola aos Hebreus ou algo do tipo: qualquer transgressão receberá justa retribuição, *iustam mercedis retributionem*. Em termos simples, significa que, quando se faz algo, é preciso estar ciente das consequências de seus atos e disposto a arcar com elas. É preciso saber aceitá-las com dignidade. Por exemplo, olhe para a direita. Este é o senhor Stork de Gorgowitz. Tendo inclinações similares às suas, há pouco, junto de seus companheiros, ele cometeu um delito contra uma cidadã de Opole. Caso seja pego, será despedaçado com fórceps e quebrado na roda. E então? Veja e admire como o senhor Stork aceita com dignidade seu destino, quão límpidos seu olhar e sua feição. Tome-o como exemplo.

— Tome-me como exemplo – rouquejou Stork, que, por acaso, tinha a cara cheia de espinhas e os olhos remelados. – E levante-se. Está na hora de pegar a estrada.

Nesse exato momento, a chaminé da lareira explodiu, produzindo um terrível estrondo e cuspindo fogo, faíscas, fumaça e fuligem por todo o cômodo. O caldeirão foi arremessado para o alto e, ao cair, chocou-se com força contra o chão, vertendo todo o conteúdo fervente. Kyrieleison deu um salto para a frente, mas Reynevan virou com força a mesa contra ele, chutou o banco para trás e meteu a tigela com o restante dos bolinhos bem na cara espinhenta de Stork. Então, lançou-se feito uma enguia na direção da porta que dava para o terreiro. Um dos sujeitos conseguiu segurá-lo pelo colarinho. Contudo, tendo estudado em Praga, Reynevan já tinha sido apanhado pelo colarinho em quase todas as tabernas da Cidade Velha e de Malá Strana. Assim, encolheu-se, usou o cotovelo para golpear com força a cara do sujeito, soltou-se e disparou pela porta. Lembrou-se da advertência da servente e desviou-se com destreza da palha amarrada deixada atrás da soleira da porta.

Kyrieleison, que vinha atrás dele, naturalmente não sabia da palha mágica e caiu prostrado no chão, deslizando pelas fezes dos porcos com a cara afundada nelas. Em seguida, foi a vez de Stork de Gorgowitz tombar sobre o amuleto de palha, enquanto o terceiro dos sujeitos desabava sobre Stork, que praguejava contra tudo e contra todos. Reynevan já estava montado na sela do cavalo que esperava por ele, já o instigava a galopar, sempre em frente, através dos jardins, das hortas de repolho, pelas cercas vivas de groselhas. O vento zunia em seus ouvidos e, atrás de si, ele podia ouvir os xingamentos e o guinchar dos porcos.

Já se encontrava em meio aos salgueiros que cresciam ao longo de uma lagoa drenada quando ouviu atrás de si a batida dos cascos de cavalos e os berros de seus perseguidores. Então, em vez de desviar da lagoa, cavalgou em disparada sobre o dique, que era bastante estreito. Seu coração ficava preso na garganta a cada vez que se desprendiam pedaços do dique sob os cascos de seu cavalo. Mas conseguiu chegar ao outro lado.

Os perseguidores também dispararam sobre o dique, mas não tiveram a mesma sorte. O primeiro cavalo não chegou nem à metade do percurso, desabou relinchando e caiu na lama, ficando afundado até a barriga. O segundo cavalo se sacudiu, destruiu com as ferraduras o restante do dique e deslizou no solo lodacento, mergulhando nele até a altura das nádegas. Os cavaleiros gritavam e praguejavam ferozmente. Reynevan percebeu que precisava aproveitar tais circunstâncias e a vantagem de tempo que elas lhe propiciavam. Então fustigou seu cavalo com o calcanhar e galopou através dos abetos, rumo às colinas recobertas de mata, atrás das quais ele esperava haver florestas e, consequentemente, segurança.

Ciente do risco que assumia, forçou o cavalo, que roncava pesadamente, a um galope extenuante numa subida íngreme. Tampouco permitiu que o lobuno descansasse quando chegaram ao topo da colina, e de pronto o fustigou para percorrer os bosques que cresciam na encosta. Então, completamente do nada, surgiu um cavaleiro obstruindo sua passagem.

O animal, assustado, empinou-se, relinchando terrivelmente. Reynevan se manteve na sela.

– Nada mal – disse o cavaleiro, ou melhor, a amazona, pois se tratava de uma moça.

Ela era bastante alta e trajava vestes masculinas – um justo gibão de veludo, debaixo do qual aparecia a alva gorjeira da camisa na altura do pescoço. Uma espessa trança de cabelos claros pendia sobre seus ombros e por baixo do *kalpak* de zibelina, que era adornado por um penacho de plumas de garça e um broche de safira que devia valer o mesmo que um bom corcel.

– Quem está perseguindo você? – gritou ela, dominando com destreza o cavalo que dançava. – A lei? Diga!

– Não sou bandido...

– Qual o motivo, então?

– Amor.

– Ah! Logo imaginei. Você está vendo essa fileira de árvores escuras? É por ali que corre o Stobrawa. Vá para lá o mais rápido possível e esconda-se no brejo da margem esquerda enquanto eu os despisto. Dê-me sua capa.

– O que a senhorita...? Como assim...?

– Disse para você me dar sua capa! Você cavalga bem, mas eu cavalgo melhor ainda. Ah, que aventura! Ah, uma história que vale a pena contar! Elisabeth e Ana vão morrer de inveja!

– Senhorita... – balbuciou Reynevan. – Não posso... O que vai acontecer se eles a apanharem?

– Eles? Me apanharem? – bufou a amazona, semicerrando os olhos azuis como turquesas. – Você deve estar brincando!

Sua égua, que por acaso também era acinzentada, sacudia a cabeça esguia e dançava novamente. Reynevan se viu obrigado a concordar com a moça estranha. Aquele animal nobre e, à primeira impressão, veloz devia valer bem mais que o broche de safira preso ao *kalpak*.

– É uma loucura – disse ele, passando-lhe a capa. – Mas agradeço. Retribuirei sua ajuda...

Os gritos dos perseguidores ecoaram desde o sopé da colina.

– Não perca tempo! – gritou a amazona enquanto cobria a cabeça com o capuz. – Corra! Vá para o Stobrawa!

– Senhorita... O seu nome... Diga-me...

– Nicolette. Meu Aucassin[5], perseguido pelo amor. Passe beeem!

Ela instigou a égua a galopar, mas aquilo mais parecia um voo que um galope. Desceu a encosta feito furacão, numa nuvem de poeira, mostrando-se para os perseguidores e cruzando os charcos a tal velocidade que de imediato deixou mais aliviada a consciência de Reynevan. Ele compreendeu que a amazona de cabelos claros não arriscava nada. Os cavalos de Kyrieleison, Stork e dos outros, montados por homens que pesavam cem quilos cada, afora todos os aparatos, não poderiam competir com uma égua lobuna puro-sangue, que carregava apenas uma moça numa sela leve. E, de fato, nem mesmo o olhar podia perseguir a amazona, que desapareceu muito rápido atrás da colina. Seus perseguidores, no entanto, resolutos e implacáveis, persistiam atrás dela.

"Podem até alcançá-las, ela e sua égua, mantendo o passo", pensou Reynevan, apavorado. "Mas seu séquito deve estar por perto", disse para si mesmo, acalmando sua consciência. "Uma moça montada num animal desses, vestida daquela forma, certamente é de uma família nobre. E moças como ela não cavalgam sozinhas", refletiu enquanto galopava na direção indicada pela donzela.

"E com certeza seu nome não é Nicolette", voltou a pensar, engolindo vento à medida que acelerava. "Ela debochou de mim, um pobre Aucassin."

* * *

Escondido em meio aos pântanos de um amieiral no Stobrawa, Reynevan recuperava o fôlego e chegava mesmo a se sentir orgulhoso e petulante, como um Rolando ou um Ogier que tivesse enganado e despistado as hordas de mouros que o perseguiam. Porém, a petulância e o bom humor o abandonaram no momento em que lhe ocorreu uma desventura nada cavalheiresca, algo que jamais acontecera – caso se acredite nas baladas – com Rolando, Ogier, Astolfo, Reinaldo de Montalvão ou Raoul de Cambrai.

Simples e prosaicamente, seu cavalo começou a mancar.

Reynevan, ao sentir o ritmo falseado e quebradiço do passo do corcel, de pronto desmontou do animal. Examinou a perna e a ferradura do lobuno, mas não conseguiu diagnosticar nenhum problema, menos ainda mitigá-lo. O máximo que pôde fazer foi seguir a pé, puxando o animal manco pelas rédeas. "Que maravilha", pensou. "Em questão de dias, um cavalo esgotado e outro manco. Que beleza..."

Para piorar, da alta margem direita do Stobrawa, de repente ressoavam assobios, relinchos e imprecações na já familiar voz de Kunz Aulock, conhecido como Kyrieleison. Reynevan puxou o cavalo para uma área de mata mais densa e cobriu as narinas dele para que não relinchasse. Os gritos e os xingamentos iam silenciando à distância.

"Apanharam a moça", pensou, e logo seu coração subiu à garganta, por medo e pela consciência pesada. "Conseguiram alcançá-la."

"Não, não devem tê-la alcançado", seu bom senso tentava acalmá-lo. "No máximo, encontraram seu séquito e se deram conta do erro. E 'Nicolette' os ridicularizou e zombou deles, segura em meio a seus cavaleiros e pajens."

"Então eles voltaram a circular e buscar por rastros. Como caçadores."

* * *

Reynevan passou a noite no meio do matagal, batendo os dentes de frio e espantando os mosquitos. Sem fechar os olhos. Ou talvez os tenha fechado, mas apenas por um instante. Aliás, deve ter dormido, sonhado, pois, de outra forma, como poderia ter visto a servente da taberna, aquela moça cinzenta, despercebida por todos, aquela com o anel de malmequeres no dedo? Como seria possível, senão por sonho, que ela tivesse vindo até ele?

"Tão poucos como nós restam neste mundo", disse a moça. "Tão poucos. Não permita que o apanhem ou que o rastreiem. O que é que não deixa rastros? Um pássaro no ar, um peixe na água."

"Um pássaro no ar, um peixe na água."

Ele quis lhe perguntar quem era ela, de onde conhecia os amuletos e como provocara a explosão na chaminé, pois não havia de ter usado pólvora. Ele queria lhe perguntar muitas coisas.

Não teve tempo. Acordou.

* * *

Reynevan partiu antes do nascer do sol. Ia seguindo o curso do rio. Caminhava havia cerca de uma hora, mantendo-se às margens da floresta de faias, quando de repente surgiu abaixo dele um enorme rio. De um tamanho sem igual em toda a Silésia.

Era o Óder.

* * *

Uma pequena embarcação navegava graciosamente contra a correnteza do Óder, deslizando com destreza, tal qual um mergulhão, ao longo das margens de um banco de areia clara. Reynevan observava atentamente.

"Quanta astúcia, hein", pensou ele enquanto assistia ao vento inflar a vela do barquinho e à água espumar na proa. "Grandes caçadores são vocês, senhor Kyrieleison *et consortes*! Acreditam ter conseguido me rastrear ao cercarem a mata? Esperem para ver, vou aprontar uma das boas com vocês. Vou me desvencilhar de seus ardis com tamanha astúcia e tal ímpeto que os porcos vão começar a voar antes que vocês consigam me encontrar de novo, pois para tanto terão de cavalgar até a Breslávia."

"Um pássaro no ar, um peixe na água…"

Puxou seu lobuno na direção da estrada esburacada que levava ao Óder. Por segurança, seguia por entre o salgueiral e os vimeiros, pois lhe parecia que a estrada levaria a um embarcadouro. E estava certo.

Já de longe ouviu as vozes esbravejantes das pessoas no embarcadouro. Era difícil dizer se se tratava de uma briga ou de barganhas exaltadas e negociações comerciais. No entanto, era fácil reconhecer a língua que falavam – o polonês.

Então, antes que saísse do salgueiral e pudesse avistar, da encosta, o embarcadouro, Reynevan soube de quem eram as vozes e as pequenas barcas, lanchas e canoas. Pertenciam aos Wasserpolen, os poloneses da água: barqueiros e pescadores do Óder, que mais pareciam um clã do que uma guilda, unidos não só pela profissão, mas também pela língua e por um forte senso de identidade nacional. Os poloneses da água dominavam a pesca na maior parte da Silésia, tinham participação significativa no escoamento da madeira e ainda mais expressiva no transporte fluvial, no qual concorriam com a Liga Hanseática – e à qual se sobressaíam. A Liga Hanseática chegava, pelo Óder, somente até a Breslávia, enquanto os Wasserpolen levavam mercadorias rio acima, até Racibórz, e abaixo, até Frankfurt, Lebus e Kostrzyń, e mesmo para além da foz do Warta, evitando, surpreendentemente, a rigorosa Lei de Armazenamento de Frankfurt.

Um cheiro forte, de peixe, lodo e alcatrão, emanava do embarcadouro.

Reynevan se esforçava para guiar o cavalo manco pelo barro escorregadio da ribanceira, passando por choupanas, palhoças e redes de pesca estendidas que secavam ao sol, ao passo que se aproximavam do cais. Era possível ouvir o ruído de pés descalços batendo na plataforma do ancoradouro, enquanto as mercadorias eram carregadas e descarregadas. Um mercador barbudo acompanhava a transferência, do embarcadouro para as carroças, de uma parte das mercadorias, composta essencialmente de peles curtidas e barris de conteúdo desconhecido. Um touro, que era guiado para uma das embarcações, berrava e batia os cascos com tanta força que fazia todo o cais estremecer. Os barqueiros praguejavam em polonês.

As coisas iam se acalmando à medida que as carroças, carregadas de peles e barris, deixavam o embarcadouro. Mas a paz não durou muito, pois o touro tentava, com seus chifres, pôr abaixo o estreito curral em que havia sido trancado. E os poloneses da água, como de costume, começavam a brigar. Reynevan sabia o suficiente da língua polonesa para compreender que a contenda não tinha nenhuma razão em especial.

– Por gentileza, posso saber se alguém aqui navega rio abaixo? Para a Breslávia?

Os poloneses da água interromperam a disputa e examinaram Reynevan com um olhar pouco gentil. Um deles cuspiu no rio e então respondeu resmungando:

– E daí se navegarmos, ilustre fidalgo?

– O meu cavalo está manco. Preciso ir até a Breslávia.

O polonês resmungou, pigarreou e cuspiu outra vez. Mas Reynevan não se deu por vencido:

– E então? – insistiu. – Navegam?

– Não levo alemães.

– Não sou alemão. Sou silesiano.

– Ah, é mesmo?

– Sim, isso mesmo.

– Então diga: toco preto, porco fresco, corpo crespo.

– Toco preto, porco fresco, corpo crespo. Agora, diga você: um rápido rato raptou três ratos sem deixar rastros.

– Um rato rapto... três rastros... Embarque logo.

Para Reynevan, não era preciso pedir duas vezes, mas o barqueiro rispidamente aplacou sua empolgação:

– Pera lá! Não tão rápido! Primeiro, vou somente até Oława. Segundo, isso vai lhe custar cinco skojecs. E mais cinco pelo cavalo.

– Se você não tem esse dinheiro – intrometeu-se um segundo polonês da água, com um sorriso matreiro, ao ver Reynevan encabulado enquanto vasculhava o que havia sobrado em sua bolsa –, posso comprar esse seu cavalo. Por cinco... seis skojecs, que seja. Doze grossos. Assim você terá o suficiente para a viagem. E não terá de pagar para transportá-lo, já que o cavalo não vai mais lhe pertencer. Você sai no lucro.

– Este cavalo – observava Reynevan – vale no mínimo cinco grivnas.

– Esse cavalo – observava o polonês, sem meias palavras – não vale merda nenhuma, já que não o levará aonde precisa ir. Então, o que vai ser? Vai vendê-lo?

– Se você acrescentar três skojecs pela sela e pelo arreio.

– Um skojec.
– Dois.
– Fechado.

O cavalo e o dinheiro trocaram de dono. Reynevan se despediu do lobuno dando uns tapinhas no pescoço do animal e acariciando sua crina, fungando um pouco ao se separar de um amigo e companheiro de desventuras. Então, segurou a corda e saltou a bordo. O barqueiro soltou a sirga do poste e a barca zarpou suavemente até tomar a correnteza. O touro berrava, os peixes fediam. No cais, os poloneses da água examinavam a pata do lobuno e discutiam sem motivo.

A barca navegava rio abaixo. Rumo a Oława. As águas cinzentas do Óder chapinhavam e espumavam junto das bordas da embarcação.

* * *

– Senhor.
– Sim? – respondeu Reynevan, levantando-se de pronto e esfregando os olhos. – O que houve, capitão?
– Oława, adiante.

A partir do ponto em que o Stobrawa deságua no Óder, há uma distância de menos cinco milhas até Oława. Navegando no sentido da corrente, uma barca é capaz de percorrer essa distância em menos de dez horas se abdicar de longas paradas e não fizer outra coisa senão navegar.

O capitão da barca, no entanto, tinha muitos negócios a fazer em numerosas paradas ao longo do trajeto. Por isso Reynevan passou um dia e meio e duas noites na embarcação, em vez de apenas dez horas. Mas não tinha do que se queixar. Estava relativamente seguro, viajava com certo conforto, pôde descansar, dormir bem e comer à vontade. E até conversar um pouco com o barqueiro.

Apesar de o polonês da água não ter mencionado o próprio nome nem ter perguntado o de Reynevan, ele se mostrou relativamente simpático e gentil. Falava pouco, ou quase nada, mas não era grosseiro ou mal-educado. Era simples, mas nada bobo. A barca costurava o trajeto por entre ilhotas e bancos de areia, atracando ora nos embarcadouros da margem esquerda do rio, ora nos da direita. A tripulação, composta de quatro navegadores, se agitava, enquanto o capitão praguejava e lhes dava ordens. A esposa do polonês da água, bem mais jovem que ele, segurava o timão com firmeza. Reynevan, para não abusar da gentileza, fazia o possível para desviar o olhar das coxas grossas dela, à mostra pela saia enrolada. Bem como evitava se deter em seus peitos, dignos de uma Vênus, quando alguma manobra do leme fazia sua blusa colar sobre eles.

Durante a viagem de barca pelo Óder, Reynevan visitou embarcadouros com nomes como Jazica, Zagwiździe, Kłęby e Mąt, testemunhou pescas coletivas e transações comerciais, bem como cerimônias de casamento. Acompanhou o carregamento e o descarregamento de diversas mercadorias. Viu coisas que jamais havia visto, como um siluro que media cinco varas e pesava cento e vinte e cinco libras. Comeu pratos que jamais havia comido, como filés desse siluro assados no fogo de chão. Aprendeu a se proteger de entidades das águas, como os vodníks, do ar, como os vírniks, e dos bosques, como as nixies. E também aprendeu a diferença entre uma tarrafa e uma rede de arrasto, entre uma represa e um dique, um parcel e um baixio, e entre uma brema e um sargo branco. Ouviu muitas coisas feias sobre os fidalgos alemães, que tiranizavam os poloneses da água com tributos, peagens e impostos escandalosos.

Na manhã seguinte, descobriu que era domingo, quando nem os poloneses da água, nem os pescadores locais trabalhavam. Apenas rezavam durante longas horas diante de imagens bastante rudimentares de Nossa Senhora e de São Pedro e depois ceavam. Em seguida, organizavam algo como um conselho e, por fim, enchiam a cara e começavam a brigar.

Assim, embora a viagem fosse longa, o tempo não se arrastava. E agora já era alvorada, ou melhor, de manhã, e Oława estava logo após a curva do rio. A esposa do polonês da água se inclinou sobre o timão e seus peitos se pressionaram contra a blusa.

– Em Oława – disse o capitão –, demorarei um ou, no máximo, dois dias para resolver alguns assuntos. Se puder esperar, eu o levarei até a Breslávia, jovem senhor silesiano. Sem pagamento adicional.

– Obrigado – respondeu Reynevan, estendendo a mão para apertar a do navegador, ciente de que havia sido honrado com a simpatia deste. – Muito obrigado, mas durante a viagem tive tempo de repensar certas coisas. E agora Oława me parece melhor do que a Breslávia.

– Como desejar. Eu o levarei até onde o senhor quiser. Prefere descer na margem esquerda ou na direita?

– Queria tomar a estrada de Strzelin.

– À esquerda, então. Entendo também que preferiria evitar o portão da cidade?

– De fato – admitiu Reynevan, espantado com a esperteza do polonês. – Se não for um problema.

– Problema nenhum. O timão para a esquerda, Maria. Siga para a comporta de Drozdowy.

Atrás da comporta de Drozdowy, estendia-se um vasto lago em forma de ferradura, todo coberto por lírios-d'água. Através da névoa que deslizava sobre o meandro ressoavam as vozes distantes dos arrabaldes de Oława – o cocoricar dos galos, o latido dos cães e o tilintar metálico dos sinos da igreja.

Ao sinal do navegador, Reynevan saltou para o embarcadouro tremulante. A barca resvalou em uma estaca, dispersou algumas plantas aquáticas com a proa e languidamente retomou a correnteza.

– Siga sempre pelo dique! – gritou o polonês da água. – E caminhe com o Sol sempre às suas costas até a ponte sobre o Oława, então vá na direção da floresta. Você encontrará um riacho e, logo depois dele, topará com a estrada para Strzelin. Não há como errar!

– Obrigado! Adeus!

A barca ia desaparecendo, engolida pela névoa que se erguia sobre o rio. Reynevan apoiou sobre o ombro a trouxa em que levava seus poucos pertences.

– Senhor silesiano! – ressoou desde o rio.

– Sim?

– Três ratos sem deixar rastros!

CAPÍTULO VI

No qual Reynevan primeiro leva uma surra e então segue rumo a Strzelin, tendo como companhia quatro pessoas e um cão. O tédio da jornada é aliviado por debates acalorados acerca das heresias, que estariam se alastrando feito fogo em palha seca.

Um riacho corria à beira da mata, por entre persicárias verdes, carregando alegremente a água banhada pelo sol e serpeando pela rota traçada por uma fileira de salgueiros. Lá, onde começava a clareira e o caminho adentrava a floresta, cingia as margens do riacho uma pontezinha feita de grandes troncos, tão negros, musgosos e gastos que lhe davam a aparência de ter sido construída na época de Henrique II, o Piedoso. Sobre a ponte havia uma charrete estacionada e, presa a ela, uma pangaré esquelética. O veículo estava bastante inclinado. Era visível por quê.

– Parece que você está com um problema nessa roda, hein? – constatou Reynevan ao chegar perto.

– É pior do que parece – respondeu uma jovem mulher de cabelos ruivos enquanto esfregava alcatrão na testa suada. Era bela, embora um pouco rechonchuda. – O eixo quebrou.

– Ah, só com um ferreiro, então.

– Ai, ai! – exclamou o outro viajante, um judeu barbudo que trajava uma vestimenta modesta, mas elegante, enquanto segurava o gorro de pele de raposa. – Ó, Deus de Isaac! Desventura! Desgraça! O que fazer, então?

– Vocês seguiam para Strzelin? – tentou adivinhar Reynevan pela direção apontada pela barra de tração.

– O jovem senhor acertou.

– Eu os ajudarei em troca de uma carona, pois vou igualmente para lá. E também estou em apuros...

– Não é difícil notá-lo. – A barba do judeu se movia enquanto ele falava, e seus olhos refletiam astúcia. – O jovem senhor é fidalgo, isso logo se percebe. Então, onde está seu cavalo? Pensa em viajar de charrete, embora não seja Lancelot? Tudo bem. Você tem gentileza no olhar. Sou Hiram ben Eliezer, rabino do *qahal* de Brzeg. Viajo para Strzelin...

– E eu sou Dorota Faber – disse abrupta e alegremente a mulher de cabelos ruivos, imitando o sotaque do judeu. – Viajo por este grande mundo. E o jovem senhor?

– Eu me chamo – respondeu Reynevan, decidindo-se rapidamente após um instante de hesitação – Reinmar de Bielau. Ouçam bem. Façamos o seguinte: daremos um jeito de tirar a charrete da ponte e desaparelhar a égua. Depois, levarei esse eixo a cavalo, sem sela mesmo, até uma oficina nos arrabaldes de Oława. Se for necessário, trarei o ferreiro comigo. Mãos à obra.

Não foi nada fácil.

Dorota Faber não foi de muita ajuda, e o rabino vetusto menos ainda. Embora a magérrima égua batesse insistentemente os cascos contra os troncos putrefatos e fizesse força com o colar, não moveram a charrete nem dois metros. Reynevan não conseguia levantar o veículo sozinho. Sentaram-se, enfim, arfando junto do eixo quebrado e ficaram observando os gobiões e as lampreias que se remexiam no fundo arenoso do riacho.

– Então, para onde as viagens pelo mundo levam a senhora agora? – perguntou Reynevan à moça de cabelos ruivos.

– Estou atrás de trabalho – respondeu brevemente, limpando o nariz com o dorso da mão. – Por ora, já que o senhor judeu fez a gentileza de me levar, vou até Strzelin. Depois, quem sabe? Talvez até a própria Breslávia. Em meu ofício, hei de achar trabalho em qualquer parte, mas queria o melhor...

– Em seu... ofício? – disse Reynevan, começando a ligar os fatos. – Quer dizer que a senhora...

– Isso mesmo. Sou o que vocês costumam chamar de rameira. Até há pouco trabalhava no lupanar A Coroa, em Brzeg.

– Entendo – interveio Reynevan, acenando pesadamente com a cabeça. – E vocês estão viajando juntos? Rabino, o senhor aceitou viajar com uma... uma... meretriz?

– E por que não aceitaria? – respondeu o rabino Hiram, com os olhos bem abertos. – Aceitei, de fato. Pois, estimado senhor, eu teria sido um terrível babaca se não tivesse aceitado.

Os troncos cobertos de musgo começaram a tremer com passos cada vez mais próximos.

– Algum problema? – perguntou um dos três homens que subiram à ponte. – Precisam de ajuda?

– Viria bem a calhar – confirmou Reynevan, mesmo que a cara dos potenciais ajudantes fosse de poucos amigos e que seus olhos vívidos não despertassem nem um pouco de confiança.

Não demorou para Reynevan perceber que estava certo sobre o trio: bastou que a carroça fosse rapidamente empurrada por vários pares de braços fortes e se encontrasse no prado do outro lado da pontezinha.

– Pronto! – disse, agitando um bastão, o mais alto dos indivíduos, cuja barba cobria todo o queixo. – O serviço está feito, agora têm de pagar. Seu judeuzinho, desaparelhe o cavalo, tire o casaco e passe a sacola de moedas. Fidalguinho, pode ir tirando o gibão e as botas. E você, belezinha, tire tudo, você vai pagar em espécie. Peladona!

Os demais comparsas gargalharam, deixando à mostra os dentes podres. Reynevan deu um passo adiante e ergueu a estaca com a qual tinha alavancado a charrete.

– Vejam só! O jovem fidalgo é valente! – exclamou o barbudo, apontando para Reynevan com o bastão. – A vida ainda não lhe ensinou que, quando mandam entregar as botas, você as entrega na mesma hora. Pois descalço ainda conseguiria andar. Já com as pernas quebradas... não iria muito longe. Vamos dar uma lição nesse fidalguinho! Porrada nele!

Reynevan se protegia com um molinete sibilante, diante do qual os indivíduos retrocederam. Um deles o atacou por trás e, com um chute bem aplicado, derrubou o rapaz no chão, mas esse mesmo algoz uivou de dor enquanto cambaleava, protegendo os olhos das unhas de Dorota Faber, que agora estava dependurada em suas costas. O bastão atingiu o ombro de Reynevan, e ele se encolheu, tentando se defender dos chutes e das pauladas. Viu um dos sujeitos derrubar com um soco o judeu, que tentava intervir. E então viu um demônio.

Os facínoras gritavam, aterrorizados.

O que quer que os atacava não era, obviamente, nenhum demônio. Era um cão enorme, negro como alcatrão, um *spaniel* bretão com uma coleira cheia de tachas em volta do pescoço. O bicho se agitava como um relâmpago negro diante dos facínoras e os atacava não propriamente como um cão, mas antes como um lobo. Mordia com os caninos e então soltava, apenas para continuar mordendo os outros. Nas canelas. Nas coxas. Na virilha. E, quando suas vítimas tombavam, as mordidas miravam os braços e o rosto. Os gritos dos homens atacados tornaram-se terrivelmente agudos, deixando qualquer um arrepiado.

Um assobio penetrante e modulado ressoou. O bretão negro afastou-se imediatamente dos facínoras e sentou-se, parado e com as orelhas eriçadas, como uma estátua de antracito.

Um cavaleiro surgiu na pontezinha. Trajava uma capa acinzentada curta, presa com uma fivela de prata, um perponte justo e um chapeirão com uma cauda suspensa sobre o ombro.

— Quando o Sol aparecer sobre a ponta daquele abeto — falou com imponência o recém-chegado, ajustando sua modesta silhueta sobre a sela do garanhão negro —, soltarei Belzebu para seguir seus rastros, seus canalhas. Esse é o tempo que eu lhes dou, seus miseráveis. E, uma vez que Belzebu é bastante ágil, aconselho que corram. Sem parar.

Não foi preciso dizer duas vezes para que os facínoras entendessem. Fugiram floresta adentro, mancando, gemendo e olhando para trás com pavor. Belzebu, como se soubesse o que lhes causaria mais medo, evitava olhar para eles e, em vez disso, fitava o Sol e a ponta do abeto.

O cavaleiro fustigou gentilmente sua montaria. Aproximou-se e, do alto de sua sela, examinou o judeu, Dorota Faber e Reynevan, que acabava de se levantar, apalpando as costelas e limpando o nariz ensanguentado. O ginete observava Reynevan com grande atenção, o que não passou despercebido pelo rapaz.

— Ora, ora — disse, enfim. — Uma situação clássica de contos de fadas. Um pântano, uma ponte, uma roda, apuros. E a ajuda chega como se caída do céu. Por acaso, vocês não me invocaram, não é? Não temem que eu lhes apresente um pacto demoníaco e os mande assiná-lo?

— Não — disse o rabino. — Não se trata desse tipo de fábula.

O ginete bufou.

— Sou Urban Horn — afirmou o cavaleiro, olhando diretamente para Reynevan. — A quem prestamos ajuda, eu e meu Belzebu?

— Rabino Hiram ben Eliezer, de Brzeg.

— Dorota Faber.

— Lancelot da Charrete — Reynevan, apesar de tudo, estava desconfiado.

Urban Horn bufou outra vez e deu de ombros.

– Presumo que estejam indo para Strzelin. Na estrada, ultrapassei um viajante que também está rumando para lá. Se aceitarem um conselho, é melhor lhe pedir carona do que ficar aqui perdendo tempo com uma roda quebrada até o anoitecer. É melhor. E mais seguro.

O rabino Hiram ben Eliezer lançou um olhar saudoso para o seu veículo, mas, acenando a cabeça, concordou com o forasteiro.

– E agora, adeus – despediu-se o forasteiro, olhando para a floresta e para a ponta do abete. – A obrigação me chama.

– Pensei – Reynevan atreveu-se a falar – que fosse apenas para assustá-los...

O cavaleiro mirou-o diretamente nos olhos, e seu olhar era frio. Gélido.

– E foi mesmo – admitiu. – Mas eu, Lancelot, nunca faço ameaças vazias.

* * *

O viajante mencionado por Urban Horn era um padre gordinho com uma tonsura raspada alto e que trajava uma capa revestida de pele de doninha. Vinha conduzindo uma carroça bem grande.

O padre freou o cavalo e, sem descer do banco de guia, ouviu a história, examinou a charrete com o eixo quebrado, estudou atentamente cada um dos três indivíduos que lhe imploravam humildemente e entendeu, afinal, o que rogavam.

– Vocês querem uma carona? – perguntou, enfim, com grande incredulidade. – Para Strzelin? Em minha carroça?

Os necessitados adotaram poses ainda mais suplicantes.

– Eu, Filipe Granciszek, de Oława, clérigo da paróquia de Nossa Senhora da Consolação, bom cristão e sacerdote católico, convidaria à minha carroça um judeu, uma puta e um vagabundo?

Reynevan, Dorota Faber e o rabino Hiram ben Eliezer se entreolharam, cabisbaixos.

– Ah, subam – disse secamente, por fim, o padre. – Eu seria um terrível babaca se não lhes desse carona.

* * *

Não havia se passado nem uma hora quando Belzebu, reluzindo com gotículas de orvalho, surgiu diante do capão baio que puxava a carroça do padre. E um pouco mais tarde apareceu na estrada Urban Horn montado em seu cavalo negro.
– Vou acompanhá-los até Strzelin – afirmou com certo descaso. – Isso, naturalmente, se ninguém se opuser.
Ninguém se opôs.
Não perguntaram que destino tiveram os facínoras. E o olhar circunspecto de Belzebu nada revelava.
Ou revelava tudo.

* * *

Seguiram pela estrada de Strzelin e pelo vale do rio Oława, ora atravessando densas florestas, ora cruzando urzais e prados extensos. Na dianteira, feito um lacaio, corria o bretão Belzebu, patrulhando a estrada, de vez em quando desaparecendo em meio à floresta para fuçar o matagal e perseguir presas na relva. Não costumava caçar lebres ou gaios, nem mesmo ladrar para eles, já que, obviamente, tais atividades não estariam à sua altura. Urban Horn, o misterioso cavaleiro de olhos frios e que, em seu potro preto, cavalgava ao lado da carroça, em nenhum momento teve de chamá-lo ou repreendê-lo.
Dorota Faber conduzia a carroça do padre puxada pelo capão baio. A meretriz ruiva de Brzeg pediu a permissão do pároco e nitidamente encarava aquilo como uma forma de pagamento pela viagem. E conduzia esplendidamente, com enorme destreza. Assim, o padre Filipe,

sentado junto dela no banco de guia, podia cochilar ou conversar à vontade, sem se preocupar com o veículo. Reynevan e o rabino Hiram ben Eliezer, sentados sobre sacos de aveia, cochilavam ou jogavam conversa fora.

Atrás da carroça, amarrada a uma pequena escada, marchava ligeiramente a macérrima égua do rabino.

E assim seguiram: cochilando, conversando, fazendo algumas paradas, conversando, cochilando. Comiam uma coisa ou outra. Tomavam uma canequinha da vodca que o padre Granciszek achara em um dos baús. E bebiam um pouco de outra, que o rabino Hiram sacara de seu casacão.

Logo depois de passarem por Brzeźmierz, descobriram que o pároco e o rabino iam para Strzelin com quase o mesmo propósito: consultar-se com o cônego do capítulo da Breslávia, que visitava a cidade e a paróquia. Porém, segundo o que havia confessado, o padre Granciszek tinha sido chamado, ou melhor, convocado para receber uma admoestação. Já o rabino esperava apenas conseguir uma audiência. O pároco estimava que as chances do judeu eram quase nulas.

– O venerável cônego – disse o padre – tem lá um volume enorme de trabalho. Muitas demandas, julgamentos, incontáveis consultas. Ora, vivemos em tempos difíceis, muito difíceis.

– Como se antes os tempos fossem fáceis... – interveio Dorota Faber, puxando as rédeas.

– Estou falando de tempos difíceis para a Igreja – sublinhou o padre Granciszek. – E para a verdadeira fé. Pois a erva daninha da heresia se alastra, se alastra feito fogo em palha seca. Ao encontrar alguém, ele o cumprimenta em nome de Deus, mas você não sabe se se trata de um herege. O senhor disse algo, rabino?

– Ama o teu próximo – murmurou Hiram ben Eliezer, possivelmente dormindo. – O profeta Elias é capaz de se revelar sob qualquer face.

– Ora, isso é filosofia judaica – respondeu o padre Filipe, acenando com a mão num gesto de desdém. – Eu digo o seguinte: vigília e trabalho; vigília, trabalho e prece. Pois treme e vacila a rocha de Pedro. E alastra-se, alastra-se a erva daninha da heresia.

– *Pater*, o senhor está se repetindo – disse Urban Horn, parando o cavalo para acompanhar a carroça.

– Porque é verdade! – afirmou o padre, que, aparentemente, tinha vencido o sono. – Não importa quantas vezes se diga, será sempre verdade. A heresia se alastra, prolifera-se a apostasia. Por toda parte pululam falsos profetas, prontos para deturpar a Ordem Divina com seus ensinamentos falsos. Por certo, o apóstolo Paulo profeticamente escreveu a Timóteo: "Pois virá tempo em que já não suportarão a sã doutrina, mas buscarão mestres que lhes falem o que é agradável ao ouvido. E assim deixarão de escutar a verdade e se voltarão para as fábulas." Então clamarão: Cristo tenha piedade de nós, que em nome da verdade fazem o que fazem.

– Tudo neste mundo – observava casualmente Urban Horn – se faz sob o lema da luta pela verdade. E, ainda que normalmente se trate de verdades completamente distintas, apenas uma se beneficia. A verdadeira.

– O que o senhor diz me soa uma heresia – advertiu o padre, franzindo o cenho. – Permita-me dizer que, no que se refere à verdade, me identifico mais com aquilo que escreveu o mestre Johannes Nider em seu *Formicarius*[6]. Ali, comparou os hereges às formigas que vivem na Índia e que com grande esforço retiram da areia as pepitas de ouro que então levam para o formigueiro, ainda que o minério não lhes tenha serventia nenhuma, é claro. Não podem comê-lo nem depenicá-lo. Assim são os hereges, escreveu o mestre Nider no *Formicarius*: escarafuncham a Sagrada Escritura à procura da verdade, mesmo que eles próprios não saibam que proveito tirar dela.

– Muito bonito isso aí – disse Dorota Faber, dando um suspiro enquanto fustigava o capão. – Esse negócio das formigas. Quando ouço uma pessoa assim tão sábia, fico toda arrepiada.

O padre não deu a mínima atenção nem à ruiva, nem a seus arrepios.

– Os cátaros – proferia ele –, conhecidos também como albigenses, depenicavam, feito lobos, a mão que os queria trazer de volta para o seio da Igreja. Os valdenses e os lolardos ousaram blasfemar contra a Igreja e contra o Santo Padre e compararam a liturgia ao ladrar de um cão. Os hediondos traidores bogomilos e outros tais como os paulicianos. Os alexianos e os patripassianistas, que se atreveram a negar a existência da Santíssima Trindade. Fratricelli da Lombardia, esses maltrapilhos e vigaristas que são responsáveis pela desgraça de muitos sacerdotes. E outras pestes como os dolcineus, os seguidores de Fra Dolcino. *Item*, muitos outros cismáticos: priscilianos, petrobrussianos, arnoldistas, speronistas, passagianos, messalianos, os irmãos apostólicos, pastorelos, patarinos, mauricianos. Os publicanos e turlupins que negavam a *divinitatem* de Cristo, rechaçavam os sacramentos e se curvavam diante do Diabo. Os luciferianos, cujo nome diz claramente a quem prestam a blasfema reverência. E, obviamente, os hussitas, inimigos da fé, da Igreja e do papa...

– E o mais engraçado – interveio Urban Horn, sorrindo – é que todos os enumerados se consideram justos e reputam os outros como sendo os inimigos da fé. Quanto ao papa, o senhor pároco deve admitir que muitas vezes é difícil eleger o candidato certo dentre tantos concorrentes. E no que se refere à Igreja, todos, unanimemente, apontam para a necessidade de se realizar uma reforma, *in capite et in membris*. Isso não lhe parece curioso, venerável?

– Não entendo bem suas palavras – admitiu Filipe Granciszek. – Mas, caso queira dizer que a heresia está nascendo no próprio seio da Igreja, então tem razão. Aproximam-se muito desse pecado aqueles cuja fé é fraca e, em sua presunção, exageram na devoção. *Corruptio optimi pessima!* Nem preciso mencionar o *casus* dos flagelantes, conhecidos por todos. Ainda em 1349, o papa Clemente VI proclamou-os heréticos, excomungou-os e mandou castigá-los, mas adiantou alguma coisa?

– Não adiantou nada – afirmou Horn. – Continuavam a perambular por toda a Alemanha despertando atenção, pois havia entre eles muitas moças que se flagelavam, nuas até a cintura, com os peitos à mostra. Às vezes com seios bastante bonitos, e o digo de experiência própria, pois vi suas procissões em Bamberg, Goslar e Fürstenwalde. Aqueles peitinhos saltavam que era uma beleza. O último concílio mais uma vez condenou os flagelantes, mas isso tampouco vai adiantar alguma coisa. Há de surgir uma nova praga ou outra desgraça qualquer, e os flagelantes voltarão a fazer suas procissões. Eles simplesmente devem gostar do que fazem.

– Um sábio mestre em Praga – interveio Reynevan, um pouco distraído – tentava provar que se tratava de uma doença. E que algumas donzelas sentiam êxtase ao se flagelar nuas na frente de todo mundo. Por isso havia e ainda há tantas mulheres no meio dos flagelantes.

– Não é aconselhável, nos tempos atuais, fazer referência aos mestres praguenses – sugeriu acrimoniosamente o padre Filipe. – No entanto, há uma dose de verdade nisso. Os irmãos pregadores provam que muito do mal deriva da luxúria corporal, e que nas mulheres ela é insaciável.

– É melhor deixar as mulheres em paz – disse inesperadamente Dorota Faber. – Nem mesmo vocês estão livres do pecado.

– No Jardim do Éden – afirmou Granciszek, irritando-se com ela –, a serpente foi provocar Eva, e não Adão, e devia saber o que estava fazendo. Os dominicanos também devem saber o que dizem. Meu intuito, porém, não é falar mal das senhoras, mas sim apontar que, de algum modo, luxúria e devassidão estão por trás de muitas das heresias de nossos tempos, provavelmente correspondendo a algum tipo de perversidade simiesca. Se a Igreja proíbe, nós o faremos só de birra. A Igreja impõe a humildade? Pois bem, vamos pôr à mostra nossas bundas em pelo! Ela promove a abstinência e a moralidade? Então vamos trepar como gatos no cio! Os picardos e adamitas na Boêmia andam completamente nus e copulam com todo mundo, esfregam-se no pecado feito cães, e não seres humanos. Assim faziam os irmãos apostólicos, ou a seita de Segarelli. Os *condormientes* de Colônia, isto é, "aqueles que dormem juntos", mantêm relações sexuais independentemente do sexo ou grau de parentesco. Os paternianos, chamados assim por causa de seu ímpio apóstolo, Paternus de Paflagônia, não reconhecem o sacramento do casamento, e portanto se entregam a uma libertinagem generalizada, especialmente àquela que impossibilita a concepção.

– Fascinante – disse Urban Horn, pensativo.

Reynevan ficou corado e Dorota bufou, ambos dando mostras de que o assunto não lhes era estranho.

A carroça, ao passar sobre um buraco, solavancou com tanta força que o rabino Hiram acordou e o padre Granciszek quase mordeu a língua enquanto se preparava para declamar mais um discurso. Dorota Faber estalou a língua e as rédeas. O presbítero se acomodou no banco.

– Havia e há outros – continuou ele – que cometem o mesmo pecado que os flagelantes, isto é, demonstram uma devoção exagerada, que os mantém a apenas um passo dos desvios e da heresia. Assim como os *disciplinati*, similares aos flagelantes, ou os *battuti*, os circunceliões, os *bianchi*, ou seja, os brancos, os *humiliati*, ou os tais "irmãos de Lyon", os joaquimitas. E não desconhecemos tais heresias em nosso próprio quintal. Refiro-me aos begardos de Nysa e Świdnica.

Reynevan, embora tivesse uma opinião um tanto diferente sobre os begardos e as beguinas, acenou com a cabeça. Urban Horn, não.

– Os begardos – disse calmamente o cavaleiro –, conhecidos como *fratres de voluntaria paupertate*, pobres por escolha, podiam constituir uma referência para muitos padres e frades. Prestaram, também, muitos serviços à sociedade. Basta dizer que as beguinas, em seus hospitais, contiveram a peste no ano 1360, não permitindo que a epidemia se espalhasse. Isto é, salvaram milhares de pessoas da morte. E receberam por isso uma bela recompensa: acusações de heresias.

– De fato, havia entre eles muitas pessoas devotas e dedicadas – concordou o padre. – Mas havia também apóstatas e pecadores. Muitos dos beguinários, inclusive nos sanatórios mencionados pelo senhor, eram berços do pecado, da blasfêmia, da heresia e da ímpia dissolução. Muitos vícios ocorriam igualmente entre os begardos ambulantes.

– Você tem o direito de achar o que quiser.

– Eu? – contestou Granciszek, irritado. – Sou um mero pároco de Oława. O que interessa o que eu penso? Os begardos foram condenados pelo concílio em Viena e pelo papa Clemente quase um século antes de eu nascer. Eu nem sequer tinha vindo a este mundo quando, no ano 1332, a Inquisição revelou, entre as beguinas e os begardos, práticas tão horrendas como a escavação de sepulturas ou a profanação de restos mortais. Eu não tinha nascido quando, em 1372, em virtude dos éditos papais, foi renovada a Inquisição em Świdnica, a investigação que comprovou a heresia das beguinas e seus vínculos com a Fraternidade e a Sororidade do Livre Espírito, com a nojeira dos picardos e dos turlupins. Por isso Inês, a duquesa viúva, encerrou as atividades dos beguinários de Świdnica, e os begardos e as beguinas...

– Os begardos e as beguinas – prosseguiu Urban Horn, interrompendo o padre – foram hostilizados e perseguidos por toda a Silésia. Mas neste caso o senhor pároco de Oława também deve lavar as mãos, pois aconteceu antes de o senhor nascer. Saiba que tudo isso antecedeu também o meu nascimento, mas isso não me impede de saber o que de fato ocorreu: que a maioria dos begardos e das beguinas foram torturados em masmorras. Aqueles que sobreviveram foram queimados. E, como ocorre muitas vezes, um grupo relativamente grande se salvou porque denunciava os outros, mandando para as torturas e para a morte seus companheiros, amigos e mesmo parentes próximos. Mais tarde, uma parte dos traidores vestiu o hábito dos dominicanos e demonstrou um vigor verdadeiramente neófito no combate à heresia.

– O senhor acha isso errado? – questionou o pároco, olhando pungentemente para o cavaleiro.

– Delatar?

– Lutar com vigor contra a heresia. O senhor acha isso errado?

Horn virou-se de súbito na sela, e a expressão em seu rosto havia mudado.

– Não tente esses truques comigo, *pater* – disse o cavaleiro, sibilando. – Não queira bancar um Bernard Gui de merda para cima de mim. O que você ganha se me pegar com uma pergunta tendenciosa dessas? Olhe em volta. Não estamos num mosteiro dos dominicanos, mas em Brzeźmierskie Bory. Se eu me sentir ameaçado, vou simplesmente dar uma paulada na sua cabeça e jogá-lo numa cova. E em Strzelin direi que você morreu de apoplexia súbita, de aumento de fluídos e humores.

O padre ficou pálido.

– Para a nossa sorte mútua – concluiu Horn calmamente –, isso não vai acontecer porque não sou begardo, nem herege, nem membro da seita do Livre Espírito. Mas não tente esses truques de inquisidor comigo, pároco de Oława. Estamos entendidos?

Filipe Granciszek não respondeu, apenas assentiu várias vezes com a cabeça.

* * *

Quando pararam para esticar as pernas, Reynevan não resistiu. A sós com Urban Horn, perguntou-lhe os motivos da brusca reação. A princípio, Horn não quis falar. Limitou-se a proferir alguns palavrões e resmungos sobre os canalhas dos inquisidores amadores. No entanto, ao notar que Reynevan não estava satisfeito, sentou-se sobre um tronco caído e chamou o cão.

– Lancelot, não tenho o menor interesse – começou ele, falando baixo – em todas essas heresias. Só um burro, e não me considero um, não conseguiria perceber que se trata de um *signum temporis* e que passa da hora de promover uma mudança ou uma reforma. E consigo entender que a Igreja se irrite quando ouve que Deus não existe, que se pode cagar para o Decálogo ou que se deve venerar Lúcifer. Compreendo quando gritam "heresia!" ao ouvirem esse *dictum*. Mas e então? O que é que os deixa mais furiosos? Não é a apostasia ou a impiedade, nem a negação dos sacramentos, a revisão dos dogmas ou a negação deles, não é a demonolatria. O que mais os encoleriza é o apelo à pobreza evangélica. À humildade. Ao sacrifício. Ao serviço. A Deus e às pessoas. Ficam furibundos quando alguém lhes ordena renunciar ao poder e ao dinheiro. Por isso atacaram com tanta ira os *bianchi*, os *humiliati*, a irmandade de Gerard Groot, os begardos e as beguinas, ou o próprio Hus. Diabos, considero um milagre não terem queimado Poverello ou, como ficou conhecido, Francisco, o protetor dos humildes! Mas temo que todos os dias se acenda uma fogueira por aí e que nela arda um Poverello anônimo, desconhecido e ignorado por todos.

Reynevan acenou com a cabeça.

– Por isso – concluiu Horn – fico tão irritado.

Reynevan acenou novamente. Urban Horn o examinava com atenção.

– Bom, falei demais – disse o cavaleiro, bocejando. – E essa tagarelice pode ser perigosa. Pelo que dizem, muitos linguarudos tiveram a garganta cortada pela própria língua solta... Mas eu confio em você, Lancelot. E você nem sabe por quê.

– Ah, mas eu sei, sim – respondeu Reynevan, abrindo um sorriso amarelo. – Porque, se você suspeitasse de que eu poderia delatá-lo, me daria uma paulada na cabeça e diria em Strzelin que morri de um súbito aumento de fluídos e humores.

Urban Horn sorriu. Um sorriso bastante malicioso.

* * *

– Horn?

– Pois não, Lancelot.

– Não é difícil notar que você é um homem experiente e viajado. Você não saberia, por acaso, quem dos nobres é dono das propriedades nas cercanias de Brzeg?

– E por que essa curiosidade? – perguntou Urban Horn, com os olhos semicerrados. – Hoje em dia a curiosidade é algo muito perigoso.

– Pelo mesmo motivo de sempre. Pura curiosidade.

– Claro, não poderia ser diferente – respondeu Horn, sorrindo, ainda que o brilho desconfiado não desaparecesse de seus olhos. – Muito bem, satisfarei sua curiosidade na medida das minhas modestas possibilidades. Nas cercanias de Brzeg, certo? Konradswaldau pertence aos Haugwitz. Os Bischofsheim estão em Jankowice, e Hermsdorf é a propriedade dos Gall... E, até onde sei, Schönau é a sede do copeiro Bertold de Apolda...[7]

– Algum deles tem uma filha? Uma moça de cabelos claros...

– Meus conhecimentos – disse Horn, interrompendo o rapaz – não vão tão longe. Nem eu os permito ir. Aconselho o mesmo a você, Lancelot. Os senhores nobres podem tolerar uma simples curiosidade, mas não suportam que alguém se interesse em demasia por suas filhas. E por suas esposas...

– Entendo.

– Bom para você.

CAPÍTULO VII

No qual Reynevan e sua comitiva chegam a Strzelin na véspera das celebrações do Dia da Assunção da Virgem Maria, bem na hora da queima. Depois, aqueles que devem ouvem os ensinamentos do cônego da catedral da Breslávia. Alguns com mais disposição que outros.

Nas proximidades do vilarejo de Höckricht, perto de Wiązów, a estrada, até então vazia, viu-se repleta de viajantes. Além das charretes dos camponeses e das carroças dos mercadores, havia ainda cavaleiros e soldados, daí Reynevan ter achado mais prudente cobrir a cabeça com o capuz. Depois de Höckricht, a estrada, que serpenteava em meio a pitorescos bosques de bétulas, ficou vazia outra vez, e Reynevan deu um suspiro de alívio. Mas talvez tenha se precipitado.

Belzebu mais uma vez dava prova de sua admirável sabedoria canina. Até então, não havia sequer rosnado para os soldados com quem haviam cruzado; porém, agora, dava um latido breve, mas penetrante, um latido de advertência, como se inexoravelmente pressentisse as intenções de alguns cavaleiros armados que de súbito emergiram do bosque de bétulas, de ambos os lados da estrada. E rosnou de forma ameaçadora ao ver que um dos pajens que acompanhavam os cavaleiros sacava das costas uma besta.

– Ei, você! Pare! – gritou um dos cavaleiros, jovem e sardento como um ovo de codorna. – Mandei parar! Não se mexa!

O pajem montado que acompanhava o cavaleiro enfiou o pé no estribo da besta, esticou-a com destreza e carregou-a com uma flecha. Urban Horn avançou levemente com seu cavalo.

– Não se atreva a atirar contra o cachorro, Neudeck. Olhe bem para ele e lembre-se de que você já o viu antes.

– Pelas cinco chagas sagradas! – exclamou o jovem sardento, cobrindo os olhos com a mão para protegê-los da tremulina ofuscante das folhas de bétula arremessadas pelo vento. – Horn? É você mesmo?

– Em pessoa. Mande o pajem desarmar a besta.

– Claro, claro. Mas segure o cachorro. Estamos aqui em missão de investigação. Uma perseguição. Portanto, preciso perguntar-lhe, Horn, quem o acompanha? Com quem viaja?

– Antes, sejamos mais específicos – disse Urban Horn com frieza. – Quem perseguem? Pois, se acaso estiverem atrás de ladrões de gado, nós não nos encaixamos nessa categoria. Por vários motivos. *Primo*: não temos gado. *Secundo...*

– Certo, certo – respondeu o sardento, fazendo um aceno com a mão, num gesto de desdém, após ter examinado o padre e o rabino. – Diga-me apenas uma coisa: você conhece todas essas pessoas?

– Conheço. Isso basta?

– Basta.

– Pedimos desculpas, venerável – disse outro cavaleiro, de celada e armadura completa, curvando-se ligeiramente diante do pároco Granciszek –, mas, se os incomodamos, não é por prazer. Houve um assassinato e estamos à procura do criminoso, por ordens do senhor von Reideburg, o estaroste de Strzelin. Aquele é o senhor Kunad von Neudeck. E eu sou Eustáquio von Rochow.

– E que crime foi esse? – quis saber o pároco. – Meu Deus! Quem foi morto?

— Um assassinato. Próximo daqui. O nobre Albrecht von Bart, o senhor em Karczyn, foi morto.

Houve um silêncio que perdurou certo tempo até que ressoou a voz de Urban Horn. Mas sua voz estava diferente.

— O quê? Como isso aconteceu?

— Foi bem esquisito — respondeu vagarosamente Eustáquio von Rochow, após tomar um instante examinando desconfiadamente todos. — Primeiro, aconteceu exatamente ao meio-dia. Segundo, houve luta. Não fosse isso impossível, eu diria se tratar de um duelo. Foi obra de um único homem, montado e armado. Matou-o com um hábil golpe de espada no meio da cara, entre o nariz e o olho.

— E onde se deu isso?

— Cerca de cinquenta quilômetros depois de Strzelin. O senhor Bart voltava de uma visita a um vizinho.

— Sozinho? Sem acompanhantes?

— Era seu costume. Não tinha inimigos.

— Dai-lhe, Senhor, a paz eterna — murmurou o padre Granciszek. — Entre os esplendores da luz perpétua...

— Não tinha inimigos — repetiu Horn, interrompendo a prece. — Mas há suspeitos?

Kunad von Neudeck aproximou-se mais um pouco da carroça e, com evidente curiosidade, examinou os peitos de Dorota Faber. A meretriz o presenteou com um sorriso encantador. Eustáquio von Rochow também foi até ela, igualmente arreganhando os dentes. Reynevan estava bem satisfeito, pois ninguém olhava para ele.

— Há, sim, alguns suspeitos — disse Neudeck, desviando o olhar. — Havia certos indivíduos vagando pelas redondezas: sujeitos como Kunz Aulock, Walter de Barby e Stork de Gorgowitz. Uma perseguição, vendeta de família, algo assim. Corre um boato de que um jovem se deitou com a mulher de um cavaleiro, o qual se enfureceu e agora persegue o sedutor.

– Não se pode excluir a possibilidade – acrescentou Rochow – de que o mesmo libertino, em sua fuga, tenha topado por acaso com o senhor Bart, tenha entrado em pânico e o matado.

– Se for isso mesmo – disse Urban Horn, coçando o ouvido –, vocês não hão de ter trabalho para pegar esse tal "libertino", como o chamam. Ele deve ter mais de dois metros de altura e um de largura. É difícil para um sujeito assim passar despercebido em meio a pessoas comuns.

– É verdade – admitiu soturnamente Kunad von Neudeck. – O senhor Bart não era nada franzino, não se deixaria derrubar por qualquer moleque… Mas pode ser que se tenha empregado algum tipo de feitiçaria ou magia. Dizem que esse fornicador é também um feiticeiro.

– Santíssima Mãe! – exclamou Dorota Faber. O padre Filipe fez o sinal da cruz.

– De qualquer maneira – concluía Neudeck –, tudo há de se esclarecer. Quando apanharmos o libertino, vamos inquiri-lo sobre tudo isso, ah, se vamos… E não será difícil reconhecê-lo. Sabemos que é forte e que monta um cavalo lobuno. Se vocês toparem com tal indivíduo…

– Não hesitaremos em avisá-los – prometeu calmamente Urban Horn. – Um jovem forte, cavalo lobuno. Não há como ele passar despercebido. Nem ser confundido com qualquer outro. Passem bem.

– Com licença, senhores – interveio o padre Granciszek. – Por acaso sabem se o cônego da Breslávia ainda está em Strzelin?

– Está, sim. Acompanha os julgamentos nos dominicanos.

– É o reverendíssimo notário Lichtenberg em pessoa?

– Não – respondeu von Rochow. – Chama-se Beess. Otto Beess.

– Otto Beess, o prepósito da Igreja de João Batista – murmurou o padre logo depois de os cavaleiros do senhor estaroste terem seguido o seu caminho e Dorota Faber fustigado o capão. É um homem severo. Muito severo. Ah, rabino, as chances de ele atendê-lo são pequenas.

– Nada disso – afirmou Reynevan, que havia já um tempinho demonstrava certa alegria. – O senhor será atendido, rabino Hiram. Eu lhe prometo isso.

Todos olharam para Reynevan ao mesmo tempo, enquanto ele apenas sorria misteriosamente. Em seguida, ainda bastante feliz, saltou da carroça e seguiu caminhando junto dela. Ficou um pouco atrás, então Horn se juntou a ele.

– Agora você vê como são as coisas, Reinmar de Bielau – disse em voz baixa o cavaleiro. – Quão rápido se perde a reputação. Assassinos de aluguel andam pelas redondezas, canalhas como Kyrieleison e Walter de Barby, mas, assim que matarem alguém, as primeiras suspeitas recairão sobre você. Percebe a ironia do destino?

– Percebo duas coisas – sussurrou Reynevan. – A primeira é que você sabe quem sou. Muito provavelmente desde o início.

– Provavelmente. E a segunda?

– Que você conhecia o homem assassinado. Esse tal Albrecht von Bart, de Karczyn. E aposto que você está indo para Karczyn. Ou ia para lá.

– Ora, ora, veja só, como você é esperto! – disse Horn após um instante. – E tão seguro de si. Sei até de onde vem essa confiança. É bom ter as costas quentes, conhecidos que ocupam cargos altos, não é mesmo? Cônegos da Breslávia? Qualquer um de pronto se sente melhor. E mais seguro. Mas esse sentimento pode ser ilusório, ah, se pode...

– Eu sei disso – respondeu Reynevan, acenando com a cabeça. – Eu não me esqueci da cova. E dos humores e fluidos.

– É bom mesmo.

* * *

O caminho levava até o sopé de uma colina sobre a qual fora instalado um cadafalso. Dele pendiam três enforcados, todos ressequidos feito bacalhaus. E lá embaixo, diante dos viajantes, estendia-se Strzelin, com seus arrabaldes coloridos, sua muralha, o castelo da época de Bolko I, o Severo, a rotunda de São Gotardo, também muito antiga, e as torres modernas das igrejas monacais.

– Ei – disse Dorota Faber, notando algo. – O que está acontecendo ali? É dia de festa ou algo assim?

De fato, no espaço aberto ao pé da muralha da cidade havia uma grande multidão reunida. Desde o portão era possível ver um desfile que se dirigia para lá.

– Deve ser uma procissão – arriscou a própria meretriz de cabelos ruivos.

– Ou mistérios – afirmou Granciszek. – Hoje é dia catorze de agosto, véspera da Assunção da Virgem Maria. Sigamos, senhorita Dorota, para vermos de perto.

Ela estalou a língua para apressar o capão. Urban Horn chamou seu bretão e pôs nele a coleira, certamente ciente de que, em meio a uma multidão, mesmo um cão tão inteligente como Belzebu podia se descontrolar.

O desfile que vinha chegando desde a cidade aproximou-se o suficiente para que se pudessem distinguir um par de sacerdotes trajando vestimenta litúrgica, um par de dominicanos vestidos de branco e preto, um par de franciscanos com hábitos pardos, um par de cavaleiros com chebraicas adornadas com brasões e alguns burgueses que usavam delias longas, até o chão. E mais de uma dezena de alabardeiros trajando túnicas amarelas e morriões que reluziam com a sua superfície opaca.

– O exército episcopal – comentou Urban Horn, em voz baixa, mais uma vez provando ser bem informado. – E aquele cavaleiro enorme, montado num alazão com um emblema xadrez, é Henrique von Reideburg, o estaroste de Strzelin.

Os soldados episcopais escoltavam três pessoas, dois homens e uma mulher, segurando-os pelos braços. A mulher trajava uma camisola de linho branca e um dos homens usava um gorro pontudo pintado com um alaranjado intenso.

Dorota Faber estalou as rédeas e gritou para o capão e para a multidão de burgueses, que com alguma relutância abria espaço para a carroça. Porém, depois de descerem a colina, os passageiros do veículo perderam a visibilidade. Para enxergar alguma coisa, precisavam se levantar e, para isso, era necessário parar a carroça. De todo modo, já era quase impossível seguir adiante, pois a turba se tornava mais e mais volumosa.

Ao se levantar, Reynevan viu as cabeças e os ombros das três pessoas escoltadas, dois homens e uma donzela. E os postes aos quais estavam amarrados, que se erguiam acima de suas cabeças. Não conseguia avistar as pilhas de gravetos que se amontoavam abaixo deles. Mas sabia que estavam lá.

Ele pôde ouvir uma voz, exaltada e retumbante, mas indistinta, abafada e cortada pelo zumbido da turba, que mais parecia o de uma colmeia de abelhas. Teve dificuldade de discernir as palavras.

– Crimes contra a ordem social aplicados... *Errores Hussitarum... Fides haeretica...* Blasfêmia e sacrilégio... *Crimen...* Comprovados durante a investigação...

– Parece que em breve – afirmou Urban Horn, em pé sobre os estribos –, diante dos nossos olhos, realizar-se-á um resumo da discussão travada durante a nossa viagem.

– Pois é – confirmou Reynevan, engolindo em seco. – Ei, amigos! Quem será condenado aqui?

– Erráticos – explicou, ao se virar, um homem com aparência de mendigo. – Apanharam uns erráticos. Dizem que são hussas ou algo assim...

– Hussas não, são ursinas – um outro, igualmente esfarrapado e com o mesmo sotaque polonês, corrigiu. – Vão ser queimados por sacrilégio. Distribuíam a comunhão aos ursos.

– Seus ignorantes! – comentou, do outro lado da carroça, um peregrino com conchas costuradas à capa. – Não sabem de nada!

– E você sabe, por acaso?

– Sim... Louvado seja Nosso Senhor Jesus Cristo! – exclamou o peregrino ao avistar a tonsura do padre Granciszek. – Eles são *heréti-*

cos, e chamados de *hussitas*, cujo nome deriva do seu profeta, Hus. Não tem nada a ver com ursos. Eles, isto é, os hussitas, dizem que o purgatório não existe. Quanto à eucaristia, eles a recebem de duas formas, ou seja, *sub utraque specie*. Por isso também os chamam de utraquistas...

– Não é necessário nos dar uma aula – disse Urban Horn, interrompendo o peregrino. – Somos instruídos. Pergunto: aqueles três ali, por que serão queimados?

– Isso já não sei. Não sou daqui.

– Aquele ali – apressou a esclarecer um oleiro local que trajava uma capa manchada de barro. – Aquele com o gorro infame na cabeça é tcheco, um enviado hussita, padre herege. Veio caminhando, incógnito, desde Tábor, instigando as pessoas à revolta, a queimar os templos. Foi reconhecido pelos próprios conterrâneos, aqueles que fugiram de Praga depois do ano 1419. E o outro é Antônio Nelke, professor numa escola paroquial, um conluiado local do herege tcheco. Ofereceu-lhe refúgio e junto dele distribuía os escritos hussitas.

– E a donzela?

– Elisabete Ehrlich. Essa aí é de outra laia. Está lá por acaso. Envenenou o próprio marido, em conluio com o amante. Mas o amásio fugiu. Se não fosse por isso, também estaria esperando a sua vez na fogueira.

– E não é preciso o Espírito Santo para ver – interveio um indivíduo magro com um gorro de feltro justo, pois foi o segundo marido de Ehrlich que mataram. O primeiro provavelmente também foi envenenado por essa bruxa.

– Pode ser que sim, pode ser que não, quem sabe? – questionou, incluindo-se na discussão, uma burguesa rechonchuda que trajava uma samarra bordada curta. – Dizem que o primeiro bebeu até morrer. Era sapateiro.

– Sapateiro ou não, ela o envenenou, não há a menor dúvida – sentenciou o magro. – Deve ter se valido de alguma feitiçaria, já que caiu nas mãos dos dominicanos.

– Se ela o envenenou, então que a justiça seja feita.

– Que seja feita!

– Calem-se! – gritou o pároco Granciszek, esticando o pescoço. – Os padres estão lendo a sentença, mas não dá para ouvir nada.

– E para que ouvir? – debochou Urban Horn. – Já está tudo claro. Aqueles sobre as fogueiras são *haeretici pessimi et notorii*. E a Igreja, que tem aversão a derramamentos de sangue, encarrega-se de punir os culpados pelo *brachium saeculare*, o braço secular...

– Já falei para ficarem quietos!

– *Ecclesia non sitit sanguinem* – ressoou desde as fogueiras uma voz entrecortada pelo vento e abafada pelo murmúrio da turba. – A Igreja não deseja o sangue e lhe tem repulsa... Portanto, que a justiça e o castigo sejam administrados pelo *brachium saeculare*, o braço secular. *Requiem aeternam dona eis...*

A multidão bradou com uma voz potente. Algo acontecia junto das fogueiras. Reynevan se levantou, mas era tarde demais. O carrasco já estava junto da mulher, fazia algo às costas dela, como se estivesse ajeitando a forca que prendia o pescoço. A cabeça da mulher caiu suavemente sobre o ombro, tal qual uma flor podada.

– Ele a enforcou – sussurrou o pároco, como se nunca antes tivesse visto algo parecido. – Quebrou seu pescoço. E o daquele professor também. Ambos devem ter demonstrado arrependimento durante a investigação.

– E delatado alguém – acrescentou Urban Horn. – A mesma história de sempre.

A turba uivava e protestava, insatisfeita com a clemência concedida ao professor e à envenenadora. A gritaria ganhou força quando o fogo irrompeu dentre as fasquias dos gravetos, emergiu impetuosamente, num instante engolindo toda a lenha junto com os postes e as pessoas a eles amarradas. O fogo estalou e elevou-se, e a multidão, alcançada pelo ardor, recuou, fazendo o amontoado de gente se espremer ainda mais.

– Que palhaçada! – gritou o oleiro. – Trabalho de merda! Pegaram gravetos secos! Secos feito palha!

– Uma bela porcaria – avaliou o indivíduo magro com o gorro de feltro. – O hussita não chegou a dar um pio sequer! Não sabem fazer fogueiras. Na minha terra, em Francônia, o abade de Fulda, ah, esse, sim, sabia queimar um herege! Ele mesmo se encarregava das fogueiras. Mandava empilhar a lenha de tal forma que primeiro as chamas tostavam só as pernas, e depois subiam, chegavam até os ovos, e em seguida...

– Ladrão! – berrou uma mulher, escondida entre a turba. – Ladrããão! Pega ladrão!

Uma criança chorava em algum lugar em meio à multidão, alguém tocava pífano, outro xingava, ria, lançando-se numa sequência de gargalhadas nervosas.

Ressoavam os estampidos das fogueiras, que lançavam fortes rajadas de calor. O vento soprou na direção dos viajantes, levando até eles um odor insuportável, sufocante e adocicado, de cadáver queimado. Reynevan cobriu o nariz com a manga. O padre Granciszek tossiu, Dorota se engasgou, Urban Horn cuspiu, contorcendo-se terrivelmente. Mas foi o rabino Hiram quem surpreendeu a todos. O judeu inclinou-se por cima da carroça e vomitou violenta e abundantemente sobre o peregrino, o oleiro, a burguesa, o franconiano, assim como sobre todos os demais que estavam por perto. E, ao redor, tudo ficou vazio.

– Desculpem-me – conseguiu balbuciar o rabino. – Não se trata de nenhuma demonstração política. É um simples vômito.

* * *

O cônego Otto Beess, o prior da Igreja de São João Batista, acomodou-se em sua cadeira, ajeitou o píleo e examinou o clarete agitando-se no cálice.

– Assegurem-se de que o local da fogueira esteja minuciosamente limpo e arrumado – disse, com sua costumeira voz áspera. – Recolham, por favor, todos os restos mortais, mesmo os mais ínfimos, e os espalhem no rio, pois tem havido cada vez mais casos de pessoas coletando ossos carbonizados para os venerar como relíquias. Peço que os prezados conselheiros cuidem disso. E que os irmãos zelem por eles.

Os conselheiros de Strzelin presentes na câmara do castelo curvaram-se em silêncio, os dominicanos e os Irmãos Menores reclinaram suas tonsuras. Ambos sabiam que o cônego costumava pedir, e não mandar. Sabiam, também, que a diferença era mera formalidade.

– Peço aos irmãos predicadores – continuava Otto Beess – que, de acordo com a bula *Inter cunctas*, continuem rastreando todas as demonstrações de heresia e atuação dos emissários tamborilas. E que me comuniquem mesmo os menores detalhes, aqueles aparentemente insignificantes, relacionados com tais atividades. Conto aqui também com a ajuda do braço secular, o qual peço ao nobre senhor Henrique.

Henrique von Reideburg inclinou levemente a cabeça e em seguida endireitou sua vigorosa silhueta, que resplandecia com uma capa xadrez. O estaroste de Strzelin não dissimulava o orgulho e a presunção, nem sequer se esforçava em emular humildade ou servilismo. Era perceptível que tolerava a visita da hierarquia eclesiástica por obrigação, mas mal esperava pelo momento em que o cônego enfim deixasse seu território.

Otto Beess sabia disso.

– Senhor estaroste Henrique – acrescentou –, peço ainda que intensifique os esforços até então empreendidos na investigação do assassinato de Albrecht von Bart, cometido nas redondezas de Karczyn. O capítulo está vivamente interessado em achar os autores desse crime. O senhor von Bart, apesar de certa rudeza e convicções controversas, era um homem nobre, *vir rarae dexteritatis*, um grande benfeitor dos cistercienses de Henryków e Krzeszów. Exigimos que os assassinos sejam devidamente punidos. E, claro, estou falando dos *verdadei-*

ros assassinos. O capítulo não se dará por satisfeito com um mero bode expiatório, pois não acreditamos que o senhor Bart tenha sido morto por aqueles hereges queimados hoje.

– Aqueles hussitas – redarguiu Reideburg, pigarreando – podem ter tido cúmplices...

– Não excluímos essa possibilidade – replicou o cônego, fustigando o cavaleiro com o seu olhar. – Não excluímos nenhuma possibilidade. Senhor Henrique, invista de urgência essa investigação. Peça, se necessário for, a ajuda do estaroste de Świdnica, o senhor Albrecht von Kolditz. Aliás, peça ajuda a quem quiser. O que importa são os resultados.

Henrique von Reideburg curvou-se rigidamente. O cônego retribuiu o gesto, mas de uma forma bastante desleixada.

– Agradeço, nobre cavaleiro – disse Otto Beess, com uma voz que soava como um portão enferrujado que se abria. – Não vou detê-lo por mais tempo. Agradeço também aos senhores conselheiros e aos veneráveis irmãos. Não devo atrapalhá-los em suas obrigações, que, presumo, hão de ser muitas.

O estaroste, os conselheiros e os monges saíram arrastando as polainas e as sandálias.

– Suponho que os senhores clérigos e diáconos – acrescentou, após um momento, o cônego da catedral da Breslávia – também se lembram das suas obrigações. Peço, portanto, que se dediquem a elas. Imediatamente. O irmão secretário e o padre confessor ficam. Assim como...

Otto Beess ergueu a cabeça e cravou o olhar em Reynevan. Então acrescentou:

– Você, rapaz, também fica. Preciso ter uma palavra com você. Mas, antes, receberei os peticionários. Chamem o pároco de Oława.

Entrou o padre Granciszek. Seu rosto, de uma maneira impressionante, alternava entre a palidez e o rubor. O clérigo pôs-se de joelhos no mesmo instante e assim permaneceu, pois o cônego não lhe ordenou que se levantasse.

– O seu problema, padre Filipe – começou a falar Otto Beess, com sua voz áspera –, é a falta de respeito para com os superiores e de confiança neles. Dispor de individualidade e opinião própria é, decerto, frequentemente mais louvável do que manter uma obediência cega e tola. Porém, há assuntos em que os superiores têm razão absoluta e inequívoca. Por exemplo, o nosso papa Martinho V, na disputa contra os conciliaristas, os diversos Gersons e vários polacos menores: Włodkowics, Wyszs e Łaskarzs, que queriam pôr em discussão todas as decisões do santo padre. E interpretá-las segundo a própria vontade. Mas não é assim que as coisas funcionam. Ah, não mesmo! *Roma locuta, causa finita*. Por isso, caro padre Filipe, se as autoridades eclesiásticas lhe disserem sobre o que deve pregar, então você deve obedecer. Mesmo que sua individualidade proteste, grite e esperneie, é preciso obedecer. Pois, é claro, se trata de um objetivo superior. Superior a você, naturalmente. E a toda a sua paróquia. Vejo que quer dizer algo. Fale, então.

– Três quartos dos meus paroquianos – começou o padre Granciszek – são pessoas pouco cônscias, diria até que *pro maiori parte illiterati et idiote*. No entanto, ainda resta aquele um quarto. Aquela parte à qual não há, em absoluto, como pregar nos sermões o que é recomendado pela cúria. Digo, obviamente, que os hussitas são hereges, assassinos e perversos, e que Žižka e Korand são demônios encarnados, salafrários, blasfemos e profanadores, e que lhes aguarda a condenação eterna e a agonia infernal. Mas não posso dizer que comem bebês ou que compartilham as esposas. Ou que...

– Você não entendeu? – interveio o cônego, impetuosamente interrompendo o padre. – Não entendeu minhas palavras, pároco? *Roma locuta!* Para você, a Breslávia é Roma. Pregue o que lhe mandam pregar: sobre compartilhar esposas, devorar bebês, cozinhar monjas vivas, arrancar a língua de padres católicos e também sobre a sodomia. E, se assim for instruído, pregue também que os hussitas têm pelos no céu da boca e rabos nos traseiros por comungar no cálice. Não estou brincando! Na chancelaria do bispo, vi escritos a respeito.

Após uma breve pausa, acrescentou, olhando, com olhos levemente piedosos, para Granciszek, que se encolhia diante do cônego:

– A propósito, como você sabe que eles de fato não têm rabos? Já esteve em Praga? Em Tábor? Em Hradec Králové? Você já comungou *sub utraque specie*?

– Não! – exclamou o pároco, quase se engasgando com a própria respiração. – Absolutamente não!

– Muito bem, então. *Causa finita*. Bem como a audiência. Na Breslávia, direi que uma advertência foi o suficiente e que você já não causará problemas. E agora, para que não tenha a impressão de ter feito uma peregrinação em vão, vá se confessar ao meu confessor. E cumpra a penitência por ele prescrita. Padre Feliciano!

– Pois não, reverendíssimo?

– Prostração em forma de cruz diante do altar principal da Igreja de São Gotardo durante a noite inteira, desde a prima até as completas. O restante deixo ao seu próprio julgamento.

– Que Deus o guarde...

– Amém. Passe bem, pároco.

Otto Beess suspirou e estendeu um cálice vazio na direção do clérigo, que imediatamente o encheu de clarete.

– Hoje não atenderei mais nenhum peticionário. Venha cá, Reinmar.

– Reverendíssimo padre... Antes... Tenho um pedido...

– Pois não.

– Acompanhou-me na viagem o rabino de Brzeg, que está aqui comigo...

Com um gesto, Otto Beess deu a ordem. Após um momento, o clérigo introduziu Hiram ben Eliezer. O judeu curvou-se profundamente e varreu o chão com seu gorro de pele de raposa. O cônego fitava-o atentamente.

– O que deseja de mim o porta-voz do *qahal* de Brzeg? – rangeu Otto Beess. – O que o traz aqui?

– O venerável senhor padre pergunta que assunto me trouxe até aqui? – disse o rabino Hiram, levantando as espessas sobrancelhas. – Ó, Deus de Abraão! Qual assunto pode fazer que um judeu venha até o venerável senhor cônego? Respondo eu: a verdade. A verdade evangélica.

– Verdade evangélica?

– A própria, e não outra.

– Fale, rabino Hiram. Não me faça esperar.

– Se o venerável senhor padre assim ordena, não demorarei. Ora, por que não falaria eu? Digo isto: andam diversos indivíduos por Brzeg, Oława, Grodków, e até pelos vilarejos vizinhos, clamando que se bata nos infames assassinos de Jesus Cristo, que se assaltem suas casas, que se desonrem suas esposas e filhas. Esses agitadores invocam o nome dos veneráveis senhores prelados, como se a violência, os assaltos e a violação resultassem da vontade divina e eclesiástica.

– Prossiga, amigo Hiram. Como pode ver, sou dotado de paciência.

– O que mais haveria eu de dizer? Eu, rabino Hiram ben Eliezer, do *qahal* de Brzeg, peço ao venerável senhor padre que zele pelas verdades evangélicas. Se houver necessidade de espancar e assaltar os assassinos de Jesus Cristo, que se espanque, então! Mas, pelo nosso pai ancestral Moisés, que se espanquem os homens certos. Aqueles que o crucificaram. Isto é, os romanos!

Otto Beess ficou em silêncio por um longo tempo, fitando, pelas pálpebras semicerradas, o rabino Hiram.

– Siiim – disse, por fim, o cônego. – Você sabe, amigo Hiram, que pode ser preso por falar esse tipo de coisas? É claro que me refiro às autoridades seculares. A Igreja é compreensiva, mas o *brachium saeculare* pode ser duro quando se trata de blasfêmia. Não, não, não diga mais nada, amigo Hiram. Sou eu quem vai falar.

O judeu se curvou. O cônego não mudou de posição na poltrona, nem sequer se moveu.

– O santo padre Martinho, o quinto a usar esse nome, seguindo os passos de seus ilustres antecessores, declarou que os judeus, a despeito das aparências, foram criados à semelhança de Deus, e que uma parte deles, por menor que seja, há de ser salva. Portanto, é inadequado persegui-los, discriminá-los, reprimi-los, castigá-los ou oprimi-los de qualquer outra forma, bem como batizá-los à força. Ora, amigo Hiram, não deve duvidar, pois, que a vontade do papa seja uma ordem para todos os sacerdotes. Ou você põe isso em dúvida?

– Mas como poderia eu duvidar disso? Se ele deve ser já o décimo papa que segue o mesmo discurso. Assim, trata-se de fato da verdade, sem qualquer dúvida...

– Se você não duvida – disse o cônego, interrompendo o outro e fingindo não ter se dado conta do deboche –, então deve entender que acusar os clérigos de instigar os ataques contra os israelitas é uma calúnia. Acrescento, aliás: uma calúnia imperdoável.

O judeu curvou-se em silêncio.

– É claro que os laicos pouco ou nada sabem a respeito das ordens papais – afirmou Otto Beess, com os olhos levemente semicerrados. – E são igualmente ignorantes a respeito das Sagradas Escrituras, pois eles são, conforme me disseram há pouco, *pro maiori parte illiterati et idiote*.

O rabino permanecia imóvel.

– Já a sua tribo israelita, rabino – prosseguia o cônego –, oferece, com gosto e obstinação, pretextos à turba. Aqui, provocam uma epidemia de peste negra após envenenar os poços de água. Ali, maltratam uma ingênua moça cristã. Acolá, drenam o sangue de uma criança para fazer *matzá*. Roubam e profanam as hóstias. Ocupam-se da hedionda usura, arrancando pedaços de carne viva dos endividados que falham em lhes pagar seus juros criminosos. E se empenham em viver de outros procedimentos repugnantes, acredito.

– O que é preciso fazer, pergunto ao venerável senhor padre – indagou Hiram ben Eliezer após um momento bastante tenso. – O que é preciso para evitar tais ações? Isto é, o envenenamento de poços, a atormentação das moças, a sangria e a profanação das hóstias? Pergunto, o que se deve fazer?

Otto Beess permaneceu calado por um longo tempo.

– Em poucos dias – disse, enfim –, será anunciado um imposto especial, único e universal. Para a cruzada anti-hussita. Todos os judeus terão de pagar um florim. E a comunidade de Brzeg, além daquilo que é obrigada a pagar, contribuirá de boa vontade... pagando mil florins. Duzentas e cinquenta grivnas.

O rabino acenou com a barba e nem sequer tentou barganhar.

– Esse dinheiro – declarou o cônego, sem muita ênfase – servirá ao bem comum. E a um propósito comum. Os hereges tchecos constituem uma ameaça a nós todos. Claro, principalmente a nós, católicos justos, mas vocês, israelitas, tampouco têm motivos para amar os hussitas. Diria que é o contrário. Basta recordar março do ano 1422, um *pogrom* sangrento na Cidade Velha de Praga. E as posteriores carnificinas dos judeus em Chomutov, Kutna Horá e Písek. Haverá, então, Hiram, uma oportunidade de contribuir para a vingança com uma dádiva.

– A vingança é minha – respondeu Hiram ben Eliezer após um instante. – Assim diz o Senhor, Adonai. Não pague pelo mal com o mal, diz o Senhor. E o nosso Senhor, como confirma o profeta Isaías, perdoa generosamente.

Após um momento, ao ver o cônego calado, com as mãos esfregando a testa, o rabino continuou:

– Além disso, os hussitas assassinam os judeus há apenas seis anos. O que são seis comparados a mil anos?

Otto Beess ergueu a cabeça. Seus olhos pareciam frios como aço.

– Terminará mal, amigo Hiram – rangeu. – Temo que um futuro sombrio o aguarda. Vá em paz.

Houve um curto momento de silêncio até as portas se fecharem atrás do rabino.

– Agora – voltou a falar o cônego –, é enfim chegada a sua vez, Reinmar. Vamos conversar. Não se preocupe com o secretário e o clérigo. São de confiança. Estão presentes, mas é como se não estivessem.

Reynevan pigarreou e ensejou se pronunciar, mas o cônego não permitiu e continuou ele mesmo a falar:

– O duque Conrado Kantner veio à Breslávia há quatro dias, no Dia de São Lourenço, acompanhado de um séquito composto de ávidos fofoqueiros. Tampouco o próprio duque pertence aos discretos. Assim, não só eu; toda a Breslávia está muito bem versada nos meandros de seu caso com Adèle, a esposa de Gelfrad von Stercza.

Reynevan pigarreou outra vez e então baixou a cabeça, pois não conseguia suportar o olhar penetrante de Otto Beess. Este uniu as mãos como se estivesse prestes a orar.

– Reinmar, Reinmar – disse o cônego, com uma afetação um tanto exagerada. – Como pôde? Como pôde você infringir a lei de Deus e dos homens? Pois, diz-se: que o matrimônio e o leito sejam imaculados, e os adúlteros e libertinos, julgados por Deus. Acrescentarei, ainda, que aos maridos traídos muitas vezes parece morosa a justiça divina. E com frequência optam por fazê-la com as próprias mãos. E impiedosamente.

Reynevan pigarreou ainda mais alto e inclinou ainda mais a cabeça.

– Ah! – exclamou Otto Beess, adivinhando o destino do jovem. – Já o estão perseguindo?

– Estão, sim.

– Já sente o bafo deles em sua nuca?

– Já.

– Ah, jovem tolo! – vociferou o clérigo após um momento de silêncio. – É preciso trancafiá-lo em Narrenturm, a Torre dos Tolos! Você se encaixaria perfeitamente entre os demais internos.

Reynevan fungou o nariz e fez uma careta, que, esperava ele, expressava todo seu arrependimento. O cônego acenou com a cabeça, deu um suspiro profundo e entrelaçou os dedos.

– Não pôde resistir à tentação, não é mesmo? – perguntou Otto, com o tom de um perito. – Passou noites sonhando com ela?

– Não pude – admitiu Reynevan, corado. – Sim, sonhava com ela.

– Sei, sei bem – disse Otto Beess, lambendo os lábios e com os olhos tomados de um brilho abrupto. – Sei bem quão doce é o fruto proibido, bem como o desejo de acariciar os seios desconhecidos. Sei, como nos ensinam os *Proverbia* de Salomão, que os lábios da mulher desconhecida vertem mel, e sua boca é mais untuosa que o azeite, mas no fim é amarga como o absinto e cortante como a espada de dois gumes, *amara quasi absinthium et acuta quasi gladius biceps*. Tome cuidado, filho, não se queime por ela como uma mariposa em uma chama. Não a siga até a morte para não cair no Abismo. Ouça as sábias palavras das Escrituras: em seu caminho, desvie dela, e não se aproxime da porta da casa dela, *longe fac ab ea viam tuam et ne adpropinques foribus domus eius*.

Otto Beess fez uma breve pausa.

– Não se aproxime da porta da casa dela – repetiu o cônego, e a cadência exultante do pregador foi desaparecendo de sua voz, como se dissipada pelo vento. – Ouça bem, Reinmar de Bielau. Guarde bem as palavras das Escrituras, assim como as minhas. Fixe-as muito bem em sua mente. Ouça meu conselho: fique longe da pessoa em questão. Não faça o que você pretende fazer, o que leio em seus olhos, rapaz. Mantenha-se bem longe dela.

– Sim, venerável padre.

– De um jeito ou de outro, com o tempo, o caso será abafado. Os von Stercza serão intimidados pela cúria e pelo Landfrieden e apaziguados com a habitual indenização punitiva de vinte grivnas. Uma multa comum, de dez grivnas, deverá ser paga também à prefeitura de Oleśnica. No fim das contas, trata-se de um valor um pouco maior que o de um cavalo de raça. Você conseguirá juntar essa quantia com a ajuda de seu irmão e, se necessário for, também ajudarei. Seu tio, o escolástico Henrique, era um bom amigo meu. E mestre.

– Meus agradecimentos...

– No entanto, estarei de mãos atadas – disse o cônego, impetuosamente interrompendo o jovem – se o pegarem e matarem. Entendido, seu tolo intempestivo? Você precisa, de uma vez por todas, tirar a esposa de Gelfrad von Stercza de sua mente. Do mesmo modo, deve tirar da cabeça a ideia de visitas sorrateiras, cartas, mensageiros, tudo isso. Você tem de desaparecer. Partir. Sugiro a Hungria. Sem demora. Entendido?

– Antes, gostaria de passar por Balbinów... para visitar meu irmão...

– Proíbo absolutamente – cortou Otto Beess. – Aqueles que o perseguem com certeza previram isso. Assim como previram sua vinda para cá. Lembre-se: quando fugir, fuja como um lobo. Jamais por trilhas já bastante percorridas.

– Mas meu irmão, Peterlin... Se eu de fato preciso partir...

– Eu mesmo, por meio de mensageiros de minha confiança, porei Peterlin a par de tudo. Mas o proíbo de ir até ele. Entendido, seu mentecapto? Você não deve percorrer as trilhas conhecidas por seus inimigos. Não deve aparecer nos lugares onde podem estar à sua espera. O que significa que ir a Balbinów está fora de questão. E a Ziębice também.

Reynevan deu um audível suspiro, mas o praguejar de Otto Beess foi ainda mais sonoro.

– Você não sabia – disse o cônego, arrastando as sílabas. – Não sabia que ela está em Ziębice. E eu, um tolo velho, revelei a você o paradeiro dela. Bom, agora já foi. Mas tudo bem. Não importa onde ela está. Que seja em Ziębice, Roma, Constantinopla ou Egito, não importa. Filho, você não vai nem mesmo chegar perto dela.

– Não vou.

– Você não sabe o quanto eu gostaria de acreditar em você. Escute-me, Reinmar, escute bem. Você vai pegar uma carta que meu secretário redigirá em breve. Não tenha medo. Será escrita de tal forma que apenas o destinatário será capaz de entendê-la. Você vai pegar essa carta e vai se portar como um lobo perseguido. Irá a Strzegom por trilhas que você jamais percorreu, nas quais ninguém sequer pensará em procurá-lo. Irá a Strzegom, ao mosteiro dos carmelitas. Lá, entregará minha carta ao prior, e ele lhe apresentará a um certo homem ao qual, quando ficarem a sós, você dirá o seguinte: dezoito de julho de 1418. Então, ele lhe perguntará: onde? E você responderá: Breslávia, Cidade Nova. Você guardou na memória? Repita.

– Dezoito de julho de 1418. Breslávia, Cidade Nova – repetiu Reinmar. – Mas do que se trata? Não entendo.

O cônego ignorou a questão e explicou calmamente:

– Se as coisas se tornarem realmente perigosas, não poderei salvá--lo. A única forma de protegê-lo será cortando seu cabelo como um monge e trancafiando-o entre os cistercienses, longe das vistas de qualquer um. Mas suponho que você prefira evitar essa situação. Não me será possível levá-lo para a Hungria. Mas o homem por mim indicado conseguirá. Ele garantirá sua segurança e, se necessário, o defenderá. É um homem de caráter um tanto controverso, com um trato muitas vezes grosseiro, mas é preciso suportá-lo, pois, em certas circunstâncias, ele é insubstituível. Lembre-se, então: Strzegom, o mosteiro dos irmãos da Ordem *Beatissimae Virginis Mariae de Monte Carmeli*, fora das muralhas da cidade, junto do caminho que leva para o portão de Świdnica. Memorizou?

– Sim, venerável padre.

– Você deve partir sem delongas. Muita gente já o viu em Strzelin. Assim que receber a carta, dê o fora daqui.

Reynevan deu um suspiro, pois tinha uma vontade sincera de tomar uma cerveja e conversar com Urban Horn, que despertava no jovem uma grande estima e admiração. Aos olhos de Reynevan, o cavaleiro que tinha o cão Belzebu como companhia se agigantava e ganhava os ares de um Ivain, o Cavaleiro do Leão. O rapaz desejava lhe fazer uma proposta de caráter propriamente cavaleiresco: que juntos resgatassem certa donzela oprimida. Queria também se despedir de Dorota Faber. No entanto, não se deve negligenciar os conselhos e as instruções de alguém como o cônego Otto Beess.

– Padre Otto?

– Pois não?

– Quem é o homem dos carmelitas, em Strzegom?

Otto Beess permaneceu em silêncio durante alguns instantes. Por fim, disse:

– Uma pessoa para quem nada é impossível.

CAPÍTULO VIII

No qual, a princípio, tudo vai excepcionalmente bem. Depois, nem tanto...

Reynevan estava alegre e feliz. Transbordava júbilo, e tudo ao seu redor o encantava com beleza. Era glorioso o vale do Alto Oława, que com seus meandros recortava as verdes colinas. Seu robusto potro alazão, um presente do cônego Otto Beess, troteava com garbo e tranquilidade pela estradinha que se estendia ao longo do rio. Os tordos cantavam com deleite por entre as árvores, e as lavercas com ainda mais graça em meio aos prados. As abelhas, as mutucas e os besouros zuniam poeticamente. O zéfiro, que soprava desde as montanhas, trazia cheiros intensos, ora de jasmim, ora de azereiro... ora de merda – aparentemente, havia povoados humanos nas redondezas.

Reynevan estava alegre e feliz. E tinha motivos para tanto.

Não havia conseguido, apesar de seus esforços, se encontrar com seus outrora companheiros de viagem, menos ainda se despedir deles. Lamentava que as coisas tivessem corrido dessa forma. O desaparecimento de Urban Horn, em especial, o deixara bastante desiludido. Mas era exatamente a lembrança de Horn que o inspirara a agir.

Além do garanhãozinho alazão com uma estrela branca na testa, o cônego Otto o presenteara com um saquitel, bem mais pesado que o saquinho que havia uma semana ele ganhara de Conrado Kantner. Pesando o saquitel na mão para tentar adivinhar o valor que ele continha – não menos que trinta grosh praguenses –, Reynevan mais uma vez se convencia da superioridade do estamento eclesiástico sobre o cavaleiresco.

Aquele saquitel mudara seu destino.

Numa das tabernas de Strzelin que ele visitara à procura de Horn, tinha topado com o cônego factótum, o padre Feliciano, que devorava com avidez uma frigideira de linguiça frita em grandes rodelas, acompanhada da pesada cerveja local. Reynevan soube no mesmo momento o que deveria fazer. E nem precisou se esforçar muito. O padre lambeu os lábios ao ver o saquitel, e Reynevan o entregou sem grande arrependimento. E sem sequer ter contado o valor que guardava em seu interior. Naturalmente, conseguiu de imediato todas as informações necessárias. O padre Feliciano lhe contou tudo e estava mesmo disposto a revelar mais alguns segredos ouvidos durante as confissões, mas Reynevan recusou polidamente, pois, uma vez que desconhecia o nome dos penitentes, seus pecados e pecadilhos não lhe despertavam o menor interesse.

Partiu de Strzelin de manhã bem cedo. Quase sem nenhuma moeda no bolso, mas alegre e feliz.

Tomava, no entanto, uma direção completamente diferente daquela ordenada pelo cônego. Não seguia pela estrada principal, para o oeste, através de Dębowe Góry, pelo sopé meridional de Radunia, em direção a Świdnica e Strzegom. Contrariando a categórica proibição, Reynevan deu as costas ao maciço de Radunia e Ślęża e dirigia-se para o sul, ao longo do rio Oława, pela estrada que levava a Henryków e Ziębice.

Endireitou-se na sela, pescando com as narinas os odores agradáveis que vinham carregados pelo vento. Os pássaros cantavam, o sol aquecia. Ah, como era lindo o mundo todo. Reynevan tinha vontade de gritar de alegria.

Em troca do saquitel, cujo peso equivalia a cerca de trinta grosh, o padre Feliciano lhe revelara que a bela Adèle, esposa de Gelfrad, embora, ao que parecia, tivesse sido trancada pelos cunhados Stercza no convento das cistercienses de Ligota, conseguira fugir e despistar seus perseguidores. Escapara para Ziębice, onde se escondia no convento das clarissas. De fato, revelara o padre enquanto lambia a frigideira, quando João, o duque de Ziębice, soube do ocorrido, ordenou inequivocamente que as monjas lhe entregassem a esposa de seu vassalo e a deteve em prisão domiciliar até que fosse resolvido o caso do suposto adultério.

– Mas – disse naquela ocasião o padre Feliciano, soltando um arroto estrondoso e com aroma de cerveja –, embora o pecado demande uma punição, a donzela está segura em Ziębice e já não corre risco de linchamento ou outro tipo de violência da parte dos Stercza. O duque João – continuava o padre Feliciano enquanto assoava o nariz – advertiu severamente Apeczko von Stercza, inclusive lhe apontando o dedo durante a audiência. Não, os Stercza não conseguirão fazer nenhum mal à cunhada. Sem chance.

Reynevan instigava o alazão a atravessar um prado amarelo de verbascos e roxo de tremoceiros. Queria rir e gritar de alegria. Adèle, sua Adèle, passara a perna nos Stercza, os fizera de tolos e idiotas, os enganara. Pensaram que a haviam cercado em Ligota, mas ela, zaz!, desaparecera. Ah, Wittich deve ter ficado furioso; Morold, possesso, lançando ameaças inócuas; e Wolfher, soltando fumaça pelas ventas! Enquanto isso Adèle zarpava, cavalgando noite adentro numa égua tordilha, com a trança flutuando no vento...

"Espere um pouco", refletiu Reynevan. "Adèle não usa trança."

"Preciso me controlar", pensou sobriamente enquanto instigava o garanhãozinho. "Pois Nicolette, que tinha uma trança clara como palha, nada significa para mim. É certo que me salvou a vida, despistando meus perseguidores. Hei de lhe retribuir o favor quando surgir uma oportunidade. Cairei a seus pés. Mas é Adèle a quem amo, e apenas Adèle. É ela a senhora do meu coração e dos meus pensamentos, somente ela. Aquela trança reluzente não me cativa nada. Tampouco os olhos azul-celeste debaixo do *kalpak* de zibelina, ou os lábios cor de framboesa, as coxas esculpidas que abraçavam os flancos da égua tordilha..."

"Amo Adèle. Adèle de quem me separam no máximo três milhas. Se eu fosse a galope, chegaria ao portão de Ziębice antes do meio-dia."

"Calma, calma. Mantenha a cabeça fria. Primeiro, preciso aproveitar a oportunidade de estar na vizinhança e visitar meu irmão. Assim que libertar Adèle da prisão ducal, em Ziębice, fugiremos para a Boêmia ou para a Hungria, e então é possível que nunca mais volte a ver Peterlin. Preciso me despedir dele e explicar tudo. Pedir a bênção fraternal. Mesmo que o cônego Otto mo tenha proibido. Ordenou que eu fugisse como um lobo, jamais pelas trilhas movimentadas. Advertiu-me de que os perseguidores poderiam estar de tocaia nas cercanias da casa de Peterlin..."

Mas Reynevan tinha uma solução até mesmo para isso.

Um riacho afluente, escondido por entre o junco, quase invisível debaixo do baldaquim dos amieiros, desembocava no Oława. Reynevan seguiu por ele. Conhecia o caminho. Porém, não aquele que levava a Balbinów, onde Peterlin residia, mas a Powojowice, onde o irmão trabalhava.

O primeiro sinal de que estava próximo de Powojowice veio do próprio riacho, ao longo de cuja margem viajava Reynevan. Primeiro, o riacho começou a cheirar mal, no início apenas um pouco, então com mais intensidade e, por fim, terrivelmente. Ao mesmo tempo, a água mudava radicalmente de cor, para um vermelho sujo. Reynevan saiu da floresta e de longe avistou o motivo: os enormes varais de madeira dos quais pendiam peças de linho tingidas e panos de lã. Predominava a cor vermelha – indicando a produção diária –, mas havia também tecidos azul-celeste, azul-marinho e verdes.

Reynevan conhecia aquelas cores, atualmente mais associadas a Piotr de Bielau do que às próprias cores do brasão da família. Havia nelas, aliás, uma pequena contribuição própria, pois tinha ajudado o irmão a conseguir os corantes. O vermelho profundo e vivo das peças de lã e dos tecidos tingidos por Peterlin derivava de uma composição secreta de fitolaca, viperina e ruiva-dos-tintureiros. Peterlin obtinha todos os matizes de azul ao misturar suco de mirtilo com ísatis, que, por sinal, ele era um dos poucos na Silésia a cultivar. Ísatis, misturada com açafrão e cártamo, resultava num suntuoso verde intenso.

O vento soprava na direção de Reynevan, trazendo-lhe um fedor que fazia os olhos lacrimejarem e os pelos do nariz se enrolarem. Os componentes da tintura, dos alvejantes, da lixívia, dos ácidos, da potassa, das argilas, cinzas e gorduras eram já bastante fedorentos, mas se uniam ainda ao cheiro do soro de leite coalhado, no qual – de acordo com as receitas flamengas – se mergulhavam as telas de linho na fase final do processo de alvejamento. No entanto, nada disso se igualava ao odor do principal agente usado em Powojowice – urina humana sedimentada. A urina, que permanecia em enormes cubas por duas semanas, era usada abundantemente no processo de compactação e enfeltragem dos tecidos de lã. O efeito era tal que o moinho de compactação de Powojowice e toda a redondeza fediam a mijo. Com os ventos propícios, o odor chegava até o mosteiro cisterciense de Henryków.

Reynevan seguia à margem do riacho, agora tingido de vermelho e fedendo como uma latrina. Já conseguia ouvir o moinho – o barulho incessante das rodas motrizes movidas pela água, o chocalhar e ranger das cremalheiras, o atrito das transmissões; e então, sobrepondo todos os demais ruídos, um profundo estrondo que fazia a terra tremer – a batida dos compactadores sobre o tecido de lã. O moinho de Peterlin era moderno. Além de algumas estações mais tradicionais, possuía martinetes movidos a água que compactavam com mais rapidez, leveza e regularidade. E eram ainda mais barulhentos.

Mais abaixo, junto do rio, após uma sucessão de estacas de secamento e uma fileira de tinas de tingimento, Reynevan viu as edificações, as choças e os telhados do moinho. Como de costume, havia lá também umas vinte carroças de diversos tipos e tamanhos. Ele sabia que algumas delas pertenciam aos fornecedores – Peterlin importava da Polônia grandes quantidades de potassa –, enquanto outras eram dos tecelões, que traziam os panos de lã para enfeltrar. A fama de Powojowice fazia vir até a cidade tecedores de toda a cercania – de Niemcza, Ziębice, Strzelin, Grodków e mesmo de Frankenstein. Reynevan observava os mestres tecelões que se amontoavam ao redor do moinho, supervisionando os trabalhos, e podia até ouvir seus gritos, que irrompiam em meio aos clangores da máquina. Como de praxe, discutiam com os enfeltradores a melhor maneira de arrumar e virar o tecido de lã no moinho. Avistou entre eles alguns monges trajando hábitos brancos com escapulários pretos, o que não era nada fora do comum, visto que o mosteiro cisterciense de Henryków produzia grandes quantias de tecido de lã e os monges eram fregueses de Peterlin.

Porém, quem Reynevan não pôde avistar era o próprio Peterlin. Seu irmão, que costumava estar sempre às vistas em Powojowice, tinha o hábito de percorrer todo o terreno a cavalo, com ares de distinção. Piotr de Bielau era, afinal, um cavaleiro.

Mais estranho ainda era o fato de que Reynevan tampouco conseguia avistar a silhueta magra e alta de Nicodemus Verbruggen, um flamengo vindo de Gante, um grande mestre do enfeltramento e da tinturaria.

Ao se lembrar, em momento oportuno, dos conselhos do cônego, Reynevan adentrou sorrateiramente as instalações, por trás das carroças de sucessivos clientes que vinham chegando. Cobriu o rosto com o chapéu e encolheu-se na sela. Sem chamar a atenção de ninguém, foi até a câmara de Peterlin.

O edifício, em geral imerso em alvoroço e repleto de pessoas, parecia completamente vazio. Ninguém reagiu ao seu grito, tampouco se interessou pelo estrondo das portas se fechando. Não havia uma alma viva sequer, nem no alongado vestíbulo, nem na área de serviço. Adentrou então a sala principal.

No chão, diante da lareira, estava sentado o mestre Nicodemus Verbruggen, com o cabelo grisalho, cortado à moda camponesa, mas vestido como um senhor. O fogo crepitava na lareira e o flamengo rasgava folhas de papel e as jogava nas chamas. Já estava terminando. Tinha em seu colo apenas algumas resmas, e, no fogo, enegrecia e se enrolava uma pilha inteira de papel.

– Senhor Verbruggen!

– Valha-me, Deus... – respondeu o flamengo, erguendo a cabeça e atirando mais uma folha no fogo. – Jesus Cristo, senhor Reinmar... Que desgraça, senhor... Que terrível desgraça...

– Que desgraça, mestre? Onde está o meu irmão? O que o senhor está queimando aqui?

– *Mynheer* Piotr quem mandou. Disse que, caso algo acontecesse, era para tirar do esconderijo e queimar, e rápido. Disse assim: "Nicodemus, se, Deus me livre, algo acontecer, queime logo. Mas o moinho deve continuar funcionando." Foi isso que *mynheer* Piotr ordenou. *En het woord is vlees geworden...*

– Senhor Verbruggen... – começou a falar Reynevan, enquanto um terrível pressentimento fez os cabelos em sua nuca se arrepiarem. – Diga, senhor Verbruggen! Que documentos são esses? E que palavra se fez carne?

O flamengo afundou a cabeça entre os ombros e jogou a última folha nas chamas. Reynevan saltou até o fogareiro e, queimando a mão, tirou o papel do fogo. Agitando-o no ar, conseguiu apagá-lo. Parcialmente.

– Fale!

– Mataram – proferiu Nicodemus Verbruggen com uma voz abafada. Reynevan viu uma lágrima rolar sobre os pelos grisalhos da bochecha do velho. – O bom *mynheer* Piotr está morto. Mataram-no. Assassinaram-no. Senhor Reinmar... Tamanha desgraça, Jesus Cristo, tamanho infortúnio...

A porta se fechou com estrondo. O flamengo olhou para trás e se deu conta de que suas palavras finais não foram ouvidas por ninguém.

* * *

O rosto de Peterlin estava pálido. E poroso como queijo. No canto dos lábios, apesar de lavados, havia vestígios de sangue coagulado.

O mais velho cavaleiro dos Bielau jazia num esquife alocado no meio da sala, cercado por doze velas acesas. Dois ducados húngaros foram postos sobre seus olhos e, sob a cabeça, havia ramos de abetos cujo cheiro se misturava com o da cera derretida, preenchendo o cômodo com um enjoativo e repugnante fedor de cemitério e morte.

O esquife era revestido com um tecido vermelho. "Tingido com fitolaca em sua própria tinturaria", pensou Reynevan de forma um tanto absurda, enquanto sentia as lágrimas encherem seus olhos.

– Como... – disse, tentando arrancar as palavras de sua garganta apertada. – Como isso... pode ter acontecido?

Griselda von Der, a esposa de Peterlin, olhou para Reynevan. Seu rosto estava vermelho e inchado por causa do choro. Duas crianças, Tomasinho e Sibilla, choravam grudados à saia da mãe. O olhar dela, no entanto, não era amigável, mas parecia mesmo hostil. Assim como o olhar do sogro e do cunhado de Peterlin – o velho Walpot von Der e seu desajeitado filho Cristian.

Ninguém – nem Griselda, nem os von Der – fez questão de responder às perguntas de Reynevan. Mas ele não se deu por vencido.

– O que aconteceu? Alguém pode me dizer?

– Uns sujeitos o mataram – balbuciou Gunter von Bischofsheim, o vizinho de Peterlin.

– Deus há de castigá-los por isso – acrescentou o pároco de Wąwolnica, de cujo sobrenome Reynevan não conseguia se lembrar.

– Perfuraram-no com uma espada – disse com voz rouca Matjas Wirt, um arrendatário local. – O cavalo voltou sem o cavaleiro. Exatamente ao meio-dia.

– Exatamente ao meio-dia – repetiu, juntando as mãos, o pároco de Wąwolnica. – *Ab incursu et daemone meridiano libera nos, domine*...

– O cavalo voltou – repetiu Wirt, um pouco desorientado pela interjeição oratória do pároco – com a sela e a manta ensanguentadas. Saímos à procura de Piotr e o encontramos na floresta, na entrada de Balbinów... junto da estrada. O senhor Peterlin devia estar vindo de Powojowice. A terra tinha sido revirada por cascos, devem tê-lo atacado em bando...

– Quem?

– Não se sabe – disse Matjas Wirt, dando de ombros. – Bandidos, provavelmente...

– Bandidos? Os bandidos não teriam roubado também o cavalo? Não pode ser.

– E quem sabe o que pode e o que não pode ser – redarguiu Bischofsheim. – Meus lansquenês e os do senhor von Der estão agora percorrendo as florestas, pode ser que peguem alguém. Avisamos também o estaroste. Seus homens realizarão uma investigação, farão as diligências, *cui bono*, ou seja, a respeito de quem tinha motivos para cometer um assassinato e dele tirar proveito.

– Talvez um usurário – comentou maliciosamente Walpot von Der –, exasperado por uma dívida não paga. Ou algum outro tintureiro, ávido por se livrar da concorrência. Quem sabe um cliente enganado por uma mixaria? É o que acontece, é assim que se acaba quando se esquece do berço e se confraterniza com a ralé, brincando de ser mercador. Quem com porcos se mistura farelo come. Pft! Filha, eu dei sua mão a um cavaleiro, e agora você é viúva de um...

Silenciou de repente, e Reynevan percebeu que havia sido por conta de seu olhar. O desespero e a raiva revezavam-se, digladiando fervorosamente em seu interior. Esforçava-se para se manter calmo, mas suas mãos tremiam. Assim como a sua voz.

— Alguém por acaso avistou quatro cavaleiros – enunciou Reynevan após algum esforço. – Quatro cavaleiros armados? Um alto, bigodudo, de casaco tachado... O outro pequeno, com um rosto espinhoso...

— Ah, sim, havia uns sujeitos assim – disse inesperadamente o pároco. – Ontem, em Wąwolnica, perto da igreja. Os sinos acabavam de dobrar na Hora do Angelus... Pareciam sicários sanguinários. Eram quatro. Em realidade, os cavaleiros do Apocalipse...

— Eu sabia! – esbravejou Griselda com sua voz rouca, áspera por causa do choro, ao mesmo tempo que lançava para Reynevan um olhar digno de um basilisco. – Assim que o vi, eu soube, seu desgraçado! Foi por sua culpa! Foi por conta de seus pecados e de suas improbidades!

— Outro Bielau – disse Walpot von Der, acentuando o título com ironia. – Também fidalgo. Este, porém, metido com sanguessugas e clisteres.

— Canalha, patife! – gritava Griselda, cada vez mais alto. – Quem quer que tenha assassinado o pai destas crianças estava atrás de você! Você não traz senão desgraças! Sempre causou vergonha e preocupação! O que quer aqui? Já está farejando alguma herança, seu urubu? Fora daqui! Saia de minha casa!

Reynevan, não sem dificuldade, conseguiu controlar o tremor das mãos. Contudo, foi incapaz de articular qualquer coisa. Fervilhava por dentro, tomado pela fúria e pela ira. Queria gritar na cara de todos os von Der o que pensava sobre eles, que podiam bancar os nobres graças unicamente ao dinheiro que Peterlin ganhava com o moinho. Mas se conteve. Peterlin estava morto. Jazia, assassinado, com os ducados húngaros sobre os olhos, na sala de sua própria casa, em meio a velas fumegantes, repousando sobre um tecido vermelho em um esquife. Peterlin estava morto. Eram indignas, repugnantes as brigas e discussões diante de seu cadáver. O mero pensamento a respeito dessa possibilidade já embrulhava o estômago de Reynevan. Além do mais, ele temia que, se abrisse a boca, cairia em pranto.

Saiu sem dizer nada.

O luto e o pesar pairavam sobre todo o vilarejo de Balbinów, que se encontrava imerso em silêncio. Os empregados haviam se dispersado, cientes de que não era aconselhável ficar no caminho dos enlutados tomados pela dor. Nem mesmo os cães latiam. Aliás, nem se viam os cachorros. Com exceção de...

Reynevan esfregou os olhos, que continuavam a verter lágrimas. O bretão preto, sentado entre a cavalariça e a sala de banho, não era nenhum fantasma. Nem tinha qualquer intenção de desaparecer.

O rapaz atravessou o quintal a passos rápidos e entrou no edifício pelo lado da cocheira. Seguiu ao longo da gamela para as vacas – o edifício servia ao mesmo tempo de estábulo e pocilga – e chegou até as baias. Ajoelhado no canto da baia que costumava ser ocupada pelo cavalo de Peterlin, por entre a palha que ele havia afastado para os lados, Urban Horn revolvia o barro do chão com uma faca.

– O que você procura não está aqui – disse Reynevan, ao mesmo tempo estranhando a própria calma.

Horn, por outro lado, não parecia surpreso. Sem se levantar, continuava encarando o rapaz.

– Aquilo que você busca estava escondido em outro lugar. Mas já não existe. Foi consumido pelo fogo.

– Sério?

– Sério – confirmou Reynevan, tirando do bolso um fragmento queimado de uma folha e jogando-a com desleixo no chão de terra batida.

Horn permanecia na mesma posição.

– Quem matou Peterlin? – perguntou Reynevan, dando um passo para a frente. – Kunz Aulock e o seu bando, a mando dos Stercza? Foram eles que mataram também o senhor Bart de Karczyn? O que você tem a ver com isso, Horn? Por que está aqui, em Balbinów, apenas meio dia após a morte do meu irmão? Como sabia do esconderijo dele? Por que busca os documentos que foram queimados em Powojowice? E que documentos eram esses?

– Fuja daqui, Reinmar – disse Urban Horn, arrastando as palavras. – Fuja daqui, se você dá valor à sua vida. Não espere sequer pelo enterro do seu irmão.

– Primeiro responda às minhas perguntas. A começar pela mais importante: qual é sua relação com o assassinato do meu irmão? E qual é sua ligação com Kunz Aulock? Não tente mentir!

– Não tentarei – respondeu Horn, sem baixar os olhos – nem mentir, nem responder. Para o seu próprio bem, aliás. Talvez fique surpreso, mas é a verdade.

– Você vai responder – afirmou Reynevan, dando mais um passo para a frente e sacando o punhal. – Vai me dar a resposta, Horn. Nem que seja à força.

O único sinal de que Horn havia assobiado era o movimento de seus lábios, pois o som fora inaudível. Mas apenas para Reynevan, já que, no instante seguinte, algo o atingiu no peito com uma força brutal que o fez desabar sobre o chão de terra batida. Imobilizado pelo peso que comprimia seu corpo ao chão, o rapaz abriu os olhos e viu diante de seu nariz a dentição completa do bretão Belzebu. A saliva do cão gotejava em seu rosto, e o fedor de seu hálito lhe provocava náuseas. O rosnar agourento e gutural o deixou paralisado de medo. Urban Horn ainda estava em seu campo de visão, então Reynevan pôde vê-lo esconder sob o casaco o pedaço de papel parcialmente queimado.

– Você não pode me forçar a nada, rapaz – disse Horn enquanto ajeitava o chapeirão sobre a cabeça. – Mas ouça o que lhe direi de boa vontade, por pura benevolência. Belzebu, aqui.

Belzebu deixou o rapaz e ficou imóvel junto ao dono, embora fosse perceptível que quisesse se mover.

– É por benevolência que lhe aconselho, Reinmar: fuja. Desapareça. Ouça o conselho do cônego Beess. Pois aposto minha cabeça que ele lhe deu algum conselho, alguma orientação para se livrar das tribulações em que você se meteu. Não se desprezam as instruções e os conselhos de gente como o cônego Beess, meu rapaz. Belzebu, aqui. Sinto muito por seu irmão, Reinmar, muito mesmo. Você nem tem ideia do quanto. Adeus. E cuide-se bem.

Quando Reynevan abriu os olhos – que ele havia mantido cerrados ante o ameaçador focinho de Belzebu –, não havia mais ninguém no estábulo. Nem o cachorro, nem o próprio Horn.

* * *

Agachado diante do túmulo do irmão, Reynevan se encolhia e tremia de medo. Espalhava ao redor de si uma mistura de sal com cinzas de aveleira e, com a voz trêmula, repetia o encantamento, duvidando cada vez mais de sua eficácia:

> *Wirfe saltze, wirfe saltze*
> *Non timebis a timore nocturno*
> *Nem uma praga, nem um visitante das trevas*
> *Nem o demônio*
> *Wirfe saltze, wirfe saltze...*

Os monstros se apinhavam e faziam barulho na escuridão.

Mesmo ciente do risco e do tempo que perderia, Reynevan esperara o enterro do irmão. Apesar dos esforços da cunhada e da família dela, ele não deixou de participar do velório, das exéquias e da missa. Esteve presente quando, diante de Griselda, que não parava de soluçar, do pároco e de um pequeno cortejo, Peterlin foi sepultado no cemitério atrás da antiga igrejinha de Wąwolnica. Só então Reynevan partiu. Isto é, fingiu ter partido.

Depois do anoitecer, Reynevan correu até o cemitério. Dispôs sobre a campa fresca os instrumentos de feitiçaria que, surpreendentemente, ele conseguira reunir sem grande dificuldade. A parte mais antiga da necrópole de Wąwolnica ficava junto da barranceira de um rio cujo leito secara. A terra ali havia deslizado um pouco, facilitando o acesso aos túmulos mais antigos. Por isso, o arsenal mágico de Reynevan incluía até um prego de caixão e o dedo de um esqueleto.

Mas de nada adiantaram o dedo do esqueleto, o acônito, a sálvia e o crisântemo, nem mesmo os encantamentos sussurrados sobre o ideograma gravado na campa com o prego torto retirado do caixão. O espírito de Peterlin, contrariando as afirmações dos livros de magia, não emergiu do túmulo em sua forma etérea. Não se pronunciou. Não deu nem sequer um sinal.

"Se ao menos eu tivesse aqui meus livros", pensou Reynevan, ressentido e desanimado pelas inúmeras tentativas infrutíferas. "Quem me dera ter comigo o *Lemegeton* ou o *Necronomicon*... um cristal veneziano... um pouco de mandrágora... Se eu tivesse acesso a um alambique e pudesse destilar um elixir... Se..."

Infelizmente, seus grimórios, cristais, mandrágoras e seu alambique estavam longe, em Oleśnica. No mosteiro dos agostinianos. Ou, o que era mais provável, em posse da Inquisição.

Além do horizonte, uma tempestade aproximava-se com rapidez. Os murmúrios dos trovões que acompanhavam os clarões no céu eram cada vez mais ruidosos. De repente, a ventania cessou por completo, e o ar se tornou inerte e pesado como uma mortalha. Devia ser quase meia-noite.

E foi então que tudo começou.

Outro relâmpago iluminou a igreja. Reynevan viu, aterrorizado, que o campanário estava repleto de criaturas parecidas com aranhas, que se arrastavam para cima e para baixo. Diante de seus olhos, várias cruzes no cemitério se moviam e se inclinavam, e uma das campas mais distantes parecia inflar, criando uma grande protuberância no chão. Da escuridão que encobria o barranco ressoou o ranger das tábuas de um caixão, seguido de um sonoro estalo. E então um uivo.

As mãos de Reynevan tremiam como se num acesso de malária enquanto ele espalhava mais sal ao redor de si, e ele mal pôde forçar os lábios a balbuciarem a fórmula do encantamento.

A maior parte da agitação se dava na barranceira, na seção mais antiga do cemitério, coberta de avelaneiras. Por sorte, Reynevan não conseguia ver o que acontecia ali; nem mesmo o clarão dos relâmpagos revelava mais do que formas e silhuetas indistintas em meio à escuridão. Os ruídos, contudo, propiciavam sensações intensas – a turba em alvoroço, que se remexia por entre as antigas campas, esperneava, rugia, uivava, assobiava, praguejava e rangia os dentes.

Wirfe saltze, wirfe saltze...

Uma mulher soltava risadas agudas e espasmódicas. Um barítono parodiava perversamente a liturgia da missa, acompanhado pelo gargalhar selvagem das demais criaturas. Alguém tocava um tambor.

Um esqueleto surgiu das trevas. Agitou-se um pouco, depois se sentou sobre uma campa e ali permaneceu, com o crânio inclinado para a frente e apoiado sobre as mãos ossudas. Após algum tempo, uma criatura de pés enormes sentou-se junto dele e começou a coçá-los insistentemente, gemendo e resmungando. O esqueleto pensativo não lhe deu atenção.

Uma amanita com pernas de aranha passou ao lado deles, seguida de algo que parecia com um pelicano desengonçado, com escamas no lugar das penas e um bico cheio de presas pontudas.

Uma enorme rã saltou sobre a campa vizinha.

E havia ali outra coisa. Algo que – Reynevan podia jurar – o observava sem cessar, que não desgrudava os olhos dele. Algo escondido por inteiro na escuridão, invisível mesmo com o clarão dos relâmpagos. Um olhar mais detido, no entanto, permitia distinguir olhos reluzentes como brasa. E longos dentes.

– *Wirfe saltze* – repetia Reynevan, espalhando diante de si o resto do sal. – *Wirfe saltze...*

De repente, uma mancha clara, que se deslocava vagarosamente, atraiu o seu olhar. Ele a seguiu, esperando por mais um relâmpago. Quando este enfim surgiu no céu, para o espanto de Reynevan, ele enxergou uma moça de vestido branco que colhia enormes urtigas de cemitério repletas de ramos e as colocava em um cesto. A moça também o viu. Após um momento de hesitação, foi até ele e deixou o cesto no chão. Não deu a mínima para o cadáver aflito nem para a criatura peluda que cutucava o vão dos enormes dedos dos pés.

– Prazer? – perguntou ela. – Ou obrigação?

– É... obrigação... – respondeu Reynevan após vencer o medo e entender o sentido da pergunta. – O meu irmão... O meu irmão foi morto. Foi enterrado aqui...

– Ahã – interveio ela, deslocando para o lado a franja que recobria a testa. – E eu, como você pode ver, estou colhendo urtigas.

– Para fazer camisas – disse Reynevan, em seguida soltando um suspiro. – Para os irmãos enfeitiçados, transformados em cisnes?

Ela ficou em silêncio por um longo tempo.

– Você é estranho – disse, por fim, a garota. – É certo que as urtigas são para tecer. Para fazer camisas. Mas não para os meus irmãos. Não tenho irmãos. E, mesmo que tivesse, jamais permitiria que vestissem essas camisas.

Soltou uma gargalhada gutural ao ver a expressão no rosto de Reynevan.

– Por que você está conversando com ele, Eliza? – falou a criatura dentuça, invisível na escuridão. – Por que se incomodar? A chuva virá pela manhã e derreterá todo esse sal. Então arrancaremos a cabeça dele.

— Isso não está certo – disse o esqueleto aflito, sem levantar o crânio. – Não está nada certo.

— Não mesmo – concordou a moça chamada de Eliza. – Ele é um Toledo. Um de nós. E restaram tão poucos de nós...

— Ele queria conversar com o morto – afirmou um anão de dentes e lábio superior projetados para frente, recém-emergido da terra. Era rechonchudo como uma abóbora, e sua barriga nua aparecia abaixo de uma camisa esfarrapada e demasiado curta. – Queria conversar com o morto – repetiu. – Com o irmão dele que jaz aqui. Queria respostas para suas perguntas. Mas não as recebeu.

— Então cabe a nós ajudá-lo – disse Eliza.

— Claro – afirmou o esqueleto.

— Certo – coaxou a rã.

Um relâmpago resplandeceu, um trovão retumbou. Um vento soprou forte, assoviou por entre os galhos secos, juntando e espalhando nuvens de folhas secas. Sem hesitar, Eliza deu um passo por cima do sal espalhado e empurrou com força o peito de Reynevan. Ele caiu sobre a campa e bateu a cabeça contra a cruz. Viu estrelas, um clarão diante dos seus olhos, depois tudo escureceu para em seguida resplandecer novamente, mas dessa vez por conta de um relâmpago. A terra tremeu sob suas costas. E girou como um rodamoinho. Em volta do túmulo de Peterlin, rodavam em direções opostas dois anéis de sombras e silhuetas que dançavam e saltitavam.

— Barbelo, Hekate, Holda!

— *Magna Mater!*

— Eia!

A terra sob seus pés tremia e rebaixava-se tanto que Reynevan estendeu os braços o mais que pôde para não deslizar e cair. As pernas, em vão, buscavam algum apoio. Ainda assim, ele não tombou. Sons e cânticos penetravam seus ouvidos. Alucinações preenchiam seus olhos.

Veni, veni, venias,
Ne me mori, ne me mori facias!
Hyrca! Hyrca! Nazaza!
Trillirivos! Trillirivos! Trillirivos!

Adsumus, diz Percival, ajoelhado diante do Graal. *Adsumus*, repete Moisés, curvado sob o peso das placas de pedra que ele carrega enquanto desce do Monte Sinai. *Adsumus*, diz Jesus ao cair aos pés da cruz. *Adsumus*, repetem em uníssono os cavaleiros reunidos à mesa. *Adsumus! Adsumus!* Estamos aqui, Senhor, reunidos em Teu nome.

O eco percorre o castelo como um trovão retumbante, o som de uma batalha distante, como o estrondo de um aríete batendo contra os portões de um castelo. E lentamente desaparece por entre os corredores escuros.

– *Viator*, o Errante, virá – diz uma moça com rosto vulpino e olheiras profundas, e com uma coroa de verbena e trevos ao redor da cabeça. – Alguém parte, alguém chega. *Apage! Flumen immundissimum, draco maleficus...* Não pergunte pelo nome, é um segredo. Daquele que devora saiu o que se consome, e do forte saiu a doçura. E quem é o culpado? Aquele que dirá a verdade. Ficarão juntos, presos numa masmorra; serão encarcerados numa prisão e castigados por muitos anos. Cuidado com a Trepadeira-dos-Muros, cuidado com os morcegos, cuidado com o demônio avassalador do meio-dia, cuidado com aquele que anda nas trevas. "O amor", diz Hans Mein Igel, "o amor salvará a sua vida." Você se arrepende? – pergunta a moça, cheirando a açoro e hortelã. – Você se arrepende? – A moça está nua, mas sua nudez é inocente, *nuditas virtualis*. Mal se pode vê-la na escuridão, mas está tão perto que Reynevan sente seu calor.

O Sol, a serpente e o peixe. A serpente, o peixe e o Sol, inscritos num triângulo. Tomba Narrenturm, a *turris fulgurata* vai ao chão e se transforma em escombros, a torre acertada pelo trovão. O pobre tolo cai da torre, acelera rumo ao solo, para a morte. "Esse tolo sou eu", o pensamento passa pela cabeça de Reynevan, "tolo e louco, sou eu quem cai, quem afunda no abismo."

Um homem em chamas corre, gritando através de uma fina camada de neve em uma igreja em chamas.

Reynevan sacudiu a cabeça para afastar as alucinações. Então, no clarão de outro relâmpago, ele viu Peterlin.

A assombração, imóvel como uma estátua, de repente fulgurava com uma luz incomum. Reynevan notou que a luz, à semelhança de feixes da luz do Sol que atravessam as fendas das paredes de uma choça, emanava de inúmeras feridas no corpo do irmão: no peito, no pescoço e no abdome.

– Meu Deus, Peterlin... – gemeu Reynevan. – Que coisa terrível... Eles hão de pagar por isso, eu juro! Vou vingá-lo... Vou vingá-lo, irmãozinho... Eu juro...

A assombração fez um gesto brusco, de evidente negação e proibição. Sim, era Peterlin, pois ninguém mais além de seu pai gesticulava desse jeito ao contestar ou proibir algo, ou quando repreendia o pequeno Reynevan por suas travessuras ou ideias inusitadas.

– Peterlin... Irmãozinho...

O mesmo gesto, ainda mais veemente, mais impetuoso, categórico. Um gesto que não deixava dúvidas. A mão apontava para o sul.

– Fuja – disse a assombração, com a voz de Eliza das urtigas. – Fuja, rapaz. Para longe. O mais longe possível. Para além das florestas. Antes que a masmorra de Narrenturm o devore. Transponha as montanhas, saltando as colinas, *saliens in montibus, transiliens colles*.

A terra girou furiosamente. E tudo acabou. Desabou na escuridão.

* * *

De madrugada, Reynevan foi acordado pela chuva. Estava deitado, imóvel e atordoado, sobre o túmulo do irmão. Gotas de chuva caíam em seu rosto.

* * *

— Por gentileza, meu jovem — disse Otto Beess, cônego da Igreja de São João Batista, prepósito do capítulo da Breslávia. — Permita-me recapitular sucintamente o que você acaba de me dizer aqui e o que me levou a acreditar meus próprios ouvidos. Quer dizer que Conrado, o bispo da Breslávia, tendo a oportunidade de ferrar os von Stercza, que o odeiam ferozmente e os quais ele, por sua vez, também odeia, nada fez. Que, de posse de provas quase inabaláveis que atestam o envolvimento dos Stercza numa vendeta de família e num assassinato, o bispo Conrado não tomará nenhum tipo de providência. É isso mesmo?

— Exatamente — respondeu Gwibert Bancz, o secretário do bispo da Breslávia, um jovem clérigo de belo semblante, tez impecável e meigos olhos aveludados. — Está decidido. Nenhuma providência contra os von Stercza. Nem advertências. Nem mesmo questionamentos. O bispo assim decidiu, na presença do venerável sufragâneo Tylman. E na do cavaleiro a quem foi confiada a investigação. Aquele que chegou à Breslávia hoje de manhã.

— O cavaleiro — repetiu o cônego, fitando um quadro com a cena do martírio de São Bartolomeu, que, à exceção da estante com os castiçais e o crucifixo, era a única decoração das austeras paredes do cômodo. — O cavaleiro que chegou de manhã à Breslávia.

Gwibert Bancz engoliu em seco. Era inegável que a situação não era das mais cômodas. Nunca havia sido. E nada sugeria que viesse a ser diferente no futuro.

— Está certo — disse Otto Beess, tamborilando sobre o tampo da mesa, aparentemente concentrado apenas no santo atormentado pelos armênios. — Está certo. Que cavaleiro é esse, meu filho? Qual é o nome dele? Família? Brasão?

O clérigo pigarreou, então respondeu:

– O nome não foi mencionado, tampouco a família... Não portava nenhum brasão, vestia-se todo de preto. Mas eu já o vi em companhia do bispo.

– Então, como ele é? Devo puxar sua língua para ter uma resposta?

– Não era velho. Alto, esbelto... cabelos negros, à altura do ombro. Nariz comprido, tal qual um bico... *Tandem* o olhar parecia... quase o de um pássaro... Penetrante... *In summa*, não dá para chamá-lo de bonito... Mas é másculo...

Gwibert Bancz interrompeu-se repentinamente. O cônego não virou a cabeça, tampouco deixou de tamborilar sobre o tampo da mesa. Conhecia as secretas preferências eróticas de Bancz. E o fato de conhecê-las lhe permitia fazer do clérigo seu informante.

– Prossiga.

– Então, esse mesmo cavaleiro recém-chegado, que, cá entre nós, não demonstrou nenhuma humildade, nem sequer reticência, na presença do bispo, relatou a investigação sobre os assassinatos do senhor Bart de Karczyn e de Piotr de Bielau. E relatou de tal forma que à certa altura o venerável sufragâneo não aguentou e começou a rir...

Otto Beess ergueu as sobrancelhas em silêncio. Gwibert Bancz continuou:

– Esse tal cavaleiro disse que os judeus eram os culpados, pois era possível sentir, nas cercanias de onde ambos os assassinatos foram cometidos, *foetor judaicus*, o fedor próprio dos judeus... Como se sabe, para se livrar desse odor, os judeus bebem o sangue dos cristãos. As mortes, continuava a relatar o cavaleiro recém-chegado, ignorando o fato de que o venerável Tylman gargalhava, tinham as características de um assassinato ritualístico e, portanto, era preciso buscar os culpados nos *qahals* mais próximos, em especial no de Brzeg, pois o rabino de lá havia sido visto nas redondezas de Strzelin, na companhia do jovem Reinmar de Bielau, que, como sabe Vossa Excelência...

– Sei. Continue.

– Diante de tal *dictum*, o venerável sufragâneo Tylman declarou tratar-se de uma confabulação, pois ambas as vítimas tinham sido mortas com espadas. E que o senhor Albrecht von Bart era um homem forte e um formidável esgrimista. E que nenhum rabino, de Brzeg ou de qualquer outro lugar, conseguiria derrubar o senhor Bart, mesmo que lutasse com o Talmude. E Tylman outra vez caiu na gargalhada.

– E o cavaleiro?

– Disse que, se os judeus não eram os responsáveis pela morte dos bons senhores Bart e Piotr de Bielau, então deveria ter sido o Diabo. O que, em suma, dá no mesmo.

– E o que o bispo Conrado achou disso?

– Sua eminência – respondeu o clérigo, pigarreando – fitou com seriedade o venerável Tylman, claramente incomodado com a troça deste. E se pronunciou de imediato, com muita gravidade, severidade e num tom bastante oficial. Ordenou que eu anotasse...

– E extinguiu o inquérito – antecipou o cônego, articulando as palavras com bastante lentidão. – Simplesmente extinguiu o inquérito.

– É como se o senhor tivesse estado presente. E o venerável sufragâneo Tylman permaneceu sentado, sem proferir uma palavra sequer, mas com uma expressão estranha. O bispo Conrado percebeu e, em fúria, disse que a razão estava do seu lado, que a história viria a comprová-la e que aquilo era *ad maiorem Dei gloriam*.

– Disse isso?

– Com essas exatas palavras. Por isso, venerável padre, não comente esse assunto com o bispo. Garanto que de nada adiantará. Além disso...

– Além disso, o quê?

– O recém-chegado disse ao bispo que, se este fosse invocar alguém, submeter petições ou requerer a continuação do inquérito, ele exigia ser informado.

– Exigia ser informado – repetiu Otto Beess. – E qual foi a reação do bispo?

– Assentiu com a cabeça.

– Assentiu com a cabeça – repetiu o cônego, emulando o movimento. – Ora, ora. Conrado, Piasta de Oleśnica. Assentiu com a cabeça.

– Assentiu, venerável padre.

Otto Beess outra vez lançou o olhar para o quadro, para Bartolomeu torturado, de quem os armênios arrancavam longas tiras de pele com a ajuda de enormes tenazes. "A crer-se na *Legenda áurea*, de Tiago de Voragine", refletia o cônego, "um maravilhoso perfume de rosas pairava sobre o lugar do martírio. Até parece. O martírio fede. Fedor, fedentina, futum pairam sobre locais de tortura. Sobre todos os pontos de suplício e martírio. Inclusive sobre o Gólgota. Aposto a minha cabeça que lá tampouco havia rosas. Havia, quão apropriado!, *foetor judaicus*."

– Aqui, rapaz. Tome.

O clérigo, como sempre, primeiro estendeu a mão para pegar um saquitel e depois recuou-a bruscamente, como se o cônego lhe estivesse entregando um escorpião.

– Venerável padre... – balbuciou Gwibert Bancz. – Eu não o faço somente para receber alguns trocados... mas porque...

– Pegue, filho, pegue – disse o cônego, interrompendo, com um sorriso condescendente, a fala do rapaz. – Eu já lhe disse em outras ocasiões que um informante precisa receber uma recompensa. São desprezados sobretudo aqueles que denunciam de graça. Por ideais. Por medo. Por raiva e inveja. Eu já lhe disse isto: Judas mereceu ser desprezado, não pelo mero fato de haver traído, mas porque traiu de modo barato.

* * *

A tarde estava radiante e cálida, uma mudança aprazível depois de vários dias de tempo encoberto e chuvoso. A torre da Igreja de Maria Madalena brilhava na luz do Sol, bem como brilhavam os telhados

dos sobrados. Gwibert Bancz alongou-se. Sentia frio nos aposentos do cônego. O cômodo ficava à sombra, e as paredes emanavam friagem.

Além da sede na casa capitular, em Ostrów Tumski, o prepósito Otto Beess tinha uma casa na Breslávia, na rua dos Sapateiros, próximo da Praça do Mercado, e lá costumava receber aqueles cujas visitas deviam passar despercebidas, o que incluía as de Gwibert Bancz. Este, por sua vez, decidiu aproveitar a oportunidade. Não tinha vontade de retornar a Ostrów, pois era pouco provável que o bispo precisasse dele antes das Vésperas. E a rua dos Sapateiros ficava a pouca distância de um certo bar num porão conhecido pelo clérigo, logo depois do Mercado de Galinhas. Ali ele poderia gastar uma parte do dinheiro recebido do cônego, pois acreditava piamente que, livrando-se do dinheiro, se livraria do pecado.

Mordiscando um *pretzel* comprado na banca por onde acabara de passar, virou numa ruela estreita para cortar caminho. Era um lugar silencioso e deserto, tão deserto que as ratazanas, espantadas com a presença dele, fugiam para longe de seus pés.

Ao ouvir o farfalhar de penas e o bater de asas, olhou para trás e viu uma enorme trepadeira-dos-muros pousando desajeitadamente no friso sobre uma janela tapada. O *pretzel* caiu de suas mãos, e Gwibert recuou bruscamente, com um salto para trás.

Diante de seus olhos, o pássaro deslizou pela parede, arranhando-a com as garras. Ficou indistinto. Cresceu. E mudou de forma. Bancz queria gritar, mas não conseguiu emitir nenhum som com a garganta apertada.

Lá, onde há um instante havia uma trepadeira-dos-muros, agora estava o cavaleiro conhecido pelo clérigo. Alto, esbelto, de cabelos negros, com vestes negras e um penetrante olhar de pássaro.

Bancz tornou a abrir a boca, mas de novo não conseguiu emitir nenhum som além de um inaudível grasnar. O cavaleiro Trepadeira-dos--Muros aproximou-se com um passo ligeiro. Já bem perto, sorriu, piscou o olho e fez um bico com os lábios, lançando ao clérigo um beijo muito erótico. Antes que este se desse conta do que estava acontecendo, vislumbrou o brilho de um gume, foi atingido na barriga, e o sangue jorrou sobre suas coxas. Foi golpeado outra vez, no flanco, e a faca rangeu contra suas costelas. Bateu as costas contra a parede, e o terceiro golpe quase o encravou nela.

Agora já podia gritar. E o teria feito, se tivesse tido tempo. Pois a Trepadeira-dos-muros saltou sobre ele e lacerou sua garganta com um largo corte.

* * *

O cadáver encolhido, prostrado numa poça negra, foi encontrado por alguns mendigos. Antes que a guarda da cidade aparecesse, vieram correndo os mercadores e as vendedoras do Mercado de Galinhas.

O terror pairava sobre o lugar do assassinato. Um terror funesto, asfixiante, que revolvia as tripas. Um terror sinistro.

Um terror tão sinistro que, até a chegada dos guardas, ninguém se atreveu a roubar o saquitel, cheio de dinheiro, enfiado na boca do morto, rasgada pela faca.

* * *

– *Gloria in excelsis Deo* – entoou o cônego Otto Beess enquanto baixava as mãos unidas e inclinava a cabeça diante do altar. – *Et in terra pax hominibus bonae voluntatis...*

Os diáconos alinhavam-se junto dele, de ambos os lados, unindo-se ao canto com vozes baixas. Otto Beess, o prepósito da catedral da Breslávia, encarregado de celebrar a missa, continuava de forma mecânica e rotineira. Seus pensamentos estavam em outro lugar.

Laudamus te, benedicimus te, adoramus te,
glorificamus te, gratias agimus tibi...

"Assassinaram o clérigo Gwibert Bancz. Em plena luz do dia, no centro da Breslávia. E o bispo Conrado, que extinguiu o inquérito do assassinato de Peterlin de Bielau, deve também extinguir o inquérito da morte de seu secretário. Não sei o que está acontecendo aqui. Mas é preciso cuidar da própria segurança. Jamais, em hipótese alguma, oferecer pretexto ou oportunidade. E nunca permitir ser tomado de surpresa."

O canto se elevava até o teto alto da catedral da Breslávia.

Agnus Dei, Filius Patris, qui tollis peccata mundi, miserere nobis;
Qui tollis peccata mundi, suscipe deprecationem nostram...

Otto Beess ajoelhou-se diante do altar.

"Espero", pensava ele enquanto fazia o sinal da cruz, "que Reynevan tenha conseguido partir a tempo... E que já esteja seguro. Espero de verdade..."

– *Miserere nobis...*

A missa continuou.

* * *

Quatro cavaleiros galopavam por uma encruzilhada, junto de uma cruz de pedra, uma das numerosas recordações dos crimes cometidos na Silésia, e de seu remorso tardio. O vento soprava a lufadas, a chuva golpeava, a lama respingava dos cascos. Kunz Aulock, conhecido como Kyrieleison, praguejou enquanto tirava o excesso de água do rosto com uma luva encharcada. Stork de Gorgowitz, sob o capuz ensopado, ecoou o outro com um insulto ainda mais repugnante. Walter de Barby e Sybko de Kobelau tinham mais vontade de blasfemar. "Galopemos o mais rápido possível", pensavam, "até encontrarmos um abrigo, uma taberna, até o calor, um ambiente seco, e tomar uma cerveja quente."

A lama respingava dos cascos dos cavalos, enlameando a já enlameada silhueta, coberta com uma capa e encolhida aos pés da cruz. Nenhum dos cavaleiros prestou atenção nela.

Reynevan tampouco ergueu a cabeça.

CAPÍTULO IX

No qual aparece Sharlei.

O prior do mosteiro carmelita de Strzegom era magro como um esqueleto; a compleição, a pele ressecada, a barba por fazer e o nariz alongado faziam-no parecer uma garça depenada. Quando olhava para Reynevan, semicerrava os olhos e, quando voltava a ler a carta de Otto Beess, a trazia para bem perto do nariz, a uma distância de duas polegadas. As mãos azuladas e ossudas tremiam sem parar, e a dor fazia seus lábios se contorcerem de quando em quando. O prior, no entanto, não era nenhum ancião. Reynevan já havia visto aquela doença, que consumia o doente como a lepra – porém, de forma invisível, por dentro. Uma doença contra a qual todos os remédios e todas as ervas eram impotentes, contra a qual apenas a magia mais forte era efetiva. Mas isso pouco importava. Mesmo que alguém soubesse tratá-la com magia, não o fazia, pois os tempos eram tais que o paciente curado era capaz de denunciar o médico.

Ao limpar a garganta, o prior resgatou Reynevan de suas reflexões.

– Então, foi só por causa disto que você aguardou o meu retorno, jovem? – disse ele, segurando a carta do cônego da Breslávia. – Quatro dias inteiros? Sabendo que o padre guardião tinha a plenipotência durante a minha ausência?

Reynevan limitou-se a acenar com a cabeça. Não fazia o menor sentido referir-se à condição de entregar a carta pessoalmente ao prior, pois era algo tão óbvio que dispensava qualquer comentário a respeito. Quanto aos quatro dias de estada em um vilarejo próximo de Strzegom, também se tratava de um assunto a ser ignorado, pois se passaram num piscar de olhos, tal qual um sonho. Desde a tragédia em Balbinów, Reynevan permanecia num estado onírico: torpe, desorientado e semiconsciente.

– Você aguardou para entregar a carta em mãos – constatou o prior. – E quer saber, jovem? Fez muito bem.

Outra vez Reynevan absteve-se de emitir qualquer comentário. O prior voltou à carta, levantando-a quase rente ao nariz.

– Ah, sim – falou, por fim, num tom arrastado, erguendo o olhar e semicerrando os olhos. – Eu sabia que chegaria o dia em que o venerável cônego me lembraria de minha dívida. E reivindicaria o pagamento. Com os juros de um usurário. O que, aliás, a Igreja proíbe. Pois o Evangelho de Lucas afirma: emprestem sem esperar nada em troca. Você, jovem, acredita incondicionalmente naquilo que ordena a Igreja, nossa mãe?

– Sim, venerável padre.

– É uma virtude digna de ser louvada. Especialmente nos dias de hoje. Especialmente num lugar como este. Você sabe onde você está? Sabe que lugar é este? Além de um mosteiro?

Reynevan não respondeu.

– Não sabe – arriscou o prior, em resposta ao silêncio. – Ou habilmente finge não saber. Trata-se de uma casa de deméritos. Decerto, você tampouco sabe o que é uma casa de deméritos, ou igualmente finge não saber. Então lhe digo: é uma prisão.

O prior silenciou, entrelaçou as mãos e por um momento examinou o interlocutor com o olhar. Reynevan, é claro, já tinha adivinhado, havia algum tempo, do que se tratava, mas não deixou transparecer. Não queria estragar o prazer do carmelita, que evidentemente se regozijava com essa forma de conduzir a conversa.

– Você sabe – o monge retomou após um momento – o que o eminente cônego ousa me pedir nesta carta?

– Não, venerável padre.

– Esse desconhecimento de certo modo o exime. Mas, posto que *eu* sei do que se trata, não há nada que possa me eximir. Assim, se eu negar o pedido, minha transgressão será perdoada. O que acha disso? Minha lógica não rivaliza com a de Aristóteles?

Reynevan não respondeu. E o prior permaneceu em silêncio. Por um longo momento. Então, pôs fogo à carta, aproximando-a de uma vela que ele girava com a outra mão, de modo que a chama se avolumasse, e por fim jogou no chão a missiva do cônego. Reynevan ficou olhando o papel se enrolar, enegrecer e se desfazer. "E assim minhas esperanças se tornam pó", pensou. "Além do mais, eram tardias, vãs e desprovidas de sentido. Deve ter sido melhor assim."

O prior se levantou.

– Vá até o monge dispensador – disse concisa e secamente. – Peça que o alimente e que lhe dê algo para beber. Depois você irá até a nossa igreja, onde encontrará a pessoa que tem de encontrar. As ordens serão dadas e vocês conseguirão deixar o mosteiro sem dificuldades. O cônego Beess sublinhou, na carta, que ambos seguirão numa longa viagem, rumo a lugares distantes. Devo acrescentar, de minha parte, que é bom que a viagem seja longa. Na verdade, tratar-se-ia de um grande erro caso ela fosse curta. E você retornasse rápido demais.

– Muito obrigado, vossa excelência...

– Não agradeça. E, se acaso ocorrer a um de vocês pedir a minha bênção antes de seguir viagem, é melhor ignorar tal pensamento.

* * *

As condições de hospedagem e alimentação no mosteiro dos carmelitas de Strzegom de fato se assemelhavam às de uma prisão. Reynevan, no entanto, ainda estava muito deprimido e apático para se dar conta disso. Além do mais, estava faminto demais para reclamar do arenque salgado, do trigo-sarraceno sem toucinho e da cerveja, que se diferenciava da água apenas pela cor e, ainda assim, não muito. Ou talvez aquele pudesse ser um dia de jejuar? Não conseguia lembrar.

Então, comeu, alegre e vorazmente. O ancião dispensador o observava com gosto, de certo acostumado a um entusiasmo muito menor da parte dos demais hóspedes. Reynevan mal tinha tocado seu arenque quando o monge sorridente o presenteou com outro, tirado diretamente de um barril. Reynevan estava decidido a tirar proveito dessa demonstração de amizade.

– Este mosteiro de vocês é uma verdadeira fortaleza – afirmou o rapaz, com a boca ainda cheia. – O que não é de estranhar, pois sei o propósito a que serve. Mas não notei nenhum guarda armado. Não aconteceu alguma vez de um destes penitentes fugir?

– Ah, meu filho, meu filho – disse o monge dispensador, acenando com a cabeça diante da ingênua ignorância do jovem. – Fugir? Para quê? Não se esqueça de quem são aqueles que fazem penitência aqui. Um dia a penitência cessará para todos eles. E, embora ninguém deles penitencie *pro nihilo*, o término da penitência apaga a culpa. *Nullum crimen*, tudo volta à norma. Mas um fugitivo? Seria considerado um fora da lei para o resto de seus dias.

– Entendo.

– Que bom, pois não tenho permissão para falar de tais assuntos. Mais trigo?

– Sim, por favor. E, por curiosidade, esses penitentes penitenciam por quê? Quais são seus pecados?

– Não tenho permissão para falar sobre isso.

– Ah, mas não estou perguntando sobre casos específicos, apenas de forma geral.

O monge dispensador pigarreou e, apreensivo, olhou ao redor, decerto ciente de que, na casa dos deméritos, mesmo as paredes nas quais pendiam frigideiras e alho tinham ouvidos.

– Bem... – disse em voz baixa o monge, esfregando no hábito as mãos, sujas da gordura dos arenques. – Penitenciam por diversos motivos, meu filho. Por diversos motivos. Há principalmente padres pecadores, e monges, sobre quem os votos pesaram em demasia. Imagine só: votos de obediência, humildade, pobreza... Assim como abstinência e comedimento... Como dizem: *plus bibere, quam orare*. E os votos de castidade, infelizmente...

– *Femina* – adivinhou Reynevan – *instrumentum diaboli*?

– Fosse apenas *femina*... – disse o monge dispensador, dando um suspiro e erguendo os olhos. – Ah... pecados sem fim, uma infinidade, não há como negar... Mas há ainda nesta casa casos mais sérios... Bem mais sérios... Contudo, não tenho permissão para comentar. Terminou seu prato, filho?

– Terminei. Muito obrigado. Estava delicioso.

– Volte quando quiser.

* * *

O interior da igreja estava mais escuro que o normal. O fulgor das velas e a luz que entrava pelas janelas estreitas iluminavam apenas a área ao redor do altar, do tabernáculo, do crucifixo e do tríptico que representava a Lamentação. O restante do presbitério, toda a nave, os matroneus de madeira e os cadeirais estavam imersos numa penumbra turva. "Talvez seja proposital", pensou Reynevan, sem conseguir ignorar a ideia, "talvez sirva para que os penitentes não vejam os rostos uns dos outros, durante as orações, e assim não tentem adivinhar, a partir das expressões, as ofensas e os pecados alheios. E compará-los aos seus próprios."

– Estou aqui.

A voz profunda e reverberante que ressoou de uma alcova escondida entre os cadeirais era carregada de seriedade e dignidade – era difícil abster-se de tal impressão. Mas provavelmente devia ser apenas o eco, a repercussão rebatida pelo baldaquim da abóbada, retumbando entre as paredes de pedra. Reynevan chegou mais perto.

A parte superior do confessionário, o qual emanava um tênue aroma de incenso e verniz, era adornada com a imagem da Virgem e o menino Jesus com Santa Ana: Maria em um dos joelhos e o menino Jesus no outro. Uma lamparina iluminava a pintura, o que tinha como resultado deixar tudo ao redor imerso numa escuridão ainda mais intensa. Assim, Reynevan conseguia enxergar apenas os contornos do homem sentado no confessionário.

– É a você que devo agradecer pela oportunidade de recuperar a liberdade para me locomover? – perguntou retoricamente o homem, produzindo uma sucessão de ecos. – Agradeço, então. Embora tenha a impressão de que deveria estar grato a um certo cônego da Breslávia, não? E ao incidente ocorrido... Bem, diga você, por formalidade, e para que eu me certifique de que falo com a pessoa certa. E que não se trata de um sonho.

– Dezoito de julho, ano dezoito.

– Onde?

– Breslávia. Cidade Nova...

– Claro – confirmou o homem após um instante. – Claro que na Breslávia. Onde mais se não na Breslávia? Certo. Agora, chegue mais perto. E ponha-se na posição adequada.

– Como é?

– Ajoelhe-se.

– Meu irmão foi assassinado – disse Reynevan, sem sair do lugar. – Minha própria vida está em risco. Estou sendo perseguido, preciso fugir. Mas, antes, devo resolver alguns assuntos. E acertar contas pendentes. O padre Otto assegurou-me que somente você, quem quer que seja, poderia me ajudar. Mas não tenho a menor intenção de me ajoelhar diante de você... Como devo chamá-lo? Padre? Irmão?

– Pode me chamar como você quiser. Mesmo de tio, se preferir. Não dou a mínima para isso.

– Não estou no clima para brincadeiras. Já disse, meu irmão foi morto. O prior disse que podemos partir. Vamos, então, deixemos este lugar soturno, sigamos viagem. E no caminho contarei o indispensável. E nada mais que isso.

– Pedi para se ajoelhar – repetiu o homem, e o eco de sua voz retumbou ainda mais profundamente.

– E eu lhe disse: não tenho a intenção de me confessar.

– Quem quer que seja você pode escolher entre dois caminhos – afirmou o homem. – Um deles leva até mim: aqui, de joelhos. E o segundo, através do portão do mosteiro. Sem mim, é claro. Não sou um mercenário, rapaz, nem um sicário contratado para resolver seus assuntos e pendências. Sou *eu*, lembre-se bem disso, quem decide quantas e quais informações são necessárias. De todo modo, tudo é uma questão de confiança mútua. Você não confia em mim. Como, então, posso confiar em você?

– Você deve a mim sua saída do cárcere. E ao padre Otto – replicou Reynevan com certa insolência. – Lembre-se disso *você*, em vez de acreditar que traz o rei na barriga. Quem tem uma escolha a fazer não sou eu, mas você. Ou vem comigo, ou fica para apodrecer aqui. A escolha...

O homem o interrompeu batendo sonoramente na tábua do confessionário. Então disse:

– Pois saiba que estou mais do que familiarizado com escolhas difíceis. Você age com arrogância, certo de que assim pode me intimidar. Até hoje de manhã eu nem sequer sabia de sua existência, e ainda na noite de hoje, se necessário for, já terei me esquecido dela. Repito, pela última vez: ou faz uma confissão, como uma prova de confiança, ou adeus. Apresse-se em sua escolha, pois falta pouco para a hora sexta, e aqui se observa com rigor a liturgia das horas.

Reynevan cerrou os punhos, lutando contra a irresistível vontade de dar meia-volta e sair, ir para a luz do Sol, para o ar puro, para a natureza e o espaço aberto. Mas por fim venceu a relutância. A sensatez triunfou.

– Nem sequer sei se você é sacerdote – conseguiu articular com dificuldade enquanto se ajoelhava sobre a madeira polida.

– Isso é o de menos – respondeu o homem do confessionário, com algo como deboche ressoando em sua voz. – O que importa é a confissão. Não espere absolvição.

– Nem sei como chamá-lo.

– O mundo me conhece por muitos nomes – ressoou, baixo, mas claramente, a voz de trás da grade. – Mas, já que tenho a oportunidade de ser reintegrado ao mundo, devo escolher algum... Willibald de Hirsau? Ou talvez... hmm... Benignus d'Aix? Paulo de Tyniec? Cornelius van Heemskerck? Ou, quem sabe... mestre Sharlei? Que tal mestre Sharlei, rapaz? Está bem, não faça caretas. Simplesmente "Sharlei". Certo?

– Certo. Vamos ao que interessa, Sharlei.

* * *

Mal tinham sido trancados os enormes ferrolhos dos portões do mosteiro dos carmelitas de Strzegom, dignos de uma fortaleza, produzindo um grande estrondo às costas de Reynevan e Sharlei, mal tinham os dois homens se afastado dos mendigos e pedintes sentados à entrada do edifício, mal tinha a dupla imergido na sombra dos choupos à beira da estrada, Sharlei surpreendeu Reynevan total e completamente.

O até então penitente e prisioneiro, ainda há pouco intrigante e enigmático, sisudo e dotado de uma dignidade taciturna, agora, de súbito, rugia com uma gargalhada homérica, saltava como uma rã e lançava-se de costas no mato, onde passou alguns bons minutos rolando, tal qual um potro, em meio a ervas daninhas e outras plantas, alternando berros e risadas. Por fim, diante dos olhos de Reynevan, seu confessor executou uma cambalhota, levantou-se com ímpeto e, com a mão direita, fez um gesto extremamente obsceno na direção dos portões. O gesto foi acompanhado por uma longa litania composta de blasfêmias e insultos bastante indecentes. Alguns faziam menção direta ao prior; outros, ao mosteiro de Strzegom; outros ainda, à ordem dos carmelitas como um todo; e mais alguns de caráter universal.

– Não julgava que a situação era assim tão dura lá dentro – disse Reynevan enquanto acalmava o cavalo, que tinha se espantado com a *performance*.

– Em primeiro lugar, não julgueis para que não sejais julgados – respondeu Sharlei, batendo na roupa para tirar um pouco da terra. – Segundo: por gentileza, abstenha-se de fazer comentários, ao menos por ora. Terceiro: sigamos logo para a cidade.

– Para a cidade? Para quê? Pensei que...

– Tampouco pense.

Reynevan deu de ombros e fustigou o corcel pela estrada de terra batida. Fingia virar a cabeça em outra direção, mas não conseguia resistir a lançar, de quando em quando, um olhar furtivo ao homem que caminhava a passos largos junto do cavalo.

Sharlei não era especialmente alto, chegava mesmo a ser um pouco mais baixo que Reynevan, mas esse detalhe passava despercebido, pois o outrora penitente tinha ombros largos, estatura imponente e, sem dúvida, devia ser forte, o que se concluía pelos antebraços rijos e musculosos que apareciam abaixo das mangas bastante curtas da camisa. Sharlei se recusara a deixar o mosteiro trajando o hábito, e as roupas que lhe arranjaram eram um tanto esdrúxulas.

O rosto do penitente tinha feições grosseiras, para não dizer toscas. No entanto, era um semblante vivo, que mudava a todo tempo, manifestando uma vasta gama de expressões. O nariz aquilino, com uma preponderância viril, apresentava vestígios de uma fratura antiga, e a covinha no queixo desaparecia numa cicatriz já desbotada, embora ainda visível. Os olhos, verdes como o vidro de uma garrafa, eram bastante estranhos. Quem os encarasse automaticamente levava a mão a verificar se o saquitel continuava no devido lugar e se o anel permanecia no dedo. O pensamento corria, inquieto, para a esposa e as filhas deixadas em casa, e a fé que se tinha na virtude feminina expunha toda a sua ingenuidade. De repente, perdia-se qualquer esperança de recuperar o dinheiro emprestado; os cinco ases num baralho de *piquet* já não causavam espanto; o selo de autenticidade ao pé de um documento deixava de ser uma garantia; e não mais se estranhava se o cavalo comprado a um preço alto começasse a estertorar. Era exatamente isso o que se sentia ao olhar nos olhos verdes-garrafa de Sharlei. Assim como ao observar seu semblante, decididamente mais para Hermes do que para Apolo.

Passaram por uma grande área de hortas, nos arrabaldes, e depois pela capela e pelo albergue de São Nicolau. Reynevan sabia que a enfermaria era dirigida pelos monges da Ordem de São João e que tinham uma comendadoria em Strzegom. Lembrou-se logo do duque Kantner e de sua instrução para que seguisse para Mała Oleśnica. E começou a ficar preocupado. Poderiam associá-lo aos cavaleiros da Ordem de São João, portanto a estrada pela qual seguia não teria sido a trilha escolhida por um lobo perseguido; duvidava que o cônego Otto Beess tivesse aprovado sua decisão. Naquele momento, Sharlei deu a primeira prova de sua perspicácia. Ou talvez ele pudesse de fato ler pensamentos.

– Não há motivos para se preocupar – disse Sharlei alegremente. – Strzegom tem cerca de dois mil habitantes. Passaremos despercebidos como um peido numa tempestade. Além disso, você está sob minha proteção, eu assumi um compromisso.

– Eu me pergunto – respondeu Reynevan após uma longa pausa para esfriar a cabeça – o que significa para você um "compromisso" desses.

Sharlei arreganhou os dentes brancos para as colhedoras de linho que vinham caminhando na direção oposta, moças formosas vestindo blusas desabrochadas que deixavam aparecer muito dos seus suados e empoeirados encantos. Havia mais de uma dezena delas, e Sharlei sorria para todas, uma após a outra, e assim Reynevan perdeu a esperança de ouvir a resposta.

– A pergunta era de natureza filosófica – disse o penitente, surpreendendo o rapaz, enquanto desgrudava os olhos das nádegas abundantes da última colhedora, que saltitavam sob o saiote molhado de suor. – Não costumo responder a esse tipo de indagações estando sóbrio. Mas prometo que lhe darei a resposta antes do pôr do sol.

– Não sei se vou aguentar até lá. Antes disso, devo explodir de curiosidade.

Sharlei não respondeu, mas apressou o passo de tal forma que Reynevan precisou forçar o cavalo a um leve trote. Assim, logo chegaram ao portão de Świdnica. Do outro lado, depois de uma multidão de peregrinos sujos agachados nas sombras e de mendigos cobertos de úlceras, estava Strzegom, com suas vielas estreitas, lamacentas, fedorentas e lotadas de gente.

Fossem quais fossem o destino e o objetivo da jornada, Sharlei sabia o caminho, pois os conduzia com segurança e sem nenhuma hesitação. Percorreram uma ruazinha na qual ressoava o chocalhar de tantos teares que, sem dúvida, devia se tratar da rua dos Tecelões ou dos Mercadores de Tecidos. Logo chegaram a uma pequena praça na qual despontava a torre de uma igreja. Tanto os olhos quanto o nariz da dupla de viajantes lhes diziam que uma manada de gado passara pela praça havia pouco.

– Veja só – disse Sharlei, freando o cavalo. – Uma igreja, uma taberna, um bordel. E, no meio disso tudo, um monte de merda. Eis a parábola da vida humana.

– Eu achei – respondeu Reynevan, que nem sequer sorria – que você não filosofasse sóbrio.

– Depois de um longo período de abstinência – replicou Sharlei, cujos passos convictos os punham na direção de um beco, rumo a uma bancada repleta de barricas e canecas –, fico embriagado só de sentir o cheiro de uma boa cerveja. Ei, meu bom homem! Uma cerveja clara de Strzegom, por favor! Direto da adega! Seja gentil e pague, meu rapaz, pois, como dizem as Escrituras, *argentum et aurum non est mihi*.

Reynevan bufou, mas jogou alguns *hellers* sobre a bancada. Então disse:

– Você vai me dizer, em algum momento, que assuntos o trazem aqui?

– Vou. Mas só quando eu tiver bebido ao menos três desses aqui.

– E depois? – perguntou Reynevan, franzindo o cenho. – O supracitado bordel?

– Não excluo essa possibilidade – respondeu Sharlei, erguendo a caneca. – Não excluo essa possibilidade, rapaz.

– E depois? Uma farra de três dias pela ocasião de recuperar a liberdade?

Sharlei não respondeu, pois estava bebendo, mas, antes de virar a caneca, piscou um olho, o que poderia significar qualquer coisa.

– Foi um erro – afirmou Reynevan com gravidade enquanto fitava o pomo de adão do penitente indo para cima e para baixo. – Talvez do cônego. Ou mesmo um erro meu, por tê-lhe obedecido e me associado a você.

Sharlei bebia sem prestar nenhuma atenção a ele.

– Por sorte – continuava Reynevan –, isso é fácil de resolver.

Sharlei afastou a caneca da boca, deu um suspiro e lambeu a espuma do lábio superior.

– Você quer me dizer algo... – presumiu. – Diga, então.

– Nós dois – Reynevan disse com frieza – simplesmente não combinamos.

O penitente acenou com a cabeça para que lhe servissem mais uma cerveja e por um instante parecia se interessar apenas pela caneca.

– É verdade que somos um pouco diferentes – afirmou enquanto tomava um gole. – Eu, por exemplo, não tenho o costume de comer mulheres alheias. E, se examinarmos mais detidamente, decerto encontraremos mais algumas distinções. É normal. Pois, ainda que tenhamos sido criados à Sua imagem e semelhança, o Criador zelou para que houvesse características individuais. E seja Ele louvado por isso.

Reynevan brandia a mão, cada vez mais zangado.

– Eu me pergunto – disse num rompante – se não deveria me despedir de você, em nome do Criador, aqui e agora, para que sigamos cada um o seu caminho. Pois de fato não sei em que você poderia me ajudar. Temo que em nada.

Sharlei olhou para ele por cima da caneca.

– Ajudar? – repetiu o penitente. – Em quê? É fácil descobrir. Basta gritar "Sharlei, socorro!" e a ajuda virá até você.

Reynevan deu de ombros e virou-se, com o intuito de ir embora. Esbarrou em alguém. E aquela pessoa golpeou seu cavalo com tanta força que o animal relinchou e recuou, derrubando-o no esterco.

– Cuidado por onde anda, idiota! Aonde você vai com esse pangaré? Isto aqui é uma cidade, e não o seu vilarejo de merda!

Aquele que esbarrara em Reynevan e o insultara era um dos três jovens que vinham trajando vestes sofisticadas, suntuosas e elegantes. Eram quase idênticos – usavam chapéus extravagantes, no estilo fez, sobre cabelos encaracolados a ferro quente e vestiam jaquetas acolchoadas com um estofo tão denso que as mangas pareciam enormes lagartas. Trajavam ainda estilosas calças justas parisienses chamadas de *mi-parti*, com as pernas em cores contrastantes. E todos eles portavam bengalas torneadas e com pomo.

— Jesus Cristo e todos os santos! – exclamou o galã, girando a bengala. – Que grosseria, que povo vulgar e selvagem é esse da Silésia! Quando vão lhes ensinar um pouco de boas maneiras?

— Teremos de assumir essa tarefa nós mesmos – disse o outro, com o mesmo sotaque gaulês. – E apresentá-los à Europa.

— Isso mesmo – respaldou o terceiro requintado, que vestia calças *mi-parti* vermelhas e azuis. – Para começar, daremos uma sova, à moda europeia, nesse imbecil. Vamos, senhores, bengalas em punho! Ânimo! Sem preguiça!

— Calma lá! – gritou o dono da cervejaria. – Nada de confusão, senhores, ou chamarei os guardas!

— Cale a boca, seu ignorante silesiano, ou também terá o seu naco.

Reynevan tentou pôr-se de pé, mas não conseguiu. A primeira bengala o atingiu no ombro; a segunda, nas costas, produzindo um estalo seco; e a terceira, nas nádegas. Concluiu que não havia por que esperar para apanhar mais.

— Socorro! – gritou. – Sharlei! Socorro!

Sharlei, que observava o incidente com moderado interesse, pôs a caneca sobre a mesa e caminhou calmamente até eles e disse:

— Acabou a brincadeira.

Os galãs viraram-se e, depois de um breve instante, como se por uma ordem, caíram numa gargalhada em uníssono. De fato, Reynevan teve de admitir que, com aquela roupa demasiado curta e multicolorida, o penitente não transmitia muita imponência.

— Jesus Cristo! – exclamou o primeiro galã, aparentemente devoto. – Que figuras mais bizarras a gente encontra neste fim de mundo!

— Deve ser algum bufão local – avaliou o segundo. – Dá para notar pela roupa ridícula.

— O hábito não faz o monge – respondeu Sharlei com frieza. – Sejam gentis e façam o favor de dar o fora. Rapidinho.

— O quêêê?

– Por gentileza, senhores – repetiu Sharlei. – Façam o favor de sair daqui. Isto é, vão embora, para longe. Não precisa ser Paris. Algum outro canto da cidade já é o suficiente.

– O quêêê?

– Senhores – Sharlei repetiu devagar, paciente e enfaticamente, como se falasse com crianças –, vão embora daqui, por favor. E ocupem-se de suas atividades costumeiras. Como a sodomia, por exemplo. Caso contrário, os senhores levarão uma bela surra. Uma boa surra. Antes mesmo que algum de vocês consiga proferir *credo in Deum patrem omnipotentem*.

O primeiro galã meneou a bengala. Sharlei esquivou-se, safando-se do golpe, agarrou o bastão e o girou. O rapaz afetado deu um rodopio no ar e caiu na lama. Com a bengala ainda na mão, o penitente acertou o outro galã, lançando-o na direção do balcão da cervejaria, e, com uma pancada ágil como um raio, atingiu as mãos do terceiro. Nesse meio-tempo, o primeiro se levantou com ímpeto e lançou-se contra Sharlei, berrando como um bisão ferido. Sem esforço aparente, o penitente deteve a carga com uma paulada que fez o galã se dobrar ao meio. Então, com o cotovelo, atingiu-o no rim e, após o oponente tombar ao chão, desferiu um chute casual, quase involuntário, bem na orelha. O galã caído encolheu-se como um verme e não tentou mais se levantar.

Os outros dois se entreolharam e, como se por uma ordem, simultaneamente sacaram as adagas. Sharlei balançou o dedo indicador.

– Eu os desaconselho – disse. – As facas podem cortar!

Os galãs ignoraram a advertência.

Reynevan acreditava estar observando o incidente com atenção. No entanto, algo lhe passou despercebido, pois não atinou para o que se deu em seguida. Sharlei parecia quase imóvel diante dos galãs, que se lançavam contra ele, girando suas facas feito moinhos de vento. E os movimentos que executou quando o atacaram eram sutis e ágeis, quase o bastante para não serem notados. Um dos oponentes caiu de joelhos, baixando a cabeça quase até o chão e cuspindo, um por um, os dentes, que iam caindo na lama. O outro permanecia sentado, gritando sem parar, a boca aberta ao limite, uivando e chorando com uma voz aguda, modulada, como se fosse um bebê faminto, que não comia havia muito tempo. Ainda segurava a própria adaga, mas a do amigo estava encravada em sua coxa até o cabo banhado a ouro.

Sharlei abriu os braços e olhou para o céu, como querendo dizer "Eu não avisei?". Então tirou o casaco esquisito e apertado e foi até o galã que cuspia os dentes. Com destreza, agarrou os cotovelos do rapaz, ergueu-o, segurou-o pelas mangas e, com um par de pontapés certeiros, chutou-o para fora da jaqueta acolchoada, que ele mesmo vestiu em seguida.

– O hábito não faz o monge – afirmou, alongando-se com extravagância. – Mas a dignidade humana, sim. No entanto, é apenas quando se encontra bem-vestido que um homem se sente de fato digno.

Em seguida, abaixou-se e arrancou um saquitel bordado do cinto do galã.

– Uma rica cidade, esta de Strzegom – disse por fim. – Uma rica cidade. Há dinheiro espalhado por todo o chão, veja!

– Se eu fosse o senhor... – disse o dono da cervejaria com uma voz um tanto trêmula. – Se eu fosse o senhor, fugiria logo. Estes são comerciantes ricos, convidados do poderosíssimo senhor Guncelin von Laasan. Tiveram o que mereciam, pelas confusões que andavam provocando... Mas agora é melhor que fuja, pois o senhor von Laasan...

– Manda na cidade – completou Sharlei, tirando o saquitel do terceiro galã. – Obrigado pela cerveja, bom homem. Vamos, Reinmar.

E assim partiram enquanto o galã com a faca encravada na coxa seguia com seu ulular desesperado, incessante e infantil, como uma longa despedida.

CAPÍTULO X

No qual tanto Reynevan quanto o leitor têm a oportunidade de conhecer melhor Sharlei, ensejo este proporcionado pela caminhada em dupla e por variados acontecimentos que a acompanham. Por fim, aparecem três bruxas, completamente clássicas, icônicas e anacrônicas.

Confortavelmente acomodado em um cepo de árvore coberto de musgo, Sharlei observava com atenção as moedas que tirava dos saquitéis e depositava em seu gorro. Não escondia a decepção.

– A julgar pelas roupas e pela conduta – resmungava ele –, qualquer um diria se tratar de novos-ricos. Mas veja só, rapaz, o que traziam nos saquitéis. Uma mixaria. Que escória! Dois escudos, alguns soldos parisienses recortados, catorze groshs, uns meio-groshs, fênigues de Magdeburgo, skojecs e xelins prussianos, denários e hellers mais finos que uma hóstia. E outras merdas que eu nem consigo reconhecer. Falsificados, sem dúvida. Diabos, só esses saquitéis, bordados com fio de prata e pérolas, valem mais que o conteúdo. Mas saquitéis não são dinheiro, onde vou conseguir vendê-los? E essas moedas nem servirão para comprar um pangaré. E, cacete, eu preciso de um cavalo. Mas que droga, até a roupa desses almofadinhas valia mais. Eu deveria tê-los deixado pelados.

– Se tivesse feito isso – observou Reynevan, com um tom bastante ácido –, o senhor von Laasan, em vez de mandar doze homens atrás de nós, teria enviado uns cem. E não por uma estrada, mas por todas elas.

– É, mas ele mandou apenas doze, então não comece.

De fato, não mais que meia hora depois de a dupla ter deixado Strzegom pelo portão de Jawór, uma dúzia de ginetes trajando as cores do nobre Guncelin von Laasan, senhor do castelo de Strzegom e governante *de facto* da cidade, veio em disparada pelo mesmo portão e pela mesma via. No entanto, pouco depois de se afastarem da cidade, Sharlei, dando provas de sua esperteza, mandou que Reynevan adentrasse a floresta e se escondesse na mata. E ali aguardavam para se certificar de que os perseguidores não retornassem.

Reynevan deu um suspiro e sentou-se junto de Sharlei.

– É tal o efeito de conhecê-lo – disse o rapaz – que, ainda hoje de manhã, me perseguiam apenas os irmãos Stercza e os sicários por eles contratados. Porém, já pela noite, sou perseguido por von Laasan e pela mesnada de Strzegom. Fico com calafrios só de pensar no que virá em seguida.

– Foi você quem pediu socorro – respondeu o penitente, dando de ombros. – E eu me comprometi a cuidar de você e de sua segurança. Eu havia dito, mas você não quis acreditar, incrédulo Tomé. A prova testemunhal o convenceu? Ou você também precisa tocar nas chagas?

– Se a guarda ou os camaradas dos sujeitos espancados tivessem chegado antes – disse Reynevan, enchendo a boca –, aí, sim, haveria feridas para tocar. E a esta hora eu já teria sido enforcado. E você, meu guardião e protetor, estaria pendendo junto a mim na forca ao lado.

Sharlei não respondeu, apenas deu de ombros outra vez e abriu os braços, como num gesto de impotência. Reynevan soltou um sorriso involuntário. Ainda não confiava no estranho penitente e tampouco entendia de onde vinha a confiança que nele depositava o cônego Otto Beess. Além disso, seguia distante de Adèle, e parecia se afastar dela cada vez mais. Sem contar que Strzegom tinha sido incluída na lista das localidades onde ele não podia dar as caras. Porém, precisava admitir que Sharlei o tinha impressionado. Reynevan já conseguia enxergar Wolfher von Stercza ajoelhado, cuspindo os dentes um por um, e Morold, que em Oleśnica puxava o cabelo de Adèle, sentado e urrando como um bebê faminto.

– Onde você aprendeu a lutar tão bem? No mosteiro?

– No mosteiro – confirmou Sharlei calmamente. – Acredite, rapaz, os mosteiros estão cheios de mestres. Quase todos que lá chegam têm alguma habilidade. Então, basta alguma vontade de aprender.

– Nos penitentes, nos carmelitas, era assim?

– Até melhor, no que diz respeito à aprendizagem, é claro. Tínhamos muito tempo, e nada em que empregá-lo. Principalmente se não lhe agradava o irmão Barnabé, porque, ainda que fosse bonito e rechonchudo como uma mocinha, não era de fato uma mocinha. E isso incomodava alguns de nós.

– Poupe-me dos detalhes, por favor. O que vamos fazer agora?

– Seguindo o exemplo dos filhos de Aymon, montaremos ambos o seu Bayard alazão – respondeu Sharlei, levantando-se para se espreguiçar. – E seguiremos rumo ao sul, em direção a Świdnica. Evitando as estradas principais.

– Por quê?

– Apesar de ter conseguido três saquitéis, continuamos carentes de *argentum et aurum*. Em Świdnica, hei de encontrar um *antidotum* para isso.

– Perguntei por que evitaremos as estradas principais.

– Você chegou a Strzegom pela estrada de Świdnica. Lá, há grandes chances de toparmos com aqueles que o perseguem.

– Eu os despistei. Estou certo de...

– Eles também contam com tal certeza – disse o penitente, interrompendo o jovem. – Pelo relato que você ofereceu, parece que lidamos com profissionais. Não é fácil despistar esse tipo de gente. Andemos, Reynevan. É bom que, antes que a noite caia, estejamos o mais longe possível de Strzegom e do senhor von Laasan.

– Nisso estamos de acordo.

* * *

O anoitecer os alcançou quando estavam em meio à mata, nas cercanias de um povoado. A fumaça se arrastava sobre os telhados de palha dos casebres e alastrava-se pela vizinhança, misturando-se com a névoa que emergia dos prados. A princípio, pensaram em pernoitar num feneiro próximo das casas, enterrados no feno quentinho, mas alguns cães os farejaram e latiram com tanta ferocidade que a dupla acabou desistindo do plano. Agora, praticamente apalpando o caminho no escuro, encontravam uma choça de pastores já bem combalida, às margens da floresta.

* * *

Na floresta, algo constantemente farfalhava, arranhava, sibilava, rosnava e, de quando em quando, via-se resplandecer na escuridão a luz pálida dos olhos dos animais. Eram provavelmente martas ou texugos, mas, para se assegurar, Reynevan lançou à fogueira os restos do acônito que tinha pegado no cemitério de Wąwolnica, acrescentou a uva-de-cão, colhida antes do anoitecer, e murmurou alguns encantamentos. Não estava seguro de que eram os feitiços certos ou se se lembrava deles com apuro.

Sharlei o observava com curiosidade.

– Continue – disse. – Conte-me mais, Reinmar.

Reynevan já havia relatado a Sharlei todas as suas desventuras durante a "confissão" nos carmelitas, quando também apresentou um esboço geral de seus planos e intuitos. Naquela ocasião, o penitente não tinha feito nenhum comentário. Por isso, seu atual interesse nos detalhes causava ainda mais surpresa.

– Não me agradaria que este tão afável princípio de amizade entre nós fosse contaminado por insinceridade ou mal-entendidos – disse Sharlei, atiçando o fogo com um graveto. – Portanto, Reinmar, devo lhe dizer, direta e francamente, que esse seu plano só serve para ser enfiado no cu de um cachorro.

– Como é?

– No cu de um cachorro – repetiu Sharlei, modulando a voz como um pregador. – É essa a única serventia do plano que você acabou de apresentar. Sendo um jovem sensato e instruído, é impossível que você mesmo não tenha notado. Ou que conte com minha participação em algo parecido.

– O cônego Otto Beess e eu o tiramos do enclausuramento – declarou Reynevan, sem erguer a voz, embora fervilhasse de raiva. – E esteja certo de que não foi por amor, mas apenas para que você me ajudasse. Sendo um penitente sensato, é impossível que você não tenha se dado conta disso lá, no mosteiro. E agora você vem me dizer que não vai tomar parte nos meus planos? Pois então eu lhe direi, direta e francamente: volte à prisão dos carmelitas.

– Eu continuo encarcerado nos carmelitas. Ao menos oficialmente. Mas parece que você não entende.

– Eu entendo – de repente, Reynevan se lembrou da conversa com o dispensador carmelita. – Assim como entendo perfeitamente que você precisa de penitência, já que, depois dela, *nullum crimen*, você recupera a graça e os privilégios. Mas entendo também que o cônego Otto o tem nas mãos. Basta que ele anuncie sua fuga dos carmelitas e você será um fora da lei pelo resto da vida. Poderá esquecer seu retorno à ordem e ao mosteiro quentinho. Cá entre nós, qual é a ordem e qual o mosteiro em questão, posso saber?

– Não, não pode. De fato, caro Reinmar, você entendeu tudo perfeitamente. Fui mesmo libertado da casa de penitência de forma um tanto extraoficial, e a penitência continua. E é mesmo verdade que foi graças ao cônego Beess que minha penitência decorre agora em liberdade. E seja ele louvado por isso, pois amo a liberdade. No entanto, por que o venerável cônego tiraria de mim aquilo que ele mesmo me deu? Afinal, estou cumprindo o que ele me obrigou a fazer.

Reynevan abriu a boca, mas Sharlei o interrompeu de pronto, e de forma bastante rude.

– Esse seu conto de amor e crime, embora comovente, digno mesmo de um Chrétien de Troyes, não me sensibiliza. Rapaz, você não vai me convencer de que o cônego Otto Beess o entregou aos meus cuidados para que eu o ajude a resgatar donzelas em apuros, ou que eu seja seu comparsa numa vendeta entre famílias. Conheço o cônego. É um homem sábio. Ele o mandou até mim para que eu o salvasse, e não para que nossas cabeças fossem decepadas. Farei, portanto, o que o cônego espera de mim. Eu o salvarei de seus perseguidores. E o levarei em segurança para a Hungria.

– Não deixarei a Silésia sem Adèle, ou sem ter vingado meu irmão. Não nego que uma ajuda cairia bem, e que contava com ela. Que contava com você. Mas, se isso não é possível, deixe estar. Eu mesmo hei de dar um jeito. E você pode agir de acordo com a sua própria vontade. Vá para a Hungria, para a Rutênia, para a Palestina, para onde quiser. Faça bom proveito da liberdade que você tanto ama.

– Agradeço o conselho – respondeu Sharlei com frieza. – Mas não vou segui-lo.

– Ah, é? E por que não?

– Você claramente não vai se virar sozinho. Vai perder a cabeça. E então o cônego vai pedir a minha.

– Aha! Então, se você se importa com sua cabeça, não tem escolha.

Sharlei ficou um longo tempo sem dizer nada. Reynevan, contudo, já o conhecia um pouco e não esperava que o assunto tivesse se encerrado ali.

– Quanto ao seu irmão, serei resoluto – afirmou, enfim, o outrora prisioneiro dos carmelitas. – Até porque você não tem certeza de quem de fato o matou. Não me interrompa! Vendeta de família é coisa séria. E você, segundo o que me confessou, não dispõe de testemunhas ou provas, apenas de suposições e hipóteses. Pedi para não me interromper! Ouça. É melhor que partamos, que aguardemos, que colhamos informações e provas, que arranjemos recursos, que reunamos forças. Eu vou ajudá-lo. Se você me ouvir, prometo que vai saborear a vingança da forma que ela deve ser saboreada: com frieza.

– Mas...

– Ainda não terminei. Já com relação à sua amada, Adèle, o plano ainda é uma porcaria. No entanto, acredito que uma parada em Ziębice não nos desviará sobremaneira do caminho. E muita coisa há de se esclarecer em Ziębice.

– Você está insinuando alguma coisa? Adèle me ama!

– E quem aqui está negando isso?

* * *

– Sharlei?

– Diga.

– Por que você e o cônego insistem na Hungria?

– Porque é longe.

– E por que não a Boêmia? Também fica longe. Eu conheço Praga, conheço gente lá...

– O quê? Você não vai à igreja? Não ouve os sermões? Praga e toda a Boêmia são agora um caldeirão de alcatrão fervente no qual é muito fácil escaldar os dedos. E em breve a coisa deve ficar ainda mais animada. A ousadia dos hussitas passou dos limites. Nem o papa, nem o luxemburguês, nem o príncipe-eleitor saxão, nem os landegraves de Mísnia ou da Turíngia aturarão essa heresia descarada. O cisma hussita tornou-se sal nos olhos da Europa inteira. E a qualquer momento toda a Europa irá se lançar numa cruzada contra a Boêmia.

– Já houve cruzadas anti-hussitas – observou Reynevan com certa acidez. – A Europa inteira já se lançou contra a Boêmia. E levou uma sova. Não faz tempo eu escutei o relato de uma testemunha ocular.

– Fidedigno?

– Notoriamente.

– E daí? A Europa levou uma surra e aprendeu uma coisa ou outra. Agora vai se preparar melhor. Repito: o mundo católico não vai tolerar os hussitas. É mera questão de tempo.

– Já os toleram há sete anos, pois são obrigados.

– Os albigenses duraram cem anos, e onde estão agora? É só uma questão de tempo, Reinmar. A Boêmia vai se afogar em sangue, como se deu com o Languedoc dos cátaros. E na Boêmia, com os métodos já testados no Languedoc, também serão assassinados todos, igualmente, deixando a Deus que reconheça os inocentes e os justos. Por isso, não vamos para a Boêmia, mas para a Hungria. Lá, o máximo que pode acontecer é sermos ameaçados pelos turcos. E prefiro os turcos aos cruzados. Quando se trata de matança, os turcos não são páreo para os cruzados.

* * *

A floresta estava imersa em silêncio, já não havia ali mais nada farfalhando ou sibilando. As criaturas deviam ter se amedrontado com os feitiços ou – o que era mais provável – simplesmente se entediaram. Por segurança, Reynevan lançou à fogueira o restante das ervas.

– Será que amanhã chegaremos a Świdnica? – perguntou o rapaz.

– Com certeza – respondeu o penitente.

* * *

Descobriram que andar pelos ermos tinha suas desvantagens. Quando deixavam a mata para tomar uma estrada, era muito difícil saber aonde ela levaria e onde tinha se originado.

Sharlei ficou imóvel, debruçado sobre alguns rastros deixados na areia. Examinava-os e praguejava em voz baixa. Reynevan deixou o cavalo ir na direção da grama que crescia à beira da estrada enquanto ele próprio olhava para o Sol.

– O leste – arriscou – fica para lá. Por isso, devemos ir por aqui.

– Deixe de bancar o esperto – replicou Sharlei. – Estou examinando os rastros para determinar o sentido do trânsito principal. E declaro que devemos ir... por aqui.

Reynevan suspirou de tranquilidade, pois Sharlei apontava na mesma direção que ele. Puxou o cavalo e foi seguindo o penitente, que andava com entusiasmo no rumo escolhido. Depois de algum tempo, chegaram a uma encruzilhada. Quatro estradas que pareciam idênticas levavam aos quatro cantos do mundo. Sharlei, resmungando de raiva, outra vez se debruçou sobre os rastros das ferraduras. Reynevan deu mais um suspiro, agora de desconsolo, e pôs-se a procurar algumas ervas, pois parecia que não conseguiriam se virar sem um amuleto.

Os arbustos farfalharam, o cavalo empinou e Reynevan deu um pulo.

De trás da moita emergiu um andarilho erguendo as calças. Era um representante clássico do folclore local. Um andarilho, um das centenas de errantes que vagavam pelas estradas de terra batida, mendigando nos portões das cidades e nas portas das igrejas, pedindo esmolas ao pé dos conventos de monjas e alimentos nas tabernas e nas casas dos camponeses.

– Que seja louvado Jesus Cristo!

– Para todo o sempre, amém.

O andarilho tinha o aspecto típico de sua classe. A roupa de camponês estava coberta de remendos em cores variadas, enquanto as alpargatas de floema e o cajado torto eram testemunhas dos muitos caminhos percorridos. Sob o gorro esfarrapado, feito majoritariamente de pele de lebres e de gatos, despontavam o nariz vermelho e a barba emaranhada. Carregava a tiracolo uma bolsa que chegava a tocar o chão e, no pescoço, uma pequena panela de estanho amarrada com corda.

– Que os ajudem São Venceslau, São Vicente, Santa Petronilla e Santa Edwiges, padroeira...

– Para onde levam estas estradas? – interveio Sharlei, interrompendo a ladainha. – Vovô, para que lado fica Świdnica?

– Heim? – disse o andarilho, abrindo a mão ao redor do ouvido. – O que você disse?

– PARA ONDE LEVAM ESTAS ESTRADAS?

– Ahh, sim... as estradas... sim, sim. Por aquela se chega a Olszany... E, por aquela ali, a Świebodzice... Já aquela outra... Diabos! Esqueci aonde...

– Não tem importância – declarou Sharlei, abanando a mão num gesto de indiferença. – Já sei. Se por ali se chega a Świebodzice, então Stanowice fica no sentido contrário, junto da estrada para Strzegom. Portanto, este caminho leva a Świdnica, através de Jaworowa Góra. Passe bem, vovô.

– Que São Venceslau os acompanhe...

– E se por acaso – desta vez foi Reynevan quem o interrompeu – alguém perguntar por nós... diga que não nos viu. Entendeu?

– E por que não haveria de entender? Que os acompanhe Santa...

– E, para que não se esqueça do nosso pedido, vovô – interveio Sharlei, mergulhando a mão no saquitel –, eis aqui uma moedinha.

– Minha nossa! Muito grato! Que os acompanhe...

– E a você também.

Assim que se afastaram um pouco, Sharlei se virou e disse:

– Olhe só, Reinmar, quão alegre ele está, a felicidade com que apalpa e cheira a moeda, deleitando-se com a espessura e o peso dela. Realmente, uma visão assim é um verdadeiro prêmio para um doador.

Reynevan não respondeu. Estava ocupado observando bandos de pássaros que repentinamente alçaram voo sobre a floresta.

– De fato – continuava Sharlei, com uma expressão séria, caminhando ao lado do cavalo –, não se pode passar indiferente e insensível para com a miséria humana. Jamais se deve virar as costas para um homem pobre. Principalmente porque um homem pobre pode a qualquer momento nos acertar na cabeça com um cajado. Você está me escutando, Reinmar?

– Não. Estou observando aqueles pássaros.

– Que pássaros? Cacete! Para dentro da floresta! Vamos, para dentro da floresta!

Sharlei deu um forte tapa na traseira do cavalo. No entanto, o próprio Sharlei se lançou numa carreira tão desenfreada que o cavalo, galopando espantado, só conseguiu alcançá-lo depois da linha das árvores. Na floresta, Reynevan saltou da sela, puxou o corcel mata adentro e foi se juntar ao penitente, que, de trás dos arbustos, observava a estrada de terra batida. Por um momento, nada aconteceu. Os pássaros pararam de grasnar, e o silêncio e a calma que pairaram ali eram tamanhos que Reynevan estava prestes a debochar de Sharlei por sua reação exagerada. Mas não teve tempo.

Quatro cavaleiros chegaram a galope na encruzilhada e cercaram o andarilho, que se viu encurralado entre as batidas dos cascos e os roncos dos cavalos.

– Não são aqueles de Strzegom – sussurrou Sharlei. – Então, devem ser... Reinmar?

– Sim – confirmou Reynevan com a voz abafada. – São eles.

Kyrieleison inclinou-se na sela e, com um berro, perguntou algo ao andarilho, enquanto Stork de Gorgowitz impelia o cavalo a empurrar o velho. Este meneava a cabeça e juntava as mãos, certamente desejando-lhes que os acompanhasse Santa Petronilla.

– Kunz Aulock – disse Sharlei, reconhecendo o sujeito e surpreendendo Reynevan –, mais conhecido como Kyrieleison. Um facínora de merda, ainda que seja um cavaleiro proveniente de uma renomada família. Stork de Gorgowitz e Sybek de Kobelau, canalhas como poucos. E aquele de gorro de marta é Walter de Barby. O bispo o excomungou pelo assalto na fazenda em Ocice, propriedade das dominicanas de Racibórz. Caramba, Reinmar, você não tinha mencionado que era perseguido por tão célebres indivíduos.

O andarilho caiu de joelhos. Com as mãos unidas, implorava, gritava e batia no próprio peito. Kyrieleison ergueu-se na sela e, com um azorrague, acertou as costas do velho. Stork e os demais também lançaram mão dos açoites, mas se aglomeraram sobre a vítima, atrapalhando uns aos outros, enquanto os cavalos, assustados, começaram a sapatear de um lado para o outro e a se debater. Então, Stork e o excomungado de Barby saltaram das selas e começaram a esmurrar o andarilho, que gritava, e, quando este caiu, passaram a chutá-lo. O velho berrava e gemia tanto que chegava a dar pena.

Reynevan praguejou e socou o chão. Sharlei olhou de soslaio para ele.

– Não, Reinmar – disse com frieza. – Nada disso. Esses aí não são os almofadinhas franceses de Strzegom. São quatro carniceiros, facínoras astutos armados até os dentes. Nem mesmo eu daria conta de Kunz Aulock num embate direto. Então, abandone os pensamentos insensatos e as vãs esperanças. Vamos ficar aqui, quietos como um par de ratos, sem dar um pio.

– Assistindo a um homem inocente ser assassinado.

– Isso mesmo – respondeu o penitente após um momento, sem baixar os olhos. – Pois, se for preciso escolher, prezo mais a minha própria vida. E, além de dever minha alma a Deus, devo dinheiro a muitas pessoas. Seria imprudente e nem um pouco ético privá-las da chance de reaver o saldo devido. Além do mais, estamos gastando saliva à toa. Já acabou. Ficaram entediados.

Era verdade. Barby e Stork deram no andarilho mais um par de chutes de despedida, cuspiram nele, montaram os cavalos e um instante depois estavam os quatro galopando e berrando, levantando poeira na direção de Jaworowa Góra e Świdnica.

– Ele não nos delatou – disse Reynevan, soltando um suspiro. – Eles o espancaram até não poder mais, e ele não nos entregou. Apesar do seu deboche, fomos salvos pela esmola dada ao pobre homem. Misericórdia e generosidade...

– Tivesse Kyrieleison, em vez de empunhar o azorrague, lhe dado uma moeda, o velho teria nos denunciado na mesma hora – comentou Sharlei secamente. – Vamos. Infelizmente, outra vez pelos ermos selvagens. Se bem me recordo, alguém aqui há pouco se vangloriava de ter despistado os perseguidores e apagado os rastros atrás de si.

– Não deveríamos – disse Reynevan, ignorando o sarcasmo do parceiro e olhando para o andarilho, que, de quatro, procurava pelo gorro no barranco. – Não deveríamos lhe agradecer? Dar-lhe mais uma esmola? Afinal, você, Sharlei, dispõe de alguns trocados tomados dos almofadinhas. Seja mais misericordioso.

– Não posso – respondeu o penitente, enquanto seus olhos cor de garrafa resplandeciam a deboche. – Exatamente por misericórdia. Dei ao andarilho uma moeda falsa. Quando ele tentar gastá-la, vai levar uma surra. Porém, se for pego com mais algumas, será enforcado. Portanto, eu misericordiosamente vou poupá-lo de tal destino. Vamos para a floresta, Reinmar. Para a floresta. Não percamos tempo.

* * *

Após uma breve chuva cálida, a floresta úmida foi sendo engolida pela neblina. Os pássaros não cantavam. Tudo estava em silêncio, como numa igreja.

– Seu silêncio sepulcral parece indicar algo – disse afinal Sharlei, que seguia caminhando junto ao cavalo. – Talvez desaprovação. Permita-me adivinhar... trata-se daquele andarilho?

– Exatamente. Você não agiu bem. Não foi ético, para dizer o mínimo.

– Hum... Um sujeito que tem o hábito de foder mulheres alheias quer me ensinar moralidade.

– Faça o favor de não comparar coisas incomparáveis.

– Só você acha que são incomparáveis. Além do mais, meu caro infame, o ato desprovido de ética foi motivado por minha preocupação com sua pessoa.

– Está aí uma coisa difícil de entender.

– Explicarei quando surgir uma oportunidade – disse Sharlei, detendo-se. – Por enquanto, sugiro que nos concentremos em coisas mais importantes. Por exemplo, não tenho a menor ideia de onde estamos. Essa neblina de merda me confundiu.

Reynevan olhou ao redor e então para o céu. De fato, o pálido disco solar que se espreitava através da neblina, ainda há pouco visível, indicando o caminho, tinha agora desaparecido por completo. A espessa névoa pairava tão baixo que não era possível enxergar nem mesmo o topo das árvores mais altas. Rente ao chão, a neblina era tão densa que as samambaias e os arbustos pareciam crescer em meio a um oceano leitoso.

– Em vez de se preocupar com o destino de pobres andarilhos e passar em exame dilemas morais – voltou a falar o penitente –, você poderia usar seus talentos para achar o caminho certo.

– Como é?

– Não venha bancar o inocente. Você sabe muito bem do que estou falando.

Reynevan também acreditava que a situação demandava talismãs, no entanto, não desmontava do cavalo. Enrolava de propósito. Estava zangado com o penitente e queria que ele percebesse. O cavalo resfolegava, relinchava, sacudia a cabeça, batia o casco da pata dianteira, produzindo um som que se propagava surdamente pela floresta imersa em neblina.

– Estou sentindo cheiro de fumaça – afirmou Sharlei de repente. – Alguém está fazendo uma fogueira próximo daqui. Lenhadores ou carvoeiros. Vamos perguntar a eles em que direção fica a estrada. Poupe para outra ocasião os seus talismãs. E também o seu humor.

O penitente apertou o passo. Reynevan mal conseguia acompanhá-lo. O cavalo continuava irritadiço, oferecendo resistência, relinchando inquieto, esmagando com os cascos os chapéus-de-cobra. O solo, coberto por um espesso tapete de folhas putrefatas, de repente ficava cada vez mais rebaixado e, antes que pudessem perceber, encontravam-se num vale profundo, em cujas paredes cresciam árvores tortas e vergadas, revestidas de líquen e musgo. As raízes deixadas à mostra pela terra caída pareciam tentáculos sinistros. Reynevan, sentindo calafrios, encolheu-se na sela. O cavalo resfolegava.

O rapaz podia ouvir, vindas da neblina à sua frente, as blasfêmias proferidas por Sharlei. Este tinha se detido no local onde o barranco se dividia em duas direções.

– Por aqui – disse por fim o penitente, convencido, antes de se pôr a caminhar.

O barranco continuava a se ramificar; era um verdadeiro labirinto de ravinas, e o cheiro de fumaça, julgava Reynevan, vinha de todas as direções ao mesmo tempo. Ainda assim, Sharlei caminhava reto e direto, com o passo mais apressado, e até se pôs a assobiar. Mas nem bem começou a melodia, silenciou.

Reynevan entendeu por quê: ossos começaram a estalar debaixo dos cascos do cavalo.

O animal relinchou ferozmente, Reynevan saltou da sela e agarrou os freios com ambas as mãos, e no momento certo. O alazão, que roncava em pânico, lançou um olhar assustado e recuou, esmagando, com os cascos, crânios, bacias e tíbias. O pé de Reynevan ficou preso entre costelas quebradas de um tórax humano, mas ele conseguiu se soltar agitando a perna desesperadamente. Tremia por completo, de asco. E de medo.

– A Morte Negra – disse Sharlei, parado junto dele. – A peste do ano 1380. Vilarejos inteiros foram varridos do mapa. As pessoas fugiam para as florestas, porém a praga as alcançava ali também. Os mortos eram sepultados em barrancos, como este. Depois os animais desenterravam os cadáveres e espalhavam os ossos...

– Vamos voltar... – disse Reynevan, pigarreando. – Vamos dar meia-volta agora mesmo. Não estou gostando deste lugar. Não estou gostando desta neblina. Nem do cheiro dessa fumaça.

– Você é frouxo como uma donzela – debochou Sharlei. – Os cadáveres...

Não concluiu. Ressoaram um zumbido, um assobio e uma gargalhada, tão sinistra que ambos se agacharam. Uma caveira sobrevoou o barranco, arrastando atrás de si uma cauda de fumaça e fagulhas. Antes que pudessem se recuperar, mais uma caveira passou voando, silvando de forma ainda mais amedrontadora.

– Vamos voltar – disse Sharlei em voz baixa. – Agora mesmo. Não estou gostando deste lugar.

Reynevan estava absolutamente seguro de que seguiam os próprios rastos, retornando pelo mesmo caminho que os tinha levado até ali. Porém, no instante seguinte, bem diante dos seus olhos, erigiu-se uma encosta íngreme. Sharlei deu meia-volta sem dizer nada e virou num segundo barranco. Depois de dar alguns passos, mais uma vez foram detidos por uma parede vertical, eriçada com um emaranhado de raízes.

– Diabos! – bufou Sharlei, recuando. – Não entendo...

– Temo que – disse Reynevan com um gemido – eu sim...

– Não há saída – rosnou o penitente ao chegarem a mais um beco verde. – Temos de retornar e atravessar o cemitério. Rápido, Reinmar. Ânimo.

– Espere – disse Reynevan, curvando-se e olhando ao redor, à procura de ervas. – Há um outro jeito...

– Agora?! – esbravejou Sharlei, interrompendo o rapaz. – *Agora* você quer usar suas habilidades? Agora não há mais tempo!

Outro cometa cadavérico passou voando e silvando sobre a floresta, e Reynevan de pronto deu razão ao penitente. Foram caminhando através do ossuário. O cavalo relinchava, sacudia a cabeça, recuava. Reynevan puxava as rédeas com toda a sua força para fazê-lo se mover. O cheiro de fumaça se tornava mais forte. Parecia conter um aroma de ervas. E algo mais, algo indistinguível, mas nauseante. Aterrorizante.

E então avistaram a fogueira.

As chamas que produziam a fumaça ardiam próximo a um fosso, aos pés de uma enorme árvore caída. Acima do fogo, um caldeirão enegrecido liberava nuvens de vapor. Ao lado havia uma pilha de caveiras. E, sobre ela, repousava languidamente um gato preto, numa pose tipicamente felina.

Reynevan e Sharlei ficaram paralisados. Até o cavalo parou de relinchar.

Havia três mulheres sentadas ao redor do fogo.

A fumaça e o vapor lançados pelo caldeirão encobriam duas delas. A terceira, sentada à direita, parecia bastante idosa. Embora seu cabelo escuro estivesse carregado de fios brancos, o rosto – marcado pelo sol e pela chuva – podia causar impressões contraditórias: era possível acreditar que a mulher tinha quarenta ou oitenta anos. Estava sentada numa posição desleixada, vacilando e meneando a cabeça de forma pouco natural.

– Saudações! – grasnou ela, soltando em seguida um longo e sonoro arroto. – Saudações, barão de Glamis!

– Pare de falar asneiras, Jagna – disse a segunda mulher, sentada entre as duas outras. – Você está bêbada de novo, porra!

Uma rajada de vento dispersou um pouco da fumaça e do vapor, permitindo aos forasteiros que enxergassem melhor.

A mulher sentada no meio era alta e robusta. Sob o chapéu preto, seus cabelos ondulados e ruivos como o fogo caíam sobre os ombros. Tinha as maçãs do rosto salientes e coradas, lábios bem definidos e olhos muito claros. Um xale de lã verde-escuro envolvia seu pescoço. As meias eram do mesmo material. A mulher permanecia sentada com as pernas escarranchadas livremente, e a saia levantada, com igual desembaraço, permitindo que se admirassem não só suas meias e canelas, mas também muitos outros atributos que normalmente ficam recobertos.

A última era a mais jovem delas, apenas uma mocinha. Tinha olhos reluzentes e com olheiras escuras, e um rosto magro, raposino, de tez pálida. Os cabelos claros estavam adornados com uma coroa de verbena e trevos.

– Ora, ora, vejam só – disse a ruiva, coçando a coxa acima da meia verde. – Não havia o que pôr na panela, então a própria comida veio até nós.

Aquela de rosto moreno, chamada de Jagna, soltou um arroto, e o gato preto miou. Os olhos fulgurantes da mocinha com a coroa brilharam, resplandecendo com um fogo agourento.

– Pedimos perdão por incomodá-las – disse Sharlei, curvando-se. Estava pálido, mas conseguia manter a compostura. – Pedimos perdão às caríssimas e honoráveis senhoras. Podem ignorar a nossa presença. Não queremos incomodá-las. Estamos aqui por acaso. Completamente sem querer. E já vamos embora. Vamos chispar. Se as nobres senhoras permitirem...

A de cabelos ruivos pegou uma das caveiras empilhadas, ergueu-a para o alto e entoou um encantamento. Reynevan teve a impressão de reconhecer palavras em caldeu e aramaico. A caveira bateu os maxilares, lançou-se para o alto e voou silvando sobre as copas dos pinheiros.

– Comida – repetiu a ruiva, numa voz destituída de qualquer emoção. – Aliás, comida que fala. Poderemos bater um papo antes de comer.

Sharlei praguejou baixinho. A mulher lambeu os lábios enfaticamente e cravou os olhos neles. Não havia tempo para enrolação. Reynevan respirou fundo.

Tocou na têmpora com a mão, então dobrou a perna direita na altura do joelho e a levantou, cruzando-a atrás com a perna esquerda e segurando a ponta do sapato com a mão esquerda. Embora tivesse feito isso apenas duas vezes antes, tudo correu impressionantemente bem. Era o suficiente para se concentrar e murmurar o encantamento.

Sharlei tornou a praguejar. Jagna arrotou. Os olhos da mulher de cabelos ruivos se arregalaram.

E Reynevan, na mesma posição, devagarzinho começou a se elevar acima do solo, a uma altura relativamente baixa, de três ou quatro palmos. E por um tempo bastante breve. Mas foi o bastante.

A mulher de cabelos ruivos levantou o garrafão de barro e deu uma boa golada, e depois outra. Não ofereceu a bebida à moça, e a pôs fora do alcance dos dedos compridos de Jagna, que havia estendido a mão ansiosamente. A ruiva não desviava o olhar de Reynevan, e as pupilas de seus olhos claros pareciam dois pontinhos escuros.

– Ora, ora – disse ela. – Quem diria? Magos, magos de verdade, o primeiro grêmio, Toledo. Aqui, na morada de uma reles bruxa! Que honra. Venham, cheguem mais perto. Não tenham medo! É claro que vocês não levaram a sério aquela brincadeira sobre comida e canibalismo, certo?

– Não, de jeito nenhum – assegurou Sharlei com tamanha veemência, deixando óbvio que estava mentindo. A ruiva bufou.

– O que, então, procuram os senhores mágicos em meu humilde recanto? – perguntou ela. – O que desejam? Talvez...

Deteve-se e começou a rir.

– Ou talvez tenham apenas se perdido? Errado o caminho, caros feiticeiros? Descuidando da magia por conta do orgulho masculino? E agora esse mesmo orgulho não permite que o admitam, especialmente diante de mulheres?

Sharlei recuperou a autoconfiança.

– Sua perspicácia – disse ele, curvando-se de forma cortesã – é tão grande quanto sua beleza.

– Vejam só, irmãzinhas – disse a ruiva, com os dentes reluzindo –, que camarada cortês temos aqui, que nos brinda com um elogio tão amável. Sabe alegrar uma mulher. Poderia até ser um trovador. Ou bispo. É mesmo uma pena que sejam tão raros... É verdade que as donzelas e as moças com frequência se arriscam pelas trilhas em meio à mata, pois minha fama é bastante disseminada. Poucos sabem extrair um feto de forma tão hábil, segura e indolor quanto eu. Mas os homens... Por que será que aparecem bem menos por aqui? É de fato uma pena... Uma pena...

Jagna soltou uma gargalhada gutural, e a mais jovem fungou o nariz. Sharlei ficou corado, provavelmente mais por excitação que por vergonha. Reynevan, por sua vez, também tinha recuperado a autoconfiança. Conseguiu distinguir várias fragrâncias no vapor que emanava do caldeirão fervente e pôde dar uma boa olhada nos maços de ervas secas e frescas.

– A beleza e a perspicácia das senhoras – disse o rapaz ajustando a postura, um pouco presunçosamente, mas ciente de que causava boa impressão – só perdem para sua modéstia. Estou certo de que muitos visitantes vêm até aqui, e não só para usufruir de seus serviços médicos. Vejo aqui sarça-ardente. E o que seria aquilo, senão a "erva-do--diabo", isto é, trombeta ou datura? E, acolá, ambrósia marítima, a erva do oráculo. E o que temos aqui? Meimendro, *herba Apollinaris*, e erva-besteira, *helleborus*, que produzem, ambos, visões proféticas. E, se não me engano, ainda é possível fazer dinheiro com augúrios e profecias, não?

Jagna arrotou. A moça fitava-o, penetrando-o com o olhar. A ruiva sorria misteriosamente.

– Não, não se engana, camarada, conhecedor de ervas – disse ela afinal. – Há uma grande demanda pelos augúrios e pelas profecias. Vem aí um tempo de mudanças e transformações, e não falta quem queira saber o que esses tempos lhe trarão. E vocês também querem isso. Querem saber o que o destino lhes reserva. Ou estou enganada?

* * *

A bruxa de cabelos ruivos jogava ervas para dentro do caldeirão e então mexia o conteúdo. Mas quem faria a profecia era a jovem de rosto raposino e olhos febris. Alguns instantes após beber a decocção, seus olhos ficaram embaçados, a pele seca nas bochechas ficou rija, e o lábio inferior revelou os dentes.

– *Columna veli aurei* – disse, de repente, com pouca clareza. – A coluna com o véu dourado. Nascida em Genazzano, encerrará a vida em Roma. Daqui a seis anos. A vaga será ocupada por uma loba. No domingo *Oculi*. Daqui a seis anos.

O silêncio, interrompido apenas pelo crepitar do fogo e o ronronar do gato, durou tanto tempo que Reynevan começava a duvidar de que haveria mais por vir. Estava enganado.

– Nem dois dias se passarão – continuou a moça, estendendo a mão trêmula na direção dele. – Nem dois dias se passarão, e ele ganhará fama como poeta. Seu nome tornar-se-á notório.

Sharlei estremeceu levemente ao conter o riso, mas logo se acalmou diante da advertência que a bruxa ruiva lhe deu apenas com um olhar severo.

– Virá o Errante – anunciou a profetisa em meio a uma sequência de exalações profundas. – Virá Viator, o Errante, desde o lado banhado pelo sol. Dar-se-á uma permuta. Alguém nos deixará, e o Errante virá até nós. Diz o Errante: *ego sum qui sum*. Não pergunte ao Errante o nome dele, está envolto em mistério. Quem adivinhará o que é? Daquele que devora surgiu a carne, e do forte surgiu a doçura.

"Um leão morto, as abelhas e o mel", pensou Reynevan, "o enigma que Sansão propôs aos filisteus. Sansão e o mel... O que isso significa? O que isso simboliza? Quem é esse Errante?"

– Seu irmão o chama – disse a médium em voz baixa, deixando o rapaz arrepiado. – Seu irmão o chama: vá e venha. Vá, salte as montanhas. Sem demora.

Reynevan escutava atentamente.

– Diz Isaías: reunidos, presos numa masmorra, encarcerados numa prisão. Um amuleto... E uma ratazana... Um amuleto e uma ratazana... Yin e Yang, Keter e Malkut. O Sol, a serpente e o peixe. O portão do Inferno destravar-se-á, abrir-se-á, e então a torre desabará, tombará *turris fulgurata*, a torre acertada pelo raio. Narrenturm transformar-se-á em pó, enterrando o tolo sob os escombros.

"Narrenturm", repetiu Reynevan em seu pensamento. "A Torre dos Tolos! Meu Deus!"

– *Adsumus! Adsumus! Adsumus!* – gritou de súbito a moça, enrijecendo-se poderosamente. – Estamos aqui! A flecha que voa durante o dia, *sagitta volante in die*, cuidado com ela, proteja-se dela! Proteja-se do medo noturno, da pessoa que caminha na escuridão, do demônio que destrói ao meio-dia! E que chama: *Adsumus!* Proteja-se da trepadeira-dos-muros! Tenha medo dos pássaros noturnos, dos morcegos silenciosos!

Aproveitando a desatenção da ruiva, Jagna foi sorrateiramente até o garrafão e tomou uma série de profundas goladas. Tossiu e soluçou.

– Protejam-se também – grasnou Jagna – da floresta de Birnam...

A ruiva a silenciou com uma cotovelada.

— E pessoas serão queimadas — declarou a profetisa, suspirando lancinantemente. — Serão consumidas pelas chamas. E por engano. Por terem sobrenomes parecidos.

Reynevan se inclinou na direção dela.

— Quem matou... — sussurrou ele. — Quem é o culpado pela morte do meu irmão?

A ruiva chiou de raiva e o ameaçou com uma colher. Reynevan estava ciente de que fazia algo proibido, que se arriscava a criar uma ruptura irreversível no transe profético. Mas repetiu a pergunta. E recebeu a resposta imediatamente.

— A culpa é do mentiroso contumaz — disse a moça, num tom de voz mais grave e rouco. — O mentiroso ou aquele que diz a verdade. Diz a verdade. Mente ou diz a verdade. Depende das convicções de cada um a esse respeito. Chamuscado, tostado, queimado. Não queimado, posto que morto. Morto enterrado. Então desenterrado. Antes que se passem três anos. Expulso do túmulo. *Buried at Lutterworth, remains taken up and cast out...* Escorrem, escorrem pelo rio as cinzas dos ossos queimados... Avon para Severn, Severn para os mares, dos mares para os oceanos... Fujam, fujam, salvem suas vidas. Sobraram tão poucos de nós.

— Um cavalo — disse de repente Sharlei, interrompendo-a rudemente. — Para fugir, preciso de um cavalo. Queria...

Reynevan silenciou-o com um gesto. A moça olhava cegamente. O rapaz duvidava de que ela responderia. Estava enganado.

— Castanho... — balbuciou ela. — Será um cavalo castanho.

— E eu queria ainda... — Reynevan tentou perguntar, mas deteve-se ao ver que a moça já tinha terminado.

Os olhos dela se fecharam, a cabeça se reclinou para a frente, como que sem forças. A ruiva a segurou e deitou-a com delicadeza.

— Não vou impedi-los — disse ela após um instante. — Sigam ao longo do barranco e virem somente à esquerda, sempre à esquerda.

Haverá um bosque de faias; depois, uma clareira; e nela uma cruz de pedra. Em frente à cruz vocês verão uma senda que os levará até a estrada de Świdnica.

– Obrigado, irmã.

– Cuidem-se. Restam poucos de nós.

CAPÍTULO XI

No qual as intricadas profecias começam a se cumprir de forma igualmente intricada, e Sharlei topa com uma conhecida. E demonstra novos talentos não demonstrados até então.

Atrás do bosque de faias, no cruzamento da estrada com a senda, em meio à grama alta, havia uma cruz penitencial de pedra, uma das várias recordações dos crimes cometidos na Silésia, e de seu remorso tardio. A julgar pelas marcas de erosão e de vandalismo, o crime devia ter sido cometido há bastante tempo, talvez antes mesmo que se tivesse estabelecido aquele povoado cujas ruínas, próximas dali, podiam ser avistadas na forma de outeiros e fossas recobertos de mato.

– Uma penitência bastante tardia – comentou Sharlei, às costas de Reynevan. – Transmitida de fato ao longo de gerações. Diria até hereditária. Esculpir uma cruz assim demora muito tempo, portanto, quem a ergue é, em geral, o filho, que então fica se perguntando quem seria o homem cuja vida seu pai falecido tirara e qual seria o motivo de seu remorso numa idade tão avançada. Não é, Reinmar? O que você acha?

– Não acho nada.

– Você continua zangado comigo?

– Não.

– Uhum. Sigamos, então. Nossas novas amigas não mentiam. A senda do outro lado da cruz, embora deva remontar aos tempos de Boleslau Chrobry, certamente nos levará à estrada de Świdnica.

Reynevan fustigou o cavalo. Continuava calado, mas Sharlei não se incomodava com isso.

– Admito que você me impressionou, Reinmar de Bielau. Lá, com as bruxas. Sejamos sinceros: qualquer curandeiro ou benzedeira sabe jogar um punhado de mato num caldeirão, balbuciar encantamentos ou fazer um talismã. Mas aquele negócio de levitar, rapaz! Não é pouca coisa, não. Diga a verdade, onde você se educou lá em Praga? Na Universidade Carolina ou com os feiticeiros boêmios?

– Uma coisa – disse Reynevan, sorrindo com as lembranças – não exclui a outra.

– Entendo. E todos lá levitavam durante as aulas?

Sem esperar pela resposta, o penitente se ajeitou na garupa do cavalo.

– No entanto – prosseguia –, o que me impressiona é que você se esconde de seus perseguidores em meio à mata, mais como uma lebre do que como um mago. Os magos, se em algum momento precisam fugir, o fazem com mais elegância. Medeia, por exemplo, fugiu de Corinto numa carruagem puxada por dragões. Atlante partiu montado num hipogrifo. Morgana criava miragens para confundir seus perseguidores. Viviane... Bem, não lembro o que fez Viviane.

Reynevan não comentou. E também não se lembrava.

– Não precisa responder – prosseguia Sharlei, com um tom de deboche ainda mais evidente. – Eu entendo. Você tem pouco conhecimento e pouca experiência. Não é senão um noviço das ciências ocultas, um aprendiz de feiticeiro. Um filhote de passarinho que nem bem rompeu a casca do ovo da magia, mas que, um dia, há de se transformar numa águia, num Merlin, num Alberich ou num Maugis. E então, que se salvem...

Sharlei interrompeu bruscamente o discurso ao ver na estrada aquilo que Reinmar também observava.

– Nossas amigas bruxas de fato não mentiam – sussurrou. – Não se mova.

Com a cabeça inclinada para baixo, mordiscando um bocado de grama, estava diante deles, na senda, um belo cavalo. Era um corcel esbelto, um palafrém gracioso, de quartelas finas. Tinha o pelo castanho, com a crina e a cauda mais escuras.

– Não se mova – repetiu Sharlei ao descer cuidadosamente do cavalo de Reinmar. – Esse tipo de oportunidade não ocorre duas vezes.

– Esse cavalo – disse Reynevan, com ênfase – tem um dono. Pertence a alguém.

– Claro. A mim. Se você não o espantar. Então, fique quieto.

Ao ver o penitente se aproximando sorrateiramente, o cavalo ergueu a cabeça para o alto, sacudiu a crina, resfolegou sem pressa, mas não se espantou e permitiu a Sharlei que pegasse o cabresto. O penitente então acariciou as narinas do bicho.

– É propriedade alheia – repetiu Reynevan. – Alheia, Sharlei. Você terá de devolvê-lo ao dono.

– Minha gente, meu bom povo – entoou Sharlei baixinho. – Alguém sabe de quem é este cavalo? Onde está o proprietário? Está vendo, Reinmar? Ninguém se pronunciou. Então, *res nullius cedit occupanti*.[8]

– Sharlei...

– Está bem, está bem, acalme-se. Não aflija sua delicada consciência. Devolveremos o cavalo ao legítimo proprietário. Caso o encontremos. Mas rogo aos deuses que nos poupem disso.

As súplicas claramente não chegaram aos destinatários, ou então foram ignoradas, porque, do nada, a senda se encheu de transeuntes ofegantes que apontavam para o cavalo...

– Este cavalo castanho é de vocês? – perguntou Sharlei, sorrindo gentilmente. – Estão à procura dele? Então estão com sorte. Ele corria para o norte a todo galope. Mal consegui pará-lo.

Um dos recém-chegados, um enorme homem barbudo, examinava-o com desconfiança. A julgar pela roupa desleixada e pela aparência repugnante, devia ser, tal como os demais, um camponês. E tal como os demais, estava munido de um espesso pedaço de pau.

– Conseguiu pará-lo, é? – disse, tomando de Sharlei a corda do cabresto. – Então parabéns! Agora, vá com Deus.

Os outros se aproximaram, apertando o cerco ao redor deles e impregnando o ar com um sufocante odor de lavoura. Não eram camponeses livres, mas os pobres do campo: aqueles que cultivavam pequenos roçados, arrendatários e pastores de ovelhas. Sharlei de pronto entendeu que não havia nenhum propósito em discutir com aquela gente a respeito de qualquer tipo de recompensa. Atravessou a turba, afastando-a silenciosamente. Reynevan seguiu atrás dele.

– Eita! – gritou do nada um pastor de ovelhas atarracado, que exalava um cheiro insuportável, enquanto agarrava a manga do penitente. – Eita, compadre Gamrat! Vai deixá-los ir assim? Sem perguntar quem são? Será que não são aqueles fora da lei? Aqueles dois que os cavaleiros de Strzegom procuram? Pelos quais prometeram recompensa? Não são eles, não?

Os camponeses murmuravam comentários entre si. O compadre Gamrat, soturno como a manhã do Dia de Todos os Santos, aproximou-se, apoiando-se numa vara de freixo.

– Talvez sejam – resmungou num tom agourento. – Ou não...

– Não somos eles, não – assegurou Sharlei, sorridente. – Não sabem, não? Aqueles já foram pegos. E a recompensa já foi paga.

– Acho que o senhor tá mentindo.

– Solte a minha manga, camarada.

– E se eu não soltar, o que vai fazer?

O penitente fitou fixamente os olhos do pastor por um instante. Então deu um empurrão que lhe tirou o equilíbrio e girou num chute que lhe acertou a perna, logo abaixo do joelho. O pastor caiu de joelhos e Sharlei quebrou o nariz dele com um breve soco para baixo. O camponês cobriu o rosto com as mãos enquanto o sangue jorrava em abundância sob seus dedos, adornando a frente da sua vestimenta com uma mancha de um rubro intenso.

Antes que os camponeses pudessem se recuperar da surpresa, Sharlei arrancou a vara das mãos do compadre Gamrat e o acertou na têmpora. O compadre virou os olhos e caiu nos braços de um camponês posicionado logo atrás de si. Mas este tampouco foi poupado dos golpes do penitente, que, girando como um pião, distribuía cajadadas para todos os lados.

– Fuja, Reinmar! – gritou. – Corra!

Reynevan esporeou o cavalo e empurrou a turba para os lados, mas não conseguiu fugir. Os camponeses saltaram sobre ele feito cães, de ambos os lados, e agarraram o arreio. O rapaz disparava murros e pontapés como um louco, mas ainda assim conseguiram tirá-lo da sela. Ele lutava com toda a força, dando coices tal qual uma mula, mas uma tempestade de golpes desaguava sobre ele, que ainda podia escutar o grito enraivecido de Sharlei e o estalo seco dos crânios atingidos pelas pancadas da vara de freixo.

Reynevan foi derrubado, amassado, esmagado. A situação era devastadora. Aquilo contra o que tentava lutar já não era um bando de camponeses, mas um terrível monstro de várias cabeças, uma hidra de cem pernas e duzentos punhos, escorregadia por causa da sujeira, e fedendo a fezes, urina e leite azedo.

Em meio à gritaria da multidão e ao zumbido provocado pelo sangue nos ouvidos, conseguiu ouvir, de repente, gritos de guerra, batidas de cascos e cavalos relinchando. A terra estremecia sob as ferraduras. Os azorragues silvaram, clamores de dor ressoaram, e o monstro de múltiplas mãos que o asfixiava se desfez em elementos primários. Os camponeses, ainda há pouco agressivos, experimentavam agora, na própria pele, o que era uma agressão. Os cavaleiros que dominaram a senda atropelavam-nos com os cavalos e fustigavam-nos impiedosamente com os azorragues. Batiam tanto que farrapos das samarras voavam para todo lado. Quem conseguisse, fugia para a floresta, mas ninguém saía ileso.

Após um instante, tudo se aquietava. Os cavaleiros acalmavam os cavalos, que relinchavam, e circundavam o campo de batalha, à procura de alguém que ainda pudesse apanhar. Era uma companhia bastante pitoresca, que não estava de brincadeira, mas, ao contrário, devia ser levada a sério. Isso se depreendia logo de cara, tanto pela vestimenta e pelo equipamento quanto por seus rostos, que nem mesmo o fisionomista mais medíocre teria dificuldade em classificar como sombrios e brutais.

Reynevan se levantou. E topou com o focinho de uma égua tordilha montada por uma mulher, corpulenta e graciosamente bochechuda, que trajava um gibão masculino e uma boina sobre os cabelos cor de palha, flanqueada por dois cavaleiros. Seus olhos castanhos – severos, penetrantes e repletos de sabedoria – miravam por baixo de um penacho de abelharuco.

Sharlei, que aparentemente não havia sofrido maiores lesões, ficou de lado e jogou fora o que havia sobrado da vara de freixo.

– Pelas barbas do profeta! – exclamou ele. – Não acredito no que meus olhos veem. Mas não se trata de uma miragem, nem um engano. É a senhora Dzierżka Zbylutowa em pessoa. Bem diz o provérbio: a paciência de Deus é grande, e o mundo é pequeno...

A égua tordilha sacudiu a cabeça com tanta força que os anéis da sua embocadura tilintaram. A mulher tapeou o pescoço do bicho e permaneceu calada, medindo, com seu olhar penetrante, o penitente.

– Como você está acabado, Sharlei – disse, enfim. – E seus cabelos estão mais brancos. Saudações. E agora vamos dar o fora daqui.

* * *

— Puxa, como você está desleixado, Sharlei.

Estavam sentados a uma mesa numa saleta lateral caiada na parte de trás de uma hospedaria. Uma das janelas dava para o pomar e para pereiras tortas, pés de groselha negra, assim como colmeias que zuniam cheias de abelhas. Da outra janela via-se o cercado onde se reunia e agrupava a cavalaria. Por entre uma boa centena de corcéis dominavam os massivos *dextrarii* silesianos, corcéis para a cavalaria armada, havia também castelhanos, garanhões de sangue espanhol, cavalos da Grande Polônia para lanceiros, cavalos de tração e cavalicoques. Por entre a batida dos cascos e o relinchar, de quando em quando ressoavam gritos e xingamentos dos estribeiros, cavalariços e da escolta de caras proscritas.

— Você está mesmo acabado — repetiu a mulher de olhos castanhos. — E sua cabeça parece polvilhada de farinha.

— O que se pode fazer? — respondeu Sharlei sorrindo. — *Tacitisque senescimus annis*[9]. Mas, no seu caso, senhora Dzierżka Zbylutowa, os anos apenas lhe acrescentaram beleza e charme.

— Sem cantadas. E sem "senhora", porque faz eu me sentir velha. Além do mais, já não sou Zbylutowa. Quando Zbylutów morreu, adotei meu nome de solteira. Dzierżka de Wirsing.

— Verdade, verdade — disse Sharlei, acenando com a cabeça. — Zbylut de Szarada, que a terra lhe seja leve. Faz quantos anos, Dzierżka?

— No Dia dos Santos Inocentes vai fazer dois anos.

— É mesmo. Já eu, esse tempo todo...

— Eu sei — respondeu ela, interrompendo-o e lançando um olhar desconfiado para Reynevan. — Você ainda não me apresentou o seu companheiro.

— Sou... — começou Reynevan, vacilando por um momento antes de decidir que, perante Dzierżka de Wirsing, Lancelot da Charrete podia ser indelicado e um tanto arriscado. — Sou Reinmar de Bielau.

A mulher ficou em silêncio por um momento, com os olhos cravados nele.

– De fato – falou ela, arrastando as sílabas. – A paciência de Deus é grande, e o mundo é pequeno. Gostariam de uma sopa de cerveja, rapazes? Aqui servem uma excelente sopa de cerveja. Sempre peço quando faço uma parada aqui. Aceitam?

– Claro – respondeu Sharlei, com os olhos brilhando. – Claro que sim. Obrigado, Dzierżka.

Dzierżka de Wirsing bateu as palmas e os empregados de pronto apareceram para atender. Deviam conhecer e respeitar a vendedora de cavalos. De fato, Reynevan pensou, ela, com a cavalaria trazida para ser vendida, já devia ter se hospedado ali várias vezes. Devia ter gastado ali muitos florins, nessa hospedaria próxima da estrada de Świdnica e de um vilarejo de cujo nome não se recordava. E nem teve tempo para tanto, pois a comida foi servida. Após um instante, ele e Sharlei sorviam a sopa pescando pedaços de queijo frescal, mexendo as colheres de tília rapidamente, mas mantendo o ritmo para evitar colisões na tigela comum. Dzierżka mantinha-se calada por educação, examinava-os ao mesmo tempo que acariciava a caneca suada, cheia de cerveja gelada.

Reynevan respirou fundo. Não comia uma refeição quente desde o almoço com o cônego Otto, em Strzelin. Já Sharlei fitava a cerveja de Dzierżka de uma maneira tão enfática que em pouco tempo eles também receberam canecas que vertiam espuma.

– Aonde Deus o leva, Sharlei? – perguntou, enfim, a mulher. – E por que você está metido em brigas com camponeses nas florestas?

– Estamos peregrinando até Bardo – mentiu despreocupadamente o penitente. – Até Nossa Senhora de Bardo, para rogar que conserte este mundo. Os camponeses nos atacaram sem qualquer motivo. Realmente, o mundo está cheio de indignidade, e nas estradas e florestas é mais fácil topar com um canalha do que com uma prioresa. Repito que aquela ralé nos atacou sem razão, motivada pelo impulso pecaminoso de fazer o mal. Mas nós perdoamos a quem nos tem ofendido...

– Os camponeses – interveio Dzierżka, interrompendo a ladainha – foram contratados por mim, para ajudar a procurar o potro fugido. Não vou negar que são rudes e repugnantes. Mas depois começaram a falar sobre fugitivos e recompensas...

– São devaneios de mentes rasas e ociosas – redarguiu o penitente soltando um suspiro. – Quem consegue desvendar os seus segredos...

– Você estava enclausurado na penitência monacal, é verdade?

– É.

– E então?

– Nada – respondeu Sharlei, cuja expressão nem sequer tremeu. – Tédio. Um dia igual ao outro. Sem cessar. *Matutinum*, prima, terça, depois Barnabé, sexta, nona, depois Barnabé, Vésperas, *collationes*, completas, Barnabé...

– Pare de fazer rodeios! – exclamou Dzierżka, interrompendo-o outra vez. – Você sabe muito bem o que estou perguntando. Diga logo: você fugiu? Está sendo perseguido? Há uma recompensa?

– Deus me livre! – respondeu Sharlei, com uma expressão de indignação. – Fui solto. Ninguém me persegue, ninguém me procura. Sou um homem livre.

– Como poderia ter me esquecido – respondeu ela com sarcasmo. – Mas tudo bem, que assim seja, eu acredito. E, se é assim... então a conclusão a que chegamos é simples.

Sharlei ergueu as sobrancelhas enquanto lambia a colher, querendo parecer interessado. Reynevan se mexia inquietamente sobre o banco. E com razão.

– A conclusão é simples – repetiu Dzierżka de Wirsing enquanto o examinava. – Então, é o jovem senhor Reinmar de Bielau o objeto de perseguição. Só não adivinhei de primeira, garoto, porque, com relação a esse tipo de escândalo, é difícil se dar mal quando se aposta no Sharlei. Vocês combinam bem, são farinha do mesmo saco...

Levantou-se de supetão e correu até a janela.

– Ei, você! – gritou. – Sim, você, seu canalha! Seu pica torta de uma figa! Bata de novo no cavalo e vou mandar que amarrem você a ele para arrastá-lo pelo areal!

Houve um momento de silêncio.

– Peço desculpas – disse ela ao retornar à mesa, entrelaçando os braços debaixo dos peitos que balançavam. – Mas eu preciso tomar conta de tudo sozinha. Se eu tirar os olhos, esses inúteis já começam a fazer besteiras. O que eu estava dizendo? Ah! Que vocês são farinha do mesmo saco, seus bufões.

– Então você sabe.

– Mas é claro. Os boatos correm soltos pelo povo. Kyrieleison e Walter de Barby percorrem as estradas, Wolfher von Stercza anda com cinco homens pela Silésia, rastreando, perguntando, ameaçando... No entanto, você, Sharlei, se põe inquieto em vão. E você, rapaz, também não precisa se preocupar. Estão seguros comigo. Não tenho o menor interesse em escândalos amorosos ou vendetas de família. Os Stercza não são meus parentes ou pretendentes. Ao contrário de você, Reinmar de Bielau. Pois você, e talvez isso lhe cause espanto, é meu aparentado. Não se surpreenda tanto. Pois *de domo* sou Wirsing, dos Wirsings de Reichwalde. E os Wirsings de Reichwalde são aparentados pelos Zedlitz com os Nostitz. Sua avó, aliás, foi uma Nostitz.

– É verdade – respondeu Reynevan, vencendo o espanto. – Mas a senhora é tão perita em parentescos...

– Sei uma coisa ou outra – a mulher o interrompeu. – Eu conhecia bem o seu irmão, Piotr. Era compadre de Zbylut, meu marido. Várias vezes nos visitou em Skałka. Costumava montar os cavalos do haras de Skałka.

– A senhora fala usando o pretérito – interveio Reynevan, soturno. – Então já sabe...

– Sei.

O longo silêncio foi interrompido por Dzierżka de Wirsing.

– Lamento sinceramente – disse, com uma expressão séria que confirmava sua sinceridade. – Aquilo que aconteceu em Balbinów é também para mim uma tragédia. Conhecia seu irmão e gostava dele. Sempre o prezei pela sensatez, pelo olhar sóbrio, pelo fato de nunca querer bancar o nobre metido. Não preciso dizer que foi pelo exemplo de Peterlin que o meu Zbylut recuperou o juízo. Baixou o nariz que costumava arrebitar presunçosamente, como se fosse um grande senhor, e se deu conta de onde estavam seus pés. E começou a criar cavalos.

– Foi mesmo?

– Sim. Antes, Zbylut de Szarada era um grande senhor, nobre, supostamente de uma família conhecida na Pequena Polônia, um parente distante dos próprios Melsztyński. Um cavaleiro com brasão próprio, um daqueles que cobrem o peito e a camisa esfrangalhada com o escudo Leliwa. E então Piotr de Bielau, o mesmo *miles mediocris*, orgulhoso, mas pobre, abriu um negócio, construiu uma tinturaria e um moinho, trouxe mestres de Gante e Ypres. Ignorando aquilo que diziam outros cavaleiros, começou a ganhar dinheiro. E então? Em pouco tempo se transformou num verdadeiro senhor, nobre e rico, enquanto os cavaleiros de brasão, que antes o desprezavam, passaram a se dobrar em reverências e a lhe lançar sorrisos, só para que ele lhes emprestasse dinheiro...

– Peterlin – disse Reynevan com os olhos reluzindo. – Peterlin emprestava dinheiro?

– Sei o que você está suspeitando – afirmou Dzierżka, olhando para ele com sagacidade. – Mas não creio nisso. Seu irmão emprestava dinheiro apenas a quem ele conhecia bem, gente de confiança. Por usura, pode-se entrar em atrito com a Igreja. Peterlin cobrava juros baixos, nem a metade do que cobram os judeus. Ainda assim, não é fácil se defender de uma denúncia. Quanto às suas suspeitas... Hum, é verdade que não falta quem mate por não conseguir ou não querer pagar uma dívida. Mas seu irmão não emprestava dinheiro a esse tipo de gente. Assim, você está tateando as trevas e o engano, parente.

– De fato. – Reynevan cerrou os lábios. – Não é preciso buscar novos suspeitos. Sei quem e por que motivo matou Peterlin. Não tenho nenhuma dúvida quanto a isso.

– Então você pertence à minoria – afirmou com frieza a mulher. – Pois a maioria das pessoas as têm.

Dzierżka de Wirsing mais uma vez rompeu o silêncio:

– Há boatos – repetiu. – Mas seria insensato, se não estúpido, lançar-se numa vendeta ou vingança por conta deles. Digo isso para o caso de vocês mudarem os planos e desistirem de seguir até Nossa Senhora de Bardo.

Reynevan fingiu que estava completamente absorvido por uma mancha de umidade no teto. Sharlei exibia uma expressão de inocência pueril.

Dzierżka não desgrudava seus olhos castanhos de nenhum deles.

– Quanto à morte de Peterlin, há algumas incertezas – retomou após um momento, baixando a voz. – Graves incertezas. Pois uma estranha epidemia se alastra pela Silésia. Uma estranha peste tem tomado comerciantes e mercadores, e tampouco os cavaleiros têm sido poupados. As pessoas morrem uma morte misteriosa...

– O senhor Bart – murmurou Reynevan. – O senhor Bart de Karczyn...

– O senhor von Bart – repetiu ela, acenando com a cabeça. – E, antes, o senhor Czambor de Heissenstein. E, antes dele, dois armeiros de Otmuchów cujos nomes agora me escapam. Tomás Gernrode, o mestre da guilda dos coureiros de Nysa. O senhor Fabian Pfefferkorn, da companhia mercantil de Niemodlin, comerciante de chumbo. E até recentemente, na semana passada, Nicolau Neumarkt, o *mercator* de tecidos de Świdnica. Uma verdadeira peste...

– Deixe-me adivinhar – disse Sharlei. – Nenhum deles morreu de varíola. Nem de velhice.

– Correto.

– Vou continuar adivinhando: não é por acaso que você tem uma escolta mais numerosa que de costume. E não é por acaso que é composta de bandidos armados até os dentes. Para onde mesmo você disse que estão indo?

– Não disse nada – respondeu ela, cortando-o. – E só toquei no assunto para que percebam a gravidade da situação. Para que entendam que a culpa disso que se passa na Silésia não pode ser atribuída aos Stercza. Ou a Kunz Aulock. Pois tudo começou bem antes de o jovem Bielau ter sido pego na cama com a senhora von Stercza. É bom que se lembrem disso. Não tenho mais nada a acrescentar.

– Você já falou demais para encerrar o assunto dessa forma – disse Sharlei, sem baixar os olhos. – Quem está matando os comerciantes silesianos?

– Se soubéssemos – respondeu Dzierżka de Wirsing, com os olhos fulgurando de forma ameaçadora –, já não haveria mais assassinatos. Mas não se preocupem, vamos descobrir. Quanto a vocês, fiquem longe disso.

– O sobrenome Horn lhes diz algo? – interveio Reynevan. – Urban Horn?

– Não – respondeu ela, e Reynevan de pronto percebeu que ela estava mentindo.

Sharlei lançou um olhar para o rapaz que silenciosamente lhe advertia para que não fizesse mais perguntas.

– Fiquem longe disso – repetiu Dzierżka. – É perigoso. E, se os boatos forem verdadeiros, vocês já têm preocupações demais. O povo diz que os Stercza insistem em se vingar. Que Kyrieleison e Stork já estão à sua caça, como lobos, seguindo seus rastros. E, por fim, que o senhor Guncelin von Laasan ofereceu uma recompensa para quem prender dois vigaristas...

– Boatos – disse Sharlei, interrompendo a mulher. – Fofocas.

– Pode ser. No entanto, muitos foram levados à força por causa delas. Por isso, aconselho a manter distância das estradas principais. E, em vez de Bardo, sugiro que rumem para uma cidade mais distante. Bratislava, por exemplo. Ou Esztergom. Ou Buda, enfim.

Sharlei curvou-se gentilmente.

– É um conselho valioso – disse ele. – E por ele sou grato. Contudo, a Hungria fica longe, muito longe... E eu vou caminhando... sem um cavalo...

– Não mendigue, Sharlei. Isso não lhe convém... Peste!

Outra vez ela se levantou de súbito, foi até a janela e tornou a praguejar contra alguém que tratava um cavalo com descuido.

– Vamos lá fora – disse ela, ajeitando o cabelo e balançando os peitos. – Se eu mesma não tomar conta, esses filhos da puta vão acabar com meus potros.

– É uma boa cavalaria – avaliou Sharlei quando chegaram ao exterior. – Mesmo para um haras de Skałka. Vai ganhar um bom dinheiro. Se vender.

– Não preciso me preocupar – declarou Dzierżka de Wirsing enquanto examinava com orgulho os corcéis. – Há demanda pelos castelhanos, até os cavalicoques vendem bem. Quando se trata dos cavalos, os senhores cavaleiros deixam de ser pães-duros. Sabem como é: numa expedição, todos querem ostentar o próprio cavalo e sua mesnada.

– Que expedição?

Dzierżka pigarreou e olhou em volta. Depois contorceu os lábios.

– Que visa consertar este mundo.

– Ah – adivinhou Sharlei. – Os boêmios.

– É melhor não falar sobre isso em voz alta – disse a vendedora de cavalos, contorcendo-se mais ainda. – Dizem que o bispo da Breslávia está atrás dos hereges locais. No caminho, em todas as povoações pelas quais passei, os cadafalsos estavam cheios de enforcados. E das fogueiras restavam apenas cinzas.

– Mas nós não somos hereges. Então o que devemos temer?

– Onde se castram garanhões – afirmou Dzierżka, experiente no assunto –, é melhor ter cuidado com as próprias bolas.

Sharlei não comentou. Estava ocupado observando alguns cavaleiros armados que acabavam de tirar de uma choça um carro coberto com uma tela preta de alcatrão. O carro era movido por um par de cavalos. Então, apressados por um sargento gordo, os cavaleiros armados colocaram para fora da choça, debaixo da lona, um baú de grandes dimensões, trancado com cadeado. Por fim, saiu da hospedaria um indivíduo alto trajando um *kalpak* e um sobretudo com gola de pele de castor.

– Quem é? – Sharlei ficou curioso. – O inquisidor?

– Quase – Dzierżka de Wirsing respondeu em voz baixa. – É o cobrador de impostos. Está coletando o imposto.

– Que imposto?

– Um imposto especial, único. Para a guerra. Contra os hereges.

– Boêmios?

– E há outros? – replicou Dzierżka, contorcendo-se novamente. – O imposto foi decretado no Reichstag de Frankfurt. Aqueles que tiverem fortunas acima de dois mil florins precisam pagar um florim. Se a fortuna for menor, meio florim. Todos os escudeiros de uma família de cavaleiros precisam dar três florins; um cavaleiro, cinco; e um barão, dez... Cada sacerdote deve dar cinco de cada cem florins de sua renda anual, e os que não tiverem renda, dois groshs...

Sharlei arreganhou seus dentes brancos.

– Certamente os sacerdotes declararam falta de recursos, liderados pelo já mencionado bispo da Breslávia. Mas o cofre teve de ser levantado por quatro brutamontes. E contei uns oito da escolta. É estranho que um grupo tão pequeno vigie uma carga tão robusta.

– A escolta vai sendo trocada ao longo do caminho – explicou Dzierżka. – O cavaleiro a quem pertencem as terras cede a escolta armada. É por isso que há agora tão poucos. Sharlei, é como a passagem dos judeus pelo Mar Vermelho. Eles o atravessaram. Mas os egípcios ainda não os alcançaram...

– E as águas do mar se abriram – Sharlei também conhecia a piada. – Entendi. Ora, Dzierżka, vamos nos despedir. Muito obrigado por tudo.

– Você vai me agradecer logo mais, pois vou mandar preparar um cavalo para você. Para que não tenha de seguir a pé. E para que tenha alguma vantagem quando algum perseguidor os alcançar. Mas não pense que é misericórdia ou bondade. Você me devolverá o dinheiro na próxima oportunidade. Quarenta florins renanos. Não faça caretas, é um preço camarada! Deveria estar agradecido.

– E estou – disse o penitente com um sorriso. – Estou mesmo, Dzierżka. Muito obrigado. Sempre pude contar com você. E para que você não ache que sou um aproveitador, eis um presente.

– Saquitéis – constatou Dzierżka com certa frieza. – Nada mal. Bordados com fio de prata. E pérolas, até bonitas, mesmo que falsas. Mas por que três?

– Porque sou generoso. E não é tudo – disse Sharlei, baixando a voz e olhando ao redor. – Dzierżka, você precisa saber que o jovem Reinmar aqui possui certas... habilidades... deveras impressionantes, para não dizer... mágicas.

– Hein?

– Sharlei está exagerando – interveio Reynevan, irritando-se. – Sou médico, e não mago...

– Precisamente – interrompeu-o o penitente. – Se você precisar de algum elixir ou um filtro... Uma poção do amor, por exemplo... Um afrodisíaco... Algo para a virilidade...

– Para a virilidade... – repetiu ela, pensativa. – Talvez seja útil...

– Está vendo? Não disse?

– Para os garanhões – concluiu Dzierżka de Wirsing. – Eu não tenho problemas com o amor. E ainda me saio muito bem sem a feitiçaria.

– Uma pena, tinta e um papel – disse Reynevan após um momento de silêncio. – Vou escrever a receita.

* * *

Descobriram que o cavalo preparado para Sharlei era o esbelto palafrém castanho, o mesmo achado por eles na senda. Reynevan, que a princípio não acreditara nas profecias das bruxas da floresta, agora, pensativo, reconsiderava. Já Sharlei saltou no cavalo e percorreu com entusiasmo o areal. O penitente revelava mais um talento – o corcel castanho era guiado por uma mão segura e por joelhos fortes, marchando graciosamente e de cabeça bem erguida. Os cavalariços e os cavaleiros armados da escolta aplaudiram a perfeita postura do penitente. E mesmo a serena Dzierżka de Wirsing estalou a língua em aprovação.

– Eu não sabia que você era um exímio cavalgador – murmurou ela. – Realmente, não lhe faltam talentos.

– Pois é.

– Quanto a você, parente – disse Dzierżka, virando-se para Reynevan –, tenha cuidado. Estão caçando os emissários dos hussitas. Em todos os lugares examinam com atenção os forasteiros e viajantes e qualquer coisa suspeita é relatada. Pois quem não denuncia é tido como suspeito. E você não é só um forasteiro. Seu sobrenome e sua família são famosos na Silésia. E cada vez mais gente mantém os ouvidos aguçados para escutar o sobrenome Bielau. Invente algo. Mude de sobrenome... É melhor manter o nome de batismo, para que você não se confunda a toda hora... Então, que seja... Reinmar von Hagenau.

– Mas esse era o nome – disse Reynevan com um sorriso – de um famoso poeta...

– Não reclame. De todo modo, vivemos tempos difíceis. Numa época assim, quem se lembra de nomes de poetas?

Sharlei encerrou a *performance* com um curto e enérgico galope e freou o cavalo com ímpeto, lançando cascalho para os lados. Andou um pedaço forçando o corcel castanho a dar passos tão bailadores que foi aplaudido outra vez.

– Que lindo animal – disse, tapeando o pescoço do potro. – E ágil. Mais uma vez, obrigado, Dzierżka. Passe bem.

– Passem bem. E que Deus os guie.

– Até a vista.

– Até a próxima. Em tempos melhores.

CAPÍTULO XII

No qual Reynevan e Sharlei consomem uma tradicional refeição bem leve num mosteiro beneditino numa sexta-feira, dia de jejum, na véspera do Dia de Santo Egídio. E, depois do almoço, exorcizam um demônio. O que resulta em algo bastante inesperado.

Antes de ver o mosteiro, escutaram-no, pois, mesmo escondido em meio à floresta, fez-se ouvir subitamente com um profundo, embora melódico, dobrar de sinos. E, antes que silenciassem as badaladas, os viajantes avistaram o telhado vermelho do edifício cercado pelo muro, que, por entre as folhas de amieiros e carpinos, refletia-se na água esverdeada das lagoas, plácida como um espelho, desfigurada apenas ocasionalmente pelo esparramar de círculos concêntricos, indicando que os grandes peixes estavam se alimentando. Em meio aos juncos, coaxavam sapos, grasnavam patos, cantavam e chapinhavam as galinhas-d'água.

Os cavalos andavam a passo lento sobre um dique reforçado e ladeado por uma fileira de árvores.

– Ora, ora – disse Sharlei, em pé nos estribos, apontando para o edifício. – Um mosteirinho. Eu me pergunto de qual ordem deve ser. Diz um famoso dístico: "*Bernardus valles, montes Benedictinus amabat, /*

Oppida Franciscus, celebres Dominicus urbes."[10] Aqui, no entanto, devem gostar de pântanos, lagoas e diques. Ou, mais provavelmente, trata-se de uma paixão pelas carpas. O que você acha, Reinmar?

– Não acho nada.

– Mas lhe cai bem uma carpa? Ou uma tenca? Hoje é sexta-feira, e os monges dobraram os sinos para a nona. Será que vão nos convidar para almoçar?

– Duvido.

– Por quê e de quê?

Reynevan não respondeu. Observava o portão semiaberto do mosteiro, do qual disparou um cavalo malhado de pequeno porte montado por um monge. Logo depois de atravessar o portão, o monge forçou o animal a um intenso galope, o que terminou mal. Embora lhe faltasse muito para poder ser considerado um garanhão, ou um *destrier* de lanceiro, o cavalinho malhado se revelou agitado e indomável, e o monge beneditino – o que se deduzia pelo hábito negro – não parecia ter sido abençoado com os dons da montaria. Além do mais, estava à sela calçando sandálias, que nem sequer se encaixavam nos estribos. Depois de percorrer uma distância de quase um quarto de milha, o cavalo malhado sacudiu-se e empinou, e o monge, arremessado da sela, saiu rolando, com as canelas à mostra, para debaixo dos salgueiros. O cavalo malhado saltava e relinchava, satisfeito consigo mesmo, e num trote ligeiro correu pelo dique na direção dos dois forasteiros. Enquanto passava por eles, Sharlei agarrou as rédeas do fujão.

– Vejam só esse centauro! – disse. – O freio é feito de corda, usam um xairel no lugar da sela, e o látego é de pano. Não tenho ideia se a ordem de São Bento de Núrsia permite a equitação ou a proíbe. Mas certamente deveria repreender essa forma de montar um cavalo.

– O monge devia estar com pressa.

– Isso não é desculpa.

Tal como havia se dado com o mosteiro, também escutaram o monge antes que pudessem vê-lo. Estava sentado entre as bardanas, chorando copiosamente, com a cabeça caída sobre os joelhos. Soluçava de maneira tão triste que a imagem partia o coração.

– Calma, calma – falou Sharlei do alto da sela. – Não há motivos para verter lágrimas, *frater*. Não perdeu nada. O cavalinho não fugiu, está aqui conosco. E você vai aprender a montá-lo, pois vejo que o *frater* dispõe ainda de muito tempo pela frente.

Sharlei tinha razão. O monge não passava de um garoto. Um novato. Um jovem cujos lábios e todo o resto da cara, além das mãos, tremiam enquanto chorava.

– O irmão Deodato... – disse, entre soluços. – O irmão Deodato... vai... morrer... por minha culpa...

– Hein?

– Por minha... culpa... ele... vai morrer... Eu falhei... Falhei...

– Estava com pressa para ir buscar um médico? – supôs Reynevan, com bastante perspicácia. – Para ajudar um doente?

– O irmão... – repetiu o rapaz, ainda soluçando – Deodato... Por minha culpa...

– Recomponha-se e fale com mais clareza, *frater*!

– O irmão Deodato – gritou o jovem monge, erguendo os olhos vermelhos – foi possuído por um espírito maligno! Está dominado por ele! Então, o abade me mandou que fosse correndo... correndo até Świdnica, até os Irmãos Pregadores... para buscar um exorcista!

– Não havia um ginete melhor no mosteiro?

– Não... Eu sou o mais novo... Ai de mim, desafortunado!

– Pois eu diria afortunado, na verdade – afirmou Sharlei com um semblante sério. – Você está com sorte, filho. Agora, resgate suas sandálias do mato e corra até o mosteiro. Anuncie ao abade as boas-novas, que a graça divina pairou sobre o mosteiro. E que você topou com o maestro Benignus no dique, um renomado exorcista, sem dúvida enviado a este recanto por um anjo.

– Seria o bom senhor? O senhor é...

– Eu disse para ir correndo até o abade. Anuncie a minha chegada.

* * *

– Diga que eu escutei mal, Sharlei. Diga que sua língua se enrolou enquanto falava. Que você não disse o que acabou de dizer.

– O quê, exatamente? Que vou exorcizar o irmão Deodato? Mas se vou mesmo exorcizá-lo... E com a sua ajuda, rapaz.

– Nada disso. Não conte comigo. Já tenho problemas de sobra. Não preciso de mais nenhum.

– Eu tampouco. No entanto, preciso de dinheiro e preciso almoçar, de preferência agora mesmo.

– É a ideia mais estúpida entre todas as ideias estúpidas – avaliou Reynevan enquanto olhava ao redor do pátio monacal banhado pelo sol. – Você está ciente do que está fazendo? Você sabe qual é a punição por se passar por um sacerdote? Por um exorcista? Por um maldito mestre Benignus?

– *Passar-se?* Eu *sou* um sacerdote. E exorcista. É uma questão de fé, e eu tenho fé. Tenho fé de que vou conseguir.

– Você só pode estar brincando.

– Muito pelo contrário. Comece a se preparar espiritualmente para a tarefa.

– Não tomarei parte nisso.

– E por que não? Por acaso você não é médico? É seu dever ajudar os que sofrem.

– Ele... – disse Reynevan, apontando na direção da enfermaria, de onde tinham acabado de sair e onde jazia o irmão Deodato. – Ele não pode ser ajudado. Está letárgico. Em coma. Você ouviu os monges falando que em vão tentaram despertá-lo espetando seus calcanhares com uma faca quente? Trata-se de algo semelhante ao *grand mal*, uma doença grave. Neste caso, no cérebro, o *spiritus animalis*, foi tomado pela letargia. Eu li sobre isso no *Canon medicinae*, de Avicena, assim como em Rasis e Averróis... E sei que não há como curá-lo. Pode-se apenas esperar...

– De fato, pode-se esperar – declarou Sharlei, interrompendo-o. – Mas para que esperar de braços cruzados? Sobretudo quando se pode agir? E ganhar dinheiro com isso? Sem prejudicar ninguém?

– Sem prejudicar ninguém? E a ética?

– Não costumo discutir filosofia de barriga vazia – respondeu Sharlei, dando de ombros. – Mas hoje à noite, quando estiver empanturrado de comida e cerveja, vou lhe apresentar os *principia* da minha ética. E surpreendê-lo com a sua simplicidade.

– Isso não vai dar certo.

– Reynevan – bradou Sharlei, virando-se de súbito –, por Deus, pense positivamente!

– Estou pensando. Penso que isso não vai dar certo.

– Pense o que bem quiser. Mas, por ora, faça a gentileza de se calar, pois estão vindo.

De fato, aproximava-se o abade, acompanhado por alguns monges. O abade era de baixa estatura, rechonchudo e bochechudo, mas seu aspecto benévolo e afável contrastava com a careta produzida por seus lábios contorcidos e olhos vivos, que saltavam com veemência de Sharlei para Reynevan e vice-versa.

– Muito bem. E então? – perguntou, escondendo as mãos no escapulário. – Qual o problema com o irmão Deodato?

– O *spiritus animalis* – afirmou Sharlei, inflando os lábios com pompa. – Foi tomado por letargia. Algo similar ao *grand mal*, uma doença grave descrita por Avicena. Indo direto ao ponto: Tohu Wa-Bohu. O senhor deve estar ciente, *reverende pater*, que a condição dele não é nada boa. Mas providências devem ser tomadas.

– Que providências?

– Ora, expulsar o espírito maligno do possuído.

– Você está mesmo certo de que se trata de uma possessão? – perguntou o abade, inclinando a cabeça.

– Estou certo de que não se trata de uma diarreia – declarou Sharlei, num tom bastante frio. – A diarreia se manifesta de outra forma.

— Mas vocês não se trajam como sacerdotes — redarguiu o abade, com uma pitada de desconfiança ressoando em sua voz.

— Ah, mas nós o somos — afirmou Sharlei sem sequer piscar. — Eu já tinha explicado ao irmão enfermeiro. Nós nos vestimos como laicos por questões de camuflagem. Para enganar o Diabo. Para apanhá-lo de surpresa e então espantá-lo.

O abade olhava com ceticismo para o penitente. "Ai, ai, ai... Isso não vai dar certo", pensou Reynevan. "O abade não é burro. Estamos ferrados."

— Como, então, planeja proceder? — perguntou o abade, sem tirar os olhos de Sharlei. — De acordo com Avicena? Ou talvez segundo as recomendações de Santo Isidoro de Sevilha, contidas na famosa obra intitulada... Ora, não me recordo... Mas o senhor, um exorcista experimentado, com certeza...

— *Etymologiae* — declarou Sharlei, que agora nem movia as pálpebras. — De fato, eu me valho dos ensinamentos lá contidos, pois se trata de conhecimento elementar. Assim como da obra *De natura rerum*, do mesmo autor. E de *Dialogus Magnus visionum atque miraculorum*, de Cesário de Heisterbach. E *De universo*, de Rábano Mauro, o arcebispo de Mainz.

O olhar do abade se tornou um pouco mais suave, mas ainda demonstrava desconfiança.

— Não se pode negar que o senhor é versado — disse, com sarcasmo. — Já o demonstrou. E agora? Pedirá uma refeição, para começar? E algo para beber? E pagamento antecipado?

— Não falemos em pagamento — afirmou Sharlei ajustando a postura com tanta presunção que Reynevan se viu de fato impressionado. — Não falemos em dinheiro, posto que não sou nem comerciante, nem usurário. Eu me contentarei com uma esmola qualquer, uma humilde dádiva, e em hipótese nenhuma com antecedência. Apenas ao término da obra. Quanto à alimentação e à bebida, devo lembrar-lhe, venerável padre, das palavras do Evangelho: esta casta de demônios não se expulsa senão pela oração e pelo jejum.

O rosto do abade se iluminou, e a severidade hostil desapareceu de seus olhos.

– De fato – confirmou. – Vejo que são cristãos justos e devotos. E em verdade vos digo: o Evangelho é o Evangelho, mas, como diz o ditado, saco vazio não para em pé. Por isso convido-os ao *prandium*. Um *prandium* leve e modesto, pois hoje é *feria sexta*, dia de jejum. Será servido rabo de castor ao molho...

– Guie-nos, venerável abade – disse Sharlei, engolindo a saliva ruidosamente. – Guie-nos.

* * *

Reynevan limpou a boca e abafou um arroto. Descobriu que o rabo de castor, refogado num espesso molho de raiz-forte e servido com trigo-sarraceno, era uma verdadeira iguaria. Até então Reynevan havia apenas ouvido falar desse acepipe; sabia que, em alguns mosteiros, era consumido na época da Quaresma, pois, por algum motivo soterrado nas trevas da história, era considerado similar à carne de peixe. No entanto, tratava-se de um prato relativamente raro, pois nem todas as abadias dispunham em suas cercanias de tocas de castores e tampouco podiam se dar ao luxo de poder caçá-los. Contudo, o prazer de saborear tão singular pitéu foi sarapantado pela inquietante ideia da tarefa que lhes aguardava. "Se bem que", pensava enquanto cuidadosamente limpava a tigela com um pedaço de pão, "ninguém vai poder tirar de mim aquilo que já comi."

Sharlei, que num piscar de olhos traçou uma porção pequena – pois, afinal, era dia de jejum –, discursava, afetando expressões de extrema sabedoria.

– Várias autoridades se pronunciaram – discorria ele – a respeito da possessão demoníaca. As maiores delas, que decerto lhe são igualmente familiares, são, irmãos, os santos padres e doutores da Igreja: como Basílio, Isidoro de Sevilha, Gregório de Nazianzo, Cirilo de Jerusalém e Efrém da Síria. É claro que conhecem também as obras de Tertuliano, Orígenes e Lactâncio, não é mesmo?

Alguns dos beneditinos presentes no refeitório acenaram vivamente com a cabeça, enquanto outros a baixavam.

– Contudo, trata-se de fontes de ensinamentos bastante generalistas – continuava Sharlei. – Assim, um exorcista que se preze não pode limitar seu conhecimento apenas a elas.

Os monges outra vez assentiram com a cabeça, comendo das tigelas as sobras do trigo-sarraceno e do molho. Sharlei aprumou-se e pigarreou.

– Eu conheço *Dialogus de energia et operatione daemonum*, de Miguel Pselo – declarou com empáfia. – Sei de cor o *Exorcisandis obsessis a daemonio*, do papa Leão III. De fato, é bom e proveitoso quando os sucessores de Pedro são literatos. Já li o *Picatrix*, vertido do árabe por Afonso, o Sábio, o douto rei de Leão e Castela. E igualmente não me escaparam *Orationes contra daemoniacum* e *Flagellum daemonum*. Nem mesmo *Os segredos de Enoque*. Mas não há aqui motivo algum para me gabar, todos o conhecem. Já meu assistente, o bravo mestre Reinmar, conhece a fundo os escritos sarracenos, mesmo tendo ciência dos riscos implicados no contato com a feitiçaria pagã.

Reynevan ficou corado. O abade sorriu gentilmente, tendo interpretado o gesto como uma prova de modéstia.

– De fato! – exclamou o monge. – Vemos que vocês são homens sábios e exorcistas experimentados. Por curiosidade, quantos demônios já expulsaram?

– Para dizer a verdade – começou Sharlei, baixando os olhos, humilde como uma noviça –, não posso competir com os registros. O maior número de demônios que consegui expulsar de uma única vez foram nove.

— De fato — replicou o abade, visivelmente preocupado —, não é muito. Ouvi falar de dominicanos...

— Eu também ouvi falar — interrompeu-o Sharlei. — Mas não vi. Além do mais, refiro-me aqui a demônios de primeira ordem. E, como bem se sabe, todos os demônios de primeira ordem têm a seu serviço ao menos trinta demônios de menor importância. Entretanto, exorcistas que se prezam não perdem seu precioso tempo contando-os, pois bem sabem que, ao se expulsar o líder, fogem também os subalternos. Mas, adotasse eu o método dos irmãos pregadores para tal cálculo, é bem possível que fizesse páreo com eles.

— De fato — admitiu o abade, embora com pouca ênfase.

— Infelizmente, não me é possível oferecer-lhes garantias por escrito — acrescentou Sharlei com certa frieza e indiferença. — Peço que levem isso em consideração, para que não haja arrependimentos tardios.

— Hein?

— São Martinho de Tours — prosseguia Sharlei, ainda com as pálpebras imóveis — tomava de cada demônio exorcizado um documento assinado com o próprio nome demoníaco, um compromisso de que aquele demônio em questão jamais se atreveria a possuir outra vez aquela pessoa. Houve outros tantos bispos e santos que agiam da mesma forma. Mas eu, um humilde exorcista, não serei capaz de obter tal documento.

— Talvez seja melhor assim! — declarou o abade, fazendo, como os demais irmãos, o sinal da cruz. — Nossa Senhora, Rainha dos Céus! Um pergaminho assinado pela mão do Maligno em pessoa? É uma abominação! E um pecado! Nós abrimos mão...

— Que assim seja — disse Sharlei, cortando-o de novo. — Mas vamos às obrigações, e só depois ao prazer. O paciente já está na capela?

— Certamente.

Um dos beneditinos mais jovens, que havia um bom tempo não desgrudava os olhos de Sharlei, de repente perguntou:

– Como explica o mestre o fato de que o irmão Deodato jaz naquela cama tal qual um tronco de árvore, e mal consegue respirar ou mexer os dedos, ao passo que quase todas as obras mencionadas pelo senhor atestam que os possuídos normalmente experimentam uma extraordinária agitação dos membros, e que o demônio não para de falar e gritar pela boca deles? Não haveria aqui certa contradição?

– Todas as doenças e aflições – declarou Sharlei, com olhar ativo para o jovem monge –, inclusive a possessão, são obras de Satanás, o destruidor da obra divina. Todas as mazelas são provocadas por um dos quatro Anjos Negros do Mal: Mahazael, Azazel, Azrael ou Samael. O fato de o possuído não se agitar e não gritar, mas, ao contrário, jazer feito um morto, atesta que foi dominado por um dos demônios submissos a Samael.

– Jesus Cristo! – exclamou o abade, benzendo-se novamente.

– Contudo – retomou Sharlei, cheio de si –, sei como lidar com tais demônios. Eles voam, são levados pelo vento, e possuem as pessoas silenciosa e sorrateiramente, pela inspiração, isto é, a *insufflatio*. Ordenarei ao demônio que saia do corpo do doente pela mesma via, ou seja, por *exsufflatio*.

– Mas como é possível? – insistia o jovem monge. – Como pode um demônio possuir um monge no interior de um mosteiro, onde se celebra missa, onde há sinos, o breviário e as santidades? Como é possível?

Sharlei replicou direcionando-lhe um olhar severo.

– Como nos ensina São Gregório Magno, o doutor da Igreja – enunciou num tom rígido e enfático –, certa vez uma monja engoliu o demônio junto com uma folha de alface colhida diretamente da horta do convento. Isso porque havia ignorado a obrigação de orar e fazer o sinal da cruz antes das refeições. Não teria o irmão Deodato cometido faltas similares?

Os beneditinos baixaram a cabeça. O abade pigarreou.

– De fato – balbuciou. – O irmão Deodato costumava ser excessivamente laico. Laico demais e zeloso de menos.

– Pois é de fato fácil tornar-se presa do Maligno – concluiu Sharlei secamente. – Levem-nos até a capela, veneráveis.

– O que será preciso, mestre? Água benta? A cruz? Imagens? O Benedicional?

– Apenas água benta e a Bíblia.

* * *

A capela era gélida e estava imersa na penumbra, iluminada apenas pelas auréolas fulgurantes das velas e por um raio transversal de luz colorida que vinha do vitral. Na luz, sobre um catafalco coberto de linho, jazia o irmão Deodato. Seu aspecto era idêntico àquele apresentado havia uma hora, na enfermaria do mosteiro, quando Reynevan e Sharlei o viram pela primeira vez. Seu rosto parecia feito de cera e estava amarelado como um osso com tutano. As bochechas e os lábios, caídos; os olhos, fechados. E sua respiração, tão superficial que era quase imperceptível. Jazia com os braços cruzados no peito, marcados com feridas de flebotomia, com um rosário e uma estola roxa entrelaçados nos dedos inertes.

A alguns passos do catafalco, sentado no chão e encostado à parede estava um homem enorme, de cabeça rapada, olhos embaçados e rosto de uma criança não muito esperta. Mantinha dois dedos da mão direita enfiados na boca e, com a esquerda, pressionava um pote de barro contra a barriga. De quando em quando, o brutamontes fungava o nariz repugnantemente, afastava o pote sujo e pegajoso da túnica igualmente suja e pegajosa, limpava os dedos na barriga, metia-os no pote, lambuzava-os de mel e os levava até a boca. O ritual se repetia seguidas vezes.

– É um órfão, um enjeitado – antecipou-se a responder o abade, notando a pergunta no semblante de Sharlei, que também demonstrava aversão. – Nós o batizamos de Sansão, por conta da força e de suas dimensões imponentes. É um ajudante no mosteiro, um pouco singelo... Mas ama muito o irmão Deodato, segue-o feito um cachorrinho... Não se desgruda dele nem por um instante... Assim, pensamos...

– Muito bem, muito bem – interrompeu-o Sharlei. – Que permaneça sentado onde está, desde que fique em silêncio. Vamos começar. Mestre Reinmar...

Reynevan, imitando Sharlei, pendurou a estola no pescoço, juntou as mãos, inclinou a cabeça. Não sabia se Sharlei estava fingindo ou não, mas ele mesmo rezava honesta e intensamente. Estava, para dizer a verdade, apavorado. Sharlei, por sua vez, parecia absolutamente autoconfiante, impositivo e cheio de autoridade.

– Orem – ordenou aos beneditinos. – Rezem *Domine sancte*.

Ele permaneceu junto do catafalco, fez o sinal da cruz em si próprio e então benzeu o irmão Deodato. Deu um sinal para Reynevan respingar água benta sobre o possuído, que, naturalmente, não esboçou nenhuma reação.

– *Domine sancte, Pater omnipotens* – o murmúrio da oração monacal vibrava com o eco perpetuado pela abóbada de combados – *aeterne Deus, propter tuam largitatem et Filii tui...*

Sharlei desobstruiu a garganta, pigarreando fortemente.

– *Offer nostras preces in conspectu Altissimi* – bradou ele, despertando ecos ainda mais fortes – *ut cito anticipent nos misericordiae Domini, et apprehendas draconem, serpentem antiquum, qui est diabolus et satanas, ac ligatum mittas in abyssum, ut non seducat amplius gentes. Hinc tuo confisi praesidio ac tutela, sacri ministerii nostri auctoritate, ad infestationes diabolicae fraudis repellendas in nomine Iesu Christi Dei et Domini nostri fidentes et securi aggredimur*[11].

– *Domine* – Reynevan se juntou a ele após o sinal dado – *exaudi orationem meam.*

– *Et clamor meus ad te veniat.*

– Amém.

– *Princeps gloriosissime caelestis militiae, sancte Michael Archangele, defende nos in praelio et colluctatione. Satanas! Ecce Crucem Domini, fugite partes adversae! Apage! Apage! Apage!*

– Amém!

O irmão Deodato, que jazia no catafalco, não deu nenhum sinal de vida. Sharlei discretamente enxugou a testa com a ponta da estola.

– Eis que passamos pela introdução – disse ele sem baixar os olhos, apesar das expressões inquisidoras dos beneditinos. – E já sabemos de uma coisa: não se trata de nenhum reles demônio já velho e fraco, pois, se assim fosse, ele já teria fugido. Será preciso usar bombardas de maior calibre.

O abade piscava repetidamente e se agitava. O brutamontes Sansão, sentado ao chão, coçou a virilha, assoou o nariz, pigarreou, peidou e, com alguma dificuldade, desgrudou da barriga o pote de mel e observou o interior para verificar o quanto havia restado.

Sharlei passou a vista pelos monges ao redor, num gesto que, acreditava ele, era ao mesmo tempo sensato e inspirador.

– Segundo nos ensinam as Escrituras – disse –, o que caracteriza Satanás é o orgulho. Não foi senão o orgulho desmedido que levou Lúcifer a se rebelar contra o Senhor. E foi por orgulho que foi castigado, lançado para o abismo infernal. Mas o demônio não deixou de ser orgulhoso! O primeiro mandamento de um exorcista é, portanto, ferir o orgulho, a presunção e o amor-próprio do Diabo. Em resumo: injuriá-lo meticulosamente, insultá-lo, ofendê-lo e humilhá-lo. Caluniá-lo. E então ele fugirá perplexo.

Os monges aguardavam, convencidos de que havia mais por vir. Estavam certos.

– Então, devemos agora – prosseguia Sharlei – insultar o capeta. Se algum dos irmãos for sensível a palavras mais grosseiras, é melhor se afastar. Aproxime-se, mestre Reinmar, e recite as palavras do Evangelho de Mateus. E vocês, irmãos, orem.

– "Jesus repreendeu o demônio; este saiu do menino, que, daquele momento em diante, ficou curado" – recitava Reynevan. – "Então os discípulos aproximaram-se de Jesus, em particular, e perguntaram: 'Por que não conseguimos nós expulsá-lo?'. Ele respondeu: 'Porque a vossa fé é demasiado pequena'."

O sussurro da oração murmurada pelos beneditinos misturava-se com a recitação. Sharlei ajeitou a estola no pescoço, chegou mais perto do rijo e inerte irmão Deodato e estendeu as mãos.

– Diabo repugnante! – gritou com tanta força que Reynevan gaguejou e o abade deu um pulo. – Ordeno que deixe imediatamente este corpo, força impura! Saia deste cristão, seu porco sujo, gordo e fedorento, besta mais bestial entre as bestas, desgraça do Tártaro, a abominação de Sheol! Eu o expulso, seu porco judeu encardido, para a pocilga infernal! E espero que lá você se afogue em merda!

– *Sancta Virgo virginem* – murmurava o abade – *ora pro nobis...*

– *Ab insidiis diaboli* – respondiam os monges – *libera nos...*

– Seu jacaré desdentado! – berrava Sharlei, rubejando. – Basilisco desfalecido, macaco de merda! Seu sapo inchado, burro manco descadeirado, sua tarântula que se emaranha na própria teia! Seu camelo enlambuzado! Seu verme miserável, preso na carniça podre das mais profundas profundezas de Geena, seu besouro asqueroso que se afunda na bosta! Escute-me quando o chamo por seu verdadeiro nome: *scrofa stercorata et pedicosa*, um porco imundo e piolhento, o mais repugnante dos repugnantes, o mais tolo dos tolos, *stultus stultorum rex!* Seu alcatroeiro ignorante! Seu sapateiro encachaçado! Seu cabrito de saco inchado!

O irmão Deodato, prostrado sobre o féretro, não moveu sequer um dedo. Reynevan seguia respingando enormes quantidades de água benta sobre ele, mas as gotas deslizavam incólumes do impassível semblante do ancião. Os músculos das mandíbulas de Sharlei estremeceram com força. "Estamos chegando ao clímax", pensou Reynevan. E estava certo.

– Saia desse corpo! – berrou Sharlei. – Saia, seu catamita do cu arrombado!

Um dos beneditinos mais novos fugiu tapando os ouvidos e chamando, em vão, o nome do Senhor. Os demais estavam ora muito pálidos, ora ruborizados.

O brutamontes rapado gemia e lamuriava, tentando enfiar a mão inteira no pote de mel. Era impossível, pois a sua mão tinha o dobro do tamanho do recipiente. O brutamontes levou ao alto o pote de cabeça para baixo e abriu a boca, mas o mel não descia, pois já não restava quantidade suficiente.

– Mestre, como está o irmão Deodato? – o abade atreveu-se a perguntar com um sussurro. – E o espírito maligno? Já saiu, por acaso?

Sharlei debruçou-se sobre o monge exorcizado, aproximando sua orelha dos lábios pálidos do paciente.

– Já está quase na superfície – declarou. – Logo o expulsaremos. Basta agora confrontá-lo com algum odor repulsivo. Vão, irmãos, tragam um balde de esterco, uma frigideira e uma lamparina. Vamos fritar merda fresca debaixo do nariz do possuído. Aliás, qualquer outra coisa que feda bastante também será útil. Enxofre, cal, assa-fétida... O ideal seria um peixe podre, pois o Livro de Tobias afirma: *incenso iecore piscis fugabitur daemonium.*

Alguns dos irmãos saíram para cumprir a ordem. O brutamontes sentado e encostado à parede enfiou o dedo no nariz, examinou-o e o limpou nas calças. Em seguida retomou as tentativas de extrair o restante do mel de dentro do pote. Com o mesmo dedo. Reynevan sentiu o rabo de castor recém-consumido subir pela garganta sobre uma onda crescente de molho de raiz-forte.

– Mestre Reinmar – chamou Sharlei, cuja voz penetrante o trouxe de volta ao mundo real. – Não poupemos os nossos esforços. O Evangelho de Marcos, por favor, o parágrafo correspondente. Orem, irmãos.

– "Vendo Jesus que a multidão se ajuntava ao seu redor, repreendeu o espírito impuro: 'Espírito mudo e surdo, eu te ordeno: sai do menino e não torna a entrar'."

– *Surde et mute spiritus ego tibi preacipio* – repetiu Sharlei, num tom ameaçador e autoritário, enquanto se debruçava sobre o irmão Deodato. – *Exi ab eo! Imperet tibi dominus per angelum et leonem! Per deum vivum! Justitia eius in saecula saeculorum!* Que o Seu poder o expulse e o obrigue a sair junto com toda a sua corja!

– *Ego te exorciso per caracterum et verborum sanctum! Impero tibi per clavem salomonis et nomen magnum tetragrammaton!*[12]

Repentinamente, o brutamontes que devorava o mel tossiu, expeliu muco e se melecou todo. Sharlei enxugou o suor da testa.

– É um *casus* bem difícil e trabalhoso – explicou, se esquivando do olhar cada vez mais desconfiado do abade. – Será necessário usar argumentos ainda mais fortes.

Por um momento pairou um silêncio tão profundo que dava para ouvir o zumbido selvagem de uma mosca apanhada pela aranha na teia no canto da janela.

– Pelo Apocalipse – ressoou no silêncio o barítono levemente rouco de Sharlei –, por meio do qual o Senhor revelou as coisas que virão e as confirmou pela boca de um anjo que ele próprio enviou, eu te esconjuro, Satanás! *Exorciso te, flumen immundissimum, draco maleficus, spiritum mendacii!*

– Pelos sete candelabros de ouro e por um único candelabro que se ergue no meio dos sete! Pela voz que é a voz de várias águas que afirma: Sou Aquele que esteve morto, mas agora estou vivo para todo o sempre! E tenho as chaves da morte e do Hades. Ordeno-lhe que saia, espírito maligno que conhece o castigo da condenação eterna!

Mas sem nenhum resultado. O rosto dos beneditinos que observavam a cena refletia todo tipo de sentimentos. Sharlei inspirou profundamente.

– Que seja acometido por Agyos, tal como o Egito foi por ele acometido! E apedrejado, tal como Acã foi por Israel apedrejado! Que pisem em você e o pendurem sobre um forcado, assim como penduraram os cinco reis amoritas! Que o Senhor ponha uma estaca junto de sua testa e a acerte com um martelo, assim como a mulher de Jael fez com Sísera! Que a sua cabeça inimiga e ambos os braços sejam decepados, assim como se fez com o maldito Dagon! E que o seu rabo seja cortado rente ao seu cu diabólico!

"Uhmm", pensou Reynevan, "isso não vai terminar bem."

– Espírito infernal! – bradou Sharlei e, com um brusco movimento, estendeu os braços sobre o irmão Deodato, que continuava sem esboçar nenhum movimento. – Eu o adjuro em nome de Acharon, Ehey, Homus, Athanatos, Ischiros, Aecodes e Almanach! Eu o adjuro em nome de Araton, Bethor, Phaleg e Och, Ophiel e Phul! Eu o adjuro com os nomes poderosos de Shmiel e Shmul! Eu o adjuro com o mais repugnante de todos os nomes: o nome do poderosíssimo e terrível Semaphor!

Semaphor não causou um impacto maior que Phul e Shmul. E não havia como escondê-lo. Sharlei também notava isso.

– Jobsa, hopsa, afia, alma! – esbravejou selvagemente. – Melach, Berot, Not, Berib *et vos omnes*! Hemen etan! Hemen etan! Au! Au! Au!

"Endoideceu de vez", pensou Reynevan. "E logo mais vão nos atacar. Não vai demorar para que percebam que isso tudo é um absurdo e uma paródia. Não podem ser assim tão burros."

Sharlei, que suava em bicas e estava completamente rouco, atraiu o olhar do rapaz e piscou para ele, lançando um explícito pedido de socorro, reforçado com um gesto insistente, mas furtivo. Reynevan ergueu os olhos para o teto. "Qualquer coisa", pensou ele enquanto tentava evocar os livros antigos e conversas com outros feiticeiros. "Qualquer coisa é melhor que 'au-au-au'."

– Hax, pax, max! – bramiu, agitando as mãos. – Abeor super aberer! Aie Saraye! Aie Saraye! Albedo, rubedo, nigredo!

Sharlei, respirando pesadamente, expressou sua gratidão com o olhar, e com um gesto ordenou que continuasse. Reynevan inspirou fundo.

– Tumor, rubor, calor, dolor! *Per ipsum, et cum ipso, et in ipso!* Jobsa, hopsa, *et vos omnes! Et cum spiritu tuo!* Melach, Malach, Molach!

"Vão começar a nos atacar a qualquer momento", pensou. "Não há o que fazer. É preciso ir com tudo. Partir para o árabe. Ajude-me, Averróis. Salve-me, Avicena."

– *Cullu-al-xaitanu-al-rajim!* – bradou. – *Fa-anasahum Tarish! Qasura al-Zoba! Al-Ahmar, Baraqan al-Abayd! Al-shaitan! Khar-al--Sus! Al ouar! Mochefi al relil! El feurj! El feurj!*

Lembrava-se vagamente de que a última palavra significava "pudenda" e tinha pouco a ver com exorcismos. Estava ciente de que encenava uma grande tolice. Por isso, tanto maior foi seu espanto ao ver o efeito.

Teve a impressão de que o mundo havia parado por um instante. E foi então que, num silêncio absoluto, por entre um *tableau* formado pelos beneditinos de hábitos escuros, petrificado sobre um fundo de paredes acinzentadas, de repente algo estremeceu, algo perturbava, com movimento e som, aquela calmaria fúnebre.

O brutamontes de olhar torpe e que permanecia encostado à parede arremessou com força e repulsa o pote de mel, sujo e grudento, que bateu contra o chão, mas não quebrou, apenas saiu rolando, penetrando o silêncio com um chacoalhar monótono, porém sonoro.

O brutamontes levou à altura dos olhos os dedos melados. Examinou-os por um momento e, em seu semblante redondo e intumescido, esboçou-se uma expressão de incredulidade, que logo se transformou em pavor. Reynevan observava a respiração pesada do pequeno gigante. Sentia o olhar insistente de Sharlei, mas não conseguia arrancar de dentro de si uma palavra sequer. "É o fim", pensou. "O fim."

O brutamontes, que continuava a olhar para os próprios dedos, soltou um gemido. Um gemido quase lancinante.

E foi então que o irmão Deodato, prostrado sobre um féretro, grunhiu, tossiu, pigarreou e esperneou. E praguejou de forma bastante secular.

– Santa Eufrosina... – murmurou o abade, ajoelhando-se.

Os demais monges seguiram seu exemplo. Sharlei abriu a boca, mas logo a fechou conscientemente. Reynevan pousou as mãos nas têmporas sem saber se rezava, clamava ou fugia.

– Caralho... – grasnou o irmão Deodato enquanto se sentava. – Estou morrendo de sede... O quê? Não acordei e perdi a hora do jantar? Que se danem, irmãozinhos... Eu queria apenas tirar uma soneca... Pedi para me acordarem para as Vésperas...

– Milagre! – gritou um dos monges ajoelhados.

– É chegado o reino de Deus! – bradou outro, prosternado em forma de cruz sobre o chão. – *Igitur pervenit in nos regnum Dei!*

– *Alleluia!*

O irmão Deodato, sentado sobre o féretro sem entender nada, observava toda a cena ao redor, passando em vista os confrades ajoelhados, Sharlei, com a estola no pescoço, Reynevan, Sansão, o brutamontes que continuava a examinar as mãos e a barriga, o abade, que seguia rezando, e os monges que chegavam com um balde cheio de esterco e uma frigideira.

– Por acaso – perguntou o recém-possuído –, alguém pode me explicar o que está acontecendo aqui?

CAPÍTULO XIII

No qual, depois de deixar o mosteiro dos beneditinos, Sharlei expõe a Reynevan sua filosofia existencial, que se resume, na prática, à tese de que basta arriar as calças e ficar desatento por um instante para que alguém mal-intencionado aproveite a oportunidade para ferrá-lo. Em seguida, a vida confirma essas divagações em toda a sua extensão e em todos os detalhes. Sharlei é salvo dos apuros por alguém que o leitor já conhece – ou melhor, que acredita conhecer.

O exorcismo no mosteiro dos beneditinos – embora, em sua essência, coroado de sucesso – aumentou ainda mais a aversão que Reynevan sentia com relação a Sharlei, uma aversão que se acumulava desde o primeiro encontro e que se tornara mais nítida no incidente com o andarilho. Reynevan já havia entendido que dependia do penitente e que, sem ele, a tentativa de libertar por conta própria sua amada Adèle tinha poucas chances de sucesso. Ainda que estivesse ciente dessa dependência, isso não diminuía sua aversão. E ela o incomodava tal qual uma unha quebrada, ou um dente lascado, ou uma farpa encravada na polpa do dedo. E os comportamentos e declarações de Sharlei não faziam senão reforçar tal sentimento.

A discussão, ou o debate, surgiu na noite em que deixaram o mosteiro, a uma distância relativamente pequena de Świdnica, segundo declarara o próprio penitente. Paradoxalmente, Reynevan tinha evocado o golpe do exorcismo elaborado por Sharlei e começou a recriminá-lo, ao mesmo tempo que desfrutava das dádivas obtidas graças a ele. Ao se despedirem, os beneditinos tinham lhes entregado um volumoso embrulho que continha – eles descobriram mais tarde – pão de centeio, uma dúzia de maçãs, mais de uma dezena de ovos cozidos, uma linguiça defumada e temperada com zimbro e um espesso chouriço polonês com trigo-sarraceno.

Os viajantes se sentaram para comer numa encosta seca no confim de uma floresta, num local onde uma barragem parcialmente arruinada acumulara a água do rio, fazendo-o transbordar. Eles observavam o Sol, que ia baixando na direção das copas das árvores. Discutiam. Reynevan estava um tanto exaltado e enaltecia as normas éticas ao mesmo tempo que repreendia a truanice. Mas Sharlei de pronto o colocou em seu devido lugar.

– Não vou aceitar – declarou, cuspindo as cascas de um ovo descascado com pouco zelo – lições de moral de alguém que costuma foder as esposas alheias.

– Quantas vezes – disse Reynevan, irritado – vou ter de repetir que não são a mesma coisa? Que não são equiparáveis?

– São, sim, Reinmar.

– Interessante.

Sharlei apoiou o pão sobre a barriga e cortou mais uma fatia.

– É fácil perceber que – começou a falar, ainda com a boca cheia, um instante depois – o que nos distingue são a experiência e a sapiência. Por isso, aquilo que você faz instintivamente, guiado por uma singela, mesmo infantil, tendência de satisfazer seus desejos, eu faço conscientemente, de acordo com um plano. No entanto, partimos do mesmo ponto: a convicção, por sinal, completamente acertada, de que aquilo que conta sou eu, meu bem-estar e meu prazer. E, não sendo prejudicados meu bem-estar e meu prazer, o resto pode mesmo se danar, pois não desperta o meu interesse, já que tampouco me serve para qualquer coisa. Não interrompa. Os encantos de sua amada Adèle eram para você como um caramelo para uma criança. Para poder lamber e chupar, você se esqueceu de tudo, a única coisa que contava era o seu próprio prazer. Não, não tente me ludibriar aqui falando de amor ou citando Petrarca e Wolfram von Eschenbach. O amor também é um prazer. Aliás, um dos mais egoístas.

– Não quero ouvir isso.

– *In summa* – prosseguia o penitente, inabalado –, nossos credos existenciais não diferem em nada, ambos se apoiam neste *principium*: tudo o que eu faço deve servir a mim mesmo. A única coisa que importa é meu próprio bem-estar, meu deleite, meu conforto e minha felicidade. O resto que se dane. No entanto, o que nos distingue...

– Há diferenças, então?

– É a capacidade de pensar prospectivamente. Eu, apesar das frequentes tentações, abstenho-me, dentro do possível, de foder as mulheres dos outros, visto que a capacidade de pensar prospectivamente me diz que isso não me trará benefícios. Muito pelo contrário: vai me causar problemas. Quanto aos pobres, como aquele andarilho de anteontem, eu não lhes presenteio com dádivas não por ser avarento, mas porque esse tipo de caridade não tem efeito nenhum, se é que não os prejudica... Sobra menos dinheiro no bolso e, em troca, se ganha a fama de tolo ou idiota. E já que *infinitus est numerus* de tolos e idiotas, eu mesmo costumo depenar os outros. Sem fazer exceções para os beneditinos. Nem qualquer outra ordem. Entendeu?

– Entendo – disse Reynevan, mordendo uma maçã – por que você esteve preso.

– Você não entendeu nada. Mas terá tempo para aprender. O caminho para a Hungria é longo.

– E será que eu vou chegar lá? Inteiro?

– O que você quer dizer com isso?

– Ora, continuo a escutá-lo e me sinto um idiota cada vez maior, que a qualquer momento pode virar uma oferta queimada no altar de seu conforto. Um dos demais que vão se ferrar.

– Está vendo! – disse Sharlei com um sorriso. – Você já está progredindo. Começa a raciocinar direito. A descontar o sarcasmo injustificado, já está captando a regra básica da vida: a regra da confiança limitada, que ensina que o mundo jamais cessa de espreitá-lo, jamais deixa passar uma oportunidade de afrontá-lo, importuná-lo ou prejudicá-lo. Apenas espera que você arreie as calças para logo em seguida enrabá-lo.

Reynevan bufou.

– Daí – prosseguia o penitente, inabalável – surgem duas conclusões. *Primo*: nunca confie ou acredite nas intenções. *Secundo*: se você próprio fez alguma maldade ou magoou alguém, não se afobe. Você simplesmente agiu mais rápido, preventivamente...

– Cale-se!

– O que significa isso? Estou dizendo a pura verdade e pratico o direito à liberdade de expressão. A liberdade...

– Cale-se, diacho. Ouvi algo. Alguém está se emboscando por aqui...

– Deve ser um lobisomem! – afirmou Sharlei antes de começar a gargalhar. – Um pavoroso lobisomem, o terror da vizinhança!

Quando partiam do mosteiro, os monges atenciosos os avisaram e advertiram para ficarem atentos. Nas redondezas, afirmaram, especialmente durante a lua cheia, havia algum tempo grassava um terrível *lykanthropos*, isto é, um licantropo, um lobisomem, ou seja, um homem transformado pelas forças demoníacas num monstro parecido com um lobo. Sharlei achou a advertência engraçada e continuou rindo sem parar por mais umas boas léguas, zombando dos monges supersticiosos. Reynevan tampouco acreditava em lobisomens ou licantropos, mas não ria.

– Ouço os passos de alguém – disse, aguçando os ouvidos. – Sem dúvida, alguém se aproxima.

Um gaio grasnou de modo alarmante no meio do mato. Os cavalos relincharam. Um galho estalou. Sharlei cobriu os olhos com a mão, o Sol que se punha cegava com seu brilho.

– Diabos – murmurou baixinho. – Realmente, só nos faltava essa. Olhe só quem chegou aqui.

– Parece ser... – Reynevan gaguejou. – É...

– O brutamontes dos beneditinos – Sharlei confirmou suas suspeitas. – O gigante do mosteiro, o devorador de mel Beowulf. O lambedor de potes, portador de um nome bíblico. Aliás, como ele se chamava? Golias?

– Sansão.

– Verdade, Sansão. Não lhe dê atenção.

– O que ele está fazendo aqui?

– Ignore-o. Talvez ele vá embora, siga seu caminho, aonde quer que ele o leve.

No entanto, não parecia que Sansão tivesse qualquer intenção de ir embora. Pelo contrário, aparentava ter chegado a seu destino, pois se acomodou sobre um toco que ficava a uma distância de três passos. E permanecia sentado com o seu semblante abobado e inchado. Entretanto, seu rosto estava limpo, muito mais limpo que antes, e tinham desaparecido também as melecas ressequidas debaixo do nariz. A túnica que agora trajava era nova e bem-ajambrada. Mesmo assim, continuava a exalar um leve cheiro de mel.

– Bem... – disse Reynevan, pigarreando. – Uma boa educação manda...

– Eu sabia – interrompeu-o Sharlei, dando um suspiro. – Sabia que você diria isso. Ei, você, Sansão! O matador dos filisteus! Está com fome?

Sem receber resposta, Sharlei sacudiu um pedaço de chouriço e o jogou na direção do brutamontes, como se lidasse com um cachorro ou um gato.

– Ei, está com fome? Psiu! Você me entende? Psiu, aqui, aqui, psiu! Papa! Papinha! Quer comer?

– Não, obrigado – declarou de repente o gigante, surpreendendo-os com uma resposta clara e consciente. – Não, obrigado. Não estou com fome.

– É um caso estranho – murmurou Sharlei, aproximando-se do ouvido de Reynevan. – De onde ele surgiu? Será que nos seguiu? Disseram que costumava seguir o irmão Deodato, nosso paciente recém-tratado... Daqui até o mosteiro há uma distância de uma boa milha. Para chegar aqui agora, deve ter saído logo depois de nós. E nos ter seguido a passos largos. Para quê?

– Pergunte a ele.

– Vou perguntar. Quando chegar a hora certa. Por enquanto, para maior segurança, falemos em latim.

– *Bene.*

* * *

O Sol se abaixava cada vez mais sobre a floresta escura, os grous que voavam para o oeste grulharam seu canto, os sapos no pântano junto do rio começaram seu sonoro concerto. E na encosta seca nos confins da floresta, como numa aula da universidade, ressoavam as palavras de Virgílio.

Pela enésima vez – mas pela primeira em latim –, Reynevan contava suas aventuras recentes e descrevia as peripécias. Sharlei ouvia, ou fingia ouvir. O brutamontes monacal olhava torpemente, embora não soubessem por quê. Até então, sua fisionomia inchada não tinha demonstrado nenhuma emoção digna de nota.

A história contada por Reynevan era, é claro, apenas uma introdução para algo mais essencial – mais uma tentativa de induzir Sharlei a uma ação contra os Stercza. Naturalmente, não surtiu efeito. Nem mesmo quando Reynevan começou a aliciar o penitente com a perspectiva de ganhar uma grande quantia de dinheiro – ainda que não tivesse a menor ideia de onde poderia vir tal quantia. De todo modo, o problema tinha um caráter puramente acadêmico: Sharlei rechaçou a oferta. Reacendeu-se, assim, a contenda na qual ambos os debatedores sustentavam seus argumentos com citações clássicas – desde Tácito até Esclesiastes.

– *Vanitas vanitatum*, Reinmar! Vaidade das vaidades, tudo é vaidade! Não seja imprudente, a raiva mora no peito dos tolos. Lembre-se: *melior est canis vivus leone mortuo*, é melhor um cão vivo que um leão morto.

– Como é que é?

– Se você não abandonar esses planos malucos de vingança, estará morto, pois, para você, isso seria morte certa. E quanto a mim, mesmo que não me matem, vão me botar de volta na cadeia. Mas, dessa vez, não será uma temporada de férias nos carmelitas, não... Será numa masmorra, *ad carcerem perpetuum*. Ou, o que consideram uma indulgência, longos anos de um *in pace* num mosteiro. Você sabe, Reynevan, o que é *in pace*? É ser enterrado vivo. Num porão, numa cela tão apertada e de teto tão baixo que só é possível ficar sentado e, à medida que o monte de excrementos cresce, é preciso se curvar cada vez mais para não arranhar a cabeça no teto. Você só pode ser louco de pensar que eu arriscaria algo assim por essa sua causa. Uma causa obscura, para começo de conversa.

– O que você considera obscuro? – Reynevan irritou-se. – A morte trágica de meu irmão?

– As circunstâncias em que ela ocorreu.

Reynevan calou-se e virou a cabeça. Por um momento ficou olhando para Sansão, o brutamontes, sentado sobre aquele toco. "Tem um aspecto diferente", pensou. "Aliás, quer dizer, ainda parece um cretino, mas algo nele mudou. O que será?"

– Com relação às circunstâncias da morte de Peterlin – retomou –, não há nada de obscuro. Ele foi assassinado por Kyrieleison. Kunz

Aulock *et suos complices*. *Ex subordinatione* e com o dinheiro dos Stercza. Assim, os Stercza deveriam ser responsabilizados...

– Você não ouviu – Sharlei interrompeu – aquilo que Dzierżka, a sua parente, disse?

– Ouvi. Mas não prestei muita atenção.

Sharlei tirou um garrafão de dentro dos alforjes e o destampou. O aroma de licor impregnou o local. O garrafão, sem dúvida, não constava das beneditinas dádivas de despedida; Reynevan não tinha a mínima ideia de quando e de como o penitente tomara posse dele. Mas suspeitava o pior.

– É um grande erro – Sharlei tomou um gole do garrafão e o passou a Reynevan. – É um erro não escutar Dzierżka; ela normalmente sabe o que diz. As circunstâncias da morte do seu irmão não estão claras, rapaz. Decerto insuficientemente claras para você se envolver de imediato numa vingança sangrenta. Você não tem nenhuma prova da culpa dos Stercza. *Tandem*, não tem nenhuma prova da culpa de Kyrieleison. Ora, *in hoc casu* faltam mesmo os motivos e as premissas.

– O que... – Reynevan engasgou com o licor. – O que você está dizendo? Aulock e o bando dele foram vistos nas cercanias de Balbinów.

– Como uma prova *non sufficit*.

– Tinham motivo.

– Qual? Eu escutei atentamente seu relato, Reinmar. Kyrieleison foi contratado pelos Stercza, os cunhados da sua amada. Para que o apanhasse vivo. Os acontecimentos na taberna nas cercanias de Brzeg provam isso indubitavelmente. Kunz Aulock, Stork e Barby são profissionais, fazem apenas aquilo que foram pagos para fazer. Foram pagos para matar você, e não seu irmão. Para que deixariam um cadáver atrás de si? Um *cadaver* assim, no caminho, é um problema para os profissionais, que correm risco de sofrer perseguição, acertar contas com a justiça ou serem alvo de vingança... Não, Reinmar. Isso não tem um pingo de lógica.

– Quem, então, de acordo com você, teria matado Peterlin? Quem? *Cui bono?*

– Pois é. Vale a pena, realmente vale a pena refletir a respeito. Você precisa me contar mais sobre seu irmão. No caminho para a Hungria, por certo, enquanto passarmos por Świdnica, Frankenstein, Nysa e Opawa.

– Você se esqueceu de Ziębice.

– Verdade. Mas você, não. E receio que você não vá se esquecer. Fico me perguntando quando ele vai se dar conta.

– Quem? Notar o quê?

– Sansão Melzinho dos beneditinos. No toco onde ele está sentado há um ninho de vespas.

O brutamontes ergueu-se com ímpeto. E voltou a sentar-se ao perceber que tinha sido vítima de um engodo.

– É o que suspeitava – Sharlei arreganhou os dentes. – Irmãozinho, você entende latim.

Diante do espanto de Reynevan, o gigante respondeu com um sorriso.

– *Mea culpa* – disse com um sotaque que nem sequer Cícero em pessoa ousaria repreender. – Mas não é um pecado. E, mesmo que fosse, quem *sine peccato est*?

– Não consideraria um comportamento virtuoso – disse Sharlei, inflando os lábios – ficar escutando a conversa alheia fingindo desconhecer a língua.

– Tem razão – Sansão inclinou a cabeça levemente. – Já admiti minha culpa. E, para não incorrer no erro, aviso logo que não garantirão sua discrição mesmo que se comuniquem na língua dos francos. Conheço francês.

– Hum – a voz de Sharlei estava fria como gelo. – *Est-ce vrai?* É mesmo?

– Certamente. *On dit, et il est verité.*

Um silêncio pairou por um tempo. Por fim, Sharlei pigarreou alto.

– Não duvido – arriscou – que você domine a língua inglesa igualmente bem.

– *Ywis* – o gigante respondeu sem gaguejar. – *Herkneth, this is the point, to speken short and plain. That ye han said is right enough. Namore of this*, chega. Ainda que eu falasse as línguas dos homens e dos anjos, eu soaria como um címbalo ressoando. Então, em vez de nos gabarmos da eloquência, é melhor irmos direto ao ponto, pois o tempo urge. Não os segui por diversão, mas levado por uma séria necessidade.

– É mesmo? E pode se saber em que consiste essa tal *dira necessitas*?

– Olhem para mim com atenção e respondam sinceramente. Vocês queriam ter esta aparência?

– Não queríamos – Sharlei respondeu com uma desarmadora sinceridade. – No entanto, camarada, você está dirigindo suas acusações às pessoas erradas. Você deve seu aspecto diretamente ao seu pai e à sua mãe. E, indiretamente, ao Criador, embora me pareça que Ele discorde disso.

– Eu devo minha aparência – Sansão ignorou completamente o deboche – a vocês. E aos seus exorcismos ridículos. Vocês aprontaram, camaradas. E aprontaram bonito. Está na hora de encarar a verdade e começar a pensar como consertar o que estragaram. E seria conveniente considerar indenizar aquele a quem vocês causaram problemas.

– Não tenho a mínima ideia do que você está falando – Sharlei afirmou. – Amigo, você fala as línguas dos homens e dos anjos, mas todas de forma incompreensível. Repito: não sei do que você está falando. Juro por tudo que me é caro, isto é, pela minha pica velha. *Je jure ça sur mon coullon*.

– Tanta eloquência, tanta lábia – o brutamontes comentou. – E nenhuma sagacidade. Realmente não consegue entender o que aconteceu por causa dos seus malditos encantamentos?

– Eu... – Reynevan gaguejou. – Eu entendo... Algo aconteceu... durante os exorcismos.

– Eis a juventude e o conhecimento universitário triunfando! – o gigante dirigiu o olhar para Reynevan. – A julgar por seu jargão, que deve ter sido adquirido em Praga. Sim, sim, jovem. Os encantamentos e feitiços podem ter efeitos colaterais. Diz a Escritura: a oração do humilde atravessa as nuvens. E atravessou mesmo.

– Nossos exorcismos... – Reynevan sussurrou. – Eu senti aquilo. Senti uma brusca injeção da Força. Mas seria possível... Será que é possível...

– *Certes.*

– Não seja infantil, Reinmar, não se deixe manipular – Sharlei afirmou com calma. – Não permita que ele o engane. Ele está debochando de nós. Está fingindo. Tentando se passar por um demônio evocado por acaso pelo poder dos nossos exorcismos. Um demônio evocado do além e transferido para a envoltura corporal de Sansão Devorador de Mel, o idiota monacal. Está tentando se passar por um incluso que foi liberto de uma joia graças aos nossos encantamentos, um gênio liberto de sua garrafa. Eu me esqueci de mencionar algo, recém-chegado? O que você é? Quem você é? O rei Artur que voltou de Avalon? Holger Danske? Barbarossa chegando de Kyffhausen? Ou o Judeu Errante?

– Por que você parou de falar? – Sansão cruzou os poderosos antebraços no peito. – Pois você, com sua vasta sabedoria, sabe muito bem quem eu sou.

– *Certes* – Sharlei retrucou com um sotaque impecável. – Eu sei. Mas foi você, irmãozinho, que veio até o nosso acampamento, não o contrário. Por isso, convém que você mesmo se apresente. Sem esperar que nós o desmascaremos.

– Sharlei – Reynevan intrometeu-se com seriedade –, ele parece estar dizendo a verdade. Nós o evocamos com os nossos exorcismos. Por que você não nota o óbvio? Por que você não vê o visível? Por quê...

– Porque – o penitente interrompeu –, ao contrário de você, não sou ingênuo. E sei muito bem quem ele é, como ele chegou nos beneditinos e o que ele quer de nós.

– Quem sou eu, então? – o gigante sorriu um sorrisinho nada bobo. – Por gentileza, me conte. Agora. Antes que eu morra de curiosidade.

– Sansão Melzinho, você é um foragido procurado. Um fugitivo. A julgar pela forma como se expressa, provavelmente é um padre foragido. No mosteiro, você devia estar se escondendo de alguma perseguição, passando-se por um idiota, no que, me perdoe a falta de gentileza, foi obviamente ajudado por sua aparência. No entanto, não sendo um idiota, evidentemente, logo viu em nós uma oportunidade... ou melhor, em mim. Você não ficou nos escutando em vão. Quer fugir para a Hungria e sabia que sozinho seria difícil. Para você, a nossa companhia, uma companhia de gente esperta e viajada, foi um presente caído do céu. Você quer se juntar a nós. Estou enganado?

– Sim, e muito. E em todos os pormenores, exceto um: eu realmente vi em você uma oportunidade.

– Aham – Sharlei também se levantou. – Então eu é que estou errado e você está dizendo a verdade. Vamos lá, então, prove. Você é um ser sobrenatural, um habitante do além, de onde o tiramos, sem querer, por meio dos exorcismos. Demonstre, então, o seu poder. Faça a terra tremer. Que retumbem os trovões e reluzam os relâmpagos. Que o Sol que acabou de se pôr nasça de novo. Que os sapos no pântano, em vez de coaxar e gritar, cantem em coro *Lauda Sion Salvatorem*.

– Não tenho o poder de fazer nada disso. E, caso o tivesse, você acreditaria em mim?

– Não – Sharlei admitiu. – Não sou crédulo por natureza. E, além do mais, a Escritura afirma: não creiam em qualquer espírito. Porque muitos falsos profetas têm surgido pelo mundo. Resumindo: só tem mentiroso, um mentiroso atrás do outro.

– Não gosto – o brutamontes respondeu calma e meigamente – que me chamem de mentiroso.

– É mesmo? – o penitente abaixou os braços e debruçou-se levemente. – E o que você faz nessas horas? Eu, por exemplo, não gosto quando alguém mente descaradamente. Tanto não gosto que costumo quebrar o nariz do mentiroso.

– Nem cogite tentar.

Embora Sharlei fosse mais baixo que Sansão no equivalente a uma cabeça, Reynevan não tinha dúvida nenhuma do que estava para acontecer. Já havia visto aquilo. Um chute na perna, logo abaixo do joelho, e, ao cair de joelhos, um soco no nariz, o osso quebrando com um estalo, o sangue ensopando a roupa. Reynevan estava tão certo do roteiro que não ficou surpreso com o que se seguiu.

Se Sharlei era rápido como uma cobra, o enorme Sansão era um píton, movimentava-se com incrível agilidade. Com um velocíssimo contrachute impediu um pontapé e com destreza bloqueou um soco com o antebraço. E saltou para trás. Sharlei também recuou num pulo, arreganhando os dentes debaixo do lábio superior. Reynevan, sem saber por quê, interveio com ímpeto separando os dois.

– Paz! – estendeu os braços. – *Pax!* Senhores! Não têm vergonha? Comportem-se como pessoas civilizadas!

– Você briga... – Sharlei endireitou-se. – Você briga como um dominicano. E isso só confirma minha teoria. E continuo a detestar gente mentirosa.

– Ele pode estar dizendo a verdade, Sharlei – disse Reynevan.

– É mesmo?

– Sim. Já houve casos semelhantes. Existem seres paralelos, invisíveis... Mundos astrais... É possível comunicar-se com eles, houve também... hmmm... casos de visitas.

– Que balelas são essas que você, ó esperança das mulheres casadas, está contando?

– Não são balelas. Em Praga ensinava-se sobre essas coisas! O Zohar menciona isso; Rábano Mauro escreve sobre isso em *De universo*. Duns Escoto também procura comprovar a existência de um mundo espiritual paralelo. Segundo Duns Escoto, *materia prima* pode existir sem tomar uma forma física. Um corpo humano sem espírito constitui apenas *forma corporeitatis*, uma forma imperfeita que...

– Pare, Reinmar – Sharlei interrompeu-o com voz impaciente. – Sossegue. Está perdendo os ouvintes. Pelo menos um. Vou me afastar para urinar no meio do mato antes de dormir. Será, aliás, uma atividade cem vezes mais proveitosa do que esta com a qual estamos perdendo tempo.

– Foi urinar – o gigante comentou após um momento. – Duns Escoto está se revirando no túmulo, assim como Rábano Mauro e Moisés de Leão junto com os cabalistas restantes. Se essas autoridades não o convencem, então quais são as minhas chances?

– Mínimas – Reynevan admitiu. – Para dizer a verdade, você tampouco conseguiu sanar minhas dúvidas. E faz pouco para esclarecê-las. Quem é você? De onde veio?

– Você não vai entender quem eu sou – o brutamontes respondeu calmamente. – Nem de onde eu vim. E eu próprio não entendo bem como cheguei até aqui. Segundo o poeta: contar não posso como tinha entrado.

> *Io non so ben ridir com'i'v'intrai,*
> *Tant'era pien di sonno a quel punto*
> *che la verace via abbandonai.*[13]

– Para alguém que veio do além – disse Reynevan vencendo o próprio espanto –, você conhece muito bem nossas línguas. E a poesia de Dante.

– Eu sou... – Sansão falou após um momento de silêncio. – Sou um errante, Reinmar. E os errantes sabem muito. A isso dá-se o nome da sabedoria dos caminhos percorridos, dos lugares visitados. Não posso revelar mais nada. No entanto, vou lhe contar quem é o culpado pela morte de seu irmão.

– O quê? Você sabe de alguma coisa? Fale!

– Agora não, preciso pensar melhor. Ouvi você contando a história. E tenho algumas suspeitas.

– Diga, pelo amor de Deus!

– O mistério da morte de seu irmão está naquele documento parcialmente queimado, aquele que você tirou do fogo. Tente se lembrar do que havia nele, de trechos de frases, de palavras, letras, qualquer coisa. Decifre o documento e eu lhe apontarei o culpado. Considere isso um favor.

– E por que você me prestaria um favor? E o que espera em troca?

– Que você o retribua influenciando Sharlei.

– De que modo?

– Para reverter o que aconteceu. Para que eu possa voltar à minha própria forma e ao meu próprio mundo, é preciso repetir todo o exorcismo com a maior precisão possível. Todo o procedimento...

Foram interrompidos por um uivo selvagem de um lobo que ressoou no matagal. E pelo grito macabro do penitente.

Imediatamente, ambos se lançaram numa corrida desenfreada e, apesar de sua obesidade, Sansão não deixou que Reinmar o ultrapassasse e se distanciasse. Entraram correndo num matagal sombrio orientando-se pelo grito e pelos estalos de galhos quebrados. E depois viram a cena.

Sharlei lutava com um monstro.

Um enorme monstrengo, humanoide, embora coberto de pelo negro, devia ter atacado Sharlei inesperadamente pelas costas, apanhando-o num terrível golpe com as patas peludas e os gadanhos. Com a nuca dobrada de tal forma que o queixo estava encravado em seu peito, o penitente já não gritava, apenas estertorava, tentando afastar a cabeça do alcance daquela bocarra dentuda e salivante. Lutava, mas sem efeito. Como um louva-a-deus que imobiliza sua presa, o monstro segurava Sharlei, imobilizando efetivamente um de seus braços e limitando fortemente a mobilidade do outro. Mesmo assim, Sharlei se agitava feito uma doninha, dando golpes a torto e a direito tanto com o cotovelo, contra o focinho lupino, quanto com coices e chutes, porém, tais tentativas eram impedidas pelas calças arriadas abaixo dos joelhos.

Reynevan estava parado feito um poste, paralisado pelo terror e pela indecisão. Entretanto, Sansão lançou-se no combate sem hesitação.

Provou-se novamente que o gigante sabia se movimentar com a rapidez de um píton e a graça de um tigre. Em três pulos estava junto dos lutadores. Desferiu um poderoso soco, acertando em cheio a bocarra lupina do monstro, que, espantado, teve as orelhas peludas agarradas por Sansão, que o puxou, apartando-o de Sharlei. Em seguida, com um giro, chutou o monstro, já tonto, lançando-o na direção do tronco de um pinheiro. O choque fez o monstro bater a cabeça com tamanha força e provocou tanto barulho que uma chuva de agulhas se desprendeu da árvore. Um golpe assim fraturaria a cabeça de um ser humano, quebrando-a como um ovo, mas o lobisomem se levantou às pressas, soltou um uivo lupino e lançou-se contra Sansão. Porém, não o atacou como se poderia esperar, com a bocarra aberta e os caninos à mostra, mas cobriu o gigante com uma saraivada de velozes golpes e chutes que fugiam à vista. Sansão bloqueava e rebatia todos, incrivelmente rápido e ágil para alguém de sua estatura.

– Ele luta... – gemeu Sharlei, a quem Reynevan tentava erguer. – Luta... como um dominicano.

Tendo rebatido uma série de golpes e esperado o momento oportuno, Sansão passou ao contra-ataque. O lobisomem uivou quando acertado diretamente no nariz, cambaleou, levou um chute no joelho e foi golpeado no peito para, novamente, ser arremessado na direção do pinheiro. Ressoou um estalo surdo, mas a cabeça aguentou o baque mais uma vez. O monstro berrou e pulou. A cabeça, agora inclinada como a de um touro em ofensiva, tentava derrubar o gigante apenas com o impulso. Sansão, no entanto, nem se mexeu diante da investida, pôs os braços em volta do lobisomem e permaneceram assim, Teseu e Minotauro, gemendo, empurrando-se mutuamente e revirando a serrapilheira. Por fim, Sansão o superou. Afastou o monstro e o acertou com um soco – seu punho era como um aríete. Ressoou outro estalo surdo, visto que o pinheiro permanecia no mesmo lugar. Desta vez, Sansão não deu tempo ao monstro para que ele atacasse. Saltou até ele, desferindo um par de golpes poderosos e precisos, levando o lobisomem a cair de quatro. O gigante posicionou-se atrás da fera. O traseiro do monstro, vermelho e desprovido de pelos, era um alvo perfeito. Era impossível errar, sobretudo levando em conta que Sansão calçava botas pesadas. Com o chute, o lobisomem guinchou e, pela quarta vez, foi lançado na direção do pinheiro, chocando-se contra a pobre árvore. Sansão permitiu que ele se levantasse apenas o suficiente para que seu traseiro estivesse novamente na mira. E chutou-o mais uma vez, com um ímpeto ainda maior. O lobisomem saiu rolando declive abaixo em cambalhotas, caiu num rio, respingando água para todo lado, saiu dele como um cervo, atravessou o pântano chapinhando, penetrou o salgueiral fazendo bastante barulho e finalmente fugiu para dentro da floresta. Uivou apenas uma vez, de longe. E de forma bastante plangente.

Sharlei se levantou. Estava pálido. As mãos tremiam e as canelas se convulsionavam. Mas conseguiu se recompor rapidamente. Apenas xingava baixinho, enquanto esfregava e massageava a nuca.

Sansão se aproximou.

– Você está inteiro? – perguntou. – Intacto?

– O filho da puta me pegou desprevenido – o penitente se justificou. – Pela retaguarda... Machucou um pouco as minhas costelas... Mas conseguiria vencê-lo de qualquer jeito. Se não fosse essa calça... Eu teria me virado...

Ele caiu em si diante dos olhares veementes.

– Estava mal – admitiu. – Quase quebrou a minha nuca... Obrigado pela ajuda, compadre. Você me salvou. Francamente, corri risco de vida.

– Não foi nem uma questão de vida – Sansão interrompeu. – Seu rabo estaria tão ferrado que você simplesmente não conseguiria levantá-lo nunca mais. Aqui todos sabem desse licantropo, a vizinhança toda o conhece. Quando ele era um ser humano, também demonstrava tendências perversas, e em sua forma lupina as manteve. Agora fica espreitando aqueles que arreiam as calças para apanhá-los por trás, imobilizá-los... E depois... Você entende.

Sharlei entendia, sem dúvida, pois estremeceu visivelmente. E depois sorriu, estendendo a mão direita para o gigante.

* * *

A lua cheia brilhava formosamente, o riozinho que escorria pelo fundo do pequeno vale cintilava, iluminado pelo luar como mercúrio no cadinho de um alquimista. As chamas da fogueira estalavam, soltavam faíscas, crepitavam a lenha e os galhos secos.

Sharlei nem sequer ironizou ou falou qualquer palavra de reprovação. Limitou-se apenas a menear a cabeça e suspirar um par de vezes, mostrando dessa forma sua reserva perante a iniciativa. Mas não contestou sua participação nela. Reynevan participou com entusiasmo. E otimismo – um tanto precoce.

A pedido do estranho gigante, repetiram todo o ritual do exorcismo realizado nos beneditinos. Segundo Sansão, não se podia excluir a possibilidade de que, assim, ocorreria uma outra transferência, isto é, ele voltaria ao seu ser, e o cretino do mosteiro de volta para o seu enorme corpo. Portanto, repetiram o exorcismo tentando não omitir nada. Nem as citações do Evangelho, nem da oração ao Arcanjo Miguel, nem de Picatrix vertido pelo sábio rei de Leão e Castela. Nem de Isidoro de Sevilha ou Cesário de Heisterbach. Nem de Rábano Mauro ou de Miguel Pselo.

Não se esqueceram de repetir os encantamentos – aqueles em nome de Acharon, Ehey e Homus e aqueles em nome de Phaleg e Och, Ophiel, o terrível, Semaphor. Tentaram de tudo, não omitiram "jobsa, hopsa" ou "hax, pax, max", ou sequer "au-au-au". Reynevan se lembrou, não sem algum esforço, das sentenças árabes – ou pseudoárabes – derivadas de Averróis, Avicena e Abū Bakr Muhammad Zakariyyā Rāzī, conhecido no mundo ocidental como Rasis, e repetiu-as todas.

Tudo em vão.

Não se sentiu nenhum tremor ou movimento da Força. Não aconteceu nada; nada sucedeu. Apenas os pássaros grasnavam e os cavalos relinchavam na floresta, espantados pelos gritos dos exorcistas. Particularmente, o estranho continuava sendo Sansão, o brutamontes dos beneditinos. E mesmo ao supor que Duns Escoto, Rábano Mauro e Moisés de Leão junto com os cabalistas restantes não estivessem equivocados a respeito dos mundos invisíveis, de seres paralelos e do cosmos, foi impossível efetuar mais uma transferência. Por mais estranho que fosse, o mais interessado parecia o menos desiludido.

– Confirma-se – dizia – a tese de que, em geral, nos encantamentos mágicos, o significado das palavras e dos sons é mínimo. O elemento decisivo é a predisposição espiritual, a determinação, a força de vontade. Parece-me que...

Parou de falar como se esperasse perguntas ou algum comentário. Mas eles não surgiram.

– Não tenho outra solução senão seguir com vocês – o gigante concluiu. – Vou ter de fazer-lhes companhia. Contando com a possibilidade de um dia repetir o que um de vocês, ou ambos, conseguiu fazer por acaso na capela do mosteiro.

Reynevan lançou um olhar cheio de inquietação para Sharlei, mas o penitente permanecia calado. Ficou em silêncio por longo tempo ajeitando a compressa das folhas de plantago que Reynevan aplicara sobre sua nuca arranhada e dolorida.

– Pois bem – disse Sharlei, enfim –, tenho uma dívida com você. Fora as dúvidas que você, compadre, não conseguiu esclarecer, não vou protestar se quiser nos acompanhar na jornada. Não importa, diabos, quem você é. No entanto, conseguiu provar que não vai nos atrapalhar durante a viagem. Pelo contrário, vai ser de grande utilidade.

O brutamontes curvou-se calado.

– Então, a nossa jornada – o penitente continuou – deve ser boa e divertida. Naturalmente, desde que você evite, por gentileza, proferir ostensiva, excessiva e publicamente teses sobre sua proveniência extraterrena. Aliás, me perdoe a sinceridade, mas deveria evitar proferir qualquer coisa. Suas declarações contradizem sua aparência de forma bastante desconcertante.

O gigante curvou-se novamente.

– Repito que não me importa, de verdade, quem você é; não espero nem exijo confissões ou declarações. No entanto, queria saber com que nome devo chamá-lo.

– Por que – Reynevan recitou baixinho, lembrando-se das três bruxas da floresta e da profecia – me perguntas pelo meu nome? É um nome misterioso.

– De fato – o gigante sorriu. – *Nomen meum, quos est mirabile...* Uma interessante coincidência, decerto nada casual. É o Livro dos Juízes. As palavras que respondem a pergunta feita por Manoá... o pai de Sansão. Então, fiquemos com Sansão mesmo, pois é um nome tão bom como qualquer outro. E, quanto ao sobrenome, Sharlei, pode ser aquele mesmo que você criou, fruto de sua invenção e fantasia... Embora eu deva confessar que fico enjoado só de pensar em mel... Só de lembrar a hora em que acordei, lá na capela, com um recipiente pegajoso na mão... Mas eu o aceito. Sansão Melzinho, às ordens.

CAPÍTULO XIV

O qual relata os eventos ocorridos na mesma noite descrita no capítulo anterior, porém, num lugar diferente: uma grande cidade localizada a aproximadamente oito milhas, num voo de gralha, a nordeste. Uma olhadela no mapa da Silésia – algo que o autor notadamente recomenda ao leitor – revelará de que cidade se trata.

Ao aterrissar no campanário da igreja, a Trepadeira-dos-Muros espantou as gralhas-calvas. Os pássaros-pretos, grasnando alto, levantaram voo e, redemoinhando como flocos de fuligem expelidos por um incêndio, mergulharam na direção dos telhados dos sobrados. As gralhas, em maior número, não permitiam se espantar facilmente das torres e jamais capitulariam diante de uma trepadeira-dos-muros qualquer. Mas aquela não era uma mera trepadeira-dos-muros. E as gralhas notaram isso de imediato.

Um vento forte soprava sobre a Breslávia, empurrando nuvens escuras desde a montanha Ślęża. As fortes rajadas encrespavam a água acinzentada do Oder, sacudiam os galhos dos salgueiros da ilha Słodowa e agitavam o maciço de juncos entre os braços mortos do velho rio. A Trepadeira-dos-Muros estendeu as asas, lançou um desafio crocitante às gralhas, que revoavam sobre os telhados, então alçou voo, circundou a torre e pousou em uma cornija. Depois de espremer-se entre o arrendado de uma janela, despencou no abismo escuro do campanário e, voando em espiral, desceu toda a escadaria de madeira. Por fim, aterrissou no piso da nave e, batendo as asas e eriçando as penas, mudou de forma quase ao mesmo tempo que tocava o chão, transfigurando-se num homem de cabelos pretos e vestimenta igualmente escura.

O ostiário, um velhote de tez pálida e com aspecto de pergaminho, vinha, desde o altar, batendo as sandálias contra o piso e murmurando. A Trepadeira-dos-Muros ajustou sua postura com pompa. Ao avistá-la, o ostiário empalideceu ainda mais, fez o sinal da cruz, baixou a cabeça e de pronto recuou para a sacristia. No entanto, o ruído produzido por suas sandálias alarmou aquele com quem a Trepadeira-dos-Muros queria se encontrar. Sob a arcada que cobria a capela, emergiu em silêncio um homem alto, com uma barba curta e arrepiada, envolto numa capa com a estampa de uma cruz vermelha e uma estrela. A Igreja de São Matias, na Breslávia, pertencia à ordem hospitalária *cum Cruce et Stella*, e seu albergue ficava junto da igreja.

– *Adsumus* – a Trepadeira-dos-Muros cumprimentou em voz baixa.

– *Adsumus* – respondeu em voz baixa o cruzado com a estrela, juntando as mãos. – Em nome do Senhor.

– Em nome do Senhor – replicou a Trepadeira-dos-Muros, involuntariamente mexendo a cabeça e os braços como uma ave. – Em nome do Senhor, irmão. Como andam as coisas?

– Permanecemos em alerta – o hospitalário continuava a falar em voz baixa. – As pessoas não cessam de vir. Anotamos meticulosamente todas as denúncias.

– E a Inquisição?

– Não suspeita de nada. Acabaram de abrir os próprios pontos de denúncia em quatro igrejas: na de São Adalberto, na de São Vicente, na de São Lázaro e na de Nossa Senhora Maria na Areia; não vão perceber que o nosso também segue funcionando, nos mesmos dias e horários, às terças, às quintas e aos domingos, desde as…

– Eu sei bem quando – a Trepadeira-dos-Muros cortou-o rudemente. – Venho na hora certa. Assinale um confessionário para mim, irmão. Ficarei para ouvir e saber o que preocupa o povo.

Não tinham se passado nem três padres-nossos quando o primeiro suplicante se ajoelhou diante da grade.

* * *

– O irmão Tito não tem reverência por nenhuma autoridade, não respeita ninguém… Uma vez, que Deus o perdoe, gritou com o próprio prior, que celebrava a missa embriagado, mas o prior havia bebido só um pouquinho naquele dia. Quer dizer, o que é um quarto de uma garrafa dividido entre três? Mas o irmão Tito não tem nenhum respeito… Então, o prior mandou observá-lo com mais atenção… E às escondidas, que Deus o perdoe, revistar a sua cela… Encontraram livros e panfletos ocultos debaixo da cama. É até difícil de acreditar… *Trialogus*, de Wycliffe… *De ecclesia*, de Hus… Os escritos dos lolardos e valdenses… Além disso, *Postilla apocalypsim*, a obra de Petrus Olivi, aquele herege maldito, o apóstolo dos begardos e joaquimitas. Quem adquire esse tipo de coisas e as lê deve ser um begardo incógnito… E, uma vez que as autoridades mandaram denunciar os begardos… então, denuncio… Que Deus me perdoe…

* * *

– Humildemente informo que Gaston de Vaudenay, um trovador que obteve a graça do duque de Głogów, é um beberrão, falastrão, canalha e ímpio herege. Com sua versalhada burlesca, ele acalenta os gostos mais vis da plebe, e sabe Deus o que as pessoas veem nele, por que preferem suas rimas primitivas às minhas… isto é, às locais. De fato, esse vira-lata deveria ser banido e retornar para sua Provença. Nós aqui não precisamos de padrões culturais forasteiros!

* * *

– ... ocultou o fato de ter um irmão no estrangeiro, na Boêmia. E com razão, pois seu irmão, que antes de 1419 era diácono na Igreja de Santo Estêvão, em Praga, agora é padre, mas em Tábor, onde serve junto de Procópio, usa barba, celebra missa em campo aberto, sem alva ou casula, e distribui a comunhão de ambas as formas. Por isso, pergunto: pode um bom católico esconder que tem um irmão assim? Pode, aliás, um bom católico ter um irmão assim?

* * *

– ... e gritava que o pároco veria antes a própria orelha do que o dízimo por ele ofertado, que a peste deveria recair sobre aqueles papistas depravados e que os hussitas haveriam de lhes dar o que mereciam, e que por isso era preciso trazê-los da Boêmia o quanto antes. Bradava exatamente isso, juro por todas as relíquias! E digo mais: trata-se de um ladrão, pois roubou minha cabra... Diz que estou enganado, que a cabra é dele, mas eu reconheço minha própria cabra, que tem uma mancha negra na ponta da orelha...

* * *

– Reverendo, eu gostaria de alertá-los sobre Magda... minha cunhada. É uma rameira sem-vergonha... À noite, quando meu cunhado se deita com ela, ela arfa, geme, ofega, grita, mia tal qual uma gata. Não seria tão grave se isso se desse apenas à noite, mas ela age da mesma forma também de dia, durante o trabalho, acreditando que ninguém vê... Lança a enxada para o lado, curva-se e agarra a cerca, enquanto meu cunhado levanta a saia dela até as costas e a fode como um bode... Argh, nojentos... Tenho observado também que nessas ocasiões os olhos do meu esposo brilham, e às vezes ele chega a morder os próprios beiços... Então digo a ela: tenha um pouco de decência, sua vagabunda! Você não tem vergonha de chamar a atenção dos maridos alheios? E ela me responde: satisfaça seu homem na cama e ele deixará de espreitar as demais ou de ficar escutando quando os outros espalham feno. E diz ainda que nem cogita a possibilidade de fazer amor em silêncio, pois lhe causa satisfação gemer ou gritar durante o coito. E, quando o padre na igreja afirmou em seu sermão que tal prazer é um pecado, ela disse que ele deveria ser um tolo ou um louco, pois o gozo não pode ser pecado, já que Deus criou as coisas assim. Quando repeti isso à minha vizinha, ela me disse que esse tipo de conversa nada mais é do que pura heresia, e que cabia a mim denunciar a vagabunda. Assim, aqui estou eu, denunciando...

* * *

– ... ele dizia que aquilo no altar, na igreja, não podia ser o corpo de Cristo, pois, mesmo que Jesus fosse tão grande como uma catedral, não sobraria corpo para todas as missas, e os próprios padres já teriam consumido tudo há muito tempo. Juro pela minha morte, que Deus e a Santa Cruz me abatam caso eu esteja mentindo, pois ele até ria das próprias palavras. E, quando o levarem à fogueira e o queimarem, peço humildemente que eu fique com aqueles dois acres de terra próximos ao riacho... Pois, como dizem, os bons serviços hão de ser recompensados...

* * *

– Dzierżka, a viúva de Zbylut de Szarada, que depois da morte do marido virou "de Wirsing", ficou com o haras do defunto e agora vende cavalos. É digno, por acaso, que uma mulher se ocupe da indústria e do comércio? E faça a nós... isto é, aos justos católicos, concorrência?

Por que estaria o negócio dela indo tão bem, hã? Quando o dos demais não está? É porque vende cavalos aos hussitas boêmios! Aos hereges!

* * *

– ... acabaram de proclamar no concílio de Siena, e o confirmaram nos éditos reais, que é vedado qualquer tipo de atividade comercial com os hussitas boêmios, e que quem se meter a fazer negócios com eles deve sofrer punição física e fiscal. Mesmo Jogaila, aquele pagão polonês, castiga com infâmia, banimento e destituição de privilégios aqueles que se relacionam com os hereges ou que lhes vendem chumbo, armas, sal ou alimentos. E aqui, na Silésia? Os presunçosos senhores comerciantes debocham das interdições. Dizem que o mais importante é o lucro e que, para lucrar, fariam mesmo um pacto com o próprio Diabo. Querem nomes? Ei-los: Tomás Gernrode de Nysa, Nicolau Neumarkt de Świdnica, Hanush Throst de Racibórz. Aliás, esse tal de Throst blasfemou contra os padres, dizendo que eram dissolutos, e há muita gente que pode testemunhá-lo, pois tudo se deu na cidade da Breslávia, na taberna A Cabeça do Mauro, na Praça do Sal, na noite de *vicesima prima Iulii*. Ah, já ia me esquecendo de mencionar que um tal Fabião Pfefferkorn de Niemodlin também faz negócios com a Boêmia... Mas é possível que já esteja morto...

* * *

– ... chamam-no Urban Horn. É um agitador e subversivo bastante conhecido e bem provavelmente um herege convertido. Um valdense! Begardo! A mãe dele era beguina, foi queimada em Świdnica, mas, mesmo antes, durante as torturas, ela havia confessado ter praticado atos hediondos. Chamava-se Roth, Margarida Roth. Eu vi com meus próprios olhos o tal Horn, Roth, aliás, em Strzelin. Incitava à revolta, debochava do papa. Acompanhava-o aquele Reinmar de Bielau, sobrinho de Otto Beess, cônego da Igreja de São João Batista. Não valem nada, são todos convertidos e hereges...

* * *

Já anoitecia quando o último suplicante deixou a Igreja de São Matias. A Trepadeira-dos-Muros deixou o confessionário, espreguiçou-se e devolveu ao cruzado com a estrela um pedaço de papel todo preenchido com escritos.

– O prior Dobeneck ainda não se recuperou? – perguntou a Trepadeira-dos-Muros.

– Ainda não – confirmou o hospitalário. – Continua fraco. Assim, na prática, Gregório Heinche, também dominicano, é o inquisidor *a Sede Apostolica.*

O hospitalário contorceu levemente a boca, como se sentisse um sabor desagradável. A Trepadeira-dos-Muros notou. E o hospitalário percebeu que a Trepadeira-dos-Muros havia notado.

– É jovem esse tal Heinche – esclareceu após alguns instantes. – Formalista. Exige provas de tudo, raramente manda às torturas. Com frequência julga o suspeito inocente e acaba soltando-o. É mole.

– Eu vi os restos das fogueiras nos arrabaldes atrás da Igreja de Santo Adalberto.

– Duas fogueiras no total – replicou o hospitalário, dando de ombros. – Dos últimos três domingos. Na época do irmão Schwenckefeld haveria umas vinte. É verdade que uma terceira há de ser acesa em breve. O venerável pegou um feiticeiro. Dizem que completamente vendido ao Diabo. Está sendo submetido a uma dolorosa investigação.

– Nos dominicanos?

– Na prefeitura.

– Heinche está acompanhando?

– Excepcionalmente – respondeu o cruzado, lançando um sorriso disforme – sim.

– Quem é esse feiticeiro?

– Zacarias Voigt, um boticário.

– Na prefeitura, você disse, irmão?

– Lá mesmo.

* * *

Gregório Heinche, o interino *inquisitor a Sede Apostolica specialiter deputatus* na diocese da Breslávia, era de fato bastante jovem. A Trepadeira-dos-Muros não lhe dava mais que trinta anos – o que significava que tinham a mesma idade. Quando a Trepadeira-dos-Muros adentrou o porão da prefeitura, o inquisidor fazia sua refeição. De mangas arregaçadas, devorava o trigo-sarraceno com toucinho direto da panela. À luz das tochas e velas, a cena tinha um aspecto pitoresco e harmonioso – a abóbada em cruzaria, as paredes austeras, a mesa de carvalho, o crucifixo, os castiçais cobertos com festões de cera, o hábito dominicano como um borrão branco, o esmalte colorido dos recipientes de barro, a saia e o avental de lã da criada – tudo isso compunha uma cena que parecia tirada de um gradual, à exceção da iluminação.

Porém, o clima aprazível era solapado pelos estridentes gritos e berros de dor que ressoavam de tempos em tempos, vindos do subsolo profundo, cuja entrada, tal qual a do portão do inferno, era iluminada de vermelho pelo lume tremeluzente do fogo.

A Trepadeira-dos-Muros parou junto da escada, aguardando. O inquisidor alimentava-se sem pressa. Comeu tudo, raspando com a colher até o que havia queimado no fundo da panela. Só depois é que ergueu a cabeça. As espessas e severas sobrancelhas confluentes sobre os olhos aguçados conferiam-lhe um aspecto de seriedade e faziam-no parecer mais velho do que realmente era.

– Da parte do bispo Conrado, certo? – perguntou ele. – O senhor é...

– Von Grellenort – a Trepadeira-dos-Muros recordou-o.

– Claro – respondeu o inquisidor enquanto, com um discreto movimento dos dedos, chamava a moça para limpar a mesa. – Birkart von Grellenort, confidente e assessor do bispo. Sente-se, por favor.

O torturado ululava no subsolo, gritando de forma selvagem e inarticulada. A Trepadeira-dos-Muros sentou-se. Gregório Heinche limpou do queixo os restos de gordura.

– Parece que o bispo – disse o inquisidor após um momento – deixou a Breslávia? Partiu em viagem?

– É Vossa Reverendíssima quem o diz – respondeu o outro.

– Deve ter ido a Nysa, prestar visita à senhora Inês Salzwedel?

– Sua Excelência – disse a Trepadeira-dos-Muros, sem sequer piscar ao ouvir o sobrenome, mantido em profundo segredo, da mais nova amante do bispo. – Sua Excelência não costuma me informar sobre esse tipo de detalhes. E eu tampouco pergunto. Quem mete o nariz nos assuntos dos protonotários corre o risco de perdê-lo. E eu tenho boa estima por meu nariz.

– Não duvido disso. Contudo, não busco promover mexericos. Apenas me preocupo com a saúde de Sua Excelência, pois o bispo Conrado não é mais nenhum jovem e deveria, portanto, evitar intensas e excessivas perturbações... Faz menos de uma semana que ele honrou Ulrique von Rhein com sua visita. Além daquelas prestadas às beneditinas... Está surpreso, senhor cavaleiro? O papel de um inquisidor é saber.

Um grito ressoou desde o subsolo, então cessou, transformando-se em estertor.

– O papel de um inquisidor é saber – repetiu Gregório Heinche. – Assim, sei também que o bispo Conrado viaja pela Silésia não só para visitar mulheres casadas, jovens viúvas ou freiras. Ele está preparando mais uma incursão em Broumovsko. Tenta convencer Přemek, o duque de Opava, e o senhor Albrecht von Kolditz. E angariar a ajuda militar do senhor Puta de Czastolovic, o estaroste de Kłodzko.

A Trepadeira-dos-Muros não comentou nem baixou os olhos.

– O bispo Conrado – continuava o inquisidor – parece não se incomodar com o fato de o rei Sigismundo e os príncipes do Império terem determinado algo de todo diferente. Que não se podem repetir os erros das cruzadas anteriores. Que é preciso agir com prudência e sem euforia. E que é preciso se preparar. Fazer pactos e alianças, angariar fundos. Atrair para o nosso lado os senhores da Morávia. E, até lá, abster-se de conflitos militares.

– Sua Excelência o bispo Conrado – disse a Trepadeira-dos-Muros, quebrando o silêncio – não precisa voltar-se para os príncipes do Império, pois na Silésia o bispo é como eles... se não superior. Já o bom rei Sigismundo parece estar ocupado... Como baluarte do cristianismo, diverte-se militarmente com os turcos às margens do Danúbio. Arrisca-se a criar uma nova Nikopol. Ou talvez esteja tentando se esquecer de outras surras, como a que levou dos hussitas três anos atrás, em Německý Brod. Talvez queira se esquecer de como fugiu de lá. Mas certamente ainda o recorda, pois não se apressa em organizar uma nova expedição para a Boêmia. Assim, recai sobre o bispo Conrado, e Deus é testemunha, a responsabilidade de semear o terror por entre os hereges. Vossa Reverendíssima sabe, pois, que *si vis pacem, para bellum*.

– Também sei que *nemo sapiens, nisi patiens* – redarguiu o inquisidor, devolvendo o olhar severo ao interlocutor. – Mas deixemos isso de lado por ora. Eu tinha alguns assuntos para tratar com o bispo. Certas questões. Mas já que ele está em viagem... não há o que fazer. Suponho que não posso contar com o senhor para respondê-las, não é, mestre Grellenort?

– Isso depende das questões a serem feitas por Vossa Reverendíssima.

O inquisidor permaneceu calado por um momento. Parecia que aguardava o torturado no subsolo gritar outra vez.

– Trata-se – falou ele quando os gritos silenciaram – daquelas estranhas mortes, daqueles misteriosos homicídios... O senhor Albrecht von Bart, assassinado nos arredores de Strzelin. O senhor Piotr de Bielau, morto em algum lugar nas cercanias de Henryków. O senhor Czambor de Heissenstein, apunhalado nas costas em Sobótka. O mercador Neumarkt, assaltado e morto na estrada de Świdnica. O comerciante Fabião Pferfferkorn, assassinado na própria entrada da colegiada de Niemodlin. Mortes estranhas, misteriosas, enigmáticas... Assassinatos inexplicáveis esses que têm ocorrido nos últimos tempos na Silésia. É impossível que o bispo não tenha ouvido falar sobre eles. Ou tampouco o senhor.

– Não vou negar que ouvimos uma coisa ou outra por aí – admitiu a Trepadeira-dos-Muros com alguma indiferença. – No entanto, isso não nos preocupa sobremaneira, nem ao bispo, nem a mim. Desde quando um assassinato é algo tão excepcional? A todo instante alguém é morto por alguém. Em vez de amar o próximo, as pessoas se odeiam e, por uma besteira qualquer, estão prontas para mandar o próximo para o além. Todos têm inimigos, e motivos nunca faltam.

– O senhor lê meus pensamentos – afirmou Heinche, com igual indiferença. – E tira as palavras de minha boca. Ao que parece, é esse o caso dos misteriosos assassinatos. Ao que parece, não faltam motivos nem um inimigo que logo se torna um suspeito. Uma briga entre vizinhos, traição de cônjuges, vingança de família, parece estar tudo claro, e que os culpados já foram identificados. Mas, se examinarmos o assunto mais detidamente... nada está claro. E é isso mesmo o que torna esses assassinatos excepcionais.

– Isso é tudo?

– Não. Podemos acrescentar ainda a surpreendente e notável destreza do assassino... ou dos assassinos. Em todos os casos, os ataques ocorreram repentinamente, como o clarão de um relâmpago. Literalmente um clarão, pois os assassinatos foram cometidos ao meio-dia. Quase exatamente ao meio-dia.

– Interessante.

– Você vê como esses homicídios guardam certa excepcionalidade?

– O interessante – repetiu a Trepadeira-dos-Muros – não é isso. Interessante é o fato de Vossa Reverendíssima não reconhecer o texto do salmo. Não lhe diz nada *"sagitta volans in die"*? "A flecha que voa de dia", que, como um raio com seu clarão, traz a morte. O demônio que devasta ao meio-dia não lhe soa familiar? Estou verdadeiramente surpreso.

– Então, trata-se de um demônio – replicou o inquisidor, aproximando da boca as mãos unidas, mas sem conseguir encobrir por completo o sorriso sarcástico. – Um demônio grassa pela Silésia cometendo assassinatos. Um demônio e uma flecha devastadora, *sagitta volans in die*. Poxa, que coisa.

– *Haeresis est maxima, opera daemonum non credere* – rebateu de pronto a Trepadeira-dos-Muros. – Convém que eu, um reles mortal, lembre isso ao inquisidor papal?

– Não, não convém – o olhar do inquisidor se petrificou, e em sua voz ressoou uma nota ameaçadora. – Não convém nem um pouco, senhor von Grellenort. E não torne a me lembrar de mais nada, por favor. Concentre-se, antes, em responder às perguntas.

Um berro cheio de dor fez um contraponto enfático às suas palavras. Mas a Trepadeira-dos-Muros não recuou.

– Não estou em posição de ajudar Vossa Reverendíssima – afirmou friamente. – E, embora eu tenha escutado, como mencionei, boatos a respeito dos assassinatos, os sobrenomes das supostas vítimas não me dizem nada. Jamais ouvi falar dessas pessoas, e as informações relacionadas ao destino que tiveram são novidade para mim. Não me parece que valha a pena perguntar à Sua Excelência, o bispo Conrado, por elas. Responderá da mesma forma que eu. E acrescentará uma pergunta que eu mesmo não me atrevo a fazer.

– Por favor, sinta-se à vontade. Não corre nenhum risco.

– O bispo perguntaria: os mencionados Bielau, Pfefferkorn e o outro, Czambor ou Bambor, merecem a atenção do Santo Ofício?

– O bispo receberia uma resposta – Heinche retrucou na mesma hora. – O Santo Ofício levantava contra os mencionados *suspicio de haeresi*. Suspeitas de simpatizarem com os hussitas. E de estarem sob a influência dos hereges. E de manter contato com os dissidentes boêmios.

– A-há! Então, trata-se de patifes. Se foram mortos, a Inquisição não tem por que chorar por eles. O bispo, pelo que conheço dele, diria certamente que este é, antes, um motivo de alegria. E que o trabalho do Ofício foi poupado.

– O Ofício não aprecia que lhe poupem o trabalho. Assim eu responderia ao bispo.

– O bispo replicaria, então, que o Ofício deveria agir com mais eficácia e rapidez.

Outro grito voltou a ressoar do subsolo – desta vez, muito mais alto, mais assustador e mais demorado. Os lábios finos da Trepadeira-dos-Muros contorceram-se, emulando um sorriso.

– Hum – observou ela, com um movimento da cabeça. – Ferro incandescente. Antigamente havia um simples *strapaddo* e tenazes nos dedos das mãos e dos pés. Não é?

– É um pecador convicto – respondeu Heinche com aversão. – *Haereticus Pertinax*... No entanto, não desviemos do assunto, cavalheiro. Faça a gentileza de repetir à Sua Excelência o bispo Conrado que a Santa Inquisição observa com crescente desgosto pessoas delatadas morrendo em circunstâncias misteriosas. Gente suspeita de heresia, de conluios e maquinações com os hereges. Morrem antes que a Inquisição consiga interrogá-los. É como se alguém estivesse querendo apagar rastros. E aquele que apaga os rastros da heresia encontrará dificuldades ao tentar se defender de acusações de heresia.

– Repetirei tudo ao bispo, palavra por palavra – afirmou a Trepadeira-dos-Muros, sorrindo com sarcasmo. – Mas duvido que fique assustado. Não costuma se amedrontar com facilidade. Como todos os Piastas.

Antes do último grito, parecia que o torturado não conseguiria berrar mais alto e de um modo mais aterrorizante. Mas era apenas uma impressão.

– Se agora não confessar nada – disse a Trepadeira-dos-Muros –, não o fará jamais.

– O senhor parece ter experiência.

– Não tenho experiência prática, Deus mo livre – respondeu a Trepadeira-dos-Muros, com um sorriso repugnante. – Mas já li os práticos: Bernardo Gui, Nicolas Eymerich. E seus grandes predecessores silesianos: Peregrino de Opole, Jan Schwenckefeld. Recomendo em especial este último à atenção do jovem Reverendíssimo.

– É mesmo?

– Deveras. O irmão Jan Schwenckefeld rejubilava-se e acalantava-se sempre que uma mão misteriosa eliminava um patife, um herege ou um apoiador dos hereges. O irmão Jan agradecia silenciosamente por tal mão misteriosa e por ela orava. Pois havia um patife a menos. Assim, o irmão Jan tinha mais tempo para dedicar a outros patifes, pois considerava certo e bom que os pecadores vivessem sob terror. Que os pecadores, como receita o Deuteronômio, tremessem de medo durante o dia e a noite, sem terem certeza de seu destino.

– O senhor diz coisas interessantes. Decerto refletirei acerca delas.

– Vossa Reverendíssima afirma – a Trepadeira-dos-Muros falou após um momento –, e tal interpretação já foi sancionada pelos papas e doutos da Igreja, que os feiticeiros e hereges constituem uma seita imensa, um poderoso exército que não age de modo atabalhoado, mas de acordo com um grande plano desenhado pelo próprio Satanás. Afirma obstinadamente que a heresia e o *maleficium* são parte de tal organização secreta, pujante no que diz respeito ao número de partícipes, integrada, administrada com ardil e liderada pelo Diabo para derrubar Deus e dominar o mundo. Por que, então, afasta com tanto fervor a ideia de que nessa batalha o outro lado tenha também criado sua própria... organização secreta? Por que não quer acreditar nisso?

– Talvez porque nenhum dos papas ou doutos da Igreja tenha sancionado tal parecer – respondeu o inquisidor com tranquilidade. – Porque, ademais, Deus, tendo a nós, o Santo Ofício, não precisa de nenhuma organização secreta. Acrescento também que já vi demasiados desvairados que se consideram ferramentas de Deus e agem como enviados Dele, em nome da Providência. E não foram poucos os que afirmavam ouvir vozes.

– Eu o invejo. Vossa Reverendíssima já viu muita coisa. Ninguém o diria, dada sua juventude resplandecente.

– Assim – declarou Gregório Heinche, sem se abalar com o deboche –, quando eu finalmente apanhar essa *sagitta volans*, esse demônio usurpador, essa ferramenta de Deus... isso não acabará em martírio, com o qual esse agente decerto deve estar contando, mas em encarceramento a sete chaves em Narrenturm, visto que a Torre dos Tolos é o lugar dos histriões e dos loucos.

Nas escadas para o subsolo, de onde, havia já algum tempo, não vinham mais gritos, ressoou o arrastar de botas no chão.

Em seguida, um dominicano magro entrou na sala. Aproximou-se da mesa e curvou-se, exibindo a calvície salpicada de manchas marrons sobre a fina coroa da tonsura.

– Então? – perguntou Heinche, com nítida aversão. – Irmão Arnulfo? Ele confessou, afinal?

– Confessou.

– *Bene*. Pois eu já estava ficando entediado.

O monge ergueu os olhos. Não se notava aversão em seu olhar. Nem cansaço. Estava claro que o procedimento no subsolo da prefeitura não tinha consumido suas forças nem o aborrecido. Pelo contrário. Parecia que poderia retomá-la de bom grado. A Trepadeira-dos-Muros sorriu para um espírito semelhante, mas o dominicano não retribuiu o gesto.

– E então? – insistiu o inquisidor.

– A confissão está documentada. Relatou tudo. Começando pela evocação do demônio, a teurgia e a conjuração até a tetragramação e a demonomagia. Assim como o teor e o ritual da assinatura do pacto com o Diabo. Descreveu as pessoas que ele costumava ver durante os sabás e as missas negras... No entanto, apesar dos nossos esforços, não revelou o local onde escondeu os livros mágicos e grimórios... Mas conseguimos forçá-lo a informar os sobrenomes das pessoas para quem tinha feito os amuletos, inclusive os amuletos mortais. Confessou também que, com a ajuda diabólica, usando urim e tumim, obrigou à submissão e seduziu uma virgem...

– Irmão, que sorte de fábulas você me relata? – rosnou Heinche. – Que demônios e virgens? Buscamos os contatos com os boêmios! Os nomes dos espiões e emissários taboritas. Os pontos de contato. Os locais de esconderijo das armas e dos materiais de propaganda. Os sobrenomes dos arrolados e dos simpatizantes dos hussitas!

– Ele... não confessou nada disso – respondeu o monge, gaguejando.

– Então – redarguiu Heinche, levantando-se –, amanhã você há de interrogá-lo de novo. Senhor von Grellenort...

– Conceda-me, por favor, mais um instante de seu tempo – disse a Trepadeira-dos-Muros, direcionando o olhar para o monge magro.

O inquisidor despachou o dominicano com um gesto que transbordava impaciência. A Trepadeira-dos-Muros aguardou até que ele saísse.

– Eu gostaria de lhe provar minha boa vontade, Vossa Reverendíssima – disse ela. – Se mo permitir, e contando com sua discrição, queria aconselhá-lo a respeito dos mencionados assassinatos misteriosos...

– Só não venha me dizer, por favor, que os culpados são os judeus – cortou Heinche, tamborilando os dedos sobre a mesa e sem erguer os olhos. – Que eles usam urim e tumim.

– Eu o aconselharia a prender... e inquerir detidamente... duas pessoas.

– Quero nomes.

– Urban Horn. Reinmar de Bielau.

– O irmão daquele assassinado? – perguntou Gregório Heinche, franzindo o cenho por breves segundos. – Hum. Sem comentários, sem comentários, senhor Birkart. Para que não me acuse outra vez de desconhecer as Escrituras, agora com relação à história de Caim e Abel. Esses dois, então. O senhor dá sua palavra?

– Sim.

Por um instante, mediram-se mutuamente com olhares penetrantes. "Hei de encontrá-los", pensou o inquisidor. "E mais rápido do que você suspeita. Garanto que darei o meu melhor."

"E eu garanto que não os encontrará vivos", pensou a Trepadeira-dos-Muros.

– Passe bem, senhor von Grellenort. Que Deus esteja consigo.

– Amém, Vossa Reverendíssima.

* * *

O boticário Zacarias Voigt gemia e lamuriava. Foi, então, jogado a um canto, na cela do cárcere da prefeitura, numa cova onde se acumulava toda a umidade que escorria das paredes. A palha ali estava molhada e podre. Mas o boticário não podia mudar de lugar, pois, mesmo quando mudava de posição, o fazia apenas de leve e com dificuldade – tinha os cotovelos deslocados, as articulações do ombro estendidas, as pernas e os dedos das mãos quebrados e, além disso, queimaduras nos flancos e nos pés, que lhe causavam dores agudas e lancinantes. Assim, permanecia deitado de costas, gemendo e lamuriando, piscando as pálpebras cobertas de sangue coagulado. Delirando.

Um pássaro saiu diretamente da parede, do muro coberto de manchas de mofo. Parecia ter surgido das fendas entre os tijolos. E então se transformou num homem de cabelos pretos e vestimenta igualmente escura. Isto é, numa figura parecida com um homem, pois Zacarias Voigt sabia muito bem que não se tratava de um ser humano.

– Meu senhor... – gemeu, retorcendo-se sobre a palha. – Ó, Príncipe das trevas... Mestre amado... Você veio! Não abandonou seu servo fiel em necessidade...

– Devo desapontá-lo – disse o homem de cabelo escuro, debruçando-se sobre ele. – Não sou o Diabo. Nem um enviado dele. O Diabo não se preocupa muito com o destino dos indivíduos.

Zacarias Voigt abriu a boca, como se estivesse prestes a gritar, mas o máximo que pôde fazer foi grasnar. O sujeito de cabelo preto o segurou pelas têmporas.

– O esconderijo dos tratados e grimórios – disse. – Sinto muito, mas preciso arrancá-lo de você. Já não poderá tirar nenhum proveito desses livros. E eu preciso deles. Aliás, vou libertá-lo de subsequentes torturas e das chamas da fogueira. Não precisa agradecer.

– Se você não é o Diabo... – respondeu o feiticeiro, com os olhos arregalados de terror. – Então você vem... do outro? Deus...

– Vou decepcioná-lo mais uma vez – redarguiu a Trepadeira-dos-Muros, sorrindo. – Esse aí se aflige ainda menos com o destino dos indivíduos.

CAPÍTULO XV

No qual se verifica que, embora os conceitos de "arte lucrativa" e "negócios artísticos" não constituam propriamente *contradictio in adjecto*, mesmo inventos que marcam época no campo da cultura custam a encontrar quem os patrocine.

Em Świdnica, como em todas as grandes cidades da Silésia, aqueles que jogassem lixo ou dejetos na rua deveriam ser punidos com uma multa. No entanto, não parecia que tal proibição fosse posta em prática com profuso rigor. Muito pelo contrário: era visível que ninguém a levava a sério. Um breve, porém farto, pé-d'água matinal inundou as ruas do povoado, e os cascos dos cavalos e dos bois logo as transformaram em atoleiros constituídos de um amálgama de merda, lama e palha do qual emergiam, tais quais ilhas encantadas no meio do oceano, pilhas de resíduos ricamente decoradas com exemplares variadíssimos, e muitas vezes espetaculares, de carniça. Gansos circulavam sobre o esterco mais espesso, enquanto patos nadavam sobre o estrume líquido. As pessoas deslocavam-se com dificuldade sobre passeios improvisados com tábuas de madeira e com frequência estatelavam-se no barro. Embora o estatuto da prefeitura também previsse multa a quem deixasse o gado solto, porcos corriam guinchando pelas ruas em ambos os sentidos, como se tivessem enlouquecido, trotando em disparada à semelhança das ratazanas de Gadara, seus antepassados bíblicos, atropelando os transeuntes e alvoroçando os cavalos.

Passaram a rua dos Tecelões, depois, a rua dos Tanoeiros e, enfim, a rua Alta, atrás da qual ficava a Praça do Mercado. Reynevan se coçava de vontade de dar um pulo na famosa botica próxima dali, O Lindworm Dourado, pois era conhecido do boticário, o senhor Cristóvão Eschenloer, com quem havia estudado os princípios fundamentais da alquimia e da magia branca. No entanto, abandonou a ideia, pois as últimas três semanas haviam lhe ensinado bastante sobre as regras gerais da conspiração. Além disso, Sharlei os apressava. Não havia diminuído o passo nem mesmo ao transitar pelas adegas onde serviam a mundialmente famosa *märzenbier* de Świdnica. Atravessaram às pressas – à medida que o permitia a multidão – a feira de hortaliças e legumes que funcionava sob as arcadas em frente à prefeitura e foram caminhando pela rua Kraszewicka, atravancada por carroças.

Seguiram Sharlei sob uma abóbada de pedra num túnel escuro de um portão tão fedorento que parecia que as antigas tribos dos silesianos e dos dadosesani vinham mijando ali há séculos. O portal os levou até um pátio. O espaço apertado estava abarrotado de todo tipo de lixo e sucata, e havia tantos gatos que poderiam igualmente prestigiar o próprio templo egípcio da deusa Bastet, em Bubástis.

O extremo do pátio era circundado por um claustro em forma de ferradura e, junto de algumas escadas íngremes que levavam até ele, havia uma escultura de madeira que apresentava vestígios de tinta e talha dourada que deviam ter séculos de idade.

– Será um santo?

– É São Lucas, o Evangelista – esclareceu Sharlei, pisando sobre as escadas crepitantes. – O padroeiro dos pintores.

– E o que nos traz aqui, a estes artistas?

– Precisamos pegar alguns equipamentos.

– É uma perda de tempo – respondeu Reynevan, impaciente e sentindo saudades de sua amada. – Estamos desperdiçando nosso tempo! Que equipamentos? Não estou entendendo...

– Para você – interrompeu-o Sharlei –, vamos achar novas grevas. Acredite, você está precisando. E nós também poderemos respirar mais aliviados quando você se desfizer das velhas.

Os gatos, languidamente esparramados pelos degraus das escadas, relutavam em abrir caminho. Sharlei bateu a aldrava contra a porta maciça, que, ao ser aberta, revelou um indivíduo de baixa estatura, bastante magro, de cabelos desgrenhados e nariz roxo, e que usava um avental salpicado de uma variedade de manchas policromadas.

– O mestre Justus Schottel não se encontra – afirmou, semicerrando as pálpebras de uma maneira engraçada. – Voltem mais tarde, bons... Minha nossa! Não acredito no que estou vendo! O venerável senhor...

– Sharlei – adiantou-se em dizer o ex-penitente. – Senhor Unger, não me deixe parado à porta.

– Mas é claro... Entrem, entrem, por favor...

No interior da câmara, sentia-se um forte cheiro de tinta, óleo de linhaça e resina; o trabalho intenso fervilhava. Alguns jovens vestindo aventais escuros e engordurados apressavam-se junto de estranhas máquinas equipadas com bobinas, que lembravam prensas. E eram de fato prensas. Reynevan viu uma folha de papel com uma imagem da Madona e o Menino ser retirada debaixo de um pistão pressionado por um fuso de madeira.

– Interessante – disse Reynevan.

– Hein? – o senhor Unger desgrudou por um momento os olhos de Sansão Melzinho. – O que o senhorzinho disse?

– Disse que é interessante.

– Isto aqui é ainda mais interessante. – declarou Sharlei, erguendo a folha retirada debaixo de outra máquina. Nela, havia alguns retângulos distribuídos uniformemente. Eram cartas de *piquet*, áses, obers, unters, cartas modernas, feitas segundo o padrão francês, nas cores de espadas e paus.

– Podemos fazer um baralho completo – gabava-se Unger –, isto é, trinta e seis cartas, em quatro dias.

– Em Lípsia fazem em dois – respondeu Sharlei.

– Uma porcaria produzida em massa! – replicou Unger, ofendido. – Feita com gravuras fajutas, pintada com desleixo, mal recortada. Vejam só os nossos, reparem no desenho nítido. Quando receberem as cores, serão uma obra-prima. Por isso nossos baralhos são usados para jogar nos castelos e nas mansões. Até nas catedrais ou nas colegiadas. Já os de Lípsia servem aos vigaristas, para o carteado das tabernas e dos bordéis...

– Muito bem. E quanto vocês cobram por um baralho?

– Noventa grossos se vendido *in loco*. Caso se trate de cliente *franco*, é preciso acrescentar o custo do transporte.

– Leve-me até a saleta nos fundos, senhor Simão. Vou aguardar pelo mestre Schottel lá.

O segundo cômodo percorrido era mais silencioso e mais tranquilo. Três artistas trabalhavam sentados junto dos cavaletes. Estavam tão absortos que nem sequer viraram a cabeça para ver quem passava.

Sobre o cavalete do primeiro havia apenas uma camada de tinta e o esboço, então era impossível adivinhar o que a pintura representaria. A obra do segundo artista estava bem mais avançada, pois já se via nela Salomé, em longas vestes transparentes, com a cabeça de João Batista sobre uma bandeja. O artista tratava de realçar os detalhes. Sansão Melzinho bufou, Reynevan suspirou. Olhou para a terceira tábua. E suspirou ainda mais alto.

A pintura estava quase completa e retratava São Sebastião. No entanto, o santo do retrato diferia muito das imagens convencionais do mártir. Obviamente, permanecia em pé junto de um poste, com um sorriso inspirado, apesar das numerosas flechas encravadas na barriga e no peito do efebo. Mas acabavam aí as semelhanças. Esse Sebastião estava nu por completo. Permanecia em pé, com um falo tão rechonchudo, pendendo tão pomposamente, que essa visão havia de deixar qualquer homem perplexo.

– Uma encomenda especial – explicou Simão Unger. – Para o convento das cistercienses de Trzebnica. Por gentileza, estimados senhores, prossigam para a saleta nos fundos.

* * *

Um tinido e um rumor frenéticos ressoavam da vizinha rua dos Caldeireiros.

– Aqueles ali devem ter muitas encomendas – disse Sharlei, apontando com um gesto de cabeça, ocupado, havia algum tempo, escrevendo algo sobre uma folha de papel. – Os negócios vão de vento em popa no ramo da fundição. E na sua área, caro senhor Simão, como vão as coisas?

– Tudo parado – respondeu Unger de uma maneira bastante soturna. – Não posso dizer que faltam encomendas. Mas e daí? O problema é que não há como entregar a mercadoria. Depois de percorrer um quarto de milha, já nos param para indagar de onde vimos, para onde vamos e com que propósito. Reviram os baús e os alforjes…

– Quem? A Inquisição? Ou Kolditz?

– Ambos. Os padres inquisidores residem nos dominicanos, pertinho daqui. Já o estaroste Kolditz parece ter sido possuído pelo Diabo. Isso porque pegaram alguns emissários boêmios com escrituras hereges e manifestos. E, quando foram tostados pelo algoz, confessaram com quem andavam e quem os ajudava. Tanto aqui quanto em Jawór, Rychbach e mesmo nos vilarejos, em Kleczków, em Wiry… Só aqui, em Świdnica, oito foram queimados nas fogueiras do campão, diante do portão baixo. Mas a verdadeira desgraça começou há uma semana, quando, no Dia do Apóstolo Bartolomeu, bem ao meio-dia, alguém assassinou um rico mercador, o senhor Nicolau Neumarkt, na estrada da Breslávia. Um caso estranho, bastante estranho...

– Estranho? – interveio Reynevan, demonstrando repentino interesse. – Por quê?

– Porque ninguém, jovem mestre, conseguiu entender quem matou o senhor Neumarkt nem por que motivo. Uns falam que se trata de barões gatunos, como um tal Hayn von Chirne ou Buko von Krossig. Outros dizem que foi Kunz Aulock, também um notável facínora. Contam por aí que Aulock persegue por toda a Silésia um certo valentão, um fora da lei, um vigarista que teria desonrado a esposa alheia com violações físicas e feitiçaria. Há quem afirme que esse valentão perseguido seria também o autor do assassinato. E há ainda aqueles que alegam ser os hussitas os assassinos, com quem o senhor Neumarkt teria caído em desabono. É impossível descobrir o que ocorreu de verdade, mas o senhor estaroste Kolditz ficou enfurecido. Jurou que, assim que apanhasse o assassino do senhor Neumarkt, o esfolaria vivo. Mas, enfim, são estas as consequências: não se pode entregar as mercadorias, pois tudo é controlado o tempo inteiro, por uns ou por outros, ora pela Inquisição, ora pela guarda do estaroste... Pois é, pois é...

– Pois é mesmo.

Reynevan, que havia um bom tempo rabiscava com carvão um pedaço de papel, de repente ergueu a cabeça e cutucou Sansão Melzinho com o cotovelo.

– *Publicus super omnes* – disse em voz baixa, mostrando-lhe a folha. – *Annis de sanctimonia. Positione hominis. Voluntas vitae.*

– O que você disse?

– *Voluntas vitae.* Ou, talvez, *potestas vitae*? Estou tentando recriar a escritura do papel queimado de Peterlin. Aquele que retirei do fogo em Powojowice. Já se esqueceu? Você afirmou que era importante que eu me lembrasse daquilo que estava escrito. Então, estou me lembrando.

— É verdade. Hmmm... *Potestas vitae?* Infelizmente isso não me diz nada.

— E o mestre Justus continua sumido — prosseguia Unger, falando consigo mesmo.

A porta se abriu como por encantamento, revelando um sujeito vestido com uma longa delia preta — um casaco forrado com pele e com mangas largas. Não aparentava ser um artista, mas um prefeito.

— Saudações, Justus.

— Pelos ossos de São Wolfgang! É você, Paulo? Em liberdade?

— Bem como me veem seus olhos. Mas agora me chamo Sharlei.

— Sharlei, hum... E os seus... ahmm... companheiros?

— Também se encontram em liberdade.

O mestre Schottel acariciou um gato que havia surgido inesperadamente e que se esfregava em suas canelas. Depois, sentou-se à mesa e entrelaçou as mãos sobre a barriga. Observou com atenção Reynevan e então deteve o olhar por muito, muito tempo mesmo, em Sansão Melzinho.

— Você veio para cobrar o dinheiro — disse afinal o mestre, com um ar soturno, tentando adivinhar o propósito da inesperada visita. — Pois devo adverti-lo...

— Que os negócios não estão indo bem — interrompeu-o Sharlei, sem cerimônias. — Já sei disso. Fui informado. Eis aqui uma lista que fiz para espantar o tédio enquanto esperava por você. Preciso de todos os itens que constam dela amanhã mesmo.

O gato saltou para o colo de Schottel, que, pensativo, começou a acariciá-lo. Demorou a ler a lista por completo. Enfim, ergueu os olhos.

— Depois de amanhã. Amanhã é domingo.

— Verdade, tinha esquecido — disse Sharlei, acenando com a cabeça. — Pois bem, também nós podemos celebrar o dia santo. Não sei quando voltarei a Świdnica, e seria um pecado deixar de visitar algumas adegas fresquinhas para verificar a qualidade da *märzenbier* deste ano. Mas, depois de amanhã, *maestro*, significa mesmo depois de amanhã. Segunda-feira, e nem um dia a mais. Entendeu?

Um aceno de cabeça do mestre Schottel assegurava que sim, ele havia entendido.

– Não vou lhe perguntar – prosseguia Sharlei após um momento – sobre a situação de minha conta, pois não tenho planos de dissolver nossa sociedade nem de retirar dela a minha participação. Peço apenas que me assegure que você zela por ela, que não tem desprezado os bons conselhos que lhe foram dados no passado ou as ideias que podem trazer dividendos para a empresa. Sabe do que estou falando, não?

– Sei – respondeu Justus Schottel, retirando uma grande chave do fundo da bolsa. – E de pronto lhe asseguro que levo a sério suas ideias e seus conselhos. Senhor Simão, por gentileza, tire do baú as amostras das gravuras. Aquelas da série bíblica.

Unger obedeceu sem pestanejar.

– Aqui estão – declarou Schottel, jogando as resmas sobre a mesa. – Tudo feito por mim mesmo. Nada disso passou pelas mãos dos aprendizes. Algumas estão prontas para serem impressas, outras ainda precisam de alguns retoques. Acredito que sua ideia é boa. E que essa série bíblica venderá bem. Deem uma olhada e digam vocês mesmos, senhores.

Todos se debruçaram sobre a mesa.

– O que... – gaguejou Reynevan, ruborizado, apontando para uma das folhas que apresentava um casal nu, numa posição e numa situação nada ambíguas. – O que é isto?

– Adão e Eva. Não é óbvio? Eva está encostada à Árvore da Ciência do Bem e do Mal.

– Humm.

– E vejam esta, por gentileza – anunciou o entalhador, orgulhoso de suas obras, enquanto chamava a atenção do público para outra gravura. – Eis Moisés e Agar. E, nesta outra, Sansão e Dalila. E, naquela, Amnon e Tamar. Ficaram bastante boas, não acham? E aqui está...

– Pela minha alma... Que emaranhado é esse?

– Jacó, Lea e Raquel.

– E aquilo... – disse Reynevan, ainda gaguejando e sentindo que suas bochechas pegariam fogo a qualquer momento. – O que é... aquilo? – Davi e Jônatas – explicou Justus Schottel com casualidade. – Mas preciso arrematar alguns detalhes ainda. Refazer...

– Refaça-o como Davi e Betsabeia – interrompeu-o Sharlei com bastante frieza. – Porque, cacete, só faltam aqui Balaão e a jumenta. Ponha algum freio a essa imaginação, Justus. O excesso dela pode ser nocivo à obra, assim como exagerar no sal pode estragar a sopa. E isso prejudica os negócios. Mas, de forma geral – acrescentou para amolecer o artista um tanto aborrecido –, *bene, bene, benissime, maestro*. Resumindo: melhor que o esperado.

O rosto de Justus Schottel se iluminou, como qualquer artista vaidoso e ávido por elogios.

– Você vê, então, Sharlei, que não durmo no ponto. Zelo pela empresa. Inclusive, estabeleci contatos muito interessantes, que certamente podem ser lucrativos para a companhia. Na taberna O Boi e o Cordeiro, conheci um jovem extraordinário, um inventor de talento... Ah, não adianta contar, você há de vê-lo e ouvi-lo por si mesmo. Eu o convidei. Deve estar chegando. Garanto que quando conhecê-lo...

– Não vou conhecê-lo – cortou-o Sharlei. – Não gostaria que esse tal jovem sequer me visse aqui. Nem a mim, nem aos meus companheiros.

– Entendo – afirmou Schottel após um momento de silêncio. – Você deve estar rolando na merda de novo.

– É por aí mesmo.

– Criminal ou politicamente?

– Depende do ponto de vista.

– Entendo – declarou Schottel com um suspiro. – Tais são os tempos de hoje. Compreendo que não queira ser visto aqui. No entanto, neste caso em especial, suas objeções são infundadas. O jovem de quem falo é um alemão oriundo de Mainz, bacharel da Universidade de Erfurt. Está em Świdnica só de passagem. Não conhece ninguém aqui. E não há de conhecer, pois partirá em breve. Sharlei, vale a pena vê-lo, vale a pena refletir acerca do invento dele. É uma mente extraordinária, brilhante, diria que se trata de um visionário. De verdade, *vir mirabilis*. Você vai ver por si mesmo.

* * *

O sino da igreja paroquial ressoou profunda e estrondosamente, o chamado para a hora do ângelus repercutido pelos campanários de todos os outros quatro templos de Świdnica. Os sinos de fato encerravam o dia de trabalho – e até as ruidosas e laboriosas oficinas da rua dos Caldeireiros silenciaram.

Os artistas e aprendizes do ateliê do mestre Justus Schottel tinham ido para suas casas havia muito tempo. Assim, quando finalmente chegou o preanunciado convidado – aquela mente brilhante e visionária –, foi recebido na sala das prensas pelo próprio mestre Simão Unger, além de Sharlei, Reynevan e Sansão Melzinho.

O convidado era de fato um homem de pouca idade, tão jovem quanto Reynevan. De pronto, ambos se reconheceram como universitários e, assim, ao se cumprimentarem, curvaram-se de um modo um pouco menos formal, exibindo um sorriso mais sincero.

O viajante usava botas de cano alto e couro lavrado, uma boina de veludo e uma curta capa sobre um gibão de couro abotoado com numerosas fivelas de latão. Carregava uma enorme bolsa de viagem. Em essência, parecia-se mais com um trovador errante que com um universitário. O único adereço que denotava seus vínculos acadêmicos era um largo estilete de Nuremberg, uma arma popular em todas as universidades europeias, tanto entre alunos quanto entre professores.

– Sou bacharel da academia de Erfurt – começou a falar o viajante, sem esperar que Schottel o apresentasse. – Chamo-me Johannes

Gensfleich von Sulgeloch zum Gutenberg. Sei que é um nome um bocado longo, por isso eu o abrevio para apenas Gutenberg. Johannes Gutenberg.

– Saudações – respondeu Sharlei. – E, como também eu prefiro encurtar tudo o que é desnecessariamente longo, passemos ao essencial. De que trata o seu invento, senhor Johannes Gutenberg?

– Da prensa. Precisamente, da impressão de textos.

Sharlei remexia com indiferença as gravuras espalhadas sobre a mesa, então pegou uma em que, abaixo do símbolo da Santa Trindade, havia uma inscrição: *"BENEDICITE POPULI DEO NOSTRO"*.

– Eu sei... – disse Gutenberg, um tanto ruborizado. – Sei o que o senhor está querendo me dizer. No entanto, repare que, para incluir esse texto em sua gravura, para fazer essa curta inscrição, há de reconhecer que o gravador precisou trabalhar a madeira arduamente durante dois dias. E, se errasse uma única letra, todo o trabalho teria sido em vão e precisaria recomeçar do zero. E se fosse preparar uma xilogravura para, por exemplo, todo o salmo sessenta e cinco, quanto tempo levaria? E se quisesse imprimir todos os salmos? Ou toda a Bíblia? Quanto tempo...

– Com certeza, uma eternidade – interrompeu-o Sharlei. – Quer dizer que, se bem compreendo o jovem mestre, seu invento elimina as desvantagens do trabalho em madeira?

– Em grande medida, sim.

– Interessante.

– Se me permitir, vou lhe mostrar.

– Permito, claro.

Johannes Gensfleich von Sulgeloch zum Gutenberg abriu a bolsa e despejou o conteúdo sobre a mesa. E começou a demonstração descrevendo suas ações.

– Eu construí – dizia e mostrava –, com um metal resistente, blocos com as respectivas letras. Como podem ver, as letras estão em relevo nos blocos, o que chamo de patriz. Ao aplicar uma patriz em cobre amolecido, obtive...

– Uma matriz – adivinhou Sharlei. – É claro. O sobressaliente se encaixa no côncavo, como um papai numa mamãe. Por favor, prossiga, mestre Gutenberg.

– Nas matrizes côncavas, de acordo com as técnicas de fundição, posso fundir tipos, ou caracteres, na quantidade que quiser. Assim, vejam aqui, por favor. Nesta moldura... coloco... na ordem certa... os caracteres, cujos tipos se ajustam perfeitamente. Esta é uma moldura pequena, que serve apenas para fins demonstrativos, mas normalmente, vejam, por gentileza, é do tamanho da página do livro que será produzido. Como podem ver, determino o comprimento das linhas. Insiro as cunhas para ajustar as margens. Aperto a moldura com um prendedor de ferro, para que nada se desmantele... Passo a tinta, a mesma que vocês usam aqui... Posso pedir sua ajuda, senhor Unger? Coloco debaixo da prensa... Uma folha de papel por cima... Senhor Unger, a rosca, por favor... E aí está.

Sobre a folha de papel, bem no meio, havia um impresso, nítido e limpo:

IUBILATE DEO OMNIS TERRA
PSALMUM DICITE NOMINI EUIS

– Salmo sessenta e cinco – disse Justus Schottel, aplaudindo. – Bem diante de nós!

– Estou impressionado – admitiu Sharlei. – Muito impressionado, senhor Gutenberg. Estaria mais impressionado se fosse "*dicite nomini eius*" em vez de "*euis*".

– A-há! – o bacharel alegrou-se como um moleque travesso. – Cometi esse erro de propósito para demonstrar como é fácil fazer uma correção. Vejam só... Basta retirar um tipo... e colocá-lo no lugar certo... Senhor Unger, a rosca, por favor... E eis o texto correto.

– *Bravo!* – exclamou Sansão Melzinho. – *Bravo, bravissimo*. Impressionante mesmo.

Não só Gutenberg estava boquiaberto, mas também Schottel e Unger. Claramente teriam se espantado menos se fosse um dos gatos, a estátua de São Lucas no quintal ou mesmo a pintura de Sebastião com a jeba enorme quem tivesse falado.

– Às vezes, as aparências enganam – disse Sharlei, pigarreando. – Os senhores não são os primeiros a se surpreender.

– E provavelmente não serão os últimos – acrescentou Reynevan.

– Desculpem – disse o gigante, estendendo as mãos abertas. – Não consegui resistir... uma vez que, em todo caso, testemunho o funcionamento de um invento que mudará o espírito da época.

– A-há! – exclamou Gutenberg, animado como qualquer artista ávido por elogios, mesmo que vindos de um brutamontes com cara de idiota e cuja cabeça batia no teto de madeira. – É isso mesmo! É disso que se trata. Imaginem, nobres senhores, dezenas e, um dia, mesmo que hoje isso pareça ridículo, centenas de exemplares de livros doutos! Sem a necessidade de copiá-los laboriosamente por anos! A sabedoria da humanidade reproduzida e disponibilizada! Isso mesmo! E, se vocês, estimados senhores, apoiarem o meu invento, garanto que sua cidade, a nobre Świdnica, será conhecida para sempre como um lugar letrado e iluminado, de onde irradiou a instrução que se espalhará pelo mundo.

– De fato – declarou após um momento Sansão Melzinho, com sua voz suave e tranquila. – Eu consigo ver com os olhos da minha alma. A produção em massa de papel densamente recoberto de letras. Cada folha replicada centenas e, um dia, por mais ridículo que isso possa soar, milhares de vezes. Tudo reproduzido inúmeras vezes e tornado amplamente acessível. Mentiras, lorotas, calúnias, pasquins, denúncias, falsa propaganda e demagogia chula para a plebe. Todo tipo de baixeza sendo nobilitada, toda vileza tornando-se oficial, toda mentira transformando-se em verdade. Toda sacanagem virando virtude, qualquer porcaria extremista sendo considerada uma revolução progressista, qualquer mote banal ganhando ares de sabedoria, toda cafonice sendo aplaudida como virtude. Toda estupidez sendo coroada pelo simples fato de ter sido impressa! Pois tudo estará no papel, e assim terá poder e vigorará. É um processo fácil de se começar, senhor Gutenberg. E de pôr em movimento. Mas como vai pará-lo?

– Duvido que seja necessário – intrometeu-se Sharlei com uma aparente seriedade. – Sendo mais realista que você, Sansão, não vislumbro muita popularidade para esse invento. E, mesmo que siga na direção profetizada por você, é fácil pará-lo. De um jeito tão simples como uma barra de tração: criando, pura e simplesmente, um índice de livros proibidos.

Gutenberg, ainda há pouco radiante, perdia o brilho. Ao ponto de Reynevan começar a ter pena dele.

– Então, acham que o meu invento não tem futuro – declarou, após um instante, com um ar soturno. – Traçaram com um entusiasmo inquisitorial o seu lado sombrio e, tais quais inquisidores de fato, ignoraram seus pontos positivos. O lado reluzente. O mais sagrado. Será possível imprimir e, portanto, propagar, a Palavra de Deus. Como vocês vão contestar isso?

– Contestaremos – disse Sharlei, contorcendo a boca num sorriso cheio de sarcasmo – tais quais os inquisidores. Ou o papa. Ou mesmo como o fazem os padres conciliares. Ora, senhor Gutenberg, não sabe o que os padres conciliares afirmaram a respeito? *Sacra pagina* deve ser privilégio dos sacerdotes, visto que só eles são capazes de entendê-la. Que se danem os parvos dos leigos.

– O senhor está debochando.

Reynevan também teve a mesma impressão, pois Sharlei continuava a falar sem esconder o sorriso de escárnio nem o tom de deboche.

– Aos leigos, mesmo àqueles que apresentam alguma razão em sua forma mais rudimentar, bastam sermões, lições, o evangelho de domingo, excertos, parábolas e moralidades. E aqueles que possuem um espírito verdadeiramente mísero, que conheçam a Escritura pelos autos de Natal, mistérios, paixões e vias-crúcis. Ou que cantem laudas, impressionados com as esculturas e os quadros nas igrejas. O senhor quer imprimir e entregar a Escritura Sagrada a essa ralé? E vai querer traduzi-la do latim para a língua vulgar? Para que cada um a possa ler e interpretar como bem quiser? O senhor gostaria que as coisas chegassem a tal ponto?

– Não é necessário que eu queira – respondeu Gutenberg com tranquilidade. – Isso já se concretizou. Relativamente perto daqui. Na Boêmia. E não importa que rumo tomará o decorrer da história, nada mudará esse fato ou suas consequências. Gostemos ou não, estamos diante de transformações e reformas.

Um silêncio pairou na sala. Reynevan teve a impressão de sentir um vento gelado soprando pela janela, vindo do mosteiro dos dominicanos, a residência da Inquisição, que ficava a uma distância de um arremesso de beterraba dali.

– Quando Hus foi queimado em Constança – começou a falar Unger, atrevendo-se a interromper o longo silêncio –, contavam que uma pomba branca se ergueu da fumaça e das cinzas. Disseram: é um sinal. Um novo profeta há de vir...

– Pois são tais os tempos em que vivemos! – explodiu de repente Justus Schottel. – Cacete! Basta que alguém reúna algumas teses, as anote num pedaço de papel e o pregue à porta de uma igreja. Chispe, Lutero. Saia da mesa, seu gato vagabundo.

Outra vez pairou um longo silêncio, no qual podia-se ouvir apenas o ronronar contente do gato Lutero.

Sharlei interrompeu o silêncio.

– Estou cagando para dogmas, doutrinas e reformas – disse ele. – Gostaria apenas de mencionar que uma coisa me agrada muito, um pensamento que me alegra vivamente. Se seu invento lhe permitir imprimir livros, não é que o senhor será mesmo capaz de fazer as pessoas aprenderem a ler, posto que haverá coisas para ler? Não é só a demanda que cria a oferta, mas vice-versa, visto que no princípio era o Verbo, *in principio erat verbum*. Obviamente, a condição é tal que a palavra, ou seja, o livro, pode vir a ser não só mais barata que um baralho, mas mais barata que um garrafão de vodca, pois é uma questão de escolha. Resumindo: sabe de uma coisa, senhor Gutenberg? Depois de uma profunda reflexão, chego à conclusão de que, apesar das desvantagens, esse seu invento pode fazer história.

— Você tirou as palavras da minha boca, Sharlei — afirmou Sansão Melzinho. — Você as tirou da minha boca.

— Então — disse o bacharel, cujo rosto voltava a ficar radiante —, talvez o senhor queira patrociná-lo...

— Não — cortou-o Sharlei. — Não quero. Ele pode até ser histórico, senhor Gutenberg, mas eu tenho um negócio a zelar.

CAPÍTULO XVI

No qual Reynevan, nobre como Percival, e igualmente tolo, se lança no resgate de certa pessoa e na defesa dela. Em consequência, toda a companhia tem de fugir. E rápido.

—*Basilicus super omnes* – disse Reynevan. – *Annus cyclicus. Voluptas?* Sim, decerto *voluptas. Voluptas papillae. De sanctimonia et... Expeditione hominis*. Sansão!

– O que houve?

– *Expeditione hominis*. Ou *positione hominis*. No papel parcialmente queimado. Aquele de Powojowice. Isso lhe diz algo?

– *Voluptas papillae...* Oh, Reinmar, Reinmar.

– Perguntei se isso lhe diz algo!

– Infelizmente, não. Mas continuo a pensar nisso.

Reynevan não comentou. Sansão Melzinho, apesar das próprias afirmações, mais parecia cochilar do que pensar enquanto seguia na sela de um robusto capão, cuja pelagem conferia ao animal certo ar de camundongo, um cavalo arrumado pelo mestre gravador de Świdnica, Justus Schottel, e que constava na lista elaborada por Sharlei.

Reynevan soltou um suspiro. Conseguir todos os equipamentos requisitados por Sharlei vinha demorando mais do que o planejado.

Em vez de três, passaram quatro dias inteiros em Świdnica. O penitente e Sansão não reclamavam. Pode se dizer que estavam mesmo contentes com a oportunidade de flanar pelas famosas adegas de Świdnica e minuciosamente averiguar a qualidade da *märzenbier* daquele ano. Já Reynevan, desaconselhado a circular pelas cervejarias, permanecia na tediosa companhia de Simão Unger, irritando-se, perdendo paciência, amando e morrendo de saudades. Contava, angustiado, cada dia que passava separado de Adèle e, por mais que refizesse as contas, o resultado era sempre vinte e oito. Vinte e oito dias! Praticamente um mês! Pensava se, e como, Adèle conseguia suportar aquilo.

Sua espera chegou ao fim na manhã do quinto dia. Depois de se despedirem dos gravuristas, os três viajantes deixaram Świdnica pelo portão baixo e juntaram-se a um extenso comboio de outros peregrinos que iam a cavalo, a pé, sobrecarregados, guiando vacas e ovelhas, puxando carroças, empurrando carrinhos de mão, deslocando-se sobre variados tipos de veículos. Pairavam sobre a multidão um intenso fedor e um acurado espírito de empreendedorismo.

À lista elaborada por Sharlei havia acrescentado e providenciado Justus Schottel, por iniciativa própria, uma boa quantidade de peças de roupa. Embora reunidas de forma um tanto caótica, propiciaram aos viajantes a oportunidade de vestirem novos trajes. Sharlei não perdeu tempo e agora tinha um aspecto grave, mesmo combativo, portando um *haqueton* matelassado com marcas de ferrugem de armadura que despertavam respeito. A vestimenta sisuda mudara também o próprio Sharlei, da água para o vinho. Tendo se livrado do traje de bufão, o penitente se livrara também de seus modos e fala burlescos. Agora, cavalgava, com postura ereta, seu belo corcel castanho, com o punho apoiado na cintura, um semblante soturno e a aparência de um Gauvain, ou pelo menos de um Gareth, enquanto observava os mercadores que transitavam.

Sansão Melzinho também mudara de aspecto, embora não tivesse sido fácil encontrar nos embrulhos providenciados por Schottel algo que coubesse no gigante. Conseguiu, afinal, trocar a larga túnica monacal por uma curta e folgada jórnea e um capuz com as pontas cortadas em *chevron*, então muito em voga. Era uma vestimenta tão popular que, dentro do possível, Sansão deixou de se destacar na multidão. Agora, no comboio de viajantes, aqueles que olhavam para o trio viam um nobre acompanhado de um bacharel e um criado. Ao menos era o que, Reynevan esperava. Imaginava também que Kyrieleison e seu bando, mesmo cientes da companhia de Sharlei, perguntavam por dois, e não três viajantes.

O próprio Reynevan, depois de se desfazer das roupas desgastadas e pouco limpas, escolheu, do novo guarda-roupas ofertado por Schottel, uma calça justa e um longo casaco com a frente acolchoada, que fazia a silhueta se assemelhar um pouco à de um pássaro. Uma boina, normalmente usada por acadêmicos, como o recém-conhecido Johannes Gutenberg, completava o figurino. Curiosamente, o próprio Gutenberg tornou-se o assunto da conversa, embora não por conta de seu invento. A estrada que começava depois do portão baixo, e levava a Rybach através do vale do rio Pilawa, constituía parte de uma importante rota comercial entre Nysa e Dresden e, portanto, era bastante frequentada. Tanto que o sensível nariz de Sharlei começou a ficar irritado.

– Os senhores inventores – resmungava o penitente, espantando as moscas –, o senhor Gutenberg *et consortes* poderiam se dedicar a inventar algo prático. Por exemplo, um outro meio de transporte. Um *perpetuum mobile*, algo que se move sozinho, sem a necessidade de cavalos e bois, como esses ao redor, que insistentemente nos demonstram as impressionantes possibilidades de seus intestinos. Ah, digo-lhes que sonho com algo que se mova sozinho e sem lançar gases no ambiente. O que me diz, Reinmar? E você, Sansão, o filósofo vindo do além? O que acham?

– Algo que se desloca sozinho, mas não emite fedor – pensava em voz alta Sansão Melzinho. – Desloca-se sozinho, mas não suja as estradas ou o ar. Hum... De fato, um dilema desafiador. A experiência sugere que os inventores hão de solucioná-lo, mas não de todo.

Sharlei talvez tivesse a intenção de questionar o gigante sobre o sentido de sua afirmação, mas foi interrompido por um cavaleiro esmolambado, montado em pelo num pangaré descarnado que galopava rumo à vanguarda da coluna. Sharlei acalmou seu corcel, ameaçou o maltrapilho com um gesto de punho e lançou uma série de injúrias atrás dele. Sansão ergueu-se nos estribos e olhou para trás, de onde viera o esfarrapado. Reynevan, que depressa ganhava mais experiência, sabia o que procurava o Melzinho da companhia.

– Uma consciência culpada dispensa acusadores – declarou Reinmar de Bielau. – Esse fugitivo foi espantado por alguém. Alguém vindo da cidade...

– E que examina atentamente todos os viajantes – concluiu Sansão. – Cinco... Não, seis cavaleiros armados. Alguns com um brasão sobre as chebraicas. Uma ave negra com as asas estendidas...

– Conheço esse escudo...

– Eu também! – afirmou Sharlei, com veemência, ao sacudir as rédeas. – A galope! Atrás do pangaré! Vamos! Rápido como o vento!

Próximo da ponta da coluna, num lugar onde a estrada adentrava uma sombria floresta de faias, meteram-se no meio das árvores e, depois de algum tempo, esconderam-se atrás de um matagal. E viram seis cavaleiros passando dos dois lados da estrada e examinando todo mundo, olhando detidamente para dentro das carroças e debaixo das lonas das charretes. Eram eles: Stefan Rotkirch, Dieter Haxt, Jens von Knobelsdorf, conhecido como Bufo, Wittich, Morold e Wolfher von Stercza.

– Ééé – disse Sharlei, arrastando a única sílaba. – É assim mesmo, Reinmar. Você se achava sábio e considerava estúpido o resto do mundo. Lamento informá-lo de que tal proposição não era válida, pois todos já o conhecem e não se deixam enganar por sua pessoa ou por seus planos pueris. Já sabem que você ruma para Ziębice, onde se encontra sua amada. E, se você começa a hesitar, não é preciso se dar o trabalho de buscar uma motivação razoável para seguir até lá. Pois lhe digo eu mesmo: não há sentido nenhum em ir a Ziębice. Nenhum. Seu plano é... Qual é mesmo a palavra...

– Sharlei...

– Ah! Já sei! Absurdo.

* * *

A discussão foi breve, intensa e de todo infrutífera. Reynevan tinha os ouvidos moucos para a lógica de Sharlei. Este, por sua vez, não se comovia com as aflições românticas de Reynevan. E Sansão Melzinho se absteve de tomar voz.

Reynevan, cuja mente estava predominantemente ocupada em calcular os dias que o separavam da amante, insistia para que continuassem rumo a Ziębice, fosse seguindo o rastro dos von Stercza, fosse tentando ultrapassá-los, quando os perseguidores fizessem uma parada para descansar, por exemplo, provavelmente em algum ponto nas proximidades de Rybach, ou mesmo nessa cidade. Sharlei opunha-se ferrenhamente. Afirmava que a demonstração de ostentação oferecida pelos Stercza só poderia comprovar uma coisa:

– A intenção deles é espantá-lo para que tome a direção de Rybach e Frankenstein – declarou o penitente. – E Kyrieleison e Barby devem estar à sua espera em algum lugar perto de lá. Acredite, rapaz, é o método mais comum de apanhar fugitivos.

– Então, o que você sugere?

– Minhas sugestões – respondeu Sharlei, apontando ao redor com um amplo gesto dos braços – são limitadas pela geografia. Aquela coisa enorme, enevoada, a leste, é, como você sabe, o monte Ślęża. E aquilo que se ergue ali são as Montanhas da Coruja, e aquela coisa grande é o monte chamado Grande Coruja. Junto dele há, na montanha, dois desfiladeiros, Walimska e Jugowska. Por essa rota, poderíamos chegar à Boêmia num instante, a Broumovsko.

– Você disse que era arriscado ir para a Boêmia.

– Neste momento – respondeu Sharlei com frieza –, é você quem representa o maior risco, bem como seus perseguidores, que seguem em seu encalço. Por mim, partiríamos agora mesmo para a Boêmia. De Broumovsko pularia para Kłodzko, de Kłodzko para a Morávia e de lá para a Hungria. Mas desconfio que você não vá desistir de Ziębice.

– Sua desconfiança se confirma.

– Bom, então teremos de abdicar da segurança que os desfiladeiros nos garantiriam.

– Seria uma segurança bastante questionável – declarou Sansão Melzinho inesperadamente.

– De fato – o penitente concordou. – Não é mesmo uma área muito segura. Em todo caso, sigamos então para Frankenstein. Mas não pela estrada, e sim pelo sopé da montanha, pelos confins das florestas de Przesieka Silesiana. Desviaremos do caminho, vaguearemos um pouco pelos ermos. Haveria outra opção?

– Seguir pela estrada – explodiu Reynevan. – Atrás dos Stercza! Apanhá-los...

– Garoto, nem mesmo você leva a sério o que diz – Sharlei cortou impetuosamente. – Você não vai querer cair nas mãos deles, acredite em mim.

* * *

E assim partiram, seguindo, de início, pelas florestas de faias e carvalhos, depois, pelas veredas e, por fim, por uma estradinha que serpeava entre as colinas. Sharlei e Sansão conversavam baixinho. Reynevan permanecia em silêncio, meditando sobre as últimas palavras do penitente.

Sharlei novamente provava que, se não podia ler pensamentos, era capaz de fazer suposições acertadas a partir de evidências. A visão dos

Stercza despertara em Reynevan tamanha ira e tal desejo de vingança que ele estava prestes a seguir de imediato o rastro deles, aguardar até que a noite caísse, esgueirar-se e cortar-lhes a garganta enquanto dormiam. O que o detinha, no entanto, não era apenas o bom senso, mas também um medo paralisante. Já havia acordado uma série de vezes, banhado em suor gélido, de um sonho em que era preso e arrastado até a sala de torturas na masmorra de Sterzendorf. O sonho era terrivelmente preciso a respeito dos instrumentos lá presentes, e Reynevan oscilava de quando em quando entre o frio e o calor sempre que se lembrava deles. Agora também sentia calafrios subirem por sua espinha, e seu coração batia em falso quando avistava, na estrada, silhuetas escuras, até que um exame mais atento revelasse tratar-se apenas de juníperos.

As coisas pioraram quando Sharlei e Sansão mudaram o assunto da conversa e começaram a discutir sobre história e literatura.

– Quando o trovador Guillem de Cabestany – pregava Sharlei, olhando enfaticamente para Reynevan – seduziu a esposa do senhor de Château-Roussillon, este mandou matar o poeta e estripá-lo. Ordenou que o cozinheiro fritasse o coração e o servisse à esposa infiel, para que ela o comesse. Ela, no entanto, jogou-se da torre.

– Pelo menos é o que diz a lenda – respondeu Sansão Melzinho, demonstrando uma erudição que, combinada com sua cara parva, deixava as pessoas boquiabertas. – Não se deve acreditar piamente nos trovadores, pois seus versos sobre aventuras amorosas com damas casadas costumam refletir desejos e sonhos mais do que acontecimentos reais. É o caso, por exemplo, de Marcabru, que, apesar das impertinentes sugestões, não tinha nenhum vínculo com Leonor da Aquitânia. Na minha opinião, o romance de Bernart de Ventadorn com a senhora Alaiz de Montpellier e o de Raul de Coucy com a senhora Gabriela de Fayel são igualmente exagerados. Também há dúvidas quanto a Teobaldo III, de Champanhe, quando ele se gaba dos favores de Branca de Castela. Assim como Arnold de Mareil, segundo o que ele próprio dizia, amante de Adélaïde de Béziers, a favorita do rei de Aragão.

– Pode ser – concordou Sharlei. – É possível que neste caso o trovador tenha confabulado, pois acabou sendo expulso da corte. Se houvesse um pingo de verdade na poesia, as coisas teriam tido um final mais dramático. Ou mesmo se o rei fosse mais tempestuoso, como o mestre Saint-Gilles. Por conta de uma canção ambígua dedicada à sua esposa, mandou cortar a língua do trovador Pedro de Vidal.

– Segundo a lenda.

– E o trovador Giraut de Corbeilh, lançado da muralha de Carcassone, seria também uma lenda? E Gaucelm de Pons, envenenado por causa de uma formosa dama casada? Pode dizer o que quiser, Sansão, mas nem todos os cornos eram tão tolos quanto o marquês de Montferrat, que, ao encontrar no jardim a esposa adormecida nos braços do trovador Raimbaut de Vaqueyras, cobriu os dois com uma capa para protegê-los do frio.

– Foi a irmã dele, não foi a esposa. Mas o resto está certo.

– E o que aconteceu com Daniel Carret, que meteu chifres no barão de Faux? O barão o matou pelas mãos de sicários e mandou transformar o crânio do morto num cálice que agora lhe serve para beber.

– Tudo verdade – confirmou Sansão Melzinho acenando com a cabeça. – Com exceção de que não era um barão, mas um conde. E não mandou matar o poeta, mas prendê-lo. E não fez um cálice, mas um saquitel ornamental. Para guardar um anel e os trocados.

– Um sa... – interveio Reynevan, gaguejando. – Um saquitel?

– Um saquitel.

– Reynevan, por que você empalideceu tão de repente? – perguntou Sharlei, fingindo preocupação. – O que você tem? Talvez esteja doente... Afinal, é você quem sempre diz que um grande amor requer sacrifícios. Costuma-se se referir assim à amada: "Prefiro-a ao reino, ao cetro, à saúde, à uma vida longa..." Quanto ao saquitel? O saquitel não é nada.

* * *

Tinha acabado de badalar o sino de uma igreja próxima – segundo Sharlei, localizada num vilarejo chamado Lutomia – quando Reynevan, que seguia à frente, parou e ergueu a mão.

– Estão ouvindo?

Encontravam-se numa encruzilhada, junto de uma cruz torta e de uma estátua erodida pelas chuvas, que haviam lhe conferido um aspecto disforme.

– São goliardos – afirmou Sharlei. – Estão cantando.

Reynevan sacudiu a cabeça. Os sons, que vinham de uma ravina floresta adentro, em nada lembravam *"Tempus est iocundum"*, *"Amor tenet omnia"*, *"In taberna quando sumus"* ou qualquer outra canção popular de estudantes vagabundos. E tampouco as vozes ressoavam como as dos transeuntes que os tinham ultrapassado havia pouco. Lembravam mais...

Reinmar tateou o cabo do alfanje, mais um dos regalos recebidos em Świdnica, e então se reclinou na sela e esporeou o cavalo. A trote. E depois a galope.

– Aonde você está indo? – berrou Sharlei, atrás dele. – Pare! Pare, diabos! Você vai nos meter em apuros, seu tolo!

Reynevan ignorou os alertas e foi cavalgando rumo à ravina. Numa clareira atrás do barranco, travava-se uma batalha. Havia ali uma carroça coberta com uma lona alcatroada preta e dois cavalos robustos arreados. Junto dela, aproximadamente dez homens a pé trajando brigantinas, toucas de cota de malha e capelinas, equipados com armas de fuste, atacavam, ferozes como cães, dois cavaleiros. Estes se defendiam destemidamente, como lobos cercados.

Um dos cavaleiros, montado, usava uma armadura completa de placas, encarapaçado com metal dos pés à cabeça. Os gumes dos dardos e gládios eram rebatidos pelos peitorais, tiniam nas escarcelas e grevas, e eram incapazes de penetrar por entre as brechas. Sem conseguir atingir o cavaleiro, os adversários maltratavam o cavalo. Não o esfaqueavam – afinal, um cavalo custava muito dinheiro –, mas o golpeavam com as hastes usando toda a força, esperando que o animal derrubasse o ginete. De fato, o animal estava enfurecido: sacudia a cabeça, relinchava e mordia o bocal encharcado de espuma. Evidentemente treinado para esse tipo de combate, empinava e coiceava para todos os lados, dificultando o acesso a ele próprio e ao seu dono. O cavaleiro sacudia tanto na sela que o fato de manter-se montado causava espanto.

Os oponentes, contudo, tinham conseguido derrubar da sela o outro cavaleiro, que também trajava uma armadura completa de placas. Este defendia-se ferozmente, pressionado contra o coche. Não portava elmo e, sob a touca de cota de malha, esvoaçavam seus longos cabelos louros sujos de sangue. Os dentes reluziam abaixo de seu bigode igualmente claro. Repelia, com golpes da cimitarra que ele segurava com ambas as mãos, os homens que o atacavam. A arma, embora longa e pesada, agitava-se nas mãos do cavaleiro tal qual um espadim cerimonial. No entanto, não era apenas o aspecto da cimitarra que era ameaçador, pois o acesso dos antagonistas até o cavaleiro já se encontrava obstruído por três feridos que, prostrados no chão, ululavam de dor e tentavam se arrastar para o lado. Assim, os demais atacantes demonstravam certa cautela ao se aproximar, buscando atingir o cavaleiro a partir de uma distância segura. Mas mesmo os golpes certeiros, quando não eram rebatidos pela pesada lâmina da cimitarra, deslizavam pelas placas de aço.

Reynevan de imediato constatou o sentido da cena. Enxergou aquilo que qualquer pessoa enxergaria: dois cavaleiros em apuros, assediados por uma horda de salteadores. Ou dois leões sob ataque de hienas. Ou Rolando e Felixmarte resistindo à supremacia dos mouros. Assim, de pronto, Reynevan se sentiu um Olivier. Gritou, desembainhou o alfanje, atiçou o cavalo com os calcanhares e se lançou num ataque sem prestar a menor atenção aos gritos de advertência e injúrias proferidos por Sharlei.

Por desvairado que fosse, o auxílio vinha em momento mais do que oportuno. O cavaleiro montado acabara de ser derrubado da sela, produzindo um estrondo tão grande que parecia que um caldeirão de cobre tinha sido lançado do alto de um campanário. Já o loiro que segurava a cimitarra com as duas mãos, pressionado pelas hastes contra a carroça, podia ajudar o outro apenas com os palavrões repugnantes que desferia contra os atacantes.

Reynevan disparou rumo ao olho do furacão. Com a ajuda do cavalo, apartou e derrubou os homens que cercavam o cavaleiro tombado e acertou, com um golpe mordaz do alfanje, a cabeça de um homem de bigode grisalho. O impacto foi tamanho que a capelina do sujeito caiu ao chão, fazendo um enorme barulho. O homem atingido virou-se, contorceu-se de forma agourenta e acertou Reynevan de perto com uma alabarda, mas felizmente apenas com a haste. Mesmo assim, o jovem herói acabou caindo do cavalo. O sujeito de bigode encanecido saltou sobre o rapaz, esmagando-o e apertando-lhe a garganta. Então saiu voando. Literalmente. Tamanha a força com que Sansão Melzinho o atingiu ao esmurrar sua têmpora. Os demais irromperam contra Sansão, cercando-o. O gigante, momentaneamente em apuros, levantou com ímpeto a alabarda do chão e desferiu um golpe transversal, no elmo do primeiro oponente, com tanta força que a lâmina saiu voando e o atingido tombou ao solo. Sansão brandiu a lança e a redemoinhou tal qual um bastão, provocando um alvoroço ao redor de si, de Reynevan e do cavaleiro, que se levantava. Este, ao cair, tinha perdido a celada e, por cima da gola que cobria o pescoço, aparecia um rosto jovem e radiante, com um nariz arrebitado e olhos verdes.

– Esperem só, porcos imundos! – gritou ele, com uma voz cômica de jovem soprano. – Vocês vão ver, seus nojentos! Pelo crânio de Santa Sabina! Vocês jamais se esquecerão de mim!

Sharlei foi em socorro do cavaleiro de cabelos claros, que se defendia junto da carroça e que se encontrava em circunstâncias lamentáveis. O penitente, de modo quase acrobático e em pleno galope, alcançou uma espada caída no chão e, desferindo golpes à direita e à esquerda com uma destreza digna de admiração, espantou os oponentes. O cavaleiro de cabelos claros, que havia derrubado a cimitarra em meio ao turbilhão, não perdeu tempo procurando-a na areia e lançou-se ao combate com os punhos cerrados.

Parecia que a inesperada ajuda havia inclinado a balança a favor dos assaltados. Foi então que, com o retumbar de cascos ferrados, quatro cavaleiros armados, em pleno galope, irromperam na clareira. Mesmo que Reynevan tivesse alguma dúvida momentânea a respeito da identidade deles, ela fora dissipada pelo grito triunfante dos demais oponentes que estavam a pé. Ao verem o reforço se avizinhando, lançaram-se ao combate com uma vontade redobrada.

– Vivos! – bradou pela abertura do elmo o chefe dos homens armados, em cujo escudo reluziam três peixes prateados. – Quero esses malandros vivos!

Sharlei foi a primeira vítima dos recém-chegados. Ao pular da sela, o penitente conseguiu se esquivar com destreza do golpe de um machado de combate. Já no solo, foi dominado e cercado pelos demais. Sansão Melzinho correu em seu socorro, distribuindo talhos com sua lança. O gigante não se intimidou ao ser atacado por um cavaleiro montado, munido de um machado. Acertou com tamanha força a focinheira de ferro que protegia a cabeça do corcel que a lança acabou quebrando num estalo. O cavalo relinchou e caiu de joelhos. E o ginete foi derrubado da sela pelo cavaleiro de cabelos claros. Ambos começaram a pugnar, entrelaçados como dois ursos.

Reynevan e o jovem apeado resistiram implacavelmente aos outros cavaleiros armados, animando-se com gritos selvagens, sortilégios e invocações de santos. No entanto, a situação era visivelmente desesperadora. Nada indicava que os ferozes atacantes se lembrariam de tomar os prisioneiros vivos – e, mesmo que se lembrassem, Reynevan já se via enforcado com um laço.

Mas a fortuna sorriu naquele dia.

– Lutem, em nome de Deus! Aquele que em Deus crê, que mate!

Em meio à batida dos cascos e os piedosos gritos que animavam o combate, surgiram novas forças: mais três cavaleiros couraçados, de armaduras completas e elmos com viseiras do tipo *hundskugel*, capuz de cão. Não havia dúvidas de que lado estavam. Os golpes de longas espadas deixavam os peões de capelinas prostrados, um por um, sobre a areia ensanguentada. O cavaleiro com o brasão de peixes, lacerado gravemente, vacilou na sela. O outro o cobriu com um escudo, amparou e segurou as rédeas do cavalo. Ambos se lançaram numa fuga desenfreada. O terceiro também queria escapar, mas foi atingido na cabeça por um golpe de espada e desabou ao pé do cavalo. Os mais valentes ainda tentavam se resguardar com as hastes, mas aos poucos lançavam as armas para o lado e fugiam para a floresta.

Enquanto isso, o cavaleiro de cabelos claros derrubou seu adversário com um potente golpe de punho revestido por sua luva de ferro. Quando o outro tentou se levantar, o loiro empurrou seu ombro com o pé. O sujeito atingido sentou-se pesadamente, e o cavaleiro de cabelos claros olhou em volta, buscando algum objeto com que pudesse acertá-lo.

– Pegue! – gritou um dos encouraçados. – Pegue, Rymbaba!

O cavaleiro de cabelos claros, chamado de Rymbaba, agarrou o marrete que lhe foi lançado – um *martel de fer* de aspecto assustador. Desferiu um golpe impetuoso, estrondoso, contra o elmo daquele que tentava se erguer, uma, duas, três vezes. A cabeça do golpeado caiu sobre o ombro e, debaixo da chapa deformada, o sangue jorrou com abundância sobre o *aventail*, a clavícula e o peitoral. O cavaleiro de cabelos claros, em pé, com as pernas abertas sobre o ferido, desferiu mais um golpe.

– Jesus Cristo! – bufou. – Como eu gosto deste trabalho...

O jovem de nariz arrebitado estertorou e cuspiu sangue. Depois, endireitou-se, sorriu com a boca ensanguentada e estendeu a mão para Reynevan.

– Obrigado pela ajuda, nobre senhor. Pelas tíbias de Santo Afrodísio, jamais me esquecerei disso! Sou Kuno von Wittram.

– E que os diabos me queimem no inferno – disse o de cabelos claros, estendendo a mão direita para Sharlei – se eu um dia me esquecer de sua ajuda. Sou Pashko Pakoslawic Rymbaba.

– Andem – ordenou um dos encouraçados, exibindo debaixo da viseira aberta um rosto moreno e bochechas pálidas com a barba feita. – Rymbaba, Wittram, peguem os cavalos! Rápido, cacete!

– Pro inferno! – gritou Rymbaba, inclinando-se e assoando o nariz com os dedos. – Eles já fugiram!

– Pois hão de voltar em breve – respondeu outro dos que vieram com o reforço, apontando para um escudo abandonado, com a estampa de três peixes posicionados verticalmente. – Vocês dois se doparam com cicuta para inventar de assaltar viajantes logo aqui?

Sharlei presenteou Reynevan com um olhar bastante veemente enquanto acariciava as narinas do cavalo castanho.

– Logo aqui – o cavaleiro repetiu. – No território dos Seidlitz. Eles não vão perdoar...

– Não vão mesmo – confirmou um terceiro. – Todos aos cavalos!

A estrada e a floresta ecoavam gritos, relinchos e estampidos de cascos. Os alabardeiros percorriam as samambaias e os tocos de árvores cortadas. Mais de uma dezena de cavaleiros, encouraçados e besteiros, galopava pela estrada.

– Vamos dar no pé! – gritou Rymbaba. – Se prezam seus pescoços, deem no pé!

Dispararam a galope, perseguidos por gritos e silvos das primeiras flechas.

* * *

O acossamento não durou muito. Quando a infantaria ficou para trás, os cavaleiros diminuíram o passo, duvidando de sua supremacia numérica. Os artilheiros lançaram atrás dos fugitivos mais uma salva de setas, e assim encerrou-se a perseguição.

Para se assegurar, seguiram a galope ainda por algumas milhas e fizeram um desvio por entre as colinas e as florestas de bordos, olhando para trás de quando em quando. Mas já não havia mais ninguém no encalço deles. Fizeram, então, uma parada próximo ao último casebre de um vilarejo, para deixar os cavalos descansarem. Um pobre homem, sem esperar que lhe saqueassem a casa e a horta, trouxe-lhes uma tigela de *pierogi* e uma vasilha de leitelho. Os barões gatunos sentaram-se junto da cerca. Comiam e bebiam em silêncio. O mais velho, que havia se apresentado como Notker von Weyrach, ficou examinando Sharlei por um longo tempo.

– Ah, siiim – disse, enfim, lambendo o bigode besuntado de leitelho. – Senhor Sharlei e jovem mestre von Hagenau, vocês são boa gente. Aliás, o jovem mestre seria, por acaso, descendente do famoso poeta?

– Não.

– Hum. Então, o que eu dizia? Ah, sim, que vocês são homens bravos e audazes. E seu serviçal, embora à primeira vista pareça um idiota, é admiravelmente corajoso e valente. Siiim. Vocês prestaram socorro aos meus garotos. E, por isso, agora vocês também estão em apuros e não hão de se safar tão facilmente. Vocês se encrencaram com os Seidlitz, e eles são vingativos.

– É verdade – atestou um segundo cavaleiro, de cabelos longos e bigode de bagre, que havia se apresentado como Voldan de Osiny. – Os Seidlitz são uns filhos da puta de marca maior. Toda a família, isto é, mesmo os Laasan. E os Kurzbach. Todos patifes extremamente malévolos e canalhas vingativos... Ei, Wittram, Rymbaba, vocês foderam tudo, cacete!

– É preciso pensar antes de agir – interveio Weyrach. – Pensem, os dois!

– Mas nós pensamos – balbuciou Kuno von Wittram. – Vimos uma carroça se aproximando. Aí, pensamos: por que não saqueá-la? Então, uma coisa leva à outra e... Pft, pelas amarras de São Dimas! Vocês mesmos sabem como é.

– Sim, sabemos. Mas ainda assim é preciso pensar antes de agir.

– E ter cuidado com a escolta!

– Não havia nenhuma escolta. Apenas o cocheiro, os ajudantes e um homem a cavalo que trajava um capote de castor, devia ser um mercador. Eles fugiram. Aí, pensamos: sorte nossa. E então, do nada, apareceram quinze filhos da puta sorridentes e armados de alabardas...

– Por isso eu digo: é preciso pensar muito bem antes de agir.

– Que tempos são estes que vivemos! – bradou Pashko Pakoslawic Rymbaba, irritado. – Mas que coisa! Uma carroça de merda, carregando debaixo daquela lona uma mercadoria que devia valer uns três centavos, e eles a defendiam como se fosse o Santo Graal.

– Antigamente não era assim – interveio um terceiro cavaleiro, de pele morena, cabelos pretos cortados à moda cavaleiresca e um pouco mais velho que Rymbaba e Wittram, chamado Tassilo de Tresckow. – Antigamente, quando se gritava: "Pare e passe para cá tudo o que você tem!", eles entregavam tudinho sem pestanejar. Mas hoje se defendem, lutam como diabos, ou *condottieri* venezianos. As coisas vão de mal a pior! Como é possível trabalhar nessas condições?

– Não tem como – concluiu Weyrach. – É cada vez mais árduo o nosso *exercitium*, cada vez mais duro o nosso destino de barões gatunos. É...

– Éééé... – ecoaram os demais em uníssono, numa voz cheia de lamentação – É...

– Vejam – disse Kuno von Wittram, apontando. – Um porco está fossando no esterco. Que tal abatê-lo e levá-lo conosco?

– Não – declarou Weyrach após um momento de reflexão. – Não vale a pena perdermos tempo.

Levantou-se.

– Senhor Sharlei – disse ele. – Seria indigno deixá-los aqui sozinhos. Os Seidlitz são rancorosos, já devem ter enviado perseguidores, vão segui-los pelas estradas. Portanto, pedimos que venham conosco. Para Kromolin, a nossa sede, onde estão os nossos escudeiros e muitos dos nossos companheiros. Lá, ninguém vai ameaçá-los ou ofendê-los.

– E que se atrevam a fazê-lo! – esbravejou Rymbaba, fazendo eriçar seu bigode claro. Venham conosco, senhor Sharlei, venham. Pois, devo confessar, desenvolvi grande afeição pelo senhor.

– Digo o mesmo sobre o jovem mestre Reinmar – declarou Kuno von Wittram, dando um tapa nas costas de Reynevan. – Juro pelo barril de São Ruperto de Salzburgo. Venham conosco para Kromolin. O que diz de nos acompanharem, senhor Sharlei? Vamos?

– Vamos.

– Então, vamos – disse Notker von Weyrach, dando uma última espreguiçada. – Sigamos, *comitiva*.

* * *

Enquanto o séquito se formava, Sharlei permaneceu atrás e discretamente chamou Reynevan e Sansão Melzinho para que viessem falar com ele.

– Essa Kromolin – disse em voz baixa ao tapear o pescoço do cavalo castanho – deve ficar nas cercanias de Srebrna Góra e Stoszowice, junto da tal Senda Boêmia, uma rota que passa por Silberbergpass e Frankenstein e que leva até a estrada para a Breslávia. Viajar com eles nos vem a calhar. Além de ser mais seguro. É melhor seguirmos junto deles. E fecharmos os olhos para o modo como ganham a vida. De cavalo dado não se olham os dentes. No entanto, aconselho manter cautela e falar pouco. Sansão?

– Eu me manterei calado e farei o tipo idiota. *Pro bono commune*.

– Muito bem. Reinmar, venha cá. Preciso lhe dizer uma coisa.

Reynevan, já montado, aproximou-se, já sabendo de antemão o que iria ouvir. Não estava enganado.

– Ouça-me bem, seu tolo incurável. Você constitui para mim um risco mortal pelo mero fato de existir. Não vou permitir que aumente esse risco com um comportamento e um heroísmo estúpidos. Não vou comentar o fato de que, ao querer demonstrar nobreza, você provou ser um imbecil, lançando-se ao resgate de bandoleiros, auxiliando-os na luta contra as forças de segurança. Não vou zombar. Se Deus quiser, você há de tirar boas lições do ocorrido. Mas advirto: se você fizer algo parecido de novo, vou deixá-lo ao deus-dará, de uma vez por todas. Lembre-se, seu palerma, grave isto em sua mente estulta: ninguém vai correr para ajudá-lo quando você estiver em apuros. Só mesmo um idiota vai ao auxílio dos outros. Quando alguém pede socorro, é preciso dar as costas e se afastar o mais rápido possível. Estou avisando: se no futuro você virar a cabeça na direção de um pedinte, uma donzela em perigo, uma criança maltratada ou um cachorro apanhando, seguiremos cada um para o seu lado. Então você poderá bancar o Percival por sua conta e risco.

– Sharlei...

– Cale-se. E considere-se advertido. Não estou brincando.

* * *

Atravessavam campinas cercadas por florestas, em meio ao mato alto e a ervas que chegavam até os estribos. O céu a oeste, encoberto pela penugem esfarrapada das nuvens, ardia com raias de uma cor púrpura abrasadora. O paredão de montanhas e as negras florestas da Przesieka Silesiana escureciam.

Notker von Weyrach e Voldan de Osiny, sérios e concentrados, cantavam um hino, erguendo, de quando em quando, por sob bacinetes levantados, os olhos para o céu. O canto, mesmo que não muito alto, ressoava majestosa e severamente.

Pange lingua gloriosi
Corporis mysterium,

Sanguinisque pretiosi,
Quem in mundi pretium
Fructus ventris generosi
Rex effudit Gentium.

Um pouco atrás, a uma distância suficiente para não atrapalhar com seu próprio canto, seguiam Tassilo de Tresckow e Sharlei. Ambos, definitivamente menos sérios, cantavam uma balada amorosa.

Sô die bluomen üz dem grase dringent,
same si lachen gegen der spilden sunnen,
in einem meien an dem morgen fruo,
und diu kleinen vogelin wol singent
in ir besten wîse, die si kunnen,
waz wünne mac sich dâ gelîchen zuo?[15]

Atrás dos cantores, num passo mais lento, vinham Sansão Melzinho e Reynevan. Sansão ouvia, balançava-se na sela e murmurava. Então, era claro que conhecia a letra do *minnesang* e, não fosse pela necessidade de se manter incógnito, teria se juntado ao coro. Reynevan estava compenetrado em seus pensamentos sobre Adèle. No entanto, era difícil se concentrar, pois Rymbaba e Kuno von Wittram não paravam de berrar canções obscenas e cantigas de bêbados. Seu repertório parecia inesgotável.

O cheiro de fumaça e feno enchia o ar.

Verbum caro, panem verum
verbo carnem efficit:
fitque sanguis Christi merum,
et si sensus deficit,
ad firmandum cor sincerum
sola fides sufficit.[16]

A melodia solene e os versos pios de Tomás de Aquino não eram capazes de enganar ninguém; a reputação precedia os cavaleiros. Ao avistar o séquito, as mulheres que recolhiam gravetos dispersavam-se às pressas, e as moças corriam como corças. Os lenhadores fugiam pelas clareiras, enquanto os pastores aterrorizados arrastavam-se sob as ovelhas. Fugiu o alcatroeiro, deixando para trás sua carroça. Escapuliram, com os hábitos enrolados até as nádegas, três errantes Irmãos Menores. As estrofes poéticas de Walther von der Vogelweide não tiveram o menor efeito tranquilizador.

> *Nü wol dan, welt ir die wârheit schouwen,*
> *gen wir zuo des meien hôhgezîte!*
> *der ist mit aller sîner krefte komen.*
> *seht an in und seht an werde frouwen,*
> *wederz dâ daz ander überstrîte:*
> *daz bezzer spil, ob ich daz hân genomen.*[17]

Sansão Melzinho cantarolava em voz baixa. "Minha Adèle...", pensava Reynevan. "Minha Adèle. De fato, quando finalmente estivermos juntos, quando a separação chegar ao fim, será como essa canção de Walther von der Vogelweide que eles vão cantando – chegará a primavera. Ou, como em outras estrofes desse poeta..."

> *Rerum tanta novitas*
> *in solemni vere*
> *et veris auctoritas*
> *jubet nos gaudere...*[18]

– Você disse algo, Reinmar?
– Não, Sansão. Não disse nada.
– Hum. Mas parece que você gemeu de uma forma estranha.

"Ah, primavera, primavera... Minha Adèle é mais bela que a primavera. Ah, Adèle, onde estará você, minha amada? Quando hei de vê-la, enfim? Quando poderei beijar seus lábios? Seus seios..."

– Rápido! Adiante! Para Ziębice!

"Mas", pensou ele de repente, "pergunto-me também por onde anda e o que faz Nicolette Loura."

Genitori, Genitoque
laus et jubilatio,
salus, honor, virtus quoque
sit et benedictio...[19]

Invisíveis atrás da curva da estrada, Rymbaba e Wittram encerravam o séquito, berrando e espantando os animais.

Um maldito coureiro
Fez da minha bunda um pandeiro
Um sapateiro canalha
Fez do pandeiro sandália!

CAPÍTULO XVII

No qual Reynevan confraterniza, come, bebe, sutura orelhas cortadas e participa da reunião de uma milícia angelical na fortaleza de Kromolin, sede dos barões gatunos. Até a chegada de hóspedes de todo inesperados...

Do ponto de vista estratégico e defensivo, Kromolin, a fortaleza dos barões gatunos, tinha uma localização bastante propícia – situava-se sobre uma ilha formada por um braço largo e lodacento do rio Jadkowa. Uma ponte escondida entre salgueiros e vimeiros era seu único ponto de acesso, e podia ser defendida com facilidade. Barragens, cavaletes e espigosos cavalos de frisa, preparados indubitavelmente para bloquear o caminho no caso de necessidade, constituíam uma prova disso. Mesmo na penumbra do crepúsculo que caía, era possível avistar os elementos mais distantes da fortificação – abatis e estacas apontadas, encravados numa margem pantanosa. E na própria entrada da ponte havia uma grossa corrente, um obstáculo adicional que foi retirado de pronto pelos serviçais antes que Notker von Weyrach tocasse a trompa, pois provavelmente tinham sido avistados da guarita que se erguia sobre os amieiros.

Passaram entre choças e cabanas com telhados de turfa até chegarem à ilha. Descobriram que a edificação principal, similar a uma fortificação, era um moinho completo, e o que lhes parecia ser o braço de um rio deveria ter sido um canal de moagem. As comportas estavam levantadas, o moinho estava em funcionamento, a roda rumorava, a água escoava ruidosamente, produzindo uma espuma branca. De trás do moinho e dos telhados dos casebres luzia um clarão formado pelas chamas de várias tochas. Era possível ouvir música e gritos em meio à algazarra que ali reinava.

– Parece que estão celebrando – tentou adivinhar Tassilo de Tresckow.

De trás das choças surgiu uma moça trajando uma blusa desalinhada e esgarçada, com uma trança esvoaçante, perseguida por um monge bernardino rechonchudo. Ambos entraram correndo no estábulo, de onde, após um instante, ressoavam risos e gemidos.

– Ora, ora – murmurou Sharlei. – É como se eu estivesse em casa.

Passaram por uma latrina escondida no meio do mato, mas revelada pelo fedor. Adentraram o terreiro cheio de gente, iluminado por tochas e fogueiras e tomado por música e alvoroço. Assim que foram notados, alguns escudeiros e serviçais vieram lhes atender, auxiliando-os de pronto a desmontarem das selas e encarregando-se de seus corcéis. Sharlei deu um sinal em forma de piscadela para Sansão, e o gigante soltou um suspiro e afastou-se junto com os servos, puxando os corcéis atrás dele.

Notker von Weyrach entregou o elmo a um escudeiro, mas manteve a espada debaixo do braço.

– Veio bastante gente – observou.

– Bastante – confirmou secamente o escudeiro. – E dizem que há mais por vir.

– Venham, venham – disse Rymbaba, esfregando as mãos e apressando-se. – Estou com fome!

– De fato! – replicou Kuno von Wittram. – E com sede!

Passaram por uma forja que fedia a carvão, onde o fogo crepitava e o metal tinia. Alguns ferreiros, cobertos de fuligem e pretos como ciclopes, empenhavam-se fervorosamente em ferrar os cavalos. Passaram então por um estábulo transformado em abatedouro. Pelo portão escancarado era possível ver as carcaças esvisceradas de um par de porcos e de um enorme boi suspensas pelas patas. As entranhas deste último, que acabara de ser aberto, estavam sendo retiradas e depositadas numa cuba. Fogueiras ardiam diante do estábulo; leitões e carneiros eram assados em grandes espetos sobre a brasa. Panelas e caldeirões emanavam vapores e aromas. Ao lado, às mesas, estavam os comensais, sentados em bancos ou mesmo diretamente no chão. Por entre as crescentes pilhas de ossos roídos corriam cães que se mordiscavam mutuamente. A taberna emanava luz através das janelas e das lanternas no alpendre. De quando em quando saíam de lá barris em torno dos quais num instante se reuniam os sedentos.

O terreiro cercado de construções estava imerso na luz vacilante das tochas ardentes. Por ali circulavam muitas pessoas, vilões, pajens, serviçais, moças, mascates, prestigiadores, bernardinos, franciscanos, judeus e ciganos. Havia também muitos cavaleiros e escudeiros, sempre com a espada na cintura ou debaixo do braço.

As armas dos cavaleiros determinavam sua posição social e seu *status* econômico. A maioria trajava armadura completa, e alguns inclusive se gabavam dos artigos produzidos por mestres armeiros de Nuremberg, Augsburgo ou Innsbruck. No entanto, havia também aqueles que não podiam se dar ao luxo de usar uma armadura completa e que, assim, vestiam apenas peitorais, barbotes, braçais ou coxotes sobre as cotas de malha.

Passaram em seguida por um silo, em cujas escadas um grupo de músicos vagantes rangia guslas, apitava pífaros, zunia basolias, soprava flautas de pã e cornes. Os goliardos saltavam ao ritmo da música, fazendo tinir as sinetas e os chocalhos pregados a suas roupas. Perto deles, alguns cavaleiros dançavam sobre um deque de madeira, executando saltos e cabriolas no ar que lembravam mais a praga de São Vito do que propriamente passos de dança. O estrondo que produziam sobre as tábuas de madeira quase encobria o som da gusla, e a nuvem de poeira que se levantava penetrava as narinas de quem estivesse ao redor. As moças e as ciganas riam e pipilavam com vozes mais agudas que os pífaros dos goliardos.

No meio do terreiro, num enorme quadrado de terra batida, delimitado nas pontas por tochas, os participantes entregavam-se a diversões mais masculinas. Os cavaleiros testavam mutuamente as habilidades no uso das armas e a resistência das armaduras. Tiniam as lâminas, os machados e chicotes bramiam ao se chocarem contra os escudos, ressoavam insultos explícitos e os gritos animados do público. Dois cavaleiros, entre eles um com uma carpa dourada dos Glaubitz estampada no escudo, divertiam-se de maneira bastante arriscada, pois não usavam elmos. Glaubitz desferia os golpes com a espada, e seu adversário se protegia com um broquel, tentando agarrar a lâmina do oponente com os dentes de um quebra-espadas.

Reynevan ficou parado assistindo à luta, mas Sharlei o puxou pelo cotovelo, mandando seguir os barões gatunos que estavam nitidamente mais interessados na comida e bebida do que na luta com armas. Em pouco tempo, estavam no meio de um banquete e da diversão. Gritando por cima da algazarra, Rymbaba, Wittram e Tresckow cumprimentavam os amigos, trocavam apertos de mão e tapas nas costas. E logo todos, inclusive Sharlei e Reynevan, estavam sentados à mesa, espremidos, roendo as escápulas suínas ou arietinas e enchendo os copos para brindar à saúde, à felicidade e ao sucesso de todos. Rymbaba, bastante sedento, desprezava algo tão pequeno como um copo e tomava hidromel de uma vasilha do tamanho de uma panela, enquanto a bebida dourada escorria do seu bigode para o peitoral.

– À sua saúde!
– À sua honra!
– Que a fortuna seja gentil com todos nós!

Além de Glaubitz que lutava no terreiro, entre os barões gatunos havia outros que não consideravam o bandoleirismo capaz de manchar o brasão da família. Assim, não se davam ao trabalho de ocultá-lo. Próximo de Reynevan, um indivíduo alto trajando um gibão com o brasão dos Kottwitz – uma banda vermelha num campo prateado – esmagava as cartilagens com os dentes. Outro, de cabelos cacheados, circulava ao redor usando uma rosa, o brasão dos Poraj, cavaleiros poloneses que se identificavam por meio desse *cri de guerre*. Um terceiro, com ombros largos de um bisão, vestia um casacão adornado com um lince dourado. Reynevan não conseguia recordar que brasão era aquele, mas foi informado em seguida.

– Senhor Bozyvoi de Lossow – disse Notker von Weyrach, apresentando-os. – Senhores Sharlei e Hagenau.

– Por minha honra – respondeu Bozyvoi de Lossow, tirando a costela de porco da boca enquanto a gordura respingava sobre o lince dourado. – Por minha honra, sejam bem-vindos. Hagenau, hum... O senhor, por acaso, é descendente daquele poeta famoso?

– Não.

– Hum. Bebamos, então. À saúde!

– À saúde.

– Senhor Vencel de Hartha – continuava Weyrach a apresentar aqueles que se aproximavam. – Senhor Buko von Krossig.

Reynevan examinou-o com curiosidade. Buko von Krossig, que usava uma armadura com acabamento em latão, era famoso na Silésia, particularmente desde o Pentecostes do ano anterior, quando assaltou o séquito e o custódio da colegiada de Głogów, causando um grande rebuliço. Agora, com o cenho franzido e as pálpebras semicerradas, o famoso barão gatuno fitava Sharlei.

– Por acaso, nós nos conhecemos? Não teríamos nos encontrado em algum lugar?

– Não excluo esta possibilidade – respondeu sem muita preocupação o penitente. – Talvez na igreja?

– À saúde!

– À felicidade!

– Sucesso para todos nós!

– ... conselho – disse Buko von Krossig a Weyrach. – Vamos reunir o conselho. Mas primeiro vamos esperar até que todos tenham chegado. Traugott von Barnhelm. E Ekhard von Sulz.

– Ekhard von Sulz – repetiu Notker von Weyrach fazendo uma careta. – Claro. Ele sempre mete o nariz em tudo. E qual é o assunto a ser debatido?

– A expedição – disse um cavaleiro sentado ali perto, que cortava pedaços de carne com um punhal, desprendendo-os de um pernil que ele segurava com a outra mão para então levá-los à boca com elegância. Tinha cabelos longos e bastante grisalhos, as mãos e o rosto bem cuidados, o que lhe conferia um aspecto nobre apesar das antigas cicatrizes.

– Dizem – repetiu – que estão preparando uma expedição.

– Contra quem, senhor Markwart?

O de cabelos grisalhos não teve tempo de responder. Uma confusão e um alvoroço tomaram conta do terreno. Um praguejava, outro gritava, um cão, chutado por um indivíduo qualquer, ululava sem parar. Alguém chamava alto por um cirurgião-barbeiro ou um judeu. Ou ambos.

– Estão ouvindo? – o de cabelos grisalhos apontou com a cabeça, sorrindo com sarcasmo. – Bem na hora. O que aconteceu ali? Hein, mestre João?

– Otto Glaubitz feriu John Schoenfeld – respondeu, ofegante, um cavaleiro com um bigode fino e alongado, como o de um tártaro. – Precisa de um médico. Que sumiu. O cafajeste do judeu desapareceu.

– E quem é que ameaçava o judeu ontem mesmo, dizendo que o ensinaria a comer com decência? Quem queria forçá-lo a comer carne de porco? A quem eu pedi para que o deixassem em paz? Quem foi por mim advertido?

– Como sempre, o senhor foi justo, estimado mestre von Stolberg – admitiu com aversão o bigodudo. – Mas o que devo fazer agora? Schoenfeld está sangrando tal qual um porco abatido, e tudo o que resta do cirurgião-barbeiro judeu são suas ferramentas...

– Tragam essas ferramentas para cá – disse em voz alta Reynevan, sem refletir. – E tragam o ferido. E vou precisar também de mais luz!

O ferido, que após um momento aterrissava na mesa, com a armadura causando um estrondo ao se chocar contra o tampo de madeira, era um dos cavaleiros sem elmo que lutavam no terreiro. O efeito da imprudência tinha sido uma bochecha lacerada e uma orelha que pendia, quase totalmente despegada. O ferido lançava injúrias e se sacudia, o sangue jorrava com abundância sobre as tábuas de tília da mesa, manchando a carne e empapando o pão.

Trouxeram a bolsa com os instrumentos do cirurgião, e Reynevan se entregou ao trabalho à luz de um par de tochas crepitantes. Achou um frasco com a água da Rainha da Hungria e despejou o conteúdo sobre a ferida. Durante a operação, o paciente se sacudia como um esturjão e só não caiu da mesa porque foi amparado. Reynevan passou às pressas uma linha grossa numa agulha curva e começou a suturar, esforçando-se para manter uma linha reta. O operado começou a xingar terrivelmente, depreciando com a linguagem chula alguns dogmas religiosos, requerendo que o grisalho Markwart von Stolberg tapasse sua boca com um naco de lombo. Reynevan agradeceu com o olhar. E suturava, suturava e dava nós, sob os olhares curiosos do público que se amontoava ao redor da mesa. Agitando a cabeça, espantava as mariposas, que eram atraídas em grandes quantidades pelas tochas, e concentrava-se em prender a orelha cortada o mais próximo da posição original.

– Linho limpo – solicitou após um tempo.

Na mesma hora, apanharam uma moça que assistia à cena, rasgaram sua blusa e silenciaram os protestos dela com uma série de sopapos na cara.

Reynevan enfaixou cuidadosamente a cabeça do ferido com várias camadas do linho rasgado em tiras. Surpreendentemente, o ferido não desfaleceu. Pelo contrário, sentou-se, disse algo sobre Santa Luzia, gemeu, lamuriou e apertou a mão de Reynevan. Em seguida, todos começaram a abraçá-lo, parabenizando-o pelo trabalho benfeito. Reynevan aceitava as congratulações, sorridente e orgulhoso. Embora ciente de que a sutura da orelha não tivesse saído espetacularmente bem, nos inúmeros rostos que o cercavam ele enxergava vestígios de ferimentos muito mal suturados. O ferido balbuciava algo sob as ataduras, mas ninguém o ouvia.

– E então? De fato um profissional, não é mesmo? – dizia Sharlei, ao lado, respondendo às felicitações. – *Doctus Doctor*, diabos. Um médico e tanto, hein?

– Bom mesmo – replicou o culpado pelos talhos, o tal Glaubitz com a carpa dourada no brasão, admitindo-o e ao mesmo tempo sem demonstrar qualquer arrependimento enquanto passava uma caneca de hidromel para Reynevan. – E sóbrio, uma raridade entre os medicastros. Schoenfeld teve muita sorte!

– Teve sorte – ecoou Buko von Krossig com frieza – porque foi você quem o feriu. Se tivesse sido eu, não haveria nada para suturar.

O interesse no ocorrido de repente se escasseava, interrompido pelos novos hóspedes que adentraram o terreiro de Kromolin. Os barões gatunos murmuravam, e a excitação tomou conta de todos, atestando que os recém-chegados não eram pouca coisa. Reynevan observava atentamente enquanto limpava as mãos.

Três ginetes lideravam a comitiva composta de mais de uma dezena de encouraçados. No meio deles cavalgava um homem gordo e careca, de armadura escura esmaltada. À sua direita, vinha um cavaleiro com um rosto soturno e uma cicatriz que atravessava transversalmente sua testa. À esquerda, um padre, ou frade, que portava um alfanje de um dos lados e um barbote de ferro sobre uma cota de malha vestida diretamente por cima do hábito.

– Chegaram Barnhelm e Sulz – anunciou Markwart von Stolberg. – Entrem na taberna, senhores cavaleiros! Ao conselho! Andem, andem! Chamem aqueles que estão vadiando com as moças por aí, pelos estábulos. Acordem os que estão dormindo! Ao conselho!

Formou-se um pequeno alvoroço, quase todos os cavaleiros que rumavam para a reunião se abasteciam de algo para comer e beber. Com uma voz forte e ameaçadora, chamavam os serviçais para que fossem buscar novas pipas e novos barris. Entre aqueles que atenderam às pressas ao chamado estava Sansão Melzinho. Reynevan invocou-o silenciosamente e o deteve junto de si. Queria resguardá-lo do destino dos serviçais a quem os barões gatunos não poupavam empurrões e chutes.

– Vão para o conselho – disse Sharlei. – Misturem-se com a turba. Seria bom saber o que esta gente planeja.

– E você?

– No momento, tenho outros planos – declarou o penitente, fisgando o olhar ardente de uma cigana formosa, embora um pouco rechonchuda, que andava por perto, com anéis de ouro entrançados nas madeixas de sua cabeleira corvina.

A cigana piscou o olho para ele.

Reynevan quis fazer um comentário. Mas conseguiu se conter.

* * *

A taberna estava lotada. Fumaça e fedor se alastravam sob o teto baixo, uma fedentina de gente que não tirava as armaduras havia muito tempo, isto é, o odor de ferro e de outras coisas. Os cavaleiros e escudeiros juntaram as mesas de tal modo que formassem algo à semelhança da távola-redonda do rei Artur. No entanto, faltava lugar para muita gente. Uma grande parte ficou em pé. E, entre os mais afastados, evitando chamar a atenção, estavam Reynevan e Sansão Melzinho.

O conselho foi inaugurado por Markwart von Stolberg, que cumprimentou os participantes mais distintos destacando seus nomes. Em seguida, tomou a voz Traugott von Barnhelm, o recém-chegado, obeso e careca, de armadura escura esmaltada.

– A questão é que – começou a dizer enquanto depositava a espada embainhada diante de si – Conrado, o bispo da Breslávia, está reunindo os encouraçados sob o seu estandarte. Isto é, está formando uma tropa para atacar os boêmios mais uma vez. Quer dizer, os hereges. Ou seja, vai haver uma cruzada. O senhor estaroste Kolditz informou-me, por intermédio de um confidente, que quem quisesse poderia se juntar ao exército dos cruzados. Os cruzados terão os pecados perdoados e poderão tomar para si tudo o que encontrarem. Os padres disseram várias coisas a Conrado, mas não consegui memorizar tudo. De todo modo, está aqui o *pater* Jacinto. Nós o encontramos no caminho e ele nos acompanhou. Ele vai lhes dar mais detalhes.

Pater Jacinto, o padre de armadura, levantou-se e lançou as próprias armas sobre a mesa, um pesado e largo alfanje.

– Bendito seja o Senhor, a minha rocha! – bramiu, como se falasse de um púlpito, erguendo as mãos num gesto de predicante. – Ele, que guia as minhas mãos para a peleja e os meus dedos para a guerra! Irmãos! A fé desmoronou! Na Boêmia, a peste herege ganhou novas forças, o repugnante dragão da heresia hussita levanta a cabeça asquerosa! E vocês, cavaleiros investidos, ficarão observando com indiferença enquanto a gentalha dos estados baixos se amontoa sob o sinal da cruz? Quando, ao ver que os hussitas seguem vivos, Nossa Senhora chora e se aflige todos os dias? Nobres senhores! Lembro-lhes das palavras de São Bernardo: matar um inimigo de Cristo é ganhá-lo para Cristo!

– Vá direto ao ponto – interrompeu-o Buko von Krossig soturnamente. – Seja mais breve, *pater*.

– Os hussitas – disse *pater* Jacinto, batendo ao mesmo tempo ambos os punhos contra a mesa – são repugnantes aos olhos de Deus! Portanto, será de seu agrado que os golpeemos com nossa espada, não permitindo que atraiam almas para seu caminho errático e sua imundície! Visto que a morte é o pagamento pelo pecado! Então, morte, morte aos dissidentes boêmios, fogo e extermínio à peste herege! Por isso, digo e peço, em nome da sua senhoria bispo Conrado, ponham, irmãos cavaleiros, o sinal da cruz em suas armaduras, tornem-se a milícia angelical! Seus pecados e suas culpas serão perdoados, aqui neste vale de lágrimas como no Juízo Final. E o que cada um ganhar será dele.

O silêncio pairou por um momento. Alguém arrotou, a barriga de outrem roncou. Markwart von Stolberg pigarreou, coçou atrás da orelha e olhou demoradamente ao redor.

– E então? O que acham, senhores cavaleiros? – questionou von Solberg. – Hum? Senhores da milícia angelical?

– Já era de se esperar – disse primeiro Bozyvoi de Lossow. – O cardeal Branda esteve na Breslávia acompanhado de um rico séquito. Hmm, pensei até em assaltá-los em algum ponto da estrada da Cracóvia, mas a escolta era forte demais. Não é um segredo que o cardeal conclama uma cruzada. Os hussitas estão de saco cheio do papa romano!

– É igualmente verdade que na Boêmia as coisas não vão nada bem – acrescentou Joãozinho Chromy de Łubnia, um barão gatuno de bigode de tártaro que Reynevan já havia conhecido. – As fortalezas de Karlstein e Zebrak estão cercadas, podem se render a qualquer momento. Parece-me que, se no momento oportuno não fizermos nada com relação à Boêmia, os boêmios farão algo conosco. Acho que devemos levar isso em consideração.

Ehkard von Sulz, aquele com a cicatriz transversal na testa, praguejou e bateu com a palma da mão contra o cabo da espada.

– O que, por acaso, deveria ser levado em consideração? – bufou ele. – O *pater* Jacinto falou bem: morte aos hereges! Fogo e extermínio! Quem é virtuoso que lute contra os boêmios! E, por ocasião, vamos aproveitar a safra e fazer uma colheita farta, pois é certo que o pecado deve ser punido, e a virtude, recompensada.

– É verdade que a cruzada é uma grande guerra – falou Voldan de Osiny. – E, numa grande guerra, as pessoas enriquecem mais rápido.

– E apanham na cabeça mais rápido ainda – observou Poraj, de cabelos cacheados. – E com bastante força.

– Senhor Blazej, o senhor está perdendo coragem! – esbravejou Otto Glaubitz, o lacerador de orelhas. – O que há a temer? Vive-se uma única vez! E aqui, por acaso, não nos arriscamos nesta empreitada? Como você espera enriquecer aqui? O que vai conseguir furtar? O saquitel de um mercador? Entretanto, na Boêmia, se conseguir tomar um cavaleiro vivo numa luta em campo aberto, pode exigir um resgate de milhares de grossos. E, se você conseguir levar consigo um homem, então poderá tomar o cavalo dele, sua armadura etc., o que vai dar também um bom dinheiro. E a cidade que vamos conquistar...

– Pois é! – interveio Pashko Rymbaba, animando-se. – Lá, as cidades são ricas, os castelos estão repletos de tesouros. Como aquele Karlštejn, do qual não param de falar. Vamos conquistar e saquear...

– Seu idiota – bufou o cavaleiro com a banda vermelha no brasão. – Karlštejn está nas mãos dos católicos, e não dos hussitas. A fortaleza está cercada pelos hereges, e a cruzada vai em seu auxílio! Rymbaba, seu cretino, você não tem a mínima noção de política.

Pashko Rymbaba ficou corado e eriçou o bigode.

– Tenha cuidado, Kottwitz – berrou Pashko, sacando uma picareta do cinto –, com quem você chama de burro! Posso não entender de política, mas sei bem como golpear uma cabeça!

– *Pax, pax* – interveio Bozyvoi de Lossow, serenando a situação, assentando à força Kottwitz, que, de punhos cerrados, já se lançava sobre a mesa. – Acalmem-se os dois! Parecem crianças! Só sabem beber e empunhar facas.

– Mas o senhor Hugo tem razão – acrescentou Traugott von Barnhelm. – Você, Pashko, não entende os arcanos da política. Estamos falando da cruzada. Vocês sabem, aliás, o que é uma cruzada? É como a história de Godofredo de Bulhão ou de Ricardo Coração de Leão, conhecem? Sobre Jerusalém e esse tipo de coisas, entendem?

Os barões gatunos acenaram com a cabeça num sinal de afirmação, mas Reynevan podia apostar o que fosse que quase ninguém ali entendia. Buko von Krossig bebeu o conteúdo da caneca numa única golada e bateu-a contra a mesa.

– Fodam-se Jerusalém, Ricardo Coração de Leão, o bulhão, a política e a religião – declarou sobriamente von Krossig. – Vamos saquear tudo e todos, que se fodam eles e sua religião! Dizem que os poloneses Fedor de Ostróg, Dobko Puchala e outros assim procedem na Boêmia. Parece que já tiraram um bom lucro. E nós, a milícia angelical, seríamos piores?

– Não somos piores, não! – esbravejou Rymbaba. – Buko tem razão!

– Pela paixão de Cristo, ele está certo mesmo!

– Pela Boêmia!

Instalou-se um alvoroço. Sansão inclinou-se de leve, aproximando-se do ouvido de Reynevan.

– Igualzinho – sussurrava ele – a Clermont no ano 1095. Faltou apenas o *Dieu le veult* cantado em coro.

Mas o gigante estava equivocado. A euforia durou muito pouco, extinguiu-se como fogo de palha, abafada com xingamentos e olhares ameaçadores dos céticos.

– Os mencionados Puchala e Ostrogski – falou Notker von Weyrach, que até então permanecia calado – ficaram ricos porque lutam do lado dos vencedores. Do lado daqueles que batem, e não daqueles que apanham. Até há pouco os cruzados traziam da Boêmia mais contusões do que riquezas.

– Verdade – Markwart von Stolberg confirmou após um instante. – Aqueles que estiveram em Praga no ano 1420 contavam como os cavaleiros de Meissen de Henrique Isenburg atacaram a Colina de Vítkov. E como fugiram deixando uma pilha de cadáveres ao pé do fortim.

– Os padres hussitas – Vencel de Hartha acrescentou, acenando com a cabeça – teriam lutado nesse fortim junto dos soldados, uivando feito lobos e semeando terror. Havia mesmo mulheres lutando lá, espancando com os manguais como se estivessem possuídas... E os vivos que caíam nas mãos dos hussitas...

– Confabulações! – declarou o *pater* Jacinto, agitando a mão. – A propósito, Žižka estava em Vítkov. E a força diabólica à qual ele se vendeu. E agora Žižka está morto. Queima no inferno há um ano.

– Žižka – disse Tassilo de Tresckow – não estava em Vyšehrad no Dia de Todos os Santos. Lá, embora tivéssemos uma vantagem de quatro a um, apanhamos ferozmente dos hussitas. Espancaram-nos terrivelmente, surraram muito, fizeram-nos fugir correndo de lá. Até hoje dá vergonha de recordar a maneira como zarpamos. Em pânico, às cegas, correndo para o mais longe possível até que os cavalos começassem a arfar... Quinhentos cadáveres encheram o campo de batalha. Ilustres senhores boêmios e morávios: Henrique de Plumov, Jaroslav de Šternberk... O senhor André Balicki do brasão Topór da Polônia. Da Lusácia, o senhor von Rathelau. E dos nossos, silesianos, o senhor Henrique von Laasan...

– O senhor Stosh de Schellendorf – Stolberg concluiu em silêncio. – O senhor Pedro Schirmer. Não sabia que esteve em Vyšehrad, senhor Tassilo.

– Estive. Fui como um tolo junto com a tropa silesiana, com Kantner Oleśnicki e Rumpoldus de Głogów. Sim, sim, senhores, Žižka foi para o beleléu, mas há outros na Boêmia que são tão bons de porrada quanto ele. Demonstraram isso em Vyšehrad, naquele Dia de Todos os Santos. Hynek Krušina de Lichtenburg, Hynek de Kolštejn, Wiktoryn de Poděbrady. Jan Hviezda. Roháč de Dubá. Gravem esses nomes. Porque vão ouvir falar deles quando se juntarem à cruzada contra os boêmios.

– Ah, caramba – Hugo Kottwitz interrompeu o grave silêncio. – Quem tem medo não mama em onça! Vocês apanharam porque não sabiam lutar. Eu também pelejei contra os hussitas no ano vinte e um, comandado pelo senhor Puta de Častolovice. Em Petrovice demos uma surra tão grande nos hereges que se cagaram todos! Depois tomamos a terra de Chrudim com fogo e espada, acendemos e queimamos Žampach e Litice. E pilhamos que era uma beleza! A armadura que estou usando, feita na Baviera, é de lá...

– Basta de falação – interrompeu-o Stolberg. – É preciso tomar uma decisão. Vamos à Boêmia ou não?

– Eu vou! – Ekhard von Sulz afirmou com ânimo e orgulho. – Ora, é preciso extirpar a erva daninha da heresia. Queimar a lepra antes que acabe com tudo.

– Eu também vou – disse de Hartha. – Preciso de butim. Quero me casar.

– Pelos dentes de Santa Apolônia! – Kuno von Wittram se manifestou. – Eu também não vou desprezar um butim!

– O butim é uma coisa – balbuciou Voldan de Osiny, um pouco inseguro. – Mas dizem que quem levar a cruz terá seus pecados perdoados. E confesso que tenho um bocado deles... Um bom bocado!

– Eu não vou – anunciou secamente Bozyvoi de Lossow. – Não vou procurar em terras alheias sarna para me coçar.

– Eu tampouco vou – disse com calma Notker von Weyrach. – Se Sulz vai, isso significa que o assunto cheira mal.

Outra vez instaurou-se um alvoroço, injúrias foram disparadas, e Ekhard von Sulz foi obrigado a se sentar com o alfanje desembainhado pela metade.

– Se é para eu ir a algum lugar – afirmou Joãozinho Chromy de Łubnia quando a poeira baixou –, prefiro ir à Prússia, juntar-me com os poloneses contra os teutônicos. Ou vice-versa. Dependendo de quem pagar melhor.

– Por um instante, todos falavam e gritavam, encobrindo a voz uns dos outros, até que por fim Poraj, de cabelos cacheados, silenciou a malta com gestos.

– Eu não tomarei parte nesta cruzada – afirmou. – Não deixarei que os bispos e padres amarrem uma corda ao meu pescoço para que eu os sirva como um cão atiçado contra alguém. Que cruzada é essa? Contra quem? Contra os boêmios, e não os sarracenos. Que carregam o ostensório diante de si no combate. E só porque não gostam de Roma? Do papa Odo Colonna? Brando Castiglione? Do nosso bispo Conrado e de outros prelados? Não estranho isso. Eu tampouco gosto deles.

– Você está falando tolices, Jakubowski! – berrou Ekhard von Sulz. – Os boêmios são hereges! Professam uma doutrina herege! Queimam igrejas! Rendem culto ao Diabo!

– Andam pelados!

– E querem – esbravejou *pater* Jacinto – que se compartilhem as mulheres! Querem...

– Vou lhes mostrar o que os boêmios querem – interrompeu-o Poraj abruptamente. – E reflitam, de fato, com quem e contra quem é preciso se juntar.

Um sinal foi dado e aproximou-se um goliardo de meia-idade que trajava um pontudo capuz vermelho e um gibão com a bainha recortada em *chevron*. O goliardo tirou um pergaminho enrolado do bolso embutido na altura do peito.

– Que todos os cristãos fiéis saibam – leu em voz sonora e potente – que o Reino da Boêmia se mantém e se manterá firme e fiel, pela morte e vida, com o auxílio de Deus, aos artigos escritos abaixo. Primeiro: que no Reino da Boêmia seja possível pregar a palavra de Deus com liberdade e segurança e que os padres possam pregá-la sem obstáculos...

– O que é isso? – perguntou von Sulz. – De onde tirou isso, musicastro?

– Deixe-o – interveio Notker von Weyrach, franzindo o cenho. – Não importa de onde ele tirou isso. Leia, homem.

– Segundo: que o Corpo e o Sangue de Senhor Jesus Cristo sejam distribuídos de duas formas, como pão e vinho, a todos os fiéis...

– Terceiro: desapossar os padres e revogar o seu poder secular sobre os bens materiais e riquezas com a intenção de obrigá-los a voltar à regra da Sagrada Escritura e à vida que Jesus Cristo praticava com os seus apóstolos e assim garantir a sua salvação. Quarto: castigar e condenar todos os pecados mortais e outros delitos cometidos contra a lei divina...

– Uma escritura herege! Só o mero fato de ouvi-la já é um pecado! Não temem o castigo de Deus?

– Cale a boca, *pater*!

– Silêncio! Deixe-o ler!

– ... entre os padres: simonia, heresia, aceitar dinheiro por realizar o batismo, a confirmação, a confissão, a comunhão, pelos óleos sagrados, pela água benta, pelas missas e orações, pelos defuntos, pelos jejuns, por dobrar os sinos, por paroquiar, pelos cargos e pela prelazia, pelas dignidades e indulgências...

– E daí? – questionou Jakubowski, pondo as mãos na cintura. – Por acaso é mentira?

– Mais: heresias que daqui advêm e o adultério que desonra a Igreja de Cristo, concepção maldita de filhos e filhas, sodomia e outras depravações, ira, brigas, disputas, calúnias, assédio e roubo praticado contra o povo, cobrança de tributos, taxas e oferendas. Todos os filhos justos de sua mãe, da Igreja sagrada, deveriam rechaçar tudo isto, renunciar, odiar como se odeia o Diabo e repugnar essas práticas...

A leitura subsequente foi interrompida por outro alvoroço e uma confusão geral durante os quais, segundo Reynevan observou, o goliardo escapuliu às escondidas junto com o seu pergaminho. Os barões gatunos berravam, injuriavam, empurravam-se, entravam em embates, ora, começaram mesmo a ranger as lâminas embainhadas.

Sansão Melzinho cutucou Reynevan de lado.

– Acho que – murmurou – valia a pena que você desse uma olhada pela janela. E rápido.

Reynevan observava. Petrificado.

Três cavaleiros adentravam o terreiro de Kromolin.

Wittich, Morold e Wolfher von Stercza.

CAPÍTULO XVIII

No qual a modernidade invade estrondosamente as tradições e os costumes cavaleirescos, e Reynevan, como se quisesse justificar o título do livro, faz-se de tolo. E é obrigado a admiti-lo. Diante de tudo e de todos.

Reynevan tinha motivos para estar envergonhado e enraivecido, pois havia sucumbido ao pânico. Ao ver os Stercza adentrando Kromolin, foi tomado por um medo estúpido e insensato, e por ele se deixou levar de maneira igualmente estúpida e insensata. Sua vergonha tornava-se ainda maior pelo fato de ter ele plena consciência do vexame. Em vez de avaliar a situação de modo racional e agir segundo um plano sensato, Reynevan respondeu como um bicho espantado e acuado. Saltou pela janela de uma saleta lateral e pôs-se a fugir, por entre choças e choupanas, na direção da brenha do vimeiro ribeirinho, que lhe parecia um refúgio seguro, imerso na escuridão.

Foi salvo pela sorte e pelo resfriado que havia alguns dias molestava Stefan Rotkirch.

Os Stercza tinham planejado bem a emboscada. Apenas os três irmãos invadiram Kromolin. Os três homens restantes – Rotkirch, Dieter Haxt e Bufo von Knobelsdorf – tinham chegado com antecedência, incógnitos, e ocupado as rotas de fuga mais prováveis. Reynevan teria dado de cara com Rotkirch, de tocaia atrás do estábulo, se este, resfriado, não tivesse dado um espirro tão feroz que fez seu cavalo, com o susto, bater estrondosamente os cascos contra a parede de tábuas. Embora o pânico lhe paralisasse o cérebro e sacudisse suas pernas como duas varetas, Reynevan parou na hora certa, deu meia-volta, pôs-se sobre as mãos e os joelhos, esgueirou-se entre as choupanas e um monte de esterco, foi se arrastando de quatro por baixo de uma cerca e se escondeu atrás de uma pilha de lenha. Tremia tanto que teve a sensação de que a pilha de madeira sacudia por inteiro, como se acossada por um vento forte.

– Psiu! Psiu, senhorzinho!

Ao lado dele, atrás da cerca, havia um menino de aproximadamente seis anos com um gorro de feltro e uma camisola que chegava até a metade das canelas sujas, amarrada com feixes de trigo na cintura.

– Psiu! Vá para a queijaria, senhorzinho... Para a queijaria... Lá, ó!

Reynevan olhou na direção apontada pelo menino. À distância de um arremesso de pedra havia uma construção retangular de madeira. Era uma choça com um telhado pontudo de taubilhas que se erguia sobre quatro pilares sólidos até a altura de quase três braças. A estrutura lembrava mais um enorme pombal do que propriamente uma queijaria. Mas parecia, sobretudo, uma armadilha sem saída.

– Para a queijaria – instou o menino. – Rápido... Esconda-se ali...

– Ali?

– Isso. Todos nós sempre nos escondemos lá.

Reynevan não insistiu na discussão, até porque alguém assobiava ali perto, enquanto um espirro alto e a batida de cascos de cavalo anunciavam a chegada de Rotkirch com seu resfriado. Felizmente, ao entrar no meio das choças, Rotkirch topou com um curral cheio de gansos, e as aves começaram a grasnar desesperadamente, abafando todos os outros sons. Reynevan entendeu que aquela era a hora de agir. Curvado para a frente, correu ao longo da cerca viva e alcançou a queijaria. E ficou pasmo. Não havia uma escada ou qualquer outro meio de subir pelas lisas estacas de carvalho.

Amaldiçoando a própria estupidez, preparava-se para seguir a fuga na carreira quando ouviu um silvo bem suave. Do alto, uma corda repleta de nós, saída de uma abertura acima dele, deslizava em sua direção tal qual uma serpente. Reynevan agarrou-se a ela com as mãos e as pernas e, rápido como um raio, escalou-a até se ver no interior de um ambiente sombrio, abafado e impregnado do cheiro de queijo velho. Quem baixara a corda e lhe ajudara a se infiltrar naquele espaço foi o goliardo de gibão vermelho e capuz pontudo. O mesmo que acabara de ler o libelo hussita na taberna.

– Chiu! – silvou e pôs o dedo sobre os lábios. – Fique calado, senhor.

– Será que aqui é...

– Seguro? Sim, nós sempre nos escondemos aqui.

Reynevan poderia indagar por que, já que se escondiam ali com tanta frequência, eles nunca eram descobertos, mas não havia tempo. Rotkirch cavalgava nos arredores da queijaria, então espirrou e seguiu adiante, sem lançar sequer um olhar na direção da edificação.

– O senhor é Reinmar de Bielau – disse o goliardo em meio à escuridão. – O irmão de Piotr, assassinado em Balbinów.

– Correto – confirmou Reynevan após um momento. – E você está se escondendo da Inquisição.

– Correto – confirmou o goliardo após um momento. – Aquilo que li na taberna... os artigos...

– Eu sei que artigos eram aqueles. Mas os homens que chegaram não são da Inquisição.

– Nunca se sabe.

– Verdade. Mas parecia que você tinha protetores. Mesmo assim, você se escondeu.

– E o senhor, não?

* * *

A queijaria tinha uma grande quantidade de buracos nas paredes que serviam para arejar os queijos que ali secavam, bem como para que se pudesse observá-los. Reynevan aproximou o olho do buraco que dava para a taberna e o terreiro iluminado pelas tochas. Podia ver o que acontecia. Mas a distância não lhe permitia ouvir nada. Ainda assim, não era difícil adivinhar.

* * *

O conselho de guerra ainda estava em curso na taberna, apenas algumas pessoas o tinham abandonado. Assim, os Stercza foram recebidos no terreiro majoritariamente pelos cães e, além destes, apenas pelos armígeros e por pouquíssimos barões gatunos, entre eles Kuno von Wittram e John Schoenfeld, que tinha o rosto envolto em ataduras. "Recebidos" era, aliás, uma expressão exagerada, pois poucos cavaleiros se deram ao trabalho de erguer a cabeça. Wittram e os outros dois estavam de todo absorvidos pela carcaça de um carneiro, de cujas costelas arrancavam os restos de carne e os enfiavam na boca. Schoenfeld matava a sede com malvasia, que tomava com o auxílio de um canudo enfiado por entre as ataduras. Os ferreiros e mercantes tinham ido dormir; as moças, os frades, os vagantes e os ciganos haviam prudentemente desaparecido, enquanto os serviçais fingiam estar muito ocupados. O efeito foi tal que Wolfher von Stercza teve de repetir a pergunta.

– Perguntei – bramia ele do alto de sua sela – se viram um jovem que corresponde a essa descrição. Esteve ou está aqui alguém assim? Será que alguém pode afinal dignar-se a me responder? Hein? Vocês estão surdos, diabos?

Kuno von Wittram cuspiu o osso de carneiro, que caiu rente à pata do cavalo de Stercza. O outro cavaleiro limpou os dedos na roupa, olhou para Wolfher e virou o cinto com a espada, deixando-a em posição para ser sacada. Schoenfeld gorgolejou através do canudo sem erguer os olhos.

Rotkirch se aproximou. Após um momento, veio Dieter Haxt. Ambos menearam a cabeça num gesto de negação sob os olhares interrogativos de Wolfher e Morold. Wittich praguejou.

— Alguém viu o indivíduo que eu acabei de descrever? — repetiu Wolfher. — Alguém? Talvez você? Não? E você? Sim, você, grandão, estou falando com você! Você o viu?

— Não — negou Sansão Melzinho, parado diante da taberna. — Não vi, não.

— Quem o tiver visto e me disser onde ele está ganhará um ducado. — Wolfher apoiou-se no cepilho da sela. — E então? Aqui está um ducado, para que não pensem que estou mentindo. Basta me entregar o homem procurado. Confirmar que está ou que esteve aqui. O ducado será daquele que o fizer! E aí? Quem quer ganhá-lo? Você? Ou você, talvez?

Um dos serviçais aproximou-se vagarosamente, olhando em volta com hesitação.

— Eu, senhor, vi... — começou a dizer.

Contudo, não concluiu, pois John von Schoenfeld lhe aplicou um vigoroso chute no traseiro. O serviçal caiu de quatro. Depois, ergueu-se e fugiu mancando.

Schoenfeld pôs as mãos na cintura, olhou para Wolfher e balbuciou de forma ininteligível debaixo das ataduras.

— Hein? — o Stercza debruçou-se sobre a sela. — Como é que é? O que ele disse? O que foi aquilo?

— Não tenho certeza — respondeu Sansão com bastante calma. — Mas tenho a impressão de que disse algo sobre os Judas de merda.

— Eu tenho a mesma impressão — confirmou Kuno von Wittram. — Pelo barril de São Vilibrordo! Aqui em Kromolin não gostamos dos Judas.

A cara de Wolfher, que apertava o cabo do açoite com o punho, rubejou e em seguida empalideceu. Wittich incitou o cavalo e Morold estendeu a mão para pegar a espada.

– Eu o desaconselho – disse Notker von Weyrach, parado à porta da taberna, acompanhado por Tresckow, de um lado, Voldan de Osiny, do outro, e Rymbaba e Bozyvoi de Lossow a suas costas. – Eu não faria isso se fosse vocês, senhores Stercza. E juro por Deus que o que vocês começarem nós terminaremos.

* * *

– Foram eles que assassinaram o meu irmão – gemeu Reynevan, ainda olhando pelo buraco na parede da queijaria. – Foram eles, os Stercza, que encomendaram esse assassinato. Se Deus quiser, vão provocar uma briga... E os barões gatunos vão acabar com eles... Peterlin será vingado.

– Eu não contaria com isso.

Reynevan virou-se. Os olhos do goliardo brilhavam na escuridão. "O que ele está sugerindo?", pensou Reynevan. "Com o que eu não deveria contar? Com uma briga ou com vingança? Ou com ambas as coisas?"

* * *

– Não quero briga – declarou Wolfher von Stercza, abaixando o tom. – Não estou atrás de confusão. Ora, pergunto educadamente. O homem que persigo matou meu irmão e desonrou minha cunhada. Tenho o direito de buscar justiça...

– Oh, senhores Stercza – disse Markwart von Stolberg, balançando a cabeça, quando as risadas silenciaram –, não foi uma boa ideia vir a Kromolin para apresentar suas queixas. Aconselho que procurem justiça em outro lugar. Num tribunal, por exemplo.

Weyrach bufou e de Lossow gargalhou. O Stercza empalideceu, cônscio de que estava sendo ridicularizado. Morold e Wittich rangiam os dentes de tal forma que quase soltavam faíscas. Wolfher abriu e fechou a boca seguidas vezes, mas, antes que conseguisse enunciar qualquer coisa, Jencz von Knobelsdorf, conhecido como Bufo, adentrou o terreiro a galope.

* * *

– Canalhas! – disse Reynevan, rangendo os dentes. – É impossível que não haja nenhuma forma de castigá-los e que Deus não os açoite com seu flagelo, que não envie um anjo contra eles...

– Quem sabe? – o goliardo suspirou na escuridão que exalava queijo. – Quem sabe?

* * *

Bufo foi até Wolfher. Falava rápido, estava excitado, e com o rosto vermelho apontava na direção do moinho e da ponte. Não precisou falar muito. Os irmãos Stercza esporearam os corcéis e lançaram-se a galope através do terreiro, rumando na direção contrária, por entre as choças, para o vau do rio. Atrás deles corriam, sem olhar para trás, Bufo, Haxt e, ainda espirrando, Rotkirch.

– Já vão tarde! – disse Pashko Rymbaba, cuspindo atrás deles.

– Os ratos farejaram um gato! – declarou Voldan de Osiny, rindo secamente.

– Um tigre – corrigiu Markwart von Stolberg. Ele estava mais próximo deles, por isso ouviu o que Bufo havia dito a Wolfher.

* * *

– Se eu fosse você – disse o goliardo em meio à escuridão –, ainda não sairia daqui.

Reynevan, já quase suspenso na corda amarrada, deteve-se.

– Já não corro perigo – assegurou. – Entretanto, você deve continuar tendo cuidado. Por conta daquilo que você leu, podem mandá-lo para a fogueira.

– Há coisas... – O goliardo aproximou-se para que o brilho do luar, que penetrava pela fenda, iluminasse seu rosto – Há coisas pelas quais vale a pena arriscar a vida. O senhor bem sabe disso, senhor Reynevan.

– O que você quer dizer com isso?

– Ora, o senhor bem sabe o quê.

– Eu conheço você – disse Reynevan, dando um suspiro. – Eu já o vi...

– Certamente, senhor. O senhor me viu na casa de seu irmão, em Powojowice. Mas, por precaução, é melhor não falar sobre isso. A tagarelice é um vício temerário nos dias de hoje. "Muitos linguarudos já tiveram a garganta cortada pela própria língua solta", como costuma dizer...

– Urban Horn – completou Reynevan, ainda que estranhasse a própria perspicácia.

– Fale mais baixo – murmurou o goliardo. – Tenha mais cuidado ao pronunciar esse nome, senhor.

* * *

Os Stercza tinham de fato zarpado do lugarejo num estranho pânico, como se estivessem fugindo de uma incursão tártara, da peste negra ou do Diabo em pessoa. Aquela visão contribuíra para uma melhora significativa no humor de Reynevan. Mas, quando se deu conta de quem fugiam, tudo ficou claro.

Um homem com uma mandíbula bem delineada e ombros largos como o portão de uma catedral, trajando uma magnífica armadura milanesa ricamente ornamentada, comandava uma pequena cavalaria. O enorme corcel negro do cavaleiro também estava armado. Portava uma testeira, que lhe protegia a cabeça, e uma barda metálica.

Reynevan se misturou aos barões gatunos de Kromolin, que, nesse meio-tempo, haviam tornado a se espalhar pelo terreiro. Ninguém além de Sansão o notara ou lhe dera qualquer atenção. Sharlei tinha desaparecido. E, ao redor, os barões gatunos zumbiam como um enxame de vespas.

O cavaleiro com a armadura milanesa estava acompanhado por dois ginetes, um de cada lado – um deles tinha cabelos longos e soltos, era um jovem belo como uma moça, e o outro, um magrelo moreno com bochechas caídas. Ambos portavam armaduras completas e montavam corcéis protegidos com bardas.

– Hayn von Chirne – afirmou Otto Glaubitz com admiração. – Vocês estão vendo esta armadura milanesa? Diabos, deve valer umas quarenta grivnas.

– O da esquerda, o jovem – murmurou Vencel de Hartha –, é Fritschko Nostitz. E o da direita é Vitelozzo Gaetani, um italiano...

Reynevan deu um leve suspiro. Ao redor, ouviam-se outros suspiros, arquejos e blasfêmias proferidas em voz baixa, o que atestava que ele não era o único a se impressionar com a aparição de um dos barões gatunos mais conhecidos e perigosos da Silésia. Hayn von Chirne, senhor do castelo de Nimmersatt, gozava da pior reputação possível, e seu nome, ao que parecia, despertava não apenas terror entre os mercadores e os cidadãos pacíficos, mas também um temeroso respeito entre os colegas de profissão.

Enquanto isso, Hayn von Chirne parou o cavalo diante dos chefes, desmontou e aproximou-se, fazendo tinir as esporas e ranger a armadura.

– Senhor Stolberg – disse ele com uma voz profunda e grave. – Senhor Barnhelm.

– Senhor Chirne.

O barão gatuno olhou para trás, como se quisesse se assegurar de que seu séquito tinha armas ao alcance e os arqueiros, as bestas preparadas. Tendo se certificado, apoiou a mão esquerda no cabo da espada e a direita na cintura. Separou as pernas e ergueu a cabeça.

– Serei breve – esbravejou –, pois não tenho tempo para bater papo. Alguém assaltou e saqueou os valões, mineiros da mina de Złoty Stok. E eu havia avisado que os valões de Złoty Stok estão sob minha proteção e sob meus cuidados. Assim, vou lhes dizer uma coisa, e quero que prestem bastante atenção: se algum de vocês, canalhas, esteve envolvido nesse assalto, é melhor que o admita agora, porque, se eu o pegar, vou esfolá-lo vivo, mesmo que se trate de um cavaleiro.

Uma nuvem negra cobriu a face de Markwart von Stolberg. Os barões gatunos de Kromolin chiaram. Fritschko Nostitz e Vitelozzo Gaetani não se mexeram; permaneceram montados nos cavalos como se fossem dois bonecos de ferro. Mas os arqueiros do séquito inclinaram as bestas, prontos para agir.

– Os principais suspeitos de terem cometido esse ato – continuou Hayn von Chirne – são Kunz Aulock e Stork de Gorgowitz, mas vou lhes dizer uma coisa, e quero que me ouçam bem: se vocês esconderem esses ladrões e bastardos em Kromolin, vão se arrepender. Todos sabem – prosseguia Chirne, sem se preocupar nem um pouco com o crescente alvoroço entre os cavaleiros – que os bastardos Aulock e Stork foram contratados pelos Stercza, os irmãos Wolfher e Morold, igualmente bastardos e canalhas. Tenho assuntos antigos a tratar com eles, mas, desta vez, eles ultrapassaram os limites. Se for verdade essa história dos valões, vou estripar os Stercza. E, junto com eles, aqueles que tentam encobri-los.

Depois de um breve momento, acrescentou:

– E mais uma coisa, já para finalizar. Trata-se de uma questão igualmente importante, então ouçam bem. Ultimamente alguém anda perseguindo os *mercatores*. Com cada vez mais frequência se acha um cadáver frio e rijo de um deles. Este é um assunto bastante esquisito e não quero me aprofundar nele, mas uma coisa eu lhes digo: a companhia dos Fuggers de Augsburgo me paga para ter segurança. Se algum infortúnio ocorrer a um *mercator* dos Fuggers e se um de vocês for o responsável, então que Deus tenha piedade do culpado. Vocês entenderam? Entenderam, rapazes?

De súbito, por entre o raivoso murmúrio crescente, Hayn von Chirne desembainhou a espada e a girou no ar, fazendo-a sibilar.

– E se alguém se opuser àquilo que acabei de dizer, ou pensar que se trata de uma brincadeira, ou se estiver incomodado – bramiu ele em meio ao alvoroço –, que venha até aqui, para o terreiro! E então resolveremos as coisas a ferro. Venham! Estou esperando! Não mato ninguém desde a Páscoa, cacete!

– Seu comportamento é inapropriado, senhor Hayn – disse Markwart von Stolberg com calma.

– O que eu disse não tem nada a ver com sua senhoria, nem com sua senhoria Traugott, tampouco com qualquer um dos membros da chefia – declarou Chirne, projetando a mandíbula ainda mais. – Porém, conheço meus direitos. Posso desafiar qualquer um da malta.

– Só estou dizendo que não é apropriado – respondeu Stolberg. – Todos conhecem o senhor. E sua espada.

– E então? – bufou o bandido. – Devo me fantasiar de donzela, como Lancelot do Lago, para não ser reconhecido? Eu disse que conheço meus direitos. E *eles*, esse bando de cagões com pernas bambas, também os conhecem.

Os barões gatunos resmungavam. Reynevan viu o rosto de Kottwitz, que estava a seu lado, perder a cor num surto de ira, e ouviu Vencel de Hartha ranger os dentes. Otto Glaubitz agarrou o punho de sua espada e fez um movimento para avançar, mas Joãozinho Chromy segurou seu braço.

– Não faça isso – murmurou ele. – Ninguém sobreviveu depois de cruzar com essa espada.

Hayn von Chirne outra vez brandiu sua enorme espada e deu alguns passos ao redor, fazendo tilintar as esporas.

– E aí, seus cagões? – vociferou. – Ninguém vai tomar a dianteira? Vocês sabem o que eu penso de vocês? Acho que são uns merdas! E então? Alguém vai negar? Ninguém de vocês vai provar que estou enganado? E aí, ninguém? Então todos vocês, sem exceção, são uns pulhas, otários e cagões! E uma vergonha para a cavalaria!

Os barões gatunos resmungavam cada vez mais alto. Hayn, contudo, não parecia se dar conta.

– Vejo um único homem entre vocês – continuava ele, apontando –, Bozyvoi de Lossow, parado bem ali. De fato, não entendo o que faz uma pessoa como ele em meio a um bando de palermas, desmiolados e trambiqueiros. Deve ter se degringolado, pft, vergonha e desonra.

Lossow aprumou a postura, cruzou os braços sobre o peito adornado com o brasão de lince e devolveu um olhar destemido. No entanto, não se mexeu; permanecia com o rosto impassível. Sua calma visivelmente enraivecia Hayn von Chirne. O fora da lei enrubesceu e pôs as mãos na cintura.

– Comedores de cabras! – berrou. – Porcos imundos! Mijões fodidos! Estou desafiando vocês. Estão ouvindo, seus bundões? E então, quem vai me encarar? Em pé ou a cavalo, aqui e agora neste terreiro! Com espadas ou machados; aliás, com o que quiserem, podem escolher suas armas! E aí, quem vai se atrever? Talvez você, Hugo Kottwitz? Ou você aí, Krossig? Ou mesmo você, Rymbaba, seu bunda-mole?

Pashko Rymbaba inclinou-se e agarrou a espada, arreganhando os dentes debaixo do bigode. Voldan de Osiny segurou seu braço, prendendo-o com uma mão pesada.

– Não faça bobagem – murmurou. – Você não preza sua vida? Ninguém consegue vencê-lo.

Hayn von Chirne gargalhou, como se tivesse escutado.

– Ninguém? Ninguém mesmo vai encarar o combate? Não há nenhum homem de coragem aqui? Foi o que pensei! Vocês são mesmo uns cagarolas, frouxos, todos vocês!

– Vá se foder, seu filho de uma égua! – gritou de repente Ekhard von Sulz, tomando a dianteira. – Falastrão! Linguarudo! Arrombado! Venha para o terreiro!

– Estou aqui – respondeu Hayn von Chirne calmamente. – Com que armas vamos lutar?

– Com isto! – bramiu Sulz, levantando um canhão de mão. – Você se acha, Chirne, porque maneja a espada com destreza e é hábil com o machado! Mas o novo vem aí! Eis a modernidade! Chances iguais! Vamos disparar um contra o outro!

Em meio ao rebuliço que se armava, Hayn von Chirne foi até o cavalo e voltou após um instante carregando sua boca de fogo. Se Ekhard von Sulz tinha uma bombarda de mão, um cano reto sobre uma vareta de madeira, Chirne portava um arcabuz artisticamente elaborado, com um cano angular sobre um guarda-mão esculpido em carvalho.

– Que seja com arma de fogo, então – anunciou. – Que haja modernidade na casa e no quintal. Delimitem o campo.

Tudo se deu muito rápido. O campo foi delimitado com duas lanças encravadas no chão, que marcavam a distância de dez passos numa fileira de tochas acesas. Chirne e Sulz posicionaram-se um defronte o outro, cada um com sua respectiva arma debaixo do braço e um bota-fogo aceso na outra mão. Os barões gatunos afastaram-se para os lados, deixando livre a linha de disparo.

– Preparar armas! – declarou Notker von Weyrach, que tinha se incumbido do papel de heraldo, levantando um porrete. – Apontar!

Os adversários se inclinaram, levando os bota-fogos à altura das armas.

– Fogo!

Por um momento, nada aconteceu. Tudo era silêncio, à exceção dos bota-fogos, que silvavam e soltavam faíscas, enquanto um fedor de pólvora queimada emanava das caçoletas. Parecia que seria necessário interromper o duelo para carregar as armas outra vez. Notker von Weyrach já se preparava para dar o sinal quando, de súbito, a bombarda de Sulz disparou com um tremendo estrondo, um lampejo da explosão e uma nuvem de fumaça fétida. Aqueles que estavam mais perto ouviram o zumbido do tiro que errou o alvo e voou para algum ponto na direção da latrina. Quase na mesma hora o arcabuz de Hayn von Chirne cuspiu fumaça e fogo. Com maior eficácia. A bala acertou Ekhard von Sulz bem no queixo, arrancando-lhe a cabeça. Tal qual um chafariz, o sangue jorrava do pescoço do defensor da cruzada anti-hussita, enquanto sua cabeça se chocava contra a parede do pequeno estábulo; caiu, saiu rolando através do terreno e, por fim, estacionou na grama, fitando com olhos mortos os cães que a farejavam.

– Cacete! – proferiu Pashko Rymbaba em meio ao silêncio reinante. – Vai ser difícil suturar isso aí.

* * *

Reynevan havia subestimado Sansão Melzinho.

Não tinha nem sequer selado o cavalo na estrebaria quando sentiu um olhar fulminando sua nuca. Ele se virou e ficou paralisado, tal qual uma estátua de sal, segurando a sela com ambas as mãos. Praguejou e em seguida lançou com ímpeto a sela sobre o dorso do cavalo.

– Não me condene – disse ele, fingindo estar completamente focado no arreio. – Preciso ir atrás deles. Queria evitar despedidas. Na verdade, discussões de despedida que não dariam em nada além de brigas inúteis e perda de tempo. Pensei que seria melhor...

Sansão Melzinho, encostado na chambrana, cruzou os braços sobre o peito e permaneceu em silêncio, mas seu olhar era demasiado expressivo.

– Preciso ir atrás deles – disse Reynevan após um momento de tensa hesitação. – Não há nada que eu possa fazer. Entenda. Para mim é uma oportunidade única. A Providência...

– A pessoa do senhor Hayn von Chirne – começou Sansão, sorrindo – desperta em mim muitas associações. No entanto, não classificaria nenhuma delas como providencial. Mas entendo você. Embora eu não possa dizer que seja fácil para mim.

– Hayn von Chirne é inimigo dos Stercza. Inimigo de Kunz Aulock. Inimigo dos meus inimigos. Portanto, é meu aliado natural. Graças a ele tenho uma oportunidade de vingar o meu irmão. Não suspire, Sansão. Não é lugar nem hora para mais discussão sobre como a vingança é inútil e desprovida de sentido. Os assassinos do meu irmão não só andam tranquilamente pela Terra como seguem ainda em meu encalço, me ameaçam de morte e atormentam a mulher que amo. Não, Sansão. Não vou fugir para a Hungria, deixando-os aqui, orgulhosos e gloriosos. Tenho uma oportunidade, tenho um aliado, encontrei o inimigo do meu inimigo. Chirne disse que vai estripar os Stercza e Aulock. Talvez seja inútil, talvez seja insensato. Mas quero ajudá-lo nessa empreitada e estar lá quando isso acontecer. Quero estar presente no momento em que ele lhes arrancar as vísceras.

Sansão Melzinho continuava em silêncio. E pela enésima vez Reynevan ficou impressionado com tamanho discernimento e sábia preocupação que aqueles olhos baços, afundados num rechonchudo semblante de idiota, podiam expressar. Além de uma silenciosa, embora perceptível, reprovação.

– Sharlei... – gaguejou Reynevan, apertando o cinto. – É verdade que Sharlei me ajudou, fez muita coisa por mim. Mas você mesmo ouviu, você foi testemunha... inúmeras vezes. Sempre que eu falava em me vingar dos Stercza, ele recusava. Debochava e me tratava como um moleque idiota. Recusa-se categoricamente a me ajudar. Ora, você o ouviu menosprezar Adèle, zombar dela, a todo momento me desencorajando a ir até Ziębice!

O cavalo resfolegou e bateu os cascos, como se também estivesse ficando nervoso. Reynevan respirou fundo e se acalmou.

– Peça-lhe, Sansão, que não guarde rancor. Droga! Não sou um ingrato, tenho consciência do quanto ele fez por mim. Mas talvez seja a melhor maneira de lhe agradecer, me afastando. Ele próprio afirmou que eu constituía um grande risco. As coisas serão mais fáceis para ele sem mim. Para vocês dois...

Ficou em silêncio.

– Queria que você fosse comigo. Mas não vou propor isso. Seria vil e injusto de minha parte. O que planejo fazer é deveras arriscado. Você estará mais seguro com Sharlei.

Sansão Melzinho permaneceu em silêncio por um longo momento.

– Não vou dissuadi-lo de fazer aquilo que planeja – disse, enfim. – Não vou incomodá-lo com discussões e perda de tempo. Vou inclusive me eximir de proferir minha opinião acerca da sensatez de tal empreendimento. Tampouco quero piorar as coisas e sobrecarregá-lo com remorsos. No entanto, Reinmar, tenha consciência de que partindo você acaba com a minha esperança de voltar ao meu próprio mundo e à minha própria forma.

Por um longo momento, Reynevan permaneceu em silêncio.

– Sansão – disse, por fim. – Responda. Honestamente, se puder. Você é mesmo... Você é... aquilo que você disse ser... Quem é você?

– *Ego sum, qui sum* – Sansão interrompeu serenamente. – Sou quem sou. Poupemo-nos de confissões de despedida. De nada valerão, nada justificarão e nada mudarão.

– Sharlei é um homem experiente e astuto – disse Reynevan, às pressas. – Você vai ver que na Hungria ele há de conseguir contatar alguém que...

– Parta logo, Reinmar.

* * *

Todo o vale estava imerso numa espessa neblina. Felizmente, ela pairava bem baixo, rente ao chão, e assim não havia perigo – ao menos por enquanto – de se perder. Era possível enxergar por onde passava a estrada: o trajeto era visível e nitidamente traçado por uma fileira de salgueiros tortos, pereiras bravas e pés de espinheiro que emergiam do sudário branco. Além disso, uma luz indistinta e vacilante – a lanterna da tropa de Hayn von Chirne – cintilava à distância, apontando o caminho.

Fazia muito frio. Depois de atravessar a ponte sobre o rio Jadkowa e adentrar a neblina, Reynevan teve a impressão de que submergia na água gelada. "Bom", pensava ele, "já é setembro, afinal."

No fim das contas, a cobertura branca da neblina que se estendia por ali, ao refletir a luz, propiciava uma boa visibilidade dos arredores. Porém, Reynevan andava na escuridão total, mal enxergando as orelhas do cavalo. Paradoxalmente, o ponto mais escuro da área era a própria estrada, que, engolida pelas trevas, se estendia entre fileiras de árvores e espessos arbustos. Estes com frequência assumiam formas tão sugestivamente demoníacas que o jovem, bastante impressionado, chegou a tremer algumas vezes e a puxar automaticamente as rédeas, assustando o já apavorado corcel. Mas então seguia cavalgando, rindo de sua própria tibieza. "Como, diabos, é possível ter medo de arbustos?"

De repente, dois arbustos obstruíram o caminho, um terceiro tomou-lhe as rédeas de suas mãos, e um quarto pressionou contra seu peito algo que não poderia ser outra coisa que não a ponta de um punhal.

Cascos tamborilavam ao redor, o odor de suor humano e equino se tornava mais denso. Uma lasca de pedra chispou, surgiram faíscas e as tochas se acenderam. Reynevan semicerrou os olhos e se inclinou para trás na sela, pois uma delas se aproximou para iluminar seu rosto.

– É bonito demais para ser um espião – constatou Hayn von Chirne. – Jovem demais para um assassino de aluguel. Mas as aparências podem enganar.

– Sou...

Parou de súbito e curvou-se na sela, pois algo sólido atingia suas costas.

– Por enquanto sou eu quem decide o que você é – afirmou Chirne friamente. – Bem como o que você não é. Por exemplo, você não é um cadáver atravessado por flechas e abandonado numa vala. Por enquanto, e unicamente graças à minha decisão. Mas agora se cale, pois estou pensando.

– Não há nada para se pensar aqui – observou Vitelozzo Gaetani, o italiano. Falava um alemão fluente, apesar do sotaque melodioso que deixava transparecer suas origens. – Basta que lhe passemos uma faca na garganta e o problema estará resolvido. E vamos logo, porque o frio e a fome são grandes.

Atrás deles, cascos retiniam e cavalos relinchavam.

– Está sozinho – disse Fritschko Nostitz, com uma voz jovial e agradável. – Ninguém o está seguindo.

– Aparências podem enganar – repetiu Chirne.

As narinas de seu cavalo exalavam um vapor branco. Ele se aproximou, chegou tão perto que seus estribos se tocaram. Estavam à distância de um braço. Com estarrecedora perspicácia, Reynevan entendeu por quê. Chirne o testava. Provocava-o.

– Eu ainda sugiro que lhe cortemos a garganta – repetiu o italiano em meio à escuridão.

– É só usar a faca, é só usar a faca – disse Chirne, exaltado. – Tudo é muito simples para vocês. Mas depois meu confessor vai ficar me atormentando, azucrinando, censurando, dizendo que é um pecado fatal matar sem nenhum motivo, pois é preciso ter uma boa razão para matar alguém. A cada confissão ele me amola com essa ladainha: motivo, motivo, não pode matar sem motivo. Vou acabar partindo ao meio a cabeça do padre com um bastão. Enfim, a impaciência também é um motivo, não é? Mas, por enquanto, façamos como ele me instruiu na confissão. – Ele se voltou para Reynevan. – Então, irmãozinho, diga-nos quem é você. E nós veremos se há aqui um motivo, ou se teremos de fabricá-lo.

– Meu nome é Reinmar de Bielau – começou a falar Reynevan. E, como ninguém o interrompesse, continuou. – Meu irmão, Piotr de Bielau, foi assassinado. O assassinato foi encomendado pelos irmãos Stercza e executado por Kunz Aulock e seu bando. Portanto, não tenho motivos para gostar deles. Ouvi em Kromolin que entre vocês tampouco há laços de amizade. Por isso eu os seguia, para informar que os Stercza estiveram na povoação e fugiram de lá ao saberem que vocês estavam a caminho. Foram rumo ao sul, pelo vau do rio. Digo e faço tudo isso motivado pelo ódio que nutro pelos Stercza. Eu mesmo não conseguirei me vingar deles. No entanto, tenho esperança de que sua companhia consiga. Não quero mais nada. E, se estou equivocado... perdoem-me e permitam que eu siga meu próprio caminho.

Respirou fundo, cansado pelo discurso proferido com rapidez. Os cavalos dos barões gatunos relinchavam, os arreios tiniam, e pela luz das tochas emergiam sombras espectrais, vacilantes.

– Reinmar de Bielau – bufou Fritschko Nostitz. – Diabos, parece que é um parente distante meu.

Vitelozzo Gaetani blasfemou em italiano.

– Sigamos – ordenou de súbito Hayn von Chirne. – Senhor Bielau, ao meu lado. Bem juntinho de mim.

"Ele nem sequer mandou que me revistassem", pensou Reynevan ao pôr-se em marcha. "Tampouco verificou se eu não tinha uma arma escondida. E ordenou que eu seguisse junto dele. É mais um teste. E uma armadilha."

Uma lanterna balançava num salgueiro à beira da estrada, era um truque esperto que visava despistar o perseguidor, assegurá-lo de que a tropa estava a uma grande distância dele. Chirne pegou a lanterna, ergueu-a e mais uma vez iluminou o rosto de Reynevan.

– Um rosto honesto – comentou. – Um semblante sincero e honesto. Tenho impressão de que as aparências não estão enganando e que o senhor diz a verdade. Será mesmo um inimigo dos Stercza?

– Sim, senhor Chirne.

– Reinmar de Bielau, é isso mesmo?

– Sim.

– Tudo está claro. Andem, peguem-no. Desarmem-no e o amarrem. Uma corda ao pescoço. Rápido!

– Senhor Chirne... – Reynevan conseguiu articular enquanto era agarrado por braços robustos. – Mas como... O que...

– Há um *significavit* bispal contra você, jovem – declarou Hayn von Chirne, um tanto desinteressado. – E um prêmio a quem entregá-lo vivo. Veja, você está sendo procurado pela Inquisição. Feitiçaria ou heresia, para mim dá no mesmo. Mas você seguirá amarrado até Świdnica, onde será entregue aos dominicanos.

– Me soltem... – disse Reynevan com um gemido, pois a corda lhe machucava os pulsos. – Por favor, senhor Chirne... O senhor é cavaleiro... Eu preciso... Eu tenho pressa... para chegar até a minha amada!

– Como todos nós.

– Mas o senhor odeia os meus inimigos! Os Stercza e Aulock!

– É verdade – admitiu o barão gatuno. – Odeio esses filhos da puta. Mas eu, jovem, não sou nenhum selvagem. Sou europeu. Não permito que as simpatias ou antipatias influam nos negócios.

– Mas... senhor Chirne...

– Andemos, senhores.

– Senhor Chirne... Eu...

– Senhor Nostitz! – interrompeu Hayn com ímpeto. – Não é parente seu? Então faça ele se calar.

Reynevan levou um murro tão poderoso na orelha que um clarão lhe cegou os olhos e quase fez tombar sua cabeça sobre a crina do cavalo. Não falou mais nada.

* * *

A leste, o céu clareava, pressagiando a alvorada. Tinha esfriado ainda mais. Reynevan, amarrado, tremia e convulsionava, tanto de frio quanto de medo. Nostitz precisou repreendê-lo seguidas vezes com puxões de corda.

– O que vamos fazer com ele? – perguntou de repente Vitelozzo Gaetani. – Vamos arrastá-lo conosco pelas montanhas? Ou vamos enfraquecer a tropa, mandando-o para Świdnica acompanhado de uma escolta? Hein?

– Ainda não sei – disse Hayn von Chirne, fazendo ressoar impaciência em sua voz. – Estou pensando.

– E esse prêmio? – insistiu o italiano. – Vale mesmo a pena? Pagariam menos por ele morto?

– O que me importa não é o prêmio – rosnou Chirne –, mas, sim, manter boas relações com o Santo Ofício. E chega de papo! Já disse que estou pensando.

Tinham tomado uma estrada de terra batida. Reynevan o notara pela mudança no som e no ritmo dos cascos que batiam contra o solo. Supunha que era o caminho para Frankenstein, a maior das urbes nas cercanias; no entanto, estava desorientado e não conseguia adivinhar se seguiam na direção da cidade ou se se afastavam dela. O aviso de que o levariam a Świdnica apontava para a segunda possibilidade, embora os pontos cardinais reconhecidos pela posição das estrelas pudessem sugerir que rumavam mesmo para Frankenstein, onde, por exemplo, poderiam passar a noite. Desistiu por um momento de culpar a si mesmo e de se remoer por conta de sua estupidez e começou a pensar fervorosamente, elaborando estratagemas e traçando planos de fuga.

– Eiaa! – gritou alguém na dianteira. – Eiaaaa!

Lanternas reluziram, fazendo emergir da escuridão contornos angulares de carroças e silhuetas de ginetes.

– Lá está ele – disse Chirne em voz baixa. – Pontualmente, no lugar marcado. Gosto desse tipo de gente. Mas as aparências podem enganar. Mantenham as armas preparadas. Senhor Gaetani, fique atrás e permaneça atento. Senhor Nostitz, fique de olho no parente. O restante venha comigo. Eiaaa! Saudações!

A lanterna à frente dançava ao ritmo dos passos do cavalo. Três ginetes se aproximavam. Um deles, desajeitado, trajava uma capa pesada e larga que cobria a garupa do corcel. Era assistido por dois arqueiros, idênticos aos de Chirne, vestidos com bacinetes, barbotes e brigantinas.

– Senhor Hayn von Chirne?

– Senhor Hanush Throst?

– Gosto de gente confiável e pontual – declarou o homem de capa enquanto fungava o nariz. – Vejo que nossos conhecidos mútuos não exageraram nas opiniões a respeito do senhor nem nas recomendações. Estou contente de vê-lo e de poder colaborar. Podemos prosseguir, correto?

– Minha colaboração custa cem florins – respondeu Chirne. – Nossos conhecidos mútuos devem tê-lo informado sobre isso.

– Decerto, mas não adiantado – bufou o homem de capa. – O senhor não poderia crer que eu teria concordado com algo assim. Sou um mercador, um homem de negócios. E, nos negócios, o costume é primeiro prestar o serviço e só depois receber a remuneração. Seu serviço é: escoltar-me em segurança pelo Silberbergpass até Broumov. Uma vez prestado o serviço, receberá o pagamento. Cem florins e nem um heller a menos.

– É bom que assim o seja – disse enfaticamente Hayn von Chirne. – Que assim o seja, senhor Throst. E, se me permite a pergunta, o senhor leva algo nas carroças?

– Mercadorias – respondeu Throst com tranquilidade. – Quais sejam é algo que diz respeito apenas a mim. E a quem vai pagar por elas.

– Decerto – disse Chirne, acenando com a cabeça. – Aliás, a mim basta saber que o senhor é um mercador tal qual Fabian Pfefferkorn. Ou como Nicolau Neumarkt. Sem mencionar os outros.

– Talvez seja mesmo melhor que você não saiba muito. Já conversamos demais e é hora de seguir viagem. Para que ficar parado numa encruzilhada, instigando o Diabo?

– Tem razão – respondeu Chirne, dando meia-volta com o cavalo. – Não há por que ficarmos aqui parados. Acene às carroças para que se ponham a andar. E, quanto ao azar, não tema. Esse Diabo que vem aterrorizando a Silésia tem o costume de aparecer durante o dia. Exatamente ao meio-dia. *Daemonium meridianum*, o demônio que ataca ao meio-dia, segundo dizem os sacerdotes. E o que nos cerca agora é a escuridão.

O mercador fustigou o cavalo e alcançou o corcel negro do barão gatuno.

– Se eu fosse o demônio – disse após um instante –, mudaria o costume, pois se tornou demasiado comum e previsível. Aliás, esse mesmo salmo menciona a escuridão. Não se lembra? *Negotio perambulans in tenebris...*

– Se eu soubesse que o senhor estava tão amedrontado – disse Chirne, deixando perceptível em sua voz soturna uma pitada de troça –, teria aumentado o valor da minha remuneração para, pelo menos, cento e cinquenta florins.

– Eu lhe pago – declarou Throst em voz tão baixa que Reynevan mal pôde ouvi-lo. – Cento e cinquenta florins, dinheiro na mão, senhor Chirne. Quando chegarmos em segurança ao destino. Pois é verdade que tenho medo. Um alquimista em Racibórz escreveu o meu horóscopo, predito à base de tripas de galinha... Foi-lhe revelado que a morte me ronda...

— O senhor acredita nessas coisas?

— Até há pouco não acreditava.

— E agora?

— E agora — respondeu com firmeza o mercador — vou-me embora da Silésia. Para bom entendedor, meia palavra basta. Não quero terminar como Pfefferkorn ou Neumarkt. Estou de partida para a Boêmia, lá nenhum demônio há de me apanhar.

— De fato — concordou Hayn von Chirne. — Lá, não. Até os demônios temem os hussitas.

— Vou para a Boêmia — repetiu Throst. — E sua tarefa é fazer que eu chegue lá em segurança.

Chirne não respondeu. As carroças chacoalhavam, os eixos e os cubos das rodas rangiam sobre os buracos da estrada.

Deixaram a floresta para adentrar um campo aberto, um lugar ainda mais frio e enevoado. Ouviram o murmúrio de água pelas pedras.

— Weza — disse Chirne, apontando. — O riacho Weza. Daqui até o passo a distância é de menos de uma milha. Eiaaa! Fustigue, fustigue!

O cascalho sacudia e rangia sob as ferraduras e os aros, e logo a água chapinhou e espumou com as patas dos cavalos. O riacho não era muito fundo, mas sua correnteza tinha força.

De repente, Hayn von Chirne parou no meio do vau e ficou imóvel na sela. Vitelozzo Gaetani virou o cavalo.

— O que foi?

— Silêncio. Nem um pio.

Viram antes que pudessem ouvir. E o que viram era a espuma branca da água esborrifada sob os cascos dos cavalos que avançavam contra eles pelo leito do riacho. Só depois é que divisaram as silhuetas dos ginetes, com suas capas revoando à semelhança de asas espectrais.

– Às armas! – gritou Chirne, desembainhando a espada num arranque. – Às armas! Bestas!

Foram golpeados por uma rajada de vento impetuosa, selvagem e sonora, uma ventania que fustigava seus rostos. E depois foram atingidos por um berro enlouquecido.

– *Adsumus! Adsuuumuuuus!*

Romperam-se os cordéis das bestas, as flechas cantaram. Alguém gritava. E num instante os homens a cavalo se lançaram sobre os emboscados, avançando sobre eles feito um furacão, cortando-os com as espadas, derrubando-os e pisoteando-os. Tudo rodopiava em meio à agitação; o barulho dos gritos e urros, somado aos estrondos metálicos e ao relinchar e resfolegar dos cavalos, dilacerava a noite. Fritschko Nostitz desabou no rio junto com o corcel, que coiceava. Ao lado dele tombou um armígero lacerado, fazendo a água se agitar. Um dos arqueiros ululava, mas o uivo virou um estertor.

– *Adsuuumuuus!*

Hanush Throst virou-se na sela enquanto fugia e soltou um grito ao ver imediatamente atrás de si um focinho equino arreganhado, com uma silhueta negra encapuzada logo atrás. Foi a última coisa que ele viu na Terra. A lâmina afiada de uma espada atingiu-o no rosto, entre o olho e o nariz, penetrando e esmagando seu crânio. O mercador estirou-se, agitou os braços e desabou sobre as pedras.

– *Adsumus!* – gritou triunfalmente um cavaleiro negro. – *In nomine Tuo!*

Os cavaleiros negros esporearam os cavalos e mergulharam na escuridão. Com uma exceção. Hayn von Chirne lançou-se em seu encalço, saltou da sela e agarrou um deles. Ambos tombaram na água para logo se porem em pé e fazerem as espadas silvarem e bramirem ao se chocarem. Lutavam fervorosamente, mesmo com as pernas mergulhadas até a altura dos joelhos no rio espumante, enquanto as lâminas produziam cascatas de faíscas.

O cavaleiro negro tropeçou. Chirne, raposa velha, não deixaria passar uma oportunidade dessas. Com um giro, desferiu-lhe um golpe na cabeça. Sua pesada espada de Passau rasgou o capuz do cavaleiro e lacerou-lhe o elmo, que tombou no rio. Chirne viu diante de si um rosto ensanguentado, pálido como a própria morte, retorcido numa careta macabra, e teve certeza de que jamais o esqueceria. O ferido berrou e pôs-se em posição de ataque, recusando-se a cair, mesmo que o devesse. Chirne praguejou, empunhou a espada com ambas as mãos e, girando com ímpeto as ancas, disparou outro golpe que atingiu seu oponente no pescoço. Dele jorrou um sangue negro, a cabeça tombou sobre o ombro, presa ao corpo apenas por um pedaço de pele. Mas o cavaleiro degolado continuava a andar agitando a espada e respingando sangue ao redor.

Um dos arqueiros berrava de terror, enquanto outros dois se lançavam numa fuga desenfreada. Hayn von Chirne não recuou. Proferiu um xingamento terrível e extremamente ímpio, firmou as pernas e desferiu mais um golpe, desta vez degolando o cavaleiro por completo e lacerando-lhe quase todo o braço. O cavaleiro negro tombou na água rasa da margem, agitando-se, sacudindo-se e chutando convulsivamente. Demorou até que ficasse imóvel.

Hayn von Chirne afastou de seus joelhos o cadáver do arqueiro de brigantina que tinha sido levado até ele pela correnteza do rio. Chirne arfava pesadamente.

– O que foi isso? – perguntou, por fim. – Por Lúcifer, o que foi isso?

– Jesus misericordioso... – balbuciou Fritschko Nostitz, parado em pé junto dele. – Jesus misericordioso...

O riacho Weza murmurejava sua melodia pelas pedras.

* * *

Reynevan, enquanto isso, tinha disparado em fuga, demonstrando tamanha habilidade que fazia crer que a vida toda não se dedicara a outra coisa senão a galopar todo amarrado. Galopava com destreza, enganchando bem no cepilho da sela os pulsos atados, encostando o rosto na crina, apertando com os joelhos os flancos do cavalo. Galopava com tanto ímpeto que fazia a terra tremer e o ar silvar nos ouvidos. O cavalo – amada criatura – parecia entender o que estava em jogo, estendia o pescoço e fazia o máximo esforço, fazendo valer a aveia que vinha recebendo nos últimos cinco ou seis anos. As ferraduras, naquele galope desembestado, batiam contra a terra endurecida, sacudiam os arbustos e o mato alto, fustigavam os gravetos. "Que pena que Dzierżka de Wirsing não esteja aqui para ver", pensou Reynevan, embora tivesse consciência de que naquele momento suas habilidades equestres se limitavam a conseguir manter-se na sela de alguma forma. "Ainda assim", concluiu ele, "aquilo não era pouca coisa."

Tal pensamento talvez fosse um tanto precipitado, pois o cavalo decidiu transpor uma árvore caída. Saltou com bastante graça, mas atrás do tronco havia um buraco. O impacto afrouxou a pegada de Reynevan, que tombou sobre um tapete de bardanas, para sua sorte tão grandes e espessas que conseguiram amortecer, ao menos em parte, o ímpeto da queda. No entanto, ao se chocar contra o chão, ficou totalmente sem ar devido à pancada, e ele se encolheu em posição fetal, gemendo.

Não teve tempo de se estirar. Vitelozzo Gaetani, que o perseguia, saltou da sela junto dele.

– Queria escapar? – rosnou ele. – Fugir de mim? Pirralho!

Tentou atingi-lo com um chute, mas não conseguiu completar o movimento. Sharlei surgiu, como se brotado da terra, golpeou Gaetani no peito e desferiu seu chute preferido, abaixo do joelho. O italiano, contudo, não caiu, apenas cambaleou, desembainhou a espada e aplicou um golpe do alto para baixo. O penitente, com destreza, esquivou-se do alcance da lâmina e desembainhou a própria arma, um sabre torto. Girou-o no ar, fazendo um corte em cruz; o sabre reluzindo em suas mãos tal qual um relâmpago e silvando como uma víbora.

Gaetani não se deixou amedrontar pela destreza de espadachim demonstrada pelo oponente e se lançou sobre Sharlei com um grito selvagem, apontando a espada para ele. As lâminas rangeram ao se chocar. Três vezes. Na quarta, o italiano não conseguiu bloquear o golpe bastante ágil do sabre. Foi atingido na bochecha; o sangue jorrou. Mas ele não se deu por vencido. Era capaz de seguir lutando, se Sharlei tivesse lhe dado alguma chance. Este saltou até ele e, com o pomo do sabre, desferiu-lhe um golpe entre os olhos, que fez Gaetani desabar em meio às bardanas. Só foi uivar depois de ter tombado.

– *Figlio di puttana!*

– É o que dizem – respondeu Sharlei, limpando a lâmina com uma folha. – Mas o que se pode fazer? Mãe só se tem uma.

– Não quero estragar a diversão – disse Sansão Melzinho ao emergir da neblina com três cavalos, entre eles o alazão de Reynevan, que roncava e espumava –, mas talvez seja o caso de partir? A galope, não é mesmo?

* * *

O manto leitoso se desfez, a névoa se ergueu e dissipou-se ao brilho do sol que atravessava as nuvens. De repente, o mundo até então imerso num *chiaroscuro* de sombras alongadas iluminou-se, fulgurou e ardeu em cores, tal qual uma pintura de Giotto. Naturalmente, caso alguém já tivesse visto os afrescos de Giotto.

As telhas vermelhas das torres de Frankenstein, a urbe próxima, reluziam.

– E agora – disse Sansão Melzinho, após se saciar com a cena – vamos para Ziębice.

– Para Ziębice – repetiu Reynevan, esfregando as mãos. – Rumo a Ziębice. Amigos... como posso retribuir a ajuda?

– Vamos pensar a respeito – prometeu Sharlei. – Por ora... desça do cavalo.

Reynevan obedeceu. Sabia o que esperar. E não estava equivocado.

– Reynevan de Bielau – entoou Sharlei, com uma voz cerimoniosa e solene –, repita depois de mim: "Sou um idiota!"

– Sou um idiota...

– Mais alto!

– Sou um idiota!

Foi o que aprenderam todas as criaturas de Deus que viviam nas redondezas e naquele mesmo instante despertavam: os ratos do campo, as rãs, as bombinas, os camundongos, as perdizes, as escrevedeiras, os cucos e até mesmo os papa-moscas, os cruza-bicos e as salamandras.

– Sou um idiota! – repetia Reynevan depois de Sharlei. – Um burro irremediável, um tolo, um cretino, um otário, um palhaço, sou digno de ser trancafiado em Narrenturm! Qualquer coisa que eu venha a pensar se tornará o cúmulo da estupidez. Tudo o que eu fizer transporá os limites da idiotice. Juro solenemente que vou melhorar. Para minha sorte, sorte esta que não mereço, tenho amigos que nunca me deixam cair em desgraça. Tenho amigos com quem sempre posso contar. Pois a amizade...

O Sol se erguia mais alto e inundava os campos com seu brilho dourado.

– A amizade é algo grandioso e belo!

CAPÍTULO XIX

No qual nossos heróis deparam com um torneio de cavalaria bastante europeu na cidade de Ziębice. Para Reynevan, contudo, o contato com a Europa acaba sendo bem desagradável. Doloroso até.

Já estavam tão perto de Ziębice que podiam admirar toda a grandiosidade dos imponentes muros e torres que surgiam de trás de uma colina enflorestada. Ao redor, luziam os telhados dos casebres nos arrabaldes, agricultores labutavam nos campos e prados, e a fumaça suja das ervas daninhas incineradas se arrastava acima do chão. As pastagens estavam salpicadas de ovelhas, e fulgurava a relva rente às lagoas, repletas de gansos. Os camponeses andavam sobrecarregados de cestos, os bois cevados marchavam imperiosamente, as carroças, cheias de feno e legumes, matraqueavam. Para onde quer que se olhasse era possível avistar os indícios da fartura.

– Uma terra agradável – avaliou Sansão Melzinho. – Uma região esforçada e pujante.

– E que cumpre a lei – completou Sharlei, apontando para os cadafalsos vergados sob o peso dos enforcados. Ao lado deles, para a alegria dos corvos, mais de uma dezena de cadáveres apodrecia sobre estacas, e os ossos resplandeciam nas rodas de despedaçamento.

– De fato! – continuou o penitente, às gargalhadas. – Dá pra ver que aqui a lei é a lei, e a justiça é justa.

– Onde está a justiça?

– Ali, ó.

– Ah, sim.

– Eis aí também a fonte da pujança muito bem observada por você, Sansão – prosseguia Sharlei. – Por certo, vale a pena visitar lugares como este com objetivos mais sensatos do que aquele que nos traz aqui. Por exemplo, para enganar, burlar e enrolar um dos moradores abastados da região, algo relativamente fácil, já que a pujança produz uma vastidão de otários, trouxas, ingênuos e cretinos. E nós viemos para... eh... Nem vale a pena gastar saliva.

Reynevan não emitiu sequer um murmúrio. Não estava com disposição para tanto. Vinha ouvindo comentários semelhantes fazia já um bom tempo.

Percorreram a colina.

– Jesus! – bufou por fim Reynevan ao contornarem o declive. – Quanta gente! O que está acontecendo?

Sharlei parou o cavalo e pôs-se em pé nos estribos.

– Um torneio – concluiu após um momento. – É um torneio, caros senhores. Um *troneamentum*. Que dia é hoje? Alguém ainda se lembra?

– É o oitavo – respondeu Sansão depois de contar nos dedos. – *Mensis Septembris*, naturalmente.

– Vejam só! – redarguiu Sharlei, olhando de soslaio para ele. – Quer dizer que lá no além vocês seguem o mesmo calendário?

– Falando de um modo geral, sim – respondeu Sansão, sem cair na provocação. – Você me perguntou a data e eu respondi. Deseja mais alguma informação? É a celebração do Nascimento da Virgem Maria, *Nativitas Mariae*.

– Então o torneio foi organizado por essa ocasião – constatou Sharlei. – Prossigamos, senhores.

Os campos nos arrabaldes estavam cheios de gente, e também era possível avistar as tribunas provisórias para os espectadores de melhor categoria, revestidas de tecidos coloridos, enfeitadas com guirlandas, fitas, águias dos Piastas e escudos com brasões dos cavaleiros. Junto das tribunas erguiam-se as bancas dos artesãos e as barracas dos comerciantes de alimentos, de relíquias e de *souvenirs*. Bandeiras, estandartes, flâmulas e gonfalões multicoloridos esvoaçavam sobre tudo aquilo. De quando em quando a voz metálica das zurnas e das trombetas destacava-se do murmúrio da turba.

Em sua essência, o evento não deveria surpreender ninguém. João, o duque de Ziębice, junto com alguns outros nobres e magnatas silesianos, pertencia à Rudenband, a Sociedade da Coleira, cujos membros se comprometiam a justar ao menos uma vez por ano. No entanto, ao contrário da maioria dos duques, que cumpria a custosa obrigação com relutância e pouca regularidade, João de Ziębice organizava torneios com frequência. O ducado era pequeno e, diferentemente do que aparentava, pouco lucrativo. Por esse viés, era possivelmente o mais pobre na Silésia. Mesmo assim, o duque João oberava-se para manter as aparências. Atolou-se até o pescoço em dívidas com os judeus, vendeu tudo o que tinha para vender e alugou o que havia para alugar. O casamento com Elisabeth Melsztyńska, uma viúva muito rica de Spytek, soberana de Kraków, salvou-o da bancarrota. Enquanto viva, a duquesa Elisabeth freava um pouco o ímpeto e a dispendiosidade de João, mas, depois que ela morreu, o duque pôs-se a torrar a herança com um ânimo redobrado. Os torneios, os banquetes festivos e as caçadas suntuosas voltaram a ser organizados em Ziębice.

As trombetas tronaram outra vez e a multidão pôs-se a gritar. Os viajantes já estavam próximos o suficiente para ver o pátio de justas – clássico, com cento e cinquenta passos de comprimento e cem de largura –, cercado por duas fileiras de toras de madeira, excepcionalmente resistentes e capazes de conter qualquer tentativa da multidão para pô-la abaixo. Dentro do pátio de justas foi colocada uma barreira ao longo da qual vinham dois cavaleiros em posições opostas, com as lanças abaixadas. A turba berrava, assobiava e aplaudia.

– Este torneio – avaliava Sharlei –, este *hastiludium* que estamos admirando, vai facilitar a tarefa. Toda a cidade está reunida aqui. Vejam só, ali as pessoas subiram nas árvores. Aposto, Reinmar, que ninguém vai vigiar sua amada. É melhor desmontarmos dos cavalos para não chamar atenção. Vamos desviar dessa feira e nos misturar com os agricultores para adentrar a cidade. Lá. *Veni, vidi, vici!*

– Antes de seguirmos os passos de César – declarou Sansão Melzinho, meneando a cabeça –, é preciso verificar se a amada de Reinmar não está, por acaso, no meio dos espectadores do torneio. Se toda a cidade se reuniu aqui, talvez ela também esteja presente.

– E o que Adèle estaria fazendo no meio desta gente? – questionou Reynevan enquanto desmontava do cavalo. – Devo lembrá-los de que aqui ela está sendo mantida em cativeiro. Os prisioneiros não costumam ser convidados para os torneios.

– De fato. Mas o que custa averiguar?

Reynevan deu de ombros.

– Sigamos, então. Adiante.

Precisavam andar com cautela, prestando atenção para não pisar na merda. Por ocasião dos torneios, todos os arvoredos nas imediações tinham virado latrinas de uso geral. O burgo de Ziębice contava com uma população de aproximadamente cinco mil habitantes, e o torneio atraía mais visitantes, estimando-se um total de cinco mil e quinhentas pessoas. E parecia que todas elas tinham ocupado alguma moita ao menos duas vezes, para cagar, mijar ou descartar os restos dos *bretzels* não consumidos. Fedia pra cacete. Evidentemente, aquele não era o primeiro dia do torneio.

Ressoaram as trombetas e mais uma vez a multidão gritou em vigoroso uníssono. Desta vez já estavam próximos o bastante para ouvir com antecipação o ranger das lanças se partindo e o estrondo que faziam ao se chocar contra os subsequentes adversários.

– Um torneio suntuoso – avaliou Sansão Melzinho. – Suntuoso e opulento.

– Conforme o costume do duque João.

Cruzaram com um jovem caipira robusto que levava para o mato uma moça rechonchuda, corada e de olhos ardentes. Reynevan examinou o casal com simpatia, desejando-lhes, do fundo de sua alma, que conseguissem achar um lugar discreto e livre de merda. Sua mente foi tomada por uma persistente imagem do ato ao qual o casal em breve se entregaria, e ele sentiu um prazeroso formigamento no ventre. "Não tem nada, não", pensou ele. "Apenas alguns instantes me separam dos mesmos prazeres com Adèle."

– Por aqui – com sua característica intuição, Sharlei os guiou por entre as barracas de ferreiros e armeiros. – Tragam os corcéis para cá, para a cerca, e venham aqui, onde há mais espaço.

– Vamos tentar nos aproximar da tribuna – disse Reynevan. – Se Adèle estiver aqui, então...

Suas palavras foram abafadas pela fanfarra.

– *Aux honneurs, seigneurs chevaliers et escuiers!* – o marechal dos arautos gritou com voz potente quando as fanfarras silenciaram. – *Aux honneurs! Aux honneurs!*

O mote do duque João era a modernidade. E europeidade. Distinguindo-se nesse aspecto até mesmo dos Piastas silesianos, o duque de Ziębice sofria de um complexo de provincianismo. Não conseguia se conformar com o fato de que seu ducado ficava na periferia da civilização e da cultura, nos confins além dos quais não havia mais nada, apenas a Polônia e a Lituânia. O duque sofria com aquilo, e com obstinação insistia em se orientar pela Europa, algo que costumava incomodar bastante seu *entourage*.

– *Aux honneurs!* – berrava o marechal dos arautos, vestido à moda europeia, com um tabardo amarelo que trazia estampada uma enorme águia negra dos Piastas. – *Aux honneurs! Laissez-les aller!*

Obviamente, o marechal, um bom e velho *Marschall* alemão, na corte do duque João se chamava, à europeia, de *Roy d'armes*, e era auxiliado pelos arautos – passavantes europeus. Já os jogos de lança, o bom e velho *Stechen über Schranken*, eram conhecidos pelo sofisticado termo europeu *la jouste*.

Os cavaleiros empunharam as lanças e os cavalos avançaram estrondeando os cascos e confrontando-se ao longo da barreira. Um deles, segundo os brasões na chebraica que retratavam o cume de uma montanha sobre um xadrez rubro-argentino, pertencia à família dos Hoberg. O outro cavaleiro era polonês, o brasão Jelita no escudo e um bode no timbre de um elmo de torneio com viseira estilosamente gradeada comprovavam sua proveniência.

O torneio bastante europeu do duque João atraía muitos convidados, que vinham da Silésia e do estrangeiro. O espaço delimitado pela cerca do pátio de justas e o campo propositadamente gradeado estavam tomados por cavaleiros e escudeiros maravilhosamente coloridos. Havia entre eles os representantes das famílias silesianas mais importantes. Nos escudos, nas chebraicas equinas, nos casacos e nos uniformes apareciam as galhadas de cervos dos Biberstein, as cabeças de carneiros dos Haugwitz, as fivelas douradas dos Zedlitz, as cabeças de auroque dos Zettritz, o xadrez dos Borschnitz, as chaves cruzadas dos Uechteritz, os peixes dos Seidlitz, as setas dos Bolz e as campainhas dos Quas. E como se isso fosse pouco, por aqui e acolá viam-se brasões boêmios e morávios – os juncos dos senhores de Lipa e Lichtenburk, os *odrzywąs* dos senhores de Kravař, Dubá e Bechyn, os croques dos Mirovski, os lírios dos Zvolski. E havia ainda os poloneses – Starykoń, Abdank, Doliwa, Jastrzębiec, Łodzia.

Com o amparo dos poderosos ombros de Sansão Melzinho, Reynevan e Sharlei subiram pela quina da barraca do ferreiro e dali passaram para o telhado que a cobria. De lá Reinmar examinou a tribuna próxima. Começou pelo fim, pelas pessoas menos importantes. Foi esse seu erro.

– Por Deus! – esbaforiu ruidosamente. – Adèle está ali! Sim, por minha alma... ela está na tribuna!

– Qual delas é Adèle?

– Aquela de vestido verde... sob o baldaquim... ao lado...

– Ao lado do duque João em pessoa – Sharlei não deixou passar despercebido. – Realmente, é uma beldade. Parabéns pelo gosto apurado, Reinmar. No entanto, não posso parabenizá-lo pelo conhecimento da alma feminina. Confirma-se, de fato se confirma a minha opinião de que nossa odisseia em Ziębice era uma ideia de jerico.

– Não pode ser – Reynevan assegurou-se. – Não pode ser... Ela... Ela é prisioneira...

– De quem, eu me pergunto – disse Sharlei, usando a mão para proteger os olhos da claridade. – Junto do duque João está sentado João von Biberstein, o senhor do castelo Stolz. Atrás de Biberstein há uma dama de idade avançada a quem desconheço...

– Eufêmia, a irmã mais velha do duque – Reynevan reconheceu. – E atrás dela... seria Bolko Wołoszek?

– O herdeiro de Głogówek, filho do duque de Opole – Sharlei, como de costume, impressionava com seu conhecimento. – Junto de Wołoszek está o estaroste de Kłodzko, o senhor Puta de Častolovice, acompanhado da esposa, Anna von Kolditz. Atrás deles estão Kilian Haugwitz e sua esposa Ludgarda, seguida do velho Herman Zettritz e de Janko de Chotiemice, o senhor do castelo de Książ. Quem acabou de se levantar e aplaudir foi Goche Schaff de Greifenstein, parece que acompanhado da esposa. Ao lado dela está Nicolau Zedlitz de Alzenau, o estaroste de Otmuchów, e junto dele Gunchel Świnka de Świn; depois, alguém com três peixes num campo vermelho, então um Seidlitz ou Kurzbach. Já do outro lado vejo Otto von Borschnitz; mais adiante, um dos Bischofsheim, e em seguida Bertold Apolda, copeiro de Schönau. Depois dele estão sentados Lotar Gersdorf e Hartung von Klüx, ambos lusacianos. Na bancada abaixo estão, se eu estiver enxergando bem, Boruta de Więcemierzyce e Seckil Reichenbach, o senhor de Ciepłowody... Não, Reinmar. Não vejo ninguém que possa ser o guardião de sua Adèle.

– Ali, adiante – balbuciou Reynevan. – É Tristram von Rachenau, um parente dos Stercza. Assim como von Baruth, aquele com o auroque no brasão. E ali... Ah! Cacete! Não pode ser!

Sharlei agarrou com força o braço dele. Não o tivesse feito, Reynevan teria caído do telhado.

– Quem você viu que o deixou tão transtornado? – perguntou com frieza. – Vejo que você cravou seus olhos esbugalhados numa donzela de tranças claras. Aquela que está sendo cortejada pelo jovem Dohn e um Rawicz polonês. Você a conhece? Quem é ela?

– Nicolette – disse Reynevan em voz baixa. – Nicolette Loura.

* * *

O plano, que parecia genial em sua simplicidade e astúcia, tinha ido por água abaixo, falhado miseravelmente. Sharlei já o havia previsto, mas Reynevan não se deixara convencer.

Atrás da tribuna do torneio havia construções provisórias adjacentes montadas com estacas e andaimes envoltos em tela. Os espectadores, ao menos os mais bem-nascidos e afortunados, passavam ali os intervalos em meio ao torneio, entretendo-se com conversas e flertes, ostentando suas vestimentas e degustando os comes e bebes, pois de quando em quando os serviçais rolavam tonéis, levavam barris e pipas, transportavam cestos até essas tendas. Reynevan achou bastante sagaz a ideia de se esgueirar para dentro da cozinha, misturar-se aos serviçais, pegar um cesto com pães e ir com ele até a tenda. Estava enganado.

Conseguiu chegar apenas ao vestíbulo, onde os produtos eram armazenados para dali serem distribuídos pelos pajens. Seguindo cegamente seu plano, baixou a cesta, escapuliu-se, sem ser notado, da fila dos serventes que voltavam para a cozinha e esgueirou-se atrás das tendas. Sacou a adaga para fazer um buraco na tela e poder observar. Foi nesse momento que o pegaram.

Um par de braços robustos o agarrou e o imobilizou, uma mão de ferro apertou sua garganta, e outra, igualmente forte, tirou a adaga de seus dedos. Ele acabou adentrando a tenda repleta de cavaleiros antes do que esperava, embora não necessariamente da maneira que havia imaginado.

Empurrado com força, caiu e deparou com estilosas *poulaines* de pontas extremamente longas. Embora o nome fosse europeu, suas origens não o eram. Provinha da Polônia, onde esses calçados se tornaram mundialmente famosos graças aos sapateiros cracovienses. Alguém o puxou e ele se levantou. Conhecia de vista o homem que o havia sacudido. Era Tristram von Rachenau, um parente dos Stercza. Estava acompanhado de alguns Baruth, também aparentados dos Stercza. Auroques negros ornamentavam seus casacões. Reynevan estava ferrado.

– Um assaltante – Tristram von Rachenau o apresentou. – Um assassino, Sua Graça. Reinmar de Bielau.

Os cavaleiros que cercavam o duque murmuravam de forma ameaçadora.

O duque João de Ziębice, um homem vistoso e imponente, trajava um *justaucorps* preto e apertado, com uma *houppelande* cor de vinho estilosamente opulenta, adornada com pele de zibelina. No pescoço, trazia uma pesada corrente de ouro e, na cabeça, um *chaperon turban*, em voga, com um *liripipe* de musselina flamenga caído sobre os ombros. Os cabelos escuros do duque estavam cortados também segundo os padrões e a moda vigentes na Europa – ao redor da cabeça, ao estilo pajem, dois dedos acima das orelhas, com franja na frente e rapados atrás até a altura do occipício. O duque calçava *poulaines* vermelhas cracovienses de pontas alongadas, as mesmas que Reynevan acabara de admirar à altura do chão.

Com um aperto doloroso na garganta e no esôfago, Reynevan constatou que o duque segurava o braço de Adèle von Stercza, que trajava um vestido da cor *vert d'emeraude*, o último grito da moda, com cauda e mangas abertas até o chão. Seus cabelos estavam presos numa rede dourada; ela usava um colar de pérolas no pescoço e seu decote aparecia formosamente sob o espartilho apertado. A borgonhesa examinava Reynevan, e seu olhar era frio como o de uma serpente.

Com dois dedos, o duque João segurava a adaga de Reynevan, repassada a ele por Tristram von Rachenau. Ele olhou para ela e em seguida ergueu os olhos.

– Admito que eu estava incrédulo quando o acusaram de ter cometido certos crimes – afirmou. – De ter assassinado o senhor Bart de Karczyn e o senhor Neumarkt, o mercador de Świdnica. Não quis acreditar. E então você é pego aqui em flagrante ao tentar me atacar pelas costas com uma faca. Você me odeia tanto assim? Ou será que alguém lhe pagou para fazer isso? Ou você não passa de um louco? Hein?

– Sua Graça... Eu... Eu não sou um assassino... É verdade que estava me esgueirando, mas eu... queria...

– Ah! – com a mão fina o duque João fez um gesto bastante ducal e europeu. – Entendo. Você se esgueirou aqui com um punhal para me entregar uma petição?

– Sim! Isto é, não... Sua Graça! Não tenho culpa de nada! Pelo contrário, fui injustiçado! Sou vítima, vítima de uma conspiração...

– Claro – disse João de Ziębice, inflando os lábios. – Uma conspiração. Eu sabia.

– Sim! – exclamou Reynevan. – Isso mesmo! Os Stercza mataram o meu irmão! Assassinaram!

– Está mentindo, cachorro – rosnou Tristram von Rachenau. – Eu o aconselho a parar de latir e de acusar os meus parentes.

– Os Stercza mataram Peterlin! – Reynevan sacudia-se. – Se não com as próprias mãos, então pelas mãos de sicários! De Kunz Aulock, Stork, Walter de Barby! De canalhas que também me perseguem! Sua Graça, duque João! Peterlin era vassalo seu! Exijo que a justiça seja feita!

– Eu é que exijo! – esbravejou Rachenau. – Eu, pela lei de sangue! Esse filho da puta matou Niklas von Stercza em Oleśnica!

– Justiça! – clamou um dos Baruth, certamente chamado Henrique, pois os Baruth raramente batizavam as crianças com outros nomes. – Duque João! Castigue-o por esse assassinato!

– É uma mentira e uma calúnia! – berrou Reynevan. – Os Stercza são os culpados de assassinato! Eles me acusam para limpar o próprio nome! E por vingança! Pelo amor que me une a Adèle!

A expressão no rosto do duque João mudou e Reynevan percebeu a burrice que cometera. Olhou para o semblante indiferente de sua amante e aos poucos começou a entender.

– Adèle – disse João de Ziębice em meio ao total silêncio –, do que ele está falando?

– Está mentindo, Joãozinho – respondeu a borgonhesa, sorrindo. – Nada me une a ele e nunca me uniu. A verdade é que ele insistia em me conquistar, importunando-me com seu afeto, mas eu o dispensei, ele nada conseguiu. Nem com a ajuda da magia negra que ele pratica.

– É mentira – Reynevan teve dificuldade de falar por causa da garganta apertada. – É tudo mentira. Lorota. Enganação! Adèle! Diga... Diga que você e eu...

Adèle sacudiu a cabeça com um gesto que ele conhecia. Ela a meneava assim quando fazia amor com ele em sua posição preferida, sentada sobre Reynevan com as pernas escarranchadas. Seus olhos brilharam. E era um brilho que ele também conhecia.

– Na Europa – disse ela em voz alta, olhando ao redor – jamais aconteceria algo parecido: a honra de uma dama virtuosa ser manchada com alusões desprezíveis. Num torneio no qual ainda ontem essa dama foi proclamada *La Royne de la Beaulté et des Amours*. Na presença dos cavaleiros de justas. E, se por acaso algo assim acontecesse na Europa, um tal *mesdisant*, um *mal-faiteur* como este, jamais ficaria impune.

Tristram von Rachenau imediatamente entendeu a alusão e desferiu um soco na nuca de Reynevan. Henrique Baruth o golpeou do outro lado. Ao ver que o duque João não reagia, olhava apenas para o lado com um rosto impassível, outros saltaram até Reynevan, entre eles um Seidlitz ou Kurzbach com peixes sobre um campo vermelho. O rapaz foi atingido na órbita ocular e o mundo desvaneceu num enorme resplandecer. Encolheu-se sob uma granizada de golpes. Mais alguém chegou correndo e Reynevan caiu de joelhos atingido por um porrete de torneio. Cobriu a cabeça, mas o porrete machucou seus dedos dolorosamente. Foi golpeado com ímpeto nos rins e caiu no chão. Começaram a chutá-lo, portanto encolheu-se protegendo a cabeça e a barriga.

– Parem! Chega! Parem imediatamente!

Os golpes e chutes cessaram. Reynevan abriu um olho.

A salvação veio do lado mais inesperado. Seus torturadores foram detidos por uma voz ameaçadora, seca, desagradável, pela ordem de uma dama de idade avançada que trajava um vestido negro e um véu branco debaixo de um *burlet* engomado. Reynevan sabia quem era: Eufêmia, a irmã mais velha do duque João, viúva de Frederico, o conde de Oettingen, a qual depois da morte do marido voltou a sua Ziębice natal.

– Na Europa que eu conheço – afirmou a condessa Eufêmia – não se chuta quem está no chão. Nenhum dos duques europeus que eu conheço permitiria algo parecido, meu irmão.

– Ele é culpado – começou o duque João. – Portanto...

– Eu sei qual foi o delito que ele cometeu – a condessa o interrompeu secamente. – Pois ouvi falar. E, portanto, estendo a ele minha proteção. *Mercy des dames*. Conheço e estimo o costume europeu dos torneios não menos que a esposa, aqui presente, do cavaleiro von Stercza.

As últimas palavras foram articuladas com tanta ênfase e tanto veneno que o duque João baixou os olhos e ficou todo corado, até a nuca rapada. Adèle não baixou o olhar, em vão se procuraria qualquer rubor em seu rosto, e o ódio refletido em seus olhos bem poderia deixar qualquer um aterrorizado. Mas não a condessa Eufêmia. De acordo com os boatos, na Suábia Eufêmia lidava de modo rápido e certeiro com as amantes do conde Frederico. Não era ela quem tinha medo, eram os outros que a temiam.

– Senhor marechal Borschnitz – acenou majestosamente. – Por favor, prenda Reinmar de Bielau. O senhor responderá por ele perante mim. Com sua cabeça.

– É uma ordem, Sua Graça.

– Devagar, irmã, devagar – disse João de Ziębice ao recuperar a voz. – Eu sei o que significa *mercy des dames*, mas aqui se trata de graves acusações. Há arguições demasiadamente graves contra esse jovem. Assassinatos, magia negra...

– Ficará preso – Eufêmia cortou. – Na torre. Sob a vigia do senhor Borschnitz. Será julgado. Se alguém o acusar. Estou falando de uma acusação séria.

– Ah! – o duque meneou a mão e arremessou com ímpeto o *liripipe* para as costas. – Que vá para o inferno. Tenho aqui assuntos mais importantes. Vamos, senhores, em breve começará o *béhourd*. Venha, Adèle. Antes de começarem a luta, os cavaleiros precisam ver na tribuna a Rainha da Beleza e do Amor.

A borgonhesa amparou-se no braço que lhe fora estendido e ergueu a cauda do vestido. Reynevan, que estava sendo amarrado pelos escudeiros, cravou os olhos nela, contando com a possibilidade de Adèle olhar para trás, dar-lhe um sinal, um aviso com o olho ou a mão, imaginando que aquilo tudo se tratara de mero subterfúgio, um jogo, um artifício, que na realidade as coisas seguiam do mesmo jeito de antes, que nada entre eles havia mudado. Esperou por esse sinal até o último momento.

Em vão.

Os últimos a deixar a tenda foram aqueles que testemunharam a cena com olhares não necessariamente de raiva, mas de desgosto. Herman Zettriz, de cabelos brancos. O estaroste de Kłodzko Puta de Častolovice e Goche Schaff, ambos com as esposas exibindo *hennins* rendados e arqueados, o enrugado Lotar Gersdorf da Lusácia. E Bolko Wołoszek, o filho do duque de Opole, herdeiro de Prudnik, senhor de Głogówek. Este último, em particular, antes de se afastar, assistiu ao acontecido com bastante atenção e com os olhos semicerrados.

Ressoaram as fanfarras, a multidão aplaudiu clamorosamente, o arauto gritou seu *laissez-les aller* e *aux honneurs*. Começava o *béhourd*.

– Vamos – ordenou o armígero a quem o marechal Borschnitz havia encarregado de escoltar Reynevan. – Não resista, garoto.

– Não vou. Como é a torre daqui?

– É sua primeira vez? Hum, vejo que sim. É razoável. Para uma torre.

– Vamos, então.

Reynevan procurava não olhar para os lados para não desmascarar Sharlei e Sansão com sua excitação exagerada. Escondidos no meio da multidão, deviam estar observando-o. Era preciso admitir que Sharlei era demasiado esperto para dar as caras.

Contudo, Reynevan acabou sendo notado por outra pessoa.

Ela tinha mudado o penteado. Naquela ocasião, em Brzeg, tinha uma trança espessa, mas agora os cabelos cor de palha, divididos ao meio no topo da cabeça, estavam entrelaçados em duas tranças enroladas sobre as orelhas na forma de dois caracóis. Usava uma banda dourada sobre a testa, um vestido azul-celeste sem mangas e, debaixo dele, uma *chemise* de cambraia.

– Ilustre dama – o armígero pigarreou e coçou a cabeça debaixo do gorro. – É proibido... Vou ter problemas...

– Quero apenas trocar algumas palavras com ele – disse ela, mordiscando com graça o lábio e batendo a perna de um jeito infantil. – Só algumas palavras, mais nada. Não fale nada para ninguém, e assim não terá problemas. Agora, vire-se. E não ouça.

– Qual é o motivo agora, Aucassin, para você se encontrar amarrado e sob vigia? – perguntou ela, semicerrando levemente os olhos azuis-celestes. – Cuidado! Se responder que é por causa do amor, ficarei bastante brava.

– Mas é essa... – suspirou – a verdade. Falando de um modo geral.

– E de um modo particular?

– Por causa do amor e da estupidez.

– Hum! Você está se tornando mais fidedigno. Mas explique-se, por favor.

– Não fosse minha estupidez, eu estaria agora na Hungria.

– Vou me inteirar de tudo. Tudo – disse ela, mirando-o nos olhos. – De todos os detalhes. Mas eu não gostaria de vê-lo no cadafalso.

– Fico feliz por não a terem pegado naquela ocasião.

– Não tinham a mínima chance.

– Ilustríssima – interveio o armígero, virando-se e tossindo contra o punho cerrado. – Tenha piedade...

– Passe bem, Aucassin.

– Passe bem, Nicolette.

CAPÍTULO XX

No qual mais uma vez se confirma a velha máxima de que, aconteça o que acontecer, sempre se pode contar com os colegas de faculdade.

—Sabe, Reynevan – disse Henrique Hackeborn –, todos afirmam que a origem da desgraça que o assola, de todos os males e infortúnios que o afligem, é aquela francesa, Adèle von Stercza.

Reynevan não reagiu àquela constatação tão original. A região lombar de suas costas coçava, mas ele não tinha como aliviar a comichão com os pulsos atados e ainda por cima presos aos flancos, com um cinto de couro, na altura dos cotovelos. Os cavalos da tropa batiam os cascos contra a estrada esburacada. Os arqueiros balançavam sonolentamente nas selas.

Ele passara três dias na torre do castelo em Ziębice. Mas estava longe de se abalar. É certo que estava trancafiado e privado de sua liberdade, assim como incerto quanto ao amanhã, mas por enquanto não tinha sofrido violência, era alimentado e, mesmo que a comida fosse horrível e monótona, podia comer diariamente, algo que nos últimos tempos tinha se tornado uma raridade e agora virava um prazeroso costume.

Dormia mal, e as pulgas de tamanho colossal que grassavam na palha não eram a única causa. Todas as vezes que fechava os olhos, via o rosto branco de Peterlin, poroso feito queijo. Ou Adèle e João de Ziębice em posições variadas. Ele próprio não sabia o que era pior.

Uma janela gradeada em meio ao espesso muro dava para um minúsculo pedaço do céu, mas Reynevan permanecia grudado ao nicho, agarrado à grade, cheio de esperança de ouvir em breve Sharlei trepando o muro, como uma aranha, com uma lima na mão. Ou olhava para a porta, sonhando que num instante ela seria arrombada pelo vigoroso ombro de Sansão Melzinho. A fé na onipotência dos amigos, não desprovida de premissas, levantava seu ânimo.

Obviamente, ninguém veio socorrê-lo. Na manhã do quarto dia foi retirado da cela, amarrado e montado num cavalo. Saiu de Ziębice pelo portão de Paczków, escoltado por quatro arqueiros a cavalo, um armígero e cavaleiro de armadura completa, com o escudo ornamentado com a estrela de oito pontas dos Hackeborn.

– Todos dizem – continuava Henrique Hackeborn – que seu azar foi ter se metido numa fria com essa francesa. Sua desgraça foi ter traçado a borgonhesa.

Reynevan continuava sem responder, mas não deixou de acenar com a cabeça num gesto cheio de reflexão.

Mal tinham perdido de vista as torres do burgo quando Hackeborn, aparentemente soturno e bastante formal, se animou e começou a puxar conversa, sem nenhum incentivo. Tal qual a metade dos alemães, seu nome era Henrique, e Reynevan descobriu que se tratava de um parente dos abastados Hackeborn de Przewóz recém-chegados – há menos de dois anos – da Turíngia, onde o *status* da família vinha decaindo no serviço prestado aos landgraves e empobrecendo a olhos vistos. Na Silésia, onde o sobrenome Hackeborn tinha ainda algum valor, o cavaleiro Henrique podia contar com aventuras e uma carreira ao serviço do duque João de Ziębice. As aventuras seriam propiciadas pela cruzada anti-hussita, prevista para encetar a qualquer dia. Já a carreira seria assegurada por uma coligação propícia. Henrique Hackeborn confessou a Reynevan que suspirava de amor por Jutta de Apolda, a bela e intempestiva filha do copeiro Bertold de Apolda, senhor de Schönau. No entanto, Jutta não retribuía o afeto, ora, até se permitia zombar dos cortejos. Mas deixe estar, o mais importante é a persistência; água mole em pedra dura tanto bate até que fura.

Reynevan, embora fizesse pouquíssimo caso das peripécias amorosas de Hackeborn, fingia escutá-lo e acenava com educação, pois tinha chegado à conclusão de que não valia a pena ser grosseiro com a própria escolta. Quando, depois de certo tempo, o cavaleiro esgotou os temas que o preocupavam e resolveu calar-se, Reynevan tentou cochilar, mas não conseguiu. Diante dos olhos via constantemente a imagem de Peterlin morto sobre o catafalco ou Adèle com as pernas apoiadas nos ombros do duque João.

Estavam na floresta de Służejów, colorida e cheia de aromas depois da chuva matinal, quando o cavaleiro Henrique interrompeu o silêncio. Ele próprio, sem ser indagado, revelou a Reynevan o destino da viagem. Era o castelo Stolz, a sede do poderoso senhor João von Biberstein. Reynevan ficou igualmente interessado e aflito. Queria pedir mais informações ao tagarela, mas não teve tempo, pois o cavaleiro mudou rapidamente de assunto e começou a divagar sobre Adèle von Stercza e o estrago que a história de amor causara na vida de Reynevan.

– Todos acham – repetiu – que a origem de todo esse seu azar é o fato de você ter trepado com ela.

Reynevan não polemizou.

– Mas, na verdade, as coisas não são bem assim – prosseguia Hackeborn, com uma expressão de profunda sabedoria. – Eu diria que é exatamente o contrário. E alguns já se tocaram disso. E sabem bem que o fato de você ter traçado essa francesa foi o que salvou sua vida.

– Como é que é?

– O duque João teria entregado você sem nenhum problema aos Stercza – explicou o cavaleiro. – Os Rachenau e Baruth insistiram muito nisso. Mas o que isso implicaria? Seria uma prova de que Adèle mentiu ao negar tudo. E de que você a carcou mesmo. Está entendendo? Foi por esse mesmo motivo que o duque não o entregou ao carrasco nem pediu que ele conduzisse uma investigação sobre os assassinatos que você teria cometido. Ele sabia que durante as torturas você começaria a falar sobre Adèle. Entendeu?

– Alguma coisa.

– Alguma coisa! – Hackeborn riu. – Essa "alguma coisa" vai salvar sua bunda, irmão. Em vez de ser levado para o cadafalso ou para uma masmorra, você está indo para o castelo Stolz. Lá, poderá contar as vantagens amorosas vivenciadas na alcova adelina somente para as paredes, que são bem grossas. Poxa, você vai ficar preso por um bom tempo, mas vai salvar a cabeça e outros membros de seu corpo. Ninguém vai pegá-lo em Stolz, nem o bispo, nem a Inquisição. Os Biberstein são gente poderosa, não têm medo de ninguém, e ninguém tem coragem de entrar em atrito com eles. Sim, sim, Reynevan. Você foi salvo porque o duque João não teve como admitir que você pegou sua nova amante antes dele. Entende? Uma amante com uma hortinha deliciosa arada apenas pelo esposo é uma semivirgem, e aquela que já deu a outros amantes não passa de uma vadia. Se um tal de Reinmar de Bielau esteve na cama dela, qualquer um pode ter estado lá também.

– Você é simpático, obrigado.

– Não agradeça. Eu já disse, você foi salvo pelo Cupido. Então encare dessa maneira.

"Não é bem assim", pensava Reynevan. "Não é bem assim."

– Eu sei o que você está pensando – disse o cavaleiro, surpreendendo-o. – Que um homem morto é ainda mais discreto? Que em Stolz poderiam envenená-lo ou lhe torcer o pescoço? Nada disso, você se engana se pensa assim. Quer saber por quê?

– Quero.

– O próprio senhor João von Biberstein ofereceu isolá-lo discretamente em Stolz. E o duque concordou de imediato. E agora vem a melhor parte: você sabe por que Biberstein lançou essa proposta?

– Não tenho a menor ideia.

– Mas eu tenho. Corre um boato em Ziębice de que o pedido partiu da irmã do duque, a condessa Eufêmia. Ele tem por ela uma grande estima, dizem que ainda dos tempos da infância. Por isso a condessa tem tanta influência na corte de Ziębice. Mesmo que sua posição seja insignificante, visto que seu título não lhe concede nenhuma importância. Ela deu à luz onze filhos de Frederíco da Suábia e, quando ficou viúva, esses mesmos filhos a enxotaram de Oettingen. Isso não é nenhum segredo. Mas não há como negar que em Ziębice ela é uma senhora com grande poder.

Reynevan não cogitou negá-lo.

– Ela não foi a única – Hackeborn retomou após um instante – a se manifestar em sua defesa e a pedir ajuda ao senhor João von Biberstein. Quer saber quem mais?

– Quero.

– A filha de Biberstein, Catarina. Ela deve ter gostado de você.

– Uma moça alta? De cabelos claros?

– Não se faça de bobo. Você a conhece. Segundo os boatos, ela já o tinha salvado de uma perseguição. Ah, como isso tudo se enredou de uma maneira estranha. Diga você mesmo se não é uma ironia do destino, uma comédia de erros? Não é um Narrenturm? Uma verdadeira Torre dos Tolos?

"É verdade", pensou Reynevan. "É uma verdadeira Torre dos Tolos, Narrenturm. E quanto a mim... Sharlei estava certo – sou o maior dos tolos. O rei dos burros, o marechal dos idiotas, o grande prior da ordem dos cretinos."

– Se você provar que é sensato – prosseguia Hackeborn, animado –, não ficará muito tempo na torre de Stolz. Sei muito bem que estão preparando uma grande cruzada contra os hereges hussitas. Você será solto se fizer o juramento e aceitar a cruz. Vai guerrear um pouco. E, se contribuir na luta contra o cisma, vão lhe perdoar os pecados.

– Há só um empecilho.

– Qual?

– Não quero guerrear.

O cavaleiro virou-se na sela e ficou fitando-o por longo tempo.

– E por que não? – perguntou Hackeborn com sarcasmo.

Reynevan não teve tempo de responder. Ressoaram um silvo e um chiado cortante e, logo em seguida, um forte estalido. Hackeborn engasgou-se e segurou a garganta com as mãos, na qual se encravara uma flecha disparada de uma besta, perfurando a gorjeira. O cavaleiro cuspiu sangue em abundância, lentamente se inclinou para trás e caiu do cavalo. Reynevan viu os olhos dele estatelados, tomados de espanto.

Então se deram muitos acontecimentos em marcha acelerada.

– Assaaalto! – o armígero berrou, sacando a espada da bainha. – Às armaaas!

Um terrível estrondo ressoou dos arbustos diante deles, resplandeceu uma chama, surgiram nuvens de fumaça. O cavalo desabou sob um dos servos como se tivesse sido atingido por um raio, esmagando o ginete. Os cavalos restantes empinaram-se, espantados com o disparo. O corcel de Reynevan também ficou empinado. Reynevan, amarrado, não conseguiu manter o equilíbrio, caiu, batendo dolorosamente os quadris contra o solo.

Homens a cavalo saíram em disparada da mata. Embora permanecesse encolhido na areia, Reynevan os reconheceu de imediato.

– Bate, mate! – Kunz Aulock, conhecido como Kyrieleison, berrava, agitando a espada.

Os arqueiros de Ziębice dispararam uma salva de setas, mas todos os três erraram o alvo. Queriam fugir, mas não tiveram tempo, tombaram sob os golpes das espadas. O armígero enfrentava Kyrieleison com valentia, os cavalos roncavam e dançavam, as lâminas tiniam. Stork de Gorgowitz deu fim ao confronto encravando a adaga nas costas do armígero, que se estirou, e foi nessa hora que Kyrieleison acabou com ele perfurando sua garganta.

Nas profundezas da floresta, no meio da mata, uma pega espantada gritava alarmando. Sentia-se o odor de pólvora.

– Veja só – disse Kyrieleison, cutucando com a ponta do sapato Reynevan prostrado no chão. – Senhor Bielau. Faz tempo que não nos vemos. Não está contente?

Reynevan não estava nada contente.

– Esperamos muito por você aqui – Aulock queixou-se – na chuva, no frio e no desconforto. Mas, *finis coronat opus*. Pegamos você, Bielau. E diria que até pronto para ser usado, já amarrado como uma encomenda. Ah, não é seu dia de sorte, definitivamente não é.

– Deixe, Kunz, deixe eu lhe dar um chute nos dentes – um dos bandidos propôs. – Ele quase arrancou o meu olho naquele dia, na taberna em Brzeg. Assim, agora vou poder arrancar os dentes dele.

– Não, Sybko – Kyrieleison rosnou. – Controle-se. É melhor você ir e verificar o que esse cavaleiro tinha nos alforjes e no saquitel. E você, Bielau, por que você está me olhando assim, com os olhos esbugalhados?

– Você matou o meu irmão, Aulock.

– Hein?

– Você matou o meu irmão. Em Balbinów. Você vai ser condenado à forca por isso.

– Está delirando – Kyrieleison disse com frieza. – Você deve ter caído desse cavalo e batido a cabeça.

– Você matou o meu irmão!

– Está delirando de novo.

– Mentira!

Aulock ficou em pé sobre ele. A expressão em seu rosto indicava que estava resolvendo um dilema – chutar ou não chutar. Não chutou, claramente por desprezo. Afastou-se a uma distância de alguns passos e ficou em pé sobre o cavalo morto, atingido pelo disparo.

– Que os diabos me carreguem – disse, acenando com a cabeça. – Stork, esse seu canhão de mão é uma arma meio perigosa e mortal. Dê uma olhada e admire o tamanho do buraco que fez na égua. Cabe nele um punho inteiro! Realmente é a arma do futuro. É a modernidade!

– Que se lasque esse tipo de modernidade – Stork de Gorgowitz respondeu acidamente. – Não almejei o cavalo, mas o ginete com esse cano de merda. E não este ginete, mas aquele.

– Não tem nada, não. Não importa o que almejou, o essencial é que acertou. Ei, Walter, o que você está fazendo aí?

– Acabando com aqueles que ainda estão respirando! – Walter de Barby respondeu aos berros. – Acho que não precisamos de testemunhas, não é?

– Apresse-se! Stork, Sybko, rápido! Coloquem Bielau num cavalo, naquele castelhano de cavaleiro. E amarrem bem porque ele é fujão. Já se esqueceram?

Stork e Sybko não se esqueceram, aliás, se lembravam muito bem, pois antes de colocar Reynevan na sela lhe efetuaram uma série de golpes e o ofenderam com invectivas bastante deselegantes. Suas mãos atadas foram amarradas ao cepilho da sela, e suas canelas, aos loros. Walter de Barby terminou de exterminar os que ainda estavam vivos, os cadáveres dos ziebicanos foram arrastados para o matagal, os cavalos, espantados, e, por uma ordem de Kyrieleison, todos os quatro mais Reynevan zarparam. Cavalgavam com rapidez, evidentemente desejando se afastar depressa do local do assalto e fugir de uma possível perseguição. Reynevan saltitava na sela. As costelas o incomodavam a cada respiração, doíam terrivelmente. "Não posso continuar assim", pensou irracionalmente. "Não é possível que a toda hora eu leve uma surra."

Kyrieleison apressava os camaradas gritando. Galopavam o tempo todo pela estrada de terra batida. Claramente davam preferência à rapidez, descartando a possibilidade de se esconder, já que uma floresta densa não permitia sequer andar a trote, que dizer então a galope.

Entraram numa encruzilhada. E caíram diretamente numa cilada. De todos os caminhos, inclusive de trás, foram atacados por homens a cavalo até então escondidos na mata. Ao todo, havia aproximadamente vinte cavaleiros, dos quais a metade era constituída de encouraçados de armaduras brancas completas. Kyrieleison e sua companhia não tinham a menor chance no embate. Mesmo assim, é preciso admitir que resistiram com bravura. Aulock foi o primeiro a tombar do cavalo. Sua cabeça foi terrivelmente lacerada por um machado. Debaixo dos cascos equinos desabou Walter de Barby, perfurado por um enorme cavaleiro com um Ogończyk polonês no escudo. Stork apanhou na cabeça com um porrete. Sybko de Kobelau foi lacerado e picotado de tal forma que o sangue jorrava em abundância sobre Reynevan, encolhido na sela.

– Está livre, camarada.

Reynevan piscou os olhos. Estava tonto. Segundo sua percepção, tudo acontecera demasiado rápido.

– Obrigado, Bolko... Desculpe... Sua Graça...

– Tudo bem – interrompeu Bolko Wołoszek, o herdeiro de Opole e Prudnik, senhor em Głogówek, cortando as amarras com um sabre de abordagem. – Não me venha com formalidades. Em Praga você era Reynevan e eu Bolko. Na hora de tomar cerveja e durante as brigas. Também quando, para economizar, pagávamos uma puta para dois no bordel na rua Celetná na Cidade Velha. Você já se esqueceu?

– Não, não me esqueci.

– Eu também não, como você próprio pode ver. Não se deixa um camarada de faculdade em apuros. E João de Ziębice pode se ferrar. Aliás, afirmo com satisfação que não eliminamos ninguém de Ziębice. Por acaso, conseguimos evitar um incidente diplomático, pois admito que aqui, de tocaia na estrada para Stolz, estávamos aguardando uma escolta vinda de lá. E fomos surpreendidos. Quem são esses aí, senhor burgrave? Reynevan, eu lhe apresento o meu burgrave, o senhor Cris de Kościelec. E então, senhor Cris? Reconheceram alguém entre eles? Sobreviveu algum?

– É Kunz Aulock, com sua companhia – informou o gigante com Ogończyk no escudo. – Apenas um deles ainda está vivo: Stork de Gorgowitz.

– Hum! – o senhor de Głogówek franziu o cenho e cerrou os lábios. – Stork? Vivo? Tragam-no para cá.

Wołoszek esporeou o cavalo e, do alto da sela, olhou para os mortos.

– Sybko de Kobelau – reconheceu. – Já fugiu do carrasco uma série de vezes, mas, como dizem, aqui se faz, aqui se paga. Droga, e esse aí é Kunz Aulock, proveniente de uma família de tão boa índole. Poxa, Walter de Barby. Tal vida, tal morte. E este aqui? Senhor Stork?

– Piedade – balbuciou Stork de Gorgowitz, contraindo o rosto ensanguentado. – Perdão... Peço perdão, senhor...

– Não, senhor Stork – respondeu Bolko Wołoszek com frieza. – Daqui a pouco Opole será meu senhorio, meu ducado. Um estupro praticado contra uma burguesa de Opole é, ao meu ver, um crime muito grave. Demasiado grave para uma morte rápida. É pena eu ter tão pouco tempo.

O jovem duque ficou em pé nos estribos e olhou em volta.

– Amarrem o canalha – ordenou. – E afoguem-no.

– Onde? – Ogończyk estranhou. – Por aqui não há água nenhuma.

– Lá no barranco – Wołoszek apontava – há uma poça. De fato, não é muito grande, mas cabe certinho a cabeça.

Os cavaleiros de Główek e Opole arrastaram Stork, que berrava e se sacudia, até o barranco, viraram-no e, segurando suas pernas, enfiaram sua cabeça na poça d'água. O berro transformou-se num gorgolejo raivoso. Reynevan virou o rosto.

Tudo isso durou um bom tempo.

Cris de Kościelec voltou acompanhado de outro cavaleiro, também polonês, com o escudo de Nieczuja.

– O canalha bebeu toda a água da poça – Ogończyk disse troçando. – E acabou se engasgando com o lodo.

– Está na hora de desaparecermos, Sua Graça – acrescentou Nieczuja.

– Tem razão – concordou Bolko Wołoszek. – Tem razão, senhor Śląski. Escute, Reynevan. Você não pode ir comigo, não vou conseguir escondê-lo em minha propriedade em Głogówek ou Opole, nem em Niemodlin. Nem meu pai nem o tio Bernard vão querer se meter em confusão com Ziębice e irão entregá-lo a João assim que ele reclamar. E pode ter certeza de que ele vai reclamar.

– Eu sei.

– Eu sei que você sabe. – O jovem Piasta semicerrou os olhos. – Mas não sei se você entende. Por isso me deterei nos detalhes. Não importa que rumo você vá tomar, fique longe de Ziębice. Fique longe de Ziębice, camarada, eu o aconselho em nome de nossa velha amizade. Fique longe daquela urbe e do condado. Acredite, não tem nada para você lá. Pode ser que já tenha tido, mas já não tem. Está claro?

Reynevan acenou com a cabeça. Estava claro para ele, mas era impossível admiti-lo, as palavras não passavam pela garganta.

– Então – continuou o duque, puxando as rédeas e dando meia-volta com o cavalo –, que cada um siga seu caminho. Você terá de se virar sozinho.

– Agradeço mais uma vez. Tenho uma dívida com você, Bolko.

– Não há de quê – Wołoszek acenou com a mão. – Já disse, foi um favor prestado a um velho colega de faculdade. Ah, que tempos bons aqueles em Praga! Passe bem, Reinmar. *Bene vale.*

– *Bene vale*, Bolko.

Pouco tempo depois silenciou a batida dos cascos equinos vinda do séquito opolano, e desapareceu por entre as bétulas o castelhano zaino que carregava Reynevan, cujo dono ainda há pouco era Henrique Hackeborn, um cavaleiro da Turíngia vindo à Silésia para encontrar a própria morte. A encruzilhada se acalmou, cessaram os berros das pegas e dos gaios, os papa-figos retomaram o canto.

Não se passou uma hora até que a primeira raposa começasse a mordiscar o rosto de Kunz Aulock.

* * *

Os eventos ocorridos na estrada de Stolz tornaram-se, ao menos por alguns dias, um escândalo, provocaram comoção social, viraram tema de conversas e boatos. João, o duque de Ziębice, andou com um ar soturno durante aqueles dias, e os cortesãos mexeriqueiros espalharam a notícia de que ele estava zangado com a irmã, a condessa Eufêmia, culpando-a irracionalmente por tudo. Além disso, corria um boato de que a criada da senhora Adèle von Stercza teria levado um puxão de orelha doloroso por estar alegre, tagarela e risonha num momento em que a patroa não tinha o menor motivo para rir.

Os Hackerborn de Przewóz declararam que estariam dispostos a tirar os assassinos do jovem Henrique de debaixo da terra. E, de acordo com os relatos, a bela e intempestiva Jutta de Apolda não ficou nem um pouco sentida com a morte daquele que a cortejava.

Os jovens cavaleiros organizaram uma perseguição aos assassinos, galopando de castelo em castelo por entre o estrugir das cornetas e o estrondo dos cascos equinos. A perseguição se assemelhava mais a um piquenique e também se encerrou com resultados de convescote: alguns até bastante inusitados, como gravidez e visitas de casamenteiros.

A cidade de Ziębice foi visitada pela Inquisição. No entanto, nem sequer os fofoqueiros mais curiosos e sedentos de rebuliços conseguiram descobrir o propósito daquela visita. Outras novas e fofocas espalhavam-se rapidamente.

Na Breslávia, na Igreja de São João Batista, o cônego Otto Beess rezava com fervor diante do altar principal, agradecia a Deus, pousando a testa sobre as mãos postas em oração.

Em Księgnice, uma vila nas redondezas de Lubin, a mãe velhinha e completamente emurchecida de Walter de Barby pensava no inverno que se aproximava e na fome que infalivelmente a mataria no início da primavera, já que ficara totalmente desamparada.

Em Niemcza, a taberna A Sineta tinha sido tomada, durante algum tempo, pela algazarra. Wolfher, Morold e Wittich von Stercza, e junto com eles Dieter Haxt, Stefan Rotkirch e Jencz von Knobelsdorf, conhecido como Bufo, berravam, blasfemavam e cantavam ameaças, tomando doses seguidas de doses e galões seguidos de galões. Os criados que levavam a bebida se encolhiam de terror, ouvindo os relatos sobre as torturas que os farristas planejavam aplicar num futuro próximo a um tal Reynevan de Bielau. De madrugada, uma observação inesperadamente sóbria de Morold elevou os ânimos.

– Há males – afirmou Morold – que vêm para o bem. Já que Kunz Aulock sumiu, os mil florins renanos de Tammo von Stercza vão ficar no bolso. Isto é, em Sterzendorf.

Quatro dias depois as notícias chegavam também ali.

* * *

A pequena Ofka von Baruth estava muito, mas muito insatisfeita. E bastante zangada com a governanta. Ofka nunca nutrira grande simpatia por ela. A mãe de Ofka com demasiada frequência se valia da governanta para forçar a filha a fazer tudo o que detestava fazer, especialmente comer trigo-sarraceno ou se lavar. Hoje, porém, a menina se zangara com a governanta por tê-la interrompido enquanto brincava. A serviçal tinha lhe tirado à força do joguete, que consistia em lançar uma pedra lisa sobre as fezes frescas de vacas. Graças à sua jovial simplicidade, a diversão estava em voga entre seus coevos, principalmente entre os filhos dos guardas do burgo e dos criados.

Apartada do divertimento, a menina reclamava, se emburrava e se esforçava ao máximo para dificultar o trabalho da governanta. Dava passos miúdos, fazia birra e só se movia quando era praticamente arrastada. Bufando maldosamente, fazendo pouco-caso, reagia às reprimendas e a tudo o que a governanta dizia. Estava farta de interpretar os discursos do avô Tammo porque a câmara dele fedia. Aliás, o próprio avô exalava um cheiro insuportável. Não estava nem aí para a presença do tio Apeczko, que acabara de chegar a Sterzendorf. Nem queria saber das importantes notícias que ele trazia e que naquele mesmo momento relatava ao avô. Como de costume, após o tio terminar, o ancião teria muita coisa a dizer. Só que, além dela, a nobre senhorita Ofka, ninguém mais entendia o que saía da boca de seu avô Tammo.

A nobre senhorita Ofka não ligava para nada. Tinha um único desejo: voltar para as fortificações do burgo e lançar pedras lisas sobre as merdas de vacas.

Já nas escadas ouviu os sons vindos da câmara do avô. As novas relatadas pelo tio Apeczko realmente deviam ser assustadoras e extremamente desagradáveis, pois Ofka nunca tinha ouvido o avô berrar tanto. Jamais. Mesmo quando soube que o melhor garanhão no haras passara mal depois de comer algo e acabara morrendo.

– Wuaahha-wuaha-buhhauahhu-uuuaaha! – ressoava desde a câmara. – Hrrrrhyr-hhhyh... Uaarr-raaah! Ó-ó-óóóó...

E em seguida ouviu-se:

– Bsppprrr... Pppprrruuu...

Depois pairou um silêncio profundo.

E então o tio Apeczko saiu da câmara. Olhou demoradamente para Ofka. E ainda mais demoradamente para a governanta.

– Mande preparar a comida na cozinha – disse, por fim. – Areje a câmara. E chame um padre. Nesta exata ordem. Vou passar as disposições subsequentes depois de me alimentar.

– Muita coisa – acrescentou, ao ver o olhar da governanta que adivinhava a verdade. – Muita coisa vai mudar por aqui a partir de agora.

CAPÍTULO XXI

No qual reaparecem o goliardo vermelho e o carro negro, acompanhados de quinhentas grivnas. E tudo isso acontece porque mais uma vez Reynevan vai atrás de um rabo de saia.

Por volta do meio-dia surgiu um obstáculo no caminho – uma enorme área recoberta de troncos caídos, deitados lado a lado, que ia até os longínquos limites da floresta. Uma barragem formada por toras estilhaçadas, um emaranhado de ramos, um caos de raízes retorcidas arrancadas da terra, agonizantes, e um labirinto de crateras formado pelos buracos de onde tinham tombado as árvores compunham um retrato fidedigno da alma de Reynevan. A paisagem alegórica não só o deteve como também o fez refletir.

Depois de se despedir do duque Bolko Wołoszek, Reynevan seguiu apaticamente para o sul, para onde o vento empurrava cordilheiras de nuvens escuras. Não sabia, na verdade, por que tinha tomado aquele rumo. Será que era porque Wołoszek tinha apontado naquela direção durante a despedida? Ou será que escolhera o caminho que o afastava dos lugares e dos assuntos que nele despertavam medo e repulsa dos Stercza, de Strzegom e do senhor von Laasan, de Hayn von

Chirne, da Inquisição de Świdnica, do castelo Stolz, de Ziębice e do duque João...

E de Adèle.

O vento impelia as nuvens que se arrastavam na parte baixa do céu e pareciam quase arranhar as pontas das árvores detrás da área coberta de troncos despedaçados. Reynevan suspirou.

Ah, quanta dor lhe provocaram, como lhe apertaram o coração e as vísceras as palavras frias do duque Bolko! Não havia mais nada para ele em Ziębice! Pelas chagas de Cristo! Aquelas palavras, talvez por serem tão impiedosamente sinceras e verdadeiras, doíam mais que o olhar frio e indiferente de Adèle, mais que sua voz cruel ao atiçar os cavaleiros contra ele, mais que os golpes que tinham se derramado sobre ele por esse exato motivo, mais que a prisão. Não havia nada para ele em Ziębice. Ziębice, para onde rumara a fragrância de esperança e amor, confrontando o perigo, arriscando a saúde e a vida. Não havia mais nada para ele em Ziębice!

"Não há mais nada para mim em lugar nenhum", pensou ele enquanto fitava o emaranhado de raízes e galhos. "Então, em vez de fugir em busca de algo que já não existe, não seria melhor retornar a Ziębice? Encontrar uma oportunidade de se pôr cara a cara com a amante infiel? Debater-se, tal qual aquele cavaleiro de alguma balada, com leões e panteras pela luva atirada por uma dama tímida, e jogar na cara de Adèle, também como uma luva, uma repreensão e um gélido desdém? Vê-la empalidecer, ignóbil, ficar desconcertada, juntar as mãos, baixar o olhar com os lábios trêmulos. Sim, sim, que aconteça o que há de acontecer, o importante é vê-la empalidecer, envergonhar-se diante da desgraça provocada por sua própria infidelidade! Fazê-la sofrer! Deixá-la com a consciência pesada, consumida por remorsos..."

Foi neste momento que o juízo lhe falou mais alto.

"Remorsos? Consciência? Seu tolo! Ela vai rir de você, vai mandar surrá-lo outra vez e trancafiá-lo numa torre. E ela irá até o duque João e juntos se deitarão na alcova, farão amor, treparão tanto que a cama vai começar a ranger. E ali não haverá nem remorsos nem ressentimentos. Haverá riso, pois acrescentarão aos folguedos amorosos, como uma especiaria, o sabor e a ardência do escárnio, debochando de um tolo ingênuo, Reinmar de Bielau."

O juízo, Reynevan constatava sem nenhum espanto, falava com a voz de Sharlei.

O cavalo de Henrique Hackeborn relinchou e sacudiu a cabeça. "Sharlei", pensou Reynevan dando um tapa na nuca do equino. "Sharlei e Sansão. Ficaram em Ziębice." Ficaram? Ou será que, logo após ele ser preso, eles tinham seguido para a Hungria, contentes por terem, enfim, se livrado de um problema? Havia pouco, Sharlei enaltecia a amizade, dizia que se tratava de algo grandioso e belo. Mas antes – e essa declaração lhe parecia mais verdadeira e sincera, pois nela não se notava tanto deboche – tinha afirmado que levava em conta unicamente sua própria comodidade, seu próprio bem-estar e sua própria felicidade, e que o resto podia ir para o inferno. Era o que dizia e, enfim...

E enfim Reynevan já não estranhava tanto aquilo.

O castelhano relinchou de novo. E foi correspondido com outro relincho.

Reynevan ergueu a cabeça de súbito, no momento exato para avistar um ginete às margens da floresta.

Na verdade, uma amazona.

"Nicolette", pensou ele, espantado. "Nicolette Loura! Uma égua tordilha, uma trança loura, uma capa cinzenta. É ela, sem dúvida!"

Nicolette e Reynevan perceberam a presença mútua quase ao mesmo tempo. Mas, contrariando as expectativas, ela não acenou nem gritou com alegria ou entusiasmo. Nada disso. Deu meia-volta com o cavalo e lançou-se numa fuga desenfreada. Reynevan não se delongou em pensamentos. Para ser mais exato, não pensou nem por um segundo.

Fustigou o castelhano e lançou-se atrás dela, pela beira da área coberta de troncos estilhaçados. A galope. Os buracos formados pelas árvores caídas constituíam um risco para o ginete, que podia quebrar as pernas ou o pescoço, mas, como fora dito, Reynevan não tinha parado para pensar. O cavalo tampouco.

Quando entrou em disparado na floresta, por entre os pinheiros, já sabia que estava errado. Primeiro, o cavalo tordilho não era uma veloz égua de raça, mas um cavalicoque ossudo e desengonçado que galopava pesada e deselegantemente em meio às samambaias. E a moça montada de forma nenhuma podia ser Nicolette Loura. Nicolette, isto é, Catarina von Biberstein, Reynevan corrigiu seu pensamento, era corajosa e resoluta, e não andaria a cavalo montada numa sela feminina. Além disso, não se encolheria nele de forma tão vergonhosa, não olharia para trás assustada. E não guincharia de modo tão aterrador. Certamente não guincharia daquele jeito.

Quando finalmente se deu conta de que, tal qual um cretino ou um pervertido, ele perseguia pela floresta uma moça aleatória, completamente desconhecida, já era tarde demais. A amazona emergiu da floresta e entrou numa clareira guinchando, os cascos do cavalo retumbando. Reynevan ia logo atrás. Tentava frear o cavalo, mas o indócil corcel de cavaleiro não se deixava deter.

Na clareira havia pessoas e cavalos, um séquito inteiro. Reynevan avistou alguns peregrinos, franciscanos de hábitos pardos, alguns arqueiros encouraçados, um sargento gordo e um carro coberto com uma lona preta alcatroada, movido por um par de cavalos. E um sujeito que montava um cavalo preto e vestia um *kalpak* e um casaco com gola de pele de castor. O indivíduo, por sua vez, avistou Reynevan e o apontou para o sargento e para os encouraçados.

"Um inquisidor", pensou Reynevan, assustado. Mas de imediato percebeu o erro. Já tinha visto aquele carro antes, bem como o sujeito de *kalpak* e de gola de castor. Era Dzierżka de Wirsing, que havia revelado sua identidade a Reinmar na fazenda onde parou com sua cavalaria. Era o cobrador. O cobrador de impostos.

Ao fitar o carro coberto com a lona preta, ele se deu conta de, inclusive, ter voltado a ver o veículo mais tarde. Lembrou-se também das circunstâncias do ocorrido, o que lhe provocou uma vontade imediata de fugir. Não teve tempo. Antes que conseguisse virar o cavalo que batia os cascos e sacudia a cabeça, os encouraçados chegaram a galope, cercaram-no e impediram que se evadisse para a floresta. Ao perceber que tinha se tornado o alvo de uma série de bestas engatilhadas, Reynevan soltou as rédeas e ergueu os braços.

– Estou aqui por acaso! – gritou ele. – Foi um erro! Não tenho más intenções!

– Qualquer pessoa pode dizer isso – constatou, ao se aproximar, o cobrador de gola de castor. Fitava-o com um olhar excepcionalmente soturno, fitava-o tão atenta e desconfiadamente que Reynevan pasmou aguardando o pior e o inevitável. Isto é, ser reconhecido pelo cobrador.

– Peraí, peraí! Parem! Eu conheço esse sujeito!

Reynevan engoliu a saliva. Decididamente era o dia de rever os conhecidos, pois aquele que gritava era o goliardo que ele encontrara em Kromolin, a sede dos barões gatunos, o mesmo que lera o manifesto hussita e depois, junto com Reynevan, tinha se escondido na queijaria. Já não era jovem, usava um gibão com a bainha recortada em *chevron* e um capuz vermelho pontudo, debaixo do qual apareciam mechas de cabelos bastante grisalhos.

– Conheço bem este jovem – repetiu enquanto se aproximava. – Tem origem nobre, é de boa índole. Chama-se... Reinmar von Hagenau.

– Quiçá seja um descendente do famoso poeta. – As feições do cobrador de gola de castor suavizaram levemente.

– Não.

– Por que, então, nos segue? Por que vem no nosso encalço? Hein?

– Que encalço? – o goliardo vermelho bufou e antecipou a resposta de Reynevan. – Está cego ou o quê? Ele saiu da floresta! Se estivesse nos seguindo, iria pela estrada, atrás dos rastros.

– Hmmm, talvez tenha razão. E você está certo de que o conhece mesmo?

– Certo como dois e dois são quatro – confirmou alegremente o goliardo. – Eu sei o nome dele. E ele sabe o meu. Sabe que me chamo Tibaldo Raabe. Diga, senhor Reinmar, como me chamo?

– Tibaldo Raabe.

– Está vendo?

Diante de tal prova irrefutável, o cobrador de impostos pigarreou, ajeitou o *kalpak* de castor e ordenou que os soldados se afastassem.

– Perdoe, hummm... Sei que sou demasiado cauteloso... Mas preciso estar atento! Não posso dizer mais nada. Tudo bem, senhor Hagenau, pode...

– ... seguir conosco – concluiu empolgado o goliardo, dando uma piscadela discreta para Reynevan. – Nós vamos para Bardo. Juntos. Pois é sempre mais alegre... e mais seguro andar acompanhado.

* * *

O séquito seguia devagar. O caminho esburacado que atravessava a floresta limitava a velocidade do carro puxado por cavalos às capacidades daqueles que andavam a pé: quatro peregrinos com seus bastões e quatro franciscanos que arrastavam um carrinho, permitindo que acompanhassem o percurso sem nenhum esforço. Todos os peregrinos, sem exceção, tinham nariz roxo, comprovando inegavelmente o gosto pela bebida, assim como outros pecados da juventude. Os franciscanos eram jovens.

– Os peregrinos e os Irmãos Menores – explicou o goliardo – também vão para Bardo. Vão até a imagem sagrada na Montanha, sabe? A Virgem de Bardo...

– Sei – interrompeu Reynevan, certificando-se de que ninguém estava escutando, em especial o cobrador, que seguia junto do carro preto. – Eu sei, senhor... Tibaldo Raabe. E se não souber de algo...

– Então, deve ser assim mesmo – o goliardo cortou. – Não faça perguntas inúteis, senhor Reinmar. E seja um Hagenau. Não um Bielau. Assim será mais seguro.

– Você esteve – Reynevan adivinhou – em Ziębice.

– Estive, sim. E ouvi umas coisas... O suficiente para ficar espantado ao vê-lo aqui, nas florestas de Goleniów. Diziam que estava preso numa torre. E lhe imputavam delitos... Fofocavam... Se eu não o conhecesse...

– Mas você me conhece.

– Conheço. E tenho uma atitude afável perante sua pessoa. Por isso lhe digo: venha conosco. Para Bardo... Por Deus! Não crave tanto os olhos nela, senhorinho. Não basta o fato de tê-la perseguido pela floresta?

Quando a donzela, que andava na frente do séquito, olhou para trás pela primeira vez, Reynevan chegou a suspirar. Ficou pasmo. E espantado por ter conseguido confundir aquela tribufu com Nicolette. Com Catarina von Biberstein.

É verdade que os cabelos dela tinham uma cor quase idêntica aos de Nicolette, eram claros como palha, algo comum na Silésia, efeito da mistura do sangue dos pais de cabelos claros provenientes da região do rio Elba com o das mães de cabelos claros oriundas da região do rio Varta e de Prosna. Mas as semelhanças terminavam ali mesmo. Nicolette tinha uma tez que parecia ser feita de alabastro, ao passo que a testa e o mento da jovem eram adornados por espinhas e cravos. Nicolette tinha olhos reluzentes como o Sol, enquanto os da moça espinhenta eram opacos, aguados e ainda por cima esbugalhados como os de um sapo, o que podia ser atribuído ao efeito provocado pelo susto. O nariz era demasiado pequeno e arrebitado, e os lábios, finos e pálidos demais. Tendo ouvido falar uma coisa ou outra sobre as tendências em voga, havia depilado as sobrancelhas, mas o efeito era horrível – em vez de adquirir um aspecto elegante, ela parecia uma palerma. Sua vestimenta ainda piorava a impressão que causava – usava um trivial gorro de pele de coelho e, sob a capa, um vestidinho acinzentado de corte simples, feito de lã fajuta, cheia de bolinhas. Sem dúvida, Catarina Bieberstein exigia que suas serviçais vestissem roupas de melhor qualidade.

"Feiinha", pensou Reynevan. "Uma jaburuzinha, coitada. Só lhe faltam marcas de catapora. Mas ainda tem toda uma vida pela frente."

Era impossível não perceber que o cavaleiro que andava ao lado da moça já tinha tido catapora. Nem a curta barba grisalha conseguia encobrir as cicatrizes. O arreio do alazão que ele montava estava bastante esfarrapado, e a cota de malha que ele vestia não tinha sido usada desde os tempos da batalha de Legnica. "Um cavaleiro pobre", Reynevan pensou, "como tantos outros que há por aí. Um *vassus vassallorum* provinciano. Está levando a filha para um convento. A que outro lugar poderia levá-la? Quem iria querer uma moça assim? Só as clarissas ou cistercienses."

– Pare – o goliardo silvou – de olhar para ela. Não convém.

Realmente não convinha. Reynevan suspirou e desgrudou os olhos, focando-se completamente nos carvalhos e carpinos que beiravam a estrada. Mas já era tarde demais.

O goliardo xingou em voz baixa. E o cavaleiro trajando a cota de malha de Legnica parou o cavalo e esperou até que eles o alcançassem. A expressão em seu rosto era muito séria e muito soturna. Ergueu a cabeça orgulhosamente, apoiou o punho sobre a cintura, junto do cabo da espada tão cafona quanto a cota de malha.

– Eis o nobre senhor Hartwig von Stietencron – disse Tibaldo Raabe, pigarreando enquanto os apresentava. – O senhor Reinmar von Hagenau.

O nobre Hartwig von Stietencron fitou Reynevan por um instante, mas, contrariando as expectativas, não perguntou pelo parentesco com o famoso poeta.

– O senhor assustou a minha filha quando a perseguiu – afirmou o nobre altivamente.

– Perdoe-me – disse Reynevan, e, ao curvar-se, sentiu as bochechas rubejarem. – Corri atrás dela, por... um equívoco. Peço perdão. E, se me permitir, pedirei perdão a ela, de joelhos...

– Não se ajoelhe – o cavaleiro cortou. – Deixe-a em paz. É medrosa. E tímida. Mas é uma boa moça. Estou levando-a para Bardo...

– Para um convento?

– Por que acha isso? – perguntou o cavaleiro, franzindo o cenho.

– Parecem ser muito devotos – interveio o goliardo para salvar Reynevan de apuros. – Ambos parecem ser muito devotos.

O nobre Hartwig von Stietencron curvou-se na sela, pigarreou e cuspiu de uma forma nada devota ou cavaleiresca.

– Deixemos minha filha para lá, senhor von Hagenau – repetiu. – De uma vez por todas. Entendeu?

– Entendi.

– Muito bem. Com sua licença.

* * *

Depois de aproximadamente uma hora de viagem, o carro coberto com a lona preta ficou atolado na lama. Para tirá-lo de lá foi necessário empregar todas as forças, inclusive a dos Irmãos Menores. Obviamente, nem a nobreza, isto é Reynevan e von Stietencron, nem a cultura e a arte, representadas pela pessoa de Tibaldo Raabe, se rebaixaram a tal trabalho físico. O cobrador de gola de castor ficou muito aborrecido com o incidente, corria, blasfemava, dava ordens, olhava apreensivo para a floresta. Devia ter notado os olhares de Reynevan, pois, quando o veículo foi liberto e o séquito seguiu o caminho, considerou ser fundamental prestar esclarecimentos.

– Vocês devem saber – começou, metendo o cavalo entre Reynevan e o goliardo – que se trata de uma carga pela qual sou responsável. E, acreditem, não é uma carga qualquer.

Reynevan não comentou. Aliás, sabia bem do que se tratava.

– Sim, sim – o cobrador abaixou a voz e olhou para os lados com medo. – Não é uma coisa qualquer que estamos levando nesse carro. Não revelaria nada aos outros, mas os senhores são nobres oriundos de boas famílias e por seus olhos dá para ver que são honestos. Então, informo-lhes que estamos transportando o imposto arrecadado.

Fez mais uma pausa e aguardou, acreditando ter despertado a curiosidade deles, o que não se comprovou.

– O imposto – retomou – decretado pelo Reichstag de Frankfurt. Um imposto especial, de uma única vez. Para a guerra contra a heresia boêmia. Todos pagam o imposto de acordo com sua condição econômica. Um cavaleiro, cinco florins; um barão, dez; os sacerdotes têm de dar cinco de cada cem florins de sua renda anual. Entende?

– Entendo.

– E eu sou cobrador. Levo sobre o carro aquilo que for arrecadado. Num cofre. E precisam saber que não é pouca coisa, não, pois em Ziębice não coletei tributo de qualquer barãozinho, mas dos próprios Fuggers. Por isso não deveriam estranhar que mantenho cautela. Faz menos de uma semana que fui assaltado. Próximo de Rybach, nas redondezas da vila Lutomia.

Desta vez Reynevan tampouco falou ou fez perguntas. Apenas acenava com a cabeça.

– Barões gatunos. Um bando verdadeiramente atrevido! Entre eles estava o próprio Pashko Rymbaba, foi reconhecido. Juro, quase nos mataram, mas felizmente o senhor Seidlitz apareceu bem na hora para nos socorrer e espantou os canalhas. Ele próprio ficou ferido no embate, o que o deixou com muita raiva. Prometeu se vingar dos barões gatunos, e acredito que vai cumprir a palavra dada, pois os Seidlitz são rancorosos.

Reynevan lambeu os lábios enquanto acenava com a cabeça mecanicamente.

– O senhor Seidlitz enraivecido gritava que iria apanhá-los um por um e que lhes daria uma surra tão grande, iria atormentá-los ainda mais que o próprio Noszak, o duque de Cieszyn, que torturou o facínora Chrzan. Sabem? Aquele que matou seu filho, o jovem duque Przemek. Vocês se lembram? Mandou que ele subisse num cavalo de cobre esbraseante e lacerou seu corpo com tenazes e ganchos incandescentes... Lembram-se daquilo? Hã, vejo pelas caras que os senhores se lembram.

– Hum.

– Então, foi bom eu ter podido relatar para o senhor Seidlitz quem eram os assaltantes. Como já tinha dito, um deles era Pashko Rymbaba. E onde ele está, está sempre Kuno von Wittram. E onde estiverem esses dois, junto deles estará sem dúvida Notker von Weyrach, um velho gatuno. Mas havia lá outros também, e eu os descrevi para o senhor Seidlitz. Havia um brutamontes de tamanho impressionante, com uma cara de cretino, devia ser um doido. Havia também um sujeito de menor porte, com um nariz adunco, para quem bastava uma breve olhada para constatar tratar-se de um canalha. E mais um pirralho, um moleque de sua idade, com postura igual à sua, acho que, aliás, era um pouco parecido com você... Mas não, estou dizendo bobagens, você é um jovem vistoso, dono de um semblante nobre, nem mais nem menos um retrato de São Sebastião. E aquele sujeito, dava para ver pelos olhos dele que era um anormal.

Após uma breve pausa, continuou:

– Pois bem, estava eu descrevendo esses bandidos quando, de repente, o senhor Seidlitz soltou um grito: "Peraí, eu conheço esses malandros, já ouvi falar deles. O meu cunhado, o senhor Guncelin von Laasan, também quer pegar aqueles dois patifes, o sujeito de nariz adunco e o fedelho, por terem cometido um assalto em Strzegom." Vejam só como são os caminhos do destino... Estão surpresos? Mas esperem, isso não é tudo, o melhor ainda está por vir. Aí é que vocês vão ficar espantados. Eu já estava partindo de Ziębice quando um serviçal me avisou que alguém estava rondando o carro. Fiquei de tocaia e o que é que eu vi? O de nariz adunco e o brutamontes cretino! Olhem só a cara de pau desses canalhas!

O cobrador de impostos ficou tão indignado que acabou se engasgando. Reynevan acenava com a cabeça e engolia a saliva.

– Foi então que corri às pressas – o cobrador retomou – para a prefeitura, prestei informações e os denunciei. Já devem ter sido presos e esticados na roda. E vocês entenderam o esquema? Esses dois canalhas, junto com aquele terceiro, o pirralho, deviam estar espionando para os barões gatunos, sinalizavam ao bando quem assaltar. Tive medo de que estivessem de tocaia, esperando por mim em algum lugar na estrada, advertidos. E como vocês podem ver, a minha escolta é muito modesta! Toda a cavalaria de Ziębice prefere torneios, banquetes, folgar, pft, dançar! Dá medo porque prezo a minha vida e seria uma pena se essas quinhentas e tantas grivnas caíssem nas mãos de malfeitores... Visto que são destinadas a um santo propósito.

– Claro que seria uma pena – o goliardo acrescentou. – E claro que é um propósito santo. Ora, santo e bom, e nem sempre essas duas coisas andam juntas, he he. Foi por isso que eu lhe aconselhei a evitar se deslocar pelas estradas reais, e, em vez disso, se esgueirar rapidinho pelas florestas rumo a Bardo.

– E que Deus – o cobrador de impostos ergueu os olhos para o céu – nos acuda. Assim como os padroeiros dos cobradores de impostos, Santo Adauto e São Mateus, e Nossa Senhora de Bardo, famosa pelos milagres realizados.

– Amém, amém – os peregrinos equipados de cajados que seguiam junto do carro gritaram quando o ouviram. – Que seja louvada a Santíssima Virgem, protetora e intercessora!

– Amém! – gritaram em uníssono os Irmãos Menores que seguiam do outro lado.

– Amém – acrescentou von Stietencron, e a moça feiinha persignou-se.

– Amém – o cobrador encerrou. – Digo-lhe, senhor Hagenau, Bardo é um lugar santo, amado pela Santíssima Virgem. O senhor sabe que ela teria aparecido novamente no Monte de Bardo? E outra vez chorando, assim como no ano mil e quatrocentos. Uns dizem que é um presságio das desgraças que cairão sobre Bardo e sobre toda a Silésia. Outros dizem que a Santíssima Virgem está chorando porque a fé está enfraquecendo, o cisma está se alastrando. Os hussitas...

– O senhor só vê – o goliardo interrompeu – os hussitas e detecta a heresia. E não acha que a Santíssima Virgem pode estar chorando por outros motivos? Talvez esteja derramando lágrimas ao olhar para os padres, para Roma? Ou ao ver simonia, devassidão, roubalheira? Apostasia e heresia, enfim, pois o que é heresia senão atuar contra os Evangelhos? Talvez a Santíssima Virgem esteja chorando ao ver que os sacramentos sagrados se convertem em hipocrisia e num jogo fraudulento, visto que são administrados por sacerdotes que vivem em pecado? Talvez fique indignada e triste com aquilo que deixa muitas pessoas indignadas e tristes: por que o papa, sendo mais rico que os magnatas, não constrói a Igreja de Pedro com o próprio dinheiro em vez de para isso usar o dinheiro dos pobres fiéis?

– Ai, seria melhor que ficasse calado...

– Talvez a Santíssima Virgem chore – o goliardo não se deixou calar – quando vê os sacerdotes se envolverem em guerras, na política, no poder, em vez de orar e viver em devoção? Ou governarem? E no que se refere à sua governança, são acertadas as palavras do profeta Isaías: Ai daqueles que fazem leis injustas, que escrevem decretos opressores, para privar os pobres de seus direitos e da justiça os oprimidos do meu povo, fazendo das viúvas sua presa e roubando dos órfãos!

– Dou fé – o cobrador de impostos soltou um sorriso amarelo. – São palavras pungentes, bem pungentes, senhor Raabe. E até diria que elas poderiam ser aplicadas ao senhor mesmo, pois o senhor tampouco está livre do pecado. O senhor discursa como um político, para não dizer um sacerdote, em vez de fazer aquilo que lhe convém, tocar o alaúde, fazer rimas e cantar.

– Fazer rimas e cantar, você diz? – Tibaldo Raabe retirou o alaúde do cepilho. – Que seja feita sua vontade!

> *Anticristos são*
> *Os padres da casa imperial*
> *O seu poder não vem de Cristo*
> *Mas do anticristo*
> *Do alistamento imperial*[21]

– Peste – murmurou o cobrador de impostos ao olhar ao redor. – Prefiro mesmo que o senhor discurse.

> *Cristo, por Tuas chagas,*
> *Bons sacerdotes nos traga,*
> *Para pregarem a verdade,*
> *Acabarem com o anticristo,*
> *E nos afastarem da perversidade!*
> *Poloneses, alemães,*
> *Todos meus irmãos*
> *Não confiem na sua palavra*
> *Falada ou escrita*
> *É a verdade de Wycliffe que grita!*

"A verdade grita", Reynevan, absorto, repetiu maquinalmente em pensamento. "A verdade grita. Onde foi que eu já ouvi essas palavras?"

– Senhor Raabe, essas canções ainda vão lhe trazer desgraça – o cobrador de impostos falou acidamente. – Fico espantado, irmãozinhos, que continuem ouvindo isso com tanta tranquilidade.

– Muitas vezes – um dos franciscanos sorriu – a verdade se esconde nas canções. A verdade é a verdade, não há como falsificá-la, é preciso aguentá-la mesmo que cause dor. E Wycliffe? Enfim, ele se desviou, mas *libri sunt legendi, non comburendi.*

– Wycliffe, que o Senhor o perdoe – o outro acrescentou –, não foi o primeiro. O nosso grande irmão e padroeiro, o Pobrezinho de Assis, já deliberava sobre aquilo que foi falado aqui. Não se deve fechar os olhos ou virar a cabeça: as coisas andam mal. Os sacerdotes estão se afastando de Deus, ocupam-se das coisas seculares. Em vez de viver humildemente, costumam ser mais ricos que os duques ou barões...

– Já Cristo dizia, e assim atesta o Evangelho – acrescentou o terceiro –, *nolite possidere aurum neque argentum neque pecuniam in zonis vestris*[22].

– E as palavras de Cristo – o sargento gordo pigarreou e intrometeu-se – não podem ser alteradas ou corrigidas por ninguém, nem pelo próprio papa. E se ele o fizer, então não será um papa, mas, segundo consta a canção, um verdadeiro anticristo.

– Pois é! – gritou o peregrino mais velho ao esfregar o nariz roxo. – É assim mesmo!

– Eh, pelo amor de Deus! – o cobrador de impostos se irritou. – Fiquem quietos! Em que companhia eu fui me meter! Isto é nada mais que o papo dos valdenses e begardos. Um pecado!

– Que lhe será perdoado – o goliardo bufou enquanto afinava o alaúde. – O senhor recolherá o imposto para o santo propósito. Os santos Adauto e Mateus vão interceder em seu favor.

– Senhor Reinmar, o senhor sentiu a ironia? – o cobrador de impostos disse com um nítido rancor. – Dou fé, todos têm consciência de que os impostos são cobrados para servir a fins pios, que contribuem para o bem da sociedade. É preciso pagar porque esta é a ordem das coisas! Todos sabem disso. E aí? Ninguém gosta dos cobradores de imposto. Acontece de as pessoas fugirem para dentro da floresta ao me verem chegando. Às vezes atiçam os cães contra mim. Ou me xingam. E mesmo aqueles que pagam olham para mim como se eu fosse um pestilento.

– Uma sina nada fácil – o goliardo acenou com a cabeça depois de piscar para Reynevan. – Nunca pensou em mudar de ramo? Com tantas oportunidades?

* * *

Tibaldo Raabe provou ser um homem esperto e perspicaz.

– Fique quieto nessa sela – disse a Reynevan em voz baixa, aproximando muito seu cavalo. – Não olhe na direção de Ziębice. Evite Ziębice.

– Meus amigos...

– Ouvi – o goliardo interrompeu – o que o cobrador falou. Ir ajudar os amigos é algo louvável, mas seus amigos, permita-me observar, não pareciam ser o tipo de gente que não consegue se virar sozinha. Ou que se deixa prender pelos guardas municipais de Ziębice, famosos, assim como todos os guardiães da lei, pelo empreendedorismo, entusiasmo, pela agilidade, coragem e inteligência. Repito, não pense em voltar. Não vai acontecer nada a seus camaradas em Ziębice, mas, para você, esse burgo é uma perdição. Venha conosco para Bardo, senhor Reinmar. E de lá, eu pessoalmente vou guiá-lo para a Boêmia. Por que está abrindo tanto os olhos? Seu irmão era para mim um irmão de armas muito próximo.

– Próximo?

– Você estranharia o quanto. Ficaria surpreso com quanta coisa nos unia.

– Nada vai me surpreender.

– Você é que pensa.

– Se você realmente foi amigo de Peterlin – Reynevan disse após um momento de hesitação –, então ficará contente em saber que os assassinos dele foram castigados. Kunz Aulock está morto, assim como todos da companhia dele.

— Aqui se faz, aqui se paga — Tibaldo Raabe repetiu o chavão. — Teriam pagado por meio da sua intervenção, senhor Reinmar?

— Não importa com a intervenção de quem — Reynevan rubejou levemente, percebendo na voz do goliardo um tom de deboche. — O mais importante é que estão mortos. E que Peterlin foi vingado.

Tibaldo Raabe permaneceu em silêncio por longo tempo observando um corvo que sobrevoava a floresta.

— Nem penso — falou, enfim — em sentir pena de Kyrieleison ou chorar por causa de Stork. Que queimem no inferno, merecem isso. Mas não foram eles que mataram o senhor Piotr. Não foram eles.

— Quem foi... — Reynevan engasgou. — Quem foi, então?

— Muitos gostariam de sabê-lo.

— Os Stercza? Ou foi alguém mandado pelos Stercza? Quem? Diga!

— Abaixe a voz, senhorinho. Seja mais discreto. É melhor que isso não chegue a ouvidos inapropriados. Não sei lhe dizer nada além daquilo que eu próprio ouvi por ali...

— E o que você ouviu?

— Que... forças ocultas estão envolvidas no caso.

Reynevan permaneceu em silêncio por algum tempo.

— Forças ocultas — repetiu com ironia. — Sim, já tinha ouvido isso. Foi o que disseram os concorrentes de Peterlin. Que estava indo bem nos negócios porque era ajudado pelo Diabo em troca da alma vendida. E que um dia o Diabo o levaria para o inferno. Certamente, forças ocultas e diabólicas. E pensar que eu considerava você, Tibaldo Raabe, um homem sério e sensato.

— Vou me calar, então — o goliardo deu de ombros e virou a cabeça. — Não vou falar mais nada, senhorinho. Temo que possa decepcioná-lo ainda mais.

O pequeno séquito fez uma parada debaixo de um enorme carvalho pré-histórico, uma árvore que indubitavelmente guardava a memória de muitos séculos. Esquilos brincavam pulando alegremente sobre ele. Os cavalos foram desarreados do carro coberto com a lona preta, e a companhia se sentou debaixo dos ramos. Pouco tempo depois, como Reynevan esperava, começaram a travar disputas políticas. E correspondendo às suas expectativas, elas giravam em torno da ameaça constituída pela heresia hussita vinda desde a Boêmia e a aguardada cruzada que havia de começar a qualquer momento tendo por objetivo acabar com ela. Embora o tema fosse bastante comum e previsível, a discussão não tomou o rumo esperado.

– A guerra – um dos franciscanos afirmou subitamente enquanto esfregava a tonsura sobre a qual um dos esquilos havia lançado uma bolota. – A guerra é um mal. Foi declarado: não matarás.

– E matar em defesa própria? – o cobrador perguntou. – E em defesa de sua propriedade?

– E em defesa da fé?

– E em defesa da honra? – Hartwig von Stietencron sacudiu a cabeça. – Papo furado! Defender a honra é um dever, e a desonra é lavada com sangue!

– Em Getsêmani Jesus não se defendeu – o franciscano respondeu em voz baixa. – E ordenou que Pedro guardasse a espada. Teria provado ser um infame?

– E o que escreve Santo Agostinho, *Doctor Ecclesiae*, em *De civitate Dei*? – gritou um dos peregrinos, demonstrando erudição, algo bastante surpreendente, pois a cor de seu nariz evidenciava outro tipo de inclinação. – Lá se fala de uma guerra justa. E o que há de mais justo que uma guerra contra o paganismo e a heresia? Esse tipo de guerra não seria agradável aos olhos de Deus? Não o agrada quando alguém mata seus inimigos?

– E o que escreveram João Crisóstomo e Isidoro? – gritou outro erudita, também dono de um nariz numa tonalidade roxa e rubra. – E

São Bernardo de Claraval? Manda matar os hereges, mauros e ímpios! Chama-os de porcos imundos. Diz que não é pecado matar esse tipo de gente! É pela glória de Deus!

— Quem sou eu, Deus misericordioso — o franciscano uniu as mãos —, para refutar os santos e os doutores da Igreja? Eu não estou aqui para disputar. Apenas repito as palavras de Cristo na Montanha, que mandou amar o próximo. Perdoar aqueles que nos ofenderam. Amar os inimigos e orar por eles.

— E Paulo diz para os Efésios — o outro monge acrescentou, falando com voz igualmente baixa — se armarem de amor e fé contra Satanás. E não de lanças.

— Se Deus quiser, amém — o terceiro dos franciscanos persignou-se —, o amor e a fé vencerão. E a união e a *pax Dei* reinarão entre os cristãos. É só analisar: quem se beneficia das divergências entre nós? Os muçulmanos! Nós travamos disputas aqui com os boêmios acerca da Palavra de Deus, da forma da comunhão, e o que nos pode trazer o dia de amanhã? Maomé e meias-luas sobre as igrejas!

— Pois é — bufou o peregrino mais velho —, talvez os boêmios abram os olhos, renunciem à heresia. Talvez a fome os ajude nisso! Pois toda a Europa tem aderido ao embargo, proibiu o comércio e qualquer tipo de indústria com os hussitas. E eles precisam de armas e de pólvora, de sal e de alimentação! Se não estiverem abastecidos, serão desarmados e morrerão de fome. Quando sentirem fome, vão se render, vocês vão ver.

— A guerra — o primeiro franciscano repetiu com ênfase — é um mal. Já determinamos isso. E vocês acham que esse bloqueio tem a ver com os ensinamentos de Cristo? Jesus na Montanha mandou matar de fome o próximo? Um cristão? Diferenças religiosas à parte, os boêmios são cristãos. Esse embargo não se sustenta.

— Tem razão, irmão — intrometeu-se Tibaldo Raabe, recostado debaixo do carvalho. — Não se sustenta. E vou lhes dizer ainda que às vezes esse tipo de bloqueio costuma prejudicar ambos os lados. Tomara que não nos cause desgraças, assim como aconteceu com os lusacianos.

Que não prejudique a Silésia como a Guerra dos Arenques prejudicou a Alta Lusácia no ano passado.

– A Guerra dos Arenques?

– Assim foi chamada – o goliardo explicou tranquilamente. – O estopim foi o embargo e os arenques. Posso contar se quiserem.

– Queremos! Queremos, sim!

– Então – Tibaldo Raabe se endireitou, contente com o interesse despertado –, foi assim: o senhor Hynek Bacon de Kunštát, um nobre boêmio e hussita, era um grande degustador de arenques. Havia pouquíssima coisa que despertava seu apetite tanto quanto os arenques do Mar Báltico, especialmente quando acompanhavam uma cerveja, vodca ou eram consumidos durante a época de jejum. E um cavaleiro da Alta Lusácia, Henrique von Dohna, senhor em Grafenstein, sabia do apetite do senhor Bacon. E já que naquela mesma época no Reichstag discutia-se a questão do embargo, o senhor Henrique decidiu transformar as palavras em ação e importunar o hussita por conta própria. E foi assim que impediu o abastecimento de arenques. O senhor Bacon ficou irritado e começou a implorar, visto que a religião era uma coisa e os arenques, outra! "Batalhe, seu papista, pela doutrina e liturgia, mas deixe os meus arenques que eu tanto adoro!" E o senhor Dohna lhe respondeu assim: "Não vou liberar os arenques, encha-se, seu Bacon, de *bacon*, mesmo às sextas-feiras". E foi aí que ele ultrapassou o limite! O senhor Hynek Bacon, enraivecido, juntou uma companhia e atacou os senhorios lusacianos com espada e fogo. Karlsfried, um posto alfandegário fronteiriço onde se paravam os transportes de arenques, foi o primeiro castelo a ser queimado. Mas isso não bastava ao senhor Bacon, que andava terrivelmente enfurecido. Foram incendiadas as vilas em volta de Hartau, igrejas, fazendas, ora, o clarão dos fogos fulgurou até nos olhos dos arrabaldes da própria Zittau. O senhor Bacon andou queimando e saqueando tudo durante três dias. Não compensou nem um pouco a Guerra dos Arenques aos lusacianos! E não desejo nada parecido à Silésia.

– Vai acontecer – disse o franciscano – o que Deus quiser.

Por muito tempo ninguém falou nada.

* * *

O tempo começou a piorar, as nuvens empurradas pelo vento escureceram funestamente, a floresta ciciava, as primeiras gotas de chuva começaram a cair sobre os capuzes, as capas, as garupas dos cavalos e a lona preta do carro. Reynevan aproximou seu corcel de Tibaldo Raabe, e assim andavam estribo junto de estribo.

– Uma história bonita – falou em voz baixa. – Essa sobre os arenques. E a cantilena sobre Wycliffe também não foi nada ruim. Só fiquei surpreso com uma coisa: você não resumiu tudo do jeito que fez em Kromolin, lendo os quatro artigos praguenses. Estou curioso se o cobrador de impostos suspeita minimamente de suas convicções...

– Ele vai conhecê-las – o goliardo respondeu em voz baixa – na hora certa. Pois há, segundo Eclesiastes, tempo de calar e tempo de falar. Tempo de buscar e tempo de perder, tempo de guardar e tempo de lançar fora, tempo de amar e tempo de odiar, tempo de guerra e tempo de paz. Há tempo para tudo.

– Desta vez estou totalmente de acordo com você.

Na encruzilhada, num bosque de bétulas claras, havia uma cruz de penitência feita de pedra, uma das várias lembranças na Silésia dos crimes cometidos e de expiação.

De frente para eles havia um caminho claro e amplo, enquanto as outras direções se ramificavam em sombrias sendas que percorriam a mata. O vento sacudia as coroas das árvores, espalhava as folhas secas. A chuva, por enquanto miúda, golpeava o rosto de todos.

– Para tudo – Reynevan disse a Tibaldo Raabe – há um tempo certo. Assim diz Eclesiastes. Então, chegou o tempo de despedida. Estou voltando para Ziębice. Não fale nada.

O cobrador de impostos os examinava com o olhar. Assim como os Irmãos Menores, os peregrinos, os soldados, Hartwig von Stietencron e sua filha.

– Não posso deixar os meus amigos – Reynevan retomou –, que podem estar em apuros. Não é digno. A amizade é algo grandioso e belo.

– E eu, por acaso, estou dizendo alguma coisa?

– Vou-me embora.

– Vá – o goliardo acenou com a cabeça. – No entanto, senhorinho, se decidir mudar de planos, se preferir seguir a Bardo e depois à Boêmia... vai nos alcançar facilmente. Vamos andando devagar. Planejamos fazer uma parada mais longa na altura de Ściborowa Poręba. Lembre-se: Ściborowa Poręba.

– Vou me lembrar, sim.

A despedida foi curta. Mesmo perfunctória. Ora, um simples voto de sorte e auxílio divino. Reynevan virou o cavalo. Guardou na memória o olhar com o qual a filha de Stietencron se despediu dele. Era um olhar infantil e enamorado, uma mirada de olhos plangentes e cheios de saudade debaixo de sobrancelhas depiladas.

"Feiinha que dói", pensou, galopando contra o vento e contra a chuva. "Um tribufu, um jaburuzinho. Pelo menos ela sabe notar e reconhecer de imediato um homem vistoso."

O cavalo foi galopando por algumas milhas quando Reynevan repensou o assunto e percebeu o quanto era tolo.

* * *

Não se espantou muito quando topou com eles nas redondezas do enorme carvalho.

– Eiaa! Eiaa! – gritou Sharlei, detendo o cavalo que dançava. – Por todos os espíritos! É o nosso Reynevan!

Desmontaram das selas e, após um momento, Reynevan gemeu ao receber um abraço cordial e tão forte de Sansão Melzinho que correu o risco de fraturar as costelas.

– Veja só – Sharlei falou com uma voz levemente alterada. – Fugiu dos facínoras de Ziębice, fugiu do senhor Biberstein do castelo Stolz. Meu respeito. Sansão, olhe só que jovem talentoso. Acompanha-me havia apenas duas semanas, mas veja quanto ele já aprendeu! O filho da mãe ficou esperto como um dominicano!

– Ele está indo para Ziębice – Sansão comentou, com uma aparente frieza, mas em sua voz foi possível ouvir comoção. – O que indica uma excepcional falta de astúcia. E de juízo. E aí, Reinmar?

– Considero o assunto de Ziębice – Reynevan falou, apertando os dentes – encerrado. E inexistente. Nada mais me une a... a Ziębice. Nada mais me une ao passado. Mas fiquei com medo de vocês terem sido apanhados lá.

– Nós? Por eles? Brincadeira!

– Estou feliz em vê-los. Verdadeiramente feliz.

– Você vai rir. Porque nós também estamos.

A chuva ganhou força, o vento fustigava os ramos das árvores.

– Sharlei – Sansão disse –, acho que não vale mais a pena seguir o rastro de... Aquilo que nós almejamos perdeu o objetivo e o sentido. Reinmar está livre, nada mais o prende, então vamos esporear os cavalos e rumar para Opawa, para a fronteira com a Hungria. Sugiro que deixemos para trás a Silésia e tudo o que é silesiano. Inclusive os nossos planos desesperados.

– Que planos? – Reynevan ficou curioso.

– Não importa. Sharlei? O que me diz? Sugiro mudar de planos. Romper o acordo.

– Não entendo do que vocês estão falando.

– Mais tarde, Reinmar. Sharlei?

O demérito pigarreou alto.

– Romper o acordo? – Sharlei replicou as palavras de Sansão.

– Romper.

Era visível que Sharlei travava uma luta interna.

– Está anoitecendo – disse, enfim. – E a noite traz um conselho. *La notte*, como dizem na Itália, *porta la consiglia*. A condição, acrescento já eu próprio, é que seja uma noite dormida num local seco, cálido e seguro. Montem os cavalos, rapazes. Sigam-me.

– Aonde?

– Vocês vão ver.

* * *

Já estava quase completamente escuro quando vislumbraram diante deles cercas e edificações. Os cães começaram a latir.

– O que é isso? – perguntou Sansão, com perceptível inquietação. – Será que...

– Isto é Dębowiec – Sharlei interrompeu. – Uma granja monástica que pertence aos cistercienses de Kamieniec. Quando estava preso nos deméritos, às vezes me mandavam trabalhar aqui. Para cumprir a pena, como vocês devem estar supondo, decerto. Daí, sei que é um lugar seco e cálido, como se tivesse sido feito para proporcionar uma boa noite de sono. E de manhã dá para arrumar alguma comida.

– Entendo – Sansão ponderou – que os cistercienses te conhecem. E que vamos pedir que nos hospedem...

– Não é tão simples assim – o demérito cortou mais uma vez. – Amarrem os cavalos. Vamos deixá-los aqui, na floresta. E venham atrás de mim. Na ponta dos pés.

Os cães dos cistercienses se acalmaram, já latiam mais baixo e esporadicamente, quando Sharlei arrancou uma tábua da parede do estábulo. Após um instante, já estavam dentro de um interior escuro, seco e cálido que exalava um cheiro agradável de feno e palha. Logo em seguida, depois de subir a escada para o palheiro, mergulharam no feno.

– Vamos dormir – murmurou Sharlei, farfalhando. – Só é pena que famintos, mas sugiro esperarmos até a manhã, quando deve dar para roubar alguma comida, no mínimo maçãs. Mas, se for necessário, posso ir agora, caso alguém não aguente até amanhã. E aí, Reinmar? Pensei sobretudo em você, uma pessoa que tem dificuldades em controlar os impulsos primitivos... Reinmar?

Reinmar já estava dormindo.

CAPÍTULO XXII

No qual se revela que nossos heróis não foram felizes ao escolherem o lugar onde pernoitaram. Também se confirma – ainda que os detalhes pertinentes ao assunto só sejam revelados bem mais adiante – uma verdade amplamente reconhecida: a de que, em momentos históricos, mesmo o acontecimento mais banal pode ter consequências historicamente significantes.

Reynevan, embora cansado, dormiu mal e inquietamente. Antes de adormecer, ficou se revirando sobre o feno povoado de cardos que não paravam de picá-lo, remexia-se entre Sharlei e Sansão e, como consequência, recebeu em resposta cotoveladas e xingamentos. Depois, gemeu durante o sono ao visualizar o sangue jorrando da boca de Peterlin, perfurado por espadas. Suspirou ao ver Adèle von Stercza nua, sentada com as pernas escarranchadas sobre o duque João de Ziębice, lamuriou-se ao observar o duque brincando com os seios dela, que balançavam ritmicamente, acariciando-os e apalpando-os. Depois, para seu horror e desespero, Nicolette Loura, isto é, Catarina von Biberstein, tomou o lugar sobre o duque, desocupado por Adèle, montada sobre o incansável Piasta com um entusiasmo e uma energia não menos intensos que os de Adèle. E com uma satisfação igualmente grande no final.

Depois, surgiram moças seminuas com cabelos esvoaçantes, voando em vassouras, cruzando um céu iluminado e flamejante em meio a

revoadas de gralhas que grasnavam. Havia também uma trepadeira-
-dos-muros que, com o bico aberto, mas em silêncio, deslizava por
uma parede. Havia uma tropa de cavaleiros encapuçados galopando
pelos campos abertos, gritando de forma incompreensível. Havia *turris
fulgurata* despedaçando-se ao ser acertada por um raio, e um homem
caindo dela. Havia ainda um homem correndo pela neve, ardendo
em chamas. Depois houve uma batalha, com o ruído dos canhões, dos
tiros de bestas e dos cascos equinos, o resfolegar de cavalos, o tinir das
armas, os gritos...

Foi acordado pelo estrondo de cascos e pelo resfolegar de cavalos,
pelo tinir de armas e por gritos. Sansão Melzinho tapou a boca dele com
a mão na hora certa.

O tumulto de homens a pé e a cavalo tinha tomado conta do pátio
da granja.

– Nós nos metemos numa bela presepada – murmurou Sharlei,
que observava o pátio por uma fenda entre as vigas.

– É uma perseguição? Vinda de Ziębice? Atrás de mim?

– Pior. É uma puta reunião. Uma multidão de gente. Estou vendo
nobres. E cavaleiros. Porra, logo aqui? Neste cafundó?

– Vamos dar no pé enquanto há tempo.

– Infelizmente – Sansão apontou com a cabeça na direção do cercado para ovelhas –, o tempo se esgotou. Os encouraçados cercaram
todo o terreno hermeticamente. Pelo visto, para não deixar ninguém
entrar. Mas duvido que queiram deixar alguém sair. Acordamos tarde
demais. É até estranho não termos despertado com o aroma da carne
que eles estão assando desde a alvorada...

Realmente, um cheiro cada vez mais intenso vinha desde o pátio.

– Esses encouraçados – Reynevan também achou um buraco para
ele olhar – estão usando a cor episcopal. Pode ser a Inquisição.

– Maravilha – Sharlei murmurou. – Uma maravilha, caralho. A nossa única esperança é que não olhem para dentro do estábulo.

– Infelizmente – Sansão Melzinho repetiu – é uma vã esperança porque já estão vindo para cá. Vamos nos enfiar dentro do feno. E se eles nos acharem, vamos nos passar por idiotas.

– É fácil você falar.

Reynevan conseguiu afastar o feno para chegar até as tábuas do teto, achou uma fenda e encostou o olho nela. Viu, então, os lansquenês entrando com ímpeto no estábulo e, para seu crescente espanto, penetrando todos os cantos, picando com os gládios até os feixes e a palha no palheiro. Um deles tentou subir a escada, mas não chegou ao andar de cima e se satisfez com uma olhada superficial.

– Glória e gratidão – sussurrou Sharlei – ao eterno desleixo soldadesco.

Infelizmente, não era o fim. Depois dos lansquenês, criados e monges entraram no estábulo. Varreram e arrumaram o chão de terra batida. Jogaram galhos de abetos bastante cheirosos. Trouxeram banquetas e cavaletes feitos de madeira de pinheiros sobre os quais puseram tábuas que foram cobertas com tela. Antes que trouxessem as canecas e as barricas, Reynevan já sabia o que estava por vir.

Demorou um pouco até que os nobres entrassem no estábulo. Então, o interior ganhou cores e resplandeceu com o brilho das armaduras, joias, correntes de ouro e fivelas, isto é, objetos que não combinavam com um interior repugnante.

– Peste... – sussurrou Sharlei, também com o olho encostado à fenda. – Convocaram uma reunião secreta logo neste estábulo. São figuras importantes... Conrado, bispo da Breslávia em pessoa. E aquele ao lado dele é Luís, duque em Brzeg e Legnica...

– Fale mais baixo...

Reynevan também reconheceu ambos os Piastas. Conrado, bispo da Breslávia havia oito anos, impressionava com sua postura verdadeiramente cavaleiresca e um semblante saudável, algo surpreendente se considerar a afeição do dignitário eclesiástico à bebida, à gula e à luxúria, conhecida de todos a ponto de ter se tornado proverbial. Devia isso a seu organismo forte e ao sangue sadio dos Piastas, pois outros dignitários, mesmo aqueles que bebiam menos e se puteavam com menos frequência, na idade de Conrado costumavam ter a barriga caída até os joelhos, bolsas embaixo dos olhos e nariz em tons de roxo e vermelho – caso ainda tivessem nariz. Já Luís de Brzeg, em seus quarenta anos, lembrava o rei Artur das miniaturas cavaleirescas: seus longos cabelos ondulados rodeavam, feito uma auréola, o semblante inspirado como o de um poeta, embora simultaneamente muito varonil[23].

– Convidamo-los à mesa, nobres senhores – o bispo falou, surpreendendo novamente, desta vez com a voz vibrante de um jovem. – Embora seja um estábulo, e não um palácio, vamos recebê-los com tudo aquilo em que a casa abunda, e a simples comida rústica será premiada com um vinho doce da Hungria, o qual supera inclusive aquele servido na corte do rei Sigismundo em Buda, algo que pode ser confirmado pelo próprio chanceler real, o ilustríssimo senhor Schlick. Obviamente, se o achar conveniente.

O jovem homem, embora dono de um aspecto muito sério e opulento, curvou-se. Em seu sobretudo usava um brasão – uma cunha de prata num campo vermelho e três anéis em tons inversos.

– Kaspar Schlick – sussurrou Sharlei. – O secretário particular, confidente e assessor do Luxemburguês. Uma grande carreira para um principiante como ele...

Reynevan tirou uma palha do nariz, abafando um espirro com um esforço sobrenatural. Sansão Melzinho silvou com advertência.

– Dou boas-vindas excepcionalmente calorosas – continuava o bispo Conrado – à sua eminência Jordan Orsini, membro do Colégio Cardinalício, presentemente núncio de Sua Santidade papa Martinho. Dou boas-vindas também ao representante do Estado da Ordem Teutônica, o nobre Godfried von Rodenberg, prefeito de Lipa. Dou boas-vindas também ao nosso ilustre convidado da Polônia, assim como aos convidados da Morávia e da Boêmia. Sejam bem-vindos. Sentem-se.

– Até um filho da mãe teutônico veio aqui – murmurava Sharlei, tentando aumentar a fenda no teto com uma faca. – Prefeito de Lipa. Onde é isso? Deve ser na Prússia. E quem serão os demais? Estou vendo o senhor Puta de Častolovice... Aquele ombrudo, com um leão negro no campo do brasão, é Albrecht von Kolditz, o estaroste de Świdnica... Já aquele com Odrowaz no escudo deve ser um dos senhores de Kravař.

– Fique quieto – silvou Sansão. – E para de cavar... Vão nos descobrir pelas farpas caindo nas canecas...

Lá embaixo, de fato erguiam-se as canecas e se brindava, os criados corriam de um lado para o outro com as jarras. O chanceler Schlick elogiou o vinho, mas talvez se tratasse de mera cortesia diplomática. Aqueles sentados à mesa pareciam conhecer uns aos outros. Com algumas exceções.

– Quem é seu jovem companheiro, *monsignore* Orsini? – o bispo Conrado parecia interessado.

– É meu secretário – respondeu o núncio papal, um idoso pequeno e sorridente de cabelos brancos. – Chama-se Nicolau de Cusa. Preconizo-lhe uma grande carreira a serviço da nossa Igreja. *Vero*, prestou grandes serviços em minha missão, pois sabe como ninguém abalar as teses dos hereges, particularmente as teses dos lollardos e dos hussitas. Sua Excelência Reverendíssima, o bispo de Cracóvia pode confirmar.

– O bispo de Cracóvia... – Sharlei sibilou. – Peste... É...

– Zbigniew Oleśnicki – Sansão Melzinho confirmou com um sussurro. – Na Silésia, em conluio com Conrado. Porra, onde nós nos metemos? Fiquem quietos, sem dar um pio. Se nos descobrirem, estamos ferrados.

– Neste caso – o bispo Conrado retomou embaixo –, talvez o reverendo Nicolau de Cusa queira começar? Esse é, pois, o objetivo da nossa reunião: acabar com a peste hussita. Antes que nos sirvam comida e vinho, antes que comamos e bebamos, que o padre abale os ensinamentos de Hus. Ouçamos.

Os serviçais trouxeram um boi assado exposto sobre um grande tabuleiro e o largaram sobre a mesa. Os estiletes e as facas reluziam e se punham em ação. O jovem Nicolau de Cusa ergueu-se e começou a discursar. E, mesmo que seus olhos brilhassem ao olhar para a carne assada, sua voz sequer tremeu.

– Uma faísca é pequena – dizia com exaltação –, porém, ao entrar em contato com um corpo seco, arruína cidades, edifícios, grandes florestas. Aparentemente, a levedura também é uma coisa pequena e sem grande importância; no entanto, pode iniciar o processo de fermentação em qualquer masseira. Já uma mosca morta, diz Eclesiastes, estraga todo um pote de óleo essencial. Da mesma forma, o mau ensinamento se inicia com um indivíduo, tendo como ouvintes dois ou três sujeitos, mas aos poucos o câncer se espalha pelo corpo, segundo dizem: uma ovelha sarnenta contagia todo o rebanho. Portanto, é preciso apagar a faísca assim que ela se acende, separar a levedura da masseira, extirpar o corpo estranho e expulsar a ovelha sarnenta do cercado para preservar a integridade da casa, do corpo, da masseira e do rebanho...[24]

– Extirpar o corpo estranho – repetiu o bispo Conrado, arrancando com os dentes um pedaço de carne de boi que gotejava gordura e sangue. – Tem razão, tem mesmo razão, jovem senhor Nicolau. A solução está na cirurgia! O ferro, um ferro bem afiado, é a melhor medicina contra o câncer hussita. Extirpar! Lacerar os hereges, lacerar sem piedade!

Os reunidos à mesa também manifestaram sua aprovação, balbuciando com a boca cheia e gesticulando com os ossos roídos. Aos poucos o boi se transformava numa carcaça, e Nicolau de Cusa derrubava, uma por uma, todas as falhas dos hussitas, revelava todos os absurdos dos ensinamentos de Wycliffe: a negação da Transfiguração, a negação da existência do purgatório, a renúncia do culto dos santos e de suas imagens, a renúncia da confissão oral. Enfim, chegou à comunhão *sub utraque specie* e também a derrubou.

– Sob uma única forma – gritava –, sob a forma de pão é que os fiéis devem comungar. Diz, pois, Mateus: O pão nosso de cada dia, *panem nostrum supersubstantialem*, nos dai hoje. Diz Lucas: Depois pegou o pão e deu graças a Deus. Em seguida partiu o pão e o deu aos apóstolos. Onde aqui se menciona o vinho? Deveras, há um, apenas um único costume sancionado e confirmado pela Igreja para que o homem comum receba a comunhão sob uma forma. E qualquer pessoa que professe a fé deveria consentir com isto!

– Amém – Luís de Brzeg concluiu ao lamber os dedos.

– Para mim – o bispo Conrado rugiu como um leão após jogar um osso no canto – os hussitas podem receber a comunhão até mesmo sob a forma de clister, pelo cu! Mas esses filhos da puta querem me roubar! Gritam sobre a secularização incondicional dos bens da Igreja, sobre a suposta pobreza evangélica do clero! Isto significa uma única coisa: tirar de nós e repartir entre eles! Pela paixão de Cristo, isto não pode ser! Nem por cima do meu cadáver! E melhor ainda por cima de sua carniça herege! Tomara que morram!

– Por enquanto estão vivos – afirmou parcimoniosamente Puta de Častolovice, o estaroste de Kłodzko, que ainda há cinco dias Reynevan e Sharlei tinham visto no torneio em Ziębice. – Por enquanto estão vivos e passam muito bem, contrariando completamente aquilo que se profetizava depois da morte de Žižka, que Praga, Tábor e os Órfãos se devorariam mutuamente. Nada disso, senhores. Se alguém contava com isso, então deve ter ficado muito decepcionado.

– Não apenas o perigo não vem se reduzindo, mas, muito pelo contrário, tem se ampliado – bradou Albrecht von Kolditz, estaroste e *Landeshauptmann* do ducado da Breslávia e de Świdnica, numa voz grave e baixa. – Os meus espiões me informam sobre uma cooperação cada vez mais estreita entre os praguenses, Korybut e os herdeiros de Žižka: Jan Hvězda de Vícemilice, Bohuslav de Švamberk e Jan Roháč de Dubá. Fala-se muito sobre expedições de guerra conjuntas. O senhor Puta tem razão. Frustraram-se aqueles que contavam com um milagre depois da morte de Žižka.

– E não há por que – Kaspar Schlick intrometeu-se sorrindo – contar com outros milagres. Nem com a possibilidade de o Preste João, vindo da Índia com milhares de cavalos e elefantes, resolver a questão da cisma boêmia. Nós próprios precisamos resolver essa questão. E é com esse intuito que o rei Sigismundo me enviou aqui. Precisamos saber com o que podemos realmente contar na Silésia, na Morávia, no ducado de Opawa. Seria bom também ver com o que realmente podemos contar na Polônia. E espero que a Sua Excelência Reverendíssima bispo de Cracóvia nos comunique acerca do assunto, visto que sua postura impassível perante os adeptos de Wycliffe é amplamente conhecida. E sua presença aqui prova que simpatiza com a política do rei romano.

– Em Roma – Giordano Orsini intrometeu – sabemos com quanto entusiasmo e dedicação o bispo Sbigneus luta contra a heresia. Sabemos disso em Roma e não nos esqueceremos de premiá-lo.

– Posso considerar, então – Kaspar Schlick sorriu novamente –, que o Reino da Polônia apoia a política do rei Sigismundo? E apoiará suas iniciativas? Ativamente?

– Gostaria muito – bufou o teutônico Godfried von Rodenberg, reclinado atrás da mesa –, gostaria muito de conhecer a resposta a essa pergunta. Saber quando podemos esperar a participação ativa das tropas polonesas na cruzada anti-hussita. Queria ouvir isso da boca de alguém objetivo. Estou ouvindo, então, *monsignore* Orsini. Somos todos ouvidos!

– Isso mesmo – acrescentou Schlick com um sorriso, sem desgrudar os olhos de Oleśnicki. – Todos estamos ouvindo. Qual foi o resultado de sua missão junto de Jogaila?

– Conversei muito com o rei Ladislau – Orsini afirmou com uma voz um tanto triste. – Mas, hmm... Sem grande resultado. Em nome e com autorização de Sua Santidade, eu lhe entreguei uma relíquia, e não foi pouca coisa, não... um dos pregos com os quais o nosso Salvador tinha sido cravado na cruz. *Vero*, se uma relíquia assim não é capaz de inspirar um monarca cristão a uma cruzada anti-herética, então...

– Ele não é um monarca cristão – o bispo Conrado terminou pelo núncio.

– Vocês notaram? – o teutônico arrepanhou-se em desdém. – É melhor tarde do que nunca!

– Ao visto, a verdadeira fé – Luís de Brzeg interferiu – não pode contar com o apoio dos poloneses.

– O Reino da Polônia e o rei Ladislau – Zbigniew Oleśnicki falou pela primeira vez – apoiam a verdadeira fé e a Igreja de Pedro. Da melhor maneira possível. Por meio do óbolo de São Pedro. Nenhum dos governantes aqui representados pode dizer a mesma coisa sobre si mesmo.

– Pfff! – o duque Luís agitou a mão. – Podem falar o que quiserem. Jogaila é um belo de um cristão. É um neófita que ainda carrega o Diabo debaixo da pele!

– Seu paganismo – Godfried von Rodenberg se exaltou – se manifesta com mais visibilidade pelo ódio convicto perante toda a nação alemã, o arrimo da Igreja, e particularmente perante nós, a Ordem dos Cavaleiros Teutônicos de Santa Maria de Jerusalém, *antemurale christianitatis*, que já há duzentos anos defende dos pagãos a fé católica com a nossa própria vida! E é verdade que esse tal de Jogaila é um neófita e idólatra que, para poder oprimir a Ordem, está pronto para pactuar não só com os hussitas, mas também com o próprio inferno. Ora, de verdade, não é hora de debater como convencer Jogaila e a Polônia a tomarem parte na cruzada. Precisamos voltar àquilo que discutimos em Bratislava há dois anos no dia dos Reis Magos, como lançar uma cruzada contra a própria Polônia. E esfrangalhar esse aborto, esse bastardo da União de Horodło!

– Seu discurso – o bispo Oleśnicki disse num tom muito frio – é digno do próprio Falkenberg. E não há nada de estranhar, pois não é segredo que aquelas famosas Sátiras lhe foram ditadas nem mais nem menos que em Malbork. Queria lembrar que esse pasquim foi condenado pelo concílio, e o próprio Falkenberg teve de retirar suas teses heréticas e desmoralizantes sob ameaça de ser queimado numa fogueira. Assim, elas realmente soam estranho quando proferidas por alguém que se considera *antemurale christianitatis*!

– Não se exalte, bispo – Puta de Častolovice interveio num tom conciliador. – É fato que seu rei apoia os hussitas, aberta e secretamente. Sabemos e entendemos que dessa maneira ele detém os teutônicos, e para ser sincero, não é de estranhar que ele precisa detê-los. Mas os resultados dessa política podem ser fatais para toda a Europa cristã. Vocês próprios sabem disso.

– Lamentavelmente – Luís de Brzeg confirmou. – Já podemos ver os resultados. Korybutowicz está em Praga e junto dele uma tropa inteira de poloneses. Dobko Puchała, Piotr de Lichwin, Fedor de Ostrog estão na Morávia. Wyszek Raczyński junto de Roháč de Dubá. Ora, os poloneses estão lá, onde nesta guerra se pode ver brasões poloneses e ouvir gritos de guerra poloneses. Eis como Jogaila apoia a verdadeira fé. E aqueles seus decretos, manifestos, ucasses? Está tentando nos confundir.

– Entretanto, chumbo, cavalos, armas, alimentos, todo tipo de mercadorias – Albrecht von Kolditz acrescentou soturnamente – são enviados ininterruptamente da Polônia para a Boêmia. Como isso é possível, bispo? O tão elogiado óbolo de São Pedro segue por um caminho para Roma, e por outro a pólvora e os pelouros para os canhões hussitas? De verdade, isso lembra muito a tática de seu rei, que, segundo dizem, fica em cima do muro.

– Eu também lamento algumas questões – admitiu Oleśnicki após um momento. – Mas vou me empenhar, Deus me ajude, para que as coisas melhorem. Não obstante, não vale a pena viver repetindo os mesmos contra-argumentos. Digo, então, resumidamente: a prova das intenções do Reino da Polônia é a minha presença aqui.

– A qual nós reconhecemos – o bispo Conrado bateu contra a mesa com a palma da mão. – Mas o que é hoje o Reino da Polônia? O senhor é o reino, ou o nobre senhor Zbigniew? Ou Witold? Ou os Szafraniec? Ou talvez os Ostroróg? Ou mesmo os Jastrzębiec e Biskupiec? Quem governa a Polônia? Não deve ser o rei Ladislau, um sapo velho que não consegue nem governar a própria mulher. Então, talvez Sonka Holszańska esteja governando a Polônia? Junto com os amantes dela: Ciołek, Hińcza, Kurowski, Zaremba? E quem mais estaria fodendo essa rutena?

– *Vero, vero* – o núncio Orsini acenou tristemente com a cabeça. – É uma vergonha que um rei assim seja um *cornuto*...

– Parece ser uma reunião séria – o bispo da Cracóvia franziu o cenho –, mas vocês se entretêm com fofocas como mulheres. Ou estudantes num bordel.

– Não tem como negar que Sonka pôs chifres em Jogaila e o desonra.

– Vou negar, pois são *vana rumoris*. Fofocas espalhadas e incitadas por Malbork.

O teutônico ergueu-se atrás da mesa, vermelho e pronto para responder, mas Kaspar Schlick o deteve com um gesto rápido.

– *Pax!* – cortou. – Deixemos este tema, há assuntos mais importantes. Pelo que entendo, a participação armada da Polônia na cruzada é algo incerto. Lamento, mas aceito. Contudo, pelas vieiras de Santiago, cuide, bispo Zbigniew, que os pontos do acordo de Kiezmark e os decretos de Jogaila de Trembowla e Wieluń sejam realmente respeitados. Esses decretos fecham aparentemente as fronteiras, aterrorizam com penalidades aqueles que fazem negócios com os hussitas, mas como o estaroste de Świdnica reparou, e com razão, as mercadorias e armas continuam a circular entre a Polônia e a Boêmia...

– Eu prometi – Oleśnicki interrompeu com impaciência – que zelaria por isso. E não são promessas vãs. Na Polônia, os que mantiverem contato com os hussitas boêmios serão punidos, existem os decretos reais, *iura sunt clara*. No entanto, vou apenas lembrar ao *Landeshauptmann* de Świdnica e à Vossa Reverendíssima, bispo da Breslávia, as palavras da Escritura: Por que você repara no cisco que está no olho de seu irmão e não se dá conta da viga que está em seu próprio olho? Metade da Silésia faz negócios com os hussitas e ninguém faz nada para acabar com isso!

– Está enganado, Vossa Reverendíssima Zbigniew – o bispo Conrado inclinou-se sobre a mesa. – Estamos introduzindo contramedidas. Asseguro que elas já foram empregadas. Contramedidas sérias. Não serão precisos os mencionados decretos, manifestos, pergaminhos, mas alguns defensores *haereticorum* sentirão na própria pele o que significa se entrosar com os hereges. E asseguro que outros ficarão apavorados. O mundo, então, conhecerá a diferença entre uma ação verdadeira e uma ação aparente. Entre uma luta verdadeira pela fé e as aparências.

O bispo falava com tanta malícia, em sua voz havia tanto ódio e rancor que Reynevan sentiu os pelos na nuca se eriçarem. O coração começou a bater tão forte que ficou com medo de aqueles lá embaixo poderem ouvi-lo. Entretanto, os lá embaixo tinham outras preocupações. Kaspar Schlick apaziguou a atmosfera e acalmou as disputas, e logo em seguida chamou para debater com tranquilidade sobre a situação na Boêmia. Os brigões na pessoa do bispo Conrado, Godfried von Rodenberg, Luís de Brzeg e Albrecht von Kolditz silenciaram enfim, e os boêmios e moravianos, até então calados, passaram a falar. Nem Reynevan, nem Sharlei, nem sequer Sansão Melzinho conheciam qualquer um deles; contudo, era claro, ou quase claro, que se tratava dos senhores do círculo do *landfrieden* de Pilsen e da nobreza moraviana, fiel ao Luxemburguês, agrupada em torno de Jan de Kravař, senhor em Jičín. Logo se descobriu que um dos presentes era o famoso Jan de Kravař em pessoa.

Ele mesmo, Jan de Kravař, um homem forte de cabelos e bigode negros, dono de um rosto que comprovava passar mais tempo montado na sela do que sentado à mesa, era a pessoa que tinha mais para falar a respeito da atual situação na Boêmia. Ninguém o interrompeu quando falou com uma voz calma, impassível até; todos debruçados fitavam o mapa do Reino da Boêmia estendido sobre a mesa, no lugar de onde os criados haviam retirado a carcaça de boi roída até o último osso. De cima, os detalhes do mapa eram invisíveis, portanto Reynevan teve de confiar na imaginação quando o senhor de Jičín discursou sobre os ataques dos hussitas em Karlstein e Zebrak, porventura malsucedidos, e em Švihov, Obořiště e Kvetnica, lamentavelmente bastante bem-sucedidos. E sobre as ações no oeste, contra senhores de Pilsen, Loket e Most, fiéis ao rei Sigismundo. Assim como os ataques no sul, por enquanto repelidos com eficácia pela confraria católica do senhor Oldřich de Rožmberk. Sobre a ameaça para Jihlava e Olomouc formada pela aliança de Korybutowicz, Borzek de Miletnik e Jan Roháč de Dubá. Sobre as ações perigosas para a Morávia setentrional de Dobiesław Puchała, um cavaleiro polonês do brasão de Wieniawa.

– Estou morrendo de vontade de mijar – Sharlei suspirou. – Não vou aguentar...

– Talvez ajude a ideia – Sansão Melzinho sussurrou de volta – de que, se você for descoberto, a próxima oportunidade de mijar será no cadafalso.

Embaixo começaram a falar sobre o ducado de Opava. E logo surgiu uma disputa.

– Considero Přemek, o duque de Opava – o bispo Conrado afirmou –, um aliado incerto.

– Qual é o problema? – Kaspar Schlick ergueu a cabeça. – Seu matrimônio? Que ele parece ter acabado de se casar com a viúva de João, o duque de Racibórz? E que ela descende dos Jaguelões, é filha de Dymitr Korybut, sobrinha do rei da Polônia e irmã de Korybutowicz, que nos causa tantos problemas? Asseguro aos senhores que o rei Sigismundo não dá a mínima importância a esse vínculo. Os Jaguelões são uma família lobuna, eles costumam mais se mordiscar entre eles do que cooperar. Přemek, o duque de Opava, não se aliará a Korybutowicz só porque é seu cunhado.

– Přemek já se aliou – o bispo refutou. – Em março, em Hlybochok. E em Olomouc, no dia de Santo Urbano. É verdade que Opava e os senhores da Morávia se ajustam rapidamente, fazem acordos depressa. Senhor Jan de Kravař, o que o senhor tem a dizer sobre isto?

– Não difamem o meu sogro ou a nobreza moraviana – rosnou o senhor em Jičín. – E saibam que graças aos acordos de Hlybochok e Olomouc temos paz agora na Morávia.

– E os hussitas – Kaspar Schlick sorriu altivamente – têm rotas comerciais livres com a Polônia. Senhor Jan, o senhor entende pouco, muito pouco da política.

– Se nós… – o bronzeado semblante de Jan de Kravař rubejou de raiva. – Se naquela época nós… Quando Puchała vinha nos atacar… Se o Luxemburguês nos tivesse apoiado, não teria sido preciso entrar em acordos.

– Nada adianta especular – Schlick deu de ombros. – O importante é que agora os hussitas têm rotas comerciais livres que atravessam Opava e a Morávia. E o mencionado Dobiesław Puchała e Piotr Polak seguram Šumperk, Uničov, Odry e Dolany, estão praticamente bloqueando Olomouc, raziam saqueando e aterrorizando toda a região. São eles que se aproveitam da paz lá, e não vocês. Fizeram um mal negócio, senhor Jan.

– As razias – o bispo da Breslávia intrometeu-se com um sorriso malvado – não são só uma especialidade hussita. Eu meti a lenha nos hereges no ano vinte e um em Broumov e nas cercanias de Trutnov. Lá empilhavam-se os cadáveres boêmios para o alto, e o céu estava negro por causa da fumaça que subia das fogueiras. E quem não tivesse sido morto ou queimado por nós acabava sendo marcado. A nosso modo, silesiano. Por isso, se você vir agora um boêmio sem um nariz, um braço ou uma perna, tenha certeza de que é o resultado da nossa magnífica razia. E aí, senhores, não gostariam de repetir a festa? O ano 1425 é um ano sagrado... Talvez seja o caso de celebrá-lo acabando com os hussitas? Não gosto de falar em vão, tampouco tenho o costume de me ajustar ou de pactuar com canalhas! Senhor Albrecht, o que o senhor acha? Senhor Puta? Acrescentem, cada um de vocês, uns duzentos lanceiros e uma infantaria com arma de fogo às minhas tropas e assim ensinaremos os costumes aos hereges. O céu fulgurará em chamas desde Trutnov até Hradec Kralove. Prometo...

– Não prometa – interrompeu Kaspar Schlick. – E mantenham o entusiasmo para a hora certa. Para a cruzada. Não se trata, pois, de razias. Ou de cortar braços e pernas, já que para nada servem ao rei Sigismundo servos coxos ou manetas. Sua Santidade não deseja massacrar os boêmios, mas fazê-los retornar ao seio da verdadeira Igreja. E não se trata de assassinar a população civil, mas de destruir as tropas de Tábor e Oreb. Destruir de tal forma que concordem em negociar. Por isso passemos ao essencial. Com que forças a Silésia vai contribuir quando a cruzada for anunciada? Peço que sejam concretos.

– O senhor é mais concreto que um judeu – o bispo lançou um sorriso amarelo. – É digno fazer algo assim com um parente? Visto que o senhor já é quase o meu cunhado. Mas, se esse for seu desejo, aqui está: eu próprio vou contribuir com setenta lanceiros, além da infantaria correspondente e canhões. Conrado Kantner, meu irmão e seu futuro sogro, contribuirá com sessenta cavaleiros. Eu sei que é a mesma quantidade prometida por Luís de Brzeg, presente aqui. Ruprecht de Lubin e seu irmão Luís conseguirão juntar quarenta. Bernard Niemodliński...

Reynevan nem percebeu quando cochilou. Foi acordado por uma cutucada. Ao redor estava escuro.

– Vamos dar o fora daqui – Sansão Melzinho murmurou.

– Dormimos?

– Pesado.

– A reunião terminou?

– Pelo menos por enquanto. Fale baixo, atrás do estábulo há uma guarita.

– Onde está Sharlei?

– Já foi se esgueirando até os cavalos. Agora vou eu. E depois você. Conte até cem e depois saia. Pelo pátio. Pegue um feixe de palha, vá devagar com a cabeça abaixada, como se fosse um criado indo até os cavalos. E atrás da quina do último casebre vire à direita e entre na floresta. Entendeu?

– Claro.

* * *

Tudo teria corrido bem se Reynevan não tivesse ouvido seu sobrenome ao passar junto do último casebre.

* * *

Alguns soldados andavam no pátio, ardiam as fogueiras e tochas, mas a penumbra do alpendre propiciava um esconderijo suficientemente bom para que Reynevan ousasse subir sobre uma mesa, ficar na ponta dos pés e olhar para dentro do cômodo através das membranas na janela. As membranas estavam muito sujas e o interior, mal iluminado. No entanto, dava para notar que havia três pessoas conversando. Uma delas era Conrado, o bispo da Breslávia. Nesse caso, sua voz jovem, sonora e clara desfazia qualquer dúvida.

– Repito, senhor, somos muito agradecidos pelas informações. Nós próprios teríamos muita dificuldade em consegui-las. A ganância é a ruína dos comerciantes, e no comércio é difícil manter a conspiração, o segredo, pois há demasiados elos e intermediários. Mais cedo ou mais tarde aqueles que mantêm contatos e fazem comércio com os hussitas serão denunciados. Mas com os nobres e burgueses é muito mais difícil, eles sabem ficar calados, precisam ter cuidado com a Inquisição, sabem que fim espera os hereges e os apoiadores dos hussitas. E repito que é verdade que sem a ajuda de Praga nunca teríamos conseguido achar as pistas para chegar a um tal de Albrecht Bart ou Piotr de Bielau.

O homem sentado de costas para a janela falava com um sotaque que Reynevan não podia confundir. Era boêmio.

– Piotr de Bielau – respondeu ele ao bispo – sabia guardar segredo. Era pouco conhecido, mesmo entre a gente lá em Praga. Mas sabem como é: entre os inimigos o homem mantém cautela, entre os amigos as línguas se desamarram. E se já levantamos esse assunto, então imagino que aqui, entre amigos, o bispo não deixou escapar nenhuma palavra desatenta sobre a minha pessoa, deixou?

– É um insulto presumir isso de mim – disse Conrado, com pompa. – Não sou criança. Além disso, não foi por acaso que a reunião foi organizada aqui, num ermo em Dębowiec. É um lugar seguro e secreto. Reuniram-se aqui pessoas de confiança. Amigos e aliados. Além disso, permito-me observar que nenhum deles sequer o viu.

– E essa prudência há de ser elogiada. Pois podem ter certeza de que no castelo de Świdnica, no do senhor von Kolditz e mesmo no do senhor Puta em Kłodzko há ouvidos hussitas. Aconselharia também uma cautela particular em relação aos senhores moravianos presentes aqui. Não quero insultar ninguém, mas eles gostam de mudar de partido. O senhor Jan de Kravař tem muitos familiares e aparentados...

Falou o terceiro dos presentes. Estava sentado mais próximo da lamparina, Reynevan viu seus longos cabelos negros e o rosto de pássaro que despertava associações com uma enorme trepadeira-dos-muros.

– Somos cautelosos – disse a Trepadeira. – E atentos. E somos capazes de punir a traição, pode confiar.

— Confio, confio — o boêmio bufou. — Como não confiar? Depois daquilo que aconteceu com Piotr de Bielau e o senhor Bart? Os mercadores Pfeffercorn, Neumark e Throst? Um demônio, o anjo da vingança assola a Silésia, ataca como um raio que cai do céu. Exatamente ao meio-dia. Como um verdadeiro *daemonium meridianum*... As pessoas estão apavoradas...

— E isso — o bispo intrometeu-se tranquilamente — é muito bom. Era para elas ficarem assim.

— E os efeitos — o boêmio acenou com a cabeça — podem ser constatados a olhos vistos. Os caminhos nas Montanhas dos Gigantes ficaram vazios, o estranho é que há pouquíssimos mercadores rumando à Boêmia. Nossos agentes já não seguem em missões para a Silésia com a mesma vontade de antigamente, os emissários vociferantes de Hradec e Tábor também parecem ter silenciado. As pessoas falam, o assunto está virando uma fofoca, crescendo como uma bola de neve. Dizem que Piotr de Bielau teria sido cruelmente esfaqueado. E que nem sequer um lugar sagrado poderia salvar Pfefferkorn, uma vez que a morte o alcançou na igreja. Hanush Throst fugia à noite, mas o anjo da vingança provou ser capaz de ver e matar não só ao meio-dia, mas também na escuridão noturna. Reverendíssimo, fui eu quem lhe passou os sobrenomes, então a minha consciência deveria estar pesada.

— Se quiser, eu posso absolvê-lo. Agora mesmo. Sem nenhum pagamento.

— Muito obrigado. — Era impossível que o boêmio não tivesse ouvido o deboche, mas ele não deixou transparecer nada. — Muito obrigado, mas, como sabe, sou calixtino e utraquista, não aceito a confissão oral.

— O problema é seu. Quem perde é o senhor — o bispo Conrado comentou com frieza e certo menosprezo. — Eu não lhe ofereci o cerimonial, mas a paz da alma que não depende de nenhuma doutrina. Mas sua vontade é rejeitar. Neste caso, vai precisar lidar com sua consciência por conta própria. Eu só vou lhe dizer que esses mortos, Bart,

Throst, Pfefferkorn, Bielau... eram culpados. Pecaram. Já Paulo escreve para os Romanos: Porque o salário do pecado é a morte.

– Lá também – disse a Trepadeira-dos-Muros – está escrito sobre os pecadores: Que, em retribuição, se transforme sua mesa em armadilha, sua paz em emboscada.

– Amém – o boêmio acrescentou. – É uma pena, uma verdadeira lástima que esse anjo ou demônio só vele sobre a Silésia. Não faltam pecadores lá em nossas terras, na Boêmia... Lá, na Praga Dourada, de manhã e à noite alguns de nós imploram que um raio parta certos pecadores, que os queime... Ou que sejam apanhados por um demônio. Se quiserem, eu lhes dou uma lista. Com todos os nomes.

– Que lista? – perguntou a Trepadeira-dos-Muros. – Do que está falando? Está sugerindo algo? As pessoas das quais estamos falando eram culpadas e mereceram uma punição. Mas foram castigadas por Deus e por sua própria vida pecaminosa. Pfefferkorn foi morto por um colono por ciúme de sua mulher, e logo em seguida se enforcou ao se sentir culpado. Piotr de Bielau foi assassinado pelo próprio irmão feiticeiro, insano e adúltero, tomado por um surto de raiva. Albrecht Bart foi morto pelos judeus por inveja, pois era mais rico que eles. Alguns foram presos, confessarão a verdade durante as torturas. O mercador Throst foi morto por salteadores, gostava de vaguear à noite e terminou mal. O comerciante Neumarkt...

– Chega, chega – o bispo agitou a mão. – Pare, não entedie o nosso convidado. Temos um assunto mais importante e vamos voltar a ele. Isto é, ao assunto dos senhores de Praga, quais deles estão prontos para cooperar e negociar.

– Perdoem-me a honestidade – disse o boêmio após um momento de silêncio –, mas seria melhor que a Silésia fosse representada por um dos duques. Sei, está claro que as proporções devem ser mantidas, mas em Praga tivemos bastantes preocupações e problemas por causa dos radicais e fanáticos, os sacerdotes não despertam boas associações...

– O senhor prova não conhecer as proporções ao confundir os sacerdotes católicos com os hereges.

– Muitos acham – o boêmio continuava, impassível – que fanatismo é fanatismo, e que o fanatismo romano não é melhor que o taboriano. Portanto...

– Sou – o bispo Conrado cortou impetuosamente – representante do rei Sigismundo na Silésia. Sou um Piasta de sangue real. Todos os duques na Silésia, meus parentes, toda a nobreza silesiana, todos reconheceram minha liderança ao eleger-me *Landeshauptmann*. Carrego essa difícil responsabilidade desde o Dia de São Marco, *Anno Domini* 1422, tempo suficiente para eu ser conhecido mesmo lá em sua terra, na Boêmia.

– Sabemos, sabemos, sim. Mas...

– Não existe mas – tornava a cortar o bispo. – Na Silésia, governo eu. Se quiserem negociar, terão de negociar comigo. É a hora do vamos ver.

O boêmio ficou em silêncio por longo tempo.

– Vossa Excelência Reverendíssima gosta disso, gosta muito – afirmou, enfim. – Adora governar, meter-se na política, meter o nariz e o dedo em tudo. De verdade, será um golpe terrível quando alguém finalmente o privar do poder, tirá-lo, arrancá-lo de suas mãos ávidas. Como o senhor vai sobreviver a isso? E aí? Já imaginou? Nada de política! O dia inteiro, desde as Laudes até as Completas, só orações, mais nada, penitência, ensinamentos, obras de caridade. Como isso lhe soa, Vossa Reverendíssima?

– Soa bem a você – o Piasta afirmou altivamente. – Só que seu dedo é pequeno demais. Um sábio cardeal disse certa vez: os cães ladram e a caravana passa. Este mundo é e será governado por Roma. Diria que Deus quer assim, mas não vou usar o nome dele em vão. Direi, então, que é certo que o poder esteja junto das cabeças mais valiosas. E quem é, meu senhor, mais valioso que nós? E aí? Serão vocês, cavaleiros?

– Surgirá – o boêmio não desistia – um rei ou imperador poderoso. E então vai acabar...

– Vai acabar em Canossa – de novo cortou o bispo. – Diante dos mesmos muros ao pé dos quais ficou Henrique IV do Sacro Império Romano-Germânico. Aquele rei poderoso que exigiu que a clerezia, inclusive o papa Gregório VII, parasse de se intrometer na política e desde as Laudes até as Completas se ocupasse exclusivamente das orações. E aí? Preciso lhe lembrar? O prepotente ficou dois dias descalço na neve enquanto no castelo o papa Gregório usufruía dos prazeres da mesa e dos encantos vangloriados da margravina Matilde. E é com esta conclusão que terminaremos este papo. Um ensinamento para não levantar a voz contra a Igreja. Nós sempre governaremos, até o fim do mundo.

– E até mesmo depois do fim – intrometeu-se a Trepadeira-dos--Muros. – Em Nova Jerusalém, a cidade dourada atrás dos muros de jaspe, alguém precisa governar também.

– É isso mesmo – bufou o bispo. – E para os cães que uivam e ladram como sempre: Canossa! Penitência, vergonha, neve e calcanhares congelados. E para nós uma câmara cálida, um vinho toscano quente e uma margravina ávida numa cama aconchegante com um edredom macio de plumas.

– Lá na nossa terra – afirmou secamente o boêmio – os Órfãos e os taboritas já estão afiando as lâminas, preparando os manguais, lubrificando os eixos das carroças. Em breve vão chegar aqui. E tirar tudo de vocês. Vocês hão de perder palácios, o vinho, as margravinas, o poder, e, enfim, suas cabeças aparentemente valiosas. Assim será. Diria que talvez Deus queira assim, mas não usarei o nome dele em vão. Direi então: vamos fazer algo com isso. Vamos evitar que isto aconteça.

– Posso assegurá-lo, o Santo Padre Martinho...

– Deixem em paz – o boêmio estourou – o Santo Padre, o rei Sigismundo e todos os príncipes do Império, toda aquela quermesse berrante! Com os sucessivos núncios defraudando sucessivamente cada vez mais dinheiro arrecadado para a cruzada! Pela paixão de Cristo! Vocês exigem que esperemos até que lá se proclame algum acordo? Enquanto a morte nos mira nos olhos todos os dias?

– O senhor – declarou a Trepadeira-dos-Muros – não pode nos acusar de inércia. Como o senhor próprio reconheceu, nós agimos. Oramos fervorosamente, as nossas orações estão sendo ouvidas, os pecadores estão sendo punidos. Mas há muitos, e novos continuam a aparecer. Pedimos que continuem nos auxiliando.

– Ou seja, querem novos nomes?

Nem o bispo nem a Trepadeira-dos-Muros responderam. O boêmio, obviamente, não esperava resposta alguma.

– Faremos o possível. Mandaremos as listas dos apoiadores dos hussitas e dos mercadores que fazem negócios com eles. Informaremos os nomes... para que vocês possam orar por eles.

– E o demônio – desta vez tampouco alguém ousou responder. – O demônio, como sempre, acertará com precisão e infalivelmente. Pois é, também seria necessária uma ação dessas na Boêmia...

– Isso já é mais difícil – Conrado disse com firmeza. – Quem saberia melhor, senão o senhor, que lá em sua terra o próprio Diabo teria dificuldade em distinguir as facções? E adivinhar quem apoia quem contra quem e se na terça-feira continua apoiando os mesmos que apoiava na segunda-feira? O papa Martinho e o rei Sigismundo querem entrar num acordo com os hussitas. Com os sensatos. Como o senhor, por exemplo. O senhor acha que havia poucos voluntários prontos para participar do atentado contra Žižka? Não consentimos. A eliminação de certos indivíduos implicava o risco de se criar um caos, uma completa anarquia. Nem o rei nem o papa desejam isso na Boêmia.

– Pode falar assim – o boêmio bufou com desprezo – com aquele núncio, Orsini, e me poupem desse tipo de chavões. E ponha esses seus miolos aparentemente valiosos, bispo, para funcionar. Pense no interesse mútuo.

– Alguém há de morrer, seu inimigo, político ou pessoal. E o que seria mútuo?

– Já lhes disse – desta vez o boêmio tampouco fez caso do deboche – que os taboritas e os Órfãos miram a Silésia com um olhar ávido. Uns querem convertê-los, outros simplesmente saquear e pilhar. Zarparão a qualquer dia desses e desabarão sobre vocês com espada e fogo. O papa Martinho, que deseja uma reconciliação cristã, vai orar por vocês no distante Vaticano, e o Luxemburguês, desejoso de um acordo, vai se revoltar e encolerizar na distante Buda. Alberto VI e o bispo de Olomouc vão ficar aliviados por nada disso ter cabido a eles. Entretanto, vocês serão degolados, queimados em barris, serão empalados...

– Tudo bem, tudo bem – o bispo agitou a mão. – Poupe-me dos detalhes, tenho tudo isso nas pinturas em todas as igrejas da Breslávia. Pelo que entendo, o senhor quer me convencer de que uma morte violenta de alguns taboritas escolhidos vai poupar a Silésia do ataque? De um apocalipse?

– Talvez não poupe. Mas pelo menos vai atrasá-lo.

– Sem compromissos ou promessas: de quem se trata? Quem precisa ser morto? Isto é, me perdoe *lapsus linguae*: quem deveria ser incluído nas orações?

– Bohuslav de Švamberk. Jan Hvězda de Vícemilice, o *Landeshauptmann* de Hradec. De lá também Jan Czapek de San e Ambrož, o antigo pároco da Igreja do Espírito Santo. Prokop, conhecido como Pelado. Biedrzych de Strážnice...

– Mais devagar – a Trepadeira-dos-Muros ordenou com reprovação. – Estou anotando. No entanto, concentre-se, por favor, nas cercanias de Hradec Králové. Pedimos que nos entregue uma lista de hussitas ativos e radicais da região de Náchod, Trutnov e Vízmburk.

– Hum! – bradou o boêmio. – Estão planejando algo?

– Mais baixo, senhor.

– Queria levar boas-novas para Praga...

– E eu estou pedindo que fale mais baixo.

O boêmio silenciou num momento fatal para Reynevan. Querendo ver o rosto dele a qualquer custo, Reynevan subiu na ponta dos pés e se agitou sobre a bancada. A perna da mesa putrefata estourou, Reynevan caiu sobre as tábuas derrubando também paus, varas, forcados e ancinhos com um barulho que muito provavelmente podia ser ouvido na Breslávia.

Ergueu-se com ímpeto e lançou-se em fuga. Ouviu os gritos dos guardas, infelizmente não só atrás, mas diante de si também, vindos exatamente da direção para onde queria fugir. Virou por entre os edifícios. Não viu a Trepadeira-dos-Muros sair correndo do casebre.

– Espião! Espiiiião! Atrás dele! Peguem-no vivo! Vivooooo!

Um criado barrou seu caminho, mas Reynevan o derrubou, e o outro que agarrou seu braço foi atingido por um soco diretamente no nariz. Perseguido por gritos e injúrias, Reynevan pulou a cerca, atravessou os girassóis, as ortigas e as bardanas, e a floresta que o salvaria estava ao alcance de uma mão. Infelizmente, porém, seus perseguidores estavam em seu encalço. De trás de um palheiro, lansquenês vinham correndo e acossando. Um deles já estava prestes a apanhá-lo, quando Sharlei emergiu do nada e o atingiu na parte lateral da cabeça com uma enorme panela de barro. Sansão Melzinho lançou-se contra os outros atacando-os armado de uma estaca arrancada de uma cerca. Segurando horizontalmente à sua frente a vara de duas braças de comprimento, o gigante derrubou três homens num único golpe, e os dois restantes foram atingidos com tanto ímpeto que tombaram feito troncos, mergulhando no meio das bardanas como que derrubamos de um despenhadeiro rumo ao mar. Sansão Melzinho sacudiu a vara e bramiu como um leão numa pose idêntica à do famoso xará bíblico que ameaçava os filisteus. Os lansquenês pararam por um momento, mas só por um momento mesmo, pois reforços vinham correndo desde a granja. Sansão, lançou a vara na direção dos soldados e se retirou seguindo os passos de Sharlei e de Reynevan.

Montaram as selas num pulo, instigando os cavalos a galope com golpes dos calcanhares e com gritos. Correram através do bosque de faias levantando folhas, galoparam pelo arvoredo protegendo-se dos galhos que machucavam seus rostos. Atravessaram e agitaram as poças d'água na senda e adentraram a densa floresta.

– Não parem! – Sharlei gritou ao se virar. – Não parem! Estão atrás da gente!

De fato, continuavam sendo perseguidos. O retumbar dos cascos e os gritos ressoavam na floresta atrás deles. Reynevan olhou para trás e viu as silhuetas de ginetes. Encostou o rosto ao pescoço do cavalo para que os galhos não o varressem da sela. Por sorte, saíram da mata para uma floresta menos espessa e instigaram os cavalos a galope. O cavalo castanho de Sharlei corria feito um furacão, aumentava a distância. Reynevan forçou o corcel a uma corrida mais veloz. Era muito arriscado, mas não pretendia ficar na retaguarda sozinho.

Olhou para trás outra vez. Seu coração congelou e desceu até o ventre quando viu aqueles que os perseguiam – as silhuetas dos cavaleiros com capas que pareciam asas espectrais esvoaçando na altura dos ombros. Ouviu um grito.

– *Adsumus! Adsumuuuus!*

Corriam com toda a potência dos cascos dos corcéis. De repente, o cavalo de Henrique Hackeborn roncou e o coração de Reynevan desceu mais ainda. Apoiou o rosto na crina. Sentiu o cavalo saltar, por iniciativa própria, percorrendo um buraco formado por uma árvore tombada ou uma vala.

– *Adsumuus!* – ressoava o grito atrás. – *Adsuuumuuuus!*

– Para o barranco! – Sansão Melzinho gritou na frente. – Para o barranco, Sharlei!

Embora corresse a pleno galope, Sharlei avistou o barranco – uma ravina, um desfiladeiro, uma senda num pequeno vale. Dirigiu o cavalo para lá momentaneamente, o cavalo castanho relinchou escorregando sobre o tapete de folhas que cobria a encosta. Sansão Melzinho e Reynevan correram atrás dele. Esconderam-se no barranco, mas não diminuíram a velocidade, não pararam os cavalos. Corriam desenfreadamente sobre o musgo que abafava o retumbar dos cascos. O cavalo de Henrique Hackeborn voltou a roncar mais alto algumas vezes seguidas. O cavalo de Sansão Melzinho também roncava, seu peito parecia estar todo ensaboado, soltava bocadas de espuma. O cavalo castanho de Sharlei não apresentava nenhum sinal de cansaço.

A ravina sinuosa os levou para uma clareira, atrás da qual havia um bosque de aveleiras, espesso feito um matagal. Conseguiram atravessá-lo, passar para uma alta floresta que podia ser percorrida a galope. Galopavam, então, e os cavalos roncavam cada vez mais.

Depois de um tempo, Sansão Melzinho desacelerou e ficou atrás. Reynevan entendeu que precisava fazer o mesmo. Sharlei olhou para trás e parou o cavalo castanho.

– Parece... – arfou quando os outros o alcançaram. – Parece que ficaram para trás. Cacete, em que apuros você nos meteu de novo, Reinmar?

– Eu?

– Diabos! Eu vi aqueles ginetes! Eu o vi se encolhendo de medo ao vê-los! Quem são eles? Por que berravam: *"Adsummus"*?

– Não sei, juro...

– Seus juramentos não prestam para nada. Pft, quem quer que sejam, conseguimos...

– Ainda não conseguimos – Sansão Melzinho disse com uma voz alterada. – O perigo ainda não passou. Cuidado. Cuidado!

– O quê?

– Algo se aproxima.

– Não ouço nada!

– Mas se aproxima... Algo ruim. Algo muito ruim.

Sharlei virou o cavalo e, em pé nos estribos, olhava em volta e aguçava os ouvidos. Reynevan, pelo contrário, encolheu-se na sela, pois a voz alterada de Sansão Melzinho o deixou apavorado. O cavalo de Henrique Hackeborn roncou e bateu os cascos. Sansão Melzinho gritou. Reynevan berrou.

E foi então que, não se sabe de onde ou como, foram atacados por morcegos que caíam de um céu sinistro.

Não eram, obviamente, morcegos comuns. Embora fossem apenas um pouco maiores que morcegos normais, no máximo duas vezes, tinham cabeças estranhamente grandes, orelhas enormes, olhos que ardiam como carvões esbraseantes e focinhos cheios de caninos brancos. E havia um monte deles, uma nuvem, um enxame inteiro. Suas asas estreitas silvavam e cortavam feito iatagãs.

Reynevan agitava os braços como um louco, rebatendo as bestas que atacavam ferozmente; gritando de terror e asco, arrancava aqueles que se enganchavam em sua nuca e em seus cabelos. Conseguia abater alguns e os golpeava como se fossem bolas, agarrava outros e os esmagava, mas os restantes arranhavam seu rosto, mordiam suas mãos, mordiscavam dolorosamente suas orelhas. Ao lado, Sharlei agitava seu sabre ao redor de si e às cegas, o espesso sangue negro dos morcegos respingava com abundância. Na cabeça de Sharlei havia uns quatro, Reynevan viu fios de sangue escorrendo pela testa e pelas bochechas do demérito. Sansão Melzinho lutava em silêncio, esmagava os monstros que grudavam nele, agarrando-os com os punhos, um par por vez. Os cavalos enlouqueciam, coiceavam, relinchavam de uma forma selvagem.

O sabre de Sharlei silvou logo acima da cabeça de Reynevan, a lâmina raspou seu cabelo varrendo um morcego, uma besta enorme, gorda e excepcionalmente agressiva.

– Pés em polvorosa! – o demérito rugiu. – Precisamos fugir! Não podemos ficar aqui!

Reynevan instigou o cavalo e, subitamente, entendeu. Não eram morcegos comuns, eram monstros criados por um feitiço, e isso podia significar apenas uma coisa: que tinham sido enviados pela perseguição e que ela os alcançaria em breve. Lançaram-se a galope, não precisavam apressar os cavalos, os corcéis em pânico se esqueceram do cansaço e corriam como se estivessem sendo perseguidos por lobos. Os morcegos não ficaram para trás, continuavam a atacar, mergulhar e cair sobre eles sem parar, mas a pleno galope era difícil se defender deles. O único que conseguia fazê-lo era Sharlei, que agitava seu sabre e golpeava os morcegos com tanta destreza como se tivesse nascido e passado toda a juventude na Tartária.

E mais uma vez constataram que Reynevan era mais perseguido pelo azar do que o fora Jonas. Os morcegos mordiscavam os três, mas foi no cabelo à testa de Reynevan que uma das criaturas se enganchou, vendando seus olhos por completo. Os monstrengos atacavam os três cavalos, mas foi no ouvido do animal de Reynevan que um deles se enfiou. O cavalo se retorceu, relinchou selvagemente, sacudiu a cabeça abaixada e coiceou lançando a garupa para cima com tanta energia que Reynevan, ainda sem enxergar nada, voou da sela como um projétil de uma catapulta. O cavalo, privado do peso, galopou desvairadamente e teria fugido para a floresta não fosse por Sansão Melzinho, que conseguiu segurar as rédeas e prendê-lo. Foi então que Sharlei pulou da sela e, com o sabre erguido, lançou-se por entre os juníperos onde uma nuvem de morcegos se aglomerava sobre Reynevan, que rolava na grama alta, como os sarracenos sobre um paladino derrubado no chão. Gritando sortilégios e ofensas repugnantes, o demérito agitava o sabre cortando e fazendo o sangue jorrar. Ao lado, Sansão Melzinho lutava na sela com uma única mão – com a outra segurava ambos os cavalos, que se sacudiam. Só alguém com tamanha força como ele podia fazer algo parecido.

Entretanto, Reynevan foi o primeiro a notar que novas forças entraram no combate. Talvez pelo fato de estar de quatro e tentar sair do alvoroço com o nariz quase arranhando o chão. Reparou que, de repente, a grama se aplainou, como se atingida por uma ventania. Ergueu a cabeça e a uns vinte passos de distância viu um homem, quase um idoso, mas de estatura gigantesca, com olhos ardentes e uma juba de cabelos branca como leite. O ancião segurava um cajado estranho, nodoso, recurvo, fantasticamente retorcido, uma verdadeira serpente petrificada nos paroxismos da agonia.

– Para o chão! – o ancião gritou com voz retumbante. – Não se levante!

Reynevan se esticou quase achatado no chão. Sentia a estranha ventania silvar sobre sua cabeça. Ouviu o xingamento abafado de Sharlei. E um repentino e penetrante chiado dos morcegos, que até então atacavam no meio de um silêncio absoluto. O chiado silenciou tão rápido quanto ressoara. Reynevan ouviu e sentiu granizos caindo, batendo contra o solo surdamente como maçãs maduras. Sentia também uma chuva mais miúda, fina, seca sobre os cabelos e sobre as costas. Olhou ao redor. Em volta, por onde olhasse, jaziam morcegos mortos, e de cima dos galhos das árvores caía uma chuva constante e espessa de insetos mortos – besouros, escaravelhos, aranhas, lagartas e mariposas.

– *Matavermis...* – suspirou. – Foi *Matavermis...*

– Olhe só – disse o ancião. – Um perito! É jovem, mas experiente. Levante-se. Já pode.

O ancião, àquela altura já era possível afirmá-lo, não era nenhum ancião. Obviamente, tampouco era um jovenzinho, mas Reynevan juraria que a brancura de seu cabelo não era necessariamente o resultado de idade avançada, mas de um albinismo comum entre os magos. Assim como seu tamanho gigantesco, um efeito criado pela magia. O homem de cabelos brancos apoiado num cajado era de fato alto, porém, não era uma estatura sobrenatural.

Sharlei se aproximou chutando os morcegos mortos que jaziam no meio da grama. Veio Sansão Melzinho com os cavalos. O indivíduo de cabelos brancos fitou-os por um instante, dedicando especial atenção a Sansão Melzinho.

– Três – disse. – Interessante. Procurávamos dois.

O porquê daquele plural Reynevan soube antes que perguntasse. Os cascos retumbaram e a clareira se encheu de cavalos que roncavam.

– Cumprimentos – Notker von Weyrach gritou do alto da sela. – Encontramo-nos, afinal. Isto é o que chamo de sorte.

– Sorte – Buko von Krossig repetiu com um deboche semelhante ressoando em sua voz, pressionando levemente o demérito com o cavalo. – Inclusive num lugar completamente diferente daquele que havia sido combinado! Completamente diferente!

– O senhor não é confiável – Tassilo de Tresckow acrescentou, erguendo a viseira de seu bacinete. – Você não cumpre acordos. E isso é reprovável.

– E, ao que vejo, o castigo não lhe foi poupado – Kuno von Wittram bufou. – Pelo bastão de São Gregório Milagroso! Vejam só suas orelhas mordiscadas!

– Precisamos nos retirar daqui – o indivíduo de cabelos brancos interrompeu a cena que se desenrolava diante dos olhos de um espantado Reynevan. – A perseguição está se aproximando. Os cavaleiros estão seguindo o rastro!

– Não falei? – Buko von Krossig bufou. – Que os estamos salvando, libertando o rabo deles da forca? Vamos, então. Senhor Huon? Essa perseguição...

– Não é pouca coisa – o indivíduo de cabelos brancos examinou o morcego que segurava pela ponta da asa e em seguida olhou para Sharlei e Sansão Melzinho. – Sim, não são pouca coisa aqueles que estão vindo aqui... Reconheci, reconheci pelo comichão nos dedos... Pois é... Vocês são pessoas interessantes, verdadeiramente interessantes... Seria possível afirmar: mostre-me quem o persegue e eu lhe direi quem você é.

– Caramba! – gritou Pashko Rymbaba enquanto dava meia-volta com o cavalo. – Grande coisa! Deixe que venham e nós lhes daremos uma surra daquelas!

– Não creio que seja tão fácil – disse o sujeito de cabelos brancos.

– Nem eu – Buko também examinava os morcegos. – Senhor Huon? Por obséquio?

O indivíduo de cabelos brancos chamado de Huon não respondeu. Em vez disso, inclinou o cajado retorto. Subitamente, das gramas e samambaias começou a subir uma neblina branca e espessa como fumaça. Instantaneamente, a floresta desapareceu mergulhada nela por completo.

– Um velho feiticeiro – Notker von Weyrach murmurou. – Dá calafrios...

– Imagine! – Pashko bufou alegremente. – A mim não dá nada.

– Para as pessoas que nos perseguem – Reynevan atreveu-se a falar – a neblina pode não ser necessariamente um obstáculo. Mesmo uma neblina mágica.

O indivíduo de cabelos brancos virou-se. Mirou os olhos de Reynevan.

– Eu sei – disse. – Eu sei, senhor *expert*. A neblina não é para elas, mas para os cavalos. Por isso, vão embora daqui o mais rápido possível com os seus. Se eles sentirem o vapor, vão enlouquecer.

– Andemos, *comitiva*!

CAPÍTULO XXIII

No qual as coisas repentinamente assumem um caráter tão criminoso que, se as tivesse previsto o cônego Otto Beess, Reynevan teria sido tonsurado e encerrado numa clausura cisterciense sem qualquer afã. E o próprio Reynevan começa a se perguntar se tal alternativa não teria sido de fato a melhor para lhe preservar a integridade física e moral.

Os carvoeiros e alcatroeiros de um vilarejo ali perto, que se dirigiam, ao amanhecer, para o local de trabalho, ficaram alarmados e apreensivos com os barulhos vindos de lá. Os mais covardes fugiram de imediato. Foram acompanhados pelos mais sensatos, que corretamente compreenderam que naquele dia não haveria trabalho, o carvão não seria queimado, o alcatrão e o betume não seriam destilados, e que, não obstante, eles mesmos poderiam, ainda, levar uma surra. Apenas alguns dos mais corajosos se atreveram a esgueirar-se até a alcatroaria, chegando o mais próximo possível para, cuidadosamente escondidos atrás dos troncos das árvores, avistar na clareira algo como quinze cavalos e o mesmo número de homens encouraçados, dos quais uma parte portava armadura completa. Os carvoeiros observaram os cavaleiros gesticulando com vivacidade, gritando e xingando. Aquilo serviu para enfim convencer os primeiros de que não tinham mesmo nada para fazer ali e que deviam partir enquanto ainda podiam. Os cavaleiros discutiam, contendiam, alguns deles bastante enfurecidos; e deles um pobre camponês podia esperar apenas o pior, já que era precisamente nos pobres camponeses que costumavam descarregar a ira e a insatisfação. Pois, enquanto nobres enraivecidos costumavam tratar camponeses com socos na cara, chutes no traseiro ou açoites nas costas, os cavaleiros em fúria não se incomodavam em fazer uso de uma espada, uma clava ou um machado.

Os carvoeiros fugiram. E alertaram o vilarejo. Pois os cavaleiros em fúria tinham também o costume de incendiar os povoados.

* * *

Na clareira dos carvoeiros travava-se de fato uma fervorosa discussão. Buko von Krossig berrava tanto que os cavalos, assustados, tinham de ser contidos pelos pajens. Pashko Rymbaba gesticulava, Voldan de Osiny praguejava, Kuno von Wittram invocava os santos como testemunhas. Sharlei mantinha alguma calma. Notker von Weyrach e Tassilo de Tresckow tentavam apaziguar os ânimos.

O mago de cabelos brancos estava sentado sobre um toco de árvore ali perto e demonstrava desprezo.

Reynevan já sabia qual era o motivo da disputa. Fora informado no caminho, enquanto galopavam à noite pelas florestas, vagando em meio a carvalhos e faias, de tempos em tempos olhando sobre os ombros para se certificarem de que não despontariam da escuridão os seus perseguidores, de que não apareceriam os ginetes com suas capas esvoaçantes. Mas nenhum algoz deu as caras, e assim se fez possível a conversa. Foi então que Reynevan se inteirou de tudo pela boca de Sansão Melzinho. E ficou pasmo com o que ouviu.

– Não entendo... – disse ele depois de esfriar a cabeça. – Não entendo como vocês decidiram se meter nessa encrenca!

Sansão virou-se para ele e redarguiu:

– Você está dizendo que, se fosse um de nós que estivesse nessa situação, você não faria nada para nos socorrer? Nem mesmo uma tentativa desesperada? É isso o que você está dizendo?

– Não, não é nada disso. Só não entendo como...

– Pois é exatamente isso que estou tentando lhe explicar – o gigante cortou-o com uma aspereza que não lhe era comum. – Mas você, com seus arroubos de indignação, segue me interrompendo. Apenas ouça. Soubemos que você seria levado até o castelo Stolz para ser morto logo em seguida. Sharlei, antes disso, já tinha avistado o carro preto do cobrador de impostos. Então, quando Notker von Weyrach surgiu inesperadamente com sua *comitiva*, o plano se elaborou sozinho.

– Ajudá-los a assaltar o cobrador de impostos, tomar parte de um roubo em troca de ajuda para me libertar?

– Exatamente. Eu mesmo não poderia ter resumido tão bem. Foi esse o acordo que fizemos. E já que Buko von Krossig soube da empreitada, provavelmente por algum linguarudo, tivemos de incluí-lo também.

– E agora estamos lascados.

– Estamos – concordou Sansão com bastante tranquilidade.

E de fato estavam. A discussão na clareira dos carvoeiros se tornava cada vez mais intensa, tão intensa que, para alguns dos envolvidos, já não bastavam apenas palavras. Era esse o caso, em particular, de Buko von Krossig. O barão gatuno foi até Sharlei e lhe agarrou o peitilho do gibão com ambas as mãos.

– Se você falar mais uma vez a palavra "inútil" – vociferou furiosamente –, vai se arrepender. O que você está querendo me dizer, seu vagabundo? Você acha que eu não tenho nada melhor para fazer do que correr pelas florestas na esperança de conseguir algum espólio? Não diga que foi tudo em vão, pois minha mão está coçando para...

– Calma, Buko – interveio Notker von Weyrach num tom conciliatório. – Para que recorrer à violência? Talvez a gente consiga entrar num acordo. E, senhor Sharlei, permita-me dizer que o senhor não agiu corretamente. O acordo era que vocês iriam seguir o cobrador de impostos desde Ziębice e nos informar do caminho que ele tomaria e de onde iria parar. Esperamos por vocês. Era uma empreitada colaborativa. E o que vocês fizeram?

– Quando pedi a ajuda de vocês em Ziębice – disse Sharlei, alisando a vestimenta –, quando paguei por ela com uma informação e uma oferta lucrativas, qual foi a resposta que me deram? Que os senhores talvez ajudassem a libertar o aqui presente Reinmar Hagenau se, e eu cito, "assim lhes conviesse". E que eu não ganharia nem um centavo do espólio tomado no assalto. É essa a concepção de empreitada colaborativa que defendem?

– Tratava-se do seu companheiro. E de libertá-lo...

– E livre ele está. Ele mesmo se libertou, graças à própria astúcia. Assim, deveria estar claro que a ajuda já não me é necessária.

Weyrach descruzou os braços enquanto Tassilo de Tresckow praguejava e Voldan de Osiny, Kuno von Wittram e Pashko Rymbaba começavam a berrar um mais alto que o outro. Buko von Krossig silenciou-os com um gesto impetuoso.

– Foi tudo para salvar-lhe a pele, certo? – perguntou ele com os dentes cerrados, apontando para Reynevan. – E agora que está livre, nós já não lhe temos mais serventia, senhor Sharlei? O acordo foi nulo e desfeito, e a palavra, levada pelo vento? É uma grande ousadia de sua parte, senhor Sharlei! Pois considere que, já que a pele de seu amigo é assim tão valiosa, se zela tanto pela integridade dele, eu posso devastá-la num instante! Portanto, não seja insolente dizendo-me que o acordo não está mais de pé só porque seu companheiro está seguro. Pois aqui, nesta clareira, estando ao alcance das minhas mãos, nenhum dos dois se encontra em segurança!

– Calma – disse Weyrach, erguendo a mão para conter Buko. – Controle-se. E você, senhor Sharlei, faça o favor de moderar o tom.

Seu companheiro está livre? Bom para você. O senhor não precisa mais de nós? Pois menos ainda precisamos nós do senhor. Siga seu caminho se assim o deseja. Mas antes agradeça a ajuda. Pois ainda ontem os salvamos da forca, como alguém aqui, com razão, já observou. Tivessem os alcançado aqueles que os perseguiam na noite passada, seus problemas teriam sido bem maiores do que as orelhas que lhes ardem. Já se esqueceu disso? É verdade, o senhor se esquece com facilidade. Pois, então, antes de se despedir, apenas diga qual caminho tomou o cobrador de impostos. E passe bem, que o Diabo o carregue.

Sharlei limpou a garganta e curvou-se ligeiramente, não na direção de Buko ou de Weyrach, mas na do mago de cabelos brancos que permanecia sentado sobre o toco de árvore, observando a cena com indiferença.

– Por sua ajuda noturna, sou-lhe grato. E vale lembrar que não faz nem uma semana que salvamos os rabos do senhor Rymbaba e de Wittram nos arredores de Lutomia. Estamos, portanto, quites. Quanto ao cobrador de impostos, infelizmente não sei por onde seguiu. Perdemos o rastro do séquito anteontem à tarde. E, uma vez que encontramos Reinmar pouco antes do anoitecer, o cobrador deixou de ser do nosso interesse.

– Me segurem! – bramiu Buko von Krossig. – Me segurem, antes que eu mate este filho da puta! Que raios me partam! Vocês ouviram isso? Ele perdeu o rastro! E perdeu o interesse pelo cobrador! Mil grivnas deixaram de despertar o interesse deste filho de uma cadela! Nossas mil grivnas!

– Que mil grivnas? – soltou Reynevan, sem pensar. – Não havia mil. Havia... apenas... quinhentas... – complementou, dando-se conta, na mesma hora, da burrice que havia cometido.

Buko von Krossig desembainhou a espada com um movimento tão ágil que o ranger da lâmina na bainha parecia ainda pairar no ar quando o gume foi encostado à garganta de Reynevan. Sharlei conseguiu dar apenas meio passo antes que topasse com as lâminas de Weyrach e de Tresckow, que, com velocidade similar, tocaram seu peito. As espadas dos demais bloquearam Sansão Melzinho, deixando-o em xeque. Todas as aparências de rude bom humor evaporaram, como se dissipadas pelo vento. Os barões gatunos, com seus olhos estreitos, malévolos e cruéis, não deixavam nenhuma dúvida de que fariam uso das armas. E sem o menor escrúpulo.

O mago de cabelos brancos, ainda sentado sobre o toco, deu um suspiro e meneou a cabeça. Contudo, mantinha a expressão de indiferença.

– Humbertinho – Buko von Krossig falou calmamente, dirigindo-se a um dos pajens. – Pegue uma correia, faça um laço e amarre naquele ramalho. Não se atreva a fazer nenhum movimento, Hagenau.

– Não se atreva a fazer nenhum movimento, Sharlei – repetiu, como um eco, Tassilo de Tresckow.

As espadas dos cavaleiros restantes pressionaram com mais força o peito e o pescoço de Sansão Melzinho.

Buko, sem tirar da garganta de Reynevan o gume da espada, aproximou-se e fitou-o diretamente nos olhos.

– Quer dizer que no carro do cobrador de impostos há não mil, mas, sim, quinhentas grivnas. E você sabia disso. Então sabe também qual rumo tomou o carro. Rapaz, você tem uma escolha muito simples: ou canta como um canário, ou vai passar seus últimos momentos balançando as pernas pendurado naquele galho.

* * *

Os barões gatunos tinham pressa e impunham um ritmo feroz. Não poupavam os cavalos. Quando o terreno permitia, instigavam-nos num galope desenfreado.

Weyrach e Rymbaba davam prova de que conheciam a região e guiavam os demais pelos atalhos.

Precisaram desacelerar quando uma senda pela qual seguiam os levou a atravessar uma área pantanosa no vale do ribeirão Budzówka, o afluente esquerdo do rio Nysa Kłodzka. Foi só então que Sharlei, Sansão e Reynevan tiveram oportunidade de conversar um pouco.

– Não façam nenhuma besteira – advertiu Sharlei em voz baixa. – E não tentem fugir. Esses dois aqui atrás carregam bestas e não desgrudam os olhos de nós. É melhor seguir com eles, obedientemente...

– E tomar parte em um assalto? – concluiu Reynevan com ironia. – De fato, Sharlei, a convivência com você me levou longe. Virei um assaltante.

– Eu gostaria de lembrá-lo – interveio Sansão – de que fizemos isso por você. Para salvar a sua vida.

– O cônego Beess – acrescentou Sharlei – mandou que eu o vigiasse e o protegesse, Reinmar...

– E fazer de mim um fora da lei?

– É graças a você – respondeu o penitente, incisivo – que rumamos para Ściborowa Poręba, foi você quem revelou a Krossig o local da parada do cobrador de impostos. E o fez de pronto; ele nem precisou sacudi-lo de verdade. Tivesse você resistido com mais afinco e permanecido calado, seria agora um enforcado honesto, com a consciência tranquila. Parece que você se sentiria melhor nesse papel.

– Um crime é sempre...

Sharlei resmungou, agitou a mão num gesto de desdém e instigou o cavalo.

Uma névoa emergia do pântano, que falseava e chapinhava sob os cascos dos cavalos. Os sapos coaxavam, as mutucas zumbiam, os gansos selvagens grasnavam. As patas e os patos gracitavam inquietantemente e levantavam voo, fazendo a água se agitar. Algo grande, como um alce, andava no meio da floresta.

– Sharlei fez aquilo por você – disse Sansão. – Você está sendo injusto comportando-se dessa maneira.

– Um crime... – disse Reynevan, pigarreando – será sempre um crime. Nada vai justificá-lo.

– É mesmo?

– Nada. Não se pode...

– Quer saber uma coisa, Reynevan? – cortou-o Sansão Melzinho, demonstrando, pela primeira vez, algo semelhante a irritação. – Vá jogar xadrez. Lá, será tudo ao seu gosto. Aqui, preto; ali, branco; e os campos todos quadrados.

* * *

– Como vocês souberam que eu seria morto em Stolz? Quem lhes contou?

– Você vai ficar surpreso. Uma jovem mulher, mascarada, envolta hermeticamente numa capa. Foi nos encontrar à noite na taberna. Escoltada por pajens armados. Ficou surpreso?

– Não.

Sansão não perguntou por quê.

* * *

Mesmo à distância era possível perceber que não havia ninguém em Ściborowa Poręba, nem uma alma viva. Assim, os barões gatunos de pronto se abstiveram de seu plano original, de entrar na clareira esgueirando-se, e a adentraram vigorosamente, a todo galope, com estrondos e estampidos. Seus gritos espantaram apenas as gralhas, que se alimentavam junto aos restos de uma fogueira no interior de um círculo de pedras.

O grupo se dispersou e foi investigar as choças nas cercanias. Buko von Krossig virou-se na sela e cravou os olhos ameaçadores em Reynevan.

– Deixe-o em paz – advertiu Notker von Weyrach. – Ele não mentiu. Dá para ver que alguém esteve aqui.

– Havia um carro – disse Tassilo de Tresckow, aproximando-se. – Há rastros de rodas.

– A grama está toda sulcada pelas ferraduras – informou Pashko Rymbaba. – Muitos cavalos passaram por aqui!

– As cinzas na fogueira ainda estão quentes – afirmou Humbertinho, o pajem de Buko, um homem de idade já avançada que desmentia o diminutivo. – Ao redor há ossos de carneiros e restos de nabo.

– Chegamos tarde – concluiu soturnamente Voldan de Osiny. – O cobrador de impostos esteve aqui. E partiu. Chegamos tarde demais.

– É o que parece – rosnou Krossig. – Assumindo que o moleque não nos enganou. Eu não simpatizo com ele, esse Hagenau. Quem os perseguiu à noite, hein? Quem atiçou os morcegos contra vocês? Quem...

– Deixe pra lá, Buko – Weyrach interrompeu-o outra vez. – Você está divagando. Vamos, *comitiva*, deem uma volta pela clareira, procurem rastros. Precisamos decidir o que fazer.

Os barões gatunos dispersaram-se novamente, alguns desmontaram dos cavalos e espalharam-se para vasculhar as cabanas. Para o espanto de Reynevan, Sharlei se juntou à busca. O mago de cabelos brancos, porém, sem dar a mínima atenção àquela comoção, estendeu uma samarra, sentou-se sobre ela e sacou dos alforjes um pão, um pedaço de carne-seca e um odre.

– E você, senhor Huon – disse Buko, franzindo o cenho –, não considera nos ajudar nas buscas?

O mago tomou um gole do odre e deu uma mordida no pão.

– Não.

Weyrach bufou. Buko praguejou em voz baixa. Voldan de Osiny veio até eles.

– É difícil tirar conclusões a partir desses rastros – disse, antecipando-se à pergunta. – Tudo que se pode dizer é que havia muitos cavalos.

– Isso já sabemos – redarguiu Buko, outra vez medindo Reynevan com um olhar mal-encarado. – Mas gostaria de ter mais detalhes.

Muitos homens acompanhavam o cobrador? Quem eram? Estou falando com você, Hagenau!

– Um sargento e cinco encouraçados – balbuciou Reynevan. – Além deles...

– E aí? Fale! E olhe nos meus olhos quando lhe faço uma pergunta!

– Quatro Irmãos Menores... – Reynevan já havia decidido de antemão abster-se de mencionar a pessoa de Tibaldo Raabe e, após um instante de reflexão, estendeu a decisão a Hartwig von Stietencron e à sua filha jaburuzinha. – E quatro peregrinos.

– Frades mendicantes e peregrinos – disse Buko, deixando ver os dentes sob o lábio que se contorcia numa careta. – Montados em cavalos com ferraduras? Hum? Alguma coisa não cheira bem nessa história...

– Ele não está mentindo – interveio Kuno von Wittram, que chegou troteando e lançou diante deles um cordão amarrado. – Branco – declarou. – De um franciscano!

– Diabos! – praguejou Notker von Weyrach, franzindo o cenho. – O que aconteceu aqui?

– Seja lá o que aconteceu, já aconteceu! – bramiu Buko, batendo a palma da mão contra o cabo da espada. – O que me importa? O que eu quero é saber onde está o cobrador de impostos, onde estão o carro e o dinheiro! Alguém pode me dizer? Senhor Huon von Sagar?

– Estou comendo.

Buko soltou um palavrão.

– Três caminhos partem da clareira – afirmou Tassilo de Tresckow. – Mas há rastros em todos eles. É impossível dizer para onde foi o cobrador de impostos.

– Se é que foi para algum lugar – interveio Sharlei, emergindo do matagal. – Acho que não foi a lugar nenhum. Acredito que ele ainda está aqui.

– Como? De onde você tirou isso? Como chegou a tal conclusão?

– Usando a razão.

Buko von Krossig disparava xingamentos como se não houvesse amanhã. Notker von Weyrach o conteve com um gesto e então lançou um olhar incisivo para o penitente.

– Diga, Sharlei. O que você encontrou? O que sabe?

– Os senhores não queriam compartilhar conosco o espólio – redarguiu o demérito, com a cabeça erguida, afetando empáfia. – Portanto, não me considere um rastreador. Sei o que sei. E isso não é da conta de ninguém.

– Deixe eu botar minhas mãos... – rosnou Buko, furioso.

Weyrach o detere outra vez. E, voltando-se para Sharlei, declarou:

– Ainda há pouco, nem o cobrador de impostos, nem o dinheiro despertavam seu interesse. E de repente você quer tomar parte no espólio. Alguma coisa deve tê-lo feito mudar de ideia. E eu me pergunto o que teria sido.

– Muita coisa mudou. Se tivermos a sorte de conseguir botar as mãos no espólio, isso não se dará com o assalto ao cobrador. Agora nós o recuperaremos ao roubar os ladrões. E nisso tomarei parte de bom grado, pois julgo ser moralmente correto roubar de um ladrão o espólio subtraído.

– Seja mais claro.

– Não há como sê-lo – afirmou Tassilo de Tresckow. – Está *tudo* claro.

* * *

O pequeno lago que se escondia em meio às árvores e era circundado por um brejo, embora até fosse pitoresco, despertava certa sensação de desassossego, se não de medo. Sua superfície parecia de piche – negra, inerte, estática, intocada por qualquer forma de vida, completamente imóvel. Ainda que as pontas dos abetos refletidas na água balançassem de leve com o vento, a lisura do espelho d'água permanecia inabalada, desprovida do menor sinal de ondas. A água, espessa por causa das algas, demonstrava algum sinal de movimento apenas quando pequenas bolhas de gás emergiam das profundezas, dispersavam-se lentamente e estouravam na superfície oleosa, coberta de lentilhas-d'água, da qual, feito mãos de um cadáver, se eriçavam galhos de árvores.

Reynevan estremeceu. Adivinhava o que o penitente havia descoberto. "Jazem na lama", pensou ele, "nas profundezas desse abismo negro. O cobrador de impostos. Tibaldo Raabe. A filha espinhenta de Stietencron, com as sobrancelhas arrancadas. E quem mais?"

– Olhem – disse Sharlei, apontando. – Ali.

O brejo cedia sob seus pés, borrifando a água expelida por aquele tapete esponjoso de musgo à medida que era espremido.

– Alguém tentou encobrir os rastros – continuava o demérito, ainda apontando para o chão –, mas dá para ver nitidamente por onde os cadáveres foram arrastados. Aqui, nas folhas, há vestígios de sangue. Ali também. E mais para lá. Sangue por toda parte.

– Isto significa... – disse Weyrach, esfregando o queixo – que alguém...

– Que alguém assaltou o cobrador de impostos – concluiu Sharlei tranquilamente. – Deu cabo dele e de sua escolta. E se desfez dos cadáveres aqui, na lagoa, usando as pedras retiradas da fogueira para fazer peso e arrastá-los para baixo. Bastava ter examinado a fogueira com mais atenção...

– Muito bem, muito bem – interrompeu-o Buko. – E o dinheiro? O que aconteceu com o dinheiro? Será que isso significa...

– Significa – disse Sharlei, olhando com certo desdém para o outro – exatamente o que você está pensando. Supondo que você pense.

– Que o dinheiro foi roubado?

– Bravo!

Buko ficou em silêncio por algum tempo, rubejando cada vez mais.

– Merda! – berrou, enfim. – Deus! Vês tudo isso e não reprovas? A que ponto chegamos! Dilapidou-se a moral, extinguiu-se a virtude, morreu a decência! Roubam, assaltam, pilham e tomam tudo, absolutamente tudo! Um ladrão atrás do outro, uma rapinagem geral! Bandoleiros! Bandidos! Canalhas!

– Patifes, pelo caldeirão de Santa Cecília, um bando de patifes! – replicou Kuno von Wittram. – Cristo, por que não lanças uma praga contra eles?

– Os filhos da puta não têm respeito por nenhuma santidade! – bramou Rymbaba. – Esse dinheiro arrecadado pelo cobrador era destinado a um propósito santo!

– Verdade. O bispo recolhia dinheiro para a guerra contra os hussitas...

– Se for isso mesmo – balbuciou Voldan de Osiny –, então poderia se tratar de obra do Demônio? Visto que o Diabo se aliou aos hussitas... Os hereges podem ter pedido ajuda ao Diabo... Ou o Diabo pode ter feito isso por conta própria, para contrariar o bispo... Jesus! Digo a vocês que o Diabo andou por aqui, agiram as forças do mal. O Satanás em pessoa matou o cobrador de impostos e todos os que o acompanhavam.

– E as quinhentas grivnas? – questionou Buko, franzindo o cenho. – Ele as levou para o Inferno?

– Levou – disse Voldan. – Ou transformou em merda. Já houve casos assim.

– Pode ser mesmo que tenha transformado em merda – replicou Rymbaba, acenando com a cabeça. – Pois há uma quantidade considerável ali, atrás das cabanas.

– O Demônio também pode ter afundado o dinheiro na lagoa – acrescentou Wittram, enquanto apontava para as águas. – O dinheiro não lhe tem nenhuma serventia.

– Hmm... – murmurou Buko. – Você diz que pode ter afundado? Então talvez seja o caso de...

– Jamais! – Humbertinho adivinhava o que pensava Buko, e a respeito de quem. – Nada disso! Não vou entrar aí, senhor, de forma nenhuma!

– Eu o compreendo – disse Tassilo de Tresckow. – Tampouco a mim agrada essa lagoa. Urgh! Não entraria nessas águas nem que houvesse ali não quinhentas, mas quinhentas mil grivnas.

Algo que vivia na lagoa devia tê-lo ouvido, pois, como se para confirmá-lo, a água alcatroada se agitou, borbulhou e efervesceu, fazendo emergir milhares de bolhas enormes. Um terrível fedor de podridão tomou conta do ar.

– Vamos embora daqui... – arfou Weyrach. – É melhor nos afastarmos...

Afastaram-se. Com bastante pressa. A água lodosa borrifava sob seus pés.

* * *

– O assalto ao cobrador de impostos – afirmou Tassilo de Tresckow –, se Sharlei não estiver enganado e ele tiver de fato ocorrido, se deu, a julgar pelos rastros, ontem à noite ou durante a madrugada. Então, se nos esforçarmos um pouco, podemos alcançar os bandidos.

– Mas sabemos que rumo tomaram? – grunhiu Voldan de Osiny. – Há três sendas que saem da clareira. Uma leva em direção à estrada de Bardo. Outra, para o sul, no sentido de Kamieniec. A terceira, para o norte, para Frankenstein. Antes que partamos atrás deles, valeria a pena saber por qual dos três caminhos deveríamos seguir.

– De fato – assentiu Notker von Weyrach, pigarreando com força, ao mesmo tempo olhando para Buko e apontando com os olhos para o mago de cabelos brancos que, sentado ali perto, examinava Sansão Melzinho. – De fato, valeria a pena saber. Não quero ser insolente, mas talvez alguém pudesse se valer da feitiçaria para esse objetivo, não? O que acha, Buko?

O mago certamente escutou aquelas palavras, mas nem sequer virou a cabeça. Buko von Krossig engoliu um xingamento.

– Senhor Huon von Sagar!

– O quê?

– Estamos procurando o rastro! Talvez o senhor possa nos ajudar?

– Não – o mago respondeu com desprezo. – Não tenho o menor desejo de fazê-lo.

– Não tem o menor desejo? Peste, então por que veio conosco?

– Para respirar ar fresco. E ter *gaudium*. Já me saciei com o ar. E resulta que não encontrei nenhum *gaudium*, então desejo mesmo voltar para casa.

– O espólio nos escapou por um triz!

– Bem, quanto a isso, se me permite dizê-lo, *nihil ad me attinet*.

– Eu o sustento e alimento à base dos espólios!

– O senhor? É mesmo?

Buko rubejou de raiva, mas não disse nada. Tassilo de Tresckow pigarreou baixinho e inclinou-se levemente na direção de Weyrach.

– Qual é o lance desse feiticeiro? – murmurou ele. – Afinal, ele serve a Buko von Krossig ou não?

– Serve – respondeu Weyrach em voz igualmente baixa –, só que por meio da velha Krossig. Mas fique quieto, não mencione nada a respeito disso. É um assunto delicado...

– Esse é o famoso Huon von Sagar? – perguntou Reynevan, também murmurando, para Rymbaba, que estava ao seu lado.

Pashko acenou com a cabeça e abriu a boca. Infelizmente, Notker von Weyrach tinha escutado.

– O senhor é muito curioso, senhor Hagenau – disse ele, sibilando enquanto se aproximava. – E isso não lhe convém. Não convém a ninguém do seu trio esquisito. Estamos em apuros por causa de vocês. Em contrapartida, esperar alguma ajuda de vocês é o mesmo que ordenhar um bode, não sai um pingo de leite.

– Mas isso pode mudar agora mesmo – declarou Reynevan, ajustando a postura.

– Hein?

– Vocês querem saber qual caminho tomaram aqueles que assaltaram o cobrador de impostos? Eu lhes mostrarei.

Se o espanto dos barões gatunos já era grande, seria muito difícil achar uma expressão adequada para descrever as caras de Sharlei e Sansão. Nem a palavra "pasmo" parecia dar conta da tarefa. Mesmo no olhar de Huon von Sagar despontava um brilho de curiosidade. O albino, que até então olhava para todos como se fossem transparentes, salvo Sansão, naquele mesmo momento passou a examinar Reynevan atentamente.

– Hagenau, você só nos indicou o caminho para cá, para Poręba, sob ameaça de ser enforcado – declarou Buko von Krossig, arrastando as sílabas. – E agora você quer nos ajudar de livre e espontânea vontade? Qual o motivo de tal mudança de atitude?

– Isso é assunto meu.

Tibaldo Raabe. A filha feiinha de Stietencron. Ambos com as gargantas cortadas. No fundo da lagoa, no meio do lodo. Negros por causa dos lagostins que os cobriram. E das sanguessugas. E das enguias serpeantes. E só Deus sabe do que mais.

– Isso é assunto meu – repetiu.

* * *

Não precisou procurar muito até achar o que precisava. O junco crescia nos limites do prado úmido, formando grandes touceiras. Acrescentou a ele um caule de nabiça carregado de vagens secas e amarrou três vezes com o talo de um carriço em flor.

Uma, duas, três
Segge, Binse, Hederich
Binde zu samene...

— Muito bem — declarou o mago de cabelos brancos. — Parabéns, jovem. Contudo, não disponho de muito tempo e pretendo voltar para casa o mais rápido possível. Sem querer ofendê-lo, permita-me ajudá-lo um pouco. Um pouquinho só, apenas o suficiente para, como diz o poeta, fazer a roda girar.

Inclinou seu cajado e com ele traçou um círculo apressado.

— *Yassar!* — enunciou ele guturalmente. — *Qadir al-rah!*

O ar estremeceu com o poder do encantamento, e um dos caminhos que partia de Ściborowa Poręba se tornou mais claro, mais amigável e convidativo. Isso se deu quase de imediato, muito mais rápido do que se tivessem usado apenas o nó como talismã, e o brilho que o caminho emanava era bem mais forte.

— Por ali — Reynevan apontou a rota para os barões gatunos, que olhavam boquiabertos. — Aquele é o caminho.

— A estrada para Kamieniec — disse Notker von Weyrach, o primeiro a se recompor. — Sorte nossa. E sua também, senhor Sagar, já que é no sentido de sua casa, para onde ruma com tanta pressa. Aos cavalos, *comitiva*!

* * *

— Achei! — informou Humbertinho, que fora enviado para fazer o reconhecimento, ao retornar, enquanto controlava o cavalo, que sapateava para expressar o nervosismo. — São eles, senhor Buko. Seguem a passos lentos, em conjunto, como uma coluna, pela estrada que leva a Bardo. Uns vinte homens, alguns fortemente armados.

— Vinte — repetiu Voldan de Osiny, um tanto pensativo. — Hmmm...

— E o que você esperava? — disse Weyrach, olhando para ele. — Quem você achava que matou e afundou no lago o cobrador e seu séquito, sem contar os franciscanos e os peregrinos? O Pequeno Polegar?

— E o dinheiro? — perguntou Buko objetivamente.

– Há uma carroça – respondeu Humbertinho, coçando o ouvido. – Um cofre...

– Sorte nossa. É lá que levam o dinheiro. Vamos atrás deles.

– Mas estamos certos – interveio Sharlei – de que são mesmo eles?

– Senhor Sharlei – redarguiu Buko, medindo-o com o olhar –, o senhor fala cada coisa... Seria melhor que me dissesse se podemos contar com você e seus companheiros. Vão nos ajudar?

– E o que vamos ganhar com a recuperação desse dinheiro? – Sharlei olhava para o cume dos pinheiros – Que tal dividi-lo em partes iguais, senhor von Krossig?

– Uma parte para vocês três.

– Está bem – respondeu o penitente, sem fazer questão de barganhar. Contudo, diante dos olhares recriminadores de Reynevan e Sansão, acrescentou rapidamente: – Mas desarmados.

Buko sacudiu a mão, fazendo pouco-caso, e em seguida desprendeu o machado da sela, um largo e poderoso gume preso a uma haste levemente curvada. Reynevan viu Notker von Weyrach verificar se o chicote de roldão estava girando bem sobre o cabo.

– Ouçam, *comitiva* – disse Buko. – Embora a maioria deles deva ser composta de fedelhos, estamos falando de vinte homens. Por isso, precisamos agir de maneira sensata. Façamos o seguinte: sei que a uma légua daqui o caminho passa por uma pequena ponte sobre um riacho...

* * *

Buko estava certo. O caminho levava de fato a uma pequena ponte sob a qual, num barranco estreito, mas profundo, corria um riacho que se ocultava em meio a uma brenha de amieiros, mas que permitia escutar seu sussurro pelas corredeiras. Papa-figos cantavam, e um pica-pau percutia um tronco vigorosamente.

– Não dá pra acreditar – disse Reynevan, escondido atrás dos juníperos. – Não posso acreditar que virei um bandido. Estou de tocaia numa emboscada...

– Fique quieto – Sharlei sussurrou. – Estão vindo.

Buko von Krossig cuspiu na mão, pegou o machado e fechou a viseira do elmo.

– Fiquem atentos – rosnou, e sua voz parecia vir do fundo de uma panela tampada. – Humbertinho? Está preparado?

– Estou, senhor.

– Todos sabem o que fazer? Hagenau?

– Sim, sim.

Cores tremeluziram e armaduras fulguravam do outro lado do barranco por entre as bétulas claras atrás dos bordos. Um canto ressoou. "Estão entoando *Dum iuventus floruit*", Reynevan reconheceu. "Um hino com letra de Pedro de Blois. Também costumávamos cantá-lo em Praga..."

– Estão alegres, esses filhos de uma égua – murmurou Tassilo de Tresckow.

– Eu também fico alegre quando assalto alguém – resmungou Buko. – Humbertinho, fique atento! Prepare a besta!

O canto silenciou de repente. Junto da ponte surgiu um pajem encapuzado que segurava um dardo transversalmente sobre a sela. Atrás dele vinham mais três homens portando cervilheiras, cotas de malha e mangotes de ferro e carregando bestas nas costas. Todos eles subiram vagarosamente sobre a ponte. Em seguida surgiram dois cavaleiros encouraçados *cap-à-pie*, inclusive com lanças presas aos estribos. O escudo de um deles tinha um degrau vermelho num campo prateado.

– Kauffung – murmurou Tassilo de novo. – Que diabos é isso?

As ferraduras dos cascos retumbavam sobre a ponte à medida que nela subiam mais três cavaleiros. E, atrás deles, uma parelha de cavalos de tração atrelada a uma carroça pesada recoberta com um tecido bordô. Era o cofre, que vinha escoltado por sucessivos besteiros portando cervilheiras e capelinas.

– Esperem – sussurrou Buko. – Ainda não... Deixem a carroça cruzar a ponte... Ainda não... Agora!

A corda estalou e a flecha silvou. O cavalo de um dos lanceiros empinou-se, relinchando furiosamente, e tombou, derrubando ao mesmo tempo um dos besteiros.

– Agora! – bramiu Buko, instigando o cavalo. – Pra cima deles! Atacar!

Reynevan golpeou o cavalo com os calcanhares e saiu com ímpeto de trás dos juníperos. Sharlei disparou atrás dele.

Diante da ponte já se tinha formado um tumulto, ao passo que se travava o combate. Atacaram a retaguarda do séquito – Rymbaba e Wittram lançaram-se da direita, e Weyrach e Voldan de Osiny, da esquerda. A floresta era tomada por gritos dos homens, relinchos dos cavalos e bramidos, reboadas e zunidos de ferro contra ferro.

Com uma machadada, Buko von Krossig derrubou um pajem armado com um dardo, e com outro golpe, desferido da esquerda, destroçou a cabeça do arqueiro que tentava esticar a corda da besta. Sangue e miolos respingaram sobre Reynevan, que passava ao lado. Buko virou-se na sela, pôs-se em pé nos estribos e com ímpeto fez descer o machado de batalha, que destroçou a espaldeira e quase arrancou o braço do cavaleiro com o degrau dos Kauffung sobre o escudo. Tassilo de Tresckow surgiu ao lado num galope rápido e disparou um golpe de grande amplitude que derrubou do cavalo um pajem em brigantina. Um cavaleiro encouraçado, vestido com um casaco alviceleste, barrou seu caminho e os dois entraram em combate, aço contra aço.

Reynevan alcançou a carroça. O cocheiro olhava com incredulidade para a flecha que se encravara em sua virilha até a empenagem. Sharlei veio correndo do lado oposto e, com um vigoroso empurrão, o derrubou da boleia.

– Suba! – gritou. – E fustigue os cavalos!

– Cuidado!

Sharlei mergulhou atrás do pescoço do cavalo. Tivesse ele demorado um segundo mais, teria sido atravessado por uma lança empunhada por um cavaleiro de armadura completa e escudo com um xadrez áureo-negro, que tinha tomado impulso desde a ponte. O cavaleiro chocou-se contra o cavalo de Sharlei, largou a lança e pegou a clava presa ao talim, mas não conseguiu atingir a cabeça do penitente porque Notker von Weyrach, que vinha a galope, acertou-o na celada com o chicote de roldão, fazendo um grande estrondo. Enquanto o cavaleiro vacilava na sela, Weyrach virou-se e outra vez o golpeou no meio da couraça, desta vez com tamanha força que os espinhos da bola de ferro se encravaram na chapa e ficaram presos nela. Weyrach soltou o cabo do chicote e desembainhou a espada.

– Fustigue os cavalos! – berrou para Reynevan, que naquele instante subia à boleia. – Ande! Depressa!

Um guincho selvagem ressoou desde a ponte: um garanhão com um chairel colorido destroçava o balaústre e tombava, junto com o ginete, barranco abaixo. Reynevan gritou com toda a força dos seus pulmões e, com as rédeas, fustigou os cavalos. Eles se lançaram para a frente, a carroça sacudiu, saltou e, para a enorme surpresa de Reynevan, um guincho horripilante ressoou do interior do coche, vindo de baixo de uma lona hermética. Contudo, não havia tempo para se surpreender. Os cavalos iam a todo galope, e ele precisava se esforçar bastante para manter-se firme na tábua que não parava de pular sob seu traseiro. Ao redor, a luta feroz fervia, ressoavam gritos e o ranger das armas.

Um cavaleiro encouraçado e sem elmo surgiu de súbito pela direita e curvou-se tentando agarrar o arreio do cavalo. Tassilo de Tresckow obstruiu seu caminho e o lacerou com a espada. O sangue jorrou, respingando sobre o flanco do cavalo que puxava a carroça.

– Deeepreeessaa!

Sansão apareceu à esquerda, armado apenas de um galho de aveleira, uma arma, como se revelou, muito adequada para a situação.

Os cavalos do coche, fustigados na garupa, lançaram-se num galope tão feroz que Reynevan se viu literalmente pressionado contra o encosto da boleia. A carroça, de cujo interior continuavam a ressoar guinchos, saltava e sacudia como um navio sobre as ondas durante uma tempestade em alto-mar. Para dizer a verdade, Reynevan nunca estivera no mar e só tinha visto navios em pinturas. Ainda assim, não duvidava de que balançassem exatamente daquele jeito.

— Deeepreeessaaa!

Huon von Sagar surgiu na estrada montado num cavalo preto bailante. Com o cajado, apontou para uma senda e lançou-se ele próprio naquela direção, percorrendo-a a galope. Sansão seguiu atrás dele, segurando as rédeas do cavalo de Reynevan. E Reynevan puxou a brida e gritou, instigando os cavalos do coche.

A senda era toda esburacada. A carroça com o cofre saltava, sacudia e guinchava, ao passo que os sons do combate iam silenciando às suas costas.

* * *

— E não é que correu tudo bem? — ponderou Buko von Krossig. — Apenas dois pajens mortos. Nada mal. Até aqui.

Notker von Weyrach não respondeu, apenas arfava pesadamente, massageando os próprios quadris. De sua braguilha escorria sangue, que num fio delgado deslizava pelo coxote. Ao lado dele arfava Tassilo de Tresckow enquanto examinava o braço esquerdo. Faltava-lhe o braçal, e a cotoveleira pendia, arrancada pela metade, suspensa apenas sobre uma única asa, mas o braço parecia estar inteiro.

— E o senhor Hagenau... — continuou Buko, que aparentava, ele mesmo, não ter sofrido nenhum ferimento mais sério. — O senhor Hagenau conduziu o carro esplendidamente. Fez um ótimo trabalho... Oh, Humbertinho, você está inteiro? Ah, vejo que está vivo. Onde estão Voldan, Rymbaba e Wittram?

– Estão chegando.

Kuno von Wittram tirou o elmo e o gorro; seu cabelo cacheado estava molhado. As extremidades de metal cortante da espaldeira estavam dobradas para cima, e as besagues, que protegiam as axilas, estavam completamente deformadas.

– Venham ajudar – gritou, como um peixe tentando respirar fora d'água. – Voldan está ferido...

Com dificuldade, desceram o ferido da sela e, em meio a gemidos e lamentos, lhe arrancaram da cabeça o bacinete, bastante amassado, retorcido e denteado.

– Cristo... – gemeu Voldan. – Apanhei pra cacete... Kuno, veja se eu ainda tenho o olho.

– Tem, sim – Wittram o acalmou. – Você não está enxergando porque o sangue o encobriu...

Reynevan se ajoelhou e imediatamente começou a tratar das feridas. Alguém o ajudava. Ergueu a cabeça e encontrou os olhos cinzentos de Huon von Sagar.

Rymbaba, que estava ao lado, se contorcia de dor apalpando um grande amassado no flanco do peitoral.

– Quebrei a costela, certeza – gemeu. – Vejam só, caralho, estou cuspindo sangue.

– Todos aqui estão cagando para o que você está cuspindo – declarou Buko von Krossig, tirando o elmo dele. – Diga: estão nos seguindo?

– Não... Nós lhes causamos um bom prejuízo...

– Logo virão atrás de nós – disse Buko com convicção. – Andem, vamos esvaziar a carroça, pegar o dinheiro e botar os pés na estrada o mais rápido possível.

Foi até o veículo e puxou com força as portas de vime recobertas com tecido. As portas cederam, mas não mais que uma polegada, e em seguida se fecharam de novo. Claramente, alguém as segurava por dentro. Buko praguejou e deu um puxão mais forte. Um guincho ressoou no interior do coche.

– O que é isso? – Rymbaba estranhou, e contorceu-se. – Dinheiro que guincha? Ou será que o cobrador aceitava ratos como pagamento dos impostos?

Com um gesto, Buko o chamou para ajudar. Os dois, ao mesmo tempo, puxaram as portas com tanta força que as arrancaram por completo, e com elas arrastaram a pessoa que as segurava.

Reynevan deixou escapar um arquejo. E ficou boquiaberto. Pois desta vez não havia a menor dúvida quanto à identidade da pessoa.

Enquanto isso, Buko e Rymbaba usavam suas facas para rasgar a lona e, de dentro do coche forrado com peles de animais, tiraram uma segunda moça. Tal qual a primeira, esta também tinha cabelos claros, encontrava-se igualmente desgrenhada e trajava um *cotehardie* semelhante, com mangas brancas. Talvez fosse só um pouco mais jovem, mais baixa e mais rechonchuda que a outra. Mas precisamente ela, a segunda, a mais rechonchuda, era a que tinha propensão a guinchar, e agora, ao ser jogada na grama por Buko, começava a chorar. A primeira permanecia sentada em silêncio, agarrada a uma das portas do coche, que ela usava como um pavês para se proteger.

– Pelo cajado de São Dalmácio... – disse Kuno von Wittram com um suspiro. – O que é isso?

– Não é o que queríamos – afirmou Tassilo objetivamente. – O senhor Sharlei tinha razão. Primeiro, devíamos ter nos certificado da carga, e só depois tê-la roubado.

Buko von Krossig saiu do coche. Jogou no chão algumas roupas e acessórios. Seu semblante refletia com bastante clareza os resultados da empreitada. E qualquer um que tivesse dúvidas quanto aos achados de Buko era logo esclarecido pela série de xingamentos obscenos que veio em seguida. As esperadas quinhentas grivnas não estavam na carroça.

As moças se aproximaram uma da outra e, amedrontadas, se abraçaram. A mais alta puxou o *cotehardie* até os tornozelos ao notar os ávidos olhos de Notker von Weyrach direcionados às suas canelas formosas. A mais nova soluçava.

Buko rangeu os dentes e apertou o cabo da faca com tanta força que as juntas de seus dedos ficaram brancas. A expressão em seu rosto era de fúria, e ele certamente devia estar travando uma luta interna. Huon von Sagar notou-o de imediato.

– Está na hora de encarar a verdade – bufou o mago. – Você se fodeu, Buko. Todos vocês se foderam. Está claro que não é o seu dia. Assim, aconselho irem para casa. Depressa. Antes que surja mais alguma oportunidade para fazerem papel de idiotas.

Buko praguejou, e desta vez lhe fizeram eco Weyrach, Rymbaba, Wittram e mesmo Voldan de Osiny, sob as ataduras.

– E o que vamos fazer com as moças? – questionou Buko, que só então parecia tê-las notado. – Matamos?

– Ou fodemos? – sugeriu Weyrach, lançando um sorriso repugnante. – O senhor Huon tem certa razão, o dia foi péssimo. Talvez seja o caso de encerrá-lo de forma agradável. Vamos pegar as moças, achar um palheiro macio e nos revezar para traçá-las. Que tal?

Rymbaba e Wittram riram, mas com alguma hesitação. Voldan de Osiny gemeu sob o tecido ensanguentado. Huon von Sagar meneou a cabeça.

Buko deu um passo na direção das moças, que se retraíram e se abraçaram com mais força. A mais nova soluçava.

Pela manga da camisa, Reynevan segurou Sansão, que já se preparava para intervir.

– Não se atrevam – disse.

– O quê?

– Não se atrevam a tocar nelas, pois isso pode lhes trazer consequências desastrosas. Trata-se de moça nobre, e não de uma família nobre qualquer. É Catarina von Biberstein, filha de João von Biberstein, o senhor de Stolz.

— Tem certeza disso, Hagenau? — interveio Buko von Krossig, interrompendo o longo e pesado silêncio. — Não é possível que esteja enganado?

— Ele está certo — afirmou Tassilo de Tresckow, erguendo, à vista de todos, o saquitel retirado do cofre da carroça, no qual havia bordado um brasão com um chifre de cervo num campo dourado.

— De fato — admitiu Buko. — São as armas dos Biberstein. Qual delas é a filha?

— A mais alta e mais velha.

— Hum! — redarguiu o barão gatuno, pondo as mãos na cintura. — Então vamos mesmo encerrar o dia com algo prazeroso para compensar nosso prejuízo. Humbertinho, amarre a moça. E leve-a montada diante de você.

— Como previ — declarou Huon von Sagar, abrindo as mãos num gesto de inocuidade. — O dia acabou lhes oferecendo mais uma chance de provarem sua cretinice. Buko, esta não é a primeira vez que me pergunto se, no seu caso, trata-se de característica inata ou adquirida.

— E você, moça — bramiu Buko, ignorando o feiticeiro e se aproximando da mais nova, que, encolhida, soluçava. — Você, enxugue o nariz e ouça com atenção. Você vai ficar aqui e esperar pela cavalaria. É bem provável que ninguém procure por você, mas certamente virão atrás da filha de Biberstein. Você vai dizer ao senhor de Stolz que o valor do resgate pela filha dele será de... quinhentas grivnas. Ou seja, exatamente trinta mil groshes praguenses, uma ninharia para os Bibersteins. O senhor João será informado sobre como proceder para efetuar o pagamento. Você entendeu? Olhe para mim quando falo com você! Entendeu?

A moça encolheu-se ainda mais, mas ergueu os olhos cor de anil na direção de Buko e acenou com a cabeça.

Tassilo de Tresckow, com um ar grave, perguntou:

– Você acha mesmo que essa é uma boa ideia?

– Acho, sim. E chega de conversa. Marchemos.

Virou-se na direção de Sharlei, Reynevan e Sansão.

– Quanto a vocês...

– Nós – interrompeu-o Reynevan – gostaríamos de seguir com vocês, senhor Buko.

– Como é?

– Gostaríamos de seguir em sua companhia – declarou Reynevan, que, com os olhos cravados em Nicolette, não dava atenção aos chiados de Sharlei nem às caretas de Sansão. – Por questão de segurança. Se vocês não se opuserem...

– Quem disse que não me oponho? – contestou Buko.

– Pois não deveria – interveio Notker von Weyrach com bastante veemência. – Por que você se oporia? Não é melhor, nas atuais circunstâncias, que eles nos acompanhem em vez de ficarem atrás de nós, às nossas costas? Pelo que me lembro, queriam ir para a Hungria, então seguem na mesma direção que nós...

– Está bem – redarguiu Buko, assentindo com a cabeça. – Vocês vão conosco. Aos cavalos, *comitiva*. Humbertinho, fique de olho na moça... E por que o senhor, seu Huon, está com uma cara tão azeda?

– Pense, Buko. Pense.

CAPÍTULO XXIV

No qual Reynevan, em vez de ir para a Hungria, segue para o castelo Bodak, nas Montanhas Douradas. Ele não sabe, mas só conseguirá sair de lá *in omnem ventum*.

Viajavam pela estrada para Bardo, inicialmente depressa, de quando em quando olhando para trás, mas pouco tempo depois desaceleraram o passo. Os cavalos estavam cansados, e as condições em que se encontravam os ginetes, no fim das contas, não eram nada boas. Voldan de Osiny, com o rosto gravemente ferido pelo elmo denteado, não era o único a se reclinar sobre a sela, soltando gemidos. Os ferimentos dos outros, embora não fossem tão impressionantes, claramente os faziam padecer seus próprios quinhões de dor. Notker von Weyrach grunhia, e Tassilo de Tresckow escorava o cotovelo na barriga, em busca de uma posição mais confortável na sela. Kuno von Wittram, fazendo caretas como se tivesse bebido vinagre dos quatro ladrões, em voz baixa clamava pelos santos. Pashko Rymbaba apalpava o flanco, praguejando, e cuspia na palma da mão para examinar a saliva.

Dos barões gatunos, apenas von Krossig não demonstrava nenhuma lesão – ou não havia apanhado tanto quanto os demais, ou suportava melhor a dor. Por fim, cansado de parar o tempo todo para esperar pelos camaradas que ficavam para trás, Buko decidiu sair da estrada e seguir pelas florestas. Escondidos em meio às árvores, podiam seguir devagar, sem correr o risco de serem apanhados por seus perseguidores.

Nicolette – Catarina von Bieberstein – não deu nenhum pio durante o percurso. Embora as mãos atadas e a posição em que ficava sobre o cepilho da sela provavelmente lhe causassem dores e incômodos, a moça não deixou escapar nenhum gemido e nenhuma queixa. Olhava, apática, para a frente, certamente resignada ao destino que a aguardava. Reynevan fez uma série de tentativas furtivas com vistas a estabelecer algum tipo de comunicação, mas que aparentemente não surtiam efeito. Ela evitava contato visual, desviava o olhar e não reagia aos gestos – não os notava ou fingia não notá-los. Foi assim até cruzarem o rio.

Atravessaram o Nysa à tarde, num ponto escolhido com pouca prudência – onde o rio parecia raso, mas a correnteza, por sua vez, era muito mais forte do que esperavam. Em meio ao tumulto que envolvia o chapinhar da água, o relinchar dos cavalos e o praguejar dos homens, Nicolette deslizou pela sela. E teria caído na água se não fosse por Reynevan, que se mantinha próximo e atento.

– Coragem – sussurrou ele em seu ouvido, erguendo-a e abraçando-a. – Coragem, Nicolette. Eu vou tirá-la daqui...

Ele achou a mão dela, pequena e fina, e a apertou. Nicolette retribuiu o gesto com força. Ela cheirava a hortelã e lírio-dos-charcos.

– Ei! – bramiu Buko. – Ei, Hagenau! Deixe-a. Humbertinho!

Sansão foi até Reynevan, tirou Nicolette de seus braços, ergueu-a feito uma pluma e a pôs na frente de Humbertinho.

– Cansei de carregá-la, senhor! – reclamou Humbertinho para Buko. – O brutamontes pode assumir agora.

Buko praguejou, mas com a mão fez um aceno resignado que demonstrava aprovação. Reynevan o observava com ódio crescente. Não acreditava muito em monstros aquáticos devoradores de gente que supostamente viviam nas águas do Nysa, na região de Bardo, mas agora daria tudo para que um desses monstros emergisse do rio agitado e engolisse o barão gatuno junto com o seu garanhão zaino.

– Devo admitir uma coisa a seu respeito – declarou Sharlei, em voz baixa, chapinhando a água enquanto se aproximava de Reynevan. – Em sua companhia não há como ficar entediado.

– Sharlei... Eu lhe devo...

– Ah, você me deve muita coisa, isso eu não nego – cortou-o o penitente, puxando as rédeas de seu cavalo. – Mas se você pensou em dar explicações, pode poupá-las. Eu reconheci a moça. No torneio em Ziębice você ficou olhando para ela como um bezerro apaixonado, e mais tarde ela nos avisou que esperavam por você em Stolz. Suponho que você esteja em débito com ela também em outros departamentos. Alguém já lhe profetizou que as mulheres seriam a sua perdição? Ou eu sou o primeiro?

– Sharlei...

– Não se afobe – o penitente o interrompeu. – Eu entendo. Você tem para com ela uma dívida de gratidão e um grande afeto; *ergo*, será necessário arriscar nossos pescoços outra vez, enquanto a Hungria fica cada vez mais distante. Não há o que fazer. Apenas lhe peço uma coisa: pense antes de agir. Você me promete isso?

– Sharlei... Eu...

– Eu sabia. Cuidado, fique quieto. Estão olhando para nós. E fustigue o cavalo, fustigue-o! Se não, vai ser levado pela correnteza!

* * *

Ao anoitecer, chegaram ao sopé de Reichenstein, nas Montanhas Douradas, o extremo noroeste da cordilheira fronteiriça de Rychleby e Jesioniki. Planejavam parar para descansar e se alimentar num povoado à margem do ribeirão Bystra, que escorria das montanhas; no entanto, os camponeses locais se mostraram pouco hospitaleiros – ou seja, não se permitiam serem roubados. De trás dos abatis que protegiam a entrada da vila foi disparada uma saraivada de flechas na direção dos barões gatunos, e os semblantes hostis dos camponeses, armados de forcados e machados, não incentivavam a demanda por hospitalidade. Quem sabe o que teria acontecido numa situação normal? Contudo, naquelas circunstâncias, prevaleceram o cansaço e a dor dos ferimentos. Tassilo de Tresckow foi o primeiro a dar meia-volta com o cavalo, seguido pelo costumeiramente impetuoso Rymbaba, enquanto Notker von Weyrach recuava sem nem ao menos desferir um mísero palavrão que fosse contra o vilarejo.

– Malditos matutos – grunhiu Buko von Krossig quando alcançou os demais. – É preciso derrubar esses barracos pelo menos uma vez a cada cinco anos, como fazia o meu pai: queimar tudo e deixar a terra arrasada. Caso contrário, eles se rebelam. A prosperidade lhes tira a noção das coisas. Tornam-se presunçosos.

O tempo ficou encoberto. Do vilarejo soprava uma fumaça. Os cães ladravam.

* * *

– A Floresta Negra está logo à frente – advertiu Buko, desde a vanguarda. – Mantenham-se juntos! Não fiquem para trás. E prestem atenção aos cavalos.

A advertência foi levada a sério, pois a Floresta Negra – um complexo denso, úmido e nebuloso de faias, teixos e carpinos – tinha um aspecto muito intimidador. Tão intimidador que lançava arrepios pela espinha. Sentia-se o mal que espreitava algures em meio ao matagal.

Os cavalos roncavam e sacudiam a cabeça.

E um esqueleto esbranquiçado que jazia à beira da estrada parecia propício ao cenário.

Sansão Melzinho murmurava em voz baixa:

Nel mezzo del cammin di nostra vita
mi ritrovai per una selva oscura
ché la diritta via era smarrita...[25]

– Esse Dante não sai da minha cabeça – explicou ao notar o olhar de Reynevan.

– É bem oportuno – declarou Sharlei, estremecendo com um calafrio. – Que bosquezinho agradável... Nem é preciso dizê-lo... Imagine andar por aqui desacompanhado... no escuro...

– Desaconselho – interveio Huon von Sagar ao se aproximar. – Com certeza desaconselho.

* * *

Subiam as montanhas, em um trajeto cada vez mais íngreme. A Floresta Negra foi transposta; bosques de faias se adelgaçaram. Calcário e gnaisse rangiam sob os cascos; o basalto percutia. Nas encostas dos barrancos surgiam rochas com formatos fantásticos. Caiu a noite, que logo se tornou ainda mais escura por causa das nuvens acinzentadas que vinham do norte, onda após onda.

Humbertinho, obedecendo a uma ordem resoluta de Buko, tirou Nicolette do cavalo de Sansão. Ademais, Buko, que até então seguia na vanguarda, passou a liderança a Weyrach e Tresckow, enquanto ele próprio se manteve perto do escudeiro e da moça raptada.

– Diabos... – murmurou Reynevan para Sharlei, que seguia a seu lado. – Preciso libertá-la, mas claramente despontaram suspeitas na cabeça desse aí... Ele a vigia de perto e a todo instante nos observa... Por quê?

– Talvez... – respondeu Sharlei, baixinho, e Reynevan se deu conta, aterrorizado, de que não era Sharlei quem falava. – Talvez ele tenha examinado bem o seu rosto, que é um espelho de seus sentimentos e de suas intenções.

Reynevan praguejou de forma quase inaudível. Já estava bem escuro, mas sua confusão não se devia apenas à escuridão. Era evidente que o mago de cabelos brancos tinha usado magia.

– Você vai me entregar? – perguntou o rapaz, sem rodeios.

– Não – respondeu o mago após um instante. – Mas, se você insinuar que vai cometer alguma besteira, detê-lo-ei eu mesmo. Você sabe que tenho poder para tanto. Então, não faça besteiras. E quando chegarmos ao destino, veremos...

– Que destino?

– Agora é minha vez.

– Como é?

– É a minha vez de fazer uma pergunta. Ora, por acaso você desconhece as regras? Nunca jogaram este jogo na universidade, *Quaestiones de quodlibet*? Você perguntou primeiro. Agora, é minha vez. Quem é o gigante que vocês chamam de Sansão?

– É meu companheiro e amigo. Aliás, por que você não pergunta a ele próprio? Escondendo-se atrás do seu disfarce mágico, é claro.

– Já tentei – admitiu o feiticeiro sem qualquer embaraço. – Mas ele é bem perspicaz. De pronto reconheceu o logro. Onde vocês o encontraram?

– Em um mosteiro dos beneditinos. Mas, se o jogo é *quodlibet*, então agora é a minha vez. O que faz o famoso Huon von Sagar na *comitiva* de Buko von Krossig, o barão gatuno silesiano?

– Você já tinha ouvido falar de mim?

– Quem não ouviu falar de Huon von Sagar? E de *Matavermis*, o poderoso feitiço que no verão do ano 1412 salvou da praga de gafanhotos os campos nas cercanias do rio Weser.

– Não eram tantos gafanhotos assim – respondeu Huon, demonstrando modéstia. – Quanto à sua pergunta... Ora, preciso garantir meu teto, meu pão e certo padrão de vida. À custa de alguns sacrifícios, é claro.

– Que às vezes têm a ver com inquietações da consciência?

– Reinmar de Bielau – disse o feiticeiro, surpreendendo Reynevan com seu conhecimento. – O jogo das perguntas não é um debate sobre ética. Mas vou lhe responder: às vezes, sim, de fato. Contudo, a consciência é como o corpo: pode ser fortalecida. E não deixa de ser uma faca de dois gumes. Satisfeito com a resposta?

– Tanto que não tenho mais perguntas.

– Então eu ganhei – disse Huon von Sagar, instigando seu cavalo preto. – Quanto à moça... mantenha a cabeça no lugar e não faça besteiras. Como eu disse, veremos isso quando chegarmos ao destino. E estamos quase lá. Diante de nós está o Abismo. Passe bem, então, pois eu tenho trabalho a fazer.

* * *

Precisaram parar. Uma parte da estradinha que serpenteava aclive acima se perdia sob um monte de cascalhos formado por um deslizamento, enquanto a outra parte, descontinuada, desaparecia abismo adentro. Uma neblina cinzenta preenchia o precipício, o que os impedia de averiguar sua profundidade real. Do outro lado da névoa cintilavam pontos de luz, e era possível vislumbrar os contornos embaçados das edificações.

– Desçam das selas – ordenou Buko. – Senhor Huon, por obséquio.

– Segurem os cavalos – disse o mago, posicionando-se na beira do precipício e erguendo seu cajado retorcido. – Segurem com firmeza os cavalos.

Agitou o cajado e bramiu o feitiço que soava como árabe, assim como em Ściborowa Poręba, mas, dessa vez, muito mais longo, intricado e complicado – inclusive na entonação. Os cavalos relincharam e recuaram, batendo os cascos com força.

Soprou um repentino vento gelado. De súbito sentiram seus corpos sendo envolvidos por um frio intenso que machucava as bochechas, chiava no nariz, fazia lacrimejar os olhos e, seca e dolorosamente, descia pela laringe. A temperatura despencava, como se estivessem dentro de uma esfera que parecia sugar todo o frio do mundo.

– Segurem... os cavalos... – bradou Buko, cobrindo o rosto com a manga do casaco.

Voldan de Osiny gemia enquanto segurava a cabeça envolta em ataduras. Reynevan sentia as mãos, que seguravam as rédeas, congelarem e ficarem dormentes.

Congregado pelo feiticeiro, todo aquele frio, que até então era apenas sentido, de repente se tornou visível e assumiu a forma de um halo branco que pairava sobre o precipício. Primeiro, o halo resplandeceu com o brilho dos flocos de neve e, depois, converteu-se num clarão branco ofuscante. Ressoou um estalo prolongado, que se intensificava num crescendo crepitante, atingindo seu clímax num acorde vítreo e lamurioso, tal qual um sino.

– Caramba... – começou Rymbaba. E não terminou a frase.

Uma ponte se estendeu sobre o precipício. Uma ponte de gelo que cintilava e reluzia como um diamante.

– Andem – ordenou Huon von Sagar, segurando com força as rédeas do cavalo junto da embocadura. – Vamos atravessar.

– E isso vai aguentar? – perguntou Notker. – Não vai quebrar?

– Em algum momento vai quebrar, sim – respondeu o mago, dando de ombros. – É algo bastante instável. Cada segundo de demora aumenta o risco.

Notker von Weyrach não fez mais perguntas, arrastou o cavalo rapidamente atrás de Huon. Kuno von Wittram subiu na ponte na esteira dele, seguido por Rymbaba. As ferraduras tiniam sobre o gelo, fazendo ressoar um eco vítreo.

Reynevan, ao ver que Humbertinho não conseguia se incumbir ao mesmo tempo do cavalo e de Catarina von Biberstein, correu para ajudar, mas Sansão chegou primeiro e levou a moça no colo. Buko von Krossig permanecia próximo, olhando com atenção e mantendo a mão sobre o cabo da espada. "Ele está desconfiado", pensou Reynevan. "Suspeita de nós."

A ponte, que emanava frio, tinia com as batidas dos cascos. Nicolette olhou para baixo e gemeu baixinho. Reynevan também olhou e engoliu em seco. Através do cristal de gelo, viam-se a neblina que preenchia o fundo do barranco e as pontas dos abetos que se projetavam acima dela.

– Mais rápido! – decretava Huon von Sagar, apressando-se ele mesmo na vanguarda. Como se soubesse o que estava para acontecer.

A ponte crepitava e de súbito se tornava branca, perdendo a translucidez. As rachaduras surgiam em vários pontos e se alongavam como teias de aranha.

– Andem mais rápido, cacete! – Tassilo de Tresckow, que conduzia Voldan, urgia com Reynevan.

Os cavalos puxados por Sharlei na retaguarda da coluna não paravam de relinchar. Estavam cada vez mais inquietos e, irritados, batiam com força os cascos, produzindo na ponte um número ainda maior de trincados e rachaduras. A estrutura rangia e chiava. Os primeiros fragmentos se desprendiam e caíam precipício abaixo.

Reynevan atreveu-se, por fim, a olhar para os pés e, com um alívio indescritível, viu que sob o bloco de gelo transparente havia pedras e fragmentos de rochas. Ele tinha chegado ao outro lado. Todos tinham chegado ao outro lado.

A ponte estalou, rangeu e, com um gemido vítreo, se desfez em milhões de cacos reluzentes que despencavam para silenciosamente mergulharem no abismo nebuloso. Reynevan deu um suspiro pesado em meio a um coro de muitos suspiros.

– Ele sempre faz isso – disse em voz baixa Humbertinho, que estava ao lado de Reynevan. – Digo, o senhor Huon. Sempre diz a mesma coisa. Mas não havia risco nenhum. A ponte resistiria e só desabaria depois que o último homem tivesse atravessado, não importa quantos houvesse. O senhor Huon gosta de fazer troça.

Sharlei sintetizou Huon e seu senso de humor com uma palavra curta e bem escolhida. Reynevan olhou ao redor e viu um muro ameado, um portão sobre o qual havia uma guarita quadrangular e, erguendo-se acima de tudo isso, uma torre.

– É o castelo Bodak – explicou Humbertinho. – Estamos em casa.

– O acesso à casa de vocês é um tanto complicado – observou Sharlei. – O que fazem quando não dispõem de magia? Dormem ao relento?

– Nada disso. Há outro caminho a partir de Kłodzko, que passa por ali. Mas é bem mais longo, só chegaríamos por volta de meia-noite...

Enquanto Sharlei puxava conversa com o pajem, Reynevan trocava olhares com Nicolette. A moça tinha um semblante apavorado, como se apenas agora, ao avistar o castelo, se desse conta da gravidade da situação. Pela primeira vez Reynevan teve a impressão de que a mensagem que ele tentava enviar com os olhos transmitiu a Nicolette algum alívio e conforto. O recado era: "Não se desespere. E aguente. Vou tirá-la daqui, prometo."

O portão produziu um rangido ao ser aberto. Do outro lado havia um pequeno pátio. E alguns serviçais, de pronto xingados por Buko von Krossig, que os acusava de serem preguiçosos e os mandava trabalhar: cuidar dos cavalos e das armaduras e providenciar banho, comida e bebida. Tudo ao mesmo tempo e pra já, agora mesmo, correndo.

– Bem-vindos, senhores, ao meu *patrimonium* – declarou o barão gatuno. – O castelo Bodak.

* * *

Formoza von Krossig devia ter sido uma mulher bonita. No entanto, como a maioria das moças bonitas, passada a juventude, virou uma mocreia. A silhueta, algum dia comparada, sem dúvida, a uma bétula nova, hoje se parecia com o cabo de uma vassoura velha. A tez, que a certa altura deve ter se assemelhado a um pêssego, murchou e se tornou manchada, esticada sobre os ossos como o couro que passou por uma forma de calçados. Por isso, o nariz saliente, que provavelmente fora, em algum momento, considerado sensual, ficou assustadoramente deformado, como o de uma bruxa. Mulheres com narizes muito mais curtos e menos aduncos costumavam ser afogadas nos rios e nas lagoas da Silésia.

Como a maioria das mulheres que um dia já foram atraentes, Formoza von Krossig teimava em ignorar o fato de que esse *um dia* já tinha passado e se negava a aceitar que as flores da primavera de sua vida já haviam murchado para sempre. E que agora era chegado o inverno. Essa atitude era particularmente observável no modo como Formoza se vestia. Toda a sua vestimenta, das *poulaines* rosa-choque ao casquete extravagante, o véu branco delicado, o *couvrechef* em musselina, o justo vestido índigo, o cinto cravejado de pérolas, o *surcote* em brocado escarlate – todo o conjunto faria mais jus a uma donzela.

Além disso, quando topava com um homem, Formoza von Krossig instintivamente adotava ares sedutores. O resultado era medonho.

– Sejam muito bem-vindos – proclamou Formoza von Krossig, sorrindo para Sharlei e Notker von Weyrach com um lampejo de sua dentição bastante amarelada. – Meu castelo é sua casa. Huon, você enfim retornou. Senti muitas, muitíssimas saudades.

Com base em algumas palavras e frases ouvidas durante a viagem, Reynevan havia conseguido compor um retrato geral da situação – que, no entanto, carecia de detalhes e precisão. Por exemplo, ele não tinha como saber que o castelo Bodak fazia parte do dote de Formoza von Pannewitz, que se casou por amor com Otto von Krossig, um descendente depauperado, mas orgulhoso, dos *ministeriales* franconios. E que Buko, filho dela com Otto, faltava muito com a verdade ao chamar o castelo de seu *patrimonium*. *Matrimonium* seria um termo bem mais adequado, mesmo que precipitado. Isso porque, depois da morte do marido, Formoza só não perdera a propriedade nem o teto sobre sua cabeça graças à família, os abastados Pannewitz da Silésia. Sustentada por eles, ela era a verdadeira e vitalícia senhora do castelo.

Durante a viagem, Reynevan ouvira também uma coisa ou outra sobre o vínculo existente entre Formoza e Huon von Sagar, apenas o suficiente para ter ciência da situação. Mas com certeza não o bastante para saber que o feiticeiro, perseguido e ameaçado pela Inquisição do arcebispo de Magdeburgo, fugira para o lar de seus parentes na Silésia, onde os Sagar possuíam um feudo nas cercanias de Krosno, outorgado ainda por Boleslau II, o Calvo. Mais tarde Huon acabou conhecendo Formoza, já viúva de Otto von Krossig e constituída a verdadeira e vitalícia senhora do castelo Bodak, e caiu nas graças dela. Desde então ele morava no castelo.

– Senti muitas saudades – Formoza repetiu e, erguendo-se nas pontas de suas *poulaines* rosa-choque, deu um beijo na bochecha do feiticeiro. – Troque de roupa, meu caro. E os senhores, por favor, entrem, fiquem à vontade...

Do alto da lareira, o javali do brasão dos Krossig – ao lado de algo indiscernível, sobre um escudo heráldico esfumaçado e envolto numa teia de aranha – mantinha o olhar fixo numa enorme mesa de carvalho que ocupava o centro do salão. As paredes eram cobertas de peles de animais e armas que aparentavam estar já fora de uso. Em uma das paredes havia uma tapeçaria flamenga produzida em Arras, em que se viam Abraão, Isaac e um carneiro enredado nos arbustos.

A comitiva acomodou-se à mesa trajando ainda os jaquetões visivelmente marcados pelas armaduras. Os ânimos, a princípio um tanto abatidos, excitaram-se com a chegada de um barril. Mas em seguida se aplacaram outra vez, quando Formoza retornou da cozinha.

– Eu escutei direito? – perguntou ao filho a senhora do castelo, num tom ameaçador, enquanto apontava para Nicolette. – Buko! Você sequestrou a filha do senhor de Stolz?

– Pedi para aquele mágico filho da puta não dizer nada – resmungou Buko para Weyrach. – Esse conjurador de merda não consegue manter a boca fechada nem durante meio pai-nosso... Pois é... Eu ia neste exato momento explicar tudo para a senhora. O que aconteceu foi o seguinte...

– Eu sei bem o que aconteceu – interrompeu-o Formoza, claramente bem informada. – Seus imprestáveis! Perderam uma semana inteira e alguém levou o espólio bem debaixo do nariz de vocês... Os jovens não me surpreendem, mas você, senhor Weyrach... Um homem maduro, sério...

Ela sorriu para Notker, mas ele baixou os olhos e praguejou consigo mesmo. Buko queria gritar um palavrão, mas Formoza o deteve apontando-lhe um dedo ameaçador.

– E esse idiota – continuava ela – acaba sequestrando a filha de João von Biberstein. Buko! O que você tem na cabeça?

– A senhora poderia, primeiro, nos deixar comer – disse o barão gatuno, furioso. – Estamos aqui, famintos e sedentos, prostrados à mesa como num velório. É uma afronta aos convidados. Desde quando é esse o costume na casa dos Krossig? Primeiro, sirva-nos a comida e mais tarde falaremos de negócios.

– A comida está sendo preparada e em breve será servida, junto com as bebidas. Não venha me ensinar boas maneiras. Perdoem-nos, gentis cavaleiros. Por sinal, não fui apresentada ao senhor... nem a este rapaz tão vistoso...

– Aquele lá diz que se chama Sharlei – manifestou-se Buko, lembrando-se de suas atribuições sociais. – E esse moleque aí é Reinmar von Hagenau.

– Ahh. Um descendente do famoso poeta?

– Não.

Huon von Sagar voltou trajando uma folgada *houppelande* com uma enorme gola de pele. E de imediato ficou claro quem é que gozava das graças e dos favores da senhora do castelo, pois logo Huon recebeu um frango assado, um tabuleiro cheio de *pierogi* e um cálice de vinho, e foi servido pela própria Formoza. O feiticeiro começou a comer sem nenhum constrangimento, demonstrando altiva indiferença aos olhares famintos dos demais integrantes da companhia. Por sorte, eles não precisaram esperar tanto. Para a felicidade geral, chegava à mesa uma grande travessa de carne de porco cozida com uvas-passas, prenunciada por seu aroma apetitoso. Em seguida trouxeram outra, repleta de carne de carneiro com açafrão e, então, uma terceira, com um guisado de diversos tipos de carne de caça, tudo complementado por panelas e mais panelas de trigo-sarraceno. Com semelhante entusiasmo foram recebidos alguns barris de hidromel e de vinho húngaro, que de pronto foram degustados.

A companhia começou a comer num silêncio solene, interrompido apenas pelo ranger dos dentes e pelos brindes ocasionais. Reynevan comia com cautela e moderação. As aventuras do último mês ensinaram-lhe os tristes efeitos da gula após um longo jejum. Esperava que em Bodak tivessem o costume de não esquecer os criados, e que Sansão não se visse obrigado a jejuar.

A ceia durou um bom tempo. Por fim, Buko von Krossig desapertou o cinto e soltou um arroto.

– Muito bem – disse Formoza, supondo, com razão, que aquele era o sinal de que se encerrara o primeiro ato da lambugem. – Talvez possamos agora falar sobre negócios. Ainda que me pareça não haver muito a ser dito, já que a filha de Biberstein é um mal negócio.

– Com todo o respeito, mãe – disse Buko, a quem o vinho tinha visivelmente elevado a autoestima –, mas os negócios são assunto meu. Sou eu quem labuta e traz os bens para o castelo. Sou eu quem, com meu próprio esforço, providencia comida, bebida e roupa para todos aqui. Sou eu quem arrisca a vida. E, se um dia, pela vontade de Deus, chegar meu derradeiro ajuste de contas, vocês vão ver a carestia que enfrentarão. Então, não me encha o saco!

– Vejam só! – Formoza pôs as mãos na cintura e virou-se para os barões gatunos. – Vejam como se ufana este meu caçula! Ele quem me alimenta e providencia minhas vestes? Valha-me, Deus, vou rir até rebentar as ilhargas. Dependesse eu apenas dele, estaria à míngua. Por sorte, há aqui em Bodak uma cave profunda, e nela há baús. E nos baús, seu fedelho, está aquilo que me deixaram seu pai e seus irmãos, que Deus os tenha. Eles, sim, sabiam trazer espólio para casa. Não faziam papel de idiotas. Não agiam como cretinos que sequestram filhas de nobres... Eles, sim, sabiam o que estavam fazendo...

– Eu também sei o que faço! O senhor de Stolz vai pagar o resgate...

– Sem chance! – cortou-o Formoza. – Biberstein? Pagar? Seu tolo! Ele vai abandonar a filha, e então vai pegá-lo e se vingar. Foi o que aconteceu na Lusácia. E você saberia disso se me desse ouvidos. Você se lembraria do que sucedeu com Wolf Shlitter quando tentou armar semelhante esparrela para Friedrich von Biberstein, o senhor de Żary. E saberia em que moeda lhe pagou o senhor de Żary.

– Ouvi falar do caso – declarou Huon von Sagar com costumeira indiferença –, pois a história foi comentada e espalhada aos quatro ventos. Os capangas de Biberstein pegaram Wolf, atravessaram seu corpo com lanças, como se fosse um animal, e então o castraram e o estriparam. Depois disso surgiu um ditado que se tornou popular na Lusácia: "o lobo [Wolf] se dá bem até descobrir quão afiados são os chifres do cervo..."

– Como de praxe, senhor von Sagar – interrompeu-o Buko, com impertinência –, o senhor já ouviu de tudo e de tudo sabe. Por que, então, não nos dá uma mostra de sua arte medicinal? O senhor Voldan está gemendo de dor, e Pashko Rymbaba, cuspindo sangue. E a todos nós doem os ossos. Então, em vez de contar causos, talvez fosse mais salutar nos preparar uma escabiosa ou algo parecido? Afinal, para que o senhor mantém aquele laboratório na torre, hein? Apenas para invocar o Demônio?

– Veja bem com quem você está falando! – declarou Formoza, alterada. O feiticeiro, contudo, silenciou-a com um gesto.

– De fato, devem ser amparados aqueles que sofrem – disse o mago, retirando-se da mesa. – O senhor Reinmar von Hagenau poderia me ajudar?

– Claro – Reynevan também se levantou. – Claro, senhor von Sagar. Ambos saíram.

– Dois feiticeiros – resmungou Buko às costas deles. – Um velho e um jovem. A linhagem do próprio Diabo...

* * *

O laboratório do feiticeiro ficava no piso mais alto e definitivamente no mais frio da torre. Não fosse pela escuridão da noite, seria possível avistar das janelas uma grande parte do Vale de Kłodzko. Reynevan, com o olhar de especialista, constatava que o equipamento no laboratório era novo. Ao contrário dos magos e alquimistas de antigamente, cuja predileção era por oficinas de trabalho que mais se assemelhavam a depósitos de trastes e quinquilharias, os feiticeiros modernos zelavam por seus laboratórios equipados e organizados de modo espartano – contendo apenas o indispensável. Além dos benefícios do asseamento e da boa disposição estética, esse tipo de ambiente tinha ainda a vantagem de facilitar a fuga. Os alquimistas modernos, ameaçados pela Inquisição, escapuliam de acordo com o princípio *omnia mea mecum porto*, sem lamentar os bens materiais deixados para trás. Os magos do passado defendiam até o fim seus crocodilos empalhados, peixes-serras ressecados, homúnculos, víboras em potes com álcool, bezoares e mandrágoras – e acabavam nas fogueiras.

Huon von Sagar tirou do baú um garrafão envolto em palha e encheu dois cálices com o líquido rubi. Pelo ambiente alastrou-se um aroma de mel e cerejas, o que valia dizer que se tratava, sem sombra de dúvida, de *kirztrank*, uma espécie de *brandy* feito da fermentação dessa fruta.

– Sente-se, Reinmar de Bielau – disse o mago, apontando para uma cadeira. – Bebamos. Não temos nada mais a fazer. Ainda disponho de uma boa reserva de unguentos de cânfora para machucados, pois, como você pode imaginar, há uma grande demanda por eles em Bodak. Acredito que ela só perde para a poção para curar ressaca, que é certamente a mais popular. Eu o convidei aqui porque quero conversar.

Reynevan olhava ao redor. Admirava o equipamento alquímico de Huon, que chegava a alegrar as vistas por sua limpeza e organização. Apreciava o alambique e o atanor, os frascos de filtros e elixires simetricamente alinhados e rotulados com etiquetas de boa qualidade. Mas o jovem tinha ficado ainda mais impressionado com a biblioteca do mago.

Um exemplar de *Necronomicon*[26], de Abdul Alhazred, estava aberto sobre um púlpito, e claramente tinha sido lido. Reynevan o reconheceu de imediato, pois tinha um igual em Oleśnica. Ao lado, sobre a mesa, amontoados numa pilha, havia outros grimórios de necromancia que ele conhecia: *Grand Grimoire*, *O grande grimório do papa Honório*, *Clavicula Salomonis*, *Liber Yog-Sothothis*[27], *Lemegeton*, assim como *Picatrix*, cujo conhecimento, não fazia muito tempo, tinha sido motivo da jactância de Sharlei. Havia ainda outros tratados médicos e filosóficos que lhe eram familiares: *Ars parva*, de Galeno; *Canon medicinae*, de Avicena; *Liber medicinalis ad Almansorum*, de Rasis; *Ekrabaddin*, de Sabur ibn Sahl; *Anathomia*, de Mondin da Luzzi; *Zohar*, dos cabalistas; *De principiis*, de Orígenes; *Confissões*, de Agostinho de Hipona; *Summa*, de Tomás de Aquino.

É claro que havia ali, igualmente, a *opera magna* do saber alquímico: *Liber lucis Mercuriorum*, de Raimundo Lúlio; *The mirrour of alchimie*, de Roger Bacon; *Heptameron*, de Pietro d'Abano; *Le livre des figures hiéroglyphiques*, de Nicolas Flamel; *Azoth*, de Basilius Valentinus; *Liber de secretis naturae*, de Arnold de Villanova. Sem falar de verdadeiras raridades, como *Grimorium verum*; *De vermis mysteriis*[28]; *Theosophia pneumatica*; *Liber Lunae*; e mesmo o famoso *Dragão vermelho*.

– Sinto-me honrado pelo famoso Huon von Sagar querer conversar comigo – disse ele, tomando um trago do *kirztrank*. – Eu esperava encontrá-lo em qualquer lugar, menos...

– No castelo de um barão gatuno – concluiu Huon. – Bom, o destino deve ter preferido assim. E, em verdade, não me queixo do destino. Aqui tenho tudo o que me apetece: silêncio, paz, isolamento. Provavelmente já fui esquecido pela Inquisição, incluindo o venerável Gunter von Schwarzburg, arcebispo de Magdeburgo, que vivia em meu encalço, obstinado em me recompensar com a execução na fogueira por eu ter salvado o país da peste de gafanhotos. Como você pode ver, tenho aqui um laboratório onde faço meus experimentos, escrevo um pouco... Às vezes, em busca de ar fresco e algum divertimento, acompanho Buko em suas incursões bandoleiras. Noves fora... – O feiticeiro fez uma pausa e soltou um pesado suspiro. – No todo, não é uma vida ruim. Com exceção...

Por educação, Reynevan freou a curiosidade, mas Huon von Sagar estava nitidamente motivado a compartilhar suas confidências.

– Você viu com seus próprios olhos – disse o mago, contorcendo o rosto – como Formoza se porta: *exsiccatum est faenum, cecidit flos*[29]. A mulher fez cinquenta e cinco anos e, em vez de se mostrar debilitada e reclamona, e de botar logo o pé na cova, essa égua velha exige que eu a monte o tempo todo: de manhã, à tarde, durante o dia, de madrugada, e de formas cada vez mais elaboradas. Estou destruindo meu estômago e meus rins com afrodisíacos. Mas preciso manter essa vaca satisfeita. Se eu deixar a desejar no leito, estarei automaticamente fora de suas graças, e então Buko me enxotará do castelo sem qualquer constrangimento.

Outra vez Reynevan se absteve de comentar. O feiticeiro o examinava atentamente.

– Até o momento – retomou Huon –, Buko von Krossig tem demonstrado deferência para comigo, mas seria insensato de minha parte menosprezá-lo. Ele é um bufão, sem dúvida, mas em certos momentos suas inclinações para o mal se mostram a tal ponto inventivas e engenhosas que me correm arrepios pela espinha. Esteja certo de que, com relação a essa questão envolvendo a filha de Biberstein, Buko nos surpreenderá de alguma forma. Por isso decidi ajudá-lo, Reinmar.

– O senhor quer me ajudar? Por quê?

– Por quê? Ora, porque não me agrada a possibilidade de João von Biberstein instaurar um cerco aqui, nem que a Inquisição desenterre meu sobrenome nos arquivos e renove seu interesse em mim. E porque só ouvi coisas boas a respeito de seu irmão, Piotr de Bielau. Porque não me agradou nem um pouco que tenham atiçado morcegos contra você e seus companheiros na Floresta dos Cistercienses. *Tandem* porque Toledo *alma mater nostra est*, não quero que você acabe mal, meu confrade nos arcanos. E é possível que você acabe mal. Algo o une à filha de Biberstein, você não consegue escondê-lo. Não sei se se trata, talvez, de um antigo afeto ou de um afeto à primeira vista, só sei que *amantes amentes*[30]. No caminho para cá, você estava prestes a sequestrá-la e fugir a galope. Ambos teriam morrido na Floresta Negra. E mesmo agora, quando as coisas se complicam, você está pronto para agarrá-la pela cintura e saltar os muros. Ou estaria eu muito distante da realidade?

– Não muito.

– Como eu disse – retomou o feiticeiro, sorrindo com o canto dos lábios –, *amantes amentes*. Sim, sim, a vida é uma verdadeira Narrenturm. Aliás, sabe que dia é hoje? Ou melhor, que noite?

– Não estou certo. Perdi um pouco o senso com relação às datas...

– As datas pouco importam, os calendários podem enganar. O mais importante é que hoje é o equinócio do outono. *Aequinoctium autumnalis.*

Levantou-se e puxou de debaixo da mesa um banco de madeira de carvalho de aproximadamente duas braças de comprimento e uma de altura e o colocou junto à porta. De uma cômoda, tirou um pote de barro rotulado e amarrado com pele de vitelo.

– Neste recipiente – disse, apontando para o objeto –, guardo um emplastro bastante especial. Uma mistura preparada de acordo com as instruções clássicas. Como você pode ver, anotei a receita na etiqueta. *Solanum dulcamara, solanum niger,* acônito, potentilha, folhas de álamo, sangue de morcego, cicuta, papoula-vermelha, beldroega, erva-do-espírito-santo... A única substituição que operei foi com relação à gordura. Troquei a banha derretida de uma criança não batizada, como recomendava o *Grimorium Verum,* por óleo de girassol. É mais barato e durável.

– Isto é... – começou Reynevan, detendo-se para engolir em seco. – É o que estou pensando?

– Eu nunca tranco a porta do laboratório – disse o feiticeiro, ignorando a pergunta. – E, como você pode notar, não há grades. Vou deixar o emplastro aqui, sobre a mesa. Acredito que você saiba como aplicá-lo. Aconselho usar com moderação, pois produz efeitos colaterais.

– E esse emplastro é seguro?

– Nada é seguro – Huon von Sagar deu de ombros. – Nada. Tudo é teoria. E, como diz um conhecido meu: *Grau, teurer Freund, ist alle Theorie*[31].

– Mas eu...

– Reinmar – o mago interrompeu com frieza –, tenha alguma consideração. Eu já lhe disse e mostrei o suficiente para suspeitarem que eu seja seu cúmplice. Não exija mais nada. Muito bem, é hora de regressarmos. Vamos levar o *unguentum* de cânfora para aliviar as dores de nossos bandoleiros feridos. Levemos também o extrato de *papaver somniferum*... Alivia a dor e dá sono... E o sono cura e remedia. Além disso, como se diz: *quit dormit non peccat*, quem dorme não peca. Não faz mal nenhum... Ajude-me, Reinmar.

Reynevan se levantou e sem querer esbarrou numa pilha de livros, mas conseguiu pegá-los antes que caíssem. Ajeitou o livro que estava no topo, cujo título, um tanto longo, era *Bernardi Silvestri libri duo; quibus tituli Megacosmos et Microcosmos...* Reynevan não quis continuar a ler. Sua atenção se detinha em outro incunábulo, imediatamente abaixo daquele, e nas palavras que formavam o título. De repente, se deu conta de que já havia visto aquelas palavras. Ou fragmentos delas.

Empurrou Bernardo Silvestre para o lado. E soltou um suspiro.

DOCTOR EVANGELICUS
SUPER OMNES EVANGELISTAS
JOANNES WICLEPH ANGLICUS
DE BLASPHEMIA DE APOSTASIA
DE SYMONIA
DE POTESTATE PAPAE
DE COMPOSITIONE HOMINIS

"*Anglicus*, e não *basilicus*", pensou ele. "*Symonia* em vez de *sanctimonia*. *Papae*, e não *papillae*. O pedaço de papel queimado de Powojowice. O manuscrito que Peterlin mandara destruir. Era John Wycliffe."

– Wycliffe – Reinmar, em voz alta e sem querer, repetiu o pensamento. – Wycliffe, que mentirá e dirá a verdade. Queimado, expulso da sepultura...

– Como é? – Huon von Sagar virou-se com dois vidros nas mãos. – Quem foi expulso da sepultura?

– Ainda não o expulsaram – disse Reynevan, até então perdido em seus pensamentos. – Ainda vão expulsá-lo. Foi o que afirmou a profecia. John Wycliffe, *doctor evangelicus*. Mentiroso, porque herege, mas, de acordo com a canção do goliardo, é ele quem vai dizer a verdade. Sepultado em Lutterworth na Inglaterra. Seus restos mortais serão exumados e queimados, e as cinzas, lançadas no rio Avon, por meio do qual chegarão aos mares. Isso vai acontecer daqui a três anos.

– Fascinante – disse Huon, com o semblante sério. – E quanto a outras profecias? O destino da Europa? Do mundo? Da cristandade?

– Sinto muito. Apenas Wycliffe.

– Comedido, não? Mas é melhor que nada. Você diz que vão botar Wycliffe para fora do túmulo? Daqui a três anos? Vejamos se é possível tirar algum proveito dessa informação... Já que tocamos no assunto, por que Wycliffe desperta... Ahh... desculpe. Não é da minha... Hoje em dia não se deve fazer esse tipo de pergunta. Wycliffe, Waldhausen, Hus, Jerônimo, Joaquim... Livros perigosos, ideias perigosas, que já causaram a perda de muitas vidas...

"Muitas", pensou Reynevan. "Muitas mesmo. Ah, Peterlin, Peterlin."

– Pegue os frascos. Vamos.

* * *

A companhia, sentada à mesa, já estava bem alegre, e apenas Buko von Krossig e Sharlei pareciam sóbrios. O repasto prosseguira, pois outros pratos tinham sido trazidos da cozinha – linguiça de javali refogada em cerveja, paio, chouriço de Westfália e bastante pão.

Huon von Sagar aplicava o unguento nos hematomas e machucados dos feridos, enquanto Reynevan trocava o curativo de Voldan de Osiny. A cara inchada de Voldan, livre das ataduras, desencadeou uma onda de ruidosas gargalhadas nos presentes. O próprio Voldan estava mais preocupado com o elmo e a viseira, esta deixada na floresta e que lhe havia custado quatro grivnas. Ao ser informado de que o elmo estava todo amassado, respondia que era possível restaurá-lo.

Voldan foi também o único que tomou o elixir de papoula. Buko, depois de degustá-lo, despejou a decocção sobre o chão coberto de palha e ralhou com Huon por ter lhe dado aquela "merda amarga", no que o imitaram os demais. E desse modo ia água abaixo os planos de sedar os barões gatunos.

Formoza von Krossig também não recusara o vinho húngaro e o hidromel, o que se notava por suas bochechas coradas e pelo falatório um tanto incoerente. Quando Reynevan e Huon retornaram, Formoza deixou de lançar olhares sedutores para Weyrach e Sharlei e foi se ocupar de Nicolette, que, depois de comer um pouco, permanecia sentada cabisbaixa.

– Ela não parece nem um pouco uma Biberstein – afirmou a senhora do castelo enquanto media a moça com o olhar. – Não parece mesmo. Tem cintura fina, traseiro pequeno. Com a união dos Biberstein com os Pogorzel, suas filhas costumam ser bem bundudas. Elas herdaram também o nariz arrebitado dos Pogorzel, mas esta tem um nariz fino. É verdade que é alta, tal qual as filhas dos Sędkowic, que também são aparentados dos Biberstein. Mas as filhas dos Sędkowic costumam ter olhos escuros, e os dela são azuis...

Nicolette abaixou a cabeça. Seus lábios tremiam. Reynevan mantinha cerrados os punhos e os dentes.

– Diabos! – interveio Buko, arremessando uma costela roída por cima da mesa. – Ela é por acaso uma égua numa feira de cavalos para ser examinada assim?

– Calado! Estou apenas observando. E, quando acho algo estranho, comento, sim. Por exemplo, o fato de ela não ser tão jovem. Já deve ter seus dezoito anos. Por que, então, ainda não está casada? Não teria, por acaso, algum defeito?

– E o que é que eu tenho a ver com os defeitos dela? Vou me casar com ela ou algo do tipo?

– A ideia não é má – afirmou Huon von Sagar, erguendo os olhos atrás de seu cálice. – Case-se com ela, Buko. *Raptus puellae* é um crime bem menos grave do que extorsão. É provável que o senhor de Stolz o perdoe e o poupe se você se apresentar diante dele com ela como sua noiva. Ele não mandaria quebrar os ossos do próprio genro numa roda.

– Filhinho? – disse Formoza com um sorriso de sibila. – O que você acha dessa ideia?

Buko olhou primeiro para ela, depois para o feiticeiro, e seus olhos eram frios e malévolos. Permaneceu calado por um longo momento, brincando com o cálice. A forma característica do recipiente revelava a sua procedência, tampouco deixavam dúvidas a esse respeito as cenas da vida de Santo Adalberto gravadas na borda. Era um cálice de celebração, muito provavelmente roubado durante o famoso assalto ao custódio da colegiada de Głogów no dia de Pentecostes.

– Eu lhe respondo – começou o barão gatuno, arrastando as sílabas. – Fique à vontade, senhor Sagar. Case-se você mesmo com ela. Ah, mas o senhor não pode, já que é sacerdote. A não ser que o Diabo a quem o senhor serve o tenha dispensado do celibato.

– Eu poderia me casar com ela – declarou inesperadamente Pashko Rymbaba, corado por causa do vinho. – Simpatizei com ela.

Tassilo e Wittram bufaram, Voldan caiu numa gargalhada. Notker von Weyrach observava com seriedade, embora só aparente.

– Claro! – disse Notker, debochado. – Case-se, Pashko. É bom aparentar-se com os Biberstein.

– Vá se ferrar! – respondeu Pashko, arrotando em seguida. – E eu por acaso sou pior que eles? Um pobretão, um indigente ou o quê? Rymbaba *sum*! Filho e neto dos Pakoslav. Quando éramos senhores da Grande Polônia e da Silésia, os Biberstein ainda estavam metidos na lama com os castores, na Lusácia, comendo cascas de árvores, sem pronunciar ou compreender sequer uma palavra da nossa língua. Vou me casar com ela e pronto. O que eu tenho a perder? Só tenho de enviar alguém até a casa do meu pai. Não se pode casar sem a bênção do pai...

– Haverá, inclusive, quem os case – continuou Weyrach, ainda debochando. – Vocês todos ouviram, o senhor von Sagar é sacerdote. Pode casá-los agora mesmo. Não é verdade?

O feiticeiro nem sequer voltou os olhos para ele. Aparentemente estava mais interessado no chouriço de Westfália.

– Convém perguntar primeiro à própria parte interessada – disse, por fim, o mago. – *Matrimonium inter invitos non contrahitur*: o matrimônio requer o consentimento de ambos os prometidos.

– A interessada – redarguiu Weyrach, bufando – segue calada. E *qui tacet, consentit*, quem se cala consente. Mas podemos perguntar aos demais presentes, por que não? E então, Tassilo? Gostaria de contrair matrimônio? Ou talvez você, Kuno, queira desposá-la? Voldan? E o senhor Sharlei, por que está tão calado? O que vale para um vale para todos! Com o perdão da expressão, mas quem mais gostaria de se tornar nubente?

– Talvez o senhor mesmo? – sugeriu Formoza von Krossig, inclinando a cabeça. – E então? Senhor Notker? Já é passada a hora. O senhor não gostaria de tê-la como esposa? Ela não é do seu agrado?

– Ah, se é – respondeu o barão gatuno, com um sorriso repugnante. – Mas o casamento é o túmulo do amor. Por isso eu voto para que apenas a tracemos.

– Parece que é hora de as damas deixarem a mesa para não interferirem nas piadas e brincadeiras dos varões. Venha, menina, pois também para você não há nada aqui.

Nicolette levantou-se obedientemente e caminhou como se rumasse para a forca: curvada, cabisbaixa, com os lábios trêmulos e os olhos cheios de lágrimas.

"Era tudo fingimento", pensou Reynevan, cerrando os punhos debaixo da mesa. "Toda a sua coragem, sua determinação, seu vigor eram mera dissimulação. Quão delicado e mísero é o sexo frágil, quão dependente de nós, homens. Quão absolutamente dependentes são elas de nós."

– Huon – chamou Formoza, do outro lado da porta. – Não me deixe esperando muito tempo.

– Já vou – respondeu o feiticeiro, levantando-se. – Aquela perseguição estúpida pelas florestas me deixou demasiado exausto para seguir ouvindo conversas estúpidas. Desejo a todos da companhia uma noite tranquila.

Buko von Krossig escarrou debaixo da mesa.

* * *

A saída do feiticeiro e das damas sinalizava que a diversão se tornaria ainda mais efusiva, e a bebedeira, mais voraz. A *comitiva*, aos urros, exigia mais vinho, e as moças que serviam as bebidas recebiam a dose usual de palmadas, apalpadelas, beliscões e cutucadas, antes de voltarem correndo para a cozinha, ruborizadas e vertendo lágrimas.

– Vamos beber e brindar!

– À nossa sorte!

– À saúde!

– Que não acabe!

Pashko Rymbaba e Kuno von Wittram, com os braços nos ombros uns dos outros, começaram a cantar. Weyrach e Tassilo de Tresckow juntaram-se ao coro.

Meum est propositum in taberna mori
ut sint vina proxima morientis ori;
Tunc cantabunt letius angelorum chori:
Sit Deus propitius huic potatori![32]

Buko von Krossig bebia como se não houvesse amanhã. A cada copo, porém, ficava – paradoxalmente – cada vez menos ébrio; entre um brinde e outro, tornava-se mais soturno, sombrio e ainda mais pálido. Estava sentado, carrancudo, segurando firme o cálice cerimonial, sem desgrudar os olhos, já semicerrados, de Sharlei.

Kuno von Wittram batia a caneca contra a mesa. E Notker von Weyrach fazia o mesmo com o cabo de sua misericórdia. Voldan de

Osiny balançava a cabeça envolta em ataduras, balbuciando. Rymbaba e Tresckow urravam.

Bibit hera, bibit herus,
bibit miles, bibit clerus,
bibit ille, bibit illa,
bibit servus cum ancilla,
bibit velox, bibit piger,
bibit albus, bibit niger...[33]

– Ho! Ho!
– Buko, meu irmão! – Pashko cambaleou até Buko e abraçou o pescoço do companheiro, molhando-o com as gotas que caíam do bigode. – Quero brindar a você! Vamos nos alegrar! Poxa! Este é mesmo o meu enlace com a filha de Biberstein! Gostei dela. Em breve, palavra de honra, vou convidá-los para o nosso casamento, e depois para o batismo! Vai ser uma festança só!

Um grande viva ao meu caralho
Que vai tapar esse buraco...[34]

– Fique atento – sussurrou Sharlei para Reynevan, tirando todo o proveito da ocasião. – É melhor nos escafedermos logo para salvar nossos pescoços.
– Sim – Reynevan sussurrou de volta. – Se acontecer alguma coisa, quero que você e Sansão fujam sem olhar para trás. Metam pernas aos cavalos e não esperem por mim... Preciso pegar a garota. E passar pela torre...
Buko empurrou Rymbaba, mas Pashko não desistia.
– Não precisa se preocupar, Buko! É verdade, dona Formoza estava certa, você fez uma bela merda ao sequestrar a filha de Biberstein.

Mas eu vou solucionar o problema e poupá-lo dos apuros. Agora ela é minha prometida, em breve será minha noiva, e a coisa está resolvida! Ha, ha, caramba, rimei como um poeta. Bebamos, Buko! Ei, vamos nos alegrar! "Um grande viva ao meu caralho..."

Buko o empurrou outra vez.

– Eu conheço você – disse Buko para Sharlei. – Já em Kromolin tive essa impressão e agora estou certo de quando e de onde. Ainda que naquela época você vestisse o hábito de franciscano, eu reconheço essa sua cara, lembrei-me de onde o vi. Foi na praça do mercado da Breslávia, no ano de 1418, naquela memorável segunda-feira de julho.

Sharlei não respondeu, apenas lançou um olhar desafiador para os olhos semicerrados do barão gatuno. Buko girou o seu cálice de cerimônia nas mãos.

– E você, Hagenau – disse, voltando os olhos repletos de ira para Reynevan –, ou sabe lá o Diabo qual é seu verdadeiro nome e quem você é de fato. Talvez seja um monge ou um filho bastardo de um padre. Talvez o senhor João von Biberstein o tenha trancado na torre, em Stolz, por provocar rebeliões e motins. Comecei a desconfiar de você ao longo da viagem. Notei como você fitava a moça, cheguei a pensar que você procurava uma oportunidade de se vingar de Biberstein, meter uma faca entre as costelas da filha dele. Sua vingança podia pôr em risco minhas quinhentas grivnas, por isso fiquei de olho em você. Esteja certo de que, tivesse você feito uso do punhal, sua cabeça já teria dado adeus ao seu pescoço.

Depois de uma pequena pausa, o barão gatuno prosseguiu:

– Mas agora olho para essa sua cara e me pergunto se acaso eu não estava enganado. Talvez você não quisesse matá-la. Talvez você tenha por ela algum tipo de afeto. Pode ser que o que pretende é salvá-la, sequestrá-la, tomá-la de minhas mãos. Eis o que tem ocupado minha mente, ao passo que cresce em mim uma fúria desmedida por você acreditar que pode fazer Buko von Krossig de idiota. Minha mão está coçando de vontade de cortar sua garganta. Mas estou conseguindo me segurar. Por enquanto.

– Talvez seja o caso de encerrarmos a noite? – sugeriu Sharlei, e sua voz deixava transparecer uma absoluta tranquilidade. – O dia foi farto em eventos exaustivos, o que é sentido por todos nos próprios ossos. Vejam só, o senhor Voldan caiu no sono e afundou a cara no molho. Sugiro deixarmos essa discussão *ad cras*.

– Nada de *ad cras* – Buko rosnou. – E no momento oportuno declararei encerrado o banquete. Portanto, quando encherem seu copo, beba, seu filho bastardo de um monge. E você também, Hagenau. Como saber se este não será seu último rega-bofe? O caminho para a Hungria é longo e repleto de perigos. Quem pode afirmar com certeza que vocês chegarão lá? Afinal, como se diz: pela manhã não se sabe o que a noite há de trazer.

– Sobretudo – acrescentava Notker von Weyrach, num tom viperino – se considerarmos que o senhor Biberstein há de ter espalhado seus cavaleiros pelas estradas. Ele deve estar terrivelmente enfurecido com os sequestradores de sua filha.

– Vocês não prestaram atenção no que eu disse? – interveio Pashko Rymbaba, em meio a um arroto. – Que se foda Biberstein. Eu estou me casando com a filha dele. Quando...

– Cale-se – interrompeu-o Weyrach. – Você está bêbado. Buko e eu achamos uma solução melhor, uma tática mais simples e apropriada para lidar com Biberstein. Portanto, guarde esses despautérios de casamento pra você mesmo.

– Mas eu gostei dela... O noivado... A noite de núpcias... "Ah, um grande viva ao meu caralho..."

– Cale a boca.

Sharlei desgrudou os olhos de Buko e voltou-os para Tresckow.

– E você, senhor Tassilo? – perguntou tranquilamente. – O senhor está de acordo com o plano dos companheiros? Também o julga pertinente?

– Sim, estou de acordo – respondeu Tresckow após um momento de silêncio. – Ainda que eu o lamente. Mas é a vida. Vocês tiveram o azar de se encaixar nesse quebra-cabeça...

– Perfeitamente – completou Buko von Krossig. – Melhor, impossível. Os que serão mais facilmente reconhecidos, entre os participantes do assalto, são aqueles que não usavam viseiras: o senhor Sharlei, o senhor Hagenau, que tão destemidamente conduziu o coche furtado. E seu serviçal brutamontes, em especial, é bastante... inolvidável. Reconheceriam aquele rosto até mesmo num cadáver. E, por sinal, todos serão reconhecidos como cadáveres. Assim descobrirão quem assaltou o séquito. E quem sequestrou a filha de Biberstein...

– E também quem a matou? – concluiu Sharlei, bastante tranquilo.

– E quem a estuprou – acrescentou Weyrach, lançando um sorriso repugnante. – Não nos esqueçamos do estupro.

Reynevan levantou-se com ímpeto, mas logo se sentou novamente, empurrado no banco pelos fortes braços de Tassilo de Tresckow. No mesmo momento, Kuno von Wittram segurou os ombros de Sharlei, e Buko encostou a lâmina de sua misericórdia na garganta do penitente.

– Vocês têm certeza de que é a melhor saída? – balbuciou Rymbaba. – Afinal, eles nos acudiram naquele dia...

– É preciso – interrompeu-o Weyrach. – Pegue a espada.

Do gume do punhal escorreu pelo pescoço do demérito um estreito fio de sangue. Mesmo assim, a tranquilidade na voz de Sharlei permanecia intacta.

– Sinto dizer, mas seu plano não vai funcionar. Ninguém vai acreditar.

– Ah, mas vão acreditar, sim – assegurou Weyrach. – Você ficaria surpreso ao ver a variedade de bizarrices em que as pessoas acreditam.

– Biberstein não vai se deixar enganar. Vocês serão degolados.

– E por que você está me ameaçando, filho de monge? – questionou Buko, debruçando-se sobre Sharlei. – Se você mesmo não vai estar vivo ao raiar o Sol? Biberstein não vai acreditar em nós? Talvez. Minha cabeça vai rolar? Se for a vontade de Deus, que seja feita. Mas ainda assim vou cortar suas gargantas. Nem que seja por mero *gaudium*, como diz o filho da puta do Sagar. Você, Hagenau, vou matá-lo nem que seja apenas para aborrecer Sagar, já que você é confrade dele, feiticeiro como ele. Mas no seu caso, Sharlei, chamemos de acerto de contas. Um acerto de contas com a história. Pela Breslávia, pelos eventos de 1418. Os líderes da rebelião deram a cabeça ao carrasco na praça do mercado da Breslávia; você perderá a sua em Bodak. Bastardo.

– É a segunda vez que você me chama de bastardo, Buko.

– E vou chamá-lo uma terceira vez. Bastardo! O que você vai fazer?

Sharlei não teve tempo de responder. A porta se abriu com um estrondo e Humbertinho entrou. Ou, para ser mais preciso, entrou Sansão Melzinho. Depois de usar o pajem para arrombar a porta.

Em meio ao silêncio absoluto, quebrado apenas pelo chirriar de uma coruja que voejava ao redor da torre, Sansão ergueu o escudeiro pelas calças e pela gola e o arremessou aos pés de Buko. Humbertinho soltou um gemido agudo ao aterrissar.

– Este indivíduo – disse Sansão em meio ao silêncio – tentou me asfixiar no estábulo com as rédeas de um cavalo. E ele afirma que por ordem sua, senhor von Krossig. Explique-se por obséquio, meu senhor.

Buko não se explicou.

– Matem-no! – gritou. – Matem esse filho da puta! Acabem com ele!

Sharlei se soltou do aperto de Wittram com um movimento serpenteado e, com o cotovelo, golpeou a garganta de Tresckow, que, arquejando, permitiu que Reynevan se libertasse. Este, por sua vez, com a precisão cirúrgica de que só um médico dispõe, socou o flanco já machucado de Rymbaba, acertando em cheio a ferida. Pashko uivou e dobrou-se ao meio de tanta dor. Sharlei, então, saltou até Buko e com uma força feroz lhe chutou a perna. Buko caiu de joelhos. Reynevan não pôde ver o que se deu em seguida, pois Tassilo de Tresckow atingiu sua nuca com tamanho ímpeto que o rapaz desabou sobre a mesa. Mas ainda assim ele conseguia imaginar o que se passava ao ouvir o estrondo de um golpe, o estalo de um nariz quebrado e um berro selvagem.

– Nunca mais me chame de bastardo, Krossig! – tratava-se nitidamente da voz do demérito.

Tresckow partiu para cima de Sharlei, e Reynevan quis ajudar o companheiro. Mas não foi capaz de fazê-lo, pois Rymbaba, com o rosto contorcido de dor, o agarrou por trás e jogou-se ao chão, caindo sobre o jovem. Weyrach e Kuno se lançaram contra Sansão, mas o gigante ergueu um banco e, com ele, golpeou primeiro o peito de Weyrach, depois o de Kuno, derrubou-os e esmagou-os com a mesma peça de mobília. Ao ver Reynevan se sacudindo e coiceando no abraço de urso de Rymbaba, saltou até ele, abriu bem a mão e com toda sua força deu um tapa no ouvido do agressor. Pashko cambaleou ao longo do salão até dar com a testa contra a chaminé. Reynevan, então, pegou da mesa uma vasilha de estanho e com ela desferiu um golpe vigoroso e tilintante na cabeça de Notker von Weyrach, que tentava se levantar.

– Reynevan, a moça! – gritou Sharlei. – Corra!

Buko von Krossig, berrando, ergueu-se do chão com ímpeto, enquanto o sangue jorrava aos cântaros de seu nariz dilacerado. Agarrou uma rogatina da parede, jogou o braço para trás para tomar impulso e lançou-a contra Sharlei. O penitente se esquivou com destreza, e a lança passou de raspão por seu braço. Mas atingiu Voldan de Osiny, que, recém-desperto, levantava-se da mesa ainda desorientado. Voldan foi arremessado para trás, bateu as costas contra a tapeçaria flamenga, na parede, e recostado nela deslizou até o chão, onde ficou sentado, com a cabeça tombada sobre a haste que brotava de seu peito.

Buko berrou ainda mais alto e avançou sobre Sharlei, usando como armas nada além das próprias mãos, cujos dedos se alongavam como as garras de um gavião. Sharlei estendeu um dos braços e com ele deteve o ataque do oponente, ao mesmo tempo que, com o outro, lhe socou o nariz quebrado. Buko uivava de dor enquanto caía de joelhos.

Tresckow jogou-se sobre Sharlei, Kuno von Wittram sobre Tresckow, Sansão sobre Wittram, Weyrach sobre eles, Buko, banhado de sangue, em cima deles e, por fim, Humbertinho por cima de todos. Emaranhados enquanto lutavam no chão, pareciam alguma representação de *Laocoonte e seus filhos*. Reynevan, contudo, não assistiu àquela cena. Com toda a energia que ainda restava em suas pernas, percorria a longa e íngreme escadaria que levava ao cume da torre.

* * *

Encontrou-a diante de uma porta baixa, num lugar iluminado por uma tocha enfiada num suporte de ferro. Ela não parecia nem um pouco surpresa. Era como se esperasse por ele.

– Nicolette...
– Aucassin!
– Eu vim...

Não conseguiu lhe expor os propósitos de sua vinda, pois um golpe veemente o fez desmoronar. Reynevan se apoiou sobre os cotovelos para tentar reerguer-se, mas outro golpe o pôs abaixo novamente.

– Eu o trato com gentileza e cordialidade – disse, arfando, Pashko Rymbaba, de pé, com as pernas escarranchadas sobre ele. – Eu lhe ofereço minha cordialidade e minha gentileza e, em troca, você me dá uma pancada nas costas? Nas minhas costelas quebradas? Seu canalha!

– Ei, você! Grandalhão!

Pashko olhou para trás. E abriu um sorriso largo e prazenteiro ao ver Catarina von Bieberstein, a donzela que lhe apetecia e de quem, acreditava ele, já estava noivo e ao lado de quem, em seus sonhos, ele se via entregue aos folguedos do leito nupcial. Suas projeções, contudo, se revelaram um tanto prematuras.

Sua pretensa prometida atingiu-o no olho com um soco curto, seco e certeiro. Pashko levou as mãos ao rosto enquanto a moça, erguendo o *cotehardie* para dispor de maior mobilidade, desferiu-lhe um vigoroso pontapé na virilha. O pretenso prometido retraiu-se, silvando em sua tentativa desesperada de retomar o fôlego, para em seguida uivar feito um lobo enquanto caía de joelhos, agarrando com ambas as mãos os seus tesouros varonis. Nicolette ergueu ainda mais o vestido, deixando à mostra suas coxas torneadas, e, com um pulo, disparou um chute na lateral da cabeça do agonizante; então, com um rodopio, acertou-o no peito com sua perna. Pashko Pakoslawic Rymbaba desabou na escada em espiral, em cambalhotas, e seguiu rolando pelos degraus.

Reynevan conseguiu pôr-se de joelhos. Ela permanecia em pé, tranquila, embora um pouco ofegante, com o peito arquejando levemente. Apenas seus olhos, que fulguravam como os de uma pantera, deixavam transparecer a excitação. "Ela estava fingindo", pensou ele. "Apenas fingia estar assustada e intimidada. Enganou a todos, inclusive a mim."

– E agora, Aucassin?
– Para cima. Depressa, Nicolette.

A moça correu, saltando sobre os degraus como uma cabra-montesa. Reynevan mal conseguia acompanhá-la. "Vou ter de submeter a uma profunda revisão minhas ideias acerca da fragilidade do sexo feminino", pensou ele, ofegante.

* * *

Pashko Rymbaba tinha rolado até a base da escada e, com ímpeto, despencado bem no meio do salão, indo parar quase debaixo da mesa. Ficou prostrado por um instante, inspirando o ar pela boca como uma carpa pescada à rede, depois gemeu, grunhiu e balançou a cabeça para a frente e para trás enquanto segurava os genitais. Então se sentou.

Não havia ninguém no salão, à exceção do cadáver de Voldan, ainda com a rogatina encravada no peito, e de Humbertinho, que, contorcendo-se de dor, amparava um braço, decerto quebrado, contra a barriga. O escudeiro encontrou o olhar de Rymbaba e, com a cabeça, apontou para a porta que dava para o pátio. Mas o gesto foi desnecessário, pois Pashko já ouvia o barulho, os gritos e o estampido rítmico vindos de lá.

Uma criada e um serviçal espiaram para dentro do salão, exatamente como na canção: *servus cum ancilla*. E fugiram assim que Pashko pousou os olhos neles. Ele, por sua vez, se levantou, soltou um palavrão repugnante, arrancou da parede uma enorme berdiche com um cabo preto bastante perfurado por cupins. Mas, tomado pela indecisão, deteve-se por um momento. Mesmo com o sangue fervendo pelo desejo de vingança que ele acalentava contra a perversa filha de Biberstein, o bom senso lhe mandava ajudar a *comitiva*.

"A filha de Biberstein não vai escapar à vingança, ela não tem como deixar a torre", pensou ele, sentindo seus testículos começarem a inchar. "Por ora, eu lhe dispensarei apenas um altivo desprezo. Os demais serão os primeiros a pagar."

– Esperem aí, seus filhos da puta! – berrou enquanto mancava rumo ao pátio e aos sons de combate. – Vocês vão se ver comigo!

* * *

A porta da torre estremecia com as pancadas que vinham de dentro. Sharlei praguejava.

– Depressa, Sansão! – esbravejou ele.

Sansão Melzinho arrastava para fora do estábulo dois corcéis selados. Soltou um rugido ameaçador para um serviçal que havia pulado do palheiro, mas que no mesmo instante bateu em retirada com sebo nas canelas.

– Esta porta não vai resistir por muito tempo – disse Sharlei, descendo a escada a toda velocidade e tomando as rédeas das mãos de Sansão. – O portão, rápido!

Sansão viu outra tábua estourar em farpas na porta da torre, a única barreira que se interpunha entre eles e o grupo de Buko. Ouviu-se o ferro retinir com as pancadas de pedra e de metal. Obviamente, os furiosos barões gatunos tentavam arrancar as dobradiças. De fato, não havia tempo a perder. Sansão olhou ao redor. O portão se mantinha fechado graças a uma trava complementarmente resguardada por um enorme cadeado. Com três saltos, o gigante alcançou uma pilha de lenha e, de um pedaço de tronco, arrancou um enorme machado de carpinteiro. Com mais três passos largos, chegou ao portão. Soltou um urro enquanto suspendia o machado e, com uma força imponente, baixou-o contra o cadeado.

– Mais força! – vociferou Sharlei, olhando para a porta que se desfazia. – Bata com mais força!

Sansão bateu com mais força, fazendo estremecer o portão inteiro, junto com a guarita acima dele. O cadeado, decerto fabricado em Nurembergue, não se partiu, mas os pregos que seguravam a trava saíram do muro quase pela metade.

– Mais uma vez! Bata!

Com o golpe seguinte partiu-se o cadeado nuremberguês, soltaram-se por completo os pregos do muro e foi ao chão a trava, produzindo um grande estrondo.

* * *

– Nas axilas – disse Reynevan enquanto esticava sobre os ombros a gola da camisa e, depois de mergulhar os dedos no emplastro contido no pote de barro, demonstrava como aplicá-lo. – E também na nuca. Assim, ó. Mais, mais… Esfregue com bastante força… Rápido, Nicolette. Temos pouco tempo.

Por um instante a moça o fitou, e no olhar dela se travava um embate entre a descrença e a admiração. Ela, contudo, não proferiu nem uma palavra, apenas pegou o emplastro. Reynevan arrastou o banco de carvalho até o centro da sala. Deixou a janela escancarada, e um vento gelado invadiu o laboratório do feiticeiro. Nicolette estremeceu.

– Não se aproxime da janela – ele a precaveu. – É melhor... não olhar para baixo.

– Aucassin – disse ela, olhando nos olhos dele –, entendo que estamos lutando por nossas vidas. Mas você está seguro do que está fazendo?

– Por favor, sente-se no banco como se fosse montá-lo, com uma perna de cada lado. O tempo está correndo. Monte atrás de mim.

– Prefiro me sentar na frente. Aperte a minha cintura, aperte com força. Mais forte...

Estava cálida. Cheirava a lírio-dos-charcos e hortelã. Nem mesmo o aroma peculiar do composto de Huon conseguia mascarar o perfume que ela exalava.

– Está pronta?

– Estou. Não vai me soltar? Não vai me deixar cair?

– Eu vou morrer antes disso.

– Não morra. – Ela deu um suspiro e virou o rosto, e assim os lábios deles se roçaram por um instante. – Não morra, por favor. Viva. Entoe o encantamento.

Weh, weh, Windchen
Zum Fenster hinaus
In omnem ventum!
Pela janela voar
Sem em nada tocar![35]

O banco saltou e empinou debaixo deles como um cavalo selvagem. Apesar de toda a determinação, Nicolette não conseguiu segurar um grito apavorado. Na verdade, Reynevan tampouco. O banco ergueu-se no ar à altura de uma braça e rodopiou feito um pião em fúria. O laboratório de Huon, aos olhos deles, tornava-se um borrão. Nicolette encravou os dedos nos braços de Reynevan que a seguravam e guinchou, mas ele juraria que era mais por prazer do que por medo.

Enquanto isso, o banco se lançou janela afora, mergulhando na noite fria e escura.

E então despencou vertiginosamente.

– Segure-se! – berrou Reynevan, enquanto o ímpeto do vento empurrava as palavras de volta para sua garganta. – Seguuuure-seee!

– Segure-se *você*! Jesuuuuus!

– Aaaaaaah-aaaaaaaah!

* * *

No mesmo momento em que o cadeado nuremberguês se rompeu e a trava do portão foi ao chão com um estrondo, a porta da torre tombou com um estampido e os barões gatunos se derramaram pelas escadas de pedra. Armados até os dentes, todos eles estavam tão cegos em sua sede de sangue que Buko von Krossig, o primeiro a avançar, tropeçou nos degraus íngremes e aterrissou numa pilha de esterco. Os demais se lançaram contra Sansão e Sharlei. Sansão rugia como um leão, afastando os adversários com furiosos golpes de machado. Sharlei, igualmente aos urros, combatia os perseguidores com uma alabarda que encontrara junto do portão. Mas a vantagem – inclusive pela experiência em combates – era dos barões gatunos. Ante os ataques virulentos e os golpes traiçoeiros das espadas, Sansão e Sharlei recuavam.

Até que sentiram a sólida resistência de um muro às costas deles.

* * *

Foi então que Reynevan chegou voando.

* * *

Ao ver o pátio tornar-se cada vez maior à medida que se aproximavam dele, Reynevan soltou um grito. Nicolette também. Os berros, modulados pelo vento sufocante e transformados num ulular infernal, surtiram um efeito bem melhor que a aterrissagem em si. Com exceção de Kunon von Wittram, que naquele exato momento olhava para cima, nenhum dos barões gatunos tinha avistado os intrépidos passageiros que montavam o banco voador. Mas o ulular teve um impacto psicológico devastador. Weyrach caiu de quatro, Rymbaba praguejou, gritou e prostrou-se ao chão. Junto dele tombou Tassilo de Tresckow, inconsciente, a única vítima do ataque aéreo – o banco o atingiu na nuca ao precipitar-se rumo ao pátio. Kuno von Wittram fez o sinal da cruz e arrastou-se para debaixo de uma carroça carregada com feno. Buko von Krossig se encolheu quando a barra do *cotehardie* de Nicolette bofeteou sua orelha. Então o banco empinou e com ímpeto lançou-se para o alto, acompanhado por gritos ainda mais estridentes de sua tripulação. Notker von Weyrach, com o queixo caído e os olhos arregalados, observava os tripulantes. Teve sorte, pois, com o canto do olho, pôde avistar Sharlei e, no último instante, desviar do golpe de alabarda. Notker agarrou a haste, e ele e Sharlei puseram-se a lutar.

Sansão dispensou o machado, agarrou as rédeas de um dos cavalos e se esforçou para segurar o outro. Buko partiu para cima dele e o atacou com um punhal. Sansão esquivou-se, mas não foi rápido o bastante. O punhal rasgou a manga de sua camisa. E seu braço. Buko não conseguiu acertá-lo de novo. Levou um murro nos dentes que o fez rolar até os pés do portão.

Sansão Melzinho apalpou o braço e examinou a mão ensanguentada.

– Agora... – disse ele, devagar e em voz alta. – Agora fiquei puto de verdade.

Foi até Sharlei e Weyrach, que seguiam no embate pela haste da alabarda, e desferiu um soco tão pujante que Weyrach, atingido, executou um gracioso salto mortal. Pashko Rymbaba ergueu a berdiche para atacar o brutamontes, mas Sansão se virou e olhou para ele. Pashko rapidamente recuou dois passos.

Enquanto Sharlei pegava os cavalos, Sansão agarrou um broquel redondo, de ferro fundido, que ficava num suporte ao lado do portão.

– Para cima deles! – berrou Buko ao pegar a espada que Wittram deixara cair. – Weyrach! Kuno! Pashko! Para cima deles! Cristo...

Ele testemunhava o que Sansão fazia naquele momento. O brutamontes, tal qual um discóbolo, segurou o broquel na horizontal, girou o torso para trás, para tomar impulso, e lançou-o. O broquel, soltando-se de sua mão, saiu rodopiando pelo ar ao longo de todo o pátio e passou de raspão por Weyrach, silvando em seus ouvidos, para enfim se chocar contra a mísula do muro, destroçando-a por completo. Weyrach engoliu em seco enquanto Sansão pegava outro broquel do suporte.

– Cristo... – Buko bufou ao ver o gigante outra vez se virar para tomar impulso. – Escondam-se!

– Pelas tetas de Santa Águeda! – berrou Kuno von Wittram. – Salve-se quem puder! É cada um por si!

Os barões gatunos, desembestados, puseram-se a fugir cada um numa direção, pois era impossível adivinhar qual deles estava na mira do disco de Sansão. Rymbaba correu para o estábulo, Weyrach atirou-se atrás da pilha de lenha, Kuno von Wittram arrastou-se de volta para baixo da carroça de feno, enquanto Tassilo de Tresckow, que acabava de recuperar os sentidos, mais uma vez se prostrava ao chão. Enquanto corria, Buko von Krossig arrancou de um manequim de treinamento um escudo velho e oblongo e com ele protegeu as costas durante a fuga.

Sansão terminou seu giro, ficando sobre uma perna só, numa pose clássica digna do cinzel de um Míron ou de um Fídias. O broquel lançado partiu silvando pelos ares até encontrar seu alvo. Produziu um terrível estrondo ao acertar o escudo nas costas de Krossig. O ímpeto do golpe arremessou o barão gatuno para uma distância de cerca de cinco braças, que poderia ter sido até maior, não fosse pelo muro. Por um instante parecia que Buko havia sido esmagado contra a parede. Contudo, após alguns segundos, ele deslizou até o chão.

Sansão Melzinho olhou em volta. Não havia mais ninguém para acertar.

– Aqui! – gritou Sharlei, lá do portão, já montado na sela. – Venha para cá, Sansão! Ao cavalo!

O cavalo, embora forte, arriou levemente sob o peso do gigante. Sansão Melzinho o acalmou.

E dispararam a galope.

CAPÍTULO XXV

No qual – como nas obras de Béroul e de Chrétien de Troyes, de Wolfram von Eschenbach e de Hartmann von Aue, de Godofredo de Estrasburgo, de Guillem de Cabestany e de Bertran de Born – se fala de amor e de morte. O amor é belo. A morte, não.

Em essência, parecia ser verdade o que um dos mentores de Reynevan em Praga tentara provar a respeito de os voos mágicos estarem submetidos ao controle mental do feiticeiro ou da feiticeira ungidos com o emplastro voador. E que os objetos usados para voar – fosse uma vassoura, um atiçador de fogo, uma pá ou qualquer outra coisa – se tratavam de meros objetos inanimados, ou seja, matéria desprovida de vida, sujeita aos desígnios do mágico e completamente dependente deles.

Devia haver, de fato, algo de verdade nisso, pois o banco que levava Reynevan e Nicolette, depois de se elevar no céu noturno sobre os merlões da torre do castelo Bodak, sobrevoava-o em círculos a uma altitude tal que Reynevan não pôde avistar dois homens a cavalo que deixavam o castelo – um deles de porte indubitavelmente imponente. O banco seguiu planando ligeiramente atrás dos cavaleiros, como se quisesse tranquilizá-lo de que nenhum daqueles homens que percorriam a estrada de Kłodzko a cavalo estava gravemente ferido, e de que não eram perseguidos por ninguém. E, como se tivesse tomado ciência do alívio de Reynevan, o banco perfez mais um círculo ao redor de Bodak para em seguida elevar-se às alturas do céu estrelado, acima das nuvens iluminadas pelo luar.

Constatou-se, no entanto, que Huon von Sagar também tinha razão ao afirmar que toda teoria é uma área cinzenta, pois as conclusões do doutor praguense acerca do controle mental dos mágicos sobre os objetos voadores se confirmavam num grau muito limitado. Bem limitado mesmo. Tendo asseverado a Reynevan que Sharlei e Sansão estavam seguros, o banco voador tornou-se de todo independente dos desígnios do tripulante. Em especial, não era da vontade de Reynevan voar a uma altura tal que a Lua parecesse estar ao alcance da mão e que o frio fizesse os dentes dele e de Nicolette começarem a bater como castanholas ibéricas. Tampouco desejava Reynevan ficar voando em círculos, à semelhança de um urubu à espreita da carniça. O que ele queria era continuar no encalço de Sansão e Sharlei, mas o banco voador parecia se lixar para os desígnios do mágico.

Reynevan tampouco tinha vontade de estudar a geografia da Silésia da perspectiva do voo de pássaro, e foi então que, sabe-se lá como ou de acordo com os desígnios de quem, começaram a perder altitude e seguiram planando rumo ao nordeste, sobrevoando as encostas de Reichenstein. Tendo passado à direita os maciços de Jawornik e Borówkowa, o banco esvoaçou sobre um burgo cercado com um muro duplo eriçado com torres da cerca, um burgo que podia ser exclusivamente Paczków. Depois, pairando, os levou sobre o vale de um rio que só podia ser o Nysa. Em seguida, sobrevoaram os telhados das torres da urbe episcopal de Otmuchów. E foi ali que o banco mudou de rumo, traçando um enorme arco de volta para o Nysa, desta vez voando rio acima, seguindo o percurso da faixa prateada que serpenteava sob a luz do luar. Por um instante, o coração de Reynevan palpitou acelerado, pois parecia que o banco pretendia retornar a Bodak. Mas estava enganado. Ele virou de supetão e rumou para o norte, adejando sobre a planície. Pouco tempo depois, passaram rapidamente sobre o complexo monacal de Kamieniec, e mais uma vez Reynevan ficou inquieto. Tinha se dado conta de que Nicolette também aplicara a mistura voadora e que, consequentemente, também podia controlar o banco voador com a força da vontade. Podiam – e a direção que tomavam parecia indicá-lo – estar indo direto para Stolz, a sede dos Biberstein. E Reynevan duvidava de que seria bem recebido lá.

O banco, porém, deslocou-se um pouco para o oeste, sobrevoou um vilarejo, e aos poucos Reynevan começou a ficar desorientado, deixando de reconhecer a paisagem que se estendia diante de seus olhos lacrimejantes por causa do vento.

A altitude em que voavam já não era grande, portanto os tripulantes já não tremiam de frio e seus dentes tinham parado de ranger. O banco voava com fluidez e estabilidade, sem efetuar acrobacias no ar, e então as unhas de Nicolette deixaram de se encravar nas mãos de Reynevan, a moça relaxou um pouco, o que ele sentiu com nitidez. Ele próprio também respirava melhor, não se sufocava com a correnteza do ar nem com a adrenalina.

Pairavam abaixo das nuvens iluminadas pelo luar. Embaixo deles estendia-se um tabuleiro de xadrez composto por florestas e campos.

– Aucassin... – falou Nicolette em meio à ventania. – Você sabe... aonde...

Ele apertou-a com mais força, aconchegando-a ao peito, ciente de que era o que demandava o momento, de que era o que ela esperava.

– Não, Nicolette. Não sei.

Não sabia. Mas suspeitava. E as suas suspeitas estavam corretas. Então, não ficou nem um pouco surpreso quando um grito baixinho da moça o conscientizou de que tinham companhia.

A bruxa do lado esquerdo, uma senhora na flor da idade que usava uma touca de mulher casada, voava de modo clássico, sobre uma vassoura, e a correnteza de ar esvoaçava as abas de sua samarra de pele de carneiro. Ao se acercar um pouco deles, cumprimentou-os com um aceno da mão. Após um momento de hesitação, retribuíram o cumprimento, e ela os ultrapassou.

As duas bruxas que voavam à direita estavam tão ocupadas uma com a outra que nem os cumprimentaram e provavelmente sequer os notaram. Ambas eram muito jovens, com tranças desenlaçadas, estavam sentadas uma atrás da outra com as pernas escarranchadas sobre uma espécie de trenó. Beijavam-se apaixonada e avidamente. A primeira parecia correr o risco de quebrar o pescoço para alcançar a boca da outra, sentada atrás dela. Já a outra estava completamente absorvida pelos seios da primeira que pipocavam de uma camisa aberta.

Nicolette pigarreou, tossiu de maneira estranha, remexeu-se sobre o banco como se quisesse se afastar, distanciar-se daquela cena. Reynevan sabia por que ela estava fazendo aquilo, tinha consciência de sua excitação. A culpa não era só da visão erótica, pois Huon von Sagar o havia avisado dos efeitos colaterais da mistura; aliás, Reynevan se lembrava de que em Praga também se falava disso. Todos os especialistas concordavam com o fato de que a pomada voadora aplicada no corpo funcionava como um forte afrodisíaco.

Não se sabe quando o céu se encheu de bruxas, já estavam voando em uma longa corrente ou em bando, cujo início desaparecia algures no meio da luminescência das nuvens. As bruxas, *bonae feminae*, mesmo que no bando houvesse alguns bruxos, voavam com as pernas escarranchadas sobre diversos tipos de ferramentas, desde as clássicas vassouras e atiçadores de fogo, até bancos, pás, forcados, enxadas, barras de tração, varais de carroças, poleiros, estacas de cercas, e até as varas e os paus de madeira mais simples, sequer descascados. Diante e atrás dos aviadores passavam morcegos, noitibós, corujas, bufos, alucos e gralhas.

– Eita! Confrade! Salve!

Virou-se. E estranhamente, ele não se surpreendeu.

Aquela que o chamou usava um chapéu de bruxa preto debaixo do qual esvoaçavam cabelos vermelhos como fogo. Atrás dela, feito uma cauda, revoava o xale de lã verde-petróleo. Ao lado dela, deslocava-se a moça com um rosto de raposa. Atrás, Jagna de rosto moreno balançava-se sobre um atiçador de fogo, obviamente, pouco sóbria.

Nicolette pigarreou alto e olhou para trás. Deu de ombros com uma cara inocente. A bruxa de cabelos ruivos riu. Jagna arrotou.

Era a noite do equinócio outonal. Para o povo, a noite da Festa dos Ventos, o início mágico da temporada dos ventos que facilitavam a separação do joio e dos grãos. E para as bruxas e as Tribos Velhas, Mabon, um dos oitos sabás do ano.

– Ei! – repentinamente, a bruxa de cabelos ruivos gritou. – Irmãs! Confrades! Vamos nos divertir?

Reynevan não estava com ânimo para se divertir, até porque não sabia como seria essa diversão. Mas o banco claramente já fazia parte do bando e seguia tudo o que o bando fazia.

Numa esquadra bastante numerosa, desceram a pino em direção ao brilho do fogo avistado. Quase esbarraram nas copas das árvores, ganindo e ululando ao passar sobre uma clareira onde ardia uma fogueira, ao redor da qual havia mais de uma dezena de pessoas sentadas. Reynevan notou que elas olhavam para cima, ouvia bem seus gritos cheios de excitação. As unhas de Nicolette novamente se encravaram em seu corpo.

A bruxa de cabelos ruivos demonstrou o maior atrevimento: desceu voando e uivando feito uma loba, tão baixo que levantou uma nuvem de faíscas. E em seguida todos levantaram voo empinados, para cima, para o céu, perseguidos pelos gritos dos acampados. Se eles tivessem bestas, Reynevan estremeceu, quem sabe como teria terminado essa brincadeira.

O bando começou a baixar a altitude. Dirigiam-se para a montanha arborizada que emergia de uma floresta. No entanto, decididamente e contra as suspeitas de Reynevan que esperava que Ślęża fosse o destino do voo, não era o monte Ślęża. A montanha era demasiado pequena para ser Ślęża.

– Grochowa – Nicolette o surpreendeu. – É o Monte Grochowa. Perto de Frankenstein.

* * *

Nas encostas da montanha ardiam fogueiras. De trás das árvores subiam chamas amarelas, resinosas, e a brasa vermelha iluminava a névoa encantada que pairava sobre os vales. Ouviam-se gritos, entoações, os sons de flautas de pã e pífaros, o percutir de uma pandeireta.

Nicolette tremia ao lado de Reynevan, e não era só pelo frio. Ele não estranhou, uma vez que ele mesmo também sentia calafrios lhe percorrerem a espinha, e o coração, batendo forte, lhe subindo à garganta, mal o deixava engolir a saliva.

Junto deles pousou uma criatura desgrenhada, de olhos ardentes e cabelos cor de cenoura, que agora desmontava da vassoura. Suas mãos, magras como um galho seco, estavam munidas de unhas de seis polegadas de comprimento. Muito próximo dela, quatro gnomos com gorros em forma de bolotas gritavam, criando uma algazarra. Ao que parecia, todos os quatro haviam chegado voando sobre um enorme remo. Do outro lado, arrastando os pés e uma pá de padeiro, vinha andando uma criatura trajando o que parecia ser uma samarra vestida ao contrário, com os pelos eriçados, mas que podia ser a sua pelagem natural. A bruxa que passava junto, vestida com uma camisa alva aberta de uma maneira provocadora, lançou-lhes um olhar pouco amigável.

Inicialmente, ainda durante o voo, Reynevan tinha planejado uma fuga imediata. Logo após o pouso, pensava em como se afastar o mais depressa possível, descer a montanha, desaparecer. Mas não pôde executar o plano. Pousaram em bando, com um grupo que os levava como uma correnteza. Qualquer movimento desajustado, qualquer passo fora do rumo que seguiam chamaria a atenção, seria percebido, levantaria suspeitas. Chegou à conclusão de que era melhor não despertá-las.

– Aucassin – disse Nicolette, aconchegando-se a ele e adivinhando, decerto, o que se passava pela mente dele –, você conhece o ditado "escapar do fogo e cair na brasa"?

– Não tema – disse ele, superando a resistência da própria laringe. – Não tenha medo, Nicolette. Não vou permitir que nada de mal lhe aconteça. Vou tirá-la daqui. E esteja certa de que não vou abandoná-la.

– Eu sei – respondeu ela no mesmo instante, de modo tão convicto e caloroso que Reynevan imediatamente recuperou a coragem e a autoconfiança, valores que, com toda a sinceridade, quase o haviam abandonado por completo. Ergueu a cabeça com determinação e educadamente estendeu o braço à moça. E olhou em volta com uma expressão de coragem, um pouco arrogante até.

Foram ultrapassados por uma hamadríade que cheirava a casca de árvore. Cruzou com eles e os cumprimentou um anão com dentes que apareciam debaixo de seu lábio superior, com uma barriga nua que brilhava feito uma melancia e despontava de um colete demasiado curto. Reynevan já havia visto um anão parecido com aquele no cemitério de Wąwolnice, na noite posterior ao enterro de Peterlin.

Na suave encosta abaixo do precipício aterrissavam sucessivos aviadores e aviadoras que continuavam a chegar, formando, aos poucos, uma multidão. Por sorte, os organizadores cuidaram da ordem, plantonistas indicados orientavam os recém-chegados para se dirigirem à clareira, onde num cercado especialmente preparado com esse propósito, depositavam as vassouras e outros aparelhos voadores. Para isso, era preciso aguardar alguns minutos numa fila. Nicolette apertou o braço de Reynevan com mais força quando uma magra criatura toda enrolada em um sudário que exalava um cheiro particularmente tumular ficou logo atrás deles na fila. Já o lugar à frente foi ocupado por duas ninfas da floresta com os cabelos cheios de espigas secas que batiam as pernas com impaciência e inquietação.

Após um instante, um *kobold* gordo pegou o banco de Reynevan e lhe entregou um recibo: a concha de um mexilhão de água doce pintado com um ideograma mágico e o número romano CLXXIII.

– Guardar – rosnou da forma habitual. – Não perder. Depois, não vou procurar por todo o estacionamento.

Nicolette aconchegou-se a ele novamente, apertou a sua mão. Desta vez por motivos mais concretos e mais visíveis. Reynevan também os notou.

De repente, viraram o foco de atenção e não necessariamente de uma atenção afável. Algumas bruxas os fitavam com um olhar mau. Ao lado delas, Formoza von Krossig podia ser considerada linda e jovem.

– Olhe, olhe só – grasnou uma delas cuja feiura se destacava mesmo no meio de companhia tão horrorosa. – Deve ser verdade aquilo que falam! Que agora se pode conseguir a pomada voadora em qualquer farmácia em Świdnica! Agora todos podem voar, até lagostins, peixes ou anfíbios! É só aguardar para ver as freiras clarissas de Strzelin pousarem aqui! Pergunto, então: devemos suportar isso? Quem é essa gente aí?

– Tem razão! – disse a outra megera, deixando antever o único dente que brilhava. – Tem razão, senhora Sprenger! Eles precisam falar quem são! E quem os informou sobre o encontro!

– Tem razão, tem toda a razão, senhora Kramer! – disse com sua voz rouca a terceira, bastante corcunda e com um semblante que apresentava uma impressionante coleção de verrugas peludas. – Que nos confessem, ora! Eles podem ser mesmo espiões!

– Cale a boca, vaca velha! – disse, ao se aproximar, a bruxa de cabelos ruivos e de chapéu preto. – Não se faça de metida. Eu conheço esses dois. Isso basta?

As senhoras Kramer e Sprenger queriam protestar e discutir, mas a bruxa de cabelos ruivos cortou a discussão com a demonstração ameaçadora de um punho fechado, e Jagna concluiu com um arroto de desprezo, alto e demorado, como que arrancado bem do fundo das vísceras. Depois os oponentes foram separados pela fileira das bruxas que caminhavam pela encosta.

Além de Jagna, a bruxa de cabelos ruivos estava acompanhada da moça de rosto de raposa e de tez pouco saudável que profetizava no ermo.

Assim como naquela ocasião, usava uma coroa de verbena e trevo sobre os cabelos claros. Também como naquela ocasião, brilhavam seus olhos, rodeados por olheiras, com os quais não parava de encarar Reynevan.

– Os outros também estão olhando para vocês – disse a bruxa de cabelos ruivos. – Sendo novos aqui e para prevenir outros incidentes, precisam ficar diante da dômina. Só assim ninguém vai se atrever a perturbá-los. Venham comigo. Para o topo.

– Posso – disse Reynevan, pigarreando – ter certeza de que lá não vamos correr nenhum risco?

A bruxa de cabelos ruivos virou-se e o fitou com o olhar verde.

– Está um pouco tarde – falou arrastando as sílabas – para temer. Deveria ter tido cuidado na hora de passar a pomada e se sentar sobre o banco. Não quero, amável confrade, parecer intrometida, mas já durante o nosso primeiro encontro entendi que você é daqueles que sempre se metem em apuros e acabam indo parar onde não devem. Mas, como já disse, isso não é da minha conta. Agora, se vocês correm algum risco da parte da dômina? Depende. Depende do que esconde o coração de vocês. Se for raiva e traição...

– Não – Reynevan negou imediatamente, assim que ela suspendeu a voz. – Asseguro que não.

– Então – sorriu – não há o que temer. Venham.

Passavam por fogueiras, grupos de bruxas e outros participantes do sabá que discutiam, se cumprimentavam, se alegravam e brigavam. Canecas e cálices com bebidas provenientes de caldeirões e tinas passavam de mão em mão. Um aroma agradável de cidra perada e de outros produtos finais da fermentação alcóolica se alastrava e se misturava com a fumaça. Jagna planejava desviar para lá, mas a bruxa de cabelos ruivos a deteve com um palavrão.

No topo do Monte Grochowa rebentavam as chamas crepitantes de uma enorme fogueira; bilhões de faíscas erguiam-se para um céu negro feito abelhas esbraseantes. Ao pé do cume havia um pequeno vale que terminava com um terraço. Lá, sob um caldeirão posto num tripé de ferro, ardia uma fogueira de menor tamanho, ao redor da qual vislumbravam-se silhuetas tremeluzentes. Na encosta abaixo do terraço aguardavam algumas pessoas, certamente para serem atendidas.

Chegaram mais perto, tão perto que atrás do véu formado pelo vapor que emanava do caldeirão as silhuetas indistintas se transformaram na figura de três mulheres equipadas de vassouras decoradas com fitas e de foices douradas. Um homem muito barbudo e muito alto andava junto do caldeirão. Parecia ainda mais alto por causa do gorro de pele em cima do qual havia uma ramosa galhada de cervo afixada. E estava lá também, atrás do fogo e do vapor, mais uma figura escura e imóvel.

– É a dômina – a bruxa de cabelos ruivos explicou, quando ocuparam lugar na fila daqueles que esperavam. – Provavelmente não vai lhes perguntar nada, nós não costumamos ser curiosas. No entanto, se ela perguntar, lembrem-se de tratá-la por "*domna*". Lembrem-se, também, de que no sabá não há nomes, salvo entre os amigos. Para todos os restantes vocês são *joioza* e *bachelar*.

A suplicante que os precedia era uma moça com uma grossa e clara trança que pendia abaixo das costas. Embora muito bonita, era deficiente. Mancava de uma forma tão característica que Reynevan foi capaz de diagnosticar o seu problema: uma luxação congênita do quadril. A moça passou por eles enxugando as lágrimas.

– Encarar alguém – a bruxa de cabelos ruivos admoestou Reynevan – é sinal de má educação e não é bem-visto por aqui. Andem. A dômina está esperando.

Reynevan sabia que o título de dômina – ou Anciã – pertencia à bruxa principal – a dirigente do voo e a sacerdotisa do sabá. E embora no fundo da alma esperasse ver uma mulher um pouco menos repugnante que Sprenger, Kramer ou as outras megeras que as acompanhavam, não supunha topar com alguém de outra idade que não, dizendo delicadamente, uma idade avançada. Falando sem rodeios, esperava de verdade era topar com uma velha. O que não esperava era encontrar uma Medeia, Circe ou Herodíade. Uma feminilidade madura encarnada mortalmente atraente.

Era alta e imponente, com uma postura que exibia sinais de autoridade, fazia pressentir e perceber sua força. Uma foice prateada, uma brilhosa meia-lua cornuda, ornava sua testa alta acima das sobrancelhas regulares. Uma cruz ansata dourada pendia de seu pescoço. A linha dos lábios refletia firmeza; o nariz reto evocava a semelhança com Hera ou Perséfone dos vasos gregos. A cascata serpenteante de cabelos negros como alcatrão caía sobre sua nuca numa desordem divina, pendia ondulando sobre seus braços, unindo-se com a negridão da capa que recobria os ombros. O vestido que aparecia debaixo da capa mudava de cor no fulgor do fogo, cintilando em variados tons de branco, cobre, até purpúreo.

Os olhos da dômina refletiam sabedoria, noite e morte.

Ela reconheceu de imediato.

– Toledo – afirmou, e a sua voz era como um vento que soprava desde as montanhas. – Toledo e a sua nobre *joioza*. É a primeira vez que estão entre nós? Sejam bem-vindos.

– Salve – disse Reynevan, curvando-se, enquanto Nicolette executava uma genuflexão. – Salve, *domna*.

– Vocês gostariam de me fazer algum pedido? Algo em que eu possa interceder?

– Desejam apenas lhe prestar reverência – declarou a bruxa de cabelos ruivos atrás deles. – A você, *domna*, e à Deusa Tríplice.

– Aceito. Vão em paz. Celebrem Mabom. Louvem o nome da Grande Mãe.

– *Magna Mater!* Que seja louvada! – repetiu o homem barbudo com a cabeça adornada com a galhada de cervo e uma capa de couro nas costas, que permanecia junto da dômina.

– Glória! – repetiram as três bruxas atrás dele, erguendo as vassouras e as foices douradas. – Eia!

O fogo subiu estourando e o caldeirão exalou uma nuvem de vapor.

* * *

Desta vez, quando desciam pela encosta para um desfiladeiro situado entre os cumes, Jagna não se permitiu ser detida. Dirigiu-se imediatamente ao local de onde ressoava a maior algazarra e de onde vinha o cheiro mais forte de bebidas destiladas.

Pouco tempo depois, ao conseguir se enfiar no meio da multidão e alcançar a tina, começou a se encher de cidra, sorvendo-a a goladas com uma avidez impressionante. A bruxa de cabelos ruivos não a reprimiu, ela própria aceitou uma jarra entregue por uma criatura peluda e orelhuda que parecia ser o irmão gêmeo de Hans Mein Igel, aquele que um mês atrás havia prestado uma visita a Reynevan e Zawisza, o Negro, de Garbowo, em seu acampamento. Reynevan, ao aceitar a caneca, ficou refletindo sobre a passagem do tempo e sobre o que esse tempo havia mudado em sua vida. A cidra era tão forte que fazia o nariz escorrer.

A bruxa de cabelos ruivos tinha muitos conhecidos entre os festeiros, tanto entre os humanos quanto entre os não humanos. As ninfas da floresta, dríades, raposas, russalkas, as rechonchudas e coradas camponesas trocavam abraços e beijos com ela. Mulheres trajando vestidos bordados com ouro e opulentas capas, com o rosto parcialmente coberto com máscaras de cetim negro, trocavam com ela honoráveis e formais reverências. A cidra, a perada e a *slivovitza* corriam em abundância. Todos se amontoavam e se esbarravam, portanto Reynevan abraçou Nicolette. "Ela deveria usar uma máscara aqui", pensou. Catarina, filha de João von Biberstein, senhor de Stolz, deveria estar mascarada. Assim como as outras nobres.

Depois de beber um pouco, os festeiros se entregaram, obviamente, a fofocar e mexericar.

– Eu a vi lá em cima falando com a dômina – a bruxa de cabelos ruivos apontou com os olhos para a moça manca com a trança clara e o rosto inchado de choro que estava por perto. – O que houve com ela?

– Algo muito simples, uma simples injustiça – deu de ombros uma moleira rechonchuda, dona de braços roliços que aqui e acolá ainda estava manchada de farinha. – Foram em vão as audiências com a dômina, em vão os pedidos feitos. A dômina nega aquilo que ela deseja. Manda confiar no tempo e no destino.

– Eu sei. Eu também havia feito um pedido.

– E aí?

– O tempo – a bruxa de cabelos ruivos arreganhou os dentes num sorriso sinistro – trouxe o que era preciso. E eu própria dei uma mãozinha ao destino.

As bruxas caíram numa gargalhada que arrepiou os pelos da nuca de Reynevan. Estava consciente do fato de que *bonae feminae* o observavam, estava irritado com o fato de ficar parado lá inerte diante de tantos olhos lindos, apresentando-se como um primitivo acanhado. Tomou um gole para ganhar coragem.

– Há um número extraordinariamente alto... – puxou conversa depois de pigarrear. – Há um número extraordinariamente alto de representantes das Tribos Antigas presentes aqui...

– Extraordinariamente?

Virou-se. Não havia nada de estranho no fato de ele não ter ouvido o som de passos. Aquele que ficou justo atrás de seu ombro era um *alp* alto de pele morena, cabelos brancos como neve e orelhas pontudas. Os *alps* se deslocavam sem produzir nenhum barulho, era impossível ouvi-los.

– Extraordinariamente, não foi o que você afirmou? – o *alp* repetiu. – Há, talvez você ainda consiga ver o ordinário, rapaz. Aquilo que você chama de Antigo talvez ainda seja Novo. Ou Renovado. Está chegando o tempo de mudanças, muitas coisas vão mudar. Mudará inclusive aquilo que muitos, alguns até presentes aqui, consideravam imutável.

– E continuam achando – disse, levando para o lado pessoal as palavras mordazes do *alp*, um indivíduo a quem Reynevan menos esperava encontrar no meio dessa companhia, isto é, um padre com tonsura. – Continuam achando isso, pois sabem que algumas coisas jamais voltarão. Não se entra duas vezes no mesmo rio. O seu tempo já passou, senhor *alp*, passou a sua época, a sua era, e o seu éon também passou. Mas não se pode fazer nada, *omnia tempus habent et suis spatiis transeunt universa sub caelo*, tudo tem o seu tempo e a sua hora. E aquilo que passou jamais voltará. Mesmo com as grandes mudanças pelas quais, aliás, muitos de nós esperam.

– Mudará – o *alp* repetiu obstinadamente – por completo a imagem e a ordem do mundo. Tudo será reformado. Aconselho que virem os olhos para o sul, para a Boêmia. Foi lá onde a faísca caiu e a partir dela a chama será ateada, e é no fogo que a Natureza se purificará. Nela desaparecerão coisas más e doentes. Do sul, da Boêmia, chegará a Mudança, acabarão certas coisas e certos assuntos. Particularmente, o livro citado com tanto ânimo será degredado e a partir de então será considerado apenas uma coletânea de provérbios e ditados.

– Não esperem muita coisa – o padre meneou a cabeça – dos hussitas boêmios. Diria eu que em certos assuntos eles são mais santos do que o próprio papa. Não me parece que essa reforma boêmia tome um rumo conveniente para nós.

– A essência da reforma – disse com uma voz forte uma das nobres mascaradas – é, de fato, mudar as coisas aparentemente imutáveis. E de rachar uma estrutura aparentemente intocável, trincar um monólito aparentemente sólido e firme. E se algo puder ser arranhado, rachado, trincado... Então, poderá ser transformado em pó. Os hussitas boêmios serão como uma pequena quantidade de água que congela dentro de uma rocha. É essa água que vai fazer a rocha trincar.

– Falavam o mesmo – alguém de trás gritou – sobre os cátaros!

– Eles foram as pedras com as quais se construiu a muralha!

Criou-se um alvoroço. Reynevan se encolheu, um pouco assustado com a confusão que ele próprio provocara. Sentiu uma mão em seu ombro. Olhou para trás e estremeceu ao ver uma criatura bastante atraente do sexo feminino. Os olhos dela brilhavam como fósforo, e a pele era verde. A criatura cheirava a marmelo.

– Não tenha medo – ela falou em voz baixa. – Sou apenas da Tribo Antiga. Algo ordinariamente extraordinário.

– Nada – falou mais alto – conseguirá deter as mudanças. Amanhã será diferente de Hoje. Tanto que as pessoas deixarão de acreditar no Ontem. E quem tem razão é o senhor *alp* que aconselha olhar com mais frequência para o sul. Para a Boêmia. Pois é dali que o Novo virá. É dali que a Mudança chegará.

– Permito-me duvidar um pouco – o padre afirmou asperamente. – É dali que virão a guerra e a matança. E começará *tempus odii*, o tempo de ódio.

– E o tempo da vingança – acrescentou a moça manca com a trança clara.

– Ainda bem para nós – uma das bruxas esfregou as mãos. – Um pouco de movimento não faz mal a ninguém!

– O tempo e o destino – a bruxa de cabelos ruivos afirmou com veemência. – Confiemos no tempo e no destino.

– Se der – acrescentou a moleira – ajudando o destino.

– De qualquer forma – o *alp* endireitou a postura magra –, afirmo que é o começo do fim. A ordem atual desabará. Desabará esse culto chocado em Roma, ávido, arrogantemente senhoril, corroído pelo ódio. Aliás, é impressionante que isso tudo tenha aguentado tanto tempo, sendo tão desprovido de sentido e, além disso, completamente privado de originalidade. Pai, Filho e Espírito Santo! Uma simples tríade, como há muitas.

– Quanto ao Espírito Santo – o padre falou –, estavam próximos da verdade. Só erraram o gênero.

– Não erraram – contestou a criatura de pele verde que cheirava a marmelo. – Mas mentiram! Talvez agora, no tempo das mudanças, eles finalmente entendam quem era retratado nos ícones durante tantos anos. Talvez entendam, enfim, quem são as madonas em suas igrejas.

– Eia! *Magna Mater!* – as bruxas gritaram em coro. O seu grito se juntou ao estouro de uma música selvagem, ao rufo dos tambores, aos gritos e aos cantos vindos das outras fogueiras. Nicolette-Catarina se aconchegou a Reynevan.

– Para a clareira! – gritou a bruxa de cabelos ruivos. – Para o Círculo!

– Eia! Para o Círculo!

* * *

– Ouçam! – o *volkhv* com a galhada de cervo na cabeça gritou ao erguer as mãos. – Ouçam!

A multidão reunida na clareira sussurrou excitada.

– Ouçam – o *volkhv* gritou – as palavras da Deusa cujos braços e cujas coxas abraçam o Universo! A qual no Início separou as Águas dos Céus e dançou sobre elas! Da dança dela nasceu o vento, e do vento, a inspiração vital!

– Eia!

A dômina ficou junto do *volkhv*, endireitando orgulhosamente sua silhueta real.

– Ergam-se – gritou, abrindo a capa. – Ergam-se e venham até mim!

– Eia! *Magna Mater!*

– Eu sou – a dômina falou, e sua voz era como um vento que soprava desde as montanhas – eu sou a beleza da terra verde, eu sou a Lua branca no meio de milhares de estrelas, eu sou o segredo das águas. Venham até mim, pois eu sou o espírito da natureza. Todas as coisas provêm de mim e todas precisam voltar a mim, para diante do meu semblante, adorado pelos deuses e pelos mortais.

– Eiaaa!

– Eu sou Lilith, sou a primeira das primeiras, sou Astarte, Cibele, Hécate, sou Rigatona, Epona, Rhiannon, a Égua Noturna, a amante do vento. Minhas asas são negras; meus pés, mais velozes que o vento; minhas mãos, mais doces que o orvalho matinal. O leão não sabe quando piso; os animais do campo e as bestas silvestres não conhecem meus caminhos. Pois em verdade vos digo: eu sou o Segredo, eu sou a Compreensão e o Saber.

Os fogos crepitavam e as línguas das chamas estouravam. A multidão ondeava excitada.

– Venerem-me no fundo dos seus corações e na alegria do ritual, ofereçam o seu sacrifício do ato de amor e prazer, pois é esse tipo de sacrifício que me agrada. Sou uma virgem imaculada e sou a amante dos deuses e demônios ardendo de desejo. E em verdade vos digo: assim como estive com vocês desde o início, assim me encontrarão no fim.

– Ouçam – o *volkhv* gritou por fim – as palavras da Deusa, aquela cujos braços e cujas coxas abraçam o Universo! Aquela que no Início separou as Águas dos Céus e dançou sobre eles! Dancem vocês também!

– Eia! *Magna Mater!*

Com um movimento impetuoso, a dômina arrancou a capa dos ombros nus. Saiu para o meio da clareira com as companheiras de ambos os lados.

Ficaram as três segurando as mãos e os braços estendidos para trás, com os rostos para fora e as costas para dentro, assim como por vezes se apresentam as graças na pintura.

– *Magna Mater!* Três vezes nove! Eia!

Mais três bruxas e três homens se ligaram ao trio, e todos juntaram as mãos formando um círculo. Outros se uniram a eles em resposta a seus gritos prolongados e a um chamado convidativo. Ficaram na mesma posição, com o rosto para fora e de costas para os nove que constituíam o centro, formando mais um círculo. Num instante criou-se outro círculo, depois outro, e outro, e mais um, cada um dos círculos subsequentes de costas para o anterior, e claramente de maior tamanho e cada vez mais numeroso. Se o *nexus* formado pela dômina e sua companhia era circundado por uma roda composta de menos de trinta pessoas, então, no último círculo, o externo, havia ao menos trezentas. Reynevan e Nicolette, levados pela turba ebuliente, ficaram na penúltima roda. Uma das nobres mascaradas era a vizinha de Reynevan. E uma estranha criatura vestida de branco apertava a mão de Nicolette.

– Eia!

– *Magna Mater!*

Mais um grito prolongado e uma música selvagem que vinha não se sabe de onde lançaram o sinal – os dançarinos zarparam, os círculos começaram a rodar e girar. Os giros cada vez mais rápidos se alternavam, cada círculo girava na direção oposta da direção do círculo vizinho. Era possível ficar tonto só de olhar, mas a inércia do movimento, a música desvairada e os gritos frenéticos completavam a obra. Nos olhos de Reynevan, o sabá se desfez num caleidoscópio de manchas, teve a impressão de suas pernas se desprenderem do chão. Perdia a consciência.

– Eiaaa! Eiaaa!

– Lilith, Astarte, Cibele!

– Hécate!

— Eiaaaa!

Não soube dizer quanto tempo aquilo durou. Despertou deitado no chão no meio dos outros que estavam prostrados e se erguiam lentamente. Nicolette estava junto dele, não soltou sua mão.

A música continuava a tocar, mas a melodia mudou, o acompanhamento selvagem e o sibilo monótono da dança de roda foram substituídos por melodias simples, agradáveis e rítmicas. As bruxas começaram a acompanhá-las cantarolando, rebolando e saltitando. Pelo menos algumas das bruxas e alguns dos bruxos. Os outros não se levantavam da grama sobre a qual haviam caído depois da dança. Permanecendo deitados, juntaram-se em pares – ao menos a grande maioria, pois havia também trios, quartetos e mesmo configurações mais numerosas. Reynevan não conseguia desgrudar os olhos, ficava fitando, lambendo os lábios involuntariamente. Viu que o rosto de Nicolette também ardia não só por causa do fulgor das fogueiras. Ela o puxou atrás de si sem proferir nem uma palavra. E quando ele virou a cabeça, ela o repreendeu.

— Eu sei que é essa pomada... — ela se aconchegou ao seu lado. — A pomada voadora as deixa tão excitadas. Mas não olhe para elas. Eu vou ficar zangada se você olhar.

— Nicolette... — Reynevan apertou a mão dela. — Catarina...

— Prefiro ser Nicolette — interrompeu imediatamente. — Mas preferia... chamar você de Reinmar. Quando eu o conheci, não nego que você era o Aucassin apaixonado. Mas não por mim. Por favor, não diga nada. As palavras são desnecessárias.

As chamas de uma fogueira próxima estouraram soltando uma nuvem de faíscas que subiu para o céu. Aqueles que dançavam ao redor gritaram com alegria.

— Entregaram-se à farra — murmurou — e não devem perceber se nós saírmos de fininho. Está na hora de a gente se retirar...

Virou o rosto e o reflexo do fogo dançou em suas bochechas.

— Por que você está com tanta pressa?

Antes que se recuperasse do espanto, ouviu alguém se aproximar.

– Irmã e confrade.

Diante deles estava a bruxa de cabelos ruivos, segurando a mão da jovem profetisa com o rosto de raposa.

– Temos um assunto para tratar.

– Digam.

– Esta moça aqui, Elishka – a bruxa de cabelos ruivos riu espontaneamente – finalmente decidiu virar mulher. Eu já expliquei a ela que não importa com quem, além do mais, aqui não faltam voluntários. Mas ela é teimosa que nem uma cabra. Afirmou sem rodeios: só ele, só pode ser com ele. Isto é, com você, Toledo.

A profetisa baixou os olhos rodeados de olheiras. Reynevan engoliu a saliva.

– Ela – continuava *bona femina* – está com vergonha e sem coragem de lhe perguntar diretamente. E também está com um pouco de medo de você, irmã, achando que você vai querer arrancar os olhos dela. E já que a noite é curta, é uma pena gastar tempo dando voltas correndo um atrás do outro no mato, por isso vou perguntar sem rodeios: qual é o vínculo entre vocês? Você é *joioza* para ele? E ele *bachelar* para você? Ele é livre ou você reivindica direito a ele?

– Ele é meu – Nicolette deu uma resposta curta, sem hesitar, deixando Reynevan completamente atordoado.

– Então está tudo claro – a bruxa de cabelos ruivos acenou com a cabeça. – Poxa, Elishka, quando não se pode ter aquilo que se quer... Venha, vamos achar outra pessoa para você. Passem bem e se divirtam!

– É a pomada – Nicolette apertou o braço de Reynevan, e sua voz o fez estremecer. – É a pomada que faz isso. Você vai me perdoar? Talvez – ela não o deixou se recompor – você a desejasse? Hã, que talvez, que nada, é claro que você a desejava. Essa pomada tem o mesmo efeito sobre você como tem... Eu sei como ela funciona. E eu atrapalhei, entrei na parada. Não queria que ela o possuísse. Por simples ciúme. Eu te privei de algo sem prometer nada em troca. Igual a um cão na manjedoura.

– Nicolette...

– Vamos nos sentar aqui – interrompeu, apontando para uma pequena gruta na encosta da montanha. – Não me queixei até agora, mas por causa de todas essas aventuras eu mal consigo me manter em pé.

Sentaram-se.

– Meu Deus – falou –, tantas aventuras... Só de pensar que naquela vez, depois daquela perseguição às margens do rio Stobrawa, quando eu contei ninguém acreditou, nem Elisabeth, nem Ana, nem mesmo Kaska, nenhuma delas botava fé. E agora? Quando eu contar sobre o sequestro e o voo pelo céu? Sobre o sabá das bruxas? Eu acho...

Pigarreou.

– Acho que não vou contar nada a elas.

– Você está certa – Reynevan acenou com a cabeça. – Além das coisas pouco críveis, minha pessoa não ficaria muito bem nessa história, não é? Entre o ridículo e o horrível. E o criminoso. Um bobo que virou um bandoleiro...

– Mas não foi por sua própria vontade – ela o interrompeu imediatamente. – E não em consequência de seus próprios atos. Quem pode saber disso melhor que eu? Fui eu quem achou os seus companheiros em Ziębice. E fui eu quem lhes revelou que você seria levado para Stolz. Imagino o que deve ter acontecido depois e sei que tudo é minha culpa.

– Não é tão simples.

Ficaram sentados por um certo tempo em silêncio, olhando para os fogos e para as silhuetas que dançavam ao redor deles, ouvindo os cantos.

– Reinmar?

– Sim?

– O que significa Toledo? Por que elas te chamaram assim?

– Em Toledo, na Castela – explicou –, há uma famosa academia de magia. Virou um costume, ao menos em certos círculos, chamar assim aqueles que estudaram os arcanos da nigromancia na universidade, ao contrário daqueles que possuem poderes mágicos desde o nascimento e cujo saber é transmitido de geração em geração.

– E você estudou?

– Em Praga. Mas por um tempo relativamente curto e superficialmente.

– Foi suficiente – ela tocou na mão dele com uma leve demora, depois a segurou com mais ousadia. – Você deve ter se empenhado nos estudos. Não tive tempo de lhe agradecer. Você me liberou, me salvou de uma desgraça com sua coragem, que eu admiro, e com suas habilidades. Antes, só sentia pena de você, estava fascinada por sua história, uma família tirada diretamente das páginas de Chrétien de Troyes ou Hartmann von Aue. Agora eu o admiro. Você é valente e sábio, meu Cavaleiro Celeste do Banco de Carvalho Voador. Quero que você seja meu cavaleiro, meu Toledo mágico. Meu e somente meu. Por isso mesmo, por uma inveja ávida e egoísta, não queria entregá-lo àquela moça. Não queria cedê-lo nem por um instante sequer.

– Você – ele balbuciou, aflito – me salvou mais vezes. Eu é que devo a você. E tampouco agradeci. Pelo menos não do jeito que deveria. Mas eu jurei a mim mesmo que cairia de joelhos diante de você quando a encontrasse...

– Agradeça – aconchegou-se a ele. – Assim que convém. E caia aos meus pés. Eu sonhei com isso, com você caindo aos meus pés.

– Nicolette...

– Assim não. De outra forma.

Ela se levantou. Risadas e um canto selvagem ressoaram das fogueiras.

Veni, veni, venias,
ne me mori, ne me mori facias!

Hyrca! Hyrca!
Nazaza!
Trillirivos! Trillirivos! Trillirivos![36]

Começou a se despir, devagar, sem pressa, sem baixar os olhos que ardiam na escuridão. Abriu o cinto taxado com prata. Tirou a *cotehardie* com os lados abertos. Despiu uma apertada blusa de lã debaixo da qual usava apenas uma finíssima *chemise* branca. E ao chegar à *chemise*, hesitou levemente. O sinal estava claro. Reynevan se aproximou dela devagar, tocou-a delicadamente. A camisa, reconheceu pelo tato, era feita de um tecido flamengo batizado com o nome de seu inventor, Batista de Cambraia. O invento do senhor Batista teve grande impacto no desenvolvimento da indústria têxtil. E no sexo.

Pulchra tibi facies
Oculorum acies
Capiliorum series
O quam clara species!
Nazaza!

Ajudou-a cuidadosamente, vencendo com ainda mais cuidado e delicadeza a resistência instintiva, um medo silencioso e involuntário.

Assim que o invento do senhor Batista caiu no chão sobre as peças de roupa restantes, Reynevan suspirou, mas Nicolette não deixou que ele admirasse a vista por muito tempo. Grudou nele com força, abraçando-o e procurando seus lábios com a boca. Ele obedeceu. E aquilo que foi privado aos seus olhos Reynevan admirou com o tato, prestando-lhe homenagem com os dedos e as mãos trêmulos.

Ajoelhou-se. Caiu aos seus pés. Prestava-lhe homenagem. Como Percival diante do Graal.

Rosa rubicundior,
Lilio candidior,
Omnibus formosior,
Semper, semper in te glorior!

Ela também se ajoelhou e o abraçou com força.

– Me perdoe – sussurrou – a falta de experiência.

Nazaza! Nazaza! Nazaza!

A falta de experiência não os atrapalhou. Nem um pouco.

As vozes e as risadas dos dançarinos distanciaram-se um tanto, silenciaram, e dentro deles silenciava a paixão. Os braços de Nicolette tremiam ligeiramente, e Reynevan sentia também o tremor das coxas dela entrelaçadas em seu corpo. Viu suas pálpebras fechadas tremerem enquanto ela mordia o lábio inferior.

Quando, por fim, ela permitiu, Reynevan se ergueu. E ficou admirando. O oval do seu rosto como se fosse pintado por Robert Campin, o pescoço como o das madonas de Parler. E abaixo – uma modesta e envergonhada *nuditas virtualis* – pequenos seios redondos com mamilos endurecidos pelo desejo. Uma fina cintura, ancas estreitas. E um ventre enxuto. Coxas acanhadas, cheias, belas, dignas dos elogios mais rebuscados. Aliás, o pensamento de Reynevan, deslumbrado, fervia com elogios e exaltações. Era, pois, erudito, trovador, amante – segundo ele próprio – no mínimo à altura de Tristão, Lancelot, Paolo da Rimini, Guillem de Cabestany. Podia – e queria – lhe dizer que é *lilio candidior*, mais alva que um lírio, e *omnibus formosior*, mais bonita que todos. Podia – e queria – lhe dizer que era *pulchra inter mulieres*. Podia – e queria – lhe dizer que era *forma pulcherrima Dido, deas supereminet omnis, la Regina savoroza, Izeult la blonda, Beatrice, Blanziflor, Helena, Venus generosa, herzeliebez vrowelîn, lieta come bella, la regina del cielo.*

Podia – e queria – lhe dizer tudo isso. Mas não era capaz de articular sequer uma única palavra, que não passava pela garganta apertada[37].

Ela notou isso. Sabia. Como podia não notar e não saber? Só nos olhos de Reynevan, atordoado pela felicidade, era uma mocinha, uma donzela que treme, que se aconchega, fecha os olhos e morde o lábio inferior numa êxtase cheia de dor. Para qualquer homem sábio – se houvesse um por perto –, tudo estaria claro: não se tratava de uma jovem tímida e inexperiente, mas de uma deusa que recebe com orgulho uma homenagem merecida. E as deusas sabem tudo e notam tudo.

E não esperam por homenagens em forma de palavras.

Ela o puxou para si. O ritual voltava. Um rito eterno.

Nazaza! Nazaza! Nazaza!
Trillirivos!

Naquela hora, na clareira, ele não conseguiu ouvir por completo as palavras da dômina. A voz que parecia um vento vindo das montanhas perdia-se no murmúrio da multidão, afogava-se no meio da gritaria, dos cantos, da música e do fogo que estourava. Agora, num suave desvario de um amor realizado, as palavras voltavam sonora e nitidamente. Claramente. Ele as ouvia através do murmúrio do sangue nos ouvidos. No entanto, será que ele realmente as entendia por completo?

Eu sou a beleza da terra verde, eu sou Lilith, eu sou a primeira das primeiras, sou Astarte, Cibele, Hécate, eu sou Rigatona, Epona, Rhiannon, a Égua Noturna, a amante do vento.

Venerem-me no fundo dos seus corações e na alegria do ritual, ofereçam o seu sacrifício do ato de amor e prazer, pois é esse tipo de sacrifício que me agrada.

Sou uma virgem imaculada e sou a amante dos deuses e demônios ardendo de desejo. E em verdade vos digo: assim como estive com vocês desde o início, assim me encontrarão no fim.

Eles a encontraram no fim. Ambos.

Os fogos erguiam-se até o céu em selvagens explosões de faíscas.

* * *

– Peço desculpas – disse ele, olhando para as costas dela – por aquilo que aconteceu. Não deveria... Me perdoe.

– Como é? – ela virou o rosto. – O que eu devo lhe perdoar?

– Aquilo que aconteceu. Fui insensato... Eu me esqueci. Não convinha me comportar assim...

– Devo entender – interrompeu – que você se arrependeu? É isso o que você quer me dizer?

– Sim... Não! Não, não é isso... Mas era preciso... Era preciso controlar... Deveria ter sido mais sensato...

– Então você se arrepende – ela o interrompeu outra vez. – Você está se sentindo culpado, repreendendo a si próprio. Arrependido, pensa que causou um dano. Falando sem rodeios: você daria tudo para que aquilo que aconteceu não tivesse acontecido. Para que eu voltasse a ser o que eu era.

– Escute...

– Eu... – Nicolette não quis escutar. – Eu, na verdade... Eu estava pronta para te seguir. Imediatamente, assim como estou aqui. Lá, para onde você vai. Para o fim do mundo. Só para estar com você.

– O senhor Biberstein... – Reynevan balbuciou, baixando os olhos. – O seu pai...

– Claro! – interrompeu desta vez também. – Meu pai. Vai mandar os homens dele perseguirem você. E duas perseguições para você são demais.

– Nicolette... Você não me entendeu.

– Você está errado. Entendi.

– Nicolette...

– Não diga mais nada. Vá dormir. Durma.

Ela tocou os lábios dele num gesto tão rápido que ele nem percebeu. Reynevan estremeceu. E, sem saber como, se deu conta de que estava do lado frio do monte.

Dormiu, mas pareceu que foi apenas por um instante. No entanto, quando acordou, Nicolette não estava mais junto dele.

* * *

– Claro – disse o *alp*. – Claro que me lembro dela. Mas sinto muito. Não a vi.

A hamadríade que o acompanhava subiu na ponta dos dedos, sussurrou algo no ouvido dele e em seguida se escondeu atrás das suas costas.

– É um pouco tímida – esclareceu, alisando o cabelo rijo dela. – Mas pode ajudar. Venha conosco.

Foram descendo pela encosta. O *alp* cantarolava baixinho. A hamadríade recendia resina e casca molhada de álamos. À noite, Mabon chegava ao fim. Despontava a alvorada, pesada e turva por causa da neblina.

No grupo dos poucos participantes do sabá que ainda ficaram debatendo no Monte Grochowa, acharam uma criatura do sexo feminino, aquela de olhos que brilhavam como fósforo, pele verde cheirando a marmelo.

– Certamente – Marmelo acenou com a cabeça ao ser indagada. – Eu vi aquela moça. Faz um tempo descia em direção a Frankenstein com um grupo de mulheres.

– Espere – *alp* segurou o braço de Reynevan. – Sem pressa! E não por este caminho. Deste lado a montanha é rodeada pela Floresta Budzowski. Você vai se perder nela com toda a certeza, como dois e dois são quatro. Nós o guiaremos. Aliás, também estamos indo naquela direção. Temos um assunto para resolver lá.

– Vou com vocês – Marmelo afirmou. – Eu vou lhe mostrar por onde a moça seguiu.

– Obrigado – disse Reynevan. – Sou muito grato a vocês. Nós nem nos conhecemos... E vocês estão me ajudando...

– Nós temos o costume de ajudar uns aos outros. – Marmelo virou-se e encravou nele o olhar fosfóreo. – Vocês formaram um belo casal. Sobraram tão poucos de nós. Se nós não nos ajudarmos, seremos aniquilados.

– Obrigado.

– Mas eu – Marmelo falou arrastando as sílabas – não estava me referindo a você.

Entraram num barranco, no leito de um riacho que secou, onde cresciam salgueiros. Diante deles, no meio da neblina, um xingamento ressoou baixinho. E após um momento avistaram uma mulher sentada sobre um rochedo coberto de musgo que tirava pedrinhas de dentro das suas *poulaines*. Reynevan a reconheceu na hora. Era a moleira rechonchuda ainda manchada de farinha, mais uma dos participantes do debate reunidos junto do barril de cidra de maçã.

– A moça? – refletiu quando lhe perguntaram. – Aquela de cabelos claros? Ahh, aquela nobre que estava com você, Toledo? Eu a vi, sim. Passou por aqui. Foi em direção a Frankenstein. Junto com um grupo composto por algumas mulheres. Já faz um tempo.

– Foram por aqui?

– Por aqui mesmo. Peraí, peraí. Vou com vocês.

– Você tem algo para tratar lá?

– Não, eu moro lá.

Digamos, de modo delicado, que a moleira não estava em sua melhor forma. Andava devagar, soluçando, murmurando e arrastando os pés. Parava com frequência, de uma forma irritante, para ajeitar a roupa. Inexplicavelmente, o cascalho continuava a entrar nas suas *poulaines* e ela precisava se sentar para retirá-lo. A moleira fazia isso muito devagar, o que atrapalhava bastante. Na terceira vez, Reynevan já estava pronto para pô-la nas costas e carregá-la só para acelerar o passo.

– Vamos mais rapidinho, comadre? – o *alp* perguntou com doçura.

– Que comadre o quê – a moleira retrucou. – Já, já estou pronta. Só... Um momentinho...

Ficou parada com uma *poulaine* na mão. Ergueu a cabeça. E ficou escutando.

– O que há? – Marmelo perguntou. – O que...

– Silêncio – o *alp* ergueu a mão. – Estou ouvindo algo. Algo... Algo está se aproximando...

De repente, a terra tremeu e houve um estrondo. Cavalos voaram disparados de dentro da neblina, uma tropa inteira. De súbito, criou-se um tumulto ao redor deles, uma multidão de cavalos que batiam os cascos contra o chão, cavando a terra, com as crinas e as caudas agitadas, bocas arreganhadas espumejantes, olhos desvairados. Reynevan e os demais mal conseguiram se esquivar para se esconder atrás dos rochedos. Os cavalos voaram num galope selvagem e desapareceram tão rápido quanto surgiram. Apenas a terra continuava a tremer por causa das batidas dos cascos.

Antes que conseguissem se recompor, mais um cavalo emergiu de dentro da bruma. Mas, diferentemente dos anteriores, esse carregava um ginete. Um ginete de celada e armadura de placas completa, de capa negra que a galope esvoaçava na altura dos ombros e se parecia com as asas de um espectro.

– *Adsumus! Adsuuumuuuus!*

O cavaleiro puxou as rédeas, o cavalo ficou empinado, redemoinhou o ar com os cascos da frente, relinchou. O ginete desembainhou a espada e desabou sobre eles.

Marmelo soltou um grito agudo, e antes que o estrilo silenciasse, a criatura se dissipou – sim, essa era a palavra certa – dissipou-se, transformando-se em um milhão de mariposas que se dispersaram no ar em forma de nuvem e desapareceram. A hamadríade arraigou-se silenciosamente na terra, afinou-se num piscar de olhos, cobrindo-se com casca e folhas. A moleira e o *alp*, como não tinham como se armar de truques tão espertos, simplesmente se lançaram em fuga. Reynevan, obviamente, também foi atrás deles correndo tão rápido que acabou ultrapassando-os. Eles me acharam aqui também, pensou febrilmente. Acharam-me aqui também.

– *Adsumus!*

O cavaleiro negro passou pela hamadríade transformada em árvore e a cortou com a espada. A árvore soltou um grito horrendo, jorrou seiva. A moleira olhou para trás, para sua própria perdição. O cavaleiro a derrubou com o cavalo e, quando ela tentava se levantar, ele a atingiu suspenso da sela, cortando-a de tal modo que o gume trincou sobre o osso do crânio. A bruxa caiu retorcendo-se e retraindo por entre as gramas secas.

O *alp* e Reynevan corriam em polvorosa, mas não tinham nenhuma chance contra o cavalo a galope. O ginete os alcançou rapidamente. Separaram-se: o *alp* fugiu para a direita, e Reynevan para a esquerda. O cavaleiro correu atrás do *alp*. Após um momento, um grito ressoou dentre a neblina comprovando que o *alp* não havia sido destinado a ver as mudanças se efetuarem ou a presenciar a chegada dos hussitas boêmios.

Reynevan corria desenfreadamente, arfando, sem olhar para trás. A neblina abafava os sons, mas ele continuava a ouvir o estrondo dos cascos e o relincho do cavalo atrás de si, ou pelo menos tinha a impressão de ouvi-los.

De súbito, escutou a batida dos cascos e o ronco do cavalo imediatamente diante de si. Ficou parado, paralisado de terror, mas, antes que conseguisse fazer qualquer coisa, da neblina emergiu uma égua tordilha que espumava e carregava na sela uma corpulenta mulher de baixa estatura vestida com um gibão masculino. Ao vê-lo, ela freou a égua arremessando para trás uma juba esvoaçante de cabelos cor de linho.

– Senhora Dzierżka... – gemeu, pasmo. – Dzierżka de Wirsing...

– Primo? – a vendedora de cavalos parecia não menos espantada. – Você? Aqui? Peste, não fique parado aí! Me dê a mão, pule na sela, atrás de mim!

Segurou a mão estendida. Mas já era tarde demais.

– *Adsuuumuuus!*

Dzierżka saltou da sela com uma surpreendente graça e agilidade para a sua compleição. Com igual ligeireza, arrancou uma besta das costas e lançou-a para Reynevan. Ela própria pegou uma outra, presa na sela.

– Mire o cavalo! – gritou, lançando os virotes e o instrumento para retesar a corda, conhecido como pata de cabra. – Mire o cavalo!

O cavaleiro negro galopava em sua direção com a espada erguida e a capa esvoaçante. Corria com tanta velocidade que grandes tufos de grama se desprendiam do solo. As mãos de Reynevan tremiam, as garras da pata de cabra não queriam se encaixar na corda e nas travas no guarda-mão da besta. Xingou desesperadamente, e isso ajudou, as garras se armaram, a corda pegou a noz. Colocou o virote com uma mão trêmula.

– Atire!

Atirou. E falhou. Contrariando a ordem, não mirou o cavalo, mas o ginete. Viu a ponta do virote soltar faíscas, roçando a espaldeira de aço. Dzierżka xingou profusa e repugnantemente, soprou para tirar os cabelos que cobriam seus olhos, mirou e apertou o gatilho. O virote acertou o cavalo no peito e se encravou até o fundo. O animal guinchou, roncou estertorando, desabou sobre os joelhos e a cabeça. O cavaleiro negro caiu da sela, rolou perdendo o elmo e a espada. E começou a se levantar.

Dzierżka xingou novamente, agora as mãos de ambos estavam tremendo, as patas de cabra de ambos deslizavam continuamente das travas, os virotes caíam do entalhe. O cavaleiro negro se levantou, desprendeu um enorme chicote de armas e foi andando na direção dela com um passo vacilante. Ao ver o rosto do cavaleiro, Reynevan abafou um grito apertando a boca ao guarda-mão. O cavaleiro estava branco, quase prateado, como o rosto de um leproso. Os olhos rodeados de uma sombra rubro-arroxeada eram selvagens e inanimados, os dentes brilhavam na boca ensalivada e espumante.

– *Adsuumuuuus!*

As cordas ressoaram, os virotes sibilaram. Ambos acertaram perfurando a armadura com um estalo ressoante, ambos se encravaram até as rêmiges – um atravessou a clavícula, outro o peitoral. O cavaleiro vacilou, cambaleou violentamente, mas se manteve em pé. Para o terror de Reynevan, ele foi andando outra vez em sua direção gritando incompreensivelmente, cuspindo sangue, que jorrava de sua boca, e agitando o chicote de armas. Dzierżka xingou, saltou para trás, em vão tentando armar a besta, e, ao perceber que não conseguiria fazê-lo, pulou esquivando-se de um golpe, tropeçou, caiu e, ao ver a bola cheia de espigões, cobriu a cabeça e o rosto com os braços.

Reynevan gritou, salvando assim a vida dela. O cavaleiro virou-se na direção dele e Reynevan atirou de perto, acertando a barriga. Desta vez, o virote também se encravou até as rêmiges, perfurando o saio da armadura com um estalo seco. A força do impacto era intensa, a ponta do virote devia ter se encravado fundo nas vísceras; mesmo assim, dessa vez o cavaleiro tampouco caiu, vacilou, mas recuperou o equilíbrio, foi andando rapidamente na direção de Reynevan, berrando e erguendo o chicote de armas para efetuar um golpe. Reynevan foi recuando, tentando enganchar a pata de cabra na corda. Conseguiu e a retesou. E foi então que percebeu que estava sem um virote. Tropeçou enganchando o salto num torrão, sentou-se no chão olhando com terror para a morte que se aproximava – pálida como um coelho branco, com os olhos desvairados, com a boca jorrando sangue e saliva. Cobriu-se com a besta, a qual segurava com ambas as mãos.

– *Adsumus! Adsum...*

Ainda meio deitada, meio sentada, Dzierżka de Wirsing apertou o gatilho da besta e encravou um virote diretamente no occipício do cavaleiro, que soltou o chicote de armas, agitou os braços caoticamente e tombou feito um tronco de árvore fazendo a terra tremer perceptivelmente. Desabou a uma distância de meio passo de Reynevan. Espantosamente, mesmo com o cérebro perfurado por uma ponta de virote de ferro e algumas polegadas de madeira de freixo, não estava completamente morto. Por um longo momento continuava a estertorar, tremendo e arranhando a grama. Enfim, ficou imóvel.

Durante algum tempo, Dzierżka ficou ajoelhada, apoiada sobre os braços estendidos. Depois vomitou violentamente. E em seguida, se levantou. Armou a besta, colocou o virote. Foi até o cavalo estertorante do ginete e mirou de perto. A corda estalou e a cabeça do animal bateu inerte contra o chão, as patas traseiras coicearam num espasmo.

– Eu amo cavalos – disse, mirando Reynevan nos olhos. – Mas neste mundo, para sobreviver, às vezes é preciso sacrificar aquilo que amamos. Lembre-se disso, primo. E na próxima vez mire o que eu disser para mirar.

Acenou com a cabeça e se ergueu.

– Você salvou a minha vida. E vingou seu irmão. Ao menos parcialmente.

– Foram eles... Esses cavaleiros... que mataram Peterlin?

– Foram. Não sabia? Mas não é hora de bater papo, primo. Precisamos fugir antes que os camaradas dele nos peguem aqui de surpresa.

– Eles me perseguiram até aqui...

– Não era você quem perseguiam – Dzierżka negou friamente. – Perseguiam a mim. Esperaram por mim numa armadilha logo depois de Bardo, perto de Potworowo. Espantaram a cavalaria e dizimaram a escolta, há catorze cadáveres lá na estrada. Estaria entre eles, não fosse por... Aliás, estamos falando demais!

Pôs os dedos na boca e assobiou. Após um momento cascos equinos estrondearam contra o solo, uma égua tordilha emergiu troteando da neblina. Dzierżka pulou na sela, mais uma vez surpreendendo Reynevan com sua agilidade, movimentando-se com uma verdadeira graça felina.

– Por que você está aí parado?

Reynevan agarrou a mão de Dzierżka e saltou para trás dela, para a garupa da égua, que roncou e remexeu os cascos dando passos pequenos. Virando a cabeça para trás, afastou-se do cadáver.

– Quem era ele?

– Um demônio – Dzierżka respondeu, afastando os cabelos rebeldes da testa. – Um daqueles que andam na escuridão. Só queria saber, caralho, quem foi que me denunciou...

– Hashsh'ashin.

– O quê?

– Hashsh'ashin – repetiu. – Este aqui estava sob o efeito de uma substância herbácea entorpecente conhecida como *hashsh'ish*. Você não ouviu falar do Velho da Montanha? Dos assassinos da cidadela Alamut? Em Coração, na Pérsia?

– Vá ao Diabo com esse teu Coração – virou-se na sela. – E com essa tua Pérsia. Caso ainda não tenha percebido, estamos na Silésia, ao sopé do Monte Grochowa, a uma milha de distância de Frankenstein. Pois bem, me parece que você não percebe muita coisa. Você desce as encostas do Monte Grochowa de madrugada após o equinócio outonal. E sob o efeito só o Diabo sabe de que substância árabe. Mas deveria perceber que corremos risco de morrer. Então, cale-se e se segure, pois vou cavalgar com ímpeto!

* * *

Dzierżka de Wirsing exagerou – o medo, como sempre, tinha olhos grandes. Na estrada e no acostamento coberto de ervas daninhas havia apenas oito cadáveres, dos quais cinco pertenciam à escolta armada que se defendeu até o fim. Havia sobrevivido quase a metade da equipe de catorze pessoas, que se salvaram fugindo para as florestas nas redondezas. Delas voltou apenas um – o cavalariço, que, sendo um homem de idade avançada, não se afastara muito e fora encontrado no mato pelos cavaleiros que vinham chegando pela estrada de Frankenstein agora, quando o Sol estava a pino.

Os cavaleiros, cujo séquito junto com os escudeiros e pajens contava vinte e uma cabeças, cavalgavam belicosamente trajando uma armadura branca completa e segurando estandartes que flamulavam. A maioria deles já havia participado de combates, a maioria já havia visto muita coisa na vida. Mesmo assim, a maioria engolia a saliva ao ver os corpos terrivelmente lacerados, retorcidos sobre a areia negra manchada pelo sangue absorvido. E ninguém debochou da palidez mórbida que emergiu sobre os semblantes dos mais novos e menos experientes ao presenciar essa cena.

O Sol se alçou ainda mais, a neblina se dissipou. Brilharam em tons de rubi as gotas de sangue coagulado que pendiam feito bagas sobre os cardos e artemísias que cresciam nas margens da estrada. Em nenhum dos cavaleiros, entretanto, tal visão despertou associações estéticas ou poéticas.

– Caralho, veja como foram lacerados – disse Kunad von Neudeck, e depois escarrou. – Que carnificina se deu aqui, hein?

– Cortes de verdugo – Wilhelm von Kauffung concordou. – Uma chacina.

Da floresta emergiram os sobreviventes, pajens e cavalariços. Embora pálidos e semiconscientes de medo, não se esqueceram de suas responsabilidades. Cada um puxava atrás de si alguns dos cavalos que se dispersaram durante o assalto.

Ramfold von Oppeln, o mais velho dos cavaleiros, olhou da altura da sela para o estribeiro que se tremia de medo rodeado de ginetes.

– Quem os assaltou? Diga, homem! Acalme-se. Você sobreviveu. Não corre mais nenhum risco.

– Deus avisou... – os olhos do estribeiro estavam cheios de pânico. – E a Nossa Senhora de Bardo...

– Quando tiver uma oportunidade, dê uma esmola para celebrar uma missa. Mas agora fale. Quem os atacou?

– E como é que eu posso saber? Assaltaram... Encouraçados... Armados... Assim como vocês...

– Cavaleiros! – irritou-se um varapau com rosto de monge e duas estacas prateadas cruzadas sobre um escudo vermelho. – Os cavaleiros estão assaltando os comerciantes nas estradas! Pela paixão de Cristo, está na hora de acabar com esse procedimento. Já passou da hora de tomar medidas sérias! Esses senhorzinhos nos castelinhos vão tomar juízo só depois de algumas cabeças caírem no cadafalso!

– Tem toda a razão – Vencel de Hartha consentiu com expressão impassível. – Tem toda a razão, senhor von Runge.

– E por que – von Oppeln retomou a investigação – vocês foram assaltados? Vocês levavam algo valioso?

– Não, nadinha... Só os cavalos...

– Cavalos – Hartha repetiu pensativo. – Algo tentador, os cavalos de Skałka. Os cavalos do haras da senhora Dzierżka de Wirsing... Que Deus tenha...

Cortou a fala e engoliu a saliva sem poder desgrudar os olhos do rosto massacrado da mulher prostrada sobre a areia numa pose macabramente desnatural.

– Não é ela – o estribeiro piscou os olhos inconscientes. – Não é a senhora Dzierżka. É a mulher do cavalariço... Aquele que jaz ali ó... Ela vinha acompanhando-o desde Kłodzko...

– Eles se enganaram – Kauffung constatou o fato com frieza. – Eles confundiram a esposa do cavalariço com Dzierżka.

– Devem ter confundido mesmo – o cavalariço confirmou sem ânimo. – Porque...

– Por que o quê?

– Porque ela tinha um aspecto mais elegante.

– O senhor – von Oppeln endireitou-se na sela. – Senhor Guilherme, o senhor está sugerindo que não foi um assalto de salteadores? Que a senhora de Wirsing...

– Era o alvo? Sim. Tenho certeza disso.

– Era o alvo – acrescentou ao ver os olhares interrogativos dos restantes cavaleiros. – Era o alvo, assim como Nicolau Neumarkt. Como Fabião Pfefferkorn... Como os outros que, contrariando a proibição, faziam negócios com... Com o estrangeiro.

– Os culpados são os barões gatunos – von Runge afirmou com firmeza. – Não se pode acreditar em confabulações estúpidas, fofocas sobre conjurações e demônios noturnos. Esses assaltos eram e são um simples bandoleirismo.

– O crime pode ter sido – o jovem Henrique Baruth, chamado de Estorninho para diferenciar-se de todos os outros Henriques na família, disse com uma voz fina. – O crime pode ter sido cometido também pelos judeus. Para conseguir o sangue dos cristãos, sabem, para fazer matzá. Olhem só para este coitado. Parece que nenhuma gota de sangue restou nele...

– Como ia restar – Vencel de Hartha olhou para o jovem com desdém – se nem a cabeça restou...

– O crime pode ter sido – Gunter von Bischofsheim interferiu soturnamente – cometido por aquelas bruxas que voavam nas vassouras e que caíram sobre a gente ontem à noite junto da fogueira! Pelo gorro de Santo Antônio! Aos poucos, esse quebra-cabeças está se resolvendo! Eu falei para vocês que Reinmar de Bielau estava no meio das diabas, eu o reconheci! E é certo que Bielau é um feiticeiro, que se ocupava de magia negra em Oleśnica e enfeitiçava as donzelas. Os senhores de lá podem confirmá-lo!

– Eu não sei de nada – Ciołek Krompusz balbuciou, olhando para Benno Ebersbach. Na noite anterior ambos reconheceram Reynevan no meio das bruxas que voavam pelo céu, mas prefeririam não revelar isso.

– É assim mesmo – Ebersbach pigarreou. – Nós raramente passamos por Oleśnica. Não ouvimos as fofocas...

– Não são fofocas – von Runge olhou para ele – mas fatos. Bielau praticava feitiçaria. Dizem que o maldito matou o irmão, como Caim, quando ele descobriu suas práticas diabólicas.

– É uma coisa certa – Eustáquio von Rochow concordou. – O senhor von Reideburg, o estaroste de Strzelin, falou sobre isso. Essas foram as informações que chegaram da Breslávia a ele. Do bispo. O jovem Reinmar de Bielau enlouqueceu por causa da feitiçaria praticada, o Diabo lhe tirou o juízo. O Capeta dirige a mão dele, instiga-o ao crime. Matou o próprio irmão, matou o senhor Albrecht Bart de Karczyn, matou o mercador Neumarkt, matou o comerciante Hanush Throst, ora, teria tentado acometer contra o duque de Ziębice...

– Acometeu – Estorninho confirmou. – Foi trancado numa torre por causa disso. Mas fugiu. Certamente com a ajuda do Capeta.

– Se for uma coisa do Diabo – Kunad von Neudeck olhou em volta com inquietação –, então precisamos ir embora daqui correndo... Antes que algum mal nos apanhe...

– Apanhe a gente? – Ramfold von Oppeln bateu a palma da mão contra o escudo pendurado na sela e cingido com uma fita adornada com uma cruz vermelha acima do croque prateado. – A gente? Com este símbolo? Não é por acaso que levamos a cruz conosco, somos cruzados, vamos para uma cruzada na Boêmia, aliados ao bispo Conrado, contra os hereges, defender Deus e a religião! O Diabo não tem acesso à gente. Somos *milites Dei*, a milícia angelical!

– Sendo a milícia angelical – von Rochow observou –, além dos privilégios temos também responsabilidades.

– O que quer dizer com isso?

– O senhor von Bischofsheim reconheceu Reinmar de Bielau no meio das bruxas que se dirigiam ao sabá. Assim que chegarmos a Kłodzko, ao ponto de reunião da cruzada, precisamos denunciá-lo ao Santo Ofício.

– Denunciar? Senhor Eustáquio! Nós somos cavaleiros investidos!

– Uma denúncia que delata a feitiçaria e a heresia não mancha a honra de um cavaleiro.

– Mancha sempre!

– Não mancha!

– Mancha, sim – Ramfold von Oppeln afirmou. – Mas é preciso denunciar. E denunciaremos. Andemos, então, senhores. Para Kłodzko. Nós, a milícia angelical, não podemos chegar atrasados ao ponto de reunião.

– Seria uma vergonha – Estorninho confirmou com uma voz afinada – se a cruzada episcopal partisse para a Boêmia sem nós.

– Andemos, então – Kauffung virou o cavalo. – Até porque não seremos aqui de nenhuma utilidade. Vejo que outros vão tratar deste caso.

De fato, os encouraçados do burgrave de Frankenstein vinham cavalgando pela estrada de terra batida.

* * *

– Eis... – Dzierżka de Wirsing segurou o cavalo e suspirou profundamente. Reynevan, apoiado nas costas dela, sentiu o suspiro. – Eis Frankenstein. A ponte no rio Budzówka. À esquerda da estrada há um hospital da Ordem Equestre do Santo Sepulcro de Jerusalém, a igreja de São Jorge e Narrenturm. À direita, os moinhos e as barracas dos tintureiros. Mais adiante, atrás da ponte, o portão da cidade, chamado o Portão de Kłodzko. Aquilo ali é o castelo ducal, a torre da prefeitura e a igreja paroquial de Santa Ana. Desça.

– Aqui?

– Aqui mesmo. Nem sequer levanto a possibilidade de ser vista nas cercanias da urbe. Se fosse você, também pensaria duas vezes.

– Eu preciso.

– Foi o que eu pensei. Desça.

– E você?

– Eu não preciso.

– Perguntei para onde você vai.

Arremessou o cabelo para trás com um assopro. Olhou para Reynevan. Entendeu o olhar e não perguntou mais.

– Passe bem, primo. Até a próxima.

– Tomara que em tempos melhores.

CAPÍTULO XXVI

No qual velhos – mas não necessariamente bons – amigos se encontram no burgo de Frankenstein.

Quase no centro da praça do mercado, entre o pelourinho e o poço d'água, estendia-se uma grande poça que fedia a esterco e espumava com a urina dos cavalos. Muitos pardais chapinhavam nela, e ao redor havia uma multidão de crianças sentadas, esfarrapadas, descabeladas e sujas, ocupadas em brincar na lama, molhando-se mutuamente com a água, fazendo barulho e empurrando barquinhos de casca de árvore.

– É, Reinmar – disse Sharlei enquanto arrematava o restante da sopa, arranhando o fundo da tigela com a colher –, preciso admitir que fiquei impressionado com seu voo noturno. Você pilota muito bem. Alguém poderia esticar o indicador e afirmar: "Vejam, uma águia! O rei dos aviadores." Você lembra que eu lhe fiz essa profecia ao assistir à sua levitação na floresta das bruxas? Que você viraria uma águia? E de fato você virou. Embora eu creia que, para tanto, você deve ter contado com a ajuda de Huon von Sagar. Mesmo assim, não é pouca coisa, não. Rapaz, juro pela minha rola que você está fazendo um grande progresso ao meu lado. Caso se empenhe mais um pouco, há chances de se tornar um Merlin. E vai construir um Stonehenge para a gente da Silésia. A versão inglesa não vai sequer chegar aos nossos pés.

Sansão bufou.

– E então? – o demérito retomou após um instante. – E a filha de Biberstein? Você a deixou em segurança, aos portões da fortaleza do papai?

– Por aí – respondeu Reynevan, apertando as mandíbulas.

Ele procurara Nicolette durante toda a manhã, em toda Frankenstein, mas sem efeito. Entrara em tabernas, ficara de guarda na porta da igreja de Santa Ana, para ver se conseguia vislumbrá-la depois da missa. Em seguida, caminhara até o Portão de Ziębice e, na estrada que leva a Stolz, perguntou por ela, para então ir vagando até a Casa dos Tecidos, na praça do mercado. E foi lá mesmo, no bazar, que encontrou – para sua grande alegria e seu profundo alívio – Sharlei e Sansão.

– A donzela – acrescentou ele – já deve estar em casa.

Era essa a sua esperança, aquilo com que contava. O castelo Stolz ficava a uma distância de menos de uma milha de Frankenstein. A estrada que levava a Ziębice e a Opole era movimentada, e bastava que Catarina von Biberstein se apresentasse para que qualquer comerciante, cavaleiro ou monge lhe desse carona e lhe prestasse assistência. Portanto, Reynevan estava quase seguro de que a moça havia chegado em casa sã e salva. No entanto, afligia-lhe o fato de não ter sido ele a lhe garantir a segurança. Mas esse tampouco era o único motivo de sua aflição.

– Se não fosse por você – interveio Sansão Melzinho, que parecia ter lido seus pensamentos –, a moça não teria saído viva do castelo Bodak. Você a salvou.

– E provavelmente a nós também – complementou Sharlei, lambendo a colher. – Não sei se vocês se deram conta, mas estamos bem perto de onde se deu o assalto, muito mais perto do que estávamos ontem à noite. Com certeza o velho Biberstein mandou seus homens atrás dos assaltantes. Se formos pegos... hmm... talvez a moça nos preste socorro, interceda por nós de alguma forma, implore ao pai que mantenha a integridade dos nossos membros...

– Se ela assim se dispuser – observou Sansão sobriamente. – E se chegar a tempo.

Reynevan não comentou. Terminou a sopa.

– Vocês – disse – também me impressionaram. Em Bodak havia cinco barões gatunos espadachins armados. E vocês conseguiram se virar com eles...

– Estavam bêbados – respondeu Sharlei, com um esgar. – Se não fosse por isso... Mas um fato é um fato: pude observar, com sincera admiração, os dotes de combate do aqui presente Sansão Melzinho. Você tinha de ver, Reinmar, como ele arrebentou o portão! Há, de verdade, se a rainha Edviges tivesse alguém como ele para ajudar com o portão de Wawel, teríamos agora os Habsburgo no trono polonês... E depois, o nosso Sansão derrotou os canalhas dos filistinos. Então, sem rodeios: ambos estamos vivos graças a ele.

– Mas Sharlei...

– Estamos vivos graças a você, meu humilde homem. Ponto-final. Foi também graças a ele, Reinmar, que nos reencontramos. Na encruzilhada, onde tivemos de decidir qual rumo seguir, eu manifestei minha opção por Bardo, mas Sansão teimou em escolher Frankenstein. Afirmou que tinha um pressentimento. Normalmente faço piada desse tipo de pressentimentos, mas, neste caso, ao lidar com uma criatura sobrenatural, um visitante do além...

– Você deu ouvidos – cortou-o Sansão, como de costume sem dar a mínima atenção aos deboches. – E assim tomou uma boa decisão.

– Não dá para negar. Eh, Reinmar, como eu fiquei feliz ao vê-lo aqui, na praça do mercado de Frankenstein, com uma banca de chinelos ao fundo, à sombra da torre da prefeitura. Eu já lhe falei o quanto...

– Falou, sim.

– Quero manifestar, ainda, que a felicidade que senti ao encontrá-lo – disse o demérito, sem se deixar interromper – também me levou a promover pequenos ajustes nos meus planos. Depois de suas últimas façanhas, em especial após a *performance* com Hayn von Chirne, a proeza no torneio de Ziębice e as confissões a respeito do cobrador de impostos diante de Buko, eu tinha prometido a mim mesmo que, assim que chegássemos à Hungria, quando você já estivesse seguro, logo que adentrássemos Buda, eu iria levá-lo a uma ponte no rio Danúbio para dar um chute tão forte na sua bunda que você seria arremessado ao rio. Hoje, alegre e comovido, declaro que mudei meus planos. Ao menos por enquanto. Ei, taberneiro! Cerveja! Já!

Tiveram de esperar, pois o taberneiro não tinha nenhuma pressa. No início, ele tinha se deixado enganar pelo semblante e pela voz presunçosa de Sharlei. No entanto, pôde notar que, logo que pediram a sopa, eles tinham executado um balanço, um tanto febril, das próprias finanças, sacando do fundo dos saquitéis e dos bolsos os poucos *skojecs* e *hellers*. A taberna, localizada sob as arcadas em frente à prefeitura, não estava lotada, mas o taberneiro se negava a reagir com exagerado servilismo aos gritos de uns maltrapilhos.

Reynevan tomou um gole da cerveja enquanto observava as crianças esfarrapadas e emporcalhadas brincando na poça amarela entre o pelourinho e o poço d'água.

– As crianças são o futuro da nação – declarou Sharlei, pescando o olhar do rapaz. – O nosso futuro. Pois é, mas ele não parece muito farto. Pelo contrário. Parece, antes, esquelético. E fedorento, desleixado e asqueroso. Até nojento.

– É verdade – admitiu Sansão. – Mas há salvação. Em vez de reclamar, é preciso cuidar. Limpar. Alimentar. Educar. E assim garantir o futuro.

– E quem você acha que deveria se responsabilizar por tudo isso?

– Eu que não – o gigante deu de ombros. – Não tenho nada a ver com isso. Eu nem sequer tenho futuro neste mundo.

— De fato. Tinha me esquecido disso — Sharlei lançou um pedaço de pão molhado no resto da sopa para um cão que andava por ali. O cão estava tão magro que seu corpo se curvou feito um arco. Ele não comeu o pão, mas o engoliu, assim como a baleia deglutiu Jonas.

— Será que esse cachorro já tinha visto um osso antes? — ponderou Reynevan.

— Só se já tiver quebrado a pata — o penitente deu de ombros. — Mas, como disse Sansão, e com toda a razão, eu não tenho nada a ver com isso. Eu tampouco tenho futuro aqui e, mesmo que tivesse, esse futuro estaria mais cagado do que aquela molecada ali, e num estado mais deplorável do que o deste cão. O país dos Magiares parece agora mais distante que *Ultima Thule*. E não me deixarei enganar por um momentâneo idílio em forma da tranquila urbe de Frankenstein, da cerveja, da sopa de feijão e do pão com sal. Daqui a pouco Reynevan vai encontrar alguma moça e voltará o de sempre. Outra vez será preciso salvar o pescoço, fugir, para, enfim, acabar em algum ermo. Ou numa companhia de merda.

— Mas, Sharlei — disse Sansão, jogando o pão para o cachorro —, uma distância aproximada de apenas vinte milhas nos separa de Opawa. E de Opawa para a Hungria, umas oitenta no total. Não é tanto assim.

— Vejo que no além você estudou a geografia dos confins orientais da Europa?

— Estudei diversas coisas, mas não é essa a questão. A questão é de pensar positivamente.

— Eu sempre penso positivamente — Sharlei tomou um gole de cerveja. — Raramente acontece de algo abalar o meu otimismo. E tem que ser algo sério. Algo como, por exemplo, a perspectiva de fazer uma viagem distante sem ter nenhuma grana. Ou ter dois cavalos para três homens, e um deles manco. E o fato de um de nós estar ferido. Como está o seu braço, Sansão?

O gigante não respondeu, ocupado com a cerveja, mexeu apenas o braço tratado, demonstrando que tudo estava bem com ele.

— Estou contente — Sharlei olhou para o céu. — Um problema a menos. Mas os outros não vão desaparecer.

— Vão, sim. Pelo menos parcialmente.

— O que você quer dizer com isso, nosso caro Reinmar?

— Desta vez — Reynevan ergueu a cabeça orgulhosamente — receberemos ajuda dos meus contatos, e não dos seus. Conheço gente em Frankenstein.

— Permita-me perguntar se, por acaso — Sharlei interessou-se com um rosto impassível —, se trata de alguma mulher casada? Viúva? Uma moça para casar? Uma monja? Ou uma outra filha de Eva e representante do belo sexo?

— Que piada fraca. E receios vãos. O meu conhecido local é diácono na igreja da Exaltação da Santa Cruz. É dominicano.

— Hã! — Sharlei pôs energeticamente a caneca sobre a mesa. — Se for assim, então acho que preferia mais uma mulher casada. Caro Reinmar, por acaso você não tem dores de cabeça persistentes? Você não sente enjoos ou tonturas? Não tem visão dupla?

— Eu sei, eu sei — Reynevan agitou a mão fazendo pouco-caso — o que você quer dizer. *Domini Canes*, cães, só é uma pena que raivosos. Sempre às ordens da Inquisição. Uma banalidade, meu senhor, uma banalidade. Além disso, precisa saber que o diácono em questão tem uma dívida de gratidão, uma séria dívida de gratidão. Peterlin, meu irmão, o ajudou um dia, tirou-o de sérios apuros financeiros.

— E você acha que isso tem qualquer importância? Como se chama esse diácono?

— Por quê? Você conhece todos?

— Conheço muitos. Como se chama?

— André Kantor.

— Nessa família, os problemas financeiros — o demérito disse após um momento de reflexão — parecem ser hereditários. Eu ouvi falar de Paulo Kantor, perseguido pela metade da Silésia por causa de dívidas e malversações. E quem ficou comigo no carmelo era Mateus Kantor, um vigário de Długołęka. Perdeu um cibório e um incensário no jogo do osso. Fico com medo só de pensar o que o seu diácono perdeu.

– É um assunto antigo.

– Você não me entendeu. Fico com medo de pensar o que ele perdeu há pouco.

– Não entendo.

– Ai, Reinmar, Reinmar. Suponho que você já se encontrou com esse Kantor?

– Eu me encontrei, sim. Mas continuo não...

– O que ele sabe? O que você disse a ele?

– Praticamente nada.

– É a primeira boa notícia. Então, dispensaremos esse contato, assim como a ajuda dos dominicanos. Juntaremos os recursos necessários de outra maneira.

– Queria saber como...

– Por exemplo, vendendo esta jarra pequena de trabalho intricado.

– De prata. De onde ela veio?

– Andei pelas bancas na feira, e a jarra, de repente, caiu no meu bolso. Ora, um mistério.

Reynevan suspirou. Sansão olhou para dentro da caneca, examinando saudosamente os restos da espuma. No entanto, Sharlei se pôs a observar o cavaleiro que numa arcada próxima reprimia veementemente um judeu curvado num gesto de reverência. O cavaleiro usava um chaperon carmim e um sobretudo opulento, adornado na frente com um brasão no qual havia uma mó, ou uma pedra de moinho.

– Quanto à Silésia, essencialmente – o demérito falou –, eu a deixo para trás sem arrependimento. Digo "essencialmente", pois sinto pena de uma coisa: aquelas quinhentas grivnas levadas pelo cobrador de impostos. Se não fosse pelas circunstâncias, o dinheiro poderia ter sido nosso. Confesso, fico puto quando penso que um cretino do tipo de

Buko von Krossig poderia ter se aproveitado desse dinheiro, casual e desmerecidamente. Ou, quem sabe, talvez esse Reichenbach que acaba de esculachar o judeu, xingando-o de porco imundo? Ou talvez um daqueles parados junto da barraca do seleiro?

– Hoje há uma grande quantidade de encouraçados e cavaleiros aqui, algo fora do comum.

– Há muitos mesmo. E vejam só, há mais vindo...

O demérito cortou subitamente e inspirou alto o ar. O barão gatuno Hayn von Chirne acabava de adentrar a praça do mercado vindo da pequena rua Srebrnogórska que desembocava no Portão do Calabouço.

Sharlei, Sansão e Reynevan não esperaram. Ergueram-se com ímpeto querendo fugir despercebidamente antes que fossem vistos. No entanto, era tarde demais. Foram avistados pelo próprio Hayn, por Fritschko Nostitz, que cavalgava junto de Hayn, e pelo italiano Vitelozzo Gaetani, cujo rosto ainda inchado e afeado por uma cicatriz fresca empalideceu de raiva ao avistar Sharlei. Um segundo depois a praça do mercado de Frankenstein ressoou com gritos e com o estrondo de cascos. E, após um instante, Hayn descarregou a raiva sobre a mesa da taberna, estilhaçando-a com um machado.

– Perseguição! – vociferava para os seus encouraçados. – Atrás deles!

– Lá! – berrava Gaetani. – Fugiram para lá!

Reynevan corria com todas as forças, mal conseguindo alcançar Sansão. Sharlei corria na frente, escolhia os caminhos, virando espertamente nos becos cada vez mais estreitos e depois atravessando os jardins. A tática parecia dar certo – de repente, a batida dos cascos e os gritos atrás deles silenciaram. Saíram disparados para a pequena rua dos Banhos Baixos cheia de espuma de sabão e viraram para o Portão de Ziębice.

Desde o Portão de Ziębice, os Stercza, e atrás deles Knobelsdorf, Haxt e Rotkirch, vinham conversando e balançando preguiçosamente nas selas.

Reynevan parou subitamente.

– Bielau! – Wolfher von Stercza berrou. – Pegamos você, filho da mãe!

Antes que o berro silenciasse, Reynevan, Sharlei e Sansão já corriam, arfando pesadamente, atravessando os becos, pulando as cercas, percorrendo os jardins espessos, enrolando-se em lençóis estendidos sobre cordas. Ouvindo do lado esquerdo os gritos dos homens de Hayn, e atrás de si os berros dos Stercza, corriam para o norte, na direção da qual acabara de tocar o sino na igreja dominicana da Exaltação da Santa Cruz.

– Senhorzinho Reinmar! Aqui! Por aqui!

Pequenas portas se abriram no muro e nelas estava André Kantor, diácono nos dominicanos que tinha uma dívida de gratidão para com os Bielau.

– Por aqui! Rápido! Não há tempo a perder!

De fato, não havia. Correram para dentro de um vestíbulo apertado que, quando Kantor fechou a portinha, se afundou na escuridão e no odor de panos velhos podres. Com um indescritível rumor, Reynevan derrubou alguns recipientes de metal nos quais Sansão tropeçou, caindo com estrondo. Sharlei também topou com algo e praguejou a valer.

– Por aqui! – André Kantor gritava de algum lugar à frente, de onde emanava uma luz indistinta. – Por aqui! Aqui! Aqui mesmo!

Em vez de descer, Reynevan rolou das escadas estreitas. Finalmente emergiu para a luz do dia, para um pequeno pátio no meio de muros cobertos de hera. Sharlei, que o seguiu correndo, pisou num gato, e o felino miou alto. Antes que o miar silenciasse, mais de uma dezena de homens de *kaftans* negros e redondos gorros de feltro saiu com ímpeto debaixo de ambas as arcadas e lançou-se contra eles.

Alguém colocou um saco na cabeça de Reynevan, algum outro passou uma rasteira nele. Desabou no chão. Foi esmagado, suas mãos, torcidas. Ao lado sentiu que havia luta e ouviu o som dela, ouvia alguém bufando raivosamente, chegavam a ele sons de golpes e gritos de dor, comprovando que Sharlei e Sansão não se entregaram sem resistência.

– O Santo Ofício... – ouviu a voz trêmula de André Kantor. – O Santo Ofício previu... Alguma recompensa... Por prender este herege? Pelo menos uma pequena recompensa? O *significavit* episcopal não a menciona, mas eu... Tenho problemas... Encontro-me em grande dificuldade financeira... É por isso mesmo...

– *Significavit* é uma ordem, não um contrato comercial – uma voz rouca e má instruiu o diácono. – E a possibilidade de ajudar a Santa Inquisição é um prêmio suficiente para qualquer bom católico. Você, por acaso, não seria um bom católico, frade?

– Kantor... – Reynevan estertorou com a boca cheia de poeira e de tufos arrancados de dentro do saco. – Kantooor! Seu filho da puta! Seu vira-lata da igreja! Toma no teu ra...

Não conseguiu concluir. Foi golpeado com algo duro, viu estrelas diante de seus olhos. Foi atingido mais uma vez, a dor paralisante irradiava, os dedos das mãos de repente ficaram dormentes. Aquele que golpeava o espancou outra vez. E mais outra. E seguidas vezes. A dor forçou Reynevan a gritar, o sangue vibrava em seus ouvidos deixando-o inconsciente.

* * *

Despertou numa escuridão quase total, com a garganta ressecada e a língua empedernida. Uma dor que envolvia as têmporas, os olhos, inclusive os dentes pulsava em sua cabeça. Inspirou profundamente e se engasgou com tanto fedor ao redor. Mexeu-se e a palha batida sobre a qual estava prostrado farfalhou.

Perto dele alguém balbuciava terrivelmente, outro tossia e gemia. Junto dele algo escoava, a água escorria. Reynevan lambeu os lábios cobertos de uma película grudenta. Ergueu a cabeça e gemeu de tanta dor. Levantou-se com mais cuidado. Bastou só um olhar para perceber que estava num enorme porão. Numa masmorra. No fundo de um profundo poço de pedra. E que não estava sozinho.

– Você despertou – Sharlei constatou o fato. Estava em pé, a uma distância de alguns passos, urinando para dentro de um balde, fazendo um grande barulho.

Reynevan abriu a boca, mas não conseguiu emitir nenhum som.

– É bom que você despertou. – Sharlei abotoou a calça. – Pois preciso lhe informar que, quanto à ponte no Danúbio, voltamos à concepção inicial.

– Onde... – Reynevan grasnou, enfim, engolindo a saliva com dificuldade. – Sharlei... Onde estamos?

– No santuário de Santa Dimpna.

– Onde?

– Num sanatório.

– Onde?!

– Estou lhe falando. Num manicômio. Em Narrenturm.

CAPÍTULO XXVII

No qual, durante um bom tempo, Reynevan e Sharlei têm paz, cuidados médicos, conforto espiritual, alimentação regular e a companhia de pessoas incomuns, com as quais podem conversar à vontade sobre assuntos deveras interessantes. Em resumo, eles encontram tudo aquilo que é esperado encontrar num manicômio.

– Jesus Cristo seja louvado! Bem-aventurado o nome de Santa Dimpna.

Os internados na Torre dos Tolos reagiram com um farfalhar de palha e com murmúrios quase indistintos. O irmão da Ordem Equestre do Santo Sepulcro de Jerusalém brincava com um bastão, batendo-o contra a palma da mão esquerda.

– Vocês dois – dirigiu-se a Reynevan e Sharlei. – Vocês são novos no nosso rebanho divino. E aqui damos novos nomes aos recém-chegados. Já que hoje veneramos os santos mártires Cornélio e Cipriano, então um de vocês será Cornélio, e o outro, Cipriano.

Nem Cornélio nem Cipriano responderam.

– Eu sou o mestre do hospital e o cuidador da Torre – continuava o monge com a voz monótona. – Meu nome é Tranquillus. *Nomen omen*. Pelo menos enquanto ninguém me irrita. E fico irritado, saibam vocês, quando alguém faz barulho, se exaspera, provoca tumultos e brigas, suja a si próprio e aos arredores, usa linguajar vulgar, blasfema contra Deus e os santos, não ora e perturba os demais enquanto eles oram. E todo aquele que peca, de forma geral. Mas aqui empregamos uma variedade de métodos contra os pecadores. O bastão de carvalho. A tina com água gelada. A gaiola de ferro. E os grilhões na parede. Entendido?

– Muito bem entendido – responderam em uníssono Cornélio e Cipriano.

– Então vocês vão começar o tratamento – declarou o irmão Tranquillus com um bocejo, e então examinou seu bastão, uma peça de carvalho bem polida que lhe prestava serventia havia muitos anos. – E, se suas preces pela obra e pela intercessão de Santa Dimpna lhes forem atendidas e, queira Deus, a loucura e o desvario os abandonarem, vocês hão de retornar, curados, para o seio da sã sociedade. Entre os santos, Dimpna é famosa por sua benevolência, então as suas chances são grandes. Mas não cessem de orar. Entendido?

– Muito bem entendido.

– Pois, então, que Deus esteja com vocês.

O irmão da Ordem Equestre do Santo Sepulcro de Jerusalém deixou o recinto e tomou a escadaria crepitante que serpenteava ao redor do muro e ia dar em algum lugar bem no alto e com uma porta bastante sólida, a julgar pelo barulho que fazia ao abrir e fechar. Mal tinha silenciado o eco dela que retumbava no poço de pedra e Sharlei se levantou.

– Saudações, meus irmãos em atribulação, sejam lá quem forem vocês – disse ele alegremente. – Parece que vamos desfrutar da companhia uns dos outros por um tempinho. Na prisão, é verdade, mas, ainda assim... Bom, talvez seja o caso de nos conhecermos melhor?

Assim como uma hora antes, a resposta vem em forma de chiados e farfalhar de palha, uma bufadela, um sortilégio proferido em voz baixa e mais algumas palavras e ruídos, em sua maioria bastante indecorosos. No entanto, desta vez Sharlei não se deixou desanimar. Caminhou com determinação até um dos leitos de palha dos quais mais de uma dezena se encontrava ao pé da parede, ao redor dos pilares e das arcadas em ruínas que dividiam o espaço. A escuridão era tenuamente abrandada pela luz que vinha do alto, penetrando pelas minúsculas janelas localizadas no topo da edificação. Mas àquela altura os olhos de Sharlei já tinham se habituado à penumbra e era possível divisar alguma coisa.

– Bons dias! Sou Sharlei!

– Cai fora! – retrucou o homem deitado no leito de palha. – Vá caçar sua turma, maluco. Eu tenho a mente sã! Sou normal!

Reynevan abriu a boca, fechou-a de súbito e então a abriu outra vez, pois observava o que fazia o homem autointitulado normal: manipulava energicamente os próprios genitais. Sharlei pigarreou, deu de ombros e passou para o leito seguinte. O homem ali deitado permanecia de todo imóvel, a não ser por leves convulsões e estranhas contrações do rosto.

– Bom dia! Sou Sharlei...

– Bbb... bbuub... bue-bueee... Bueee...

– Como eu suspeitava. Sigamos, Reinmar. Adiante. Bom dia! Sou...

– Pare aí! Olhe por onde anda, seu doido. Vai pisar nos desenhos? É cego, por acaso?

Sobre o chão de terra dura como pedra, havia em meio aos fiapos de palha algumas figuras geométricas, acompanhadas de diagramas e colunas de cifras, e sobre elas debruçava-se, em absoluta compenetração, um ancião de cabelos brancos e com o topo calvo da cabeça reluzindo tal qual um ovo. Diagramas, figuras e cifras recobriam também toda a parede acima do leito dele.

– Ah! – disse Sharlei, dando um passo para trás. – Peço desculpas. Entendo. Como eu poderia ter esquecido? *Noli turbare circulos meos.*

O ancião ergueu a cabeça e arreganhou os dentes enegrecidos.
– Letrados, é?
– Pode se dizer que sim.
– Então ocupem o lugar junto do pilar. Aquele marcado com a letra ômega.

* * *

Ocuparam o lugar e arrumaram os leitos, juntando a palha ao pé do pilar indicado, marcado com a letra grega. Mal tinham eles completado a tarefa quando apareceu o irmão Tranquillus, desta vez acompanhado de alguns outros frades que trajavam hábitos com uma cruz dupla. Os guardiões do santo sepulcro de Jerusalém trouxeram um caldeirão fumegante, mas os pacientes da torre só receberam permissão para se aproximar com as tigelas depois de terem rezado, em coro, *Pater noster*, *Ave*, *Credo*, *Confiteor* e *Miserere*. Reynevan ainda não suspeitava que aquele era o início de um ritual ao qual ele se submeteria por muito, muito tempo.

– Narrenturm – disse ele, com o olhar vago na direção do fundo da tigela com os restos de milhete. – Em Frankenstein?

– Isso mesmo – confirmou Sharlei, palitando os dentes com um fiapo de palha. – A torre é anexa ao Hospício de São Jorge, dirigido pela Ordem Equestre do Santo Sepulcro de Jerusalém, de Nysa. Do lado de fora da muralha da cidade, junto do Portão de Kłodzko.

– Eu sei. Passei ao lado dele. Ontem. Acho que foi ontem... Mas como acabamos encarcerados aqui? Por que fomos considerados mentalmente doentes?

– Ao que parece – respondeu o demérito depois de uma gargalhada –, alguém pousou a vista sobre nossos últimos feitos. Não, meu caro Cipriano, estou brincando. Não temos tanta sorte. Não é apenas a Torre dos Tolos, é também, por enquanto, uma prisão da Inquisição, pois o cárcere dos dominicanos locais está em reforma. Frankenstein tem duas prisões municipais, uma na prefeitura e outra ao pé da Torre Torta, mas ambas estão sempre superlotadas. Por isso aqueles que são detidos por ordem do Santo Ofício vêm parar aqui, em Narrenturm.

– Mas esse tal Tranquillus – Reynevan prosseguia – nos trata como se fôssemos desprovidos de juízo.

– Ossos do ofício.

– E o que houve com Sansão?

– O que pode ter havido? – Sharlei se irritou. – Olharam para a cara dele e o deixaram ir. Que ironia, não? Por tomarem-no por idiota, deixaram que se fosse. Quanto a nós, nos trancam com os doidos. Para ser sincero, não guardo ressentimentos. Não culpo outro senão a mim mesmo. Eles estavam atrás de você, Cipriano, e de mais ninguém. O *significavit* citava apenas o seu nome. Eles me prenderam porque resisti, quebrei o nariz de uns tantos, e alguns dos chutes que desferi encontraram o alvo... Tivesse eu mantido a serenidade, como Sansão... Cá entre nós – concluía o penitente após um momento de profundo silêncio –, todas minhas esperanças estão depositadas nele... Confio que ele vá pensar em uma forma de nos tirar daqui. E rápido. Caso contrário... Caso contrário, podemos ter problemas.

– Com a Inquisição? De que exatamente eles nos acusam?

– O problema não está no teor da acusação – respondeu Sharlei, com a voz ainda bastante soturna. – O problema reside em de que nos admitiremos culpados.

* * *

Reynevan não precisava de nenhum esclarecimento; sabia bem do que se tratava. As coisas que havia escutado na granja cisterciense significavam uma sentença de morte, uma morte precedida de torturas. Ninguém podia vir a descobrir o que eles sabiam. O olhar veemente que o demérito dirigiu aos demais internados na Torre tampouco demandava esclarecimentos. Reynevan estava igualmente ciente do fato de que a Inquisição tinha o costume de plantar espiões e provocadores em meio aos internados. Sharlei, por sinal, prometera desmascará-los rapidamente, mas aconselhou cuidado e discrição para com todos eles, mesmo aqueles que pareciam dementes genuínos. Frisou que nem mesmo nestes últimos se devia confiar. Não se ganhava nada compartilhando conhecimentos e informações naquele lugar, disse ele. E acrescentou:

– Porque um homem estendido sobre um cavalete fala. Fala muito. Fala tudo o que sabe, sobre tudo o que pode. Pois enquanto estiver falando não vai para a fogueira.

Reynevan ficava mais soturno. Sua languidez era tão perceptível que Sharlei achou por bem encorajá-lo com um amigável tapinha nas costas.

– Anime-se, Cipriano – entoou o penitente. – Eles ainda não vieram atrás de nós.

Reynevan ficou ainda mais soturno, então Sharlei entregou os pontos. O demérito não tinha consciência de que Reynevan nem sequer se preocupava com a possibilidade de revelar o conluio descoberto na granja durante as torturas. O rapaz estava mil vezes mais aterrorizado pela possibilidade de ter de trair Catarina von Biberstein.

* * *

Depois de descansar um pouco, ambos os inquilinos do alojamento "Ômega" trataram de tentar expandir o círculo de amizades. O que trouxe resultados variados. Alguns dos internados de Narrenturm não queriam conversar, enquanto outros simplesmente não conseguiam fazê-lo, apresentando um estado que os médicos da Universidade de Praga chamavam – segundo a escola de Salerno – de *dementia* ou *debilitas*. Outros, em compensação, eram mais sociáveis. Mas mesmo estes não estavam de todo abertos a revelar informações pessoais, o que demandava que Reynevan, em sua mente, lhes outorgasse os apelidos que melhor se adequassem a eles.

Seu vizinho mais próximo era Tomás Alfa, visto que vivia ao pé da pilastra marcada com essa letra grega. Além disso, fora internado na Torre dos Tolos no Dia de São Tomás de Aquino, sete de março. Não revelou o motivo da internação ou por que estava lá havia tanto tempo, mas tampouco passou a Reynevan a mínima impressão de ser louco. Dizia que era inventor, mas pelos maneirismos da fala dele, Sharlei o considerou um monge fugitivo. Encontrar um buraco no muro de um mosteiro, avaliava o demérito, não era um feito que fazia jus ao título de "invenção" *de facto*.

Não muito distante de Tomás Alfa vivia o Camaldulense – abaixo da letra "tau" e da inscrição *POENITEMINI* gravada na parede. Este não conseguia esconder a origem sacerdotal, pois seu cabelo ainda não tinha crescido o suficiente para cobrir a tonsura. Não se sabia mais nada sobre ele, visto que permanecia calado como um verdadeiro irmão de Camáldula. E, como um verdadeiro camaldulense, suportava os mui frequentes jejuns de Narrenturm sem proferir palavra ou mesmo um murmúrio de contestação.

Do lado oposto, ao pé da inscrição *LIBERA NOS DEUS NOSTER* estavam confinados dois indivíduos que, por ironia, tinham sido vizinhos também em liberdade. Ambos negavam ser loucos, ambos se consideravam vítimas de intrigas sordidamente elaboradas. Um deles, cronista municipal, batizado de Boaventura pelos irmãos da Ordem Equestre do Santo Sepulcro de Jerusalém, culpava a mulher pela internação, enquanto ela, em contrapartida, se divertia com um amante. Logo de saída Boaventura proferiu a Sharlei e Reynevan um longo sermão contra as mulheres, que, por índole e por natureza, eram vis, perversas, devassas, indecentes, nefastas e traiçoeiras. A dissertação fez Reynevan mergulhar por um longo momento em memórias sombrias e afundar-se numa melancolia ainda mais lúgubre.

O outro vizinho foi batizado, nos pensamentos de Reynevan, de Institor, pois vivia se preocupando incessante e sonoramente com o seu *institorium*, isto é, sua banca rica e lucrativa que se localizava na praça do mercado. Afirmava ter sido privado da liberdade pelos próprios filhos, que o denunciaram para ficar com o negócio e com os lucros que dele provinham. Assim como Boaventura, Institor admitia ter interesses científicos – ambos eram astrólogos e alquimistas amadores. E ambos ficavam estranhamente quietos ao ouvir a palavra "Inquisição".

Muito próximo da dupla de vizinhos, logo abaixo da inscrição "CU", ficava o leito de outro cidadão de Frankenstein, Nicolau Koppirnig, que não escondia a própria identidade: era um maçom da loja local e astrônomo amador. Infelizmente, tratava-se de um indivíduo taciturno, rabugento e antissocial.

Mais adiante, ao pé da parede, um pouco mais longe do enclave dos cientistas, localizava-se o já conhecido Circulos Meos – ou apenas Circulos, em forma abreviada –, o sujeito que havia gritado com Sharlei. Permanecia sentado como um pelicano no ninho, com a palha amontoada ao redor de si. Uma cabeça calva e um bócio de proporções consideráveis intensificavam essa impressão. As provas de que ele ainda não estava morto eram um vívido fedor, uma reluzente calvície e um incessante e irritante arranhar do giz contra o muro ou o chão. Elucidou-se que ele não era mecânico como Arquimedes e que seus diagramas e suas figuras, o motivo pelo qual Circulos fora internado no manicômio, serviam a outros fins.

Junto do leito de Isaías – um jovem apático cuja alcunha rendia homenagem ao livro profético que ele citava de quando em quando – havia uma jaula de ferro que servia de cárcere punitivo e despertava terror. Estava vazia, e Tomás Alfa, o detento que estava na torre havia mais tempo, nunca tinha visto ninguém encarcerado nela. Alfa afirmou também que o irmão Tranquillus, o supervisor de Narrenturm, era um monge calmo e muito compreensivo – obviamente, enquanto ninguém o irritasse.

Quem não tardaria a "irritar" o irmão Tranquillus era o Normal, que seguia ignorando todo mundo. Durante as orações matinais, Normal tinha se dedicado a seu passatempo preferido – brincar com os próprios genitais. Aquilo não tinha escapado aos olhos de lince do irmão da Ordem Equestre do Santo Sepulcro de Jerusalém, e Normal levou uma boa surra com o bastão de carvalho – que, ao fim e ao cabo, provou não ser um mero adereço.

Passavam-se os dias, marcados pelo ritmo entediante das refeições e orações. Passavam-se as noites. E elas eram uma tortura, por conta tanto do frio lancinante quanto do abominável coral de roncos dos internados. Os dias eram mais fáceis de suportar, pois ao menos era possível conversar.

* * *

– Por maldade e inveja – Circulos mexeu o bócio e piscou os olhos purulentos. – Estou preso aqui por causa da maldade e da inveja dos colegas fracassados. Eles me odiavam porque consegui o que eles não conseguiram.

– O quê, precisamente? – perguntou Sharlei, curioso.

– Por que eu explicaria a vocês, profanos? – questionou Circulos, limpando no avental os dedos sujos de giz. – De todo modo, vocês não entenderiam.

– Teste-nos.

– Bom, se assim desejam... – disse Circulos, e então pigarreou, cutucou o nariz e esfregou um calcanhar no outro. – Descobri uma coisa séria. Determinei com precisão a data do fim do mundo.

– Por acaso seria no ano de 1420? – perguntou Sharlei após um breve e cortês momento de silêncio. – No mês de fevereiro, na segunda-feira depois do Dia de Santa Escolástica? Não é algo muito original, se me permite a observação.

– O senhor me ofende – declarou Circulos, inflando o restante da barriga. – Não sou um milenarista desvairado, um místico ignorante. Não repito os disparates dos fanáticos quiliastas. Eu investiguei a matéria *sine ira et studio*, com base em fontes científicas e computações matemáticas. Você conhece o Apocalipse de São João?

– Superficialmente, mas conheço.

– Você se lembra de que o Cordeiro abriu os sete selos? E que João viu sete anjos?

– Absolutamente.

– E que havia cento e quarenta e quatro mil escolhidos e selados? E vinte e quatro anciões? E que a duas testemunhas foi concedido o poder de profetizar durante mil e duzentos e sessenta dias? Pois bem. Se você somar tudo isso e multiplicar o resultado por oito, que é o número de letras na palavra *"Apollyon"*, o produto será... Ah, não tem por que explicar tudo isso a vocês. Não vão entender nada mesmo. Basta dizer que o fim do mundo se dará em julho. Precisamente no dia seis de julho, *in octava Apostolorum Petri et Pauli*. Numa sexta-feira. Ao meio-dia.

– Do ano?

– Corrente, sagrado: 1425.

– Siiim – redarguiu Sharlei esfregando o queixo. – Tem só um pequeno problema...

– Que problema?

– Estamos em setembro.

– Isso não prova nada!

– Já estamos no fim do mês.

Circulos deu de ombros, em seguida virou a cabeça e enterrou-se ostentosamente na palha.

– Eu sabia que não devia falar com asnos – bufou ele. – Passar bem.

* * *

Nicolau Koppirnig, maçom de Frankenstein, não era de falar muito, mas sua rabugice e sua grosseria não desencorajaram Sharlei, ansioso por engajar-se numa boa conversa.

– Então, o senhor é astrônomo – tentou mais uma vez o demérito. – E eis que o meteram na cadeia. Bom, confirma-se que a um bom católico não convém examinar o céu tão de perto. Mas eu, se mo permite, vou somar dois e dois para chegar à resposta de outro modo. A conjunção de astronomia e clausura não pode significar outra coisa: o senhor questionou a teoria ptolomaica. Estou certo?

– Sobre o quê? – retrucou Koppirnig. – Sobre as conjunções? Está, sim. Sobre o restante, igualmente. Suspeito que o senhor é daqueles que sempre têm razão. Conheço muita gente igual a você.

– Igual a mim, não. Com toda a certeza, não – respondeu o demérito com um sorriso. – Mas deixemos isso de lado e partamos ao que interessa: o senhor crê que esse Ptolemeu está certo? O que você acha que está no centro do Universo? A Terra? Ou o Sol?

Koppirnig ficou em silêncio por um bom tempo.

– Que esteja o que quiser estar – disse, enfim, com amargura. – Como posso saber? Não sou nenhum astrônomo. Retiro tudo o que disse, confesso tudo. Farei o que me mandarem.

– Aha! – Sharlei se alegrou. – Então eu acertei! A astronomia colidiu com a teologia? E eles o ameaçaram?

– Como assim? – interveio Reynevan, espantado. – A astronomia é uma ciência exata. O que isso tem a ver com a teologia? Dois e dois são sempre quatro...

– Eu também pensava assim – Koppirnig interrompeu soturnamente. – Mas a realidade é outra.

– Não entendo.

– Reinmar, Reinmar – redarguiu Sharlei com um sorriso de condescendência. – Você é tão ingênuo quanto uma criança. Somar dois e dois não contraria as Escrituras, mas, com relação às revoluções das esferas celestes, a situação é outra. Não se pode provar que a Terra gira em torno de um Sol imóvel quando nas Escrituras está escrito que Josué mandou o Sol ficar parado. O Sol. Não a Terra. Por isso...

– Por isso – o maçom interrompeu com um ar ainda mais soturno –, é preciso se guiar pelo instinto de autopreservação. O astrolábio e a luneta podem errar perante os céus, mas a Bíblia é infalível. O céu...

– Ele tem o trono acima do círculo da Terra – intrometeu-se Isaías, resgatado da apatia pela palavra "Bíblia". – Ele estende o céu como um véu e o estira como tenda, para nele habitar.

– Olhe só – disse Koppirnig, acenando com a cabeça. – É um doido varrido, mas sabe das coisas.

– Pois é.

– Pois é o quê? – redarguiu Koppirnig, irritado. – Você é um belo sabichão, não é mesmo? Pois eu renegarei tudo. Confirmarei o que eles quiserem, desde que me libertem. Que a Terra é plana e que seu centro geométrico é Jerusalém. Que o Sol gira em torno do Papa, que por sua vez constitui o centro do Universo. Confirmarei tudo. Aliás, é bem provável que eles tenham razão. Essa merda de instituição existe há mais de mil e quinhentos anos. Só por isso eles não podem estar errados.

– E desde quando as datas curam a idiotice? – interveio Sharlei, semicerrando os olhos.

– Vá pro inferno! – o maçom enervou-se. – Que vá então você para as torturas e para a fogueira! Eu renego tudo! E digo: NÃO se move, *eppur NON si muove!*

Depois de um momento de silêncio, Koppirnig retomou com seu tom amargurado:

– No fim das contas, o que posso eu saber? Não sou nenhum astrônomo. Sou só um sujeito comum.

– Não lhe dê ouvidos, senhor Sharlei – intrometeu-se Boaventura, que acabava de despertar de um cochilo. – Ele diz isso porque teme a fogueira. Todos em Frankenstein sabem que ele é astrônomo, pois passa todas as noites no telhado, com um astrolábio, contando as estrelas. E não é o único na família dele. Todos os Koppirnigs estudam as estrelas. Até o mais novo, o pequeno Nicolau, de quem as pessoas riem ao dizer que sua primeira palavra foi "mamãe"; a segunda, "papá"; e a terceira, "heliocentrismo".

* * *

Quanto mais cedo escurecia, mais frio fazia e mais internados se lançavam a conversas e disputas. Falavam, falavam e falavam. Por vezes, com os demais; noutras, consigo mesmos.

– Vão acabar com o meu *institorium*, reduzi-lo a nada. Vão gastar tudo. Arruinarão a fortuna. Esses jovens de hoje não prestam!

– E todas as mulheres, sem exceção, são vadias. Por feitos ou por escolha.

– Chegará o Apocalipse, não sobrará nada. Nem pedra sobre pedra. Mas por que eu explicaria isso a vocês, profanos?

– E eu lhes digo que vão acabar conosco mais cedo. Vai vir o inquisidor. Vão nos torturar e depois nos queimar. Muito bem-feito para nós, pecadores, pois ofendemos o Senhor.

– Por isso, como a língua de fogo devora a palha e a erva seca se consome na chama, sua raiz será tomada pela podridão e sua flor será erguida como pó; pois rejeitaram a lei do Senhor todo-poderoso...

– Estão ouvindo? É doido, mas sabe das coisas.

– Pois é.

– O problema – declarou Koppirnig, reflexivo – é que nós pensamos demais.

– De fato, de fato – ratificou Tomás Alfa. – Por isso não devemos evitar a punição.

– ... e serão amontoados como prisioneiros numa masmorra, e serão encerrados num cárcere e, depois de muitos dias, serão de novo castigados.

– Ouviram isso? É doido, mas sabe das coisas.

Ao pé da parede, afastados dos demais, os que sofriam de *dementia* e *debilitas* balbuciavam e declaravam disparates. Ao lado, em seu leito, Normal tocava punheta, gemendo e arfando.

* * *

Em outubro o frio aumentou. E foi então que, no dia dezesseis – um calendário desenhado por Sharlei com o giz roubado de Circulos permitia que se orientassem quanto às datas –, um conhecido chegou a Narrenturm.

* * *

O conhecido foi arrastado para dentro da Torre não pelos irmãos da Ordem Equestre do Santo Sepulcro de Jerusalém, mas por cavaleiros armados que trajavam cotas de malha e gibões acolchoados. Ele resistia e por isso foi golpeado algumas vezes na nuca antes de ser arremessado escada abaixo. Foi rolando até o piso de terra batida, onde caiu prostrado. Os internados, entre eles Reynevan e Sharlei, o observavam ali, tombado. E viram o *frater* Tranquillus ir até ele com o bastão.

– Hoje é Dia de São Galo – disse, após tê-lo cumprimentado, como de costume, em nome de Santa Dimpna, a padroeira e intercessora dos doentes mentais. – Já há muitos Galos aqui, então, para que não tenhamos mais um... Hoje também é Dia de São Mumolino. Então, irmão, seu nome será Mumolino. Certo?

O homem prostrado no chão escorou-se nos cotovelos e olhou para o irmão da Ordem Equestre do Santo Sepulcro de Jerusalém. Por um instante pareceu que iria proferir um comentário na forma de palavras breves e escolhidas a dedo. Tranquillus devia igualmente comungar de tal impressão, pois ergueu o bastão e deu um passo para trás, de modo a obter maior impulso. Mas o homem prostrado no chão apenas rangeu os dentes e com eles triturou todas as palavras não enunciadas.

— Pois bem — disse o irmão da Ordem Equestre do Santo Sepulcro de Jerusalém, acenando com a cabeça. — Compreendo. Fique com Deus, irmão.

O homem prostrado no chão se sentou. Reynevan mal pôde reconhecê-lo. Faltava-lhe a capa cinzenta, escafedera-se a fivela de prata, assim como o chapeirão e o *liripipe*. O perponte justo estava emporcalhado de terra e reboco, com o acolchoado de ambos os ombros descosturado.

— Saudações.

Urban Horn ergueu a cabeça. Tinha o cabelo desgrenhado, um olho roxo e o lábio cortado e inchado.

— Saudações, Reinmar — respondeu. — Devo dizer que não estou nada surpreso em vê-lo aqui em Narrenturm.

— Você está inteiro? Como está se sentindo?

— Muito bem. Diria até que radiante. Deve haver raios de sol irradiando-se do meu cu. Dê uma olhada aqui para confirmar. Sozinho eu não consigo.

Levantou-se e apalpou os flancos. Massageou o lombo.

— Mataram meu cachorro — declarou com frieza. — Eles o espancaram até a morte. Meu Belzebu. Você se lembra dele?

— Sinto muito — Reynevan bem se lembrava do bretão, pois tinha gravado na memória a imagem dos dentes do animal à distância de uma polegada de seu rosto. Mas ele lamentava com sinceridade.

— Não vou perdoar isso — afirmou Horn, rangendo os dentes. — Vou acertar as contas com eles. Assim que sair daqui.

— Isso pode ser um problema.

— Eu sei.

* * *

Durante as apresentações, Horn e Sharlei demoraram a examinar-se mutuamente, ambos com os olhos semicerrados e mordiscando os próprios lábios. Estava claro que um malandro velhaco reconhecia outro malandro velhaco. Tão claro que nenhum dos dois perguntou nada ao outro.

– Então – disse Horn, olhando ao redor –, aqui estamos, presos. Em Frankenstein, no hospital dos cônegos regulares, guardiões do Santo Sepulcro de Jerusalém. Narrenturm. A Torre dos Tolos.

– E não só isso – comentou Sharlei, semicerrando os olhos. – Como deve saber o excelentíssimo senhor.

– O excelentíssimo senhor bem o sabe – admitiu Horn –, pois foi metido aqui pela Inquisição e pelo *significavit* episcopal. E independentemente do que se pensa do Santo Ofício, suas prisões são quase sempre organizadas, espaçosas e limpas. Aqui também, a julgar pelo que detecta meu olfato, as latrinas são esvaziadas de vez em quando e o aspecto dos internados não é nada mal... Pelo visto, os irmãos da Ordem Equestre do Santo Sepulcro de Jerusalém são zelosos. E a comida, que tal?

– Horrível. Mas servida com regularidade.

– Não está mal, então. O último manicômio que conheci foi a Pazzeria florentina, que fica perto de Santa Maria Nuova. Vocês tinham de ver aqueles pacientes! Esfomeados, piolhentos, barbudos, sujos... Mas aqui? Posso imaginá-los em visita à corte... Bom, talvez não uma corte imperial, não o castelo de Wawel... Mas, em algum lugar como Vilnius, garanto que poderiam se apresentar assim como estão, passariam despercebidos. Siiim... Eu poderia ter caído num lugar bastante pior... Não fosse por esses doidos varridos... Espero que não haja maníacos entre eles... E, que Deus nos livre, tampouco sodomitas.

– Não há – tranquilizou-o Sharlei. – Santa Dimpna nos protegeu. O que há é no máximo aquilo ali, ó. Passam o dia todo deitados, gemendo, brincando com as partes privadas. Nada demais.

– Esplêndido. Ora, havemos de passar um tempinho juntos. Talvez até um tempão.

– Talvez menos do que acha – declarou o demérito, soltando um sorriso amarelo. – Estamos presos aqui desde o Dia de São Cornélio. E o inquisidor não deve tardar a aparecer. Pode ser mesmo que venha hoje, quem sabe?

– Hoje, não – assegurou Urban Horn, impassível. – Amanhã tampouco. No momento a Inquisição tem outras preocupações.

* * *

Mesmo sob pressão, Horn só se pôs a dar explicações depois do almoço, o qual, aliás, comeu com gosto. E não refutou o resto da comida deixada por Reynevan, que nos últimos tempos vinha se sentindo mal e sem apetite.

– Sua Excelência Reverendíssima, Conrado, bispo de Breslávia – explicou Horn, pegando com os dedos os últimos grãos no fundo da tigela –, atacou a Boêmia hussita. Junto com o senhor Puta de Častolovice, lançou uma ofensiva armada contra Náchodsko e Trutnovsko.

– Uma cruzada?

– Não, uma razia.

– Mas é exatamente a mesma coisa – interveio Sharlei com um sorriso.

– Ora, ora – bufou Horn. – Eu ia perguntar por que o senhor foi internado aqui, mas já não preciso.

– Tanto melhor. Então, o que houve com essa razia?

– O pretexto, como se houvesse necessidade de uma justificativa, era o suposto assalto do cobrador de impostos, realizado pelos hussitas, ao que parece, no dia treze de setembro. Dizem que foram roubadas, na ocasião, mais de mil e quinhentas grivnas...

– Quanto?

– Eu disse "suposto", "ao que parece", "dizem". Ninguém acredita nisso. Mas para o bispo era um bom pretexto, e ele soube escolher bem o momento. Atacou a partir de Hradec Králové, aproveitando a ausência das tropas hussitas. O *hetman* deles, Jan Čapek de Sán, foi até Podjested, perto da fronteira com a Lusácia. Tudo indica que o bispo tem bons espiões.

– Decerto deve ter – comentou Sharlei sem sequer piscar. – Prossiga. Senhor Horn? Fale, ignore os doidos. Terá tempo de sobra para olhar para eles.

Urban Horn desgrudou os olhos de Normal, que se entregava com entusiasmo à prática do onanismo, e de um dos cretinos que, concentrado, fazia um pequeno zigurate com os próprios excrementos.

– Siiim... Onde eu estava... Ah. O bispo Conrado e o senhor Puta entraram na Boêmia pela rota que atravessa Lewin e Homole. Assolaram e saquearam as cercanias de Náchod, Trutnov e Vízmburk, queimaram as vilas durante a razia, matando todos aqueles que caíssem em suas mãos, homens, mulheres, sem fazer distinção. Poupavam crianças que cabiam debaixo da barriga de um cavalo. Algumas delas.

– E depois?

– Depois...

* * *

A fogueira tinha se reduzido a chamas que já não produziam fulgor nem estalidos e apenas lambiam a pilha de lenha. Havia dois motivos para a madeira não ter queimado por completo: primeiro, porque o dia tinha sido chuvoso e, em segundo lugar, porque a madeira úmida era usada para que o herege não morresse rápido demais, mas, sim, para que fosse tostando aos poucos e assim conhecesse o devido antegosto do castigo que lhe aguardava no inferno. No entanto, tinham exagerado, sem zelar pela mediocridade áurea, pela contenção e pelo compromisso – o excesso de lenha úmida impedia que o delinquente fosse morto enquanto era gradualmente consumido pelas chamas. Ele logo se asfixiava com a fumaça e morria antes mesmo de gritar um pouquinho que fosse. E nem sequer queimou por completo – o cadáver acorrentado à estaca preservava uma fisionomia mais ou menos humanoide. A carne ensanguentada, que não chegara propriamente a assar, em muitos pontos ainda se mantinha grudada ao esqueleto, enquanto a pele pendia em forma de tiras retorcidas e aqui e acolá os ossos desnudos reluziam mais vermelhos do que pretos. A cabeça assara de forma bastante regular, com a pele carbonizada se desgrudando do crânio. Já os dentes, que resplandeciam na boca escancarada durante o derradeiro grito antes da morte, conferiam ao conjunto uma áurea bastante macabra.

Essa cena, paradoxalmente, compensava a decepção com o tormento demasiado curto e pouco martirizante. Provocava, sem dúvida, um efeito psicológico melhor. Uma multidão de boêmios que tinha sido capturada no vilarejo vizinho e levada ao local do auto de fé não teria, em circunstâncias normais, se espantado com a imagem de um torresmo gigante deformado em uma fogueira. Porém, adivinhando no cadáver malpassado e com os dentes à mostra a figura de seu sacerdote, bem vivo até recentemente, os boêmios ficaram de todo abalados. Os homens estremeciam e cobriam os olhos; as mulheres choravam e soluçavam; as crianças berravam descontroladamente.

Conrado de Oleśnica, bispo da Breslávia, endireitou-se na sela com tamanha soberba e vivacidade que sua armadura rangeu. Planejara, a princípio, proferir um discurso diante dos prisioneiros, um sermão que conscientizaria a plebe quanto aos males da heresia e que serviria de advertência da severa punição oferecida àqueles que se desviavam da fé. Porém, mudou de ideia e ficou ali apenas observando, retraindo e projetando o beiço. Para que gastar saliva? De todo modo, a ralé eslava pouco entendia a língua alemã. E, quanto à punição por heresia, o cadáver queimado junto da estaca passava uma mensagem mais enfática e eloquente do que qualquer coisa que ele pudesse formular. Bem como o faziam os cadáveres tão lacerados e mutilados, ao ponto de se tornarem irreconhecíveis, que eram agora empilhados no meio do restolho. E o fogo que se alastrava pelos telhados do vilarejo. E as colunas de fumaça que se erguiam sobre outros povoados às margens do rio Metuje. E os gritos aterrorizantes que vinham do estábulo, para onde as moças eram arrastadas para o divertimento dos lansquenês de Kłodzko que atendiam ao senhor Puta de Častolovice.

Em meio à turba de boêmios, o padre Miegerlin arengava e enfurecia-se. Escoltado por soldados armados e acompanhado por alguns dominicanos, o padre caçava os hussitas e os seus simpatizantes. Ajudava em seu empreendimento uma lista de sobrenomes que ele recebera de Birkart von Grellenort. O padre, porém, não considerava Grellenort um arúspice nem aquela lista algo sagrado. Afirmando ser possível reconhecer um herege pelos olhos, pelas orelhas e pelo semblante, durante toda a expedição o padre tinha apreendido cinco vezes mais pessoas do que havia na lista. Parte delas era assassinada no local, enquanto o restante seguia em grilhões.

– E estes aqui, Vossa Excelência Reverendíssima? – perguntou Lourenço von Rohrau, o marechal episcopal, ao se aproximar cavalgando. – O que ordena que façamos com eles?

– O mesmo que com os anteriores – declarou Conrado de Oleśnica, com um olhar severo na direção do interlocutor.

Ao ver os besteiros e os lansquenês armados de bombardas, a multidão dos boêmios começou a gritar, aterrorizada. Vários prisioneiros se desprenderam da turba e puseram-se em fuga. Os homens a cavalo partiram atrás deles, alcançaram-nos e atravessaram seus corpos com as espadas. Outros se aglomeraram bem juntinhos, ajoelharam e lançaram-se ao chão. Os homens se faziam de escudo para as mulheres, e as mães faziam o mesmo por seus filhos.

Os besteiros carregavam as armas e giravam as manivelas.

"Pois bem", pensou Conrado. "Decerto há nesta turba alguns inocentes, talvez até uns bons católicos. Mas Deus há de reconhecer suas ovelhinhas. Assim como o fez em Languedoque, Béziers, Carcassonne, Toulouse ou Montségur. Quanto a mim, entrarei para a história como o defensor da verdadeira fé, aquele que venceu a heresia, a versão silesiana de Simão IV de Monforte. As futuras gerações recordarão meu nome e o honrarão, tal qual Simão, Schwenckefeld ou Bernardo Gui. Mas isso fica para a posteridade. No que diz respeito ao dia de hoje, é possível que enfim reconheçam meu valor em Roma. Talvez a Breslávia seja finalmente elevada à arquidiocese e eu me torne o arcebispo da Silésia, um eleitor do Império. Por último, quem sabe encontre seu fim esta farsa que faz da diocese uma província eclesiástica polonesa formalmente subordinada (que pantomima!) ao metropolita de Gniezno? Que os diabos me levem antes que eu seja obrigado a reconhecer um polaco como meu supervisor. Que humilhação é ser subordinado a esse Jastrzębiec, que – valha-me Deus! – é impertinente ao ponto de exigir que eu receba sua visita pastoral. Na Breslávia! Um polaco na Breslávia! Jamais! *Nimmermehr!*"

Estrondearam os primeiros disparos, rangeram as cordas das bestas, sucessivos homens que tentavam escapar do turbilhão tombaram, atingidos pelas espadas. O berro dos assassinados elevava-se rumo ao céu.

"Isto não pode passar despercebido em Roma", seguia em seus pensamentos o bispo Conrado enquanto acalmava o corcel. "Não poderão ignorar este fato, de que aqui, na Silésia, nos limites da Europa e da civilização cristã, eu, Conrado Piasta de Oleśnica, ergo bem alto a cruz. Que sou o verdadeiro *bellator Christi*, defensor e intercessor do catolicismo; e, para os hereges e apóstatas, o castigo e o flagelo divino, *flagellum Dei*."

Aos berros daqueles que eram executados de repente se somaram os gritos vindos da estrada de terra batida escondida atrás da colina.

Após um momento, despontou de lá, em disparada, um grupo de ginetes. Galopavam rumo ao leste, para Lewin, fazendo retumbar os cascos de seus animais. Atrás dos homens a cavalo iam matraqueando algumas charretes. Seus condutores, aos urros, erguiam-se nos pescantes e sem piedade fustigavam os cavalos, com intuito de fazê-los entregar a maior velocidade que podiam. Atrás das carroças vinha um rebanho de vacas escandalosas seguido por pedestres que corriam aos berros. Em meio à algazarra, o bispo não conseguiu entender as palavras que a turba gritava. Mas outros entenderam. Os lansquenês que atiravam contra os boêmios deram meia-volta e todos ao mesmo tempo se lançaram em fuga no encalço dos homens a cavalo, das carroças e dos pedestres que tomaram toda a estrada.

– Aonde estão indo? – vociferou o bispo. – Voltem aqui! O que há com vocês? O que está acontecendo?

– Hussitas! – bradou Otto von Borschnitz, freando o cavalo junto deles. – Hussitas, bispo! Os hussitas estão nos atacando com carros de guerra!

– Que disparate! Não há tropas em Hradec! Os hussitas se deslocaram para Podjested!

– Nem todos! E estão vindo atrás de nós! Estão nos atacando! Fujaaaam! Salvem-se!

– Parem! – bramiu Conrado, enrubescendo. – Voltem aqui, seus covardes! Lutem! À luta, seus filhos de uma boa mãe!

– Salve-se! – berrou Nicolau Zedlitz, o estaroste de Otmuchów, passando a galope ao lado do cônego. – Hussitaaasss! Estão lançando um ataque contra nós! Hussitaaaassss!

– O senhor Puta e o senhor Kolditz já se foram! Salve-se quem puder!

– Parem... – em vão gritava mais alto o bispo, buscando fazer-se ouvir em meio ao pandemônio. – Senhores cavaleiros! Como...

O corcel se assustou e empinou. Lourenço von Rohrau agarrou as rédeas e o dominou.

— Precisamos fugir! – bradou ele. – Vossa Excelência Reverendíssima! Salvemo-nos!

Mais homens a cavalo, besteiros e encouraçados surgiram a galope pela estrada de terra batida. Entre os últimos, o bispo reconheceu Sander Bolz, Herman Eichelborn, trajando a capa da Ordem de São João, Hanush Czenebis, João Haugwitz, um dos Schaffs, facilmente identificáveis pelos escudos *palé d'argent et de gueules* que podiam ser avistados de longe. Atrás deles, com os rostos contorcidos de terror, corriam desenfreadamente Markwart von Stolberg, Gunter von Bischofsheim, Ramfold von Oppeln, Nichko von Runge. Eram os cavaleiros que ainda ontem travavam disputas e se vangloriavam dizendo estar prontos para atacar não só Hradec Králové, mas o próprio Hradiště do Monte Tábor, e que agora fugiam assustados.

— Salve-se quem puder! – berrou Tristram von Rachenau ao passar por eles. – Ambrož está vindo! Ambrooooož!

— Cristo misericordioso! – balbuciava o padre Miegerlin, correndo junto do cavalo episcopal. – Salve-nos, Cristo!

Uma carroça repleta de espólio e cuja roda tinha se quebrado atravancava a estrada. Então foi empurrada para o lado e tombada. Dela caíam e rolavam para a lama cofres, caixas, barricas, roupas de cama, tapetes persas, samarras, sapatos, robustos pedaços de banha e outros bens saqueados nos vilarejos que ardiam em chamas. Outra carroça empacou, e atrás dela mais uma. Os cocheiros saltavam e fugiam a pé, desesperados. A estrada já estava coberta do espólio deixado pelos lansquenês. Após um momento, por entre as trouxas e os embrulhos cheios de saques, o bispo viu paveses, alabardas, berdiches, bestas e até armas de fogo. Os lansquenês, livres do excesso de peso, fugiam tão rápido que chegaram a alcançar os homens a cavalo e os encouraçados que tinham liderado a retirada. Aqueles que não conseguiam acompanhar o ritmo gritavam em pânico, assim como berravam as vacas e baliam as ovelhas.

– Mais rápido, mais rápido, Vossa Excelência Reverendíssima...
– apressava Lourenço von Rohrau com a voz trêmula. – Salvemo-nos... Salvemo-nos... É só chegar a Homole... Só precisamos chegar à fronteira...

No meio da estrada, pisada e parcialmente enterrada, manchada pela merda dos rebanhos e em meio a pães e cacos das panelas de barro quebradas, jazia uma bandeira com uma enorme cruz vermelha: o símbolo da cruzada.

Conrado, o bispo da Breslávia, mordeu os lábios. E esporeou o cavalo. Rumo ao leste. Para Homole e o Passo de Lewin. Salve-se quem puder. O mais rápido possível. Mais rápido. Pois vem aí...

– Ambrož! Ambrooooož está chegando!

* * *

– Ambrož – disse Sharlei, assentindo com a cabeça. – Ambrož era o antigo pároco da Igreja do Espírito Santo em Hradec. Já ouvi falar dele. Esteve junto de Žižka até a morte deste. É um radical perigoso, um carismático tribuno popular, um verdadeiro líder das multidões. Os calixtinos moderados lhe têm pavor, pois Ambrož considera os moderados traidores dos ideais de Hus e do Cálice. E com um único aceno da mão consegue levantar mil manguais taboritas.

– É verdade – confirmou Horn. – Ambrož já tinha se enfurecido com a razia episcopal anterior, em 1421. Como vocês devem lembrar, naquela ocasião houve uma trégua, acordada entre o bispo Conrado, Hynek Kruszyna e Čeněk de Vartemberk, que pôs fim a tudo aquilo. O sacerdote sedento de sangue acusou ambos de serem traidores e contemporizadores. E por isso a turba, armada de manguais, se lançou contra eles. Mal conseguiram fugir. Desde então, Ambrož não para de falar em vingança... Reinmar? O que você tem?

– Nada.

– Você me parece um tanto distraído – avaliou Sharlei. – Por acaso não está doente, está? Bem, deixe estar. Voltemos à razia episcopal, caro senhor Mumolino. O que tem ela a ver conosco?

– O bispo aprisionou muitos hussitas, presumivelmente – explicou Horn. – Quer dizer, muitos indivíduos que se pressupõe serem hussitas, pois é certo que ele apanhou gente à beça. Dizem que ele fazia as prisões de acordo com uma lista. Eu não disse que ele contava com bons espiões?

– Sim, de fato o senhor o mencionou – acenou Sharlei com a cabeça. – Então, o senhor quer dizer que a Inquisição está demasiado ocupada com o interrogatório desses prisioneiros. E que, assim sendo, o senhor crê que por ora ela não nos dará atenção?

– Não creio. Eu sei.

* * *

A inevitável conversa se deu à noite.

– Horn.

– Sou todo ouvidos, garoto.

– Você já não conta mais com seu cachorro, por mais que sinta por ele.

– Isso não se pode negar – declarou Urban Horn, estreitando os olhos.

Reynevan pigarreou alto para atrair a atenção de Sharlei, que, próximo dali, travava com Tomás Alfa uma partida de xadrez com peças feitas de barro e pão.

– Você tampouco encontrará aqui – continuava o rapaz – uma cova, humores ou fluídos. Ou seja, não dispõe de nada que possa livrá-lo de dar uma resposta à minha pergunta. Aquela que fiz em Balbinów, na cavalariça do meu irmão assassinado. Você se lembra da pergunta que lhe fiz naquele dia?

– Não costumo ter problemas com a memória.

– Pois bem. As respostas que você me deve tampouco lhe causarão problemas. Estou pronto. Desembuche!

Urban Horn levou as mãos à nuca e espreguiçou-se. Depois mirou Reynevan nos olhos.

– Ora, ora, vejam só – disse. – Quanta valentia! "Desembuche!" E se eu não disser nada, o que vai acontecer? O que vai acontecer comigo se eu não der nenhuma resposta, partindo do patente pressuposto de que não lhe devo nada? O que vai acontecer, hein, se me permite a pergunta?

– Então é provável que você leve uma bela surra – declarou Reynevan, certificando-se, com o canto dos olhos, de que Sharlei o ouvia. – Não terá tempo nem de articular *credo in Deum patrem omnipotentem*.

Horn permaneceu em silêncio por um longo tempo, sem mudar de posição ou tirar as mãos entrelaçadas de sob a nuca.

– Já mencionei – disse, enfim – que não me causou surpresa vê-lo aqui. Está claro que você ignorou as advertências e os conselhos que lhe deram tanto o cônego Beess quanto eu mesmo, e que, consequentemente, as coisas terminariam mal para você. O próprio fato de você continuar vivo já constitui um milagre. Contudo, você está preso, garoto. Caso ainda não tenha se dado conta, já é passada a hora de fazê-lo: você se encontra encarcerado na Torre dos Tolos. E ainda pede, ou melhor, exige, que eu lhe dê respostas e explicações. Vem me demandar informações. E o que você, se me permite a pergunta, planeja fazer com elas? Com o que você está contando? Que será solto para celebrar o aniversário do achamento das relíquias de Santo Esmaragdo? Que será liberto da penitência pela bondade de alguém? Não, Reinmar de Bielau. Aguardam-no o inquisidor e um interrogatório. Por acaso, você sabe o que é um *strappado*? Quanto tempo você acha que vai suportar se amarrarem suas mãos às costas e o levantarem pelos braços? Com um peso de quarenta libras atado aos tornozelos? E quando colocarem tochas em chamas sob suas axilas? Hein? Quanto tempo você acha que vai aguentar antes de começar a cantar feito um canário? Eu lhe digo: menos tempo do que você levaria para articular *Veni Sancte Spiritus*.

– Por que Peterlin foi morto? Quem o matou?

– Rapaz, você é teimoso como uma mula. Não ouviu o que eu disse? Não vou lhe dizer nada, nada que você possa revelar sob tortura. O jogo é muito importante, e a aposta, demasiado alta.

– Que jogo? – bramiu Reynevan. – Que aposta? Estou cagando para esses jogos de vocês! Seus segredos já deixaram de sê-lo há muito tempo. Tampouco a causa a que você serve permanece secreta. Você acha o quê? Que não sei somar dois e dois? Estou pouco me fodendo para isso. Estou cagando para as intrigas e disputas religiosas. Está me ouvindo, Horn? Não estou exigindo que você entregue seus cúmplices, que revele o esconderijo de Joannes Wicleph Anglicus, *Doctor evangelicus super omnes evangelistas*. Mas, diabos, preciso saber por que, como e pela mão de quem meu irmão foi morto. E você vai me dizer. Nem que eu tenha de espancá-lo até que o faça!

– Oh, oh! Vejam se não é um verdadeiro galo garnisé!

– Levante-se. Prepare-se para uma sova.

Horn pôs-se de pé com um movimento rápido e ágil, tal qual um lince.

– Calma – sibilou. – Calma, senhorzinho Bielau, o caçula. Relaxe. A cólera é inimiga da beleza. O senhor pode acabar desfigurado. E, junto com a beleza, vai perder também a popularidade, já famosa em toda a Silésia, que você tem com as mulheres casadas.

Inclinando o tronco para trás, Reynevan lhe aplicou um chute abaixo do joelho, tal qual havia visto Sharlei fazer. Horn, espantado, caiu de joelhos. Mas a partir daquele momento as táticas de Sharlei começaram a trair Reynevan. Com um movimento leve, porém ágil, Horn conseguiu se esquivar de um golpe que visava quebrar-lhe o nariz, e o punho de Reinmar passou de raspão por sua orelha. Com o antebraço, Horn rebateu um largo e impreciso gancho desferido com a mão esquerda pelo rapaz. E então o lince ergueu-se com ímpeto e pulou para trás.

– Ora, ora – disse Horn, exibindo os dentes reluzentes em seu sorriso. – Quem diria? Já que você anseia tanto por isso, garoto... Estou à disposição.

– Horn – declarou Sharlei, sem se virar, enquanto sua rainha de pão avançava contra o cavalo de pão de Tomás Alfa –, estamos numa prisão e conheço o costume. Não vou me meter. Mas juro que tudo o que você fizer com ele eu farei em dobro com você. Inclusive, e principalmente, no que tange a deslocamentos e fraturas.

Tudo correu muito rápido. Horn saltou sobre Reynevan como um verdadeiro lince, suave, gracioso e ágil . Reynevan esquivou-se do primeiro soco e lançou um contra-ataque que chegou mesmo a acertar o alvo – porém, uma única vez. O restante dos socos se desmantelava na guarda do adversário. Horn desferiu apenas dois golpes, bastante rápidos. E ambos certeiros. Reynevan foi lançado para o alto e, ao aterrissar, bateu o traseiro com força contra o chão de terra batida.

– Parecem crianças – observou Tomás Alfa enquanto movia o rei. – Agem como crianças.

– A torre capturou o peão – disse Sharlei. – Xeque-mate.

Urban Horn ficou em pé sobre Reynevan, esfregando-lhe a bochecha e a orelha.

– Jamais quero voltar a esse assunto – disse Horn com frieza. – Jamais! Mas, para que não pense que trocamos sopapos em vão, saciarei um tanto de sua curiosidade e lhe revelarei alguma coisa. Algo relacionado com seu irmão, Piotr. Você quer saber quem o matou. Não sei quem foi, mas sei *o quê*. É mais do que certo que seu caso com Adèle von Stercza matou Piotr. Foi um pretexto, um excelente subterfúgio que mascarou quase por completo os verdadeiros motivos. Não vá me dizer que você mesmo já não tinha pensado a respeito. Visto que você sabe somar dois e dois.

Reynevan enxugou o sangue que escorria do nariz. Não respondeu. Apenas passou a língua pelo lábio inchado.

– Reinmar – acrescentou Horn –, seu aspecto não é nada bom. Será que está com febre?

* * *

Durante algum tempo Reynevan ficou zangado. Com Horn – por motivos óbvios. Com Sharlei – por não ter intervindo e dado uma surra em Horn. Com Koppirnig, porque roncava; com Boaventura, porque fedia; com Circulos; com o irmão Tranquillus; com Narrenturm e com tudo o mais. Com Adèle von Stercza – por tê-lo tratado tão mal. Com Catarina von Biberstein – por ele a ter tratado tão mal.

Para piorar, não se sentia nada bem. Estava resfriado, tinha calafrios, dormia mal, acordava encharcado de suor e morrendo de frio.

Atormentavam-no sonhos em que, incessantemente, sentia o cheiro de Adèle – do pó que ela passava no rosto, do *rouge*, do batom e da hena – que se alternava com o cheiro de Catarina, da feminilidade dela, de seu suor de moça, da hortelã e do ácoro em seus cabelos. Os dedos e as mãos dele também se recordavam dos toques, que ele tornava a evocar em seus sonhos. E sempre os comparando entre si.

Acordou outra vez encharcado de suor. E em vigília rememorava os sonhos e seguia com suas comparações.

Sharlei e Horn vinham contribuindo com o mau humor de Reinmar. Desde a briga, haviam se tornado amigos e companheiros inseparáveis. Ao que parecia, os velhacos tinham caído nas graças um do outro, pois estavam sempre empoleirados ao pé da "Ômega", absortos em longas conversas. E tinham cismado com um assunto em particular, ao qual retornavam o tempo todo, mesmo quando o tema do colóquio era outro completamente diferente, por exemplo, as perspectivas de sair da cadeia.

– Quem sabe – Sharlei disse baixinho, pensativo, enquanto roía a unha do polegar. – Quem sabe, Horn. É possível que tenhamos alguma sorte... Conservamos, veja bem, certas esperanças... Alguém do lado de fora...

– Quem? – perguntou Horn, com um olhar sagaz. – Posso saber?

– Saber? Para quê? Sabe o que é o *strappado*? Quanto tempo você acha que vai aguentar se o levantarem pelo...

– Está bem, está bem, me poupe. Eu apenas me perguntava se acaso vocês ainda depositavam suas esperanças na amada de Reinmar, Adèle von Stercza, que, de acordo com os boatos, tem gozado de popularidade e influência entre os Piastas silesianos.

– Não – Sharlei negou, visivelmente entretido com a expressão de ira estampada no rosto de Reynevan. – Não, dela não esperamos nada. De fato, nosso estimado Reinmar faz sucesso entre o belo sexo, mas isso não lhe rende nenhum benefício... Claro, com exceção dos mui pedestres e imediatos prazeres carnais.

– Sim, sim – concordou Horn, simulando um ar pensativo. – Não basta o mero sucesso com as damas, é preciso ter sorte com elas. Para usar um eufemismo, há de se ter um bom dedo. Só assim é que há chances de se obter não apenas preocupações e inconveniências decorrentes do amor, mas também alguns proveitos. Por exemplo, numa situação tal qual esta nossa, foi, pois, ninguém menos que uma donzela apaixonada quem libertou Walgierz Wdaly das grades. Uma sarracena apaixonada livrou Huon de Bordeaux da prisão. O duque lituano Vytautas fugiu do cárcere no castelo de Trakai com a ajuda da esposa apaixonada, a duquesa Anna... Diabos, Reinmar, sua cara de fato não está nada boa.

* * *

– ... *Ecce enim veritatem dilexisti incerta et occulta sapientiae tuae manifestasti mihi. Asperges me hyssopo, et mundabor...* Ei! Olhem lá, não quero ter de ir até aí para benzer um de vocês, hein! *Lavabis me...* Ora! Não bocejem! Sim, Koppirnig, é com você! E você, Boaventura, por que está se esfregando contra o muro feito um porco? Durante a oração? Mais dignidade, por favor! E posso saber qual de vocês está com esse chulé tão bravo? *Lavabis me et super nivem dealbabor. Auditui meo dabis gaudium...* Santa Dimpna... E esse aí, o que ele tem agora?

– Está doente.

Reynevan estava deitado de costas, as quais lhe doíam imensamente. Ficou surpreso ao se dar conta de que estava prostrado no chão, pois ainda há pouco estava de joelhos para a oração. O piso estava gelado, e o frio atravessava a palha ao ponto de lhe dar a impressão de estar deitado sobre o gelo. Tremia de frio, convulsionava-se todo, batendo os dentes de tal forma que os músculos das mandíbulas lhe doíam por causa das contrações.

– Senhores! Mas o corpo dele arde tal qual o forno de Moloque!

Reynevan quis protestar. Ora, não percebiam que ele estava congelando? Que tremia de frio? Quis pedir que o cobrissem com algo, mas, por causa dos seus dentes que não paravam de bater, não foi capaz de articular nem uma palavra.

– Fique deitado. Não se mexa.

Alguém ao lado estertorava, tossia intensamente. "É Circulos, provavelmente é Circulos que está tossindo", pensou o rapaz ao perceber com um repentino espanto que a pessoa que tossia, embora se localizasse a apenas dois passos dele, se apresentava diante dele como uma mancha disforme. Ele piscou os olhos, mas de nada adiantou. Sentiu alguém enxugar-lhe a testa e o rosto.

– Fique quieto – disse o mofo na parede que tinha a voz de Sharlei. – Fique deitado.

Estava coberto, mas não se lembrava de ninguém o cobrindo. Já não tremia tanto, e os dentes deixaram de trincar.

– Você está doente.

Queria dizer que ele mesmo já tinha se dado conta, uma vez que era médico, havia estudado medicina em Praga e sabia diferenciar uma doença de um resfriado passageiro ou de um leve mal-estar. Para seu espanto, sua boca se abriu, mas, em vez de enunciar um discurso articulado, deu vazão a um terrível grasnar. Tossiu com força, a garganta lhe ardeu. Esforçou-se e outra vez tossiu. E, depois do esforço, desmaiou.

* * *

Ele delirava. Começava a sonhar. Com Adèle e Catarina. Pelas narinas adentrava o cheiro de pó, *rouge*, hortelã, hena, ácoro. Os dedos e as mãos recordavam o tato, a maciez, a rigidez e a lisura. Quando fechava os olhos, via uma modesta e envergonhada *nuditas virtualis* – pequenos seios redondos com mamilos endurecidos pelo desejo. Uma fina cintura, ancas estreitas. E um ventre enxuto. Coxas acanhadas...

Já não conseguia distinguir uma da outra.

* * *

Lutou contra a doença ao longo de duas semanas, até o Dia de Todos os Santos. Já curado, soube que a crise e o momento crítico tinham se dado por volta do Dia de São Simão e São Judas, como normalmente acontece, no dia sete. Soube também que os remédios à base de ervas e as infusões que o salvaram lhe tinham sido providenciados pelo irmão Tranquillus. E administrados por Sharlei e Horn, que haviam se revezado no cuidado dele.

CAPÍTULO XXVIII

No qual nossos heróis continuam – para usar as palavras do profeta Isaías – *sedentes in tenebris*, o que quer dizer, em linguagem popular, que seguem presos em Narrenturm. Em seguida, porém, Reynevan é pressionado, por meio não só de argumentos, mas também de instrumentos. E só o Diabo sabe como isso teria acabado se não fosse por algumas amizades dos tempos da faculdade.

Pouca coisa tinha mudado na Torre durante as duas semanas apagadas da biografia de Reynevan pela doença. O frio se tornara mais severo, é verdade; porém, como o Dia de Finados já tinha ficado para trás, não se tratava exatamente de um fenômeno digno de nota. No cardápio, o arenque começara a predominar, lembrando os internados de que se aproximava o Advento. Em princípio, a lei canônica instituía o jejum apenas a partir do quarto domingo anterior ao Natal, mas os mais devotos, entre os quais se encontravam os irmãos da Ordem Equestre do Santo Sepulcro de Jerusalém, começavam a jejuar bem antes.

Quanto a outros episódios, pouco depois do Dia de Santa Úrsula, Nicolau Koppirnig desenvolveu furúnculos tão abjetos e persistentes que foi preciso mandá-lo para o *medicinarium* hospitalar, para que se operassem as excisões. Findados os procedimentos, o astrônomo passou algum tempo na enfermaria. E seu relato a respeito das comodidades e provisões de que pudera desfrutar naqueles dias tinha sido tão apaixonado e cativante que o restante dos internados da Torre decidiu também se beneficiar delas. Assim, os farrapos e a palha do leito de Koppirnig foram estraçalhados e distribuídos para que os outros se contagiassem. E de fato, pouco tempo depois, o Institor e Boaventura se encheram de úlceras e pústulas; contudo, em termos de gravidade, elas não chegavam nem perto dos furúnculos de Koppirnig. Por conta disso, os irmãos da Ordem Equestre do Santo Sepulcro de Jerusalém não os consideraram dignos de operação ou hospitalização.

Sharlei, por sua vez, valendo-se de restos de comida, tinha conseguido atrair e domesticar uma enorme ratazana, a qual chamou de Martinho, para honrar, como ele próprio admitiu, o papa em exercício. Alguns dos internados em Narrenturm divertiram-se com a piada, enquanto outros se indignaram tanto com Sharlei quanto com Horn, que encerrara o batismo do animal com a locução *Habemus papam*. O acontecimento, contudo, servia de assunto para as conversas noturnas – outro elemento a corroborar a monotonia da Torre. Todas as noites os internados se sentavam e discutiam. Na maioria das vezes, ocupavam as cercanias do leito de Reynevan, que, ainda demasiado fraco para se levantar, estava sendo alimentado com uma canja providenciada especialmente pelos irmãos da Ordem Equestre do Santo Sepulcro de Jerusalém. Assim, Urban Horn alimentava Reynevan, ao passo que Sharlei alimentava Martinho. Boaventura coçava as úlceras; Koppirnig, Institor, Camaldulense e Isaías escutavam. Tomás Alfa perorava. E os tópicos discutidos – inspirados pela ratazana – eram os papas, o papado e a famosa profecia de São Malaquias, arcebispo de Armagh.

– Vocês têm de admitir – dizia Tomás Alfa – que a profecia é bastante certeira. Tão certeira que não se pode falar em coincidências. Malaquias devia ter tido uma revelação, o próprio Deus deve ter se dirigido a ele, revelando-lhe o destino da cristandade, inclusive os nomes dos papas, desde Celestino II, seu contemporâneo, até Pedro Romano, aquele cujo pontificado supostamente terminará com a destruição de Roma, do papado e de toda a fé cristã. Até agora a profecia de Malaquias está se cumprindo à risca.

– Talvez forçando um pouco – comentou Sharlei com frieza enquanto empurrava uma migalha de pão até o focinho bigodudo de Martinho. – E dessa mesma forma também é possível calçar sapatos apertados. O problema é caminhar com eles.

– O que o senhor diz não corresponde à verdade. Deve ser por desconhecimento. A profecia de Malaquias descreve de forma bastante convincente todos os papas como se estivessem vivos. Tomem, por exemplo, os tempos não tão remotos do Cisma: ora, está claro que aquele a que a profecia chama de "Lua Cosmedina" é ninguém menos que Bento XIII, o recém-falecido papa de Avinhão, Pedro de, *nomen omen*, Luna, o antigo cardeal de Santa Maria em Cosmedin. Na profecia de Malaquias ele é seguido por *cubus de mixtione*, "Cubo da miscelânea". E quem seria este senão o romano Bonifácio IX, Pedro Tomacelli, que tinha um tabuleiro de xadrez em seu brasão?

– E aquele chamado "De uma estrela melhor" – intrometeu-se Boaventura, coçando uma úlcera na panturrilha – é, pois, Inocêncio VII, Cosimo de Migliorati, que tinha um cometa no escudo. Não é verdade?

– Claro que é verdade! E o papa seguinte, "Marinheiro de uma ponte negra", é, obviamente, Gregório XII, o veneziano Angelo Corraro. E o "Chicote do sol"? Ninguém menos que o cretense Pedro Philargi, Alexandre V, o papa de obediência pisana que trazia um sol no brasão. Já o "Cervo da Sereia" da profecia de Malaquias...

– Então o coxo saltará como um cervo, e a língua do mudo cantará de alegria, porque jorrarão águas no deserto e torrentes na estepe...

– Calado, Isaías! Enfim, esse cervo é...

– Quem diabos é ele, afinal? – bufou Sharlei. – Já sei, já sei. Vão meter aqui, tal qual um pé grande numa *poulaine* pequena, Baldassarre

Cossa, João XXIII. Mas ele não é papa, e sim o antipapa, e não se encaixa nem um pouco nessa lista. Além disso, não tem nenhuma relação com cervos ou sereias. Em outras palavras, nesse ponto Malaquias disparatou. Assim como em muitos outros dessa tão celebrada profecia.

– Está de muita má vontade, senhor Sharlei! – irritou-se Tomás Alfa. – Está procurando furos em toda parte, e não é assim que se desvenda uma profecia! É preciso identificar nela aquilo que é inquestionavelmente verdadeiro e considerá-lo prova para a verdade do todo! Já aquilo que, segundo sua opinião, não está certo não se deve chamar de falso, pois é preciso reconhecer humildemente que, sendo um reles mortal, não se decifrou a palavra de Deus, posto que ela é incompreensível. Mas o tempo provará a verdade!

– Passe o tempo que passar, nada pode transformar asneiras em verdade...

– Nesse ponto, Sharlei, você se engana – cortou-o Urban Horn com um sorriso. – Você subestima demais o poder do tempo.

– Vocês são um bando de profanos – opinou Circulos, que, de seu leito, escutava a conversa. – São uns ignorantes. Todos vocês. De fato, escuto e ouço: *stultus stulta loquitur*.

Tomás Alfa apontou para ele com a cabeça e girou o indicador à lateral da testa. Horn estalou a língua e soltou um leve suspiro, enquanto Sharlei abanou a mão num gesto de desdém.

A ratazana, com seus pequenos olhos negros e sábios, apenas observava o incidente. Reynevan, por sua vez, observava a ratazana. E Koppirnig observava Reynevan.

– E o que tem a dizer a respeito do futuro do papado, senhor Tomás? – perguntou Koppirnig de súbito. – O que Malaquias fala sobre isso? Quem será o papa depois do Santo Padre Martinho?

– Provavelmente o Cervo da Sereia – Sharlei debochou.

– Então o coxo saltará como um cervo...

– Já lhe disse para calar a boca, seu maluco! E eu lhe responderei, senhor Nicolau: será um catalão. Depois do atual Santo Padre Martinho, chamado de "Coroa do véu de ouro", Malaquias menciona Barcelona.

– O "cisma de Barcelona" – Boaventura o corrigiu enquanto acalmava Isaías, que choramingava. – Poderia se tratar de Gil Sanchez Muñoz, mais um cismático depois de Pedro de Luna chamado Clemens VIII. Nesse ponto a profecia não trata de forma alguma do sucessor de Martinho V.

– É mesmo? – disse Sharlei, expressando uma surpresa exagerada. – De forma alguma? Que alívio.

– Se levar em conta apenas os papas romanos, então a profecia de Malaquias segue com a "Loba celestial" – concluiu Tomás Alfa.

– Sabia que acabaríamos chegando a isso – interveio Horn, bufando. – A *Curia Romana* sempre foi famosa pelas leis e pelos costumes dos lobos, mas uma loba no trono de Pedro? Que Deus tenha misericórdia de nós!

– E, ainda por cima, uma fêmea – debochou Sharlei. – De novo? Uma Joana não foi o suficiente? E disseram que iriam examinar os candidatos com mais atenção para se assegurar de que todos tivessem colhões.

– Desistiram desse exame – disse Horn, dando uma piscadela para Sharlei –, pois era difícil que algum passasse na prova.

– Essas piadas não são oportunas – declarou Tomás Alfa, franzindo o cenho. – E mais: cheiram a heresia.

– De fato – acrescentou Institor soturnamente. – Estão blasfemando. Assim como no caso dessa ratazana...

– Chega, chega – interveio Koppirnig, silenciando o outro com um gesto. – Voltemos a Malaquias. Quem, então, será o próximo papa?

– Verifiquei e já sei – declarou Tomás Alfa, ostentando orgulho enquanto olhava ao redor – que apenas um dos cardeais é cogitado: Gabriel Condulmer. Um antigo bispo de Siena. E notem que Siena tem uma loba no brasão. Recordarão as minhas palavras e as de Malaquias quando esse Condulmer for eleito pelo conclave depois do papa Martinho, que Deus lhe conceda o pontificado mais longo.

– Não vejo como isso pode ser possível – disse Horn, meneando a cabeça. – Há candidatos mais certos, aqueles de quem se fala mais, com carreiras mais brilhantes. Albert Branda Castiglione e Giordano Orsini, ambos membros do Colégio Cardinalício. Ou João Cervantes, cardeal na Igreja de São Pedro Acorrentado. Ou um tal de Bartolomeo Capra, arcebispo de Milão...

– Ou o camerlengo papal João Palomar – acrescentou Sharlei. – Gil Charlier, decano de Cambraia. O cardeal Juan de Torquemada. Jan Stojković de Ragusa, enfim. Na minha opinião, esse tal de Condulmer, de quem, para ser sincero, nunca ouvi falar, tem poucas chances.

– A profecia de Malaquias – Tomás Alfa cortou a discussão – é infalível.

– O mesmo não pode ser dito de seus intérpretes – Sharlei replicou.

A ratazana farejava a tigela de Sharlei. Reynevan ergueu-se com dificuldade e encostou-se à parede.

– Ah, senhores, senhores – disse ele com alguma dificuldade enquanto enxugava o suor da testa e segurava a tosse. – Estão presos na Torre, numa prisão escura. Não sabemos o que vai acontecer amanhã. Pode ser que nos arrastem para as torturas e para a morte. E vocês aí, discutindo a respeito de um papa que será eleito só daqui a seis anos...

– Como você sabe – perguntou Tomás Alfa, engasgando-se – que será daqui a seis anos?

– Não sei. Foi só um jeito de falar.

* * *

Na véspera de São Martinho, em dez de novembro, quando Reynevan já estava completamente recuperado, Isaías e Normal foram considerados curados e, consequentemente, postos em liberdade. Antes disso, haviam sido levados algumas vezes para serem examinados. Não se sabia quem os examinava, mas, quem quer que fosse, devia ter concluído que a masturbação incessante e o fato de comunicar-se apenas por meio de citações de um livro profético não expressavam nada de negativo no que se referia à saúde mental dos pacientes. Afinal de contas, sabia-se que o papa também citava o Livro de Isaías e que a masturbação era um ato de todo humano. Mas Nicolau Koppirnig tinha uma opinião diferente a respeito da soltura dos dois.

– Estão preparando o terreno para o inquisidor – afirmou ele, soturnamente. – Estão tirando daqui os loucos e perturbados para que o inquisidor não perca tempo com eles. Deixarão apenas a nata. Ou seja, nós.

– Também acho – concordou Urban Horn, acenando com a cabeça.

Circulos ouviu a conversa e decidiu mudar-se em seguida. Juntou toda a palha e, tal qual um velho pelicano calvo, debandou-se para a parede oposta, onde fez um novo ninho, afastado dos demais. Num instante, a parede e o chão ao redor dele estavam cobertos de hieróglifos e ideogramas. Predominavam signos do zodíaco, pentagramas e hexagramas, mas não faltavam espirais nem tétrades, ao passo que as letras mães – alefe, meme e xine – eram igualmente uma constante. E havia, ainda, algo que se assemelhava à Árvore da Vida, em meio a tantos outros símbolos e sinais.

– O que têm a dizer os senhores sobre aquela obra diabólica? – questionou Tomás Alfa, usando a cabeça para apontar na direção dos grifos.

– Será o primeiro a ser intimado pelo inquisidor – declarou Boaventura. – Anotem o que lhes digo.

– Eu discordo – disse Sharlei. – Acho que é exatamente o contrário. Vão soltá-lo em breve. Se estiverem mesmo libertando os desatinados, ele cumpre todos os requisitos.

— Acho que o senhor se engana quanto a ele — disse Koppirnig.

Reynevan achava o mesmo.

* * *

O arenque passou a dominar de todo o cardápio da época de jejum, e não tardou para que mesmo a ratazana Martinho começasse a comê-lo com um perceptível desgosto. Nesse meio-tempo, Reynevan tinha tomado uma decisão.

Circulos não prestou atenção a ele, nem sequer notou quando o rapaz se aproximou dele, tão concentrado estava em desenhar na parede o Selo de Salomão. Reynevan pigarreou — uma vez, depois outra e então outra um pouco mais alto. Circulos não virou a cabeça. Apenas disse:

— Não ofusque a luz!

Reynevan agachou-se. Num círculo ao redor do selo, Circulos tinha rabiscado algumas palavras, dispostas simetricamente: AMASARAC, ASARADEL, AGLON, VACHEON e STIMULAMATON.

— O que você quer aqui? — perguntou o velho pelicano, arredio.

— Eu conheço essas siglas e esses feitiços. Já tinha ouvido falar deles.

— É mesmo? — disse Circulos, que só então virara o rosto na direção de Reinmar, antes de tornar a ficar em silêncio por alguns instantes. — E eu já ouvi falar de espiões. Afaste-se, serpente.

Deu as costas para o rapaz e voltou a rabiscar. Reynevan pigarreou e respirou fundo.

— *Clavis Salomonis...*

Circulos ficou paralisado. Permaneceu imóvel por um momento. Depois virou a cabeça devagar, fazendo o bócio tiritar.

— *Speculum salvationis* — respondeu, com uma voz na qual ainda ressoavam desconfiança e insegurança. — Toledo?

— *Alma mater nostra.*

— *Veritas Domini?*

– *Manet in saeculum.*

– Amém – respondeu Circulos, que pela primeira vez mostrava a algum outro internado os restos de dentes enegrecidos. Então olhou em volta para se certificar de que ninguém os ouvia. – Amém, jovem confrade. Qual das academias? A de Cracóvia?

– Praga.

Circulos abriu um sorriso ainda mais largo

– E eu, de Bolonha. Depois Pádua. E Montpellier. Também passei por Praga... Conheci doutores, mestres, bacharéis... Não hesitaram em refrescar minha memória a respeito disso quando me prenderam. O inquisidor vai querer saber os detalhes... Mas você, jovem confrade? O defensor da fé católica que está vindo para cá vai indagá-lo sobre o quê? Quem você conheceu em Praga? Deixe-me adivinhar: Jan Příbram? Jan Železný? Peter Payne? Jakubek ze Stříbra?

– Não conheci ninguém – declarou Reynevan, lembrando-se das advertências de Sharlei. – Sou inocente. Vim parar aqui por mero acaso. Em consequência de um mal-entendido...

– *Certes, certes* – disse Circulos, agitando a mão. – É claro que sim. Seja convincente em sua santa inocência e, se Deus quiser, sairá daqui inteiro. Você tem chances. Ao contrário de mim.

– O que o senhor...

– Sei o que digo – cortou o velho. – Sou reincidente. *Haereticus relapsus*, entendeu? Não vou aguentar as torturas, vou incriminar a mim mesmo... A fogueira é uma realidade. É por isso... – agitou a mão na direção dos símbolos desenhados na parede. – É por isso que, como você pode ver, estou fazendo o que posso.

* * *

Passou-se um dia até que Circulos revelasse o que estava fazendo. Um dia durante o qual Sharlei expressou com veemência o quanto desaprovava as novas companhias de Reynevan.

– Confesso que não entendo – concluiu o demérito franzindo o cenho – por que você perde tempo conversando com um desvairado.

– Ora, deixe-o em paz – disse Horn, inesperadamente tomando partido de Reinmar. – Deixe-o falar com quem quiser. Talvez ele queira apenas variar os ares.

Sharlei deu de ombros.

– Ei! – gritou ele às costas de Reynevan quando este se afastava. – Não se esqueça! Cinquenta e seis!

– O quê?

– A soma das letras na palavra "Apollyon" multiplicada pela soma das letras na palavra "cretino"!

* * *

– Estou tentando dar um jeito – disse Circulos, baixando a voz e olhando ao redor com precaução – para sair daqui.

– Com a ajuda da magia, certo? – perguntou Reynevan, olhando igualmente ao redor.

– É o único meio – declarou o ancião friamente. – Logo no início, tentei o suborno. E aí apanhei com o bastão. Tentei ameaçá-los. Apanhei de novo. Tentei me passar por um completo desvairado, mas não me deram trela. Eu teria mesmo simulado estar possuído pelo Diabo, e, caso o velho Dobeneck, o prior da Igreja de Santo Adalberto, na Breslávia, ainda fosse o inquisidor, eu poderia até ter tido sucesso. Mas esse novo aí, ele não vai se deixar enganar. Então, o que mais me resta?

– Pois é. É exatamente o que me pergunto: o quê?

– Teleportação. Transportar-me através do espaço.

* * *

No dia seguinte, Circulos, olhando ao redor com cautela para assegurar-se de que ninguém bisbilhotava, revelou seu plano a Reynevan, embasando-o, naturalmente, com uma longa explanação acerca da teoria da necromancia e da goécia. Reynevan descobriu que a teleportação era completamente exequível, mesmo fácil de realizar – claro, desde que se tivesse a assistência de um demônio adequado. Circulos lhe informara que havia uma gama de demônios dessa estirpe e que qualquer livro de encantamentos decente dispunha dos seus próprios. Assim, segundo o *Grande grimório do papa Honório*, o demônio da teleportação era Sargatanas, a quem estavam subordinados os demônios auxiliares inferiores, Zoray, Valefar e Farai. A evocação destes era, no entanto, extremamente difícil e demasiado perigosa. Por isso, *A chave menor de Salomão* recomendava evocar outros demônios, conhecidos pelos nomes de Bathin e Seere. Reynevan aprendeu, por fim, que os longos anos de estudo de Circulos levaram-no a inclinar-se pelos ensinamentos de outro livro mágico, nomeadamente, o *Grimorium verum*. E, quanto à matéria da teleportação, o *Grimorium verum* aconselhava que se invocasse o demônio Mersilde.

– Mas como invocá-lo – Reynevan atreveu-se a perguntar – sem os instrumentos apropriados, sem o *occultum*? O *occultum* deveria cumprir uma série de condições, as quais aqui, nesta masmorra suja...

– Ortodoxia! – Circulos interrompeu ferozmente. – Doutrinamento! Quão nocivo para a empiria, quão limitador para os horizontes! O *occultum* é uma banalidade quando se tem um amuleto. Não é verdade, senhor formalista? Uma verdade óbvia. *Ergo*, eis o amuleto. *Quod erat demonstrandum*. Veja só.

O amuleto era uma placa oval de malaquita, do tamanho aproximado de um *grosh*, com glifos e símbolos gravados e preenchidos com ouro. Deles, os que mais chamavam a atenção eram uma serpente, um peixe e um sol dentro de um triângulo.

– É o talismã de Mersilde – afirmou Circulos com orgulho. – Eu o trouxe comigo, escondido. Dê uma olhada. Não tenha medo.

Reynevan estendeu a mão, mas recuou de imediato. Os rastros ressecados, mas ainda visíveis sobre o talismã, revelavam o lugar em que tinha sido escondido. Sem se importar com a reação, o ancião declarou:

— Farei uma tentativa hoje à noite. Deseje-me sorte, jovem adepto. Quem sabe um dia possamos...

— Eu ainda tenho — disse Reynevan, limpando a garganta — uma derradeira questão... Um pedido, aliás. Procuro explicações acerca de... hmm... um certo incidente...

— Prossiga.

Explanou o assunto breve mas detalhadamente. Circulos não o interrompeu. Ouviu com calma e atenção. Depois foi às perguntas.

— Que dia era? A data exata?

— O último dia de agosto. Uma sexta-feira. Uma hora antes das Vésperas.

— Hmmm... O Sol no signo de Virgem, ou seja, Vênus... O fenômeno régio dual, Samas caldeu, Haniel hebreu. De acordo com meus cálculos, a Lua estava cheia... Não é nada bom... A hora do Sol... hmm... poderia ser melhor, mas poderia ser pior... Um momentinho.

Afastou a palha, esfregou o chão com a mão para limpá-lo, rabiscou sobre ele diagramas e cifras, e somou, multiplicou, dividiu... sempre balbuciando algo sobre os ascendentes, descendentes, ângulos, epiciclos, deferentes e quincôncios. Por fim, ergueu a cabeça, e o bócio sacudiu-se comicamente.

— Você mencionou que foram usados encantamentos. Quais?

Reynevan começou a recitá-los, esforçando-se para lembrar de tudo. Não demorou muito.

— Conheço o *Arbatel* — interrompeu-o Circulos, abanando a mão negligentemente —, embora rudemente emaranhado em sua enunciação. Surpreende que tenha funcionado... e que não tenha ocorrido nenhuma morte trágica... Mas isso não importa. Houve visões? Um leão de múltiplas cabeças? Um cavaleiro montando um cavalo pálido? Um corvo? Uma serpente de fogo? Não? Interessante. E você diz que, quando esse Sansão acordou... já não era ele próprio, certo?

— Foi o que ele afirmou. E havia certos... motivos para crer-lhe. É a isso que me refiro. É exatamente o que quero saber: se algo assim é mesmo possível...

Circulos ficou em silêncio por algum tempo esfregando um calcanhar contra o outro. Depois, assoou o nariz.

— O cosmo — disse, por fim, pensativo, esfregando os dedos no bojo — é um todo perfeitamente organizado e uma ordem perfeitamente hierárquica. É o equilíbrio entre *generatio* e *corruptio*, o nascimento e a morte, a criação e a destruição. O cosmo é, segundo Santo Agostinho, *gradatio entium*, uma escada de seres, visíveis e invisíveis, materiais e imateriais. O cosmo é, além disso, tal qual um livro. E, de acordo com os ensinamentos de Hugo de São Vítor, para entender um livro, não basta deter-se nas belas formas das letras. Até porque nossos olhos são muitas vezes cegos...

— Perguntei se aquilo era possível.

— Um ser não é apenas *substantia*. Um ser é também *accidens*, algo que acontece de modo não intencional... às vezes de forma mágica... Já o que há de mágico no ser humano tende a se unir ao que há de mágico no Universo... Há corpos e mundos astrais... invisíveis para nós. Santo Ambrósio escreve sobre isso em seu *Hexaemeron*, Solino em *Liber Memorabilium*, Rábano Mauro em *De universo*... E o Mestre Eckhart...

— É possível — Reynevan interrompeu-o com aspereza — ou não?

— É possível, naturalmente — o ancião acenou com a cabeça. — É preciso que você saiba que, nessa matéria, considero-me um especialista. Não me ocupei da prática do exorcismo, mas me aprofundei no assunto por outros motivos. Garoto, eu já enganei a Inquisição duas vezes fingindo estar possuído. E, para fingir bem, é preciso saber. Por isso, estudei *Dialogus de energia et operatione daemonum*, de Miguel Pselo; *Exorcisandis obsessis a daemonio*, do papa Leão III; *Picatrix*, traduzido do árabe...

– Por Afonso X, rei de Castela e Leão. Eu sei. Mas, em termos concretos, seria possível nesse caso em particular?

– Seria, sim – Circulos inflou os lábios roxos. – Claro que seria possível. Nesse caso em especial, é preciso ter em mente que qualquer feitiço implica um pacto com o demônio, mesmo aqueles que aparentam ser os mais triviais.

– Então, trata-se de um demônio?

– Ou *cacodaemon* – respondeu Circulos, encolhendo os ombros magros. – Ou algo que se convencionou chamar por esse nome. O que exatamente? Não sei dizer. Há toda uma vastidão de indivíduos que adentram as trevas, incontáveis *negotia perambulantia in tenebris...*

– Então o cretino do monastério adentrou as trevas – tentava se certificar Reynevan – e *negotium perambulans* encarnou em invólucro corporal? Eles trocaram de lugar, é isso mesmo?

– Equilíbrio – confirmou Circulos com um aceno da cabeça. – *Yin* e *yang*. Ou... caso tenha mais familiaridade com a cabala, *keter* e *malkuth*. Se existe o cume, a altura, então deve existir igualmente o abismo.

– E é possível desfazê-lo? Revogá-lo? Provocar uma nova troca? Para que ele volte...

– Isso eu não sei.

Por um momento, permaneceram sentados, calados, num silêncio que era perturbado apenas pelo ronco de Koppirnig, o soluço de Boaventura, o balbuciar dos cretinos, o murmúrio das vozes discutindo ao pé do Ômega e pelo *Benedictus Dominus* rezado em voz baixa por Camaldulense.

– Ele – disse, enfim, Reynevan. – Isto é, Sansão... Ele chama a si mesmo de Errante.

– Um nome condizente.

Ficaram em silêncio por um longo tempo.

– Tal *cacodaemon* – retomou Reynevan – certamente dispõe de alguns poderes... sobre-humanos. Possui determinadas... aptidões...

– Você se pergunta – adivinhou Circulos, dando prova de sua perspicácia – se pode ter esperança de que ele venha socorrê-lo? Se ele, estando em liberdade, não se esqueceu de seus companheiros encarcerados? Você gostaria de saber se pode contar com a ajuda dele, certo?

– Certo.

Circulos permaneceu calado por um momento.

– Eu não contaria com isso – afirmou, enfim, com uma cruel sinceridade. – Por que, nesse aspecto, os demônios seriam diferentes dos humanos?

* * *

Foi a última conversa que tiveram. Se Circulos fracassou ou se foi bem-sucedido em ativar o amuleto que trouxera para a Torre escondido no cu, e assim conseguiu evocar o demônio Mersilde, aquilo permaneceria um segredo para todo o sempre. Mas, acima de qualquer dúvida, a teleportação não tinha funcionado. Circulos não se deslocou no espaço. Na manhã seguinte, ele ainda se encontrava na Torre, deitado de barriga para cima em seu leito, duro e esticado, com ambas as mãos sobre o peito e os dedos agarrando a roupa num último espasmo.

– Nossa Senhora abençoada... – murmurou Institor. – Cubram o rosto dele...

Com um pano esfarrapado, Sharlei encobriu o assombroso semblante, contorcido num paroxismo de terror e dor, a boca repuxada e salpicada com uma espuma ressecada, os dentes arreganhados e os olhos embaçados, vidrados e arregalados.

– Chamem o irmão Tranquillus.

– Cristo... – gemeu Koppirnig. – Olhem...

Próximo do leito do falecido estava a ratazana Martinho. Jazia em decúbito dorsal, retorcida em agonia e com os dentes amarelos à mostra.

* * *

— O Diabo — declarou Boaventura com expressão de perito — torceu-lhe o pescoço. E levou a alma para o Inferno.

— Com certeza — concordou Institor. — Ele desenhava símbolos diabólicos nas paredes e colheu o que plantou. Qualquer tolo pode ver: hexagramas, pentagramas, zodíacos, cabalas, sefirot e outros símbolos diabólicos e judaicos. O velho feiticeiro evocou o Diabo. Para a própria perdição.

— É... forças impuras... É preciso apagar todas essas garatujas e derramar água benta por cima. E celebrar uma missa antes que o Maligno se ocupe também de nós. Chamem os monges... Posso saber do que está rindo, Sharlei?

— Adivinhe.

— De fato — disse Urban Horn com um bocejo. — Toda essa balela que estão proferindo é bastante risível. Tal qual sua agitação. Qual é o motivo de tamanha excitação? O velho Circulos morreu, esticou as canelas, bateu as botas, foi dessa pra melhor, despiu-se das carnes. Que a terra lhe seja leve e que *lux perpetua* ilumine o seu caminho. E *finis*. Assim decreto o fim do luto. E o Diabo? Aos diabos com o Diabo.

— Ohhh, senhor Mumolino — disse Tomás Alfa, meneando a cabeça —, não zombe do Diabo, pois sua obra se faz bastante aparente aqui. Quem sabe ele ainda esteja rondando estas paragens, escondido na escuridão. Os vapores do Inferno ainda se erguem sobre este local de morte. Não está sentindo? Vai me dizer que isso não é enxofre, hã? Que cheiro é esse?

— O cheiro da sua cueca.

— Então me diga: se não foi o Diabo — interveio Boaventura, irritado —, o que foi que o matou?

— O coração — declarou Reynevan, ainda que um tanto hesitante. — Estudei sobre casos como este. O coração explodiu. Um caso de *ple-*

thora. O excesso de bílis levado pelo pneuma causou um tumor, houve uma obstrução, isto é, um infarto. Houve um *spasmus* e a *arteria pulmonalis* estourou.

– Estão ouvindo? – perguntou Sharlei. – Eis a ciência falando. *Sine ira et studio. Causa finita*, está tudo esclarecido.

– Está? – comentou Koppirnig de súbito. – E a ratazana? O que matou a ratazana?

– Um arenque estragado.

Acima deles, a porta se abriu com ímpeto, a escada rangeu e estrondeou um barril a rolar pelos degraus.

– Bendito seja! Refeição, irmãos! Vão orar! E depois tragam as tigelas para pegar um peixinho!

* * *

O irmão Tranquillus dirimiu todas as demandas – por água benta, missas e exorcismo do leito do falecido – com um ambíguo encolher de ombros e com um giro nada ambíguo do indicador ao lado da têmpora. Esse fato animou bastante as conversas após o almoço, com a apresentação de teses e conjecturas bastante ousadas. De acordo com as mais insólitas delas, o próprio irmão Tranquillus seria um herege que venerava o Diabo, pois só uma pessoa assim se recusaria a providenciar água benta e o ministério pastoral aos fiéis. Ignorando o fato de que Sharlei e Horn morriam de rir, Tomás Alfa, Boaventura e Institor começaram a se aprofundar no assunto. Até que – para o espanto geral – a pessoa menos esperada se juntou à discussão: Camaldulense.

– A água benta não adiantaria em nada – disse o jovem sacerdote, permitindo que sua voz fosse ouvida pela primeira vez pelos demais internados. – Isso se o Diabo esteve mesmo aqui. A água benta não funciona contra o Diabo. Eu bem o sei, pois o testemunhei. E é exatamente por isso que estou preso aqui.

Assim que o burburinho de vozes cheias de excitação se desfez e um grave silêncio se instalou, Camaldulense prosseguiu:

– Devo lhes dizer que sou diácono na Igreja de Nossa Senhora da Assunção, em Niemodlin, e secretário do venerável Pedro Nikisch, decano da colegiada. O acontecimento que vou relatar teve lugar no mês de agosto deste ano, *feria secunda post festum Laurentii martyris*. Por volta do meio-dia, irrompeu igreja adentro o excelentíssimo senhor Fabião Pfefferkorn, um *mercator* e parente distante do decano. Bastante agitado, pediu para se confessar, o quanto antes, com o venerável Nikisch. Não posso descrever o que lá se passou, uma vez que se trata de confissão, mas, de qualquer forma, estamos falando de um falecido, portanto, *de mortuis aut bene aut nihil*[38]. O que posso dizer é que, no confessionário, começaram a gritar um com o outro, valendo-se mesmo de uma sorte de palavras que não ouso proferir. Como consequência, o venerável não concedeu absolvição ao senhor Pfefferkorn, que se afastou chamando nomes, bastante obscenos, ao decano e blasfemando contra a fé e a Igreja Católica Romana. Quando passou por mim no vestíbulo da igreja, gritou: "Que o Diabo os carregue, seus tonsurados!" E na mesma hora o Diabo apareceu.

– Na igreja?

– No nártex, na própria entrada. Deslizou de algures acima. Ou então pousou, pois tinha tomado a forma de um pássaro... Estou lhes dizendo, é a mais pura verdade! No entanto, logo adquiriu forma humana. Carregava uma espada reluzente, tal qual uma pintura. E essa espada... ele a enfiou bem na fronte do senhor Pfefferkorn. O sangue jorrou sobre o piso... O senhor Pfefferkorn – o diácono engoliu a saliva audivelmente – agitava os braços feito um fantoche. E foi então que, creio eu, São Miguel, meu santo padroeiro, me concedeu *auxilium* e coragem para que eu corresse até a bacia de água benta, enchesse minhas mãos com ela e a lançasse sobre ele. E o que vocês acham que sucedeu? Absolutamente nada! A água escorreu por ele como escorre pelas penas de um ganso ao sair do lago. O demônio piscou e cuspiu o que tinha na boca. E olhou para mim. E eu... fico vexado em admitir, mas desmaiei de medo. Quando os irmãos me reanimaram, tudo já tinha acabado. O Diabo havia sumido, se dissipado, e o senhor Pfefferkorn jazia morto, destituído da alma, a qual o Capeta deve ter decerto levado para o Inferno.

O diácono fez uma breve pausa enquanto refletia. Então prosseguiu:

– Contudo, o Cão não se esqueceu de mim. Vingou-se. Ninguém quis acreditar naquilo que eu testemunhei. Afirmaram que eu tinha enlouquecido, perdido o juízo. E quando contei a respeito da água benta, ordenaram que eu ficasse calado, me ameaçaram com a punição aplicada aos hereges e blasfemos. A história, porém, se espalhou, e o caso foi tratado no próprio palácio episcopal da Breslávia. E diretamente de lá veio a ordem de me silenciar, de me trancafiar como se eu fosse um louco. Mas eu bem sei como se dá o *in pace* dominicano. Vocês acham que eu me deixaria enterrar vivo? Na mesma hora fugi de Niemodlin. Mas me pegaram nas cercanias de Henryków e me meteram aqui.

– E você conseguiu ver bem como era esse capeta? – perguntou Urban Horn em meio ao silêncio absoluto. – Seria capaz de descrever sua aparência?

– Era alto – disse Camaldulense antes de engolir em seco outra vez. – Esbelto... Tinha o cabelo preto, comprido, até os ombros. Um nariz parecido com o bico de um pássaro e os olhos também como os de uma ave... Muito penetrantes. Um sorriso maligno. Diabólico.

– Não tinha chifres?! – bramiu Boaventura, visivelmente decepcionado. – Ou cascos? Nem sequer uma cauda?

– Não, não tinha.

– Ahhh! Isso é conversa pra boi dormir!

* * *

As discussões sobre diabos, diabolismo e feitos diabólicos prosseguiram com variada intensidade até o dia vinte e quatro de novembro. Para ser mais preciso, até a hora da ceia daquele dia, quando, imediatamente depois da oração, o irmão Tranquillus, mestre e supervisor da Torre, anunciou as novas aos internados.

– Meus queridos irmãos, eis que raiou para nós um dia de alegria! Honrou-nos com sua visita, havia muito aguardada, o prior dos Irmãos Pregadores da Breslávia, o visitador do Santo Ofício, *defensor et candor fidei catholicae*, Sua Reverendíssima, *inquisitor a Sede Apostolica*. Não achem vocês que não sei que alguns dos aqui presentes simulam um bocadinho, padecem de um mal diferente daquele que costumamos tratar em nossa torre. E é do bem-estar e da saúde deles que se ocupará agora o venerável inquisidor. E certamente há de curá-los! Pois o venerável inquisidor mandou que a prefeitura providenciasse um par de médicos robustos e uma série de ferramentas médicas, vasta tanto em quantidade quanto em variedade. Então, irmãos, preparem-se espiritualmente, pois os tratamentos começarão a qualquer momento.

Naquele dia, o gosto do arenque foi ainda pior que de costume. E mais: naquela noite não houve prosa em Narrenturm. A Torre ficou imersa em silêncio.

* * *

Durante todo o dia seguinte – que por sinal era um domingo, o último antes do Advento –, a atmosfera na Torre dos Tolos era de tensão. Em meio ao silêncio perturbador e deprimente, os internados se esforçavam para escutar quaisquer ruídos vindos do andar superior. E então começaram a reagir com sintomas de pânico e de crise de nervos. Nicolau Koppirnig se escondeu em um canto. Institor começou a chorar, recolhendo-se em posição fetal sobre o leito. Boaventura permaneceu sentado, inerte, com os olhos torpes fixados em algum ponto à sua frente. Tomás Alfa tremia-se todo, enterrado num monte de palha. Camaldulense orava em silêncio, com o rosto voltado para a parede.

– Estão vendo? – explodiu, por fim, Urban Horn. – Estão vendo como isso funciona? O que estão fazendo com a gente? Olhem só para eles!

– E você está surpreso? – redarguiu Sharlei, com os olhos semicerrados. – Seja sincero, Horn. Você está surpreso com eles?

– O que vejo é absurdo. O que se passa aqui é o efeito de uma ação planejada, cuidadosamente premeditada. As investigações ainda nem começaram, nenhuma ação concreta foi tomada, e a Inquisição já aniquilou o moral dessa gente, levou-os à beira de um colapso, transformou-os em animais que se encolhem ao som do estalo de um chicote.

– Repito: você está surpreso?

– Estou. Porque é preciso lutar, não se entregar. E não se abalar.

Sharlei arreganhou os dentes num sorriso lupino.

– Creio que você nos mostrará como fazê-lo. Quando chegar a hora, você dará o exemplo.

Urban Horn ficou em silêncio por um longo momento.

– Não sou um herói – afirmou, por fim. – Não sei o que vai acontecer quando me estirarem, quando começarem a apertar os parafusos e fixar as cunhas. Quando tirarem do fogo os ferros rubros. Não tenho a menor ideia e tampouco posso prevê-lo. Mas uma coisa eu sei: não adiantará nada eu mesmo me rebaixar à posição de escória, de nada servirá chorar, dobrar-me em espasmos ou implorar piedade. Com os irmãos inquisidores é preciso ser forte.

– Ahã...

– Isso mesmo. Eles estão por demais habituados a pessoas tremendo de medo diante deles e se borrando só de vê-los. Os todo-poderosos senhores da vida e da morte veneram o poder, inebriam-se com o terror e o medo que semeiam. E o que são eles no fim das contas? Absolutamente nada. São vira-latas do canil dominicano, semianalfabetos, ignorantes supersticiosos, depravados e cagões. Sim, sim, não meneie a cabeça, Sharlei. É algo comum a sátrapas, tiranos e carrascos. São covardes, e essa covardia, combinada com a onipotência, instiga neles a bestialidade, a qual a submissão e a vulnerabilidade das vítimas só fazem intensificar. É assim também com os inquisidores. Sob os capuzes que despertam terror se escondem meros covardes. Portanto, não se pode humilhar-se diante deles e implorar piedade, pois isso apenas potencializa a bestialidade e a crueldade deles. É preciso mirar em seus olhos com firmeza! Embora isso não vá garantir nossa salvação, eu lhes digo que, ao menos, vai assustá-los, desestabilizar sua aparente autoconfiança. O que se pode fazer é recordar-lhes de Konrad von Marburg!

– Quem? – perguntou Reynevan.

– Konrad von Marburg, o inquisidor da Renânia, da Turíngia e do Hesse – explicou Sharlei. – Quando deixou os nobres do Hesse furiosos com sua falsidade, suas provocações e crueldades, armaram uma cilada contra ele e o esquartejaram. Junto com todo seu séquito. Não se poupou vivalma.

– E garanto a vocês – acrescentou Horn, levantando-se e afastando-se rumo à latrina – que qualquer inquisidor guarda para sempre na memória esse nome e esse acontecimento. Gravem, então, o meu conselho!

– O que você acha do conselho dele? – murmurou Reynevan.

– Tenho um outro – Sharlei murmurou de volta. – Quando apertarem você, fale. Confesse. Denuncie. Delate. Colabore. E só depois se preocupe em fazer de si um herói. Quando for escrever suas memórias.

* * *

Nicolau Koppirnig foi o primeiro a ser inquirido. O astrônomo, que até então se esforçara para manter um semblante destemido, ao ver se aproximarem os imponentes servos da Inquisição, perdeu a cabeça por completo. Primeiro, lançou-se numa fuga absurda, pois não havia para onde fugir. Uma vez apanhado, o coitado gritou, chorou, esperneou e, buscando resistir, retorceu-se como uma enguia nas mãos dos brutamontes. Obviamente, sem qualquer efeito senão uma sonora surra. Entre os vários prejuízos sofridos, o nariz tinha sido quebrado, e por esse motivo zunia comicamente enquanto o astrônomo era carregado.

Mas ninguém ria.

Koppirnig não retornou. Quando, no dia seguinte, os brutamontes vieram buscar Institor, este não protagonizou nenhuma cena violenta. Manteve-se calmo. Apenas chorava e se lamuriava, completamente resignado. No entanto, quando quiseram levantá-lo, cagou nas calças. Considerando tal ato uma forma de resistência, os brutamontes o espancaram antes de arrastá-lo para fora.

Institor tampouco retornou.

O seguinte, naquele mesmo dia, foi Boaventura. Tendo enlouquecido por completo em decorrência do pavor, o cronista municipal pôs-se a insultar os brutamontes, gritando e ameaçando-os com seus contatos. Os brutamontes, é claro, não ficaram nem um pouco aflitos com a intimidação. Não davam a mínima para o fato de o cronista jogar *piquet* com o prefeito, o moedeiro e o mestre da guilda dos cervejeiros. Após levar uma boa surra, Boaventura saiu arrastado.

E também não retornou.

Contrariando as tenebrosas profecias por ele mesmo proferidas, Tomás Alfa, que passara a noite alternando entre o choro e as orações, não foi o quarto elemento da lista da Inquisição a ser chamado, mas, sim, Camaldulense. Este não ofereceu nenhuma resistência. Os brutamontes não precisaram sequer tocar nele. Depois de murmurar uma despedida que dirigiu aos companheiros de cárcere, o diácono de Niemodlin persignou-se e subiu a escada com a cabeça humildemente abaixada, mas com um passo tranquilo e firme, do qual não se envergonhariam os primeiros mártires que adentraram as arenas de Nero ou Diocleciano.

Camaldulense não retornou.

– O próximo – afirmou Urban Horn com soturna convicção – serei eu.

Estava enganado.

* * *

Reynevan não teve dúvidas quanto ao próprio destino já no momento em que a porta lá no alto se abriu com ímpeto e as escadas, iluminadas por um feixe de luz transversal, retumbaram e rangeram sob os pés dos serviçais, desta vez acompanhados do irmão Tranquillus.

Pôs-se de pé e estendeu a mão para Sharlei. O demérito retribuiu o gesto apertando a mão do rapaz com bastante força, e em seu rosto Reynevan enxergou pela primeira vez algo que parecia ser uma preocupação muito séria. O semblante de Urban Horn falava por si só, e com veemência.

– Cuide-se, irmão – murmurou o cavaleiro, apertando dolorosamente a mão de Reinmar. – Lembre-se de Konrad von Marburg.

– E lembre-se também do meu conselho – acrescentou Sharlei.

Reynevan se lembrava de ambos, mas isso não o deixou nem um pouco mais aliviado por causa disso.

Talvez a expressão em seu rosto ou um movimento imprudente fizeram os brutamontes se lançarem de súbito sobre ele. Um deles agarrou a gola de sua camisa. E rapidamente a soltou, curvando-se, praguejando e esfregando o cotovelo.

– Sem brutalidade – advertiu Tranquillus com veemência, abaixando o bastão. – Sem violência. Apesar das aparências, querendo ou não, ainda estamos num hospital. Está claro?

Os serviçais resmungaram enquanto acenavam com a cabeça. O irmão da Ordem Equestre do Santo Sepulcro de Jerusalém apontou para Reynevan o caminho que levava às escadas.

* * *

Reynevan quase desfaleceu ao inalar o ar fresco e frio. Vacilou, cambaleou atordoado, como se tivesse tomado um gole de *aqua vitae* com o estômago vazio. Provavelmente teria caído, não fosse pelos experientes brutamontes o terem agarrado pelos braços. E assim foi por água abaixo seu desesperado plano de fuga, ou de morte em combate. Enquanto era arrastado, o máximo que pôde fazer foi de quando em quanto trançar as pernas.

Era a primeira vez que ele via a enfermaria. A torre da qual o retiravam encerrava um *cul-de-sac* formado por muros convergentes. Do lado oposto, junto do portão, havia edificações contíguas ao muro, provavelmente um hospital e *medicinarium*. E também uma cozinha, o que se deduzia pelo cheiro. A cobertura localizada rente ao muro amparava uma tropilha de cavalos que, com as patas, chapinhavam as poças de urina. Por todo lado se viam cavaleiros encouraçados. O inquisidor, Reynevan adivinhou, chegava acompanhado de uma escolta numerosa.

Gritos altos e desesperados ressoaram desde o *medicinarium* para onde rumavam. Reynevan teve a impressão de reconhecer a voz de Boaventura. Tranquillus pescou o olhar do rapaz e, com o indicador em riste diante dos lábios, ordenou silêncio.

Ainda desnorteado, como se tivesse sido largado em um sonho, viu-se no interior do edifício, numa câmara bastante iluminada. Mas seu transe foi interrompido pela dor nas patelas. Tinha sido jogado de joelhos diante de uma mesa à qual estavam sentados três monges em hábito: um irmão da Ordem Equestre do Santo Sepulcro de Jerusalém e dois dominicanos. Abriu e fechou os olhos algumas vezes e sacudiu a cabeça. Quem falou foi o dominicano sentado no meio, um magricela com uma calvície salpicada de manchas pardas sobre uma fina coroa de tonsura. Sua voz era desagradável. Vacilante.

– Reinmar de Bielau. Reze "Pai-nosso" e *Ave*.

Reynevan rezou em voz baixa e um pouco trêmula. Entretanto, o dominicano cutucava o nariz, aparentemente concentrado apenas naquilo que retirava dele.

– Reinmar de Bielau. O braço secular apresentou contra você graves delações e acusações. Você será entregue às autoridades seculares para ser investigado e julgado. Mas, antes disso, é preciso esclarecer e julgar a *causa fidei*. Você é acusado de feitiçaria e heresia. E de proferir e propagar coisas contrárias ao que professa e prega a Santa Igreja. Você admite sua culpa?

– Não admi... – respondeu Reynevan, engolindo a saliva. – Não admito. Sou inocente. E sou um bom cristão.

– Claro – redarguiu o dominicano, contorcendo os lábios com desdém. – Você se reputa por tal, e nos considera maus e falsos. Pergunto-lhe: você reconhece ou alguma vez reconheceu como verdadeira qualquer fé diferente daquela em que manda crer a Igreja Católica Romana e que é por ela pregada? Confesse a verdade!

– Estou dizendo a verdade. Creio naquilo que é ensinado por Roma.

– Deve ser porque sua seita herege tem uma delegação em Roma.

– Não sou herege. Eu juro!

– Pelo quê? Por minha cruz e minha fé, das quais você debocha? Conheço bem esses seus truques hereges! Confesse: quando você se juntou aos hussitas? Quem o iniciou na seita? Quem lhe apresentou as escrituras de Hus e Wycliffe? Quando e onde você recebeu a comunhão *sub utraque*?

– Nunca rece...

– Cale-se! Você, com suas mentiras, ofendendo a Deus! Você estudou em Praga? Tem conhecidos entre os boêmios?

– Sim, mas...

– Então você admite?

– Sim, mas não a...

– Cale-se! Anotem: confessou que admite.

– Não confessei nem admiti nada!

– Refuta a confissão – os lábios do dominicano contorceram-se num esgar de contentamento e crueldade. – Está se perdendo em mentiras e falsidades! Já chega. Eu voto pelo emprego de torturas, caso contrário não obteremos dele a verdade.

– O padre Gregório – interveio o irmão da Ordem Equestre do Santo Sepulcro de Jerusalém, pigarreou com insegurança – pediu para aguardarmos... Ele próprio quer inquiri-lo.

– É uma perda de tempo! – o magricela bufou. – Além disso, amolecido, ele ficará mais propenso a falar.

– Parece que no momento não há nenhum posto livre... – balbuciou o outro dominicano. – E ambos os mestres estão ocupados...

– Aqui ao lado há uma bota, e apertar alguns parafusos não demanda nenhuma aptidão, um lacaio dá conta do trabalho. E, se necessário for, eu mesmo posso fazê-lo. Vamos! Tragam-no aqui!

Reynevan, quase morto de medo, foi agarrado pelas mãos dos serviçais, duras como bronze fundido. Foi arrastado e empurrado para dentro de uma saleta adjunta. Antes que se desse conta da seriedade e do terror da situação, já estava sentado numa cadeira de carvalho com o pescoço e as mãos presos em grilhões de ferro, e um verdugo com a cabeça raspada e trajando um avental de couro armava em sua perna esquerda algum tipo de geringonça pavorosa que lembrava uma caixa revestida de ferro: era enorme, pesada e fedia a ferro e ferrugem, bem como a sangue e carne podre, tal qual a tábua de corte de um açougueiro.

– Sou inoceeentee! – uivou. – Inoceeenteeee!

– Prossiga – disse para o verdugo o dominicano magricela, fazendo um aceno com a cabeça. – Faça o que for necessário.

O verdugo abaixou-se, ouviu-se o som metálico de algo trincando e rangendo. Reynevan berrou de dor, sentindo as tábuas revestidas de metal apertarem e esmagarem seu pé. De repente, lembrou-se de Institor e compreendeu o comportamento do outro. Pois ele mesmo estava prestes a cagar nas calças.

– Quando você se juntou aos hussitas? Quem lhe passou as escrituras de Wycliffe? Onde e de quem você recebeu a comunhão herege?

Os parafusos rangeram outra vez, o verdugo gemeu. Reynevan berrou.

– Quem é seu cúmplice? Com quem você mantém contato na Boêmia? Onde vocês se encontram? Onde mantêm escondidos os livros, as escrituras e postilas hereges? Onde guardam as armas?

– Sou inoceeeenteee!!!

– Aperte.

– Irmão – falou o frade da Ordem Equestre do Santo Sepulcro de Jerusalém. – Tenha piedade. É um nobre...

– Você está levando o papel de advogado a sério demais – observou o dominicano magricela enquanto franzia o cenho e fitava o outro. – Preciso lembrá-lo de que deve permanecer em silêncio e não se intrometer. Aperte!

Reynevan quase engasgou com o próprio berro.

E tal qual num conto de fadas alguém ouviu os gritos e veio em auxílio.

– Mas eu pedi que não fizesse isso – disse o salvador ao adentrar o recinto, revelando tratar-se de um dominicano de boa estatura, na casa dos trinta anos. – Está pecando por excesso de zelo, irmão Arnolfo. E o que é pior: por desobediência.

– Eu... Venerável... Perdoe-me...

– Afaste-se. Para a capela. Ore, aguarde humildemente pela graça da revelação. E vocês, soltem o prisioneiro agora mesmo. E vão embora daqui. Saiam todos!

– Venerável padre...

– Eu disse todos!

O inquisidor sentou-se à mesa, no lugar desocupado pelo irmão Arnolfo, e empurrou para o lado o crucifixo que o atrapalhava.

Sem proferir palavra, apontou para o banco. Reynevan se levantou, bufou, gemeu, caminhou mancando até ele e se sentou. O dominicano enfiou as mãos nas mangas do hábito branco e, debaixo das confluentes sobrancelhas grossas e ameaçadoras, seus olhos aguçados fixaram-se por um longo tempo no rapaz recém-socorrido.

– Você, Reinmar de Bielau, nasceu com o rabo virado pra Lua – disse, por fim.

Com um aceno da cabeça, Reynevan confirmou estar ciente do fato, posto que se tratava de algo inegável.

– Você teve sorte de eu estar passando por aqui – afirmou o inquisidor. – Mais dois ou três giros daquele parafuso e... Sabe o que teria acontecido?

– Posso imaginar...

– Não. Você não pode imaginar, esteja certo disso. Ah, Reynevan, Reynevan, onde fomos nos encontrar... Numa sala de torturas! Embora desde a época da faculdade não faltassem sinais de que algo assim pudesse lhe ocorrer. Ideias libertinas, afeição pela farra e pela bebida, sem mencionar as mulheres fáceis... Diabos, foi em Praga, ao vê-lo n'O Dragão, na rua Celetná, que profetizei que você acabaria nas mãos de um verdugo. E que toda essa putaria seria sua perdição.

Reynevan permaneceu em silêncio, ainda que ele próprio, entre Deus e a verdade, tivesse pensado e profetizado o mesmo naquela época em Praga, na Cidade Velha, quando frequentava O Dragão, na Celetná, A Taberna da Bárbara, na Platnéřská, os lupanários prediletos dos estudantes, os becos atrás das igrejas de São Nicolau e de São Valentim. Gregório Heinche, então estudante – e logo em seguida mestre – na Faculdade de Teologia da Universidade Carolina, era igualmente um frequentador assíduo e apaixonado daqueles ambientes festivos. Reynevan nunca suspeitaria que Gregório Heinche, tão ávido de diversão, suportaria por muito tempo a batina de clérigo. Mas era evidente que tinha suportado. "De fato, que sorte a minha!", pensou

Reinmar, enquanto massageava o pé e a panturrilha. "Não fosse pela intervenção dele, a bota certamente já teria transformado meu pé numa papa ensanguentada."

Apesar do alívio propiciado pelo socorro milagroso, o pavor bruto e irracional ainda lhe mantinha os pelos eriçados e a espinha corcunda. Sabia que aquilo ainda não tinha terminado. Aquele dominicano de estatura imponente, olhos argutos, sobrancelhas espessas e mandíbula bem delineada não era nem de longe, contra todas as aparências, aquele Gregório Heinche que o acompanhava nas tabernas e nos lupanários de Praga. Era – e isso ficara patente pelas expressões e reverências dos outros monges e torturadores ao deixarem a câmara – um superior, um prior. O visitador do Santo Ofício que espalha terror, *defensor et candor fidei catholicae*, Sua Reverendíssima *inquisitor a Sede Apostolica* para toda a diocese da Breslávia. Reynevan não deveria se esquecer daquilo. A horripilante bota que fedia a ferrugem e a sangue estava bem ali onde o verdugo a havia deixado, a uma distância de dois passos. O torturador podia ser chamado a qualquer momento, e a bota, calçada outra vez. Quanto a isso Reynevan não tinha nenhuma dúvida.

– Há males – disse Gregório Heinche, quebrando o breve silêncio – que vêm para o bem. Não era minha intenção usar torturas contra você, camarada. Assim, quando voltasse para a Torre, você não teria marcas ou sinais. Mas agora você voltará mancando, dolorosamente ferido pela terrível Inquisição, sem levantar qualquer suspeita. E você, meu caro, *não* deve levantar suspeitas.

Reynevan ficou em silêncio. De todo o discurso proferido, entendeu praticamente uma única coisa: que regressaria. As demais palavras lhe chegaram com algum retardo. E despertaram nele o terror por um momento adormecido.

– Preciso comer algo. E você, está com fome? O que acha de um arenque?

– Não, obrigado… Vou declinar do arenque…

– Não posso oferecer-lhe outra coisa. É época de jejum, e meu cargo exige que eu dê o exemplo.

Gregório Heinche bateu as palmas e deu as ordens. Independentemente do jejum, e do exemplo, os peixes que lhe foram trazidos eram muito mais carnudos e gordurosos, e duas vezes maiores, do que aqueles servidos aos internados de Narrenturm. O inquisidor murmurou uma curta *Benedic Domine* e sem grande demora começou a mordiscar o arenque salgado, suavizando-o com um pão integral cortado em fatias grossas.

– Vamos, então, direto ao assunto – declarou, sem interromper a refeição. – Você está em apuros, meu camarada. Sérios apuros. Aliás, eu suspendi a investigação relativa à sua oficina de necromancia em Oleśnica. Afinal de contas, eu o conheço, apoio o desenvolvimento da medicina, e o Espírito Divino sopra em variadas direções. Portanto, nada, nem a evolução da ciência médica, se dá sem a Sua vontade. Contudo, a questão do *adulterium* me incomoda, mas eu não fui incumbido de mover ações nessa seara. Quanto aos demais crimes seculares supostamente cometidos por você, permito-me não acreditar neles, pois o conheço bem.

Reinmar deu um suspiro profundo. Mas tinha se precipitado.

– No entanto, Reynevan, resta a *causa fidei*. A questão da religião e da fé católica. Não estou de todo certo de que você não compartilha das convicções de seu falecido irmão. Para ser mais claro, refiro-me à *Unam Sanctam*, a supremacia e a infalibilidade do papa, dos sacramentos e da transubstanciação. Da comunhão *sub utraque specie*. Refiro-me à Bíblia para o povo, à confissão oral, à existência do purgatório e assim por diante.

Reynevan abriu a boca, mas o inquisidor o silenciou com um gesto.

– Não sei se você – retomou Gregório após cuspir um espinho –, tal qual seu irmão, lê Ockham, Waldhausen, Wycliffe, Hus e Jerônimo de Praga. Se, como ele, não propaga escrituras de tais autores por toda a Silésia, Marca e a Grande Polônia. Não sei se você, feito seu irmão, oferece refúgio aos emissários hussitas e aos espiões. Em breves palavras: não estou certo de que você não é herege. Após ter estudado um pouco a matéria, presumo que não. Creio que você acabou metido por "acaso" nessa confusão toda, se for possível empregar tal expressão para descrever os grandes olhos azuis de Adèle von Stercza. E sua famigerada propensão, Reinmar, a esse tipo de olhos grandes.

– Gregório... – as palavras atravessaram a garganta apertada de Reynevan com dificuldade. – Isto é, perdoe-me... Venerável padre... Garanto que não tenho nada a ver com a heresia. Assim como lhe asseguro que meu irmão, vítima de um crime...

– Não ponha a mão no fogo por seu irmão – interrompeu-o Gregório Heinche. – Você ficaria surpreso com o número de delações que havia contra ele, e não eram infundadas. Ele teria sido julgado. E teria entregado os cúmplices. Quero crer que você não estaria entre eles.

Lançou a espinha do peixe para o lado e lambeu os dedos.

– O que pôs fim às insensatas atividades de Piotr de Bielau – retomou o clérigo depois de se servir de outro peixe – não foi a justiça, não foi um processo penal, não foi a *poenitentia*, mas, sim, um crime. Crime cujos autores eu gostaria de ver castigados. Assim como você também gostaria, não tenho razão? Vejo que sim. Pois esteja certo de que serão castigados, e em breve. Essa informação deveria ajudá-lo a tomar a decisão.

– Que... – Reynevan engoliu em seco. – Que decisão?

Heinche ficou em silêncio por um momento, esmigalhando a fatia de pão. Um grito que ressoou algures no fundo do edifício o tirou de seus pensamentos. Era um ulular pavoroso e selvagem, de uma pessoa a quem se inflige dor. Uma dor lancinante.

– Parece que o irmão Arnolfo rezou pouco e já retomou os trabalhos – disse o inquisidor, apontando, com um movimento da cabeça, na direção do som. – É um homem zeloso, exageradamente zeloso.

Mas isso me lembra de que também tenho obrigações a cumprir. Portanto, passemos às conclusões.

Reynevan se encolheu. E tinha razão em fazê-lo.

– Caro Reynevan, você foi arrastado para uma enorme confusão. Foi usado como uma ferramenta. Sinto muito em dizê-lo. Contudo, uma vez que você já é uma ferramenta, seria um pecado não empregá-lo, principalmente quando se trata de uma boa causa, para a glória de Deus, *ad maiorem Dei gloriam*. Você será liberto. Eu vou tirá-lo da Torre, protegê-lo e defendê-lo daqueles que o querem ver em desgraça. E, acredite, estes se tornam cada vez mais numerosos. Pelo que sei, sua morte é desejada pelos Stercza; pelo duque João de Ziębice; pela amante de João, Adèle von Stercza; pelo barão gatuno Buko von Krossig. E pelo nobre João von Biberstein, por motivos que eu ainda preciso esclarecer... Bem, de fato não faltam motivos para você temer por sua vida. Mas, como eu disse, eu me comprometo a protegê-lo. Não de graça, é claro; faremos uma permuta. *Do ut des*[39]. Ou, melhor dizendo: *ut facias*. Cuidarei para que, na Boêmia, para onde você seguirá, não desperte as suspeitas de ninguém – o inquisidor começou a falar mais rápido, como se estivesse recitando um texto decorado. – Lá, você estabelecerá contatos com os hussitas, com pessoas que eu lhe indicarei. Por certo você não terá dificuldades com isso, visto que é irmão de Piotr de Bielau, um cristão justo, mártir da causa que contribuiu muito para o hussitismo e que foi assassinado pelos papistas.

– Devo me tornar... – Reynevan se engasgou. – Devo me tornar um espião?

– *Ad maiorem Dei gloriam* – respondeu Heinche, dando de ombros. – Todos deveriam servir da melhor forma possível.

– Mas eu não levo jeito pra isso... Não. Não, Gregório. Tudo menos isso. Com isso não consentirei.

– Você se dá conta de qual é a alternativa? – Gregório tinha os olhos fixos nos de Reinmar.

O torturado uivou dos recônditos do edifício, e seu berro seguinte foi tão intenso e prolongado que ele se engasgou. Porém, mesmo sem o auxílio desse oportuno recado, Reynevan seria capaz de deduzir por si mesmo qual era a alternativa.

– Você nem imagina o tipo de coisa que vem à tona durante confissões dolorosas – disse Heinche, confirmando a suspeita do antigo colega. – Os segredos que são revelados. Até mesmo segredos da alcova. Por exemplo, durante um inquérito conduzido por alguém tão zeloso quanto o irmão Arnolfo, um delinquente, depois de admitir e revelar tudo a respeito de si mesmo, começa a falar sobre outras pessoas... Às vezes chega a ser incômodo ouvir esse tipo de confissão... A gente acaba descobrindo quem, com quem, quando e como... E não é raro que a denúncia envolva sacerdotes. E freiras. Ou esposas consideradas fiéis. Moças prestes a se casar e reputadas como virtuosas. Por Deus, chego a acreditar que todos têm esse tipo de segredo. Deve ser terrivelmente humilhante ser forçado a confessá-los. Ainda mais a um tal irmão Arnolfo. E na presença de verdugos. E então, Reinmar? Você tem segredos dessa sorte?

– Não me trate assim, Gregório – disse Reynevan, cerrando os dentes. – Entendi perfeitamente.

– Fico feliz. De verdade.

O torturado soltou outro berro.

– Quem está sendo torturado? – perguntou Reynevan, com a raiva ajudando-o a vencer o medo. – É por ordem sua? Qual daqueles que estavam internados comigo na Torre?

– É uma pergunta assaz interessante – respondeu o inquisidor, erguendo os olhos. – Pois se trata de uma ilustração perfeita dessas minhas divagações. Em meio aos internados havia um cronista municipal de Frankenstein. Sabe a quem me refiro? Vejo que sim. Tinha sido acusado de heresia. O inquérito rapidamente provou que a acusação era falsa, movida por questiúnculas pessoais, pois o delator era amante da esposa do denunciado. Então mandei soltar o cronista e prender o amante, com vistas a verificar se o objeto do caso eram de fato apenas os encantos femininos. Imagine você: assim que viu os instrumentos, o amante confessou que a mulher não era a primeira cidadã que ele roubara pelo subterfúgio dos cortejos amorosos. Por fim, ele se enredou um pouco na confissão, então alguns dos instrumentos tiveram de ser empregados mesmo assim. E foi nesse momento que pude ouvir histórias sobre tantas outras mulheres casadas, de Świdnica, da Breslávia, de Wałbrzych. Ouvi a respeito da lascívia devassa e de curiosos modos de satisfazê-la. E, durante a revista na casa dele, foi encontrado um pasquim com calúnias contra o Santo Padre, uma imagem em que cascos diabólicos aparecem debaixo das vestes do pontífice. Você certamente deve ter visto algo assim.

– Vi, sim.

– Onde?

– Não me lem...

Reynevan engasgou-se, empalideceu. Heinche bufou.

– Vê como é fácil? Garanto que um *strappado* refrescaria sua memória num instante. O fornicador tampouco se lembrava de quem havia recebido o pasquim e a imagem com o papa, mas acabou recordando rapidamente. E o irmão Arnolfo, como você pode ouvir, está verificando se por acaso sua memória não esconde outras coisas igualmente interessantes.

– E você... – começou Reinmar, a quem o medo proporcionava, paradoxalmente, uma bravura exasperada. – Você acha isso engraçado. Não o conhecia assim, inquisidor. Em Praga você mesmo ria dos fanáticos! Mas hoje? O que esse cargo significa para você? Trata-se ainda de uma profissão de fé ou já se tornou uma paixão?

Gregório Heinche franziu as espessas sobrancelhas.

– Para o cargo que ocupo – disse com frieza – não deve existir tal diferença. E ela de fato não existe.

– Até parece – continuou Reynevan, embora tremendo e batendo os dentes. – Diga-me mais alguma coisa sobre a glória divina, sobre uma boa causa e um santo fervor. Sobre o seu santo fervor! Torturar alguém por conta de uma ínfima suspeita, por uma denúncia qualquer, por uma palavra solta escutada ao longe ou ardilosamente extraída. A fogueira por confissão obtida por meio de tortura. Hussitas que espreitam por todos os cantos! E não faz muito tempo escutei de um alto sacerdote que, para ele, tratava-se tudo tão somente de riqueza e poder. E que, não fosse por isso, os hussitas poderiam até receber a comunhão sob a forma de clister e ele não daria a mínima. E, se Peterlin estivesse vivo, você iria jogá-lo na masmorra, torturá-lo e forçá-lo a confessar. E provavelmente iria mandá-lo à fogueira. E tudo isso por quê? Apenas por ter lido alguns livros?

– Já chega, Reinmar. Já está de bom tamanho – declarou o inquisidor com uma expressão de escárnio. – Contenha sua exaltação e não seja trivial. Só falta me ameaçar com a lembrança de Konrad von Marburg.

Após um breve silêncio, o inquisidor retomou com firmeza:

– Você irá à Boêmia e fará o que eu lhe ordeno. Servirá à causa e assim salvará a própria pele. E ao menos em parte redimirá a culpa de seu irmão. Pois ele era culpado. E não era por ter lido alguns livros – declarou. Então, fixando os olhos nos de seu interlocutor, disse ainda mais rispidamente: – E não me acuse de fanatismo. Não me incomodo com livros, nem mesmo com os falsos ou hereges. Acho que nenhum livro deveria ser queimado, *que libri sunt legendi, non comburendi*. Que mesmo convicções falaciosas e enganadoras devem ser respeitadas. Basta uma reduzida perspectiva filosófica para constatar que ninguém detém o monopólio da verdade, e que muitas das ideias que costumava considerar errôneas são hoje tidas como verdadeiras, e vice-versa. Mas a fé e a religião pelas quais eu zelo não são meras teses e dogmas. A fé e a religião que defendo constituem o ordenamento social. E, onde falta a ordem, prevalecem o caos e a anarquia. Só os malfeitores desejam o caos e a anarquia. E os malfeitores devem ser castigados.

Gregório fez uma breve pausa sobre a qual não era possível atestar se visava ao fôlego ou à ênfase. Pois concluiu:

– Em resumo: por mim, Piotr de Bielau e seus camaradas dissidentes poderiam, se assim o quisessem, continuar lendo Wycliffe, Hus, Arnaldo de Bréscia e Joaquim de Fiore. Sim, Joaquim de Fiore, mas não Fra Dolcino, os Ciompi ou a Grande Jacquerie. É aí que se encerra minha tolerância. Wycliffe, tudo bem; mas Wat Tyler, não. Não permitirei que os *fratricelli* ou os picardos se alastrem por aqui. Cortarei os Tylers e Johns Balls pelas raízes, esmagarei os Dolcinos, Colas di Rienzi, Pedros de Bruys, Korands, Želivskýs, Loquis e Žižkas que pipocam por toda parte. E o fim? O fim justifica os meios. E quem não está comigo está contra mim, *qui non est mecum contra me est.* Para encerrar, João, quinze, seis: se alguém não habita em mim, será como o ramo que é descartado e se resseca. Tais ramos são reunidos, lançados ao fogo e queimados. Queimados! Entendeu? Vejo que sim.

Fazia um bom tempo que o torturado não gritava. Devia estar confessando, admitindo, com a voz trêmula, tudo o que o irmão Arnolfo exigia.

Heinche se levantou.

– Você terá algum tempo para refletir sobre o assunto. Preciso voltar à Breslávia com urgência. Veja você: pensei que aqui eu iria inquirir apenas loucos, mas, para minha surpresa, deparei com uma gema. Um de seus companheiros de cárcere, um padre da colegiada de Niemodlin, afirmou ter visto com os próprios olhos e ser capaz de descrever e reconhecer um demônio. Aquele que assola ao meio-dia, se você se lembra do salmo em questão. Portanto, devo comparecer com urgência a um pequeno confronto. Mas, quando eu regressar, e regressarei em breve, o mais tardar no Dia de Santa Lúcia, trarei um novo inquilino a Narrenturm. Eu um dia prometi isso a ele, e sempre cumpro com minha palavra. Quanto a você, Reinmar, tome o tempo para meditar. Pondere os prós e os contras. Quando eu retornar, vou querer saber qual foi sua decisão e ouvir uma declaração. É meu desejo que seja a declaração acertada, de colaboração e serviço leais. Porque, de outra forma, juro por Deus que, mesmo se tratando de um colega de faculdade, será para mim como um ramo seco. E o deixarei nas mãos do irmão Arnolfo, pois eu mesmo não me ocuparei mais de você.

Após um momento de silêncio, prosseguiu.

– É claro que, depois de me ter confessado pessoalmente o que fazia no Monte Grochowa na noite do equinócio outonal, e quem era a mulher com quem você foi visto, você me revelará quem era o sacerdote que caçoava falando do clister. Passe bem, Reynevan.

O inquisidor caminhou até a porta, então virou-se novamente para Reinmar:

– Ah, mais uma coisa. Quanto a Bernhard Roth, aliás, Urban Horn, mande-lhe minhas saudações. E diga que agora...

* * *

– ... que agora – repetia Reynevan, *ipsis verbis* – não dispõe de tempo para lidar com você da maneira adequada. Pois não queria fazê-lo de improviso e apressadamente. Pois gostaria de, junto com o irmão Arnolfo, dedicar-lhe o tempo e o esforço que você de fato merece. E que o fará assim que regressar, o mais tardar no Dia de Santa Lúcia. E lhe aconselha que ponha em boa ordem o conhecimento que detém, pois terá de compartilhá-lo com o Santo Ofício.

– Filho da puta! – bramiu Urban Horn, escarrando sobre a palha. – Está me provocando. Instiga o amadurecimento do meu pavor para que logo seja eu quem pereça. Sabe o que faz. Você lhe falou sobre Konrad von Marburg?

– Eu? Fale você.

O restante dos habitantes da Torre que tinham sobrevivido permaneciam sentados em silêncio, encasulados em seus leitos. Uns roncavam, outros soluçavam, outros, ainda, rezavam baixinho.

– E quanto a mim? – Reynevan interrompeu o silêncio. – O que devo fazer?

– Você está preocupado consigo mesmo? – questionou Sharlei, espreguiçando-se. – Logo você? Horn tem pela frente um inquérito doloroso. Eu talvez apodreça aqui para sempre, embora seja difícil afirmar qual alternativa é a menos pior... Mas, não, é você quem tem um problema! Háh! Não me faça rir. O inquisidor, o seu colega de faculdade, lhe ofereceu a liberdade numa bandeja de prata, de presente...

– De presente?

– Claro que sim. Você vai assinar um termo de compromisso e se tornará um homem livre.

– Como um espião?

– Toda rosa tem espinhos.

– Mas eu não quero. Tal procedimento me repugna. Minha consciência não vai permitir. Não quero...

– Tape o nariz e abra a boca – disse Sharlei, dando de ombros.

– Horn?

– Horn o quê? – respondeu, virando-se de súbito para encarar o rapaz. – Quer um conselho? Quer palavras que confortem o moral? Então ouça. Uma qualidade inata da natureza humana é a resistência. Resistir à indignidade. Recusar a canalhice. Declinar da maldade. São todas qualidades imanentes e inatas do ser humano. *Ergo*, apenas indivíduos totalmente desprovidos de humanidade recusam-se a resistir. Apenas criaturas ignóbeis viram alcaguetes por medo de torturas.

– Então?

– Então – repetiu Horn, sem piscar, enquanto cruzava os braços. – Então assine o termo de compromisso, aceite a colaboração. Vá até a Boêmia, do modo que lhe ordenam. E lá... Lá você vai resistir.

– Não entendo...

– Não? – Sharlei bufou. – Sério mesmo? Reinmar, nosso amigo aqui prefacia uma proposta muito amoral com um sermão estritamente moralista a respeito da natureza humana. Está propondo que você se torne um assim chamado agente duplo que vai trabalhar para os dois lados: a Inquisição e os hussitas. Todos sabem que ele mesmo é um emissário e espião hussita, salvo, talvez, por aqueles cretinos gemendo sobre a palha. Não estou certo, Urban Horn? Seu conselho para nosso Reynevan não me parece insensato. Contudo, vislumbro nele um empecilho. Os hussitas, como todos que já lidaram com a espionagem, sabem reconhecer agentes duplos, e sabem por experiência própria que muitas vezes se trata de agentes triplos. E que por isso não se deve confiar em nenhum agente que venha a aparecer. Muito pelo contrário, estes devem ser estirados sobre o cavalete, amolecidos e então forçados a confessar por meio de torturas. Portanto, com esse conselho, Urban Horn, você está traçando para o rapaz um fatídico destino. A não ser que você lhe indicasse algum contato, antigo e confiável, na Boêmia. Talvez uma senha secreta... Algo em que os hussitas vão acreditar. Porém...

– Conclua.

– Você não lhe dará nada disso, pois não sabe se ele, eventualmente, já não assinou o termo de compromisso. E se o inquisidor camarada universitário já não lhe ensinou a espionar para os dois lados.

Horn não respondeu. Apenas deu um sorriso perverso, com os cantos da boca, sem cerrar os gélidos olhos.

* * *

– Eu preciso sair daqui – Reynevan falou baixinho, em pé no meio da prisão, completamente solitário. – Preciso sair daqui. Caso contrário, vou perder Nicolette de Cabelos Loiros, Catarina von Biberstein. Preciso fugir. E conheço uma maneira de fazê-lo.

* * *

Sharlei e Horn escutaram pacientemente – o que em si já causava surpresa –, sem interromper Reynevan até que ele tivesse terminado de explicar o plano. Só então Horn bufou – rindo –, meneou a cabeça e se afastou. Sharlei manteve-se sério. Sério até os ossos, alguém poderia dizer.

– Posso me compadecer – disse ele, ainda de todo sério – por você ter perdido o juízo por completo. Mas, por favor, não insulte a minha inteligência, garoto.

– O *occultum* permanece na parede – Reynevan repetiu com total mansidão. – Os glifos e as siglas de Círculos continuam ali. Além disso, tenho aqui o amuleto dele, vejam. Eu... hã... consegui escondê-lo sem que ninguém notasse. Círculos me revelou o encantamento de ativação e descreveu como realizar a conjuração. Conheço um pouco de evocações, estudei isso sozinho... Há uma chance, admito que pequena, é verdade, mas há! Não entendo o seu receio, Sharlei. Você está duvidando da magia? E Huon von Sagar? E Sansão? Pois Sansão...

– Sansão é uma fraude – o demérito cortou. – Um companheiro simpático, esperto, amigável. Mas, ainda assim, uma fraude, um charlatão. Como a maioria daqueles que recorrem a feitiços e à feitiçaria. Aliás, isso pouco importa. Reinmar, não duvido da magia. Já vi o suficiente para encerrar qualquer sombra de dúvida que eu pudesse cultivar. Eu duvido é de você. Eu o vi levitar e encontrar o caminho certo. Quanto ao banco voador, certamente aquilo tinha o dedo de von Sagar. Você não teria feito aquilo sozinho. Agora, conjurar demônios? Não, você ainda tem pela frente um longo e tortuoso caminho para chegar a isso. Você mesmo já deveria ter se dado conta disso. Deveria entender que esses hieróglifos, pentagramas e abracadabras rabiscados na parede por um desvairado qualquer não servem para nada. Nem esse amuleto ridículo, essa bugiganga de merda, de quinta categoria. Você já deveria ter se dado conta de tudo isso. Então, repito: não insulte a minha inteligência, e tampouco a sua.

— Não tenho outra opção — afirmou Reynevan, com os dentes cerrados. — Preciso tentar. É minha única chance.

Sharlei deu de ombros e revirou os olhos.

* * *

Reynevan teve de admitir que o *occultum* de Circulos tinha um aspecto mais que lamentável. Estava imundo, enquanto todos os livros mágicos eram bem claros quanto às condições dos santuários: impecavelmente limpos. O Círculo Goético tinha sido traçado com pouca precisão, e as regras descritas pela *Sacra Goetia* sublinhavam a importância do rigor do desenho. Reynevan tampouco estava certo quanto ao apuro dos feitiços inscritos no Círculo.

O próprio cerimonial da evocação teria de decorrer não à meia-noite, como mandavam os grimórios, mas de madrugada, pois à meia-noite a escuridão impossibilitava qualquer tipo de ação na torre. Tampouco seria possível usar as velas negras exigidas pelo ritual — ou quaisquer velas, da cor que fossem. Por motivos óbvios, os internados em Narrenturm não podiam ter velas, lamparinas, candeias ou qualquer outro objeto que pudesse causar um incêndio.

"No fim das contas", refletia ele com alguma amargura ao dar início aos trabalhos, "disponho de apenas um item daqueles que prescrevem os grimórios: todo mago que deseja evocar ou invocar precisa abster-se, por um período suficientemente longo, da prática de relações sexuais. E nesse quesito já há um mês e meio me mantenho em abstinência absoluta, mesmo que a contragosto."

Sharlei e Horn o observavam de longe e em silêncio. Tomás Alfa também estava quieto, principalmente porque tinha sido ameaçado de levar uma surra caso ousasse quebrar, de alguma forma, o silêncio.

Reynevan terminou de arrumar o *occultum* e traçou um círculo mágico à sua volta. Pigarreou e estendeu as mãos.

– Ermites! – começou melodiosamente, com o olhar cravado nos glifos do Círculo Goético. – Poncor! Pagor! Anitor!

Horn bufou sem fazer barulho. Sharlei apenas suspirou.

– Aglon, Vaycheon, Stimulamaton! Ezphares, Olyaram, Irion!

– Mersilde! Tu, cujo olhar penetra o abismo! *Te adoro, et te invoco!*

Nada acontecia.

– Esytion, Eryon, Onera! Mozm, Soter, Helomi!

Reynevan lambeu os lábios ressecados. Pôs o amuleto com a serpente, o peixe e o sol inscrito num triângulo no lugar onde o falecido Circulos repetira três vezes a inscrição: VENI MERSILDE.

– Ostrata! – começou o encantamento ativador. – Terpandu!

– Ermas! – repetia, curvando-se e modulando a voz conforme as indicações de *Lemegeton, A Chave Menor de Salomão*.

– Pericatur! Beleuros!

Sharlei praguejou, atraindo, com isso, a atenção do rapaz. Reynevan mal pôde acreditar nos próprios olhos: as inscrições no interior do círculo, gravadas com um tijolo, estavam começando a lampejar uma luz fosforescente.

– Pelo selo de Basdathei! Mersilde! Você cujo olhar penetra o abismo! Venha! Zabaoth! Escwerchie! Astrachios, Asach, Asarca!

As inscrições do círculo arderam com intensidade cada vez maior e iluminaram a parede com um brilho espectral. Os muros da torre começaram a vibrar perceptivelmente. Horn blasfemou. Tomás Alfa ululou. Um dos desatinados se pôs a chorar alto e a gritar. Sharlei se levantou com ímpeto, feito uma mola, saltou até o doido e o derrubou sobre o leito com um rápido soco na têmpora, silenciando-o.

– Bosmoletic, Jeysmy, Eth – Reynevan se inclinou e tocou o centro do pentagrama com a testa. Depois, aprumado, estendeu a mão para pegar a cabeça polida e afiada de um tachão. Com um forte movimento, cortou a pele na almofada do polegar e tocou a testa com o dedo que sangrava. Inspirou profundamente, consciente de estar muito próximo do momento mais arriscado e perigoso. Quando o sangue correu com abundância, desenhou com ele um sinal no meio do círculo.

Scirlin, um sinal secreto, tenebroso e proibido.

– *Veni* Mersilde! – gritou, sentindo as fundações de Narrenturm sacudir e trepidar.

Tomás Alfa ganiu de novo, mas silenciou imediatamente quando Sharlei o ameaçou mostrando o punho. Era visível que a torre trepidava cada vez mais intensamente.

– Taul! – Reynevan evocou, gutural e roucamente, conforme mandavam os grimórios. – Varf! Pan!

O Círculo Goético resplandeceu com uma claridade ainda mais intensa, e o local iluminado por ele na parede aos poucos deixava de ser apenas uma mancha de luz e começava a ganhar formas e contornos. Contornos humanos. Talvez não completamente humanos. Pessoas não tinham cabeças tão grandes nem braços tão longos. Tampouco chifres tão enormes que emergiam de uma testa parecida com a de um boi.

A torre tremia, os cretinos ululavam numa polifonia de vozes, replicados por Tomás Alfa. Horn ergueu-se com ímpeto.

– Chega! – berrou por cima do barulho. – Reynevan! Pare com isso! Pare, caramba, isso é o Inferno! Vamos morrer por sua causa!

– Varf! Clemialh!

O restante das palavras da evocação ficaram entaladas em sua garganta. A figura brilhante na parede estava suficientemente nítida a ponto de olhar para ele com um par de enormes olhos de serpente. Ao constatar que a forma não se limitou a olhar e começou a estender as mãos, Reynevan gritou de medo. O terror o paralisava.

– Seru... geath! – balbuciou, consciente de estar confundindo as palavras. – Ariwh...

Sharlei saltou até ele, agarrou-o por trás com um mata-leão enquanto com a outra mão calava-lhe a boca, puxou-o para o lado e, como

Reynevan estava inerte por causa do medo, arrastou-o pela palha para o canto mais distante da torre, no meio dos cretinos. Tomás Alfa fugiu para as escadas pedindo socorro num grito apavorante. Enquanto isso, Horn, num ato de total desespero, levantou a latrina do chão e despejou impetuosamente todo o seu conteúdo sobre tudo aquilo: o *occultum*, o Círculo, o pentagrama e a aparição que emergia da parede.

O berro que ressoou levou todos a tapar os ouvidos com as mãos e se encolher sobre o chão de terra batida. De repente, soprou uma terrível lufada de vento, levantando um tornado de palha e poeira que voou nos olhos de todos, cegando-os. O fogo na parede que foi se apagando abafado pelas nuvens de um vapor fétido, e enfim, extinguiu-se de vez.

Mas não acabou aí. De repente, ressoou um estrondo, um terrível estouro, não do lado do *occultum* enevoado pela fumaça fedorenta, mas de cima, vindo da porta no topo das escadas. Escombros vieram abaixo, uma verdadeira granizada de blocos de pedra envolta numa nuvem branca de reboco e argamassa. Sharlei agarrou Reynevan e pulou junto com ele para debaixo da arcada das escadas. Bem a tempo. Diante dos seus olhos, uma grossa tábua da porta, com dobradiças e tudo, atingiu em cheio um dos cretinos em pânico, abrindo seu crânio ao meio como uma maçã.

Na avalanche do entulho, caiu de cima um homem com os braços e as pernas escarranchadas em forma de cruz.

"Narrenturm está desabando" foi a ideia que percorreu a mente de Reynevan. "A *turris fulgurata* está desabando, a torre atingida por um raio está desmoronando. Um cretido ridículo está caindo junto com a Torre dos Tolos rumo à própria destruição. Eu sou esse cretino, estou caindo para dentro do abismo, para o fundo. Extermínio, caos e destruição, e o culpado disso sou eu. Tolo e desvairado, evoquei o demônio, abri as portas do Inferno. Estou sentindo o fedor do enxofre infernal..."

– É pólvora... – Sharlei, encolhido, adivinhou o pensamento de Reynevan. – Alguém arrombou a porta com pólvora... Reinmar... Alguém...

– Alguém está nos libertando! – Horn gritou, saindo do meio dos escombros. – É a salvação! São os nossos! Hosana!

– Ei, rapaziada! – alguém gritou lá de cima, do buraco onde antes estava a porta que fora arrombada, de onde emanava a claridade do dia, deixando entrar um ar gélido e fresco. – Saiam daí! Estão livres!

– Hosana! – Horn repetiu. – Sharlei, Reinmar! Vamos sair, rápido! São os nossos! Boêmios! Estamos livres! Vamos, andem, para as escadas!

Ele próprio foi o primeiro a correr sem esperar. Sharlei seguiu atrás dele. Reynevan lançou um olhar para o *occultum* apagado que ainda exalava vapores e para os cretinos encolhidos na palha. Correu para as escadas, passando no caminho por cima do cadáver de Tomás Alfa, a quem a explosão que arrebentou a porta não trouxe a liberdade, mas a morte.

– Hosana! – já lá em cima, Horn cumprimentava os libertadores. – Hosana, irmãos! Salve, Halada! Por Deus, Raabe! Tibaldo Raabe! É você mesmo?

– Horn? – Tibaldo Raabe ficou surpreso. – Você aqui? Está vivo?

– Por Cristo, estou vivo, sim! E aí? Então não foi por minha causa...

– Não foi por sua causa – intrometeu-se o boêmio chamado de Halada que portava no peito o símbolo de um enorme cálice. – Estou contente de vê-lo inteiro, Horn. O padre Ambrož ficará feliz... Mas nós assaltamos Frankenstein por outro motivo. Por eles.

– Por eles?

– Por eles – confirmou o gigante que abria o caminho entre os boêmios armados, vestido com um perponte acolchoado que o tornava ainda maior. – Sharlei. Reinmar. Bem-vindos.

– Sansão... – Reynevan sentiu a comoção apertar sua garganta. – Sansão... Amigo! Você não se esqueceu de nós...

– E é possível – Sansão Melzinho lançou um largo sorriso – esquecer? Dois caras como vocês?

CAPÍTULO XXIX

No qual nossos heróis, embora libertos de Narrenturm, descobrem que não estão tão livres quanto gostariam. Tomam parte em acontecimentos históricos, ou, mais precisamente, botam fogo em alguns vilarejos e povoados. Então, Sansão salva o que pode ser salvo, e várias coisas se desenrolam até que, enfim, os heróis seguem seu caminho. E esse caminho, como diria o poeta, os leva *in parte ove non è che luca*.

A neve sobre os telhados feria os olhos com sua brancura ofuscante. Reynevan vacilou e, não fosse pelo braço de Sansão, teria caído da escada. O bramido e o estouro de armas e canhões ressoavam da enfermaria. O sino da igreja hospitalar gemia como se imerso em dores, ao passo que os sinos de todos os templos em Frankenstein se dobravam em alarme.

– Mais rápido! – Halada gritou. – Para o portão! Escondam-se! Estão atirando!

De fato, atiravam. O virote disparado de uma besta silvou ao sobrevoar suas cabeças, antes de destroçar uma tábua. Enquanto corriam rumo ao pátio, curvados, para escapar da artilharia, Reynevan tropeçou e caiu de joelhos na lama misturada com sangue. Nas imediações do portão, perto da enfermaria, jazia uma porção de cadáveres – monges em hábitos da Ordem Equestre do Santo Sepulcro de Jerusalém e alguns serviçais e soldados da Inquisição, aparentemente abandonados por Gregório Heinche.

– Mais rápido! – urgiu Tibaldo Raabe. – Aos cavalos!

– Aqui! – disse, ao frear o corcel de súbito ao lado deles, um boêmio de armadura, segurando uma tocha em chamas e por ela esfumaçado e enegrecido tal qual o Diabo. – Andem, andem!

Ele curvou-se para trás e arremessou a tocha sobre o telhado de palha de uma choupana. A tocha rolou pela palha molhada e chiou ao cair na lama. O boêmio soltou um palavrão.

O cheiro de queimado e fumaça os envolveu quando uma labareda emergiu nos telhados da cavalariça, de onde alguns boêmios retiravam os animais, que com seus cascos pisavam firme no chão. Os disparos estrondearam mais uma vez, ressoaram gritos e estampidos dos combates travados, como era possível adivinhar, junto da igreja hospitalar. Das pequenas janelas da torre e das janelas do coro dessa mesma igreja, homens atiravam com bestas e arcabuzes, tomando como alvo tudo o que se movesse.

À entrada do edifício, em chamas, do *medicinarium*, recostado à parede, jazia um monge da Ordem Equestre do Santo Sepulcro de Jerusalém. Era o irmão Tranquillus. Seu hábito molhado ardia lentamente e soltava vapores. O monge segurava a barriga com ambas as mãos, e o sangue lhe jorrava por entre os dedos. Seus olhos estavam abertos, fixos em algo diante dele, mas ele provavelmente já não enxergava nada.

– Acabem com ele – disse Halada, apontando para Tranquillus.

– Não! – com um grito estridente, Reynevan deteve os hussitas. – Deixem-no!

Ao ver os olhares ameaçadores do entorno voltarem-se para si, o rapaz complementou, baixando a voz:

– Está agonizando... Deixem que morra em paz.

– Mesmo porque o tempo urge! – acrescentou com um berro o cavaleiro esfumaçado. – Não tem por que desperdiçá-lo com um semimorto! Andem, andem, montem os cavalos!

Reynevan, que continuava imerso numa modorra, ou transe, montou, num salto, o cavalo ofertado. Sharlei, que seguia junto dele, cutucou-o com o joelho.

Diante dele havia os ombros largos de Sansão e, do outro lado de Sharlei, estava Urban Horn.

– Cuidado ao defender alguém! – sibilou para ele o próprio Horn. – Estes são os Órfãos de Hradec Králové. Não se brinca com eles...

– Aquele era o irmão Tranquillus...

– Eu sei quem era.

Dispararam pelo portão, diretamente para dentro da fumaceira. O moinho hospitalar e as choupanas ao redor dele queimavam; as chamas irrompiam por toda parte. Na cidade, os sinos persistiam no badalar enquanto os muros se apinhavam de gente.

Mais cavaleiros se juntaram a eles, liderados por um homem de bigode em *cuir-bouilli* e com um capuz de cota de malha.

– Lá! – bramiu o homem de bigode ao apontar para a igreja. – A porta de entrada já está quase arrombada! Há muito que pilhar ali! Irmão Brazda, mais três pais-nossos e estaria tudo resolvido!

– Mais dois pais-nossos – respondeu o homem esfumaçado, chamado de Brazda, apontando para os muros da cidade – e aqueles ali logo se darão conta de quantos somos na verdade. Então virão para cá e acabarão conosco mais rápido ainda. Vamos correr, irmão Velek!

Lançaram-se a galope, respingando lama e neve que derretia. Reynevan tinha recuperado a consciência o suficiente para poder contar os boêmios. Chegara à conclusão de que atacavam Frankenstein com uma companhia de cerca de vinte homens. Não sabia se deveria admirar a bravura e a audácia deles ou se espantar com o tamanho da destruição que tão pouca gente podia causar – além das edificações da enfermaria e do moinho hospitalar, o fogo consumia as barracas dos tintureiros às margens do riacho Budzówka, bem como as choupanas ao lado da ponte e os estábulos localizados quase junto do portão de Kłodzko.

– Adeus! – o homem de bigode em *cuir-bouilli*, que se chamava Velek, virou-se e, com o punho, ameaçou os cidadãos reunidos sobre os muros. – Até mais ver, papistas! Nós voltaremos!

Dos muros veio uma resposta: disparos e berros. Os gritos eram ferozes e valentes, agora que os cidadãos do burgo conseguiam contar os hussitas.

* * *

Corriam desenfreadamente, sem fazer qualquer questão de poupar os corcéis. O que, embora parecesse uma total estupidez, se revelou parte do plano. Depois de percorrer, num tempo impressionante, uma distância de quase uma milha e meia, passaram Srebrna Góra e chegaram às Montanhas da Coruja, cobertas de neve, onde esperavam por eles, num barranco no meio da floresta, cinco jovens hussitas com cavalos plenos de vigor. Arranjaram-se novas roupas e equipamento para os ex-prisioneiros de Narrenturm. E houve algum tempo para, entre outras coisas, conversar.

– Sansão, como você nos achou?

– Não foi fácil – respondeu o gigante, apertando a cilha da sela. – Após sua apreensão, não havia nenhuma pista de vocês, era como se tivessem evaporado por completo. Tentei descobrir seu paradeiro, mas foi em vão. Ninguém queria falar comigo. Não sei por quê. Por sorte, ainda que não quisessem falar comigo, falavam em minha presença, sem qualquer constrangimento. Havia boatos de que vocês tinham sido levados para Świdnica, enquanto outros mencionavam a Breslávia. Foi então que topei com o senhor Tibaldo Raabe, nosso conhecido de Kromolin. Custou um pouco para que eu o convencesse de que podia confiar em mim, visto que a princípio ele me tomara por imbecil.

– Deixe disso, senhor Sansão – afirmou o goliardo com um traço de arrependimento na voz. – Já falamos sobre isso. Para que voltar ao assunto? E uma vez que o senhor parece mesmo, com o perdão da expressão, um...

– Todos nós sabemos com o que Sansão se parece – disse com frieza Sharlei, que, ao lado, encurtava os loros. – Ouçamos o que sucedeu depois.

– O senhor Tibaldo Raabe deixou-se levar por minha aparência – retomou Sansão, transformando num sorriso os lábios de palerma. – Como todo mundo, recusava-se, com desdém, a falar comigo. Mas era tão indiferente à minha pessoa que não via o menor problema em conversar na minha presença. Com diversas pessoas e sobre os mais variados assuntos. Eu logo me dei conta de quem era o senhor Tibaldo Raabe e o fiz entender que eu sabia. E quanto sabia.

– Foi assim mesmo, senhor – confirmou o goliardo enrubescendo de vergonha. – Na hora, fiquei com medo... Mas então tudo se tornou... claro...

– Ficou claro – interrompeu-o calmamente Sansão – que o senhor Tibaldo tem contatos entre os hussitas de Hradec Králové. E, como vocês já devem suspeitar, é para eles que trabalha como espião e emissário.

– Que coincidência – interveio Sharlei, arreganhando os dentes. – Mas que abundância de...

– Sharlei – interrompeu-o Urban Horn, do outro lado do cavalo. – Deixe esse assunto pra lá, tá bem?

– Tudo bem, tudo bem. Continue, Sansão. Como você soube onde nos procurar?

– É uma história interessante. Há alguns dias, numa taberna nas cercanias de Broumov, um jovem chegou até mim. Tinha um aspecto estranho. Era óbvio que sabia quem eu era. Infelizmente, a princípio não conseguia articular nada além da frase, e aqui eu cito, "tira do cárcere os presos, e da prisão os que jazem em trevas".

– Isaías! – exclamou Reynevan, surpreso.

– Isso mesmo! Capítulo quarenta e dois, versículo sete.

— Não, além disso. Era assim que o chamávamos... E foi ele quem os guiou até a Torre dos Tolos?

— Não vou dizer que eu tenha ficado muito surpreso, tendo em vista o modo como se expressava.

— E foi então – Sharlei disse, com ênfase e veemência – que os intrépidos hussitas de Hradec se lançaram numa incursão pelas terras de Kłodzko, chegaram a Frankenstein, seis quilômetros distante da fronteira, incendiaram metade dos arrabaldes e renderam a enfermaria da Ordem Equestre do Santo Sepulcro de Jerusalém, bem como Narrenturm. E tudo isso, se entendi bem, só por causa de nós dois. Por mim e por Reynevan. Senhor Tibaldo Raabe, sinceramente não sei como agradecê-lo.

— Os motivos – respondeu o goliardo depois de limpar a garganta – logo serão esclarecidos. Tenha paciência, senhor.

— Paciência não é o meu forte.

— Então terá de exercitá-la um pouco – disse com frieza Brazda, o comandante boêmio da unidade, ao se aproximar e frear o cavalo junto deles. – Os motivos pelos quais nós os tiramos do buraco serão revelados em momento oportuno. Não antes disso.

Brazda, como a maioria dos boêmios da companhia, trazia estampado no peito um cálice recortado em tecido vermelho. Mas era o único que havia prendido o escudo dos hussitas diretamente sobre o brasão do tabardo – ramalhos pretos, cortados e cruzados em meio a um campo dourado.

— Sou Brazda de Klinštejn, da família dos Ronovic – declarou, confirmando as suposições. – E, agora, chega de papo, precisamos seguir caminho. O tempo está correndo. E estamos em território inimigo.

— É verdade, é perigoso trazer um cálice no peito aqui por estas bandas – concordou Sharlei com algum sarcasmo.

— Pelo contrário – redarguiu Brazda de Klinštejn. – Este emblema protege e defende.

– É mesmo?

– Haverá oportunidade para o senhor comprová-lo com os próprios olhos.

A oportunidade não tardou a aparecer.

Montada em corcéis plenos de vigor, a companhia rapidamente percorreu o Silberbergpass e, em seguida, já nas cercanias do vilarejo de Ebersdorf, topou com um destacamento armado – composto de, no mínimo, trinta homens, entre encouraçados e arqueiros – que cavalgava sob uma bandeira vermelha adornada com uma cabeça de carneiro, o brasão dos Haugwitz.

E, de fato, Brazda de Klinštejn tinha toda a razão. Haugwitz e seus homens permaneceram no local apenas até o momento em que perceberam com quem estavam lidando. Assim que avistaram o emblema do cálice vermelho, os cavaleiros e besteiros deram meia-volta com os cavalos e lançaram-se num galope tão furioso que a lama respingava com abundância sob os cascos dos cavalos.

– E aí, o que você tem a dizer sobre o emblema do Cálice? – perguntou Brazda ao virar-se para Sharlei. – Funciona bem, não é?

Não havia como negar.

Seguiram a galope, submetendo os cavalos a um esforço desmedido e incessante. Enquanto cavalgavam a toda velocidade, iam engolindo os flocos de neve que começavam a cair.

Reynevan estava convencido de que se dirigiam para a Boêmia e que, logo depois de descerem rumo ao vale do Stěnava, fariam a volta e seguiriam rio acima, para a fronteira, pela estrada que levava diretamente a Broumov. Estranhou quando a companhia galopou através de uma depressão, rumo aos Montes Tabulares, que emergiam a sudoeste, banhados em tons purpúreos. Ele não foi o único a demonstrar surpresa.

– Aonde estamos indo? – gritou Urban Horn contra a neve que caía. – Ei! Halada! Senhor Brazda!

– Radków! – gritou de volta Halada, abreviando a resposta.
– Para quê?
– Ambrož!

* * *

Reynevan descobriu que Radków, um vilarejo que ele desconhecia por ser fora de mão, era um povoado bastante agradável, aninhado ao sopé de montanhas recobertas de florestas. Telhados vermelhos se insinuavam detrás do anel formado pelo muro e, acima deles, projetava-se rumo ao céu a delgada torre da igreja. A vista seria agradável, não fosse pela enorme nuvem de fumaça que se elevava sobre a vila.

Radków tinha sido alvo de uma invasão.

* * *

O exército reunido nas cercanias de Radków contava mais de mil guerreiros, sobretudo da infantaria, muitos deles armados de armas de haste dos mais variados tipos – desde simples lanças até sofisticadas bisarmas. Ao menos metade do exército estava equipada de bestas e armas de fogo. Havia também a artilharia – uma bombarda tinha sido posta defronte o portão do burgo, ocultada por um tapume levadiço, e nas fendas entre os paveses havia falconetes e obuses.

O exército, embora tivesse um aspecto ameaçador, permanecia paralisado, como se estivesse em transe, inerte e quieto. O conjunto lembrava uma pintura, um *tableau*, pois o único componente móvel eram alguns pontos pretos no céu cinzento – gralhas que sobrevoavam o cenário – e a nuvem de fumaça que se avolumava acima do burgo, salpicada, aqui e acolá, com as rubras labaredas das chamas.

Passaram troteando por entre os carros. Pela primeira vez Reynevan pôde ver de perto os famosos carros de combate hussitas. Ele os examinava com curiosidade, admirando a engenhosa construção dos baluartes móveis acoplados aos lados dos veículos e que podiam ser levantados conforme a necessidade, transformando assim o carro num verdadeiro bastião.

Foram reconhecidos.

– Senhor Brazda – cumprimentou num tom acre um boêmio de meia armadura e gorro de pele que exibia um cálice vermelho sobre o peito, obrigatório entre os militares de alta patente. – Enfim é chegado o nobre cavaleiro Brazda, acompanhado de sua nobre cavalaria de elite. Bom... antes tarde do que nunca.

– Não pensei que as coisas aqui se dariam com tamanha tranquilidade – respondeu Brazda de Klinštejn dando de ombros. – Já acabou tudo? Eles se entregaram?

– O que você acha? Claro que se renderam! Não tinham ninguém para defendê-los. Bastou incendiar alguns telhados de palha e eles de pronto se puseram a negociar a rendição. Agora estão apagando os incêndios, e o venerável Ambrož acaba de receber a delegação deles. Por isso vocês precisam esperar.

– Se é preciso, então esperaremos. Desmontem das selas, varões.

Foram caminhando até o comando do exército hussita. Dos boêmios que integravam a companhia recém-chegada, permaneciam no grupo apenas Brazda, Halada e o bigodudo Velek Chrasticky, acompanhados, é claro, por Urban Horn e Tibaldo Raabe.

Presenciaram o encerramento das negociações. Os enviados de Radków deixavam o recinto. Os burgueses pálidos e muito assustados partiam em retirada, temerosos, com os gorros nas mãos e de quando em quando olhando para trás. Pela expressão que tinham no rosto, era possível concluir que não haviam conseguido muita coisa com os acordos travados.

– Será como de costume – avaliou em voz baixa o boêmio de gorro de pele. – As mulheres e as crianças partirão de imediato. Os homens terão de comprar a própria liberdade para poderem partir. E também deverão pagar um resgate pelo burgo. Caso contrário, as construções serão incendiadas. Além disso...

– Todos os padres papistas devem se entregar – concluiu Brazda, deixando transparecer sua experiência. – Bem como todos aqueles que fugiram da Boêmia. No fim das contas, não havia a menor necessidade de nos apressarmos tanto. Vai demorar um bom tempo até que as mulheres tenham partido e o resgate seja coletado. Não vamos sair daqui tão cedo.

– Vamos até Ambrož.

Reynevan se lembrava das conversas entre Sharlei e Horn a respeito do pároco de Hradec Králové. Recordava que o chamavam de fanático, extremista e radical, que se destacava por seu fanatismo e por sua crueldade mesmo entre os mais radicais e fanáticos dos taboritas. O rapaz esperava, portanto, ver um tribuno baixinho, magro como uma vara e de olhar fulminante, agitando as mãos e vociferando manifestos cheios de baboseiras e demagogia. No entanto, viu um homem imponente e contido trajando uma vestimenta preta que lembrava um hábito, embora fosse mais curta e deixasse à mostra os sapatos de cano alto. O homem portava uma barba ampla como uma vassoura e que chegava quase à cintura, da qual pendia uma espada. Apesar da arma, o sacerdote hussita tinha um aspecto benevolente, mesmo jovial. Talvez fosse o efeito da testa alongada e saliente, das espessas sobrancelhas e da barba, atributos que lhe davam a aparência de um Deus Pai dos ícones bizantinos.

– Senhor Brazda – cumprimentou-o com notável cordialidade. – Bem, antes tarde do que nunca. Pelo que vejo, a expedição foi bem-sucedida. Sem prejuízos? Muito bom, muito bom mesmo. E o irmão Urban Horn? De que nuvem caiu para vir parar aqui?

– De uma bastante escura – respondeu Horn em tom acrimonioso. – Obrigado pelo resgate, irmão Ambrož. Veio na hora certa.

– Fico contente – afirmou Ambrož, assentindo e fazendo sacudir a barba. – E os outros também ficarão. Pois já tínhamos lamentado sua perda no momento em que recebemos a notícia. É demasiado difícil se livrar das garras dos bispos. De fato, é mais fácil que um rato escape das garras de um gato. Foi uma grande felicidade, posto que não foi por você que ordenei uma incursão a Frankenstein.

Ele voltou os olhos para Reynevan, que no mesmo momento sentiu um calafrio percorrer-lhe a espinha até a nuca. O sacerdote ficou em silêncio por um longo tempo, então disse:

– O jovem senhor Reinmar de Bielau, irmão de Piotr de Bielau, um cristão justo que tanto fez pela causa do Cálice e que por ela deu a vida.

Reynevan curvou-se em silêncio. Ambrož virou a cabeça e deteve os olhos em Sharlei por um momento. Demorou um pouco até que Sharlei baixasse os próprios olhos com humildade, e mesmo assim era possível perceber que só o fizera por diplomacia.

– Senhor Sharlei – disse, enfim, o pároco de Hradec Králové –, um homem com quem se pode contar sempre. Quando Piotr de Bielau foi morto pela mão dos papistas vingativos, o senhor Sharlei salvou o irmão dele, apesar do perigo a que ele mesmo se expunha. De fato, um raro exemplo de honra nos dias de hoje. E de amizade. Diz um velho ditado boêmio: *v nouzi poznaš prítele*.

Depois de outra pausa, retomou:

– Já o jovem senhor Reinmar, como podemos ouvir, está dando uma verdadeira prova de amor fraterno, seguindo o exemplo do irmão, professando, como ele, a verdadeira fé, opondo-se corajosamente aos erros e às injustiças de Roma. Como qualquer homem justo e de fé, ele defende o Cálice, rechaçando a Roma corrupta como se rechaça o Diabo. Você será recompensado. Aliás, senhor Reinmar e senhor Sharlei, vocês já o foram. Quando o irmão Tibaldo me revelou que os diabos os tinham enterrado numa masmorra, não hesitei nem por um segundo.

– Muito obrigado...

– Vocês é que merecem um agradecimento. Pois é por causa de vocês que agora servirá à nossa boa causa o dinheiro com o qual o bispo da Breslávia, aquele canalha e herege, quis comprar a nossa morte. Vocês hão de retirá-lo do esconderijo para entregá-lo a nós, cristãos justos, não é mesmo?

– Di... dinheiro? Que dinheiro?

Sharlei suspirou baixinho. Urban Horn tossiu. Tibaldo Raabe pigarreou. O rosto de Ambrož petrificou.

– Estão brincando comigo?

Reynevan e Sharlei menearam as cabeças num gesto de negação, e de seus olhos emanava uma inocência tão pueril que o sacerdote se conteve – mas apenas por um instante.

– Devo concluir, então, que não foram vocês? – questionou-os, arrastando as sílabas. – Não foram vocês que assal... que interpelaram o cobrador de impostos em nome de nossa boa causa? Se não foram vocês, alguém aqui vai ter de dar explicações. Senhor Raabe!

– Ora, eu nunca disse... – balbuciou o goliardo – ter certeza absoluta de que tinham sido eles os que assaltaram o cobrador. Só disse que era possível... talvez provável...

Ambrož ajustou a postura. Seus olhos ardiam em fúria, e a porção do rosto não coberta pela barba enrubescia tal qual a barbela de um peru. Por um instante, o aspecto do pároco de Hradec Králové deixou de se assemelhar ao de Deus Pai para assumir os traços de um Zeus Bronteu. Todos se encolheram à espera do raio. Mas o sacerdote logo se acalmou.

– Você me disse algo completamente diferente – afirmou, por fim, arrastando as sílabas. – Ah, você me iludiu, irmão Tibaldo. Induziu-me ao erro para que eu enviasse a cavalaria a Frankenstein. Pois sabia que, em outras circunstâncias, eu não a mandaria!

– *V nouzi* – intrometeu-se Sharlei em voz baixa – *poznaš přítele*.

Ambrož o mediu com o olhar, mas não disse nada. Depois, virou-se para Reynevan e para o goliardo.

– Eu deveria mandar torturar todos vocês, um atrás do outro, pois essa história do ataque ao cobrador de impostos e do sumiço do dinheiro está muito mal contada. E perdoem-me a sinceridade, mas vocês todos me parecem vigaristas. De fato, deveria entregá-los ao carrasco, sem exceção e aqui mesmo. Mas, pela memória de Piotr de Bielau, não o farei – declarou o sacerdote, cravando os olhos em Reynevan. – Enfim, devo me conformar com a abstenção do dinheiro do bispo. Aparentemente, ele não me era predestinado. Mas agora estamos quites. Saiam da minha frente. Partam daqui para onde o Diabo os carregar.

– Venerável Irmão – disse Sharlei, pigarreando –, apesar dos desentendimentos... contávamos...

– Com o quê? – bufou Ambrož de trás da barba. – Que eu permitiria que vocês se juntassem a nós? Que os manteria debaixo das minhas asas? Que os levaria em segurança para a Boêmia, para Hradec? Não, senhor Sharlei. Vocês foram presos pela Inquisição e podem, portanto, ter sido persuadidos a passar para o lado deles. Em resumo, vocês podem ser espiões.

– Mas assim o senhor nos ofende.

– Prefiro ofendê-los a insultar o meu juízo.

A tensão foi aliviada graças a um dos comandantes hussitas que se aproximou deles. Era um gorducho simpático, com um aspecto de tesoureiro ou charcuteiro.

– Irmão Ambrož – disse ele.

– O que foi, irmão Hlushichka?

– Os burgueses entregaram o resgate. Estão partindo, conforme acordado. Primeiro, as mulheres com as crianças.

– O irmão Velek Chrasticky – declarou Ambrož, acenando com a mão – vai pegar os homens a cavalo e patrulhar as cercanias do burgo para que ninguém escape. O restante vai atrás de mim. Todos. Disse todos. Estou delegando a vigilância temporária sobre os nossos... visitantes ao senhor de Klinštejn. Andem, vamos!

De fato, do portão de Radków saía uma coluna de gente que, ansiosa e relutantemente, passava entre duas fileiras de hussitas que empunhavam suas lâminas. Ambrož e seu séquito pararam próximo dali, examinando com profunda atenção todos aqueles que deixavam o burgo. Reynevan sentiu os pelos em sua nuca se eriçarem, pressentindo que algo terrível estava para acontecer.

– Irmão Ambrož, vai lhes dirigir algum sermão? – perguntou Hlushichka.

– A quem? – questionou o sacerdote, dando de ombros. – A essa ralé alemã? Eles não entendem a nossa língua e não estou com disposição para falar na deles, porque... Ei! Vejam! Ali! Ali, ó!

Seus olhos brilharam como os de uma águia, e seu rosto permaneceu imóvel.

– Ali! – berrou outra vez enquanto apontava. – Detenham-nos!

Apontava para uma mulher que, envolta numa capa, carregava uma criança que tentava se soltar e chorava espasmodicamente. Os encouraçados a apanharam, afastaram a multidão com as hastes das bisarmas, tiraram a mulher do meio da plebe e arrancaram a capa dela.

– Não é uma mulher! É um homem vestido de mulher! Um padre! Papista! Papista!

– Traga-o para cá!

Arrastado e lançado de joelhos ao chão, o padre tremia de medo e insistia em manter a cabeça abaixada. Por isso mesmo teve de ser forçado a olhar para o rosto de Ambrož. Mesmo assim, manteve as pálpebras cerradas, enquanto os lábios se moviam com uma oração silenciosa.

– Ora, ora, vejam só! – exclamou Ambrož com as mãos na cintura. – Que paroquianas mais fiéis. Para salvar seu padre, deram-lhe não só um vestido, mas também um bebê. Um belo sacrifício. Quem é você, escória papista?

O padre cerrou as pálpebras com mais força ainda.

– É Nicolau Megerlein – falou um dos camponeses que acompanhava o séquito hussita. – O pároco local.

Os hussitas murmuraram. Ambrož rubejou e inspirou o ar audivelmente.

– Padre Megerlein – disse ele, arrastando as sílabas. – Quem diria! Que golpe de sorte! Sonhávamos com tal encontro desde a última razia episcopal em Trutnov. Tínhamos muitas expectativas quanto a um encontro assim.

– Irmãos! – disse, ajustando a postura. – Olhem! Eis um cão acorrentado da meretriz da Babilônia! Uma ferramenta criminal nas mãos do bispo da Breslávia! Aquele que perseguia a verdadeira fé, que enviava os bons cristãos para as torturas e para o sofrimento! E que, nas cercanias de Vízmburk, derramava com as próprias mãos o sangue dos inocentes! E eis que Deus o põe em nossas mãos! Encarregou-nos de castigar o mau e a injustiça impetrados! Está ouvindo, seu papista assassino? O que está fazendo? Fechando os olhos para a verdade? Está tapando os ouvidos como a víbora-áspide na Bíblia? Ah, porco herege, você não deve conhecer a Escritura, não deve tê-la lido. Você tem como única referência seu bispo libertino, sua Roma corrupta e seu papa anticristo! E seus quadros dourados e blasfemos! Então, seu porco, eu lhe ensinarei a palavra de Deus! O Apocalipse de São João, catorze, nove: "Se alguém adorar a besta e sua imagem e receber o sinal em sua fronte ou em sua mão, também beberá do vinho da ira de Deus, que se deitou sem mistura no cálice de sua ira! E será atormentado com fogo e enxofre!" Com fogo e enxofre, papista! Ei, venham aqui! Peguem-no e o envolvam com palha, como fizemos com os monges em Beroun e Prachatice!

O pároco foi agarrado por um bando de hussitas. Ao ver o que traziam os demais, começou a gritar. Foi atingido no rosto com o cabo de um machado, então silenciou e foi carregado nos ombros daqueles que o seguravam.

Sansão se sacudiu, mas Sharlei e Horn o agarraram de imediato. Ao ver que dois não era um número suficiente para contê-lo, Halada se apressou em ajudá-los.

– Fique quieto – Sharlei sibilou. – Por Deus, fique quieto, Sansão...

Sansão virou a cabeça e cravou os olhos nos de Sharlei.

Quatro feixes de palha foram amarrados em volta do pároco Megerlein. Depois de refletirem por um momento, acrescentaram mais dois, de modo que a cabeça do sacerdote ficou escondida por completo no meio das espigas. Com a ajuda de uma corrente, os feixes foram atados ao padre com firmeza. E acesos de vários lados. Reynevan começou a passar mal. Virou-se.

Ouviu um berro selvagem, desumano, mas não viu a efígie ardente correr cambaleando pela neve rasa e entre as fileiras de hussitas que o afastavam com dardos e alabardas. Tampouco o viu cair, enfim, esfregando-se e sacudindo em meio à fumaça e às fagulhas.

A palha, ao pegar fogo, não produz uma temperatura alta o suficiente para matar um homem. Mas gera um calor intenso o bastante para transformá-lo em algo que em quase nada se assemelha a um ser humano, em algo que se debate em convulsões e ulula desumanamente, embora desprovido de boca. Algo que precisa ser silenciado com misericordiosos golpes de porretes e machados.

Em meio à multidão composta de moradores de Radków, as mulheres choravam, as crianças berravam. Mais uma vez se formou um alvoroço e após um instante outro padre, um ancião magrinho, foi arrastado e lançado de joelhos diante da figura de Ambrož. Esse não estava disfarçado. Mas tremia como um graveto ao vento. Ambrož se debruçou sobre ele.

– Mais um? Quem é este?

– O padre Straube – apressou-se o camponês delator em esclarecer servilmente. – É o antigo pároco local. Anterior a Megerlein...

– Hum. Então se trata de um papista *emeritus*. Ao que parece, meu velho, sua vida terrena já se aproxima do fim. Não estaria na hora de pensar na vida eterna? Em renunciar aos erros e pecados papistas? Não será salvo se persistir neles. Você viu o que foi feito com seu confrade. Aceite o Cálice, jure os quatro artigos. Assim, será livre. Hoje e para sempre.

– Senhor! – balbuciou o ancião, ajoelhando-se e unindo as mãos em oração. – Bom senhor! Piedade! Como é possível renunciar? É a minha fé... Pois Pedro... Antes que o galo cantasse... Não posso... Deus, tenha piedade de mim... Não posso de forma alguma!

– Entendo – disse Ambrož, acenando com a cabeça. – Não aprovo, mas entendo. Afinal, Deus olha por todos nós. Sejamos misericordiosos. Irmão Hlushichka!

– Sim, senhor!

– Sejamos misericordiosos. Sem sofrimento.

– Como queira, senhor!

Hlushichka foi até um dos hussitas e pegou um mangual. Era a primeira vez que Reynevan via em ação o instrumento amplamente associado aos hussitas. Hlushichka girou o mangual e golpeou a cabeça do padre Straube com toda a força. Atingido pelo pírtigo de ferro, o crânio rebentou como um pote de barro, espalhando sangue e miolos ao redor.

Reynevan sentiu as pernas falsearem. Viu o rosto pálido de Sansão Melzinho e as mãos de Sharlei e de Urban Horn outra vez apertarem os ombros do gigante.

Brazda de Klinštejn não desgrudava os olhos do cadáver do pároco Megerlein que ardia devagar, esfumaçando.

– Miegerlin – disse, de repente, esfregando o queixo. – Miegerlin. E não Megerlein.

– O quê?

– O papista que participou da razia em Trutnov, junto com o bispo Konrado, chamava-se Miegerlin. E esse aí era Megerlein.

– E?

– E aí que esse padre era inocente.

– Não tem nada não – disse de repente Sansão Melzinho com a voz abafada. – Não tem nada não. Deus há de reconhecê-lo. Deixemos nas mãos Dele.

Ambrož virou-se violentamente, cravou os olhos nele e observou-o demoradamente. Depois voltou-se para Reynevan e Sharlei.

– Bem-aventurados os pobres de espírito! – disse. – Às vezes o anjo fala pela boca dos imbecis. Mas fiquem de olho nele. Alguém pode acabar acreditando que o cretino sabe do que fala. E, se essa pessoa for menos compreensiva que eu, isso pode terminar mal. Tanto para ele quanto para os senhores dele. Contudo, o imbecil tem razão. Deus vai julgar, vai separar o joio do trigo, os culpados dos inocentes. Aliás, nenhum papista é inocente. Todos os criados da Babilônia merecem ser castigados. E a mão de um fiel cristão...

A voz de Ambrož ganhava cada vez mais força, projetava-se com maior potência, trovejando por sobre a cabeça dos encouraçados, como que se elevando acima das nuvens de fumaça que, mesmo com as chamas extintas, continuavam a se alastrar sobre a cidade da qual seguia vertendo uma extensa coluna de fugitivos que haviam pagado o resgate.

– A mão de um fiel cristão não pode tremer quando castiga um pecador! Porque o mundo é a terra, a boa semente são os filhos do reino de Deus, e a erva daninha, os filhos do Mal. Portanto, tal como se junta a erva daninha para nela atear fogo, assim também se dará no fim do mundo. O Filho do Homem enviará seus anjos: eles extirparão do reino todas as depravações e todos os depravados e os lançarão em forno ardente; ali haverá gemidos e ranger de dentes.

A multidão de hussitas berrou e uivou, reluziam em riste as alabardas, os cutelos de assédio, os forcados e os manguais.

– E a fumaça de seu tormento – rugia Ambrož, apontando para Radków – se elevará por séculos e séculos, e não terão descanso nem de dia nem de noite os adoradores da Besta e de sua imagem!

Virou-se, já mais calmo.

– Quanto a vocês – disse, voltando-se para Reynevan e Sharlei –, têm agora uma oportunidade de me convencer de suas verdadeiras intenções. Vocês viram o que fazemos com os papistas. Garanto a vocês que isso é nada comparado ao que aguarda os espiões episcopais. Não temos piedade deles, mesmo que sejam irmãos de Piotr de Bielau. E então? Vão continuar implorando ajuda, desejam se juntar a mim?

– Não somos espiões – explodiu Reynevan. – Suas suspeitas são ultrajantes! E não estamos implorando por sua ajuda! Pelo contrário, nós é que podemos ajudá-los! Ao menos pela memória de meu irmão, de quem tanto se fala aqui, mas apenas com palavras vãs! Se assim desejam, vou provar que tenho mais afinidade com vocês do que com o bispo da Breslávia. O que diriam vocês se eu os informasse que uma traição está sendo preparada? Uma conjuração, um atentado contra a vida do senhor e de outras...

Os olhos de Ambrož se semicerraram.

– Contra a minha vida e a de outras pessoas? E quais outras, se me permite perguntar?

– Eu tenho informações sobre uma conjuração que almeja acabar com os líderes de Tábor. Serão eliminados Bohuslav de Švamberk, Jan Hvězda de Vícemilice...

De súbito, o séquito de Ambrož irrompeu em burburinhos. O sacerdote não desgrudava os olhos de Reynevan.

– De fato – disse, enfim. – Trata-se mesmo de uma informação interessante. De fato, jovem senhor Bielau, você merece ser levado a Hradec.

* * *

Enquanto o exército hussita empreendia uma pilhagem breve, porém intensa, do burgo de Radków, Brazda de Klinštejn, Velek Chrasticky e Oldřich Halada explicaram a Reynevan e Sharlei do que se tratava.

— Jan Hvězda de Vícemilice, o *hetman* de Tábor – começou Brazda – se despediu deste mundo no último dia de outubro. E seu sucessor, o fidalgo Bohuslav de Švamberk, entregou o espírito ao Senhor há menos de uma semana.

— Não venham me dizer que ambos foram assassinados – disse Sharlei, franzindo o cenho.

— Ambos morreram em consequência das feridas ocasionadas em combate. Hvězda foi atingido no rosto com uma flecha, nas cercanias de Mladá Vožice na véspera de São Lucas, e morreu pouco tempo depois. O senhor Bohuslav foi ferido durante o cerco do burgo austríaco de Retz.

— Então não se trata de atentados – concluiu Sharlei com uma expressão de desdém –, mas de um tipo de morte que, para os hussitas, é quase natural!

— Não foi bem isso. Estou dizendo que ambos morreram um tempo depois de terem sido feridos. Talvez tivessem convalescido não fosse por alguém, digamos, tê-los envenenado? Admitam: é uma estranha coincidência. Dois grandes comandantes taboritas, ambos herdeiros de Žižka, morrem um após o outro, num período de apenas um mês...

— Para Tábor, é uma enorme lástima – intrometeu-se Velek Chrasticky. – E para os nossos inimigos é uma grande vantagem, tão grande que já antes havia suspeitas... E agora, após as revelações do jovem senhor Bielau, tornou-se ainda mais premente esclarecer tudo em detalhes e por completo.

— Certo – disse Sharlei, acenando com a cabeça, com uma seriedade apenas superficial. – Uma necessidade tão grande que, se for preciso, não titubearão em torturar o jovem senhor Bielau. Pois, como se sabe, nada é mais eficiente para fazer emergir os detalhes do que um ferro incandescente.

— Mas o que é isso? – questionou Brazda com um sorriso, ainda que pouco convincente. – Ninguém aqui sequer pensa em algo assim!

– O senhor Reinmar – acrescentou Oldřich Halada com a mesma falta de convicção – é irmão do senhor Piotr! E o senhor Piotr de Bielau era um dos nossos. E vocês também são...

– E, assim sendo – intrometeu-se Urban Horn com sarcasmo –, são livres? Se quiserem, podem ir para onde desejarem? Mesmo agora? O que me diz, senhor Brazda?

– Bom... – gaguejou o *hetman* da cavalaria de Hradec. – Isto é... não. Não podem. As ordens são outras. Pois...

– É perigoso vagar pelas redondezas – declarou Halada depois de pigarrear. – Precisamos... hum... vigiá-los de perto.

– Decerto. É claro que precisam.

* * *

A questão era clara. Ambrož já não se interessava por eles nem lhes dava atenção. Porém, permaneciam constantemente observados e sob o jugo dos guerreiros hussitas. Tinham uma liberdade aparente, ninguém os importunava – pelo contrário, eram tratados como camaradas. Ganharam armas e estavam praticamente incorporados à cavalaria leve comandada por Brazda, a qual, depois de se juntar às forças principais, contava com mais de cem ginetes. Mas continuavam sendo vigiados, e esse fato era inegável. A princípio, Sharlei rangia os dentes e praguejava baixinho; depois, ficou indiferente.

Contudo, restava ainda a história do assalto ao cobrador, e nem Sharlei nem Reynevan tinham a menor intenção de esquecê-la. Ou de deixá-la de lado.

Embora Tibaldo Raabe demonstrasse habilidade em tergiversar e desconversar, foi afinal posto contra a parede. Ou, para ser mais exato, contra um carro.

– E o que eu podia fazer? – exaltou-se quando finalmente o deixaram falar. – O senhor Sansão pressionava! Era preciso inventar algo!

Vocês acham que, sem o boato sobre o dinheiro, Ambrož nos teria disponibilizado a cavalaria? Negativo! Então vocês deviam, antes, me agradecer em vez de gritarem comigo! Se não fosse pela minha ideia, vocês ainda estariam em Narrenturm, esperando pelo inquisidor!

– Essa boataria poderia ter nos custado a vida caso Ambrož fosse mais ganancioso.

– *Caso* fosse. *Caso!* Caramba! – esbravejou o goliardo enquanto aprumava o capuz desalinhado por Sharlei. – Em primeiro lugar, eu bem sabia da estima que ele tinha pelo senhor Piotr e, portanto, eu tinha certeza de que ele não machucaria o senhor Reinmar. Em segundo lugar...

– O quê?

– Eu de fato acreditava que... – Tibaldo Raabe pigarreou algumas vezes. – Bom... Eu tinha certeza quase absoluta de que eram mesmo vocês que tinham assaltado o cobrador em Ściborowa Poręba.

– Então quem assaltou?

– Não foram mesmo vocês?

– Você, irmãozinho, está clamando por um chute na bunda. Diga, então: como você conseguiu escapar do assalto?

– Como? – questionou o goliardo, que súbito adquiriu um semblante soturno. – Correndo, oras! Corri com toda a força de minhas pernas. E não olhei para trás, embora escutasse à distância os gritos de socorro que vinham de lá.

– Anote as palavras dele e aprenda com elas, Reinmar.

– É uma lição que me repetem todos os dias – Reynevan cortou. – E os outros, Tibaldo? O que aconteceu com os demais? Com o cobrador? Com os franciscanos? Com o cavaleiro von Stietencron? Com a filha... com a filha dele?

– Eu já lhe disse, senhor. Não olhei para trás. Não me pergunte mais nada.

Reynevan não perguntou.

* * *

Anoiteceu, mas, para o espanto de Reynevan, o exército não levantou acampamento. Os hussitas continuaram a marcha noturna até chegar ao vilarejo de Ratno, onde os incêndios alumiaram o breu da noite. Os defensores do castelo de Ratno ignoraram o ultimato de Ambrož e dispararam uma salva de virotes contra os emissários da paz. Mas a decisão de atacá-los tinha sido tomada já sob o clarão dos casebres em chamas. A fortaleza defendia-se com firmeza, mas caiu antes do amanhecer. E os defensores pagaram pela resistência – foram todos massacrados.

A marcha foi retomada ao amanhecer, e Reynevan percebeu que as incursões de Ambrož na terra de Kłodzko tinham o caráter de uma expedição de retaliação em resposta a uma razia outonal em Náchod e Trutnov, às carnificinas empreendidas pelas tropas de Conrado, bispo da Breslávia, e de Puta de Častolovice nas cercanias de Vízmburk e nos vilarejos localizados às margens do rio Metuje. Depois de Radków e Ratno, foi a vez de Ścinawka pagar por Vízmburk e Metuje. Ścinawka pertencia a João Haugwitz, que participara da cruzada episcopal, por esse motivo recebeu seu castigo: foi reduzida a cinzas. Dois dias antes da festa de sua padroeira, atearam fogo na igrejinha de Santa Bárbara. O pároco conseguiu fugir, salvando assim sua cabeça de um golpe de mangual.

Com a igreja em chamas às suas costas, Ambrož celebrou uma missa – afinal, era um domingo. A missa era tipicamente hussita: ao ar livre, numa mesa comum. E, durante toda a celebração, Ambrož manteve a espada na cintura.

Os boêmios rezavam em voz alta. Sansão Melzinho, imóvel como uma estátua antiga, permanecia em pé, olhando para o apiário em chamas, para os redondos telhadinhos de palha das colmeias que ardiam em brasa.

Depois da missa, deixando as ruínas fumegantes para trás, os hussitas seguiram para o leste, atravessaram um passo entre os cumes nevados de Goliniec e Kopiec e, à noite, chegaram aos arredores de Wojbórz, terras que constituíam o patrimônio da família von Zeschau.

A fúria com que os hussitas se lançaram contra o povoado atestava que alguém dessa família também teria acompanhado o bispo durante os eventos que tiveram lugar na região de Vízmburk. Não restou nem um casebre, nem um estábulo, nem sequer uma choça ou cabana.

– Estamos a quatro milhas da fronteira – declarou Urban Horn com uma voz exageradamente alta e explicativa. – E a apenas uma milha de Kłodzko. Essa fumaça pode ser avistada de longe, e as notícias correm a toda velocidade. Estamos adentrando a boca do leão.

Adentraram. Quando, depois de terminar a pilhagem, a tropa hussita saiu marchando de Wojbórz, apareceu a leste um destacamento de cavalaria de aproximadamente cem homens. Havia entre eles muitos monges da Ordem de São João, enquanto os brasões das bandeiras indicavam ainda a presença dos Haugwitz, dos Muschen e dos Zeschau. Ao avistar os hussitas, o destacamento, amedrontado, bateu em retirada.

– Onde está o leão? – ironizou Ambrož. – Irmão Horn? Onde está aquela bocarra? Avante, cristãos! Avante, guerreiros de Deus! Marchem!

* * *

Não havia dúvida de que o alvo dos hussitas era Bardo. Se Reynevan, mesmo que provisoriamente, tivesse nutrido quaisquer incertezas a esse respeito – afinal de contas, Bardo era um burgo grande e um acepipe demasiado graúdo para se abocanhar numa só mordida, mesmo para alguém como Ambrož –, elas haviam se dissipado rapidamente. A tropa parou para pernoitar na floresta perto de Nysa. E até a meia-noite ressoava o barulho de machados que cortavam ramalhos, similares àqueles do brasão dos Ronovic: troncos com cotocos de galhos. Uma ferramenta simples, prática, barata e muito eficaz para forçar muros de defesa.

– Vocês vão assaltar? – perguntou Sharlei sem rodeios.

Sentaram-se ao redor de um caldeirão fumegante cheio de sopa de ervilha-forrageira, que, na companhia dos *hetmans* da cavalaria de Ambrož, devoraram rapidamente, soprando as colheres vaporosas. Estavam junto de Sansão Melzinho, que ultimamente – desde Radków – andava calado. O gigante não despertava o interesse de Ambrož e gozava de plena liberdade, da qual se valeu para, curiosamente, ajudar como voluntário na cozinha castrense organizada pelas mulheres e moças de Hradec Králové, taciturnas, caladas, distantes e desgostosas.

– Vocês vão atacar Bardo – Sharlei confirmava para si mesmo depois de ter recebido como resposta à sua pergunta o ruído de línguas estalando e do sopro das colheres. – Eu me pergunto se vocês teriam algumas contas pessoais para acertar também por lá.

– Você está certo, irmão – confirmou Velek Chrasticky, enxugando o bigode. – Os cistercienses de Bardo tocavam os sinos e celebravam missas para os facínoras do bispo Conrado que, em setembro, marcharam até Náchod para pilhar, queimar, assassinar mulheres e crianças. Precisamos mostrar que uma coisa dessas não passa impune. Vamos mostrar para eles o que é o verdadeiro terror.

– Além disso – acrescentou Oldřich Halada depois de lamber a colher –, a Silésia mantém um embargo comercial contra nós. Precisamos mostrar que sabemos romper um embargo e que esse tipo de coisa não vale a pena. Também temos de confortar um pouco os comerciantes que fazem negócios conosco, que estão apavorados com os ataques e o terror. Temos de confortar os parentes dos assassinados, mostrando que a resposta ao terror será o terror, e que os assassinos não ficarão impunes. Não é verdade, jovem senhor de Bielau?

– Os assassinos – repetiu Reynevan com a voz abafada – não ficarão impunes. Nesse ponto estou com vocês, senhor Oldřich.

– Caso queira se juntar a nós, deveria falar "irmão" em vez de "senhor" – corrigiu-o Halada sem muita ênfase. – E amanhã você terá uma oportunidade para mostrar com quem você está mesmo, pois precisaremos do máximo de braços e espadas que conseguirmos reunir. O combate promete ser feroz.

– De fato – disse, apontando com a cabeça na direção do vilarejo, Brazda de Klinštejn, que até então se mantivera calado. – Eles sabem com que objetivo viemos para cá. E vão se defender.

– Em Bardo – intrometeu-se Urban Horn com uma voz que transbordava sarcasmo –, há duas igrejas cistercienses, ambas muito ricas. Enriqueceram-se à custa dos peregrinos.

– Você resume tudo – Velek Chrasticky bufou – às coisas mundanas, Horn.

– Eu sou assim mesmo.

* * *

O som dos golpes de machados, que vinha do acampamento, silenciaram. No entanto, ressoou e se propagou um ranger penetrante e cadenciado de pedras de amolar que chegava a dar calafrios. A tropa de Ambrož afiava as lâminas.

* * *

– Olhe para mim, vire-se para cá – ordenou Sharlei quando ficaram sozinhos. – Deixe-me olhar para você. Hum. Você ainda não pregou um cálice vermelho no peito? "Eu estou com vocês!" "Estou do seu lado!" Que patacoada foi essa, Reinmar? Você não estaria se deixando levar longe demais por seu personagem?

– Do que você está falando?

– Você sabe bem do quê. Não o estou repreendendo por ter falado para Ambrož sobre a granja em Dębowiec. Isso pode até nos trazer algum proveito se nos escondermos um pouco sob as asas dos hussitas. Mas lembre, diabos, que Hradec Králové não é de forma alguma nosso destino final, e sim uma mera parada no caminho para a Hungria. E a causa hussita é, para nós, trivial e desimportante.

– Não considero a causa deles insignificante – protestou Reynevan com seriedade. – Peterlin acreditava no que eles acreditam. Só isso já me basta, pois eu conhecia meu irmão, sei que tipo de pessoa ele era. Se Peterlin se dedicou à causa deles, se ele se sacrificou por ela, então não pode se tratar de uma causa ruim. Cale-se, cale-se, sei o que você quer dizer. Também testemunhei o que fizeram com os padres de Radków. Mas isso não muda nada. Repito, Peterlin não apoiaria uma causa ruim. Ele tinha ciência daquilo que só hoje eu sei: em qualquer religião, no meio das pessoas que a professam e que lutam por ela, existe um Francisco de Assis para cada legião de irmãos Arnolfos.

– Apenas suspeito de quem se trata esse irmão Arnolfo – respondeu o demérito dando de ombros. – Mas entendo a metáfora, mesmo porque não é nada original. O que não entendo é... Rapaz, por acaso, você se converteu à fé hussita? E agora, como qualquer neófito, já se lança ao proselitismo? Se for caso, faça então o favor de conter seu entusiasmo catequético, pois está latindo para a árvore errada.

– Sem dúvida – declarou Reynevan com uma careta. – Você não precisa ser convertido, pois já o foi.

Os olhos de Sharlei semicerraram-se de leve.

– O que você quer dizer com isso?

– Dezoito de julho de 1418 – disse Reynevan após um breve momento de silêncio. – Breslávia, Cidade Nova. A segunda-feira sangrenta. O cônego Beess o traiu com a senha que eu lhe passei no dia que nos conhecemos nos carmelitas. E Buko von Krossig o reconheceu e o desmascarou naquela noite em Bodak. Você participou, e ativamente, da rebelião da Breslávia em julho do *Anno Domini* de 1418. E o que lhe teria impingido tamanhas revolta e comoção senão a morte de Huss e Jerônimo? Quem vocês defenderam senão os begardos e os apoiadores de Wycliffe que eram perseguidos? O que vocês defendiam senão o direito livre à comunhão sob duas espécies? Declarando-se como *iustitia popularis*, contra o que vocês se manifestaram, senão contra a riqueza e a dissolução do clero? O que vocês demandavam nas ruas senão a reforma *in capite et in membris*? Sharlei? Como foi isso?

– Foi como foi – respondeu o demérito após um momento de silêncio. – Há sete anos. Provavelmente você vai ficar surpreso, mas algumas pessoas sabem aprender com os erros e deles tirar lições.

– No início da nossa amizade – afirmou Reynevan –, tão distante no tempo que parece mesmo ter sido há séculos, você me presenteou com a seguinte frase: o Criador nos fez à sua imagem e semelhança, mas zelou para que houvesse características pessoais. Eu, Sharlei, não anulo o passado e dele não me esqueço. Retornarei à Silésia para acertar minhas contas. Vou ajustar todas elas e pagar todas as minhas dívidas, com juros adequados. Entretanto, a distância entre Hradec Králové e a Silésia é menor do que entre Buda e…

– E lhe apetece o modo – Sharlei cortou-o – como o pároco de Hradec acerta as contas dele? Sansão, eu não estava certo dizendo que Reynevan se porta como um neófito?

– Não de todo – respondeu Sansão, que se aproximara tão sorrateiramente que Reynevan não o tinha visto nem ouvido. – Não se trata exatamente disso, Sharlei. A questão aqui é outra: uma senhorita chamada Catarina von Biberstein. Nosso Reinmar parece ter se apaixonado outra vez.

* * *

Antes mesmo que a gélida e acinzentada manhã tivesse alvorecido, já havia se dado a despedida.

– Passe bem, Reinmar – disse Urban Horn, apertando a mão do rapaz. – Vou desaparecer. Demasiadas pessoas viram meu rosto por estas bandas. Isso é algo assaz arriscado em meu ofício, o qual pretendo continuar a exercer.

– O bispo da Breslávia já sabe sobre você – advertiu-o Reynevan.
– Os cavaleiros negros que gritam *"Adsumus"* também já devem saber.

– Terei de passar um tempo incógnito, aguardando, em meio a pessoas gentis, até que a poeira se assente. Por isso vou primeiro a Głogówek. E depois para a Polônia.

– Na Polônia você não estará seguro. Eu lhe contei o que ouvimos em Dębowiec. O bispo Zbigniew Oleśnicki...

– A Polônia – Horn interrompeu-o – não se resume a Oleśnicki. Pelo contrário, a Polônia é Oleśnicki, Łaskarz e Elgot num grau muito reduzido. A Polônia, meu caro rapaz, são... são os outros. A Europa, garoto, em breve vai se transformar. E isso vai se dar precisamente por causa da Polônia, escreva o que lhe digo. Passe bem, rapaz.

– É provável que ainda nos encontremos. Pelo que conheço de você, acabará retornando à Silésia, assim como eu. Ainda tenho lá alguns assuntos em aberto.

– Quem sabe? Talvez nós os resolvamos juntos. Mas, para que essa possibilidade possa se materializar, Reinmar de Bielau, aceite, por gentileza, o conselho deste seu amigo: não evoque mais demônios.

– Não evocarei.

– Outro conselho: se estiver pensando a sério numa futura parceria para resolvermos juntos os nossos assuntos, treine o manejo da espada. E do estilete. E da besta.

– Treinarei, sim. Passe bem, Horn.

– Passe bem, senhorzinho – ecoou Tibaldo Raabe ao aproximar-se. – É chegada também a minha hora de partir. É preciso trabalhar pela causa.

– Cuide-se.

– Pode deixar.

* * *

Embora Reynevan estivesse de fato pronto para, de espada em punho, juntar-se aos hussitas, não teve oportunidade de fazê-lo. Ambrož ordenara categoricamente que ele e Sharlei permanecessem a seu lado, junto de seu séquito, durante o ataque a Bardo. Reynevan e Sharlei, vigiados de perto pela escolta, encontravam-se na presença de Ambrož quando o exército hussita, em meio a uma densa nevasca, atravessou o rio Nysa e parou às portas da cidade numa formação exemplar. Nuvens de fumaça já emergiam ao norte, onde a cavalaria de Brazda e Chrasticky havia ateado fogo ao moinho e às choupanas nos arrabaldes como parte de uma ação de sabotagem.

Bardo estava pronta para se defender, com os muros repletos de encouraçados, estandartes a agitar-se e gritos a ressoar. Os sinos de ambas as igrejas – a boêmia e a alemã – dobravam-se com veemência.

Do lado de fora dos muros, nove estacas carbonizadas se erigiam em círculos escuros de borralho e cinzas. O vento espalhava o fedor azedo da carne queimada.

– Eram hussitas – esclareceu um dos mais de dez denunciadores camponeses que acompanhavam servilmente o exército de Ambrož. – Hussitas, boêmios capturados, begardos e um judeu. Foi um aviso. Quando souberam que os senhores estavam a caminho, tiraram todos os prisioneiros da masmorra e os queimaram, como uma advertência e demonstração de desdém pelos here... Perdoe-me, isto é, pelos senhores.

Ambrož acenou com a cabeça. Não proferiu nem uma palavra. Seu rosto permanecia impassível.

Os hussitas ocuparam as posições com prontidão e eficiência. A infantaria montou os paveses e falconetes e os reuniu, enquanto a artilharia também se preparava. Dos muros eram lançados gritos e injúrias e, ocasionalmente, algum disparo dos virotes.

As gralhas, assustadas, grasnavam e disputavam o espaço no céu, e os corvos revoavam desorientados.

Ambrož subiu num carro.

– Justos cristãos! – bradou. – Boêmios fiéis!

O exército foi emudecendo. Ambrož esperou por um silêncio absoluto, então prosseguiu:

– Ao pé do altar eu vi – bramiu ele, apontando para as estacas carbonizadas e as cinzas das fogueiras – as almas daqueles que foram assassinados por crer na Palavra de Deus e pelo testemunho que prestaram. Essas almas bradaram com eloquência: "Até quando, ó, Santo e Justo Senhor, irá se abster de julgar aqueles que habitam esta terra e de lhes infligir castigo por nosso sangue derramado?" E vi um anjo no Sol! Ele dizia em voz alta para todas as aves que voavam no céu: "Vinde e ajuntai-vos à ceia do grande Deus; para que comais a carne dos reis, e a carne dos tribunos, e a carne dos fortes, e a carne dos cavalos e dos que sobre eles se assentam!" E eu vi a Besta!

Um clamor ressoou desde os muros, trazendo sortilégios e injúrias. Ambrož ergueu a mão.

– Eis diante de nós os pássaros divinos que apontam o caminho! – urrou. – E eis diante de vocês a Besta! Eis Babilônia repleta do sangue dos mártires! Eis o ninho do pecado e do mal afamado pelas superstições, o esconderijo dos servos do anticristo!

– Pra cima deles! – ululou alguém da multidão de guerreiros. – Atacar!

– Pois eis que vem – Ambrož bramia – o dia ardente como um forno, e todos os presunçosos e aqueles que praticam o mal serão como a palha, então esse dia que se anuncia há de queimá-los tanto que não sobrará deles nem uma raiz ou um galho!

– Queeeeimem-nos! Morteeeee! Atacar! Pra cima deles!

Ambrož ergueu ambas as mãos e a multidão silenciou instantaneamente.

– A obra de Deus nos espera! – berrou. – A obra a qual é preciso encarar com o coração purificado depois de uma oração! Ajoelhem-se, cristãos! Oremos!

O exército se ajoelhou, fazendo ressoar, de trás das barricadas de paveses e falconetes, uma sequência quase em uníssono de rangidos e batidas metálicas.

– *Otče náš* – começou Ambrož com a voz potente – *jenž jsi na nebesích, buď posvěceno tvé jméno...*

– *Přijď tvé království!* – trovejou o exército num coro portentoso. – *Staň se tvá vůle! Jako v nebi, tak i na zemi!*

Ambrož não uniu as mãos nem baixou a cabeça. Olhava para os muros de Bardo e o ódio fulgurava em seu olhar. Seus dentes estavam arreganhados como os de um lobo, entre lábios cheios de espuma.

– E perdoai-nos – gritou – nossas dívidas! Assim como nós perdoamos...

Algum dos ajoelhados da primeira fileira, em vez de perdoar, disparou um arcabuz na direção dos muros. Aqueles que lá estavam responderam, e a fumaça encobriu as ameias enquanto silvavam os petardos e os virotes, estrondeando numa tempestade que se voltava contra os paveses.

– E não nos deixeis cair – o berro dos hussitas erguia-se sobre o estrondo dos disparos – em tentação!

– *Ale vysvoboď nás od zlého!*

– Amém! – Ambrož uivou. – Amém! Adiante, fiéis boêmios! *Vpřed, boží bojovníci!* Morte aos serviçais do anticristo! Matem os papistas!

– Pra cima deles! Avante!

Os obuses e falconetes cuspiram fogo, os arcabuzes e canhões de mão retumbavam, e a tempestade assassina que fazia chover projéteis varreu dos muros os defensores. A segunda salva, desta vez de munição incendiária, atingiu, como se fosse uma revoada de pássaros de fogo, os telhados das casas. De trás de uma barricada levadiça disparou um canhão, encobrindo toda a área do portão com uma fumaça espessa e fedorenta. O portão caiu aos pedaços, incapaz de resistir ao disparo de uma pedra que pesava cinquenta libras. Os atacantes se lançaram pela abertura para dentro do burgo. Outros, como formigas, escalavam os muros usando escadas de madeira. Bardo tinha sido condenada à pena de morte, e logo a sentença seria executada.

– Pra cima deles! Matemmm-nos!

Gritos selvagens, berros de arrepiar os cabelos e urros inconsoláveis.

Bardo estava morrendo junto com o badalar de seus sinos, que ainda há pouco ressoavam furiosamente, tal qual um alarme, mostrando-se desafiadores, como uma chamada às armas, mas que agora se tornaram desesperados como um grito por socorro, até que enfim assumiram a forma de gemidos espasmódicos, caóticos e trêmulos de um moribundo. E, feito um moribundo, os sinos foram se esvaindo de vida, engasgando com a agonia, extinguindo-se. E enfim silenciaram, emudeceram por completo. Foi então que a fumaça encobriu ambos os campanários enegrecidos diante de um cenário em chamas. As enormes labaredas se lançavam na direção do céu como se fossem almas desvaídas do burgo que ia a óbito.

Foi então que Bardo morreu. O incêndio que, enfurecido, tudo devorara não passava de uma pira funerária. E o clamor dos assassinados, seu epitáfio.

* * *

Após um curto período de tempo, deixava o burgo uma fileira de fugitivos – mulheres, crianças e todos aqueles aos quais os hussitas deram a permissão para sair. Os fugitivos eram examinados atentamente pelos denunciadores camponeses. De quando em quando alguém era reconhecido, retirado das fileiras e massacrado.

Na presença de Reynevan, uma camponesa vestida de capa indicou aos hussitas um jovem, o qual foi então arrastado para fora. Após ter o capuz arrancado, o cabelo dele, muito bem aparado, revelou tratar-se de um cavaleiro. A camponesa disse algo a Ambrož e a Hlushichka. Hlushichka deu uma ordem breve. Os manguais se ergueram e baixaram. O cavaleiro desabou no chão, onde, prostrado, foi apunhalado com forcados e cutelos de assédio.

A camponesa tirou o capuz, deixando aparecer uma trança grossa e clara. E se afastou. Mancando. De um jeito tão característico que Reynevan pôde diagnosticar uma luxação congênita do quadril. Ao se afastar, a camponesa lhe deu uma encarada significativa. Ela também o reconhecera.

* * *

Bardo estava sendo saqueada. Do incêndio infernal e das nuvens de fumaça saía um comboio de boêmios carregando os mais diversos bens. Os troféus eram alocados sobre os carros. Os boêmios tocavam as vacas e os cavalos, reunindo-os.

Sansão Melzinho saiu do burgo em chamas bem no fim da procissão. Estava tingido de preto por causa da fuligem, mesmo chamuscado num ponto ou outro, e tinha perdido as sobrancelhas e os cílios. No braço, carregava um filhote de gato que tinha a pelugem preta e branca toda eriçada e enormes olhos selvagens e apavorados. Com as pequenas garras, o gatinho segurava espasmodicamente a manga de Sansão e, de quando em quando, abria o focinho silenciosamente.

O rosto de Ambrož estava impassível. Reynevan e Sharlei permaneciam calados. Sansão se aproximou e ficou parado.

– Ontem à noite pensei em salvar o mundo – disse, com uma voz suave e agradável. – Hoje de manhã, em salvar a humanidade. Contudo, é impossível abraçar o mundo. É preciso salvar o que está ao nosso alcance.

* * *

Tendo pilhado Bardo, o exército de Ambrož recuou para o oeste, para Broumov, deixando um rastro negro sobre a neve fresca e branquinha.

A cavalaria tinha se dividido. A parte comandada por Brazda de Klinštejn seguiu à frente, como a chamada *předvoj* ou vanguarda. A outra, em contrapartida, composta de trinta cavalos e sob a tutela de Oldřich Halada, constituía a retaguarda. Nesta última se inseriam Reynevan, Sharlei e Sansão.

Sharlei assobiava, Sansão permanecia calado. E Reynevan seguia junto de Halada, ouvindo lições, aprendendo bons costumes e se livrando dos maus. Um destes últimos fizera Halada adverti-lo com bastante veemência: o emprego do termo "hussitas". Pois assim falavam apenas seus inimigos: os papistas e aqueles que eram hostis à causa. Era preciso dizer "ortodoxos", "bons boêmios" ou "guerreiros de Deus". A tropa de Hradec Králové, continuava a ensinar o *hetman* dos guerreiros de Deus, é o braço armado dos Órfãos, ou seja, dos ortodoxos orfanados pelo grande e memorável Jan Žižka. Enquanto Žižka estava vivo, os Órfãos, obviamente, ainda não tinham se tornado Órfãos, e eram conhecidos como o Novo ou Menor Tábor para se diferenciar do Velho Tábor, isto é, dos taboritas. O Novo ou Menor Tábor foi criado por Žižka com base nos orebitas, ou seja, aqueles ortodoxos que se reuniam no Monte Oreb, nas proximidades de Třebechovice, onde erigiram seu povoado; ao passo que os taboritas se reuniam no Monte Tábor, às margens do rio Lužnice. Não se deveria – como explicava com severidade o *hetman* ortodoxo dos Órfãos do Novo Tábor – confundir os orebitas com os taboritas. Entretanto, um pecado digno de pena é ligar qualquer um desses dois grupos aos calixtinos de Praga. Se na Cidade Nova, em Praga, ainda se podem encontrar os verdadeiros ortodoxos, a Cidade Velha era um ninho de pactários moderados, conhecidos como calixtinos ou utraquistas, com quem os bons boêmios não querem e não devem ser associados. Tampouco os praguenses deveriam ser chamados de "hussitas", pois assim dirigem-se a eles apenas os inimigos.

Reynevan balançava na sela com um pouco de sonolência e de quando em quando afirmava ter entendido, o que nem sempre era verdade. A neve voltou a cair e logo se avolumou numa nevasca.

* * *

Depois da floresta, numa encruzilhada perto das cinzas de Wojbórz, havia uma cruz de penitência em pedra, uma das várias lembranças dos crimes cometidos na Silésia, e de seu remorso tardio. No dia anterior, quando Wojbórz tinha sido incendiada, Reynevan não havia notado a cruz. Mas era noite e nevava, e muitas coisas podiam ter passado despercebidas.

As pontas dos braços da cruz tinham o formato de trevos. Junto dela havia dois carros, não de combate, mas que serviam para transportar cargas. Um deles estava muito inclinado para o lado, apoiado no cubo da roda com um aro completamente destroçado. Quatro homens tentavam, sem sucesso, levantar o carro para que os outros dois pudessem tirar a roda quebrada e substituí-la pela roda de reserva.

— Ajudem! — gritou um deles. — Irmãos!

— Descarreguem o carro! — sugeriu Halada em voz alta. — Vai ficar mais leve!

— Não é a roda — respondeu aos berros o cocheiro. — O cabeçalho quebrou e não tem como arrear! É preciso que alguém vá em frente e peça que um carro retorne! Assim, vamos poder transferir os bens...

— Que se danem os bens. Não estão vendo que a nevasca está cada vez mais forte? Querem ficar presos aqui?

— É pena deixar os bens!

— E não tem pena de perder a vida? É possível que venha alguém em nosso encalço...

A voz de Halada deteve-se em sua garganta, pois ele se dera conta de que proferia aquelas palavras numa hora bastante inapropriada.

Os cavalos relincharam e uma coluna de cavaleiros em armaduras completas emergiu da floresta. Havia aproximadamente trinta indivíduos, e a grande maioria integrava a Ordem de São João.

Andavam a passo lento e uniforme, nenhum dos cavalos ousava sequer esticar o focinho para fora da formação.

Do outro lado da estrada de terra batida, mais um destacamento, igualmente forte, despontou de entre as árvores. Sob o estandarte dos Haugwitz, com a cabeça de carneiro, os cavaleiros vinham marchando em fileiras. E assim puderam cercar os Órfãos, demonstrando perspicácia ao pôr-se de través na estrada para bloquear qualquer rota de fuga.

– Vamos avançar e passar entre eles! – gritou um dos ginetes mais novos. – Irmão Oldřich! Por que não irrompemos?

– Como? – questionou Halada, com a voz falhando. – Em meio às lanças? Vão nos espetar como frangos. Desmontem das selas! Vamos nos meter entre os carros! Não vamos vender barato a nossa pele!

Não havia tempo a perder, os joanitas que os cercavam esporeavam os cavalos, tapavam as viseiras dos *armets* e reclinavam as lanças. Os hussitas saltaram das selas, esconderam-se atrás dos carros, e alguns chegaram mesmo a meter-se debaixo deles. Aqueles para os quais faltaram esconderijos se ajoelhavam com as bestas carregadas e prontas para serem disparadas. Descobriram que, por sorte, além dos vasos sagrados, os carros transportavam armas, constituindo-se a maior parte delas de hastes. Num instante, os boêmios repartiram entre si as alabardas, partasanas e bisarmas, e alguém botou na mão de Reynevan um *spetum* com uma ponta longa e afiada.

– Prepare-se! – berrou Halada. – Estão vindo!

– Nós nos afundamos até o pescoço na merda – disse Sharlei ao armar a besta. – E, ai de mim, que tinha depositado todas as minhas esperanças na Hungria. Estava com uma vontade colossal de comer um verdadeiro *bográcsgulyás*.

– Por Deus e por São Jorge!

Os joanitas instigaram os cavalos para o ataque e, aos urros, avançaram contra os carros.

– Agora! – berrou Halada. – Já! Atirem neles!

Os cordões das bestas estalaram e uma saraivada de virotes estrondeou contra os escudos e as armaduras. Alguns cavalos tombaram; foram ao chão alguns cavaleiros. O restante se lançou contra os sitiados. As longas lanças acertaram os alvos. O estouro das hastes partidas e o grito dos atingidos se projetavam rumo ao céu. O sangue jorrava sobre Reynevan enquanto ele assistia ao sujeito adjacente a ele se sacudir em convulsões e, do outro lado, a um dos cavaleiros de Halada que, desmontado da sela, se debatia no chão com a ponta de um virote encravada no peito. Avistou ainda um cavaleiro enorme, com um ramalho decepado estampando o escudo, erguer um outro com a lança e arremessá-lo, todo ensanguentado, sobre a neve. Viu Sharlei disparar com uma besta, metendo, à queima-roupa, um virote na garganta de um dos lanceiros. Viu Halada destroçar o elmo e a cabeça de um outro com uma berdiche, e um terceiro, enganchado em duas bisarmas, cair por entre os carros e morrer, lacerado e apunhalado. Logo acima da própria cabeça, Reynevan deparou com o focinho arreganhado e espumoso de um cavalo e observou o brilho de uma espada. Enfiou um *spetum* instintivamente. A ponta alongada tinha rompido algo e se encravado em alguma coisa. Com a pressão que aplicava, Reynevan mal conseguia manter-se em pé. Viu o joanita por ele atingido vacilar na sela. Então pressionou a haste, e o cavaleiro tombou para trás, clamando por todos os santos com uma voz que ia se tornando bastante aguda. Ainda assim, Reynevan não caiu, mantendo-se escorado numa patilha alta. Foi ajudado por um dos Órfãos, que golpeou o cavaleiro com uma alabarda. E ali o suporte da patilha não se mostrou suficiente para segurar o ginete, que foi arremessado da sela. Quase no mesmo instante, a cabeça do boêmio foi atingida por um bastão. O golpe amassou a capelina, que lhe cobria o rosto até o queixo. E o sangue começou a verter sob o elmo. Reynevan atacou o responsável por aquele golpe e, berrando palavrões, o empurrou sela abaixo. Ao lado dele, outro ginete tombava do respectivo animal ao ser atingido por um disparo efetuado por Sharlei. Um terceiro, talhado por uma espada de duas mãos, bateu a testa contra a crina do cavalo, tingindo-a toda de vermelho. A área ao redor dos carros foi se esvaziando. Os encouraçados recuavam, se esforçando para controlar os cavalos, que se debatiam enlouquecidos.

– Muito bem! – bradou Oldřich Halada. – Bom trabalho, irmãos! Demos uma surra neles! Continuem assim!

Encontravam-se em meio a sangue e cadáveres. Reynevan constatou, para seu espanto, que tinham restado no máximo quinze homens vivos, dos quais apenas dez conseguiam manter-se em pé. Ainda assim, a maioria deles sangrava. O rapaz se deu conta, então, de que aqueles só permaneciam vivos até aquele momento porque os lanceiros, ao atacar, atrapalhavam-se uns aos outros e apenas uma parte conseguia lutar junto dos carros. Essa parte, aliás, pagou pelo privilégio, e o preço foi bastante alto. Um círculo, formado por homens mortos e cavalos feridos que, ainda tombados, coiceavam, enredava os carros.

– Preparem-se – Halada arquejou. – Daqui a pouco vão voltar a atacar...

– Sharlei?

– Estou vivo.

– Sansão?

O gigante pigarreou e enxugou das sobrancelhas o sangue que escorria da ferida na testa. Estava armado de um bastão cravejado de pregos e de um pavês adornado por um artista amador. Havia nele a imagem de um carneirinho e uma hóstia radiante, além da inscrição: *BŮH PÁN NÁŠ.*

— Preparem-se! Estão vindo!

— Não temos mais nenhuma chance de sobreviver a isso – afirmava Sharlei por entre os dentes cerrados.

— *Lasciate ogni speranza* – concordou Sansão com tranquilidade. – De fato, o gato teve sorte por eu não tê-lo trazido comigo.

Alguém entregou um arcabuz a Reynevan – um momento de trégua permitiu aos Órfãos que pusessem alguma munição em suas armas. O rapaz apoiou o cano sobre o carro, prendeu o gancho no baluarte e aproximou o pavio ao orifício.

— São Joooorgeee!

— *Gott mit uns!*

Mais uma carga, anunciada pelo estrondo de cascos contra o chão, chegava de todos os lados. Troaram os arcabuzes e os canhões de mão, uma salva de virotes provenientes das bestas tinha sido disparada em meio à fumaça. Em seguida vieram as lanças longas e foi possível escutar o respingar de sangue e um grito demoníaco que vinha dos homens perfurados. Reynevan foi salvo por Sansão, que o cobriu com o pavês adornado pela imagem da hóstia e do carneirinho. Um momento depois, o mesmo pavês salvou Sharlei da morte – o gigante manobrava o enorme escudo com uma única mão, como se fosse um broquel, e rebatia as saraivadas de lanças como se fossem papilhos de um dente-de-leão.

Os joanitas e os encouraçados de Haugwitz enfiaram-se com ímpeto por entre os carros e, em pé nos estribos, desferiam golpes de espada, machado e maça em meio às ondas de gritos e do tinir de metal. Os hussitas tombavam. Morriam um após outro, revidando com disparos de bestas e canhões de mão diretamente no rosto dos lanceiros, apunhalando e talhando com as bisarmas e alabardas, golpeando com as maças, fisgando com os *spetuns*. Os feridos se arrastavam para baixo dos carros e cortavam as quartelas dos cavalos, aumentando ainda mais o alvoroço, o caos e a confusão.

Halada pulou até um carro e, com um golpe de berdiche, pôs sela abaixo um joanita. Depois, no entanto, ele próprio se curvou ao ser perfurado por uma lâmina. Reynevan o agarrou e tirou-o de lá. Dois encouraçados lançaram-se sobre eles, com as espadas em punho. Outra vez foram salvos por Sansão e seu pavês adornado. Um dos cavaleiros – um Zedlitz, a julgar pela fivela do escudo – desabou junto com o cavalo, cujas quartelas tinham sido talhadas. Um segundo, montado num lobuno, foi atingido na cabeça com um golpe de berdiche, desferido por Sharlei após ter recuperado a arma que Halada deixara cair. Com a pancada, o elmo do cavaleiro arrebentou e o sujeito tombou para a frente, sujando de sangue o *crinet* de placas. No mesmo instante, Sharlei foi atropelado e levado a nocaute por um cavalo. Reynevan valeu-se do *spetum* que lhe tinha sido confiado e com ele apunhalou o ginete com toda a força de que ainda dispunha. A ponta encravou-se na chapa. Reynevan soltou a haste, deu meia-volta e se recolheu. Os encouraçados estavam por todo lado. Ao redor, havia um caos de terríveis elmos pontiagudos com viseiras do tipo *hundsgugel*, um caleidoscópio de cruzes e brasões sobre os escudos, um furacão de espadas reluzentes, um *Maelstrom* de dentaduras, peitos e cascos equinos. "Narrenturm", pensou fervorosamente o rapaz. "Ainda estou em Narrenturm – delírio, loucura e desvario."

Então escorregou no sangue e caiu por cima de Sharlei, que tinha uma besta nas mãos. Ele olhou para Reynevan, deu uma piscadela e disparou, para cima, em ângulo reto, diretamente na barriga de um cavalo que se lançava sobre eles. O equino guinchou. E Reynevan foi atingido na parte lateral da cabeça pelo casco do cavalo. "É o fim", pensou ele.

"Valha-nos, Deusssss!", ele escutou o grito abafado, como que a tentar penetrar seu ouvido através de um algodão. Ele já estava paralisado de dor e fraqueza, mas pôde ouvir alguém bradando: "Resgaaaateeee! Resgaaaateeee!"

– Reinmar, resgate! – berrava Sharlei, sacudindo-o. – Resgate! Estamos vivos!

Reinmar pôs-se de quatro. Diante de seus olhos o mundo continuava a girar e a flutuar. Mas o fato de estarem vivos não podia passar despercebido. Piscou os olhos.

Gritos e rangidos ressoavam a partir do campo de batalha. Os joanitas e os encouraçados de Haugwitz confrontavam com o reforço recém-chegado, cavaleiros de armadura pesada de placas. O combate não durou muito – pela estrada de terra batida vinham galopando desde o oeste, aos gritos e a todo vapor, a cavalaria de Brazda e, atrás dela, gritando ainda mais alto, a infantaria hussita empunhando os manguais. Ao avistá-los, os joanitas e os homens de Haugwitz puseram-se em retirada, fugindo individualmente ou em grupos para a floresta. O reforço seguiu no encalço deles, fazendo ecoar pelas colinas os ruídos produzidos pelo impiedoso decepar e perfurar de partes do corpo.

Reynevan sentou-se. Apalpou a cabeça e os flancos. Estava todo ensanguentado, mas, ao que parecia, era sangue alheio. Próximo dali, ainda empunhando o pavês, estava Sansão Melzinho, encostado a um carro e com a cabeça ensanguentada. Espessas gotas pingavam de sua orelha e caíam no ombro. Alguns hussitas pelejavam e enfim conseguiam pôr-se de pé. Um deles chorava; outro vomitava; outro, ainda, apertando com os dentes uma correia de couro, tentava conter o sangue que jorrava do cotoco rente ao ombro que tinha restado de seu braço decepado.

– Estamos vivos – repetiu Sharlei. – Estamos vivos! Ei, Halada, está ouv...

Deteve-se antes de completar a frase.

Halada já não podia ouvir mais nada.

Brazda de Klinštejn acercou-se dos carros ao passo que chegavam os encouraçados do resgate. Embora alvoroçados e empolgados com o combate, silenciavam e se calavam quando uma lama cheia de sangue começava a chapinhar debaixo dos cascos equinos. Brazda avaliou o massacre com o olhar, mirou nos olhos envidraçados de Halada, mas não disse nada.

O comandante dos encouraçados que vieram com o reforço semicerrava os olhos para melhor examinar Reynevan. Dava pra ver que ele fazia um esforço para se lembrar. Reynevan o reconheceu de imediato, e não só pela rosa no brasão. Era um barão gatuno de Kromolin, o protetor de Tibaldo Raabe, o polonês Błażej Poraj Jakubowski.

O boêmio que choramingava baixou a cabeça sobre o peito e morreu. Em silêncio.

– Que estranho – disse, por fim, Jakubowski. – Olhem aqueles três. Mal sofreram ferimentos. Sortudos do caralho! Ou protegidos por algum demônio.

Não os tinha reconhecido. O que, por sinal, não era de espantar.

* * *

Reynevan, embora mal conseguisse manter-se em pé, pôs-se logo a tratar dos feridos. Enquanto isso, a infantaria hussita acabava com os joanitas e os lanceiros de Haugwitz e arrancava as suas placas, extraindo os mortos das armaduras. Tiveram início alguns desentendimentos, à medida que as armas e as couraças mais valiosas eram disputadas, tomadas das mãos uns dos outros e levando alguns às vias de fato.

Um dos cavaleiros que jaziam debaixo dos carros, aparentemente morto tal qual os outros, remexeu-se de repente, fazendo ranger a armadura e soltando um gemido por baixo do elmo. Reynevan aproximou-se, ajoelhou-se e ergueu a viseira *hundsgugel*. Mantiveram-se com os olhos fixos um no outro por longo tempo.

– Vamos... – arfou o cavaleiro. – Mate-me, herege. Você já matou meu irmão. Agora, mate-me também. Que o inferno o devore...

– Wolfher von Stercza.

– Morra, Reynevan de Bielau.

Aproximaram-se dois hussitas com facas ensanguentadas. Sansão se levantou e impediu a passagem deles. Nos olhos do gigante havia algo que os fez dar meia-volta e bater em retirada às pressas.

– Acabe comigo – repetiu Wolfher von Stercza. – Filho do Capeta! O que você está esperando?

– Não matei Niklas – afirmou Reynevan. – Você bem o sabe. Enquanto eu, por outro lado, sigo sem saber que papel vocês desempenharam no assassinato de Peterlin. Ainda assim, saiba, Stercza, que voltarei para cá. E vou acertar as contas com os culpados. Esteja certo disso e espalhe para os outros. Reinmar de Bielau voltará para a Silésia. E vai exigir um ajuste de contas. Por tudo.

O rosto tenso de Wolfher esmoreceu, relaxou. Stercza estava se fingindo de valentão, mas só naquele momento se dava conta de que tinha alguma chance de sobreviver. Mesmo assim, não proferiu nem uma palavra, apenas virou a cabeça.

A cavalaria de Brazda estava voltando da perseguição e do reconhecimento. A infantaria, apressada pelos comandantes, deixou de saquear os perecidos e começou a marchar em formação. Sharlei aproximou-se com três cavalos.

– Vamos embora – disse brevemente. – Sansão, você consegue cavalgar?

– Consigo.

* * *

Passou-se uma hora até que enfim partiram. Deixaram para trás a cruz penitencial em pedra, uma das numerosas lembranças dos crimes cometidos na Silésia e de seu remorso tardio. Agora, além da cruz, a encruzilhada estava marcada com um *kurgan* sob o qual foram sepultados Oldřich Halada e vinte e quatro hussitas, Órfãos de Hradec Králové. Sansão deixou ali um pavês ornamentado com a estampa de uma hóstia reluzente e um cálice.

E a inscrição *BŮH PÁN NÁŠ.*

* * *

O exército de Ambrož marchava rumo ao oeste, para Broumov, deixando para trás uma larga faixa negra de lama sulcada por rodas e pisoteada por sapatos. Reynevan virou-se na sela e olhou para trás.

– Eu voltarei – disse.

– Eu temia isso – respondeu Sharlei com um suspiro. – Eu bem temia, Reinmar, que você fosse dizer essas palavras. Sansão?

– Pois não?

– Você está balbuciando alguma coisa em italiano e em voz baixa. Meu palpite é que se trata de Dante Alighieri, de novo.

– É um bom palpite.

– E provavelmente se trata de um fragmento que tem a ver com a nossa situação? Com o lugar ao qual rumamos?

– Exatamente.

– Hmm... *Fuor de la queta*... Não consideraria um incômodo se eu lhe pedisse para traduzi-lo?

– Não, não consideraria.

Do ar sereno ao ar que treme, vindo:
Chegados somos onde luz não brilha.

* * *

Na encosta ocidental de Goliniec, no local de onde era possível reconhecer, tal qual a palma da própria mão, o exército que marchava pelo vale, uma enorme trepadeira-dos-muros sentou-se sobre o galho de uma pícea, fazendo a neve se desprender e cair das agulhas. A trepadeira-dos-muros virou a cabeça, seu olhos imóveis pareciam divisar alguém em meio àqueles que caminhavam.

A trepadeira-dos-muros, no fim das contas, devia ter avistado algo que queria ver, pois abriu o bico e grasnou. Esse grasnar continha um desafio. E uma terrível ameaça.

* * *

As montanhas estavam mergulhadas num *sfumato* turvo típico de um dia nublado de inverno.

A neve caía e ia encobrindo os rastros.

FIM DO PRIMEIRO VOLUME

NOTAS DO AUTOR

CAPÍTULO I

1. *Memento, salutis Auctor...* – um tradicional hino do breviário:

> *Lembrai-vos, ó Salvador,*
> *que assumiste a corporeidade mortal*
> *ao nascer*
> *de uma Virgem imaculada.*
>
> *Maria, mãe da graça,*
> *mãe da misericórdia,*
> *protege-nos do inimigo*
> *e recebe-nos na hora da morte.*

(N. do E.: Esses versos em português foram traduzidos por nós, de forma um tanto literal, diretamente do latim. Em 1632, o papa Urbano VIII fez algumas alterações no hino, substituindo, por exemplo, no primeiro verso, *"Memento, salutis Auctor"* por *"Memento, rerum Conditor"*, entre outros pontos. Por isso, é provável que não haja tradução estabelecida em português da versão antiga citada no texto.)

2. *Ad te levavi oculos meos...* – os monges cantam os salmos 122, 123 e 124. A numeração dos salmos assumida em todo o livro segue a numeração da *Vulgata* na tradução de São Jerônimo para o latim. A Bíblia do Milênio

[*Biblia Tysiąclecia*, a principal tradução usada nas liturgias católicas na Polônia], de onde provêm todas as citações contidas no livro, foi traduzida das línguas originais, o que acabou resultando na diferença (de um número) na numeração dos salmos. Assim, na Bíblia do Milênio, o salmo *Ad te levavi oculos meos...* (A ti levanto os meus olhos...) tem o número 123, e não 122.

CAPÍTULO II

3. "Um paralítico colérico" – aos puristas da língua, e a outros fanáticos que gostam de repetir que "à época não se falava dessa maneira", esclareço: o termo "cólera", no sentido de uma doença, era usado por Hipócrates para designar um grupo de problemas gástricos. Então, uma vez que desde que o mundo é mundo as pessoas empregam termos alusivos a doenças para blasfemar e praguejar, a partir dos tempos de Hipócrates a palavra "cólera" poderia ter sido usada como um palavrão. A inexistência de provas que confirmem esse uso não significa que ele não tenha ocorrido.

CAPÍTULO V

4. "[...] a menos de uma milha do povoado" – em todo o livro, o termo "milha" se refere à antiga milha polonesa, usada, por exemplo, por Długosz e Janko de Czarnkowo. Atualmente, uma milha polonesa equivaleria a mais ou menos sete quilômetros.

5. "Meu Aucassin, perseguido pelo amor" – referência a *Aucassin et Nicolette* [Aucassin e Nicolette], uma espécie de romance de cavalaria escrito como conto-canção (*chantefable*), em prosa e verso, no século XIII, e que se tornou popular na Idade Média ao narrar as peripécias de dois apaixonados.

CAPÍTULO VI

6. "[...] aquilo que escreveu o mestre Johannes Nider em seu *Formicarius*" – o *Formicarius* de Nider é, obviamente, um anacronismo, pois essa famosa "obra" dominicana só veio a ser redigida no ano 1437.

7. "Konradswaldau pertence aos Haugwitz. Os Bischofsheim estão em Jankowice [...]" – no que diz respeito aos nomes das localidades, recorri às fontes históricas. De acordo com elas, especificamente neste caso, no século XV, a atual Przylesie, localizada nas proximidades de Brzeg, se chamava Konradswaldau; a atual Skarbimierz, Hermsdorf; e a atual Kruszyna, Schönau. No entanto, o uso do nome Jankowice é mais correto para esse período histórico do que o nome (posteriormente) germanizado Jenkwitz. Porém, mais adiante, no texto, por consideração ao leitor, ou seja, para que ele não se perca, às vezes emprego alguns nomes contemporâneos, mesmo com um pequeno prejuízo para a fidelidade histórica – esta muito relativa, aliás.

CAPÍTULO XI

8. *Res nullius cedit occupanti* – uma parêmia do direito romano que significa: "Aquilo que não pertence a ninguém concede-se ao ocupante."

9. *Tacitisque senescimus annis* – trecho do verso "*Tempora labuntur, tacitisque senescimus annis*", ou "Flui o tempo, vem tácita a velhice" (Ovídio, *Os fastos*).

CAPÍTULO XII

10. "*Bernardus valles, montes Benedictus amabat...*" – "Bernardo amou os vales; Benedito, as montanhas; Francisco, as cidades; e Domingos, as metrópoles populosas." Trata-se de um ditado popular de autoria anônima, como ocorre com a maioria deles.

11. "*Offer nostras preces in conspectu Altissimi...*" – oração a São Miguel Arcanjo (*Oratio ad Sanctum Michael*), parte de um ritual de exorcismo na liturgia romana. Considera-se que a oração é de autoria do papa Leão XIII. Segue a tradução:

"Oferece nossas orações ao Altíssimo, para que o quanto antes desçam sobre nós as misericórdias do Senhor, e sujeita o dragão, a antiga serpente, que é o Diabo e Satanás, para o precipitar encadeado nos abismos, de modo que não possa nunca mais seduzir as nações. Depois disso, confiados em tua proteção e patrocínio, com a sagrada autoridade da Santa Mãe Igreja, nos dispomos a rechaçar a peste das fraudes diabólicas, confiados e seguros em nome de Jesus Cristo, Nosso Deus e Senhor."

(N. da T.: A tradução da oração em português foi adaptada da versão disponível em: https://www.gospamira.com.br/oracao-e-novena/pequeno-exorcismo-do-papa-leao-xiii/55. Acesso em: dez. 2021.)

12. *Ego te exorciso...* – fragmentos retirados de diversas fontes de rituais e encantamentos de exorcistas. Admito que com certa dose de desordem – no entanto, planejada.

CAPÍTULO XIII

13. *"Io non so ben ridir com'i'v'intrai..."* – Dante Alighieri, *A divina comédia*, Canto I. Eis a tradução [de Italo Eugenio Mauro, Editora 34, 1998]:

> *Como lá fui parar dizer não sei;*
> *tão tolhido de sono me encontrava,*
> *que a verdadeira via abandonei.*

CAPÍTULO XVI

14. *"Pange lingua gloriosi..."* – primeira estrofe do hino eucarístico de autoria de São Tomás de Aquino. Eis uma tradução [nossa] para o trecho:

> *Canta, ó língua,*
> *o glorioso mistério*
> *deste corpo e do sangue precioso,*
> *derramado pelo mundo.*
> *Fruto de um ventre generoso,*
> *Rei de todos os gentios.*

15. *"Sô die bluomen üz dem grase dringent..."* – Walther von der Vogelweide. Eis uma tradução [nossa]:

> *Quando da grama as flores do prado brotam*
> *e voltam suas faces risonhas na direção do Sol*

em um dia de maio, sob o orvalho da manhã,
e todos os pássaros do campo e da floresta cantam
as mais belas canções que eles conhecem,
a que se compara, então, tal êxtase?

16. "*Verbum caro...*" – o mesmo hino de São Tomás de Aquino mencionado na nota 14, agora a quarta estrofe. Eis uma tradução:

O verbo encarnado, o pão real
Com sua palavra converte-se em carne
O vinho torna-se o sangue de Cristo
E como os sentidos falham
Para firmar um coração sincero
Apenas a fé é eficaz.

17. "*Nü wol dan...*" – outra vez Walther von der Vogelweide. Eis uma tradução [nossa]:

Assim, se você quiser ver a verdade,
vamos então ao festival de maio.
Ele veio em toda sua plenitude.
Olhe para ele, então olhe para essas belas senhoras,
e agora veja qual se sobrepõe ao outro.
Não tenho eu o maior dos prazeres?

18. "*Rerum tanta novitas...*" – também de autoria de Walther von der Vogelweide, embora em latim. Eis uma tradução [nossa]:

Tantas coisas renovadas
Na festividade primaveril
E o poder da primavera
Exige que nos alegremos

19. "*Genitori, Genitoque...*" – mais uma vez o hino *Pange lingua*, de São Tomás de Aquino, o mesmo mencionado nas notas 14 e 16. Aqui citamos as últimas estrofes, que costumam ser referidas como *Tantum ergo*. Eis a tradução do fragmento:

*Ao Genitor e ao Gerado
louvores e júbilos,
saudando-os, honrando-os, dando-lhes
graças e bendizendo-os*

20. "*Um maldito coureiro...*" – usei uma expressão emprestada do *Słownik polskich wyzwisk, inwektyw i określeń pejoratywnych* [Dicionário de insultos, invectivas e termos pejorativos], de Ludwik Stomma. Trata-se de uma canção dos montanheses da região de Sucha Beskidzka. É preciso admitir que é bela. E cativante.

(N. do E.: No original, "*Garbarze kurwiarze / dupę wyprawili. / Szewcy skurwysyny / buty z niej zrobili!*", em português, literalmente, "Os coureiros putos / punham suas bundas pra fora. / Sapateiros filhos da puta / fizeram sapatos com elas!")

CAPÍTULO XXI

21. "*Anticristos são / Os padres da casa imperial...*" – a *cantilena*, ou seja, a "Cantiga sobre Wycliffe", de Jędrzej Gałka, foi escrita, é claro, muito mais tarde, provavelmente por volta do ano 1440. Gałka, de acordo com as minhas contas, era mais ou menos coetâneo de Reynevan. Considera-se, no entanto, que a peça era uma adaptação de uma canção hussita (vide Paweł Kras, *Husyci w piętnastowiecznej Polsce*, Towarzystwo Naukowe KUL, Lublin, 1998). Quem sabe, então, ela não poderia ter sido composta por meu goliardo? Ou escutada por ele em algum lugar?

22. "*Nolite possidere aurum neque argentum...*" – "Não levem nem ouro, nem prata, nem cobre em seus cintos" (Mateus, 10:9).

CAPÍTULO XXII

23. "Conrado, bispo da Breslávia havia oito anos, impressionava com sua postura verdadeiramente cavaleiresca [...]" – ao descrever Conrado, o duque dos Piastas da linhagem de Oleśnica e bispo da Breslávia nos anos 1417-1447, mantive-me fiel ao relato do cronista quanto aos traços de caráter, especialmente no que se refere aos gostos do bispo pelas bebidas alcoólicas e pelo sexo oposto, sobre os quais Długosz fala sem rodeios. Permiti-me, no entanto, um pouco de desenvoltura na descrição do personagem e de suas características físicas. Primeiro, a descrição de Długosz ("um ranzinza de pele morena [...] de baixa estatura [...] gordo [...] tinha olhos purulentos [...] gaguejava e balbuciava ao falar") não condizia com a fábula e nela não se encaixava. Segundo, só Deus sabe quem tinha razão – Długosz era conhecido por retratar as pessoas de forma às vezes depreciativa e nem sempre fidedigna, em especial aquelas pelas quais não tinha apreço ou que lhe tivessem causado algum prejuízo. Era certo que o cronista não nutria simpatia pelo bispo da Breslávia.

24. "Uma faísca é pequena [...]" – adaptei o sermão de Nicolau de Cusa, que em 1425 tinha apenas 24 anos e que, mais tarde, veio a ganhar notoriedade graças às observações bem ulteriores do jesuíta Piotr Skarga, no espírito da Contrarreforma, registradas em sua obra *Vida dos santos*.

CAPÍTULO XXIV

25. "*Nel mezzo del cammin di nostra vita...*" – Dante, *A divina comédia*, Canto I. Eis a tradução [de Italo Eugenio Mauro, Editora 34, 1988]:

> *A meio caminhar de nossa vida*
> *fui me encontrar em uma selva escura:*
> *estava a reta minha via perdida.*

26. *Necronomicon*, de Abdul Alhazred – obviamente, uma homenagem a H. P. Lovecraft.

27. *Liber Yog-Sothothis...* – inventei, seguindo o exemplo de Lovecraft, o Mestre de Providence.

28. *De vermis mysteriis* – embora usado em alguns contos de Lovecraft, constituindo o "cânone bibliográfico" do mito de Cthulhu, *De vermis...* – admitamos – foi inventado por Robert Bloch.

29. "*Exsiccatum est faenum...*" – "Seca-se a erva, e cai a flor" (Isaías 40:7).

30. *Amantes amentes* – "Os apaixonados são como loucos" (Plauto).

31. *"Grau, teurer Freund, ist alle Theorie"* – *Fausto*, Parte I, a cena com o aluno, palavras de Mefistófeles: "Gris, caro amigo, é toda teoria." Um anacronismo óbvio também na camada linguística – o *Hochdeutsch* [versão oficial da língua alemã] de Goethe ainda não existia no século XV. Mas quem sabe o Diabo sempre tenha falado *Hochdeutsch*?

32. *"Meum est propositum..."* – Walter Map (de acordo com outras fontes, Arquipoeta). Eis uma tradução [nossa] para o fragmento:

> *Meu propósito é morrer numa taberna,*
> *para que, morto, eu tenha o vinho perto da boca.*
> *Então os anjos em coro cantarão com alegria:*
> *Que Deus tenha piedade desse bebum!*

33. *"Bibit hera, bibit herus..."* – anônimo, *Carmina burana* da coleção *Carmina potoria*. Tradução:

> *Bebe a senhora, bebe o senhor,*
> *Bebe o soldado, bebe o clérigo,*
> *Bebe ele, bebe ela,*
> *Bebe o servo com a serva,*
> *Bebe o ativo, bebe o preguiçoso,*
> *Bebe o branco, bebe o negro...*

(N. da T.: Reprodução da tradução disponível em: https://www.letras.mus.br/carmina-burana/1066569/traducao.html. Acesso em: dez. 2021.)

34. *"Um grande viva ao meu caralho..."* – "Łożnicopiew" [Alcovexultação], de Franciszek Ksawery Woyna, camareiro-mor do rei Estanislau Augusto II da Polônia (segunda metade do século XVIII). A versão original foi tirada de *Trembecki i inni* (KAW, Białystok, 1982).

35. *"Pela janela voar..."* – enriqueci o encantamento voador com um dístico engraçado e autenticamente silesiano retirado da fábula homônima de autoria de Stanisław Wasylewski. "Fik z okna" [Pela janela voar], em *Baśniach polskich* (Ludowa Spółdzielnia Wydawnicza, 1968).

CAPÍTULO XXV

36. "*Veni, veni, venias…*" – *Carmina burana*, da coleção *Carmina amatoria*. Tradução:

> *Vem, vem, que venhas,*
> *não me faças morrer,*
> *hyrca, hyrca, nazaza,*
> *trillirivos…*
>
> *Teu rosto lindo,*
> *o brilho dos teus olhos,*
> *as mechas dos teus cabelos,*
> *oh, que visão gloriosa!*
>
> *Mais vermelha que a rosa,*
> *mais branca que o lírio,*
> *mais bela que todos,*
> *sempre em ti exultarei!*

(N. da T.: Reprodução da tradução disponível em: https://www.vagalume.com.br/carl-orff/veni-veni-venias-traducao.html. Acesso em: dez. 2021.)

37. "Podia – e queria – lhe dizer que é […]" – em seus elogios, Reynevan se inspira, consecutivamente, nas seguintes obras: *Cântico dos cânticos*, *Eneida*, cantigas dos trovadores provençais, cantos da coleção *Carmina burana*, Walter von der Vogelweide e *A divina comédia*, de Dante.

CAPÍTULO XXVIII

38. *De mortuis aut bene aut nihil* – "Dos mortos fala-se bem ou não se fala nada" (Plutarco).

39. *Do ut des* – "Dou se você der"; aqui, parafraseado: "… *ut facias*", ou seja: "Dou se você fizer."

CAPÍTULO XXIX

40. *"Do ar sereno…"* – Dante, *A divina comédia*, Canto IV. No original:

Fuor de la queta, ne l'aura che trema.
E vegno in parte ove non é che luca.

Tradução [de Italo Eugenio Mauro, Editora 34, 1998]:

desta, serena, a outra aura, tremente.
E chego aonde nada mais reluz.